d

Magdalen Nabb

# *Das Ungeheuer von Florenz*

*Roman*

*Aus dem Englischen von*
*Silvia Morawetz*

Diogenes

Titel der 1996 bei HarperCollins Publishers, London,
erschienenen Originalausgabe:
›The Monster of Florence‹

Umschlagfoto von
Albano Guatti


80/97/24/1
ISBN 3 257 06154 4

Die Handlung dieses Buchs ist frei erfunden. Angeregt wurde sie jedoch durch acht Doppelmorde, die zwischen 1968 und 1985 in der Gegend von Florenz verübt wurden. Einzelheiten, die sich auf diese Verbrechen beziehen, entsprechen den Tatsachen, die Namen der Opfer wurden jedoch verändert. Die Schilderung von Verlauf und Inhalt der kriminalistischen Untersuchung ist vollständig erfunden. Namen, Figuren und Ereignisse, die in der Geschichte dargestellt werden, sind reine Phantasieprodukte der Autorin. Jede Ähnlichkeit mit tatsächlichen Personen, lebenden oder toten, wäre rein zufällig.

# I

Es war so dunkel auf dem Domplatz an jenem Samstagabend im November, daß man meinte, es müsse sehr kalt sein. Doch die Leute, die unter Giottos Marmorturm von einem Geschäft zum anderen hasteten, als die große Glocke sechs schlug, waren schweißgebadet und übelgelaunt. Irgendwo schrie ein kleines Kind und stampfte trotzig mit den Füßen auf. Maresciallo Guarnaccia bahnte sich den Weg durch die Menge und wünschte, er hätte sich nicht dazu verleiten lassen, einen Mantel anzuziehen. Alles an diesem Abend war winterlich, nur die Temperatur nicht, und da er zu dem Schluß gekommen war, es sei am besten, nicht in Uniform zu gehen, schwitzte er nun heftig und verfluchte nicht nur die schwere Wolle auf seinem Rücken, sondern auch seine Entscheidung, zu Fuß durch das Zentrum von Florenz zu gehen und nicht das Auto zu nehmen. Er wollte immer ein wenig von seinem Übergewicht loswerden, doch bei allem, was aus seinen guten Vorsätzen wurde, konnte er es ebensogut bleibenlassen.

Die Menschen erstiegen die marmornen Stufen zum schweren bronzenen Domportal und zur Samstagabendmesse, herbeigerufen von der noch immer läutenden Glocke. Der Maresciallo verließ den Platz durch die schmale Via de' Servi, wollte sich nicht dem noch dichteren Gedränge und dem lärmenden Verkehr der breiteren und geschäftigeren Via Martelli aussetzen. In der ruhigeren

Straße angekommen, verlangsamte er seinen Schritt, hoffte, weniger zu schwitzen, und ging die Ausrede durch, die er sich für den inoffiziellen Besuch, zu dem er unterwegs war, zurechtgelegt hatte. Eine komische Sache, offiziell ließ sich da natürlich gar nichts machen. Dafür gab es Experten. Trotzdem konnte er das einem alten Bekannten nicht abschlagen. Der junge Mann mußte jetzt dreißig sein. Die Jahre verflogen so schnell.

Marco Landini war ungefähr siebzehn gewesen, als der Maresciallo ihn an einem heißen Samstagabend gegen halb elf zum ersten Mal gesehen hatte, an der Piazza Santo Spirito, im offenen Eingang zu einer Wohnung im ersten Stock kauernd und weinend. Der Krankenwagen mit dem Opfer einer Überdosis war gerade abgefahren, leise, ohne Sirene. Der Junge war schon tot gewesen. Der Maresciallo stand da und schaute auf den in der Haustür liegenden Jungen hinab. Eigentlich weinte er gar nicht, er heulte vielmehr, fast wie ein Hund. Er schien in guter körperlicher Verfassung zu sein und war gut gekleidet. Offenbar noch kein Gewohnheitskonsument. Es war gerade Mode, sich samstagabends einen Schuß zu setzen, und wer die Schule schwänzte, tat das, um einen Tag im Bett zu liegen, das Dröhnen des Walkmans im Ohr, während ein Blutstropfen den über den Bettrand gestreckten Arm hinabrann. Die Straßen, Discos und Schultoiletten waren damals übersät mit Spritzen, und nur Eltern, die ebenso unschuldig wie ahnungslos waren, hatten keine Angst.

»Na komm, reiß dich zusammen«, sagte der Maresciallo barsch, »sieh zu, daß du nach Hause kommst. Kannst du gehen?«

Der Junge nickte und zog den Atem tief ein, um sein Heulen in den Griff zu kriegen.

»Mir geht's gut. Ich ... ich meine, ich hab nicht ...«

»Na, dann steh auf. Schieb ab.«

»Wo sind die anderen ...?« Der Junge begriff anscheinend erst in diesem Augenblick, was geschehen war. Er rieb sich wie ein Kind mit der Hand über die geröteten Wangen und sah durch die Tür in die Wohnung hinein. Ein kleines Zimmer war zu sehen, das bis auf zwei Klappbetten mit fleckigen Matratzen und einen schmutzigen Ausguß in einer Ecke kahl war. Spritzen, Gummischläuche und ausgedrückte halbe Zitronen waren über die schmutzigen gesprenkelten Bodenfliesen verstreut.

»Was hast du denn erwartet?« sagte der Maresciallo. »Sie sind weggerannt, als sie sahen, daß der Junge stirbt.« Seltsam genug, dachte er bei sich, daß sie sich überhaupt die Mühe gemacht haben, Hilfe zu holen.

»Ich hab den Krankenwagen gerufen«, sagte der Junge, als beantworte er den unausgesprochenen Gedanken. »Ich weiß nicht, wer er war. Er war ihr Freund. Sind sie mit ihm im Krankenwagen mitgefahren? Sie werden es seiner Mutter sagen müssen, nicht? O Gott, stellen Sie sich bloß vor ... Sandro, wo ist Sandro?«

»Kümmere dich nicht um Sandro, steh auf.«

Der Junge gehorchte und versuchte, sich zu säubern, sein Blick noch immer angezogen von dem leeren Raum.

»Ich muß Sandro finden, wissen, ob er okay ist. Er ist mit mir hergekommen.«

»Gegangen ist er aber ohne dich. Bei diesem Spiel gibt es keine Freunde. Ich bin derjenige, der es der Mutter des toten Jungen wird sagen müssen. Ist dir klar, daß ich dich verhaften könnte? Die anderen waren schlauer als du. Tu mir den Gefallen und geh nach Hause. Und vergiß nicht, es könnte *deine* Mutter sein, der ich es beim nächsten Mal sagen muß.«

Der Maresciallo hatte Marco an jenem Abend nicht verhaftet, den Grund dafür hätte er nicht genau angeben können. Es war ihm vielleicht schon Lehre genug, dabeigewesen zu sein, wie einer starb. Der Junge hatte etwas Entwaffnendes an sich, und der Maresciallo lud ihn sogar zu einem Kaffee in der Bar im Erdgeschoß ein, bevor er ihn nach Hause schickte und sich des Problems der Lasterhöhle oben im Haus annahm.

Der Vorfall in jener Nacht hatte tatsächlich seine Wirkung gehabt. Marcos Vater, der, wie sich herausstellte, ein bekannter Kunsthistoriker und -kritiker war, suchte den Maresciallo auf, angeblich um sich zu entschuldigen und zu bedanken. Zuerst entschuldigte sich Marco selbst und dankte ihm, dann schickte ihn sein Vater aus dem Raum und bot dem Maresciallo Geld an. Der Maresciallo lehnte ab und starrte Landini mit großen Augen ausdruckslos an. Er mochte den Mann nicht.

»Ich will nichts«, sagte er. »Ich werde dafür bezahlt, daß ich meine Arbeit mache.«

»Na, kommen Sie, sicher…«

Da stand der Maresciallo auf. »Geben Sie auf den Jungen acht«, sagte er abschließend. Eine vergebliche Mahnung, wie sich zeigte, denn Landini lebte nicht mehr mit Marcos Mutter zusammen, sondern mit einer anderen Frau, die er später auch heiratete. Er kam noch immer für den Unterhalt seiner ersten Familie auf und fühlte sich folglich dazu berechtigt, gelegentlich als *deus ex machina* aufzutauchen und Vorschriften zu machen. Von dieser Art war auch sein Auftritt in der Wache der Carabinieri im Palazzo Pitti gewesen, der seinen Sohn tief beschämt hatte. Armer Marco.

Der Maresciallo trat auf die Piazza Santissima Annunziata hinaus, und sein Blick ging automatisch nach rechts, wo die ganze Front des Waisenhauses aus dem 15. Jahrhundert mit den Medaillons der weißen eingewickelten Babys auf blauem Grund angestrahlt wurde. Selig die Waisenkinder, sie haben keinen Ärger mit der Familie, sagten die Leute. Kinder wie Marco hatten es jedenfalls sicher am schwersten: Sie waren zwar keine Waisen, doch hatten sie auch keine Familie. Der Maresciallo ging an dem dunklen Klotz der Reiterstatue vorbei und verließ den Platz auf der rechten Seite.

Marcos Anruf neulich hatte ihn nicht überrascht; alle Zeitungen hatten von Landinis Tod berichtet, er war sogar in den Fernsehnachrichten gemeldet worden. Landini hatte eine umfangreiche Gemäldesammlung hinterlassen.

»Haben Sie gehört?«

»Ja, ich hab's in *La Nazione* gelesen.«

»Er hat mir ein bißchen Geld und das Atelier hinterlassen. Ich war ein wenig überrascht, um ehrlich zu sein, aber ich gebe zu, ich kann es zur Zeit wirklich brauchen.«

»Das freut mich für dich.« Er behielt den Gedanken für sich, daß Landini zu seinen Lebzeiten wenig genug für seinen Sohn getan hatte.

»Als er noch lebte, war er mir nie ein besonderer Vater gewesen.« Wie immer seit ihrer ersten Begegnung schien

Marco seine Gedanken zu lesen. »Jetzt kann ich mir mit meiner Freundin – wir haben zusammen in Architektur abgeschlossen – ein Atelier einrichten. Wenn wir erst auf eigenen Füßen stehen, wollen wir heiraten...«

»Gut. Und wo ist das Problem?«

Ein Augenblick des Zögerns. »Oje... anscheinend melde ich mich bei Ihnen nur, um Ihnen ein Problem aufzuladen.«

»Nein, nein, das meinte ich nicht so. Ich habe das nur gesagt, weil ich deiner Stimme anmerke, daß du besorgt bist.«

»Bin ich auch. Kann ich zu Ihnen rüberkommen? Wenn Sie nichts dagegen haben.«

Ein Bild machte ihm Sorgen, ein Ölporträt aus dem siebzehnten Jahrhundert. Es gehörte nicht zur Sammlung seines Vaters, denn sonst wäre es nicht im Atelier stehengeblieben. Landini hatte schon seit einigen Jahren gewußt, daß seine Tage gezählt waren, und er hatte seine Angelegenheiten geregelt. So hatte er auch die wertvolleren Möbelstücke aus dem Atelier, das sein Sohn erben sollte, in das Haus seiner zweiten Frau transportiert. Und doch stand da unerklärt, unerklärlich dieses anscheinend wertvolle Gemälde auf einer Staffelei mitten auf dem weißen Marmorboden.

Ein Brief war von der Florentiner Niederlassung eines berühmten Londoner Auktionshauses gekommen, gefolgt von einem persönlichen Besuch. Alles sehr diskret. Signor Landini habe mit ihnen über den Verkauf eines Porträts von Anna Caterina Luisa dei Gherardini, gemalt von Antonio Franchi, gesprochen und sei so freundlich gewesen, ihnen eine Fotografie zu überlassen. Sollte die Contessa unter den gegebenen Umständen nicht mehr verkaufen wollen, werde man natürlich...

»Die Contessa? Sie meinten deine Mutter?«

»Genau. Meine Mutter, Maresciallo, besitzt nichts außer einem alten Florentiner Namen. Deshalb hat er sie auch geheiratet. Mein Vater hat Geld gemacht, neues Geld, aber der Name Gherardini war ihm zu Beginn seiner Laufbahn nützlich in den Kreisen, in denen er verkehren wollte. Jedenfalls, das Bild gehört ihr nicht, und selbst wenn, wäre sie die letzte, die erlauben würde, daß es verkauft wird...« Er zögerte und verstummte.

Der Maresciallo hörte zu und wartete. Der Junge verheimlichte irgend etwas, aber das würde schon noch herauskommen. Er sagte nichts, und seine großen ausdruckslosen Augen ließen nicht erkennen, was er dachte.

»Mein Vater hat ziemlich viel auf eigene Rechnung gehandelt, neben den Schätzungen und Zuschreibungen, die er gegen Honorar angefertigt hat, und daher wäre es auch nichts Besonderes, daß ein unidentifiziertes Bild im Atelier steht, wenn er nicht den Namen meiner Mutter ins Spiel gebracht hätte...«

»Befürchtest du, daß es gestohlen ist?«

Marco schaute zu Boden, sein Gesicht begann zu brennen. »Entweder das, oder es ist eine Fälschung.«

Wieder hörte der Maresciallo nur zu und wartete. Das war noch nicht alles, sonst hätte Marco sich entspannt. Er entspannte sich aber nicht.

»Hast du mit deiner Mutter darüber gesprochen?«

»Nein. Wie könnte ich denn? Sie würde doch dann mit hineingezogen werden, ob es nun ihr Bild ist oder nicht. Sie hat ihn gehaßt, wissen Sie, und mehr als alles andere hat sie es gehaßt, finanziell abhängig von ihm zu sein, weil er sich einbildete, das gäbe ihm das Recht, alles zu bestimmen, wie er es ja auch getan hat.«

»Das verstehe ich, aber was willst du tun? Und was soll ich für dich tun?«

»Ich möchte die Sache aufklären, ohne meiner Mutter etwas zu sagen, ohne daß die Zeitungen etwas davon erfahren. Wenn das Bild gestohlen ist, möchte ich, daß es ohne einen großen Skandal zu seinem Eigentümer zurückkehrt – das wird doch wohl gehen? Ich habe es nicht gestohlen, und mein Vater ist schließlich tot, ihn kann man nicht belangen, auch wenn es herauskommt.«

»Tja... ich bin nicht sicher, was passieren würde, das fällt nicht in meine Zuständigkeit. Dir wird nichts geschehen, denn es wurde dem Auktionshaus ja angeboten, bevor du es geerbt hast. Aber deine Mutter... ich finde, du solltest es ihr sagen.«

»Nein, auf keinen Fall, das kann ich nicht machen.«

»Dann brauchst du fachmännischen Rat. Ich weiß nicht, ob ein Bild gestohlen ist oder nicht, und was Fälschungen betrifft...«

»Aber Sie haben ein Sonderdezernat in Rom. Das habe ich schon allein herausbekommen, und dort sollte man wissen, ob es als gestohlen registriert ist.«

»Und falls ja? Wenn ich denen die Information zukommen lasse, tun die, was sie tun müssen.«

»Was sollte denn passieren, wenn ich es doch zurückgeben will?«

»Die Leute in Rom können das Bild nicht einmal anfassen, geschweige denn an seinen Besitzer zurückgeben, ohne eine offizielle Untersuchung einzuleiten.«

»Aber das können sie wenigstens, ohne daß etwas in die Zeitungen kommt.«

»Vielleicht.«

»Ich glaube nicht, daß mein Vater ein Dieb war. Ich meine, ich will es nicht glauben, das kommt der Wahrheit wohl näher. Meine Mutter verabscheute ihn, und ich noch mehr.«

So wie er es verabscheut hatte, als sein Vater ungefähr zwölf Jahre zuvor auf demselben Stuhl gesessen und dem Maresciallo Geld angeboten hatte. Es hatte ihn beschämt.

»Ich tue, was ich kann.«

»Ja? Hören Sie, wenn Sie nur herausfinden könnten, ob ein Franchi-Bild als gestohlen registriert ist. Bloß das, ohne den Titel zu nennen, denn der muß ja nicht stimmen. Und ich forsche selber weiter, welche Franchi-Bilder es überhaupt gibt und wo sie sich befinden. Ich frage mich immer wieder – es klingt vielleicht dumm –, aber ich frage mich immer wieder, ob er mir dieses Problem absichtlich aufgeladen hat. Ich glaube, er hat mich immer verachtet.«

»Nein, nein… ich bin sicher, das hat er nicht«, log der Maresciallo.

»O doch. Er hat mich immer für naiv gehalten, und das hieß für ihn, ich bin ein Dummkopf. Erinnern Sie sich an die Sache mit den Drogen? Er hat mir deswegen das Leben schwergemacht, aber nicht etwa, weil ich mit gefährlichen Drogen herumexperimentierte, sondern weil ich als einziger so dumm war – ›so schwachsinnig‹, wie er es nannte –, dortzubleiben und für den Jungen, der dann starb, einen

Krankenwagen zu rufen und dadurch zu riskieren, verhaftet zu werden. Ich weiß, daß er nur mit mir hierhergekommen ist, um Ihnen Geld zu geben, falls ich noch einmal in eine Klemme gerate. Er hat es versucht, nicht?«

»Ja. Hat er.«

»Ich wußte es, als ich draußen in Ihrem Warteraum saß. Ich war ganz sicher. Ich glaube, ich hatte mich in meinem ganzen Leben noch nie so geschämt.«

»Das war aber doch gar nicht nötig. Es war doch nicht deine Schuld. Aber bei dieser anderen Sache, da könntest du recht haben, und es wäre ein Scherz, der auf deine Kosten geht. Deshalb sollten wir nichts übereilen. Wir werden erst einmal einen Kaffee trinken, bevor wir Weiteres unternehmen.«

Bei der Erinnerung kam der Maresciallo zu dem Schluß, er könne jetzt gleich einen vertragen, und ein Glas Wasser dazu. Das Schwitzen in diesem verfluchten Wollmantel hatte ihn durstig gemacht. Er war natürlich auch schon ein ganzes Stück zu Fuß gegangen. Er erspähte vor sich ein rotes Neonschild auf der anderen Seite eines dunklen Gäßchens und überquerte die Straße in der Hoffnung, es sei eine Bar. Es war keine. Es war eine Trattoria, doch die Bar fand er gleich an der nächsten Straßenecke.

»Einen Kaffee und ein Glas Wasser.«

»Mit oder ohne Kohlensäure?«

»Ohne.« Während er wartete, fischte er einen Zettel aus der Manteltasche und schaute sich die Adresse an, die Marco ihm aufgeschrieben hatte.

»Ein Kaffee.«

»Vielen Dank.«

»Das Glas auch für Sie?«

»Ein größeres, bitte. Es ist so heiß für November...«

»Grippewetter. Meine Frau hat es schon erwischt.«

Die Via dei Della Robbia müßte die nächste rechts sein. An dem starken Kaffee verbrühte er sich die Zunge, und er trank einen Schluck Wasser. Der junge Marco hatte seine Hausaufgaben zweifellos gemacht.

»Es könnte doch sein, verstehen Sie, daß mein Vater nur so eine Art Mittelsmann war, ob das Bild nun gefälscht oder gestohlen ist. Er muß es ja nicht gestohlen haben, und gemalt haben kann er es nicht. Folglich hab ich mir mal sein Notizbuch gründlich angesehen und jeden angerufen, mit dem er in Kontakt stand. Der Tod meines Vaters war ja ein guter Vorwand. Ich glaube, ich kann alle ausschließen, bis auf diesen einen. Außer einem Nachnamen und dem Datum einer Verabredung stand über ihn nichts in dem Buch. Und da der Name ungewöhnlich ist, hab ich im Telefonbuch nachgeschaut, und da gab es nur zwei Einträge. Der eine ist eine Frau, eine Tierärztin, der andere dieser Mann, Ivo Benozzetti in der Via dei Della Robbia. Das ist eine dieser Straßen aus dem 19. Jahrhundert, wo im Erdgeschoß überall Ateliers sind.«

»Du hast Detektiv gespielt?«

»Es war nicht meine Absicht... Ich will sagen, ich konnte ja nicht Sie bitten...«

»Ach, das war doch nur ein Scherz. Du hast gute Arbeit geleistet. Und was nun? Willst du diesen Mann aufsuchen?«

»Ich hatte gehofft, Sie würden das tun.«

»Ich?«

»Nicht offiziell, bloß als Freund der Familie, der mir aus der Verlegenheit hilft – und das stimmt ja auch, nicht?« Ohne dem Maresciallo Gelegenheit zum Einspruch zu geben, sprach er weiter. »Ich dachte mir, wir – Sie – könnten sagen, mein Vater habe in seinem Testament verfügt, daß sich bestimmte Freunde kleine Erinnerungsstücke aus seinen persönlichen Sachen im Atelier aussuchen dürfen. Sie könnten ihn bitten, sich dort mit mir zu treffen und etwas auszuwählen.«

»Befinden sich denn noch persönliche Sachen im Atelier?«

»Nicht viele«, gab Marco zu, »aber ein oder zwei gerahmte Fotografien von ihm mit berühmten Leuten, solche Dinge eben, und da ist eine Uhr, ein alter Brieföffner, genug, um die Leute zu überzeugen, hoffe ich. Sie brauchten das Gemälde nicht einmal zu erwähnen. Denn wenn er mit drinhängt, weiß er ja sowieso davon. Falls es ihm gehört, könnte er es mitnehmen und sagen, er habe es dagelassen, um es schätzen zu lassen.«

»Und du würdest es ihn mitnehmen lassen?«

»Aber sicher. Dann wäre ich das Problem los.«

»Hm.«

Der Maresciallo war sich da nicht ganz so sicher, aber da Marco auch allein weitermachen würde, wenn er es ihm abschlüge, und da, wenn er ganz aufrichtig sein wollte, auch seine Neugier geweckt war, sagte er zu. Er bezahlte seinen Kaffee.

»Ich würde gern ... Ich suche die Via dei Della Robbia ...«

»Gleich dort rechts.«

»Sie kennen nicht zufällig einen Mann namens Benozzetti – ich bin nicht sicher, ob ich die richtige Hausnummer habe –, Ivo Benozzetti?«

»Nie gehört, sonst wüßte ich den Namen noch, er ist ein bißchen ungewöhnlich, nicht? Natürlich erinnert man sich nicht an den Namen von jedem, der auf einen Kaffee hereinkommt. Vielleicht kenne ich ihn ja vom Sehen.«

»Er ist Künstler, glaube ich.«

»Künstler? Die Zeiten, wo das hier ein Künstlerviertel war, sind lange vorbei. Außer den Straßennamen ist davon nichts geblieben.«

»Trotzdem, vielen Dank.«

Als er in der Dunkelheit auf die kleinen Lämpchen der Klingelknöpfe spähte, fragte er sich, ob es, auf lange Sicht, vielleicht besser wäre, sich als Maresciallo der Carabinieri vorzustellen und nicht als Freund der Familie. Beides, beschloß er, und drückte mit seinem dicken Zeigefinger fest auf die Klingel. Er hatte genug Lebenserfahrung, um zu wissen, daß es keine bessere Waffe als die Wahrheit gab, wenn man jemanden täuschen wollte.

»Ja?«

Der Maresciallo beugte sich nach unten, um in das Mikrofon zu sprechen. »Guarnaccia, Maresciallo der Carabinieri. Wohnt hier Benozzetti, Ivo? Auf dem Klingelschild steht nur I. B.«

Zunächst kam keine Erwiderung, dann sagte die Stimme: »Warten Sie bitte.«

Er wartete fast fünf Minuten, doch er wäre, falls nötig, auch eine geschlagene Stunde dort stehengeblieben und hätte sich nicht gerührt. Er läutete auch nicht noch einmal. Er war so etwas gewohnt, und ihm war es gleich, ob es ein ehemaliger Häftling war, der eine Pistole hinter einem Stein im Kamin versteckte, oder ob eine Hausfrau die Kissen zurechtrückte und sich die Schürze abband. Vor dem Auge des Gesetzes hat jeder etwas zu verbergen, vom Premierminister bis zum Landstreicher.

Das Gittertor öffnete sich mit einem Klicken, und die Eingangstür am Ende des zwischen dichten Lorbeerbüschen hindurchführenden Wegs wurde erleuchtet. Sie ging gerade so weit auf, daß er sich in den Türspalt stellen konnte, ohne daß der Mann, der sie aufhielt, für die Außenwelt sichtbar geworden wäre.

»Ja?« Er stand nun hinter der fast wieder geschlossenen Tür und schien nicht gewillt, den Maresciallo weiter in die elegante hohe Eingangshalle vordringen zu lassen. Wie gut, dachte der Maresciallo, daß ich beschlossen habe, mich als Carabiniere vorzustellen. Der Mann konnte sich selbstverständlich auch weigern, ihn einzulassen, doch einem Carabiniere den Zutritt zu verwehren würde einen schlechten Eindruck machen, Aufmerksamkeit erregen. Jemandem, auf dessen Klingelschild nur I. B. stand, war nicht daran gelegen, Aufmerksamkeit zu erregen. Der Maresciallo blieb ohne ein Wort stehen, füllte den Eingang mit seiner massigen Gestalt aus, ebensowenig bereit, sich wieder zu entfernen, wie die Bäume hinter ihm. Er wahrte sein Schweigen, bis der Mann gezwungen war, es zu brechen.

»Gab es einen Einbruch in dem Gebäude? Einen Unfall? Ich habe nichts gehört.«

»Einen Unfall, nein...« Andere Möglichkeiten offenlassend, fügte er hinzu: »Ich glaube, wir sollten im Haus sprechen. Ich werde Sie nicht lange aufhalten.«

Die Tür öffnete sich daraufhin so weit, daß er eintreten konnte, doch Benozzetti trat, wie der Maresciallo bemerkte, zurück, so daß man ihn von der Straße aus nicht sehen konnte. Der Mann litt entweder an Verfolgungswahn oder…

Die andere Erklärung, die im Kopf des Maresciallo schon halb Gestalt gewonnen hatte – daß der Mann irgendwie gezeichnet oder verunstaltet war –, erwies sich, als die Tür geschlossen wurde, als falsch. Benozzetti sah sehr gut aus, war kräftig und muskulös, sein graues Haar war glatt und sein Gesicht frisch rasiert. Er trug einen makellosen und sehr teuer aussehenden Anzug. Der Maresciallo nahm dies alles auf, obwohl er den Mann gar nicht anzublicken schien. Man konnte meinen, daß er die großen Pflanzen, die in Messingübertöpfen auf dem gesprenkelten Marmorboden standen, und die kunstvolle Schmiedearbeit des Lifts betrachtete. Er rechnete damit, daß das Gespräch nicht hier draußen stattfinden würde. Ein Mann, der es nicht duldete, von der Straße aus gesehen zu werden, gestattete seinen Nachbarn wohl kaum, etwas von seinen Angelegenheiten zu erfahren. »Hier entlang, bitte.« Eine schmale Tür in einem zurückgesetzten Alkoven. Diesmal gar keine Aufschrift an der Klingel.

Als er eingetreten war, mußte der Maresciallo seine ganze Willenskraft aufbieten, um nicht mit großen Augen um sich zu starren. Es war ein einziger Raum, ebenso groß wie die geräumigen und eleganten Wohnungen darüber… Irgendeine massive Skulptur in der Mitte, in Plastik eingehüllt… Und die Safes! Wer brauchte denn, abgesehen von einer Bank, zwei Safes von dieser Größe?

Er schaute sich nicht um. Er nahm mit seinen großen, leicht vorstehenden Augen auf, was er konnte, ohne den Kopf auch nur einen Zentimeter zu bewegen, während sein Blick fest auf Benozzetti geheftet war und er sein Anliegen umständlich zur Sprache brachte.

Die Erklärung klang wohl wenig überzeugend, denn der Maresciallo war kein guter Redner. Als er damit zu Ende gekommen war, entstand eine kurze Pause. Irgend etwas an dem Blick, mit dem Benozzetti ihn bedachte, war schuld daran, daß der Schweiß auf seinem Körper ihn frösteln machte, aber der Maresciallo hätte nicht genau angeben können, was es war, vielleicht die Augen selbst, die hart und kalt wie Diamanten waren. Dieser Mann war zweifellos gefährlich.

»Geht es Ihnen nicht gut?«

»Doch, doch, ich war nur überhitzt, und dann …«

»Setzen Sie sich. Ich kann Ihnen nichts anderes anbieten als diesen harten Stuhl. Der Raum ist kalt, weil ich mit Ton arbeite. Der darf nicht zu schnell austrocknen. Ich selbst spüre die Kälte schon fast gar nicht mehr.«

Das glaubte der Maresciallo gern.

»Wenn Sie mich für einen Augenblick entschuldigen wollen, hole ich mir einen Stuhl. Wie Sie sehen, lege ich auf Bequemlichkeit keinen großen Wert.« Er machte eine vage Handbewegung. »Das ist mein Leben …«

Er wandte sich ab und ging zum anderen Ende des Ateliers, angeblich, um einen zweiten Stuhl zu suchen. Als er davonging, sah man für einen Moment, daß der obere Teil seines linken Ohrs fehlte. Der Maresciallo nutzte den Augenblick und blickte sich um. Vor der gegenüberliegenden Wand stand ein großes, ordentlich gemachtes Bett halb verdeckt hinter einem Wandschirm. Weiter: eine Kommode mit einer Marmorplatte und eine Lampe... In den hohen Schränken, die den Rest der Wand einnahmen, mochten sich Kleider befinden, andere Anzeichen häuslichen Lebens gab es in dem Raum nicht. Eine andere Wand war vollkommen mit Regalen verbaut, mit Werkzeug, Arbeitsplatten... Und das dort war zweifellos ein Kocher...

Benozzetti stand wieder vor ihm. Der Maresciallo machte erst gar nicht den Versuch, ihn täuschen zu wollen.

»Bitte entschuldigen Sie, daß ich mich ein bißchen umgesehen habe. Künstler begegnen mir auf meinem Lebensweg nicht allzu häufig.«

»Sie begegnen keinen« – Benozzetti zog die Falten seiner Hose glatt und setzte sich so, daß sein verstümmeltes Ohr nicht zu sehen war –, »weil es keine gibt.«

»Aber Sie sind... Ich sehe doch, daß Sie sich ganz und gar Ihrer Arbeit verschrieben haben.«

»Das habe ich. Einen Künstler nenne ich mich aber deshalb nicht, weil die gegenwärtige Kommerzialisierung sogenannter Kunst von denen lebt, die in Hochglanzmagazinen Reklame für sich selbst machen und denen es nicht um die Kunst geht, sondern um unmittelbare Berühmtheit und schicke Partys, und die dafür auch die Kritiker umschmeicheln. Gott steh uns bei, die Kritiker.«

»Ja, gut, bestimmt haben Sie recht, ich verstehe davon natürlich nicht allzuviel – nun, Landini...«

»Ha! Sie verstehen nicht viel davon, aber Sie sind ein Freund des kürzlich verstorbenen Landini! Haben Sie das nicht gesagt? Ein Freund der Familie?«

»Nun ja, eher ein Freund des Sohnes, wissen Sie, um genau zu sein. Ich fürchte, ich habe Sie in Verlegenheit gebracht.«

»Mich in Verlegenheit gebracht? Wie denn das?« Benozzetti schien diese Vorstellung sehr amüsant zu finden.

»Indem ich, nun ja, annahm, Sie seien sein Freund, wissen Sie – er hat sich in der Frage, wem er etwas vermachen will, nicht allzu deutlich ausgedrückt, so daß wir ziemlich im dunkeln tappen, alle Menschen ansprechen, die dafür in Frage kommen, aber wenn Sie mit den Kritikern nicht auskommen, war Ihre Beziehung wohl nicht ganz so, wie ich gedacht hatte ...«

»Das gefällt mir. Ja, wirklich. Maresciallo, ich weiß nicht, ob unsere Beziehung so war, wie Sie es sich gedacht haben, denn ich weiß ja nicht, was Sie gedacht haben.«

Die kalt funkelnden Augen waren so hypnotisierend, daß dem Maresciallo beinahe entschlüpfte, daß er davon ausging, ihre Beziehung habe etwas mit dem mysteriösen Gemälde zu tun. Er glaubte auch, daß es Benozzetti nicht das geringste ausmachen würde, wenn er das laut ausspräche. Benozzetti lebte auf einem anderen Stern, wo dies nicht von Belang war und wo der Maresciallo ihn auch nicht zu fassen bekommen würde. Trotzdem sagte er es nicht. Außerdem hatte er das Gefühl, Benozzetti könne das sehr wohl selbst sagen. Daher besänftigte er ihn, indem er murmelte: »Vielleicht habe ich ja einen Fehler begangen und Sie für nichts und wieder nichts behelligt ...«

»Keineswegs. Ich wollte Sie nicht kränken. Landini war ein Freund und Kollege, und, jawohl, er war ein Kritiker, aber doch kein solcher Dummkopf wie die meisten. Ach, die Experten, Maresciallo, die Experten! Haben Sie jemals genauer über die Experten nachgedacht?«

»Ich – nein, nein. Experten überhaupt, meinen Sie? Nein.«

Benozzetti beugte sich vor und flüsterte erregt: »Nackt!«

»Wie bitte?« War das der Grund, weshalb seine Augen so furchterregend aussahen? War er ein Verrückter?

»Splitterfasernackt! Des Kaisers neue Kleider! Nackt wie am Tag ihrer Geburt. Nackt in ihrer Ignoranz und ihrer Arroganz. Sagen Sie mir, haben Sie je von einem Musikwissenschaftler gehört, der keine einzige Note zu spielen vermochte? Einem Literaturkritiker, der weder lesen noch schreiben konnte? Einem Fußballfunktionär, der sein Lebtag an keinem einzigen Spiel teilgenommen hatte? Ist Ihnen so etwas je untergekommen?«

»Ich glaube nicht…«

»Ich auch nicht. Aber der Kunstexperte gehört wirklich zu einer besonderen Spezies. Er kann nicht zeichnen, er kann nicht malen, und bildhauern kann er auch nicht, doch er fühlt sich berechtigt, über Leonardo, über Botticelli, über Michelangelo zu urteilen. Ein Wunder von einem Menschen, finden Sie nicht? Er vermag mit den eigenen Augen oder Händen auch nicht den simpelsten Gedanken gestalterisch auszudrücken, aber er kann Urteile über Genies fällen. Ach, wo wären wir ohne den Experten – Sie wissen, wofür er da ist, nicht wahr? Er ist da, um dem Kunsthändler zu dienen, nicht etwa der Kunst oder dem Künstler. Und unser Landini, der nicht der schlimmste dieser Spezies war, wußte das. Er trug die neuen Kleider des Kaisers mit beträchtlicher Nonchalance und machte damit glänzend Karriere, aber Illusionen machte er sich nicht. Und er hatte Geschmack, er war kein bloßer Katalogisierer. Die übrigen könnten ebensogut Wäschelisten schreiben, denn das ist das einzige, wovon sie etwas verstehen – Sie haben nicht zufällig selbst eine Liste in der Tasche?«

»Eine Liste?«

»Schon gut. Ich habe mich nur gefragt. Wenn ich mich nicht irre, haben Sie ein Sonderdezernat, das sich für Bilder interessiert.«

»Oh, ich verstehe ... ja. Ich bin aber nur ...«

»Ein Freund der Familie.«

»So ist es«, erwiderte der Maresciallo, und sein Blick wurde ausdruckslos und leer, als er diesen funkelnden kalten Augen auswich. Einmal, es war lange her, in den frühen Jahren seiner Ehe, hatte seine Frau ihn verärgert angeschrien: »Kannst du dich nicht einmal streiten? Antworte mir! Dreh dich nicht einfach um und stell dich tot!« Und er hatte sich gewundert. Inzwischen tat sein pummeliger, friedlicher Sohn Giovanni genau dasselbe, wenn er von seinem flinken, nervösen jüngeren Bruder angegriffen wurde, und der Maresciallo wußte daher, wie das aussah – und daß es wirkungsvoll war. »Obwohl ich, wie schon gesagt, mehr ein Freund des jungen Marco bin. Landini selbst habe ich zwar auch einmal kennengelernt, aber das liegt schon mehr als zehn Jahre zurück. Sie sind nicht verheiratet?«

»Nein.«

»Nicht, das dachte ich mir. Ist das etwas, woran Sie arbeiten, dort unter dem Plastik? Ton, sagten Sie?«

»Ein Akt. Das ist einer der Gründe, weshalb ich nie geheiratet habe. Alle Welt nimmt an, daß Künstler mit ihren

Modellen schlafen. Eine Frau hätte mir keine Ruhe gelassen.«

»Ja, Sie haben das alles sicher mit Bedacht so eingerichtet, diesen schönen großen Raum, den Sie kühl halten können, damit Ihr Ton keinen Schaden nimmt, und niemand bei Ihnen, der Sie stören könnte.« Der Maresciallo erschauderte beim Gedanken an ein solches Leben. Was für ein sonderbarer Mensch Benozzetti doch war. Eine bestechende Intelligenz, scharfsinnig, ja sogar aggressiv, und doch so leicht ablenkbar. Lag es daran, daß ihn so vieles erzürnte, so daß er auf alles, was seine Aufmerksamkeit beanspruchte, losging wie ein gereizter Stier? Oder war er gesellschaftlichen Umgang so wenig gewohnt, daß er keine Erfahrung darin besaß, ein Gespräch zu steuern? Wenn dies zutraf, war der Maresciallo ihm gegenüber im Vorteil. Er war durchaus daran gewöhnt, Gespräche zu steuern, vor allem durch die Macht der Trägheit. Ganz anders als Benozzetti, der nun schon wieder auf den Beinen war, vielleicht erpicht darauf, seinen Besucher endlich loszuwerden. Sei's drum. Der Maresciallo erhob sich und wartete schweigend darauf, daß man ihn fortschickte. Doch Benozzetti schritt zum anderen Ende des langen Raums.

»Kommen Sie hierher.«

Der Maresciallo folgte der Aufforderung, die ihn an den zwei großen Safes vorüberführte, nur zu gern. Eine Frage diesbezüglich wollte er allerdings in diesem Augenblick noch nicht riskieren ...

Er ermahnte sich im stillen. Was bildete er sich denn ein? Das war doch kein Fall, an dem er arbeitete. Er mußte sich ins Gedächtnis zurückrufen, daß es durchaus der Wahrheit entsprach, daß er ein Freund der Familie war. Es gab keinen Grund, jemals wieder einen Fuß in diesen Raum zu setzen, wenn er Benozzetti erst dazu gebracht hatte, in Marcos Atelier zu gehen und das Bild zu sehen; dann hatte er sein Teil getan.

»Hierher.«

Er hatte keine Zeit zu überlegen, ob er ihn bereits überzeugt hatte oder nicht... wo zum Teufel war der Mann denn hingegangen?

»Hierher, Maresciallo.«

Er stand hinter einer riesigen Staffelei und nahm vorsichtig das Tuch ab, mit dem ein Gemälde abgedeckt war. Dem Maresciallo rutschte das Herz in die Hose. Gleich wurde ihm ein Bild gezeigt, und er mußte sich dazu äußern. Jedesmal, wenn er gezwungen war, eine Ausstellungseröffnung in der Palatinischen Galerie im Palazzo Pitti, in dem sich seine Wache befand, zu besuchen, ermahnte seine Frau ihn: »Halt den Mund, Salva, und hör dir an, was Dr. Biondini sagt. Vielleicht lernst du ja etwas.« Und er gab sich alle Mühe, doch obwohl sich das, was Dr. Biondini, der Leiter der Galerie, sagte, klar und verständlich anhörte, während er es sagte, konnte sich der Maresciallo nichts davon länger als ein paar Minuten merken. Denn wenn Biondini dann jeweils auf ihn zukam, um ihn zu begrüßen und zu fragen, wie er die Ausstellung finde, schien er immer das Falsche zu sagen. Manchmal schaute er einfach verwirrt und freundlich drein und hielt schnell Ausschau nach jemandem, mit dem er unbedingt sprechen mußte. Wenigstens war Biondini ein Mensch, der, obwohl er so viel wußte, nichts Dünkelhaftes an sich hatte und einem nicht das Gefühl vermittelte, sich der eigenen Unwissenheit schämen zu müssen – deshalb waren die Besuche in der Galerie keine besondere Qual. Benozzetti hingegen schien dem Maresciallo, der nun um die Staffelei herumging, von ganz anderem Schlag zu sein, und es war wohl das beste, dem Rat seiner Frau gemäß den Mund zu halten.

»Ah...« Der erlösende Seufzer entfuhr dem Maresciallo, ehe er sich dessen bewußt war.

»Ja, ich bin froh, daß Sie es schätzen. Ich zeige es Ihnen, um Ihnen etwas zu demonstrieren. Natürlich ist es ein wunderschönes Gemälde.«

»Wunderschön«, sagte der Maresciallo zufrieden. Damit konnte er etwas anfangen. Das Schöne an dem Gemälde war, daß es ihm so vertraut war wie sein Spiegelbild. Es war das Bild, das im zweiten Raum der Galleria Palatina neben einem bequemen Sessel hing, auf dem den größten Teil des Tages sein guter Freund Mario Di Luciano, der Kustos, ebenfalls ein Sizilianer, ruhte. Mario stammte aus derselben kleinen Stadt in der Provinz Siracusa, und er plauderte gern über die alten Zeiten zu Hause. Der Maresciallo hatte vermutlich ebensoviel Zeit vor dem Gemälde verbracht wie Tizian. Was für ein Glücksfall.

Benozzetti dozierte weiter, steigerte sich allmählich in eine Tirade über die Qualität der modernen Malerei – nein, der modernen Farben – hinein.

»Akrylfarben! Nach fünf Jahren verblassen sie bereits, nach zehn Jahren lösen sie sich auf! Sehen Sie sich die Fleischtöne auf diesem Porträt an! Schauen Sie, hier und hier! Fleischtöne dieser Qualität entwickeln sich immer weiter und gelangen erst in einem Zeitraum von zweihundert Jahren zu voller Schönheit. Einem Maler, der solche Materialien verwendet, liegt die Malerei am Herzen und nicht, ob er sich in der nächsten Ausgabe einer trendigen Kunstzeitschrift wiederfindet.«

So ging es immer weiter. Natürlich, Benozzetti hatte bestimmt recht, das ließ sich nicht leugnen. Man brauchte sich nur in dem Atelier umzusehen, um zu erkennen, daß der Mann ein Profi war und wußte, wovon er sprach. Nur bedeutete das nicht, daß jeder andere begriff, wovon er sprach, und der Maresciallo gab es bald auf, ihm folgen zu wollen. Fast automatisch, wie stets, wenn Mario, der Kustos, sich ganz in einer langatmigen Familiengeschichte verloren hatte, trat er einen Schritt zurück. Und noch einen. Dann wieder einen nach vorn.

»Das ist komisch…«

»Wie bitte?«

Der Maresciallo trat zurück und wieder nach vorn, sich seiner unhöflichen Unterbrechung gar nicht bewußt. »Das ist ja ein Ding… oh, nichts, nur… wissen Sie, diese Bilder, wenn man dicht davorsteht, sehen sie aus wie Flecken und Spritzer, aber wenn man zurücktritt, sind sie so wirklich wie eine Fotografie. Oh, entschuldigen Sie, ich habe Sie unterbrochen…« Er wußte nicht mehr, was der Mensch gesagt hatte, konnte sich nur noch daran erinnern, daß es etwas über Farben gewesen war. Er bemühte sich, besser achtzugeben, doch er trat unwillkürlich abwechselnd immer wieder ein kleines Stück zurück und nach vorn, nur um zu prüfen, ob er sich nicht geirrt hatte.

Entschlossen, die Aufmerksamkeit des Maresciallo wiederzugewinnen, postierte sich Benozzetti zwischen ihn und die Staffelei und setzte seinen zornigen Vortrag Auge in Auge fort. Wenn der Maresciallo zurückwich, folgte er ihm, hieb mit der rechten Faust im Rhythmus seiner Rede in die Luft und trieb dem Maresciallo Schwaden eines teuren Parfums ins Gesicht.

»Als ich zwanzig Jahre alt und Student der Akademie war …«

Herrgott, gingen sie seine gesamte Lebensgeschichte durch? Wie spät mochte es sein? Ausgeschlossen, einmal auf die Armbanduhr schauen zu können, dieser wilde Blick ließ keine Sekunde von ihm ab. Schlangenaugen …

»Und so was nennt sich Kunstprofessor! Schweigend ließ ich das aber nicht über mich ergehen, das kann ich Ihnen sagen, ich stand auf und unterbrach ihn. Ich sagte: ›Professor, Sie haben sich über fast jedes Bild in diesen Abschlußarbeiten geäußert. Darf ich Sie so verstehen, daß meine eigenen Arbeiten unsichtbar für Sie sind, oder sind sie einer Bemerkung Ihrerseits nicht würdig?‹ Und wissen Sie, was er geantwortet hat?«

»Ich … nein …« Der Maresciallo wollte raus aus dem Dunstkreis des heißen Atems und des schweren Parfums Benozzettis, doch der Mann blieb dicht vor ihm.

»›Das einzige, was an Ihren Arbeiten erwähnenswert ist‹, erwiderte er, ohne meine Bilder oder mich auch nur eines Blickes zu würdigen, ›ist der außerordentlich altertümliche Stil.‹ Die anderen Studenten lachten. Sie lachten!« Er verstummte. Er starrte nun blicklos durch den Maresciallo hindurch. Ein paar Schweißtropfen sammelten sich an seinen Schläfen, und dann, völlig unvermittelt, begann er zu lachen. Ein grelles, freudloses Geräusch, das leicht ein gepreßtes Schluchzen sein konnte – der Maresciallo wagte es erst zu deuten, als der Mann weitersprach.

»Ich habe es ihm aber hübsch heimgezahlt. Das war so lustig, daß ich die ganze Nacht über keinen Schlaf fand. Ich mußte natürlich bis zum Oktober warten, aber das machte mir nichts aus. Dadurch konnte ich mir den Sommer über ausdenken, wie ich das am besten bewerkstelligen konnte. Und dann hatte ich auch die zündende Idee. Sie müssen wissen, daß er, obwohl das gar nicht sein Fach war, häufig zu uns in den Malsaal kam, wenn das Modell oder die Pose ihn interessierten – und öfter war es das Modell, das versichere ich Ihnen. Er hatte dort eine Staffelei stehen und arbeitete gewöhnlich an einem Bild. Ich mußte nur warten, bis alle zum Mittagessen gegangen waren, die Halterungen lockerschrauben, die seine Leinwand hielten, und das Bild mit der Vorderseite nach unten auf den Boden fallen lassen. Ganz einfach, sehen Sie! Dann hatte ich das Vergnügen, mit ansehen zu können, wie er zurückkam und mit welch ratloser Miene er die Halterungen überprüfte. Beim ersten Mal säuberte er sein Bild, so gut es ging, und malte weiter, und ich wartete, bis er viel Arbeit hineingesteckt hatte, bevor es wieder in den Staub fiel. Dieses Mal konnte ich nicht widerstehen, zu ihm hinzugehen. Ich gab zu bedenken, seine Staffelei könnte kaputt sein, und bot ihm die meine an. Der Dummkopf nahm sie an und *bedankte* sich sogar! Beweist das nicht, wie idiotisch Menschen sein können? Er hätte doch sofort Verdacht schöpfen müssen. Welchen Grund hatte ich denn, ihm behilflich zu sein? Und so ein Schwachkopf meint, mich beurteilen zu können! Sie können sich sicher vorstellen, wie sehr es mich gelüstete, ihm reinen Wein einzuschenken, doch das tat ich nicht. Während er noch traurig sein Bild betrachtete, das unrettbar verdorben war, ließ ich ihn stehen und setzte mich wieder.«

Der Maresciallo wünschte sich, dasselbe tun zu können. Es mußte schon spät sein, denn er war inzwischen nicht nur müde, sondern verspürte auch Hunger. Über Benozzettis maßgeschneiderte Schulter hinweg schauten die Augen des hübschen jungen Mannes auf dem Porträt ruhig auf ihn herab. Daß sein Porträt diesen Sturm der Wut auslösen konnte, hätte ihn gewiß ebenso verwundert wie den Maresciallo. Worüber schwadronierte der Mensch denn jetzt schon wieder?

»Sie glauben, daß ich allein über Inhalt spreche, aber da täuschen Sie sich. Sie täuschen sich, weil der Wert, der wirkliche Wert des Inhalts sich nur anhand der verwendeten Materialien ermessen läßt. Eine Kathedrale wird aus Stein und Marmor und abgelagertem Holz errichtet, aber eine Garage oder einen Werkzeugschuppen kann man aus rostigem Metall zusammenflicken – Marmor würde man dafür nicht verwenden. Und aus welchem Grund? Weil die Idee, der Inhalt sozusagen, keinen Wert an sich hat und weil der Schuppen nicht für die Ewigkeit gebaut ist. Wertlose Materialien für wertlose Ideen!«

Der Finger, der vor der Nase des Maresciallo herumgefuchtelt hatte, wurde plötzlich weggezogen. Benozzetti griff nach einem dicken Band im Regal neben ihnen und blätterte ihn durch. Der Maresciallo schaute seinen vertrauten Freund auf dem Gemälde an und murmelte vor sich hin: »Trotzdem komisch ...«

Es ließ ihm immer noch keine Ruhe. Es war einfach nicht von der Hand zu weisen, daß die Entfernung, bei der das Gemälde nicht mehr nur Kleckserei war, sondern so deutlich wurde wie eine Fotografie, immer einen Schritt mehr erforderte als sonst. Ob er danach fragen durfte? Warum nicht? Es war natürlich gut möglich, daß er damit eine neue Lawine lostrat, und vielleicht würde er der Antwort auch nicht folgen können, aber...

»Schauen Sie. Hier. Und hier.«

Es waren Zeichnungen, die dem Maresciallo gezeigt wurden, eine ganze Seite voll. Alles Hände.

»Ich möchte Ihnen etwas über diese Tinte sagen.«

»Ich – erlauben Sie, daß ich Ihnen eine Frage stelle? Ich möchte Sie bei der Tinte und so weiter nicht unterbrechen, aber es geht um dieses Bild...«

»Um was dabei?«

»Irgend etwas ist anders daran, und ich dachte mir, Sie hätten vielleicht nichts dagegen, es mir zu erklären, da Sie so viel wissen. Es geht um etwas, was mich schon immer fasziniert hat, ich erinnere mich sogar daran, daß ich einmal Dr. Biondini danach gefragt habe, und seine Erklärung lief in etwa darauf hinaus, daß das im Gehirn des Betrachters passiert, daß es eine Illusion ist, die man selbst schafft, nur habe ich nie recht begriffen, warum es nicht den Abstand gibt, bei dem man genau sieht, wie es passiert. Wissen Sie, worauf ich hinauswill? Entweder hat man die Kleckse oder das vollkommene Bild vor sich, und man sieht nie, wie das geschieht. Ich drücke mich vermutlich nicht besonders geschickt aus, aber egal, was ich an diesem Bild nicht verstehe, ist, warum das bei vier Schritten Entfernung passiert und nicht bei drei, wie sonst immer bei Tizian – oder wie vielmehr bei mir immer ... Natürlich, das Licht ist hier anders, könnte das vielleicht der Grund sein?«

Er drehte sich zu Benozzetti um und wartete. Was hatte er angerichtet? Was war los mit dem Mann? Unter dem Blick des Maresciallo wich alle Farbe aus seinem roten Gesicht. Die Schlangenaugen schossen von dem Bild zum Maresciallo und wieder zurück. »Biondini?« war alles, was er sagte.

»Das ist richtig. Der Kurator der Galleria Palatina. Er weiß sehr viel über Tizian.«

»Ja? Und Sie, Maresciallo? Worüber wissen Sie viel?«

Benozzettis Stimme war eisig. Er griff nach dem Tuch, das oben über der Staffelei hing.

»Ich? Nichts. Ich will sagen, ich maße mir nicht an ...« Dann begriff er. Wo in Gottes Namen hatte er nur seine Gedanken gehabt? Wie konnte er einen so dummen Fehler begehen? Was sollte denn das Bild aus der Galerie hier machen? Gerade als das Tuch niederfiel und es bedeckte, bemerkte er den Unterschied. Das gleiche Gesicht, der gleiche Umhang, doch der junge Mann saß anders, und in seiner Hand fehlte etwas ...

Es war abgedeckt.

»Ich fürchte, Sie sind ein Schwindler, Maresciallo. Sie wissen viel mehr, als Sie zugeben wollen.«

»Nein, nein, ganz und gar nicht.« Er konnte unmöglich die ganze Sache mit seinem Freund Mario erklären. Er hatte sich bereits zum Narren gemacht, deshalb würde er dies nicht auch noch ausplaudern.

»Ich kann mir zwar nicht vorstellen, wie Ihr Freund Biondini von diesem Bild erfahren hat, aber Sie können ihm ausrichten« – Benozzettis Geste bedeutete dem Maresciallo, er möge nun gehen –, »daß es nicht auf dem Markt ist und auch nicht sein wird, und daß der Privatmann, in dessen Besitz es sich befindet, nicht möchte, daß alle Welt von seiner Existenz erfährt. Und daß ich, falls ich Besuch von ihm oder von irgendwem aus dem Ministerium bekäme, einfach sagen würde, ich hätte dieses Bild selbst gemalt. Verstehen Sie? Und sollte man meine Fähigkeit, es zu malen, in Zweifel ziehen, kann ich ein anderes vor den Augen dieser Herren malen. Ich hoffe, ich habe mich unmißverständlich ausgedrückt. Gut, ich bin sicher, Sie haben heute abend noch ebensoviel zu tun wie ich.«

Er versuchte den Maresciallo hinauszukomplimentieren, doch der Maresciallo besaß das Talent, wie angewurzelt stehenzubleiben, wenn jemand ihn aus dem Weg haben wollte.

»Es lag mir völlig fern, Sie zu beleidigen«, sagte er, »und Biondini hat, soviel ich weiß, weder von Ihnen noch von diesem Bild eine Ahnung.« Wie war er nur in diesen Schlamassel hineingeraten? Er hatte diesem Mann einen tiefen Schrecken eingejagt, ohne zu begreifen wie, und wenn ihm daran gelegen war, ihn nach dem, was soeben geschehen war, zu einem Besuch in Marcos Atelier zu bewegen, mußte er ihn versöhnlicher stimmen. Er spielte mit dem Gedanken an Mario, den Kustos, und verwarf ihn, nicht weil er sein Gesicht wahren wollte, sondern weil man diese Geschichte, wie so viele wahre und einfache Dinge, nicht glauben würde. Danach blieb ihm nur eine Möglichkeit.

»Trotzdem«, setzte er an, »ich bin Ihnen wohl eine Erklärung schuldig. Ich habe den wirklichen Grund für meinen Besuch vor Ihnen geheimgehalten, jedoch nicht aus finsteren Motiven, und es hat auch nichts mit Tizian oder Dr. Biondini zu tun. Ich habe nur vor mich hin geredet, um Sie abzulenken. Mir hätte klar sein müssen, daß ein Mann von Ihrer Intelligenz mich durchschaut, und bei meiner Arbeit befasse ich mich kaum mit Höherem als geraubten Handtaschen, gestohlenen Fotoapparaten und so weiter, deswegen bin ich ein bißchen ins Trudeln geraten. Es ist wohl besser, ich sage Ihnen alles. Marco, der junge Landini, möchte, daß Sie in sein Atelier kommen, aber nicht um ein Erinnerungsstück an seinen Vater auszuwählen, obwohl Sie, wie ich weiß, herzlich eingeladen sind, auch dies zu tun, sondern um sich ein Gemälde anzuschauen, das sich dort befindet.

Es wäre mir lieber gewesen, ich hätte das nicht zur Sprache bringen müssen, und ich hatte auch beschlossen, mir dieses Gemälde selbst gar nicht anzuschauen. Den Grund dafür muß ich Ihnen nicht auseinandersetzen, weil Sie mit Ihrem Tizian hier das gleiche Problem haben...«

»Strenggenommen ist es nicht mein Problem. Ich restauriere es nur, das ist alles.«

»Trotzdem verstehen Sie doch, worauf ich hinauswill. Wie es scheint, hatte Marcos Vater die Absicht, es zu verkaufen. Die Herren vom Auktionshaus haben ihn aufgesucht. Er aber findet in der Sammlung seines Vaters keinen Eintrag zu diesem Gemälde, und er befürchtet, in etwas hineinzugeraten, womit er nicht umgehen kann. Wie ich schwimmt er total. Er braucht Rat. Ich wäre Ihnen sehr dankbar, wenn Sie ihm einen geben könnten, und offiziell haben Sie und ich einander nie kennengelernt. Es liegt ganz bei Ihnen. Und nun lasse ich Sie wirklich in Frieden.«

Benozzetti führte ihn schweigend zur Tür, und lautlos schloß sie sich hinter ihm.

»Wo um Himmels willen bist du denn gewesen?«

Der Tisch in der ordentlichen, hell erleuchteten Küche war für zwei gedeckt, und Teresa kostete etwas aus einem Topf, der auf dem Herd stand.

»Haben die Jungs schon gegessen?«

»Vor einer halben Stunde. Sie hatten Hunger. Du hast nicht gesagt, daß du später kommst.«

»Nein... hab ich wohl nicht. Es riecht gut, gibt es Pasta?«

»Die Sauce ist für morgen zum Mittagessen. Das Abendbrot steht im Rohr; ach, übrigens, Capitano Maestrangelo hat zweimal angerufen.«

»Gleich zweimal?«

»Er hat gesagt, du sollst zurückrufen. Er möchte, daß du morgen zu ihm kommst. Der Mann weiß auch nie, wann Sonntag ist. Er ist ja sehr nett, aber man merkt gleich, daß er keine Familie hat – Salva, steh hier nicht rum, du bist mir im Weg. Willst du deinen Mantel nicht ausziehen?«

In all den Jahren, die sie verheiratet waren, hatte sich Teresa an zwei Dinge nie gewöhnen wollen: erstens, daß ihr Mann die unausrottbare Angewohnheit hatte, gleich zu ihr in die Küche zu kommen, wenn er von der Arbeit heimkam, und seinen massigen uniformierten Leib mitten in den Raum stellte, so daß sie ihn mit ihren Pfannen ständig umschiffen mußte; zweitens, daß die Armee von ihm erwartete, auch sonntags und manchmal auch abends zu arbeiten. Teresa beklagte sich nicht darüber und hielt es ihm auch nicht vor, es überraschte sie nur.

Er ging seinen Mantel ausziehen und rief zurück: »Ich würde ganz gern noch duschen. Ich habe so geschwitzt.«

»Dann beeil dich. Ich schalte den Ofen aus.«

Als er sich nach dem Duschen anzog, hörte er, wie sich die beiden Jungs im Wohnzimmer darüber zankten, welches Programm sie sehen wollten. Er schlüpfte in ein Paar alte Lederpantoffeln und ging in die Küche zurück. Bei dem leckeren Geruch aus dem Backrohr verspürte er plötzlich sowohl Heißhunger als auch das tröstliche Empfinden, daß dieser unverzüglich gestillt werden würde.

Dieses riesige kalte Atelier... Dort gab es keine warme Küche. Aber ein Herd hatte dort auch gestanden, er war sicher, daß seine Erinnerung ihn nicht trog. Ein Herd mitten zwischen Farben und Werkzeugen – schon seltsame Menschen, diese Künstler, nach normalen Maßstäben konnte man sie nicht beurteilen.

»Ach, sieht das gut aus.« Er griff nach seiner Serviette und der Flasche Rotwein.

»Hast du den Capitano schon zurückgerufen?«

»Verflucht! Aber wenn es nur darum geht, für morgen eine Zeit zu vereinbaren, kann das warten, bis ich gegessen habe.«

Es kam ihm gar nicht ungelegen. Capitano Maestrangelo war ein gebildeter Mann. Vielleicht keine schlechte Idee, in

Marcos Angelegenheit ein Wort mit ihm zu wechseln, zu sehen, was er davon hielt. Es kam ihm gar nicht so ungelegen, doch als er hörte, was der Capitano ihm zu sagen hatte, vergaß der Maresciallo Marco, Benozzetti und Tizian und alles übrige.

## 2

Am Sonntagvormittag war die Stadt noch in einen warmen, nebligen Dunst gehüllt. Der olivgrüne Fluß glitt gemächlich zwischen den hohen, ockerfarbenen Gebäuden hindurch, und die nassen Ziegeldächer schienen zu leuchten.

Als der Maresciallo auf dem Weg zur Polizeidirektion den Fluß überquerte, konnte er nicht weiter sehen als bis zur nächsten Brücke und zu den grauen, schemenhaft wirkenden Bäumen dahinter. Flußaufwärts stand zu seiner Rechten einsam der Ponte Vecchio; die Hügel, die man sonst im Hintergrund sah, waren hinter einem Dunstschleier verborgen. Deshalb, und vielleicht auch, weil es Sonntag war und die Lampen in den Juweliergeschäften nicht brannten, sah die Brücke im trüben Morgenlicht aus wie eine verlassene Theaterdekoration. Außerdem war es still. Die Mehrzahl der braunen und grünen Fensterläden der hohen Gebäude am Ufer war noch geschlossen, und in den Straßen herrschte noch kaum Verkehr.

Es war die beste Zeit für einen Spaziergang und eine Stadtbesichtigung, und der Maresciallo und seine Frau sprachen immer wieder davon, daß sie sich einmal dazu aufraffen sollten. Sie hatten sich, mit einem Stadtführer bewehrt, zwei- oder dreimal auf den Weg gemacht und die Jungs mitgenommen. Aus irgendeinem Grunde aber hatten sie das nicht fortgeführt. Ihre Söhne waren noch ein bißchen zu klein, um an solchen Unternehmungen Gefallen zu finden – nachdem sie einmal bis ganz hinauf auf Giottos Campanile gestiegen waren und die Pferde in den Rüstungen im Stibbert-Museum gesehen hatten, hatten sie die Nase voll gehabt und nichts mehr sehen wollen. Und da sie andererseits auch noch ein bißchen zu jung waren, um einen ganzen Vormittag lang sich selbst überlassen zu bleiben, hatten sie das Ganze aufgegeben. Trotzdem, wirklich schade. Sie sollten es noch einmal versuchen.

Nun jedenfalls genoß der Maresciallo seinen Spaziergang, so kurz er auch war, und er legte sogar in einer Bar, der Kaserne fast gegenüber, eine Pause ein und trank einen Kaffee. Dabei ließ er sich Zeit und betrachtete die lange Ladentheke, die mit dekorierten Kuchen und Torten gefüllt war und die schon bald von jungen Familien, die zum Sonntagsessen bei den Großeltern unterwegs waren, leergekauft werden würde.

Von dem farbenfrohen Kontrast zu dem trüben Tag draußen angeregt, beschloß er, selbst einen Kuchen zu kaufen – am besten gleich, wo es noch viel Auswahl gab – und ihn, da er schwerlich mit einem schleifengeschmückten Päckchen vor seinem Capitano erscheinen konnte, auf dem Heimweg mitzunehmen.

Er entschied sich für eine *torta della nonna*, eine mit Mandeln und Zuckerguß bedeckte Cremetorte, und bezahlte sie zusammen mit dem Kaffee. Als er die Via Borgo Ognissanti überquerte und in den Kreuzgang des ehemaligen Konvents eintrat, in dem jetzt das Polizeipräsidium untergebracht war, kam ihm ein Streifenwagen entgegen, der mit hoher Geschwindigkeit hinausfuhr und die sonntagmorgendliche Stille mit seiner Sirene durchschnitt.

»Ich?« Der Maresciallo verstummte für einen Augenblick verblüfft, bevor ihm wieder klarwurde, wem er gegenübersaß. »Es tut mir leid... ich wollte nicht – ich war nur so überrascht.« Er forschte im Gesicht von Capitano Maestrangelo nach irgendeinem Anhaltspunkt, einem Hinweis wenigstens auf eine Erklärung, die aus seinen Worten nicht hervorging. Das einzige, was er davon ablesen konnte, war Verlegenheit und vielleicht auch Zorn. Der Capitano war nie sehr mitteilsam gewesen, doch der Maresciallo kannte ihn schon so viele Jahre, daß er normalerweise entziffern konnte, was sich hinter dem gutaussehenden, tiefernsten Gesicht abspielte. Diesmal jedoch wich ihm der Capitano mit seinem Blick aus, und nach einer kurzen Weile ließen die glatten braunen Hände den Stift, den sie zwischen den Fingern gedreht hatten, fallen, und der Capitano stand auf und ging zum Fenster hinüber. Dort blieb er stehen, dem Maresciallo den Rücken zukehrend, und schwieg.

Warum ich? Warum gerade ich? Der Maresciallo schwieg ebenfalls, doch er ließ den Blick seiner bekümmerten, leicht vorstehenden Augen durch den Raum wandern, als könnten ihm die dunklen Ölgemälde, die weichen Ledersessel oder die Reihe der Armeekalender, die an roten Troddeln hingen, eine Antwort auf seine Frage geben. Das einzige, was ihm einfiel, war eine zweite Frage.

»Und warum gerade jetzt? Mir ist nicht zu Ohren gekommen, daß irgend etwas passiert wäre. Er hat schon seit... wie lange... fünf Jahren nicht mehr getötet.«

»Seit fünf Jahren, ja. Seit 1985.«

»Ich weiß natürlich nicht viel von diesen Dingen, aber

ich habe die, die etwas wissen, sagen gehört, es wäre auch gut möglich, daß er tot ist.«

»Das wäre gut möglich, ja. Es könnte jedoch auch sein«, der Capitano wählte seine Worte mit Bedacht, »daß er wegen eines anderen Verbrechens im Gefängnis sitzt, nur zum Beispiel. Ich will damit sagen, es könnte auch andere Gründe dafür geben, daß er nicht mehr aktiv ist.«

Ohne auf seine Worte zu achten, korrigierte sich der Maresciallo und stellte, so verbindlich wie möglich, die Frage anders: »Ist das die Meinung von diesem Simonetti?«

Der Capitano zögerte und wandte ihm dann das Gesicht zu. »Ich hätte es besser wissen müssen. Ihnen kann man nichts vormachen, Guarnaccia. Ich werde uns Kaffee heraufkommen lassen.« Er kam herüber, setzte sich und drückte die Klingel auf seinem Schreibtisch. Und wieder nahm er seinen Stift in die Hand und wich dem Blick des Maresciallo aus.

»Es kommt ja auch nicht oft vor, daß Sie mir etwas vormachen wollen. Sagen Sie mir nichts, was Sie nicht sagen dürfen.« Dann runzelte er die Stirn. »Simonetti … Ist das nicht der Vertreter den Anklagebehörde, den wir …«

Ein junger Carabiniere erschien an der Tür. Der Capitano bestellte Kaffee und wartete, bis die Tür wieder geschlossen wurde.

»Im Fall Becker, ja. Ich dachte, Sie würden sich an ihn erinnern.«

»Du meine Güte.«

»Genau.«

Anständige Leute aus der Staatsanwaltschaft, die einen seine Arbeit machen ließen und einem, wenn nötig, Rükkendeckung gaben, waren spärlich gesät, und zwischen den anderen und den Ermittlungsbeamten, die nach ihrer Pfeife tanzen mußten, gab es oft Unstimmigkeiten. Sich in die Gedankengänge eines Verbrechers hineinzuversetzen lernte man nicht auf der Universität oder in den Salons der feinen Gesellschaft. Die besten von ihnen wußten nichts, hörten aber denen, die etwas wußten, wenigstens zu. Die schlimmsten wußten nichts und hörten auf niemanden. Simonetti gehörte zur letzteren Kategorie und trat vor Gericht stets hochelegant gekleidet auf, wenn er die Lorbeeren für das einstrich, was die Ermittler, seiner arroganten, schlechten Durchführung des Falles zum Trotz, erreicht hatten.

Der Maresciallo machte Simonetti keinen Vorwurf dafür, daß er den Fall Becker nicht hatte lösen können, doch daß er das Leben eines Unschuldigen zerstört hatte, weil er niemanden sonst hatte verhaften können, das nahm er ihm übel. Und darüber machte er sich nun seine Gedanken.

»Es überrascht mich, daß er diesen Fall übernehmen will«, sagte er. »Ich will sagen, es haben schon bessere Leute als er kapitulieren müssen, als die Spur noch heiß war, wie Sie es vielleicht ausdrücken würden, und ausgerechnet jetzt... Außerdem hat man, soviel mir bekannt ist, nie auch nur das kleinste Schnitzelchen eines Indizes gefunden. Simonetti kommt mir nicht wie ein Mann vor, der sich vor aller Öffentlichkeit blamieren will.«

»Nein, das würde ihm gar nicht gefallen.«

Der Kaffee wurde gebracht, und der Maresciallo verrührte nachdenklich seinen Zucker, bevor er sagte: »In dem Fall gehe ich davon aus, daß der Oberstaatsanwalt ihm die Sache aufgehalst hat und er keine andere Wahl hatte. Er dürfte dementsprechend gereizt sein.«

»Der Oberstaatsanwalt und Simonetti«, erwiderte der Capitano, als spräche er zu seinem Stift, »sind alte Freunde. Ich glaube, sie gehen gemeinsam auf die Jagd. Simonetti ist ehrgeizig. Dieser Fall, das Ungeheuer, ist dem Oberstaatsanwalt ein Pfahl im Fleische. Das kommende Jahr ist das letzte in seiner Amtszeit. Dann geht er in Pension. Er hat sich einen Namen gemacht – Sie wissen ja, daß er viele Erfolge bei Entführungsfällen hatte, was ihm nicht nur hier, sondern auch in anderen betroffenen Ländern einen gewissen Ruf eingebracht hat. Er hat auch viele Erfolge im Kampf gegen den Terrorismus gehabt. Das war ein energischer und, wenn Sie so wollen, sogar aggressiver Kampf gegen das Verbrechen, und er hat zweifellos jeden Augenblick dabei genossen.«

»Aber Sie mögen ihn nicht besonders.«

»Sagen wir so, für meinen persönlichen Geschmack tritt er zu häufig im Fernsehen auf. Es steht mir nicht zu, den Mann zu kritisieren, und es gibt sicher wenig, was ihm so egal ist wie meine persönliche Meinung. Dennoch hat er sich Feinde gemacht, vor allem deshalb, weil er mit seinen Holzhammermethoden nicht nur vielen Kollegen Blessuren zufügt, sondern auch vielen aus der Zunft der Kriminellen, wie ich mir vorstellen kann. Jedenfalls, als der Generalstaatsanwalt seine Ansprache zum neuen Jahr hielt, äußerte er sich ausführlich und höchst unangenehm über die Fehlschläge beim Aufspüren des Florentiner Serienmörders, des sogenannten Monsters. Wenn der Oberstaatsanwalt nun als der Mann in Pension geht, der den Fall nicht lösen konnte, mit dem mehr Zeitungen verkauft wurden als mit jedem anderen in seiner Amtszeit, zählen auch seine ganzen erfolgreichen Jahre nicht.«

»Aha. Natürlich...«

»Er hat schon vor einiger Zeit eine Sonderkommission auf den Fall angesetzt, doch über ihre Tätigkeit sollte nicht viel nach außen dringen, falls nicht viel dabei herauskäme.«

»Und nun ist etwas herausgekommen?«

»Anscheinend ja. Er möchte eine größere Gruppe dransetzen. Sechs Leute. Drei von der Polizei und drei von den Carabinieri.«

Er spulte wieder seinen Text ab. Offensichtlich wollte er nicht sagen, warum man den Maresciallo ausgewählt hatte.

»Darf ich wenigstens fragen... auch wenn Sie es nicht gern hören, wer die Entscheidung hinsichtlich der drei Carabinieri getroffen hat?«

»Die Entscheidung wurde hier getroffen. Von uns.«

»Vielen Dank. Es steht mir nicht zu, das zu fragen, aber vielen Dank.«

»Sie haben keinen Grund, mir zu danken. Diese Angelegenheit wird Sie viel Mühe kosten, fürchte ich, aber ich würde nicht von Ihnen verlangen, so häufig Ihren Posten zu verlassen, wenn Sie nicht Lorenzini hätten, der, wie ich weiß, ein sehr fähiger Mann ist.«

»Ja. Ja, Lorenzini...«

»Und ganz gleich, wie dieser Fall ausgeht, Sie sollen wissen, daß ich viel von Ihnen halte. Sie haben in der Vergangenheit gute Arbeit geleistet, und ich weiß das zu schätzen. Es klingt sicher wie eine Entschuldigung, aber es wird Ihnen bestimmt nicht viel Freude machen, unter dem

Kommando der Zivilpolizei zu stehen, und Simonettis Entscheidung bedeutet, daß genau dies der Fall sein wird, obwohl Sie in der Sonderkommission drei von hier und drei von dort sein werden.«

Das war vielleicht die Erklärung für die Verlegenheit und den Zorn des Capitano.

»Ich tue mein möglichstes, um Sie nicht zu enttäuschen.«

»Tun Sie nur Ihr möglichstes bei dem Fall, und machen Sie sich um mich keine Sorgen. Wunder werden von Ihnen nicht verlangt, darüber brauchen Sie sich keine Gedanken zu machen.«

»Freut mich, das zu hören, wenn ich bedenke, wie wenig ich von derlei Dingen verstehe. Ich war ja noch nicht einmal hier, als es anfing.«

»Wir alle wissen sehr wenig, Maresciallo. 1927 war das letzte Mal, daß in Italien etwas passierte, was immerhin eine entfernte Ähnlichkeit mit diesem Fall hatte, und eine Glanzleistung hat die Polizei damals nicht geboten.«

»Sie haben also wenig Hoffnung, daß trotz der neuen Entwicklungen irgend etwas dabei herauskommt?«

»Das will ich nicht sagen. Ich weiß es nicht, und das ist die Wahrheit.«

Wieder erhob er sich, wollte das Gespräch zweifellos beenden. Der Maresciallo stand auf und folgte ihm zur Tür.

»Man erwartet Sie morgen früh um acht.«

Das kurze Schulterklopfen, das diese Worte begleitete, war spürbar freundschaftlich gemeint, doch während er dem hinausgehenden Maresciallo nachsah, färbte sich sein Gesicht dunkelrot vor Zorn.

»Sag den Jungs nichts davon.«

»Herrgott, Salva, es würde mir doch nicht im Traum einfallen, über so etwas mit den Jungs zu sprechen.« Trotzdem schaute auch Teresa beunruhigt zu der Tür, durch die sie, kaum hatte es aufgehört zu regnen, hinausgeschlüpft waren. Die weiße Sonntagsdecke lag noch auf dem Tisch, und sie hatte gerade die Teller abgeräumt und den Kaffee geholt. »So eine häßliche Geschichte...«

Sie sprach nicht weiter, doch der Maresciallo wußte, was in ihr vorging. Zu der Zeit, als die Mehrzahl der Morde verübt wurde, hatte sie noch in Sizilien gelebt, doch die Zeitungen des ganzen Landes hatten den makabren Fall von Mord und sexueller Verstümmelung weidlich ausgeschlachtet. All dies hatte er nun in ihr Haus gebracht, so dachte sie, und er konnte es ihr nicht verübeln. Er wollte ja selbst nicht, daß die Jungs davon erfuhren.

»Die Zeitungen werden natürlich voll davon sein«, sprach sie weiter, »und im Fernsehen wird man auch ständig darüber berichten. Zwangsläufig werden sie Fragen stellen.«

»Das macht ja nichts, solange sie nicht wissen, daß ich an dem Fall arbeite. Keine Angst, mein Name kommt sowieso nicht in die Zeitungen. Warum ich? Das möchte ich immer noch wissen. Es ergibt keinen Sinn, aber irgendeinen Grund muß es haben. Sie haben die Namen ja nicht aus dem Hut gezogen. Maestrangelo sagte, im Präsidium selbst habe man die Entscheidung getroffen, aber er sah zornig aus.«

»Und du hast wohl keine Ahnung, warum.«

Er sah sie erstaunt an. »Willst du damit sagen, du schon?«

»Ich will sagen, vielleicht wäre er selbst gern in die Sonderkommission geholt worden. Und wenn man ihn aus irgendeinem Grund übergangen hat...«

»Nein, nein...«

»Er ist doch auch nur ein Mensch.«

Der Maresciallo nippte schweigend an seinem Kaffee und überlegte. Er war ein großer Bewunderer von Capitano Maestrangelo und sah bei ihm alles, was ihm selbst fehlte: Intelligenz, Bildung, rednerische Begabung. Über ihn als Mensch hatte er nie viel nachgedacht. Teresa natürlich schon, so war sie nun mal. Als sie ihn zum ersten Mal gesehen hatte, meinte sie, Maestrangelo sei ein gutaussehender Mann, für Frauen attraktiv, oder könnte es zumindest sein, wenn er lächeln würde. Derlei war dem Maresciallo nie in den Sinn gekommen – aber Maestrangelo lächelte ja auch nie. Er war ehrgeizig, das schon... Und trotzdem...

»Nein, nein...«, sagte er noch einmal. »Er ist ehrgeizig, er wird als General aus dem Dienst ausscheiden, da bin ich mir ganz sicher, aber so zuverlässig er als Ermittlungsbeamter auch sein mag, auf diesem Gebiet liegt sein Ehrgeiz nicht. Außerdem scheint mir, daß dieser Fall, sosehr ich das bedaure, zu keinem Ende kommt. Die vielen Jahre, die schon vergangen sind, und nie auch nur ein Indiz. Nein, nein, er ist nicht der Mensch für riskante oder ungewöhnliche Unternehmungen.«

»Na dann... Aber dann verstehe ich auch nicht, warum man dich ausgewählt hat.«

»Der Capitano sagte: ›Wir haben die Entscheidung getroffen.‹ Er hat das ›wir‹ besonders betont. Als übernähme er die Verantwortung, obwohl es ihm nicht sonderlich gefiele. Es liegt eigentlich in der Entscheidungsbefugnis des Colonnello, aber der ist erst seit einem Monat hier.«

»Dann hat dich wahrscheinlich der Capitano empfohlen. Du solltest dich nicht immer so schlechtmachen, der Capitano hält viel von dir, du hast ein paar wichtige Fälle gelöst.«

»Ich hatte doch nie einen wichtigen Fall zu bearbeiten. Der einzige Fall, den ich je gelöst habe, ist der dieses armen Wichts Cipolla, der aus Versehen diesen Engländer erschossen hatte. Und nur darauf wartete, daß ich ihn verhaftete.«

»Jaja, schon gut – trink noch einen Schluck Kaffee; ich möchte keinen mehr.«

»Dann werd ich nicht schlafen können.« Er nahm ihn trotzdem.

»Und was war mit dem Juwelier, der vor ein paar Jahren ums Leben kam? Du kannst doch nicht leugnen, daß du die Täterin ermittelt hast. Ich kann mich noch gut an die Geschichte erinnern.«

»Ich hab sie aber nicht gefaßt. Sie wurde irgendwo in der Nähe der schweizerischen Grenze verhaftet. Sie hat ein Geständnis abgelegt. Ich habe nicht einmal einen Bericht zu diesem Fall unterzeichnet. Nicht anders war es bei dem Fall in den Töpfereien. Den hab ich zwar gelöst – aber zuständig war die örtliche Polizei – es war nicht mein Gebiet.«

»Und was war mit dem Ausländer im Pelzmantel? Das war dein Fall.«

»Ja, aber gelöst habe ich ihn nicht. Der Mann ist in Amerika gestorben, und wir haben ihn nie zu Gesicht bekommen. Übrigens war bei dem Fall der zuständige Staatsanwalt derselbe wie beim jetzigen, womit wohl jede Gefahr, er könnte mich für Sherlock Holmes halten, gebannt ist.«

»Trotzdem. Du machst dich immer selbst schlecht, und ich weiß, daß der Capitano sehr viel von dir hält. Er hat es mir gesagt, als wir uns kennenlernten, ich erinnere mich genau.«

Das war der Tag, an dem sie sagte, er sehe gut aus.

»Er war einfach nur höflich.«

»Nein, war er nicht. Ich kann das eine schon vom andern unterscheiden. Und was war mit der armen verrückten alten Frau, die in der Nähe des Metzgers wohnte? Damals war ich schon hier – ganz neu als Kundin bei diesem Metzger –, du kannst nicht abstreiten, daß du diesen entsetzlichen Menschen gefunden hast.«

»Verhaftet haben wir ihn aber nicht. Dafür war es zu spät. Das sieht mir ähnlich: zu langsam.«

»Er beging Selbstmord! Himmelherrgott, Salva, du hast ihn trotzdem gefunden!«

»Schon gut … du hast ja recht, und trotzdem, wäre da nicht dieser Nachbar gewesen, der mir den entscheidenden Tip gab … na, auch egal. Ich habe ihn gefunden. Macht also zwei, den und Cipolla. Und wenn man auch dazu eine Menge wiedergefundener Handtaschen und Dutzende von Fotoapparaten und Reisepässen hinzuzählt, macht mich das immer noch nicht zu Sherlock Holmes.«

Teresa jedoch ließ nicht locker, und zum Schluß hatte sie ihn beinahe überzeugt. Zu guter Letzt hielt sie ihm eine Standpauke. Die Leute – vom Capitano mal abgesehen, der ihn gut kannte – würden mehr von ihm halten, wenn er selber mehr von sich hielte und wenn er ab und zu einmal den Mund aufmachte und ein wenig Interesse bekundete, anstatt nur dazustehen und in die Luft zu gucken. Dem Maresciallo war auf einmal viel wohler. Diese Argumentation konnte er viel eher akzeptieren, weil sie ihm vertrauter war. Er bekam das seit Ewigkeiten zu hören, als Kind von seiner Mutter und seinen Lehrern und als Ehemann von seiner Frau. Wie immer stimmte er zum Schluß allem zu, was sie sagte, und beschloß, sich zu bemühen, einen waceren Eindruck zu machen und häufiger seine Meinung zu sagen – und morgen früh um acht damit anzufangen.

Nach allem, was darüber schon gesagt und in die Wege geleitet worden war, war dies ein wichtiger Fall, und, ganz gleich, welchen Grund es für die Entscheidung geben mochte, er war nun mal Teil dieser Sonderkommission. Er war es dem Capitano schuldig, seine fünf Sinne beisammenzuhalten, und genau das würde er auch tun. Anstatt sich nach dem Mittagessen mit der Zeitung niederzulassen, ging er schnurstracks in sein Büro und ackerte alle unerledigten Akten durch. Um fünf telefonierte er mit seinem jungen Brigadiere, Lorenzini, der verheiratet war und nicht in der Kaserne wohnte, und sie besprachen, was für Montag auf der Tagesordnung stand.

Als er an jenem Abend zu Bett ging, hatte er das Gefühl, seine Welt im Griff zu haben, und sein letzter Gedanke vor dem Einschlafen war, daß es schließlich eine interessante Erfahrung werden konnte und daß er sich geschmeichelt und geehrt fühlen sollte.

Um ein Uhr dreißig schlug er die Augen auf und war sofort hellwach. Er hatte vergessen, den jungen Landini anzurufen. Mist! Es ging ihm gegen den Strich, ein Versprechen nicht zu halten. Und nicht nur das, er hatte über dem neuen Fall auch vergessen, den Capitano wegen des Problems mit dem Bild anzusprechen. Und in der Bar hatte er einen Kuchen gekauft, einen teuren Kuchen, und nicht abgeholt. Soviel zu dem Vorsatz, seine fünf Sinne beisammenzuhalten. Es fing ja gut an. Morgen früh mußte er sich zusammenreißen. Ob es das Unbehagen beim Gedanken an den kommenden Morgen oder seine Verärgerung über sich selbst und seine Vergeßlichkeit war oder einfach der viele Kaffee, den er getrunken hatte, irgend etwas ließ ihn bis in die frühen Morgenstunden keinen Schlaf finden. Am nächsten Morgen um acht war er eher noch unkonzentrierter und schweigsamer als gewöhnlich.

Es war nicht annähernd so schlimm, wie er befürchtet hatte. Zunächst einmal hatte er es nicht mit einer Gruppe völlig Fremder zu tun. Er kannte die beiden anderen Carabinieri, das war das erste, was er erleichtert feststellte. Einer der beiden, Ferrini, war ein Mann in seinem Alter, mit dem zusammen er einmal an einem Fall gearbeitet hatte, und trotz ihrer Verschiedenheit waren sie gut miteinander ausgekommen. Den anderen, Bacci, kannt er fast so gut wie seine eigenen Kinder, weil er sein Untergebener im Palazzo Pitti gewesen war, während er auf einen Platz an der Offiziersschule wartete. Bacci mußte inzwischen kurz vor der Beförderung zum Capitano stehen, doch sein Gesicht war so jungenhaft und naiv wie eh und je, und war er nicht ein bißchen zu jung, um an einem solchen Fall mitzuarbeiten? Und der junge Mann von der Zivilpolizei, der ihm gegenübersaß, wirkte ebenfalls noch wie ein Bub. Das bedeutete vermutlich, daß der Maresciallo alt wurde. Man durfte auch nicht vergessen, daß die jungen Leute heutzutage über Spezialkenntnisse verfügten, mit Computern umgehen konnten und so weiter. Der Gedanke, daß sie dabeisein mochten, weil die Aufgabe Beweglichkeit und Mut erforderte, schoß ihm nur kurz durch den Kopf, doch er wollte es lieber bei den »Computern und so weiter« belassen, mit denen ein ganzes Gebiet ermittlerischer Tätigkeit abgedeckt und abgetan war, dem er mit übertriebenem Respekt und völligem Desinteresse gegenüberstand.

Der Maresciallo ließ den Blick über die zwei anderen, ihm gegenübersitzenden Männer von der Polizei wandern. Beide Gesichter kannte er, konnte ihnen aber keinen Namen zuordnen. Der eine Mann war ungefähr in seinem Alter, und als er den Blick des Maresciallo einfing, bedeutete er ihm mit einem leichten Nicken, daß auch er ihn wiedererkannt hatte. Dann schaute er wieder zu Staatsanwalt Simonetti nach vorn, der einen jener Vorträge hielt, die freundlich und improvisiert klingen sollten, aber sorgfältig vorgeplant und einstudiert waren. Wie hieß der Mann noch mal? Di Maira, genau. Sie hatten vor Jahren einmal miteinander zu tun gehabt. In dem anderen erkannte er einen knallharten und erfahrenen Beamten. Müßig, darüber nachzusinnen, warum der hier war. Sein Name fiel dem Maresciallo trotzdem nicht ein.

Der Raum war überheizt, und ein Großteil der Männer hatte sich Zigaretten angezündet. Der Maresciallo zog sein großes weißes Taschentuch hervor und betupfte sich damit unauffällig die empfindlichen Augen, die ihm aufgrund der immer dichter werdenden Rauchwolken und des fehlenden Schlafs brannten.

Trotzdem war ihm nicht so unbehaglich zumute, wie er es erwartet hatte, und er entspannte sich ein wenig, während er dem pausenlos weitersprechenden Simonetti zusah. Eines war sicher: Gegen seinen Willen war der nicht hier. Sein Gesicht hatte sich während seiner Darlegungen vor Begeisterung gerötet, und es war klar, daß ihn keinerlei Zweifel über den erfolgreichen Ausgang ihrer Anstrengungen anfochten.

Sosehr dem Maresciallo der gewandte und arrogante Mann auch mißfiel, er beneidete ihn auch. Neidete ihm sein Talent, sich stets im Recht zu fühlen – denn daß dem so war, daran zweifelte der Maresciallo nicht. Es war keine Pose, und das war auch der Grund dafür, daß er andere überzeugen konnte. Wie gelang es einem Menschen, so zu werden? Wie rechtfertigte er seine Fehler, seine Gemeinheiten und vor allem seine Ungeschicklichkeiten vor sich selbst? Vielleicht mußte man einfach dazu geboren sein. Für seine Umgebung war das natürlich kein Spaß. Wie dieser Mensch mit den Armen herumfuchtelte, wie ein Schutzmann auf der Kreuzung – das mußte eine Marotte sein, die er bei Gericht entwickelt hatte. Freilich, mit weit ausgebreiteten Armen brachte er seine schwarze seidene Robe am besten zur Geltung, und die trug er ja auch, wie dem Maresciallo einfiel, immer so, daß unter der herabgerutschten Schulter ein überaus eleganter Anzug zum Vorschein kam. Sein Plastron wirkte ebenfalls immer so, als sei er verrutscht: Er saß nicht schief, war aber mit Bedacht so plaziert, daß er nachlässig wirkte. Die Abneigung des Maresciallo gegen Simonetti verstärkte sich zusätzlich, als ihm Mario Querci einfiel, der unschuldige Zeuge eines Mordes, der dem Jagdinstinkt dieses Mannes zum Opfer gefallen war: Simonetti hatte sich auf ihn gestürzt und ihn mit sich gerissen, ihn jedoch, als sich saftigere Beute bot, wieder fallengelassen. Nur war das für Querci zu spät gewesen, denn da befand er sich bereits im Gefängnis, hatte seine Arbeit und Frau und Kind verloren. Aller Bindungen beraubt, bestürzt und verängstigt, brachte Querci sich um. Simonetti jedoch hatte gewiß keinen Augenblick an der Rechtmäßigkeit seines Tuns gezweifelt, und vermutlich war ihm dieses unwichtige Ereignis schon gar nicht mehr gegenwärtig. Gott schütze jeden, der ihm bei einem so wichtigen Fall wie diesem in die Quere kam. Wenn der einmal Blut geleckt hatte! Warum dachte er so über den Mann? Simonetti war nicht abgezehrt, hatte keinen spitzen Schnabel... er war breitschultrig und stämmig... vielleicht, weil der Capitano erzählt hatte, daß er und der Oberstaatsanwalt gemeinsam auf die Jagd gingen...

Nein. Es lag an seinen Augen, Augen, die unter schweren Lidern unnatürlich hell waren. Hm. Tja, die Spur bei diesem Fall war erkaltet, und wenn er meinte, ihn nach all den Jahren trotzdem lösen zu können...

»Seit 1981, das heißt, nachdem wir wußten, daß wir es mit einem Serienmörder zu tun haben und die Geschichte in der Presse durchsickerte, haben wir Hunderte von anonymen Hinweisen erhalten, aber nur drei davon sind wirklich von Interesse. Zwei von diesen stammen vermutlich von dem Mörder selbst, und Sie finden Kopien davon in den Akten, die man Ihnen ausgehändigt hat. Der dritte betrifft die Person, gegen die wir derzeit ermitteln.

Diesen Mann haben wir bereits im Computer registriert, da er, wie der Brief andeutet, schon in seiner Jugend wegen Mordes verurteilt worden war, und zwar eines besonders heimtückischen Mordes – Details darüber finden Sie in Ihren Akten –, und weil er als Voyeur bekannt war. Vor ungefähr drei Jahren wurde er wegen fortgesetzten sexuellen Mißbrauchs seiner Tochter verurteilt. Er verbüßt seine Strafe im Gefängnis von Sollicciano. Unsere Nachforschungen haben ergeben, daß der Mann zur Zeit der Doppelmorde in den jeweiligen Gegenden lebte und jede davon gut gekannt haben muß, weil es sich bei den Tatorten überall um Plätze handelt, die gern von Liebespaaren und folglich auch von Voyeuren aufgesucht werden. Wir haben deshalb vor einiger Zeit sein Haus und die Nebengebäude durchsucht, aber nichts von Interesse gefunden. Seither nehmen wir seine Aktivitäten und seinen Umkreis genauer unter die Lupe, und demnächst wird er eine gerichtliche Mitteilung erhalten, daß wegen der Doppelmorde aus den Jahren 1968, 1974, Juni 1981, Oktober 1981, 1982, 1983, 1984 und 1985 gegen ihn ermittelt wird. In der Zwischenzeit werden Sie die Akten durchgehen, die Ihnen ausgehändigt worden sind. Dann werden wir handeln.«

Er packte seine eigenen Akten ein und stand auf, strahlend vor Kameradschaft und jungenhaftem Charme.

»Ich habe veranlaßt, daß man Ihnen Kaffee bringt, und ich hoffe, daß Sie sich miteinander bekannt machen. Ich freue mich auf die Zusammenarbeit mit Ihnen. Meine Herren, guten Morgen.«

Als Simonetti hinausrauschte – man meinte, die Seidenrobe hinter ihm her wehen zu sehen –, atmete der Maresciallo tief aus und beglückwünschte sich dazu, während des ganzen Vortrags, der, wie er mit einem verstohlenen Blick auf seine Armbanduhr feststellte, gute zwei Stunden gedauert hatte, wach geblieben zu sein. Zum Glück mußte er nicht beweisen, wie wach, denn er hätte abgesehen von der Passage über den anonymen Brief und dem letzten Stück über die gerichtliche Mitteilung und dem Kaffee kein einziges Wort von dem, was Simonetti gesagt hatte, wiederholen können.

Auf der großen Steintreppe vor dem Gericht drängte sich eine Meute von Journalisten, die sich Notizen machten und Gerüchte austauschten. Obwohl es so warm war wie immer, hatten sie die Kragen hochgeschlagen – feine Regentröpfchen fielen durch den grauen Dunst.

»Keine Sorge, die warten nicht auf uns«, sagte Ferrini, der das Zögern des Maresciallo spürte. »Der Oberstaatsanwalt und Simonetti werden jeden Augenblick eine Pressekonferenz geben. Sie werden beide heute abend im Fernsehen kommen, wie erfreulich für sie.«

Der Maresciallo erwiderte nichts, und sie gingen die Treppe hinunter. Zwei Wagen der Carabinieri warteten, und Bacci stieg in den vorderen ein.

Ferrini sah sich nach einem dritten um. »Sie sind doch nicht etwa zu Fuß da?«

»Ich gehe so oft wie ich kann zu Fuß. Bei kurzen Entfernungen geht das außerdem schneller.« Der Verkehr kroch im Schneckentempo an ihnen vorüber, und einige

Fahrer, über die Grenzen ihrer Geduld hinaus verärgert über die endlosen Schlangen und die graue, schadstoffgeschwängerte Luft, drückten pausenlos auf die Hupe.

»Der Regen wird stärker. Wir können Sie absetzen.«

Der Maresciallo ließ sich leicht überreden. Er wurde nicht gern naß, doch vor allem wollte er mit jemandem über die ganze Sache reden, mit jemandem aus seiner eigenen Behörde und von gleichem Alter und Rang – nur war Ferrini offensichtlich nicht mehr Maresciallo.

»Ich sollte Ihnen wohl gratulieren.« Er warf einen Blick auf die Sterne auf Ferrinis Epauletten.

»Danke.« Sie ließen sich auf der Rückbank des Wagens nieder, und der Fahrer begann zu blinken in der Hoffnung, sich in die Schlange der Autos einfädeln zu können, die in Richtung des Flusses vorankroch. »Ehrlich gesagt«, sprach Ferrini weiter, »habe ich es schon oft bereut. Ich hätte zwar wohl kaum ablehnen können, als sich die Gelegenheit bot, aber als Unteroffizier war ich glücklicher. Seitdem« – er wies mit dem Finger auf eine Epaulette – »hänge ich in einem Büro fest und zerbreche mir den Kopf, wie ich die nächste Versetzung abwehren kann. Als Sie damals abgelehnt haben, hielt ich Sie für einen Dummkopf, wissen Sie, aber jetzt...«

Die beiden Männer hatten bei einem Mordfall im Transsexuellenmilieu erfolgreich zusammengearbeitet, und der Maresciallo war Ferrini ewig dankbar dafür, daß er ihn in die Unterwelt eingeführt hatte. Als beiden anschließend die Beförderung angeboten wurde, hatte der Gedanke an die Offiziersschule, die Prüfungen und eine Versetzung nach Gott weiß wohin den Maresciallo abgeschreckt. Ihm gefiel seine Arbeit, so wie sie war, und Florenz gefiel ihm und seiner Familie auch.

»Wenigstens sind Sie noch hier«, gab er Ferrini zu bedenken, »und das ist ein Glück.«

»Mit Glück hat das nichts zu tun, sondern mit Frau und Kindern – Sie wissen doch, wie das ist.«

»Ich weiß.«

»Sie haben es richtig gemacht. Ich hab es zwar geschafft, hierbleiben zu können, zumindest im Augenblick, aber der Preis dafür ist, daß ich in einem Büro festsitze und Papiere hin und her schiebe. Ich wäre gern draußen, um einen Fall zu bearbeiten, aber dies wird mir wohl in Florenz nicht gestattet. Alle anderen in meiner Altersgruppe sind schon Oberstleutnant, und die Ermittlungen werden von Leuten geleitet, die nur halb so alt sind wie ich, aber schon den gleichen Rang haben. Um in die Position zu kommen, die ich mir wünsche – und ich möchte Ermittlungsbeamter sein, das habe ich immer gewollt –, müßte ich mich in irgendein Kaff versetzen lassen, in das niemand sonst will.« Er verstummte und beugte sich nach vorn zum Fahrer: »Wir setzen zuerst den Maresciallo am Palazzo Pitti ab.«

»Jawohl.«

Ferrini lehnte sich seufzend wieder zurück. »Sie haben das einzig Richtige getan. Sie haben sich Ihre Unabhängigkeit bewahrt und leiten Ihren eigenen Laden.«

»Nur eben im Augenblick nicht.«

»Was wollen Sie damit sagen?«

»Daß Sie in diesem Augenblick eben nicht in Ihrem Büro sitzen, sondern Ermittlungen führen, und ich ganz sicher bei diesem Fall nicht unabhängig bin.«

»Da haben Sie auch wieder recht. Nach der Pfeife der Zivilen tanzen. Daß ich das noch einmal erlebe, hätte ich auch nicht gedacht. Aber solange es sich in Grenzen hält, ist das ja egal. Was halten Sie übrigens von Simonetti? Ich mag ihn nämlich gar nicht.«

»Ich, nichts.«

»Schon mal mit ihm zu tun gehabt?«

»Einmal.«

»Hat was von einer Dampfwalze, der Mann, nicht?«

»Hm.«

»Jedenfalls hat es mich heute morgen gefreut, Sie auch dabei zu sehen. Ich kann Ihnen sagen – können wir denn keine andere Strecke fahren?« Dies an den Fahrer gerichtet, denn sie waren kaum mehr als drei Meter vorangekommen.

»Nein, Signore.«

»Winken Sie mit Ihrem Stöckchen und fahren Sie auf der Busspur an der Schlange vorbei, sonst stehen wir morgen noch hier.«

Der Fahrer tat, wie ihm geheißen, und sie kamen in ermutigendem Tempo bis zur nächsten Ampel voran. Es regnete nun richtig, die dicken Tropfen schlugen prasselnd in den aufgewühlten, schlammgrauen Fluß. Die bedauernswerten Menschen an den Bushaltestellen versuchten sich unter hochgeschlagenen Kragen und unter Schirmen zu schützen und verstopften damit die engen Gehsteige, so daß Passanten auf die Straße ausweichen mußten und Gefahr liefen, unter die Räder der hupenden Autos zu geraten.

Sie waren auf der rechten Uferseite in Richtung Ponte Vecchio unterwegs, und eine Weile bewegte sich die Kolonne gleichmäßig vorwärts, kam dann aber wieder zum Stehen. Ein städtischer Schutzmann, von dessen weißem Helm der Regen in Strömen herunterrann, winkte einem unsichtbaren Verkehrssünder zu und blies zornig in seine Trillerpfeife.

»Mich hat es auch gefreut, Sie zu sehen«, sagte der Maresciallo, als der Lärm ein wenig nachgelassen hatte, »obwohl ich ehrlich gesagt gar nicht weiß, warum ich überhaupt dabei bin.«

»Nein?« Ferrini schaute ihn von der Seite an, und falls er den Grund kannte, nannte er ihn nicht. »Sie haben recht, zu Fuß kommt man schneller voran, nur wird man eben naß. Wichtig ist nur, daß man sich keine Grippe einfängt, jedenfalls nicht vor dem strategisch richtigen Augenblick.«

»Gibt es denn einen strategisch richtigen Augenblick, um eine Grippe zu bekommen?«

»Bei diesem Fall wird es einen geben. Man sollte möglichst keine Grippe ungenutzt lassen. Ich habe den Eindruck, wir müssen hier in drei Tagen Stoff durchackern, für den man normalerweise einen Monat braucht.« Er klopfte mit der Hand auf die neben ihm liegenden Akten. »Wenn Sie einen Blick hineingeworfen haben, wollen wir das alles dann mal durchsprechen?«

»Gute Idee.« Der Maresciallo schätzte, es war Lesestoff für drei Monate und er würde ihn niemals in drei Tagen bewältigen.

»Gut. Wir sind da. Rufen Sie mich an. Warten Sie«, er zog eine Visitenkarte hervor, »verwenden Sie meine Durchwahl – und ich würde es nicht an die große Glocke hängen, daß wir uns treffen, verstehen Sie.«

»Natürlich.« Dem Maresciallo, der niemals etwas an die große Glocke hängte, war durchaus klar, daß dies eine außerordentliche Situation war. Als er seinem Freund nachsah, der unter dem steinernen Torbogen davonchauffiert wurde, fragte er sich, ob zwischen den sechs Männern noch andere Geheimbündnisse geschmiedet wurden und wozu das alles führen sollte. Ihm selbst war dabei nicht wohl. Ihm war überhaupt nicht wohl.

# 3

»Ich stehe hinter einem Baum – er kann mich nicht sehen, ich ihn aber. Also: Er steht genau dort und sieht in das Auto rein – es ist pechschwarz, und er steht direkt neben dem Auto und sieht ihnen beim Vögeln zu, so nahe, wie ich jetzt vor Ihnen stehe, und in der einen Hand hat er eine Knarre und in der anderen ein Messer. Ich sehe, wie das Messer blitzt. Also, ich stehe dort, sehe, wie sie anfangen, sich anzuziehen, und ich sehe alles, was an ihr dran ist, jedes bißchen, und er steht dort wie eine Statue, regt sich nicht, und sie ziehen die Jeans an, aber oben nichts, und danach die Schuhe. Er schießt, acht-, neun-, zehnmal, einfach so, und dann geht er rum zur Beifahrerseite und zieht sie raus ...«

Er geriet ins Stocken und verstummte, wartete vielleicht darauf, daß der Maresciallo ihm widersprach oder auf die Sprünge half oder ihn zumindest mit einer Frage unterbrach, doch der Maresciallo blieb stumm, die vorstehenden Augen waren ausdruckslos, die großen Hände lagen flach auf dem Schreibtisch vor ihm.

»Jedenfalls ... Also, er zieht sie raus und von dem Auto fort, und er reißt ihr die Jeans vom Leib und spreizt ihr die Beine ...«

»Verschwinden Sie«, sagte der Maresciallo ruhig.

»Warten Sie! Er zückt das Messer ...«

»Verschwinden Sie«, sagte der Maresciallo noch einmal und stand auf.

Der alte Mann auf der anderen Seite des Schreibtischs war alt und dick, und sein kariertes Hemd spannte so über seinem Bauch, daß man für die Knöpfe fürchtete. Seine Augen waren wäßrig und funkelten gierig schon bei dem Teil der Geschichte, den er bis jetzt erzählt hatte.

»Sie haben keinen Grund, mich so zu behandeln«, sagte er, zog seinen grünen Mantel vorn zusammen und setzte seinen Hut auf. »Ich tue meine Pflicht und teile es Ihnen mit, das ist alles. Sie sollten mir dankbar sein.«

»Scheren Sie sich nach Hause, und lassen Sie sich hier nicht noch einmal blicken, sonst werden Sie es bereuen.«

»Ich habe nichts Unrechtes getan...«

Als sich die Tür hinter ihm schloß, ging der Maresciallo zum Fenster und öffnete es. Er brauchte dringend frische Luft. Ob dies ein Vorgeschmack darauf war, was ihm in nächster Zeit bevorstand, wenn die Namen der Ermittlungsbeamten erst einmal öffentlich bekannt wurden... Nicht, daß dies Bertellis erster Besuch gewesen wäre. Er kam ständig mit erfundenen Geschichten aufs Revier, doch gewöhnlich bekam er einen der jüngeren Carabinieri zu fassen – irgendeinen achtzehnjährigen Burschen, der seinen Armeedienst ableistete, dem er eine ziemlich lange Geschichte auftischen konnte, bevor der arglose Junge etwas kapierte. Seine Geschichten stammten ohne Frage direkt aus den pornographischen Zeitschriften, mit denen seine Reparaturwerkstatt vollgestopft war, nur daß er die Geschlechter vertauschte. Er habe in der Badewanne gesessen, vergessen abzuschließen, und die Frau von nebenan sei hereingekommen und habe ihn ohne weitere Umstände angefaßt usw. usw. Nun, da die Zeitungen das Monster wieder groß herausbrachten, brauchte er nicht einmal auf die Storys und seine Zeitschriften zurückzugreifen. Der Maresciallo versuchte sich ins Gedächtnis zu rufen, ob er auch in den achtziger Jahren, auf dem Höhepunkt des »Monsterfiebers«, gekommen war, doch wahrscheinlich hatte er im Polizeipräsidium drüben am Borgo Ognissanti den Beamten heimgesucht, der den Fall damals bearbeitete.

Hinter ihm ging die Tür auf. Dieser verflixte Mistkerl war bestimmt immer noch nicht...

»Maresciallo?« Es war Brigadiere Lorenzini. »Der junge Mann, der Sie sprechen will, sitzt immer noch hier. Haben Sie ihn vergessen?«

»Marco, natürlich. Es war mir kurz entfallen. Hören Sie, lassen Sie diese Type hier nie wieder rein, verstanden?«

Er nahm seinen Überzieher vom Kleiderständer hinter der Tür.

»Geben Sie mir Signora Dinis Handtasche, ich bringe sie an die Porta Romana.«

»Wollen Sie, daß ich mit dem jungen Mann spreche?«

»Er wird mich begleiten. Wo ist er denn? Marco?«

Landini stand auf, als er den Maresciallo herauskommen und seinen Paletot zuknöpfen sah.

»Wenn Sie keine Zeit für mich haben, komme ich...«

»Nein, nein. Wenn es dir nichts ausmacht, ein kurzes Stück zu gehen, können wir unterwegs miteinander sprechen.« Der Maresciallo rückte seine Mütze zurecht, und Lorenzini hielt ihm die Handtasche der alten Dame hin.

»Nicht doch, suchen Sie mir um Himmels willen eine Plastiktüte. Ich kann doch die Tasche nicht so herumtragen. Marco, ich hätte dich schon früher anrufen sollen, es tut mir leid. Es ist eine ungünstige Zeit.«

»Kann ich mir denken. Ich hab davon gehört, und es steht ja auch in den Zeitungen, deshalb ...«

»Hm. Gehen wir.« Er nahm die Plastiktüte, und die beiden machten sich gemeinsam die schmale Treppe hinunter auf den Weg.

Es hatte seit Tagen immer wieder einmal geregnet, und der Kiesweg durch die Boboli-Gärten hinter dem Palazzo, den sie einschlugen, war völlig durchweicht. Es war angenehmer, durch die Gärten zu gehen, als die enge und stets lärmende Via Romana entlang. Der Gehsteig war dort so schmal, daß er nur einem Menschen Platz bot und daß es unmöglich war, ein Gespräch zu führen, außerdem hätte man dazu den zwischen den hohen Gebäuden widerhallenden Verkehrslärm übertönen müssen.

In den Gärten wiederum war es noch stiller als gewöhnlich, denn Nässe und Nebel hielten die Touristen, die die Galerie im Palazzo besichtigten, davon ab, herauszukommen. Kein Mensch saß auf den feuchten Steinrängen des Amphitheaters, als sie unten daran vorbeigingen, und die Katzen, die sich ihre Futterrationen durch das aufbesserten, was liegengebliebene Picknickreste hergaben, strichen naß und verzagt herum und waren äußerst gereizt.

»Es wird nicht so leicht sein, wie ich dachte.« Marco suchte in der Tasche seines Tweedjacketts nach einem Feuerzeug. »Anfangs schien alles ganz einfach, denn Franchi hat sehr genau Buch geführt über jedes seiner Gemälde, wer sie in Kommission gegeben und wieviel man ihm dafür gezahlt hat. Es sah so aus, als brauchte ich nichts weiter zu tun, als zu beweisen, daß dieses Bild, das ja nicht meiner Familie gehört, bei Franchi nicht verzeichnet ist. Ich gehe vorläufig davon aus, daß es eine Fälschung ist. Wenn es keine ist und wenn es in Franchis Listen doch noch auftaucht, muß ich mich der Tatsache stellen, daß es gestohlen sein könnte. Der Fall liegt jedenfalls nicht so einfach. Es gibt nämlich mehr Gemälde, als bei Franchi verzeichnet, und zwar beträchtlich mehr, vor allem Porträts wie dieses, denn zu der Zeit, als er hier im Palazzo Pitti Hofmaler war, ließ die Großherzogin, Prinzessin Violante, ihn alle Hofdamen, die in ihrem Dienst standen, malen. Diese Bilder verzeichnete er alle als Auftragswerke der Prinzessin, aber – und das ist ein großes Aber – er hat außerdem Kopien der gleichen Porträts angefertigt, und daß er die alle verzeichnet hat, darauf kann ich mich nicht verlassen.«

»Warum sollte er denn seine eigenen Bilder kopieren?«

»Aus finanziellen Gründen. Es war nicht immer leicht, das Honorar von den Leuten einzutreiben, so reich sie auch waren.« Er deutete mit der Hand nach rechts, wo Hunderte von Orangen- und Zitronenbäumen in dem langen Gewächshaus vor der Härte des Winters geschützt waren. »Bilder in Auftrag zu geben, darauf waren sie immer erpicht, aber wenn es ans Bezahlen ging, ließ der Eifer schon nach. Franchi hielt sich dadurch über Wasser, daß er diese Porträts für die jungen Damen kopierte. Sie, die nicht so reich und mächtig waren, bezahlten ihn. Natürlich bekamen sie ihre Bilder billiger, denn es waren ja Kopien, und die herzustellen dauerte weniger lange und war nicht so mühselig. Die Großherzogin wußte von nichts, und sie hätte solche Händel sicher auch nicht gebilligt, zumal er ihr auch Kopien verkaufte, wenn er die echten Porträts bereits gegen Honorar seinen Modellen abgeliefert hatte. Und er hat ihr wohl kaum einen Rabatt gegeben.«

»Ich verstehe, worauf du hinauswillst. Es ist ein bißchen schwierig ...«

»Das Schlimmste habe ich Ihnen noch gar nicht gesagt. Zu allem Übel haben viele weniger angesehene Maler – Franchi war ja der berühmteste Maler der Stadt – Kopien seiner Werke gemacht, und zwar ziemlich gute, manchmal in Originalgröße, manchmal aber auch verkleinert, weil das in der Herstellung nicht so teuer war – und Franchi selbst hat auch Bilder von Malern kopiert, die wiederum er bewunderte.«

»Das ist ja ein schönes Durcheinander.«

»Ja, das ist es, und Zuschreibungen sind natürlich schwer, auch was mein Bild angeht... Warten Sie, ich zeige Ihnen, was ich darüber gefunden habe ...«

Sie blieben unter der weißen Marmorstatue des Pegasus stehen, und Marco kramte in seinen Taschen nach einem kleinen Notizbuch. »Ich habe das alles erst heute vormittag herausgefunden, und da mußte ich einfach zu Ihnen kommen. Hier: ›In Auftrag gegeben am 10. Februar 1692 vom Prior von San Marco für den Großherzog, der Fra' Bartolomeos wunderschönes und gefeiertes Bild von San Marco in seinen eigenen Palazzo überführen und durch eine sorgfältige Kopie, angefertigt von Antonio Franchi, dem vortrefflichsten aller Maler von Florenz, ersetzen wollte, welche dieser auch mit so vorzüglicher Perfektion der Nachahmung ausführte, daß sie wahrhaftig das Original zu sein scheint.‹ Da haben Sie es.«

»Hm.«

»Sie sehen, es ist viel komplizierter als erwartet.«

»Kann Ihnen denn nicht jemand helfen? Ein Fachmann, meine ich.«

»Irgend jemand wird mir helfen müssen – zumindest, um für mich im *Thieme/Becker* nachzulesen, denn ich kann kein Wort Deutsch.«

»Wo nachzulesen?«

»Das ist das maßgebliche Künsterlexikon. Ich dachte mir, ich könnte vielleicht einen deutschen Studenten der Kunstgeschichte auftreiben, der mir hilft, damit ich nicht alles erklären muß.«

»Nein, Marco, du kannst das nicht alles auf eigene Faust betreiben ...«

»Ich kann es doch niemandem sagen. Überlegen Sie doch mal: Wenn dieses Bild eine Fälschung ist, könnten es viele andere auch sein. Wenn ich mir selbst gegenüber ehrlich bin, muß ich zugeben, daß ich eines schon immer gewußt oder gespürt habe: Mein Vater verfügte über Geld, für das sich keine Erklärung finden ließ, doch das konnte ich ja kaum laut sagen. Natürlich kann man nicht genau angeben, wieviel er damit verdient hat, Bilder zu authentifizieren, und er besaß durchaus die Gabe, wohlhabender zu erscheinen, als er tatsächlich war. Er war ein großer Blender, wissen Sie.«

»Ich kann es mir vorstellen.«

Marco schob die Hände tief in die Taschen und schaute auf den nassen Kies, als sie weitergingen.

»Manchmal nehme ich es ihm gar nicht übel, daß er mich verachtet hat.«

»Und du nimmst so viel auf dich, um ihn zu schützen.«

»Um meine Mutter zu schützen.«

»Ja, sicher, wenn sie daran nicht beteiligt war ... Immerhin waren sie ja geschieden.«

»Sie hat schon genug unter ihm gelitten, als er noch lebte. Noch eine Geschichte dieser Art würde sie umbringen.«

Der Maresciallo ging schweigend weiter, und nur ein kurzer Seitenblick, mit dem er Marco streifte, verriet, daß er dieses »noch eine« sehr wohl gehört hatte. Marco, den Kopf weiterhin gesenkt, die Miene düster, schien sich nicht bewußt zu sein, daß ihm diese Worte herausgerutscht waren. Sie setzten ihren Weg fort, und eine Weile hörte man nur ihre knirschenden Schritte und das Tschilpen der Vögel, die in den melancholischen winterlichen Lorbeerbüschen klagend nach einem Gefährten riefen. Der Maresciallo wollte den rechten Augenblick abwarten. Ein erzwungenes Geständnis war nie mehr als ein halbes Geständnis, und er kannte Marco gut genug, um zu wissen, daß kein Schuldgefühl, sondern Scham ihn daran hinderte weiterzusprechen. Ein Sonnenschimmer drang gerade durch den Nebel hindurch, und in seiner zarten Wärme begannen die feuchten Lorbeerblätter ihren Duft zu verströmen, der sich mit dem stärkeren Geruch eines Feuerchens vermischte. Von den Gärtnern, die die Hecken des Irrgartens zu ihrer Linken stutzten, war nichts zu hören und nichts zu sehen. Nur die feinen Rauchwölkchen zeigten an, daß sie da waren.

»Meiner Meinung nach«, sagte der Maresciallo schließlich, »solltest du unbedingt einen der größeren Antiquitätenhändler der Stadt aufsuchen. Vielleicht kennst du einen persönlich?«

»Ich kenne zwei. Der eine ging mit mir zur Schule und arbeitet nun im Geschäft seines Vaters.«

»Dann geh zu dem. Alle verfügen über Listen gestohlener Gemälde. Diese Listen mußt du durchgehen. Du weißt ja, ich kann dir da nicht helfen, auch beim besten Willen nicht.«

»Nein, natürlich nicht. Es tut mir leid. Ich hätte Sie nicht behelligen dürfen.«

»Mach dir darüber keine Gedanken, geh nur die Listen durch. Ich hätte besser nachdenken und es schon früher vorschlagen sollen, aber ich habe im Moment einfach so viel am Hals.«

»Da brauche ich Ihnen nicht noch zusätzliche Arbeit aufzuladen. Ich darf Sie nicht auch noch bitten, Benozzetti aufzusuchen – obwohl, wenn ich diese Liste vielleicht vorher durchgesehen hätte...«

»Oh, bei Benozzetti bin ich gewesen...«

»So?«

»...und nach allem, was ich dort gesehen habe, könnte ich ihn für einen Fälscher halten. Restaurator, so nennt er sich selber, aber irgend etwas scheint mir da faul zu sein. Er war sehr abweisend und, finde ich, ein bißchen verrückt.«

»Wie ich gehört habe, sollen alle Fälscher ein bißchen verrückt sein. Aber hat er angebissen? Kommt er ins Atelier?«

»Das weiß ich nicht, Marco. Ehrlich gestanden, ich glaube, ich habe mich nicht besonders geschickt angestellt.« Wieder konnte er nur sagen: »Du brauchst einen

Fachmann.« Er schilderte, so gut er konnte, das Bild, welches Benozzetti ihm gezeigt hatte, doch es gelang ihm nur unzureichend, da er von Malerei ja nichts begriff.

»Wollen Sie damit sagen, es war die Kopie eines Bildes hier aus der Galerie?«

»Nein. Eine Kopie? Nein. Es war so ähnlich, aber irgend etwas war anders, und das hatte damit zu tun, wo ich stand... Jedenfalls waren der Arm oder die Hand anders, vielleicht auch die Art, wie er saß... Nein, eine Kopie war das nicht.«

»Dann war es genau wie die Art Bilder, von der ich eben gesprochen habe! ›Im Stil von‹, so, wie man Franchi kopierte, oder sogar so, wie er sich selbst kopierte, weil er genau solche kleine Änderungen vornahm, besonders dann, wenn das Modell kein Mitspracherecht hatte, weil das Porträt ja von der Prinzessin Violante in Auftrag gegeben worden war.«

»Trotzdem, das war nicht dein Maler. Das Bild war ein Tizian, da bin ich mir ganz sicher.«

»So? Wie hieß es denn?«

»Es war das Bildnis eines Mannes. An den Titel kann ich mich nicht erinnern. Ich könnte es dir zeigen. Jedenfalls sagte Benozzetti, er restauriere es für den Besitzer, aber wenn jemand aus dem Kultusministerium zu ihm käme, würde er sagen, er hätte es selbst gemalt, und wenn sie es nicht glaubten, würde er ein zweites malen.«

Marco schaute ihn an. »Das klingt schon ziemlich verrückt, aber trotzdem, gut möglich, daß er es wirklich nur restauriert und daß der Besitzer es dem Ministerium gegenüber nicht angegeben hat. Ich wünschte, ich könnte es mir ansehen, jetzt, wo ich verschiedenes über derlei Dinge gelesen habe.«

»Geh hin.«

»Ich?«

»Warum nicht? Ich habe den Boden bereitet.«

»Ich hatte gehofft, er käme zu mir. Ich möchte, daß er sich das Bild von Franchi ansieht, wenn es überhaupt ein Franchi ist. Wie ist denn Benozzetti? Wie sieht er aus? Wie benimmt er sich?«

»Sehr eindrucksvoll. Ein stattlicher Mann und sehr gut gekleidet. Scharfer Verstand, auch wenn er ein bißchen verrückt ist... Vielleicht wäre ›fanatisch‹ das richtige Wort. Geh hin und sieh dich selbst bei ihm um, wenn er sich nicht bei dir meldet.«

»Glauben Sie nicht, daß ich eine Gefahr für ihn darstellen könnte?«

»Nein, das würde ich nicht sagen.«

»Auch wenn ich dieses Bild habe... Es ist ja immerhin ein Beweisstück, oder?«

»Vorläufig beweist es gar nichts, aber wenn es dich beunruhigt, dann warte einfach ab, bis er sich bei dir meldet, und wenn du möchtest, kann ich versuchen dazusein, wenn er kommt.«

»Und wenn er sich nicht meldet?«

»Betreib nur weiter deine Nachforschungen und warte ab, was dabei herauskommt. Irgend etwas muß sich doch klären, wenn du nicht lockerläßt. Wir nehmen dieses Tor.«

Sie verließen die Gärten und traten auf die Via Romana hinaus.

»Willst du hier auf mich warten?« Der Maresciallo deutete auf die Plastiktüte. »Ich muß für ein paar Minuten zu der alten Dame, mich vergewissern, daß alle ihre Ausweise da sind und so weiter.«

»Ich glaube nicht. An der Porta Romana hält ein Bus, mit dem ich direkt bis zum Atelier fahren kann. Ich will gleich mit meinen Nachforschungen weitermachen. Zuerst aber schaue ich mir diese Liste an, das verspreche ich Ihnen.« Er hielt dem Maresciallo die Hand hin. »Vielen Dank für alles.«

»Ich konnte ja nicht viel helfen, aber melde dich wieder – gib nicht auf.«

»Bestimmt nicht. Ich rufe Sie an.«

Der Maresciallo drückte den Klingelknopf und sah Marco nach, als er davonging. Irgend etwas an ihm... Er sah immer so hilflos aus. Ein leichter Zweifel befiel ihn, ob es recht gewesen war zu sagen, Benozzetti würde ihn nicht als Gefahr betrachten.

»Wer ist da?«

»Maresciallo Guarnaccia, Signora. Ich bringe Ihnen Ihre Handtasche.«

»Oh, wie liebenswürdig...«

Nicht, daß etwa er oder seine Männer sie gefunden hätten. Wie üblich waren es die Leute von der Müllabfuhr gewesen. Sie fanden oft geraubte Handtaschen, die, nachdem das Bargeld herausgenommen worden war, in einen Müllkübel gestopft wurden, und die Leute waren nur zu froh, wenn man ihnen ihre Scheckhefte und Ausweispapiere zurückbrachte. So auch diese betagte und zarte Frau, die nicht stundenlang anstehen konnte, um sich neue Papiere ausstellen zu lassen. Daß der Maresciallo der Frau die

Handtasche persönlich zurückbrachte und nicht einen seiner Carabinieri schickte, hatte einen besonderen Grund: Teresa hatte einen Fünfzigtausendlireschein in die Tasche gesteckt, denn ihr war klar, daß die alte Dame, nachdem sie ihre kleine Barschaft an einen Drogensüchtigen verloren hatte, nicht bis zum nächsten Rentenzahltag auskam. Ihr war auch klar, daß Stolz die alte Dame daran hindern würde, um Hilfe zu bitten.

»Das nächste Mal, Signora«, sagte der Maresciallo, »stecken Sie sich Ihr Geld und den Wohnungsschlüssel in die Manteltasche. Sie sollten keine Handtasche bei sich haben in diesen engen Gassen, wo es für einen jungen Mann auf einem Moped ein leichtes ist, sie Ihnen wegzureißen.«

»Ach, Maresciallo, in meinem Alter fällt es einem schwer, seine Gewohnheiten zu ändern. Es käme mir unanständig vor, ohne eine hübsche Handtasche und ohne Handschuhe auszugehen. Aber ich werde es mir überlegen.« Sie bot ihm ein Bonbon aus der Glasschale an, die auf der dunklen, glänzenden Kredenz stand. »Aber das mit dem Fünfzigtausendlireschein verstehe ich immer noch nicht.«

Sie strich ihn glatt und legte ihn bedächtig auf ein spitzengesäumtes gesticktes Deckchen neben der Schale. Das Pendel einer Wanduhr tickte laut in dem dunklen Raum, als sie sich mit einem leisen Seufzer, dem einzigen Hinweis auf die Schmerzen, die ihre arthritischen Knochen ihr verursachten, dem Maresciallo gegenübersetzte.

»Es geht dabei weniger um Ihre Rente«, sprach der Maresciallo weiter, »auch nicht um den Aufwand und die

Mühe, die es kostet, sich neue Ausweispapiere zu beschaffen. Sondern vielmehr darum, daß Sie vielleicht instinktiv Ihre Tasche festhalten und auf die Fahrbahn gezogen werden. Sie könnten dabei schwer verletzt werden. Ich habe oft genug gesehen, wie so etwas passiert, bitte denken Sie daran.«

»Ich werde es nicht vergessen. Obwohl ich nicht glaube, daß ich mit diesen Händen noch irgend etwas festhalten kann.«

Traurig betrachtete sie die bleichen, deformierten Gelenke, als seien sie etwas, was nicht zu ihr gehöre. »Ach, als ich jung war, da war alles noch anders ... Ich will trotzdem versuchen, daran zu denken ... Ich könnte schwören, daß ich nur einen Zwanzigtausender und ein bißchen Wechselgeld hatte – und es war in meinem Portemonnaie, und das ist ja nun weg. Na, mein Gedächtnis ist auch nicht mehr, was es einmal war.«

»Vielleicht waren Sie mit den Gedanken woanders, als Sie den Schein einsteckten. Schön, ich muß jetzt gehen. Sie denken dran, keine Handtasche mehr mitzunehmen?«

»Oh, ja sicher ...« Dem Maresciallo war klar, daß sie es bereits vergessen hatte. »Ich überlege gerade, ob meine Tochter mir den Schein in die Tasche gesteckt haben könnte, als sie mich letzten Monat besucht hat. Sie wohnt jetzt in Rom, wissen Sie.«

»Ja.« An der Tür rückte er seine Mütze zurecht, ging hinaus und ließ ihr diesen angenehmen, wenn auch unzutreffenden Gedanken.

Der Maresciallo ging durch die Via Romana zurück und setzte seine Schritte mit Bedacht, damit die Leute, die zum

Einkaufen unterwegs waren, an ihm vorüberkonnten, ohne daß er immer wieder auf die Fahrbahn ausweichen mußte, wo von hinten dröhnend orangefarbene Busse angerollt kamen. An der Kreuzung der Piazza San Felice spürte er nur zu deutlich die Verlockung, in der hellerleuchteten Drogerie eine Pause einzulegen, zumal gerade niemand Schlange stand und der Drogist hofhielt und mit ein paar Leuten aus dem Viertel an einem Tisch saß. Der Maresciallo zögerte, als der Mann in dem weißen Kittel ihn mit erhobener Hand grüßte, doch dann erwiderte er, innerlich seufzend, den Gruß und ging weiter zur Piazza Pitti, wo die dicke Akte zum Fall des »Monsters« auf ihn wartete. Zufällig warteten auch noch einige andere Dinge und Menschen auf ihn, und um halb neun Uhr abends lag die Akte immer noch geschlossen auf seinem Tisch. Er hätte sie lieber nicht nach Hause mitgenommen, doch nach dem Abendessen ins Büro zurückkehren zu müssen war eine so trübselige Aussicht, daß er, bevor er das Licht ausschaltete und absperrte, sich die Akte unter den Arm klemmte.

»Was hast du denn da?« fragte Teresa, als sie den Kühlschrank aufmachte, ohne wirklich hinzusehen.

»Nichts.«

»Steh nicht hier herum. Gehst du nicht duschen?«

Er ließ die Akte im Schlafzimmer liegen, wo die Jungs sie nicht sehen konnten, ging unter die Dusche und zog sich um. Teresa schickte die Jungs ihre Hausaufgaben machen, und während sie die Teller in die Geschirrspülmaschine einräumte, fragte sie: »Wie bist du vorangekommen?«

»Es war nicht so schlimm, wie ich erwartet hatte.«

»Ist es nie.«

Er erzählte ihr von dem jungen Bacci, den sie nie kennengelernt hatte, weil sie damals noch in Sizilien gewesen war.

»Aber ist er nicht noch ein bißchen zu jung und zu unerfahren für einen so großen Fall?«

»Dann wird er eben jetzt Erfahrungen sammeln«, erwiderte er mürrisch, weil er nicht zugeben wollte, daß ihm diese Frage auch schon durch den Kopf gegangen war. »Jedenfalls freut er sich wie ein kleines Kind. Er wollte schon immer gern Ermittlungsbeamter sein.« Er stand auf. »Ich brauche einen Kaffee.«

»Aber du trinkst doch sonst nie Kaffee nach dem Abendessen.«

»Ich muß wach bleiben, noch ein paar Akten durchsehen. Ich mach welchen.«

»Dann bring ich mal die Jungs auf Trab.«

Während er wartete, bis der Kaffee brodelte, holte er sich die Akte und legte sie auf den Küchentisch. Er war ein wenig bedrückt, doch das lag nicht an dem Fall. Der Grund für seine Niedergeschlagenheit wurde ihm klar, als er sich den Kaffee einschenkte und sich niederließ. Allein in der Küche zu sitzen und Akten vor sich liegen zu haben erinnerte ihn zu stark an die schlimmen alten Zeiten, bevor Teresa mit den Kindern nach Florenz gekommen war. Erst der Tod seiner Mutter, die nach einem Schlaganfall von Teresa gepflegt worden war, hatte ihm seine Familie zurückgegeben. Das war das einzige Mal gewesen, daß er ganz allein lebte, und jede Minute davon war ihm zuwider. Und – das war es – das Gespräch über die Zeit mit Bacci auf dem Revier erinnerte ihn noch stärker daran. Zum Glück war Teresa nun bei ihm, und es war schön, daß er für einen Augenblick Ruhe hatte, während die Jungs in ihrem Zimmer waren, spielten und sich zankten und keine Hausaufgaben mehr machten. Er löffelte sich Zucker in den starken, siedend heißen Kaffee und trank ihn mit zwei Schlucken. So angeregt und getröstet, schlug er die Akte auf und stellte sich ihrem schrecklichen Inhalt.

*Vorbemerkung*

Fakten im Zusammenhang mit den sieben Doppelmorden, verübt zwischen 1974 und 1985 im Gebiet von Florenz von der Person oder den Personen, die als »Monster« bekannt sind.

*1985* In den frühen Nachmittagsstunden des 9. September 1985 erhielt der diensthabende Carabiniere im Revier von San Casciano Val di Pesa die Meldung, daß in einem Waldstück an der Via degli Scopeti, in dem Abschnitt, der San Casciano mit der Via Cassia, der Durchgangsstraße von Siena nach Florenz, verbindet, soeben eine Leiche aufgefunden worden sei. Der das Revier leitende Maresciallo begab sich mit seinen Männern unverzüglich zu dem bezeichneten Gebiet und stellte fest, daß die Leiche die eines jungen Mannes war, dessen Körper an verschiedenen Stellen Schußwunden und Messerstiche aufwies. Die Leiche war zum Teil mit Gestrüpp und mit einem Haufen leerer Farbdosen bedeckt. In der in Lagerichtung der Leiche unmittelbar angrenzenden Lichtung stand ein Volkswagen Golf, weiß, mit französischem Kennzeichen; daneben war ein Igluzelt aufgeschlagen. Die rückwärtige Seite des Zelts wies einen tiefen Riß auf. Im Zelt lag die nackte Leiche einer jungen Frau, die ebenfalls zahlreiche Schuß- und Stichwunden aufwies. Der Körper der Frau wies zudem Anzeichen von Verstümmelungen auf, Schamteil und linke Brust waren herausgeschnitten.

Noch bevor dies durch die Obduktion bestätigt wurde, ließen die Verstümmelungen des weiblichen Opfers sowie die zur Ausführung des Verbrechens verwendeten Waffen den Schluß zu, daß dies der letzte in einer Reihe von Morden war, begangen von dem geheimnisvollen Verbrecher, den der Volksmund als »Monster von Florenz« bezeichnet. Sofort ersichtlich war auch, daß es sich bei der verwendeten Schußwaffe wieder um die Beretta 22 Long Rifle handelte, mit der inzwischen 16 Menschen getötet worden sind.

*1968* Diese Waffe, eine automatische Pistole des Typs, wie sie oft auf Schießplätzen verwendet wird, wurde erstmalig identifiziert nach dem Mord an Belinda Muscas geb. Lubino und an Amadeo Lo Russo im August 1968, den Belinda Muscas' Ehemann, Sergio Muscas, gestand. Da Muscas noch seine Strafe absaß, als die neue Mordserie begann, kann davon ausgegangen werden, daß die Waffe nach dem Mord im

Jahre 1968 den Besitzer wechselte. Muscas widerrief später sein Geständnis, wurde dennoch aber zu lebenslänglichem Freiheitsentzug verurteilt.

*1974* Sechs Jahre nach dem Mord von 1968, am Samstag, dem 14. September 1974, wurden in Borgo San Lorenzo nördlich von Florenz Pietro Galli und Sandra Palladini in ihrem geparkten Wagen ermordet. Die von Spaziergängern benachrichtigten Carabinieri fanden am Tatort den halb entkleideten Körper des jungen Mannes auf dem Fahrersitz eines Fiat 127, der, wie spätere Ermittlungen ergaben, dem Vater des Toten gehörte, während die völlig nackte Leiche der jungen Frau hinter dem Wagen im Freien lag. Der Inhalt der Handtasche der jungen Frau lag verstreut auf dem Boden. Die Tasche selbst wurde später auf einem nahe gelegenen Feld gefunden. Die Leiche der Frau lag auf dem Rücken, obere und untere Gliedmaßen waren ausgebreitet, in die Vagina war der Zweig eines Weinstocks eingeführt. Die erste Inaugenscheinnahme ließ vermuten, daß beide Opfer mit einem Schraubenzieher oder einer Ahle erstochen worden waren, doch die später durchgeführte Obduktion ergab, daß sie erst erschossen und danach mit einem Messer traktiert worden waren. Der Mann, von mindestens fünf Kugeln getroffen, war noch am Tatort seinen Verletzungen erlegen. Die Stichwunden wurden ihm erst post mortem hinzugefügt. Die weibliche Leiche wies im rechten Arm drei Schußwunden auf, die für den Tod nicht ursächlich waren. Sie war mit einem Messer getötet worden. Bei der Obduktion wurden 96 eindeutig identifizierbare Stichwunden ermittelt – ein Teil davon tödlich, ein Teil jedoch post mortem zugefügt –, die über den ganzen Körper verteilt waren, sich jedoch in der Unterbauchregion konzentrierten.

Bei den ballistischen Untersuchungen wurden als Schußwaffe eine Beretta 22 Long Rifle, Modell 1973 oder 1974, und als verwendete Munition die Winchester-H-Reihe mit kupferummantelten Bleigeschossen ermittelt. Das Messer war 10 bis 12 cm lang und 1,5 cm breit und hatte eine einschneidige Klinge.

Ein Zusammenhang mit dem Mord aus dem Jahre 1968 wurde zu diesem Zeitpunkt nicht hergestellt, vor allem deshalb nicht, weil die Verstümmelung der weiblichen Leiche bei diesem Fall eindeutig auf einen oder mehrere Täter mit krankhaften Wahnvorstellungen oder sexuell abweichendem Verhalten hinwies.

*Juni 1981* Sieben Jahre waren vergangen, und der unaufgeklärte Mord aus dem Jahre 1974 war praktisch vergessen, als am Samstag, dem 6. Juni 1981, gegen 23.45 in der Via dell'Argio, Scandicci, wieder ein Liebespaar ermordet wurde. Die Leichen von Gino Fani und Caterina Di Paola wurden zufällig von einem Polizeibeamten entdeckt, der am Morgen nach dem Verbrechen gegen 9 Uhr mit seinem Sohn einen Spaziergang in der Nähe seines Hauses unternahm. Der Beamte bemerkte zuerst einen auf der Straße geparkten Fiat Ritmo, Farbe dunkelrot. Die Türen des Wagens waren verschlossen, aber auf dem Boden der Fahrerseite lagen eine Damenhandtasche und deren verstreuter Inhalt. Bei näherem Hinsehen erwies sich, daß die Scheibe der Fahrertür zertrümmert war. Am Steuer des Wagens, den Kopf nach innen gedreht, befand sich sitzend die Leiche eines bärtigen jungen Mannes mit Wunden im Halsbereich.

Der Beamte benachrichtigte seine Dienststelle, und seine Kollegen kamen im Streifenwagen zum Tatort. Erst danach entdeckte er am unteren Ende einer steil von der Straße abfallenden Böschung die Leiche einer auf dem Rücken liegenden jungen Frau mit gespreizten Beinen. Ihr T-Shirt und ihre Jeans waren zerrissen und zerschnitten, so daß man die grob ausgehöhlte Schamgegend erkennen konnte. Die Leiche lag ungefähr zwanzig Meter vom Wagen entfernt, ohne daß jedoch Schleifspuren zu erkennen gewesen wären.

Die Opfer wurden ins Gerichtsmedizinische Institut gebracht, wo die durchgeführte Obduktion ergab, daß beide an den erlittenen Schußverletzungen noch im Wagen gestorben waren. Dem Mann waren nacheinander drei Stichwunden zugefügt worden, zwei davon in Halsnähe, die nur oberflächliche Verletzungen hervorriefen, die dritte eine tiefere in die Brust. Die Schamteile der Frau waren mit einem besonders scharfen Messer herausgetrennt worden. Die Kleidung der Opfer, insbesondere Gürtel, Jeans und Slip, waren mit großer Präzision und Entschlossenheit zerschnitten worden, so daß die darunter liegende Haut entblößt, aber nicht verletzt wurde. Nach Angabe des Gerichtsmediziners, Professor Mario Forli, deutet dies auf eine bestimmte Fähigkeit des Mörders hin: Die Glätte und Ebenmäßigkeit der Schnitte, mit denen die Schamteile entfernt worden waren, ist ein Indiz für eine besondere Erfahrung im Gebrauch von Schneidwerkzeugen und nach Prof. Forlis Ansicht ein Indiz von beträchtlicher, sogar entscheidender Bedeutung. Ein Zeuge sah einen Wagen der Marke Ford Taunus, rot, der in der Nacht des Verbrechens wenige Meter vom Tatort entfernt parkte.

Die ballistischen Untersuchungen ergaben, daß beide Opfer mit wenigstens sieben Schüssen aus jener automatischen Pistole der Marke Beretta 22 getötet wurden, mit welcher der Mord an Galli/Palladini im Jahre 1974 verübt worden war. Die Munition gehörte ebenfalls zum Typ Winchester H, in diesem Falle jedoch wurden keine Kupfermantelgeschosse verwendet.

*Okt. 1981* Es sollten nur wenige Monate bis zum nächsten Mord an einem Liebespaar vergehen. Silvio Benci und Sara Contini gingen am Abend des 22. Oktober, einem Donnerstag, aus, da für den folgenden Tag ein Generalstreik angekündigt war, so daß sie nicht aufzustehen und zur Arbeit zu gehen brauchten. Am Ende ihres Ausgehabends parkten sie ihren Wagen auf einer Landstraße zwischen den Weingärten nahe

Calenzano im Norden von Florenz. Ihre Leichen fand man zu beiden Seiten des VW Golf liegend, der Mann halb nackt und durchlöchert von Schuß- und Stichwunden, die Frau in Rückenlage neben einem Graben mit ähnlichen Wunden und herausgetrenntem Schambereich. Dr. Forli kam in seinem Obduktionsbericht zu dem Schluß, daß beide von Schüssen, auf der Beifahrerseite durch die Frontscheibe abgegeben, getroffen wurden und daß sie noch lebten, als die ersten Stichwunden beigebracht wurden. Das Messer war einschneidig, circa 3 cm breit und zwischen 5 und 7 cm lang. Die Leichen wiesen Schleifspuren auf.

Für Stichwunden und Exzision wurde dasselbe Messer verwendet, letztere wurde jedoch im Vergleich zu dem vorausgegangenen Mord weniger präzise und großflächiger ausgeführt, so daß alle Geweschichten der Bauchdecke durchtrennt, ein großer Teil der Bauchhöhle freigelegt und Teile des Darms punktiert wurden.

Die ballistischen Untersuchungen identifizierten dieselbe bei den beiden vorausgegangenen Morden verwendete Beretta 22. Am Tatort wurde von zwei Paaren, die einen Parkplatz suchten, ein sich entfernender roter Alfa GT beobachtet. Nach der Beschreibung der Zeugen wurde ein Phantombild des Fahrzeugführers angefertigt.

*1982* Der Mörder schlug am 19. Juni 1982 gegen 23.45 in der Gegend von Montespertoli südwestlich von Florenz erneut zu. Diesmal kamen durch die Beretta 22 Long Rifle Piero Merlini und Anna Montini, beide wohnhaft in Montespertoli, zu Tode. Sie hatten in einer kleinen Lichtung abseits der Landstraße an einer Stelle geparkt, an der auf der gegenüberliegenden Straßenseite und parallel zu ihr ein Flüßchen verlief. Zum ersten Mal unterlief dem Mörder ein Fehler. Es gelang ihm nicht, den jungen Mann in Sekundenschnelle durch Schüsse zu töten. Merlini, schwerverletzt, aber noch bewegungsfähig, konnte seinen Wagen starten und versuchte zu entkommen. Bei dem panischen Versuch, die Lichtung rückwärts fahrend zu verlassen, kam das Opfer von der Straße ab und steuerte den Wagen in das Flüßchen, wo er steckenblieb. Der Täter folgte ihm und zerstörte mit je einem Schuß beide Frontscheinwerfer. Nachdem er das Magazin der Pistole für die beiden Opfer aufgebraucht hatte, zertrümmerte er die Rücklichter mit einem spitzen Gegenstand, zog die Wagenschlüssel ab und warf sie weg. Der Mörder war durch diesen Zwischenfall so aus dem Konzept geraten, daß er den Tatort verließ, ohne die Leichen weiter zu verletzen. Merlini war noch nicht tot. Er starb am folgenden Morgen um 8 Uhr im Krankenhaus, ohne das Bewußtsein wiedererlangt zu haben.

Am Tatort wurden neun Patronenhülsen gefunden, eine im Wagen, die übrigen auf drei verschiedene Fundstellen verteilt: drei auf der Lichtung inmitten der Glasscherben des linken vorderen Scheinwerfers, zwei an der Stelle, wo die Straße in die

Lichtung einmündet, und eine auf der gegenüberliegenden Straßenseite. Über die Fundorte der Patronenhülsen konnte der Tathergang rekonstruiert werden.

*1983* Gut ein Jahr später, am Abend des 9. September 1983, wurden in einer Lichtung in der Nähe von Galluzzo südlich von Florenz die beiden jungen deutschen Staatsbürger Hermann Mainz und Ulrich Richter in ihrem Volkswagen-Wohnmobil erschossen. Obwohl der Mord mit der gleichen Beretta 22 verübt wurde, wurden die Leichen anschließend nicht verstümmelt, vielleicht weil der Mörder beim Eindringen in das Wohnmobil seinen Fehler bemerkte: Ulrich Richter hatte langes, gewelltes blondes Haar, so daß der Mörder ihn vermutlich fälschlicherweise für eine Frau hielt.

Hier muß angemerkt werden, daß die Beretta zum Zeitpunkt des Mordes an Mainz und Richter bereits als die bei dem Mord an Muscas und Lo Russo verwendete Tatwaffe identifiziert worden war.

*1984* Am späten Abend des 29. Juli 1984, einem Sonntag, wurde nördlich von Florenz, in Vicchio di Mugello, das junge Paar Carlo Salvini und Patrizia Renzetti in seinem geparkten Wagen ermordet. Die Tatumstände wiesen alle Merkmale der vorausgegangenen Morde auf: Neumond, das auf einer Landstraße abgestellte Auto, ein Wasserlauf in der Nähe. Die Leiche des jungen Mannes, bekleidet nur mit Unterhemd und Slip, wurde auf der Rückbank des Wagens gefunden. Wenige Meter vom Fahrzeug entfernt, hinter einem Busch, lag die völlig entkleidete Leiche der Frau auf dem Rücken mit gespreizten Beinen. Schamteile und linke Brust waren exzisiert. Wie die Obduktion ergab, wurden beide Opfer durch die Autoscheibe erschossen und anschließend mit dem Messer traktiert. Der Körper der Frau, die ihre Jeans bereits ausgezogen hatte, wurde an den Knöcheln ca. zehn Meter bis zum Fundort geschleift. Dort entfernte der Täter T-Shirt und Büstenhalter und schlitzte den Slip auf. Zum ersten Mal exzisierte er neben der Vulva auch die linke Brust. Die Tatwaffe war auch hier ein einschneidiges Messer mit den üblichen Merkmalen.

Die ballistischen Untersuchungen ergaben, daß es sich bei der verwendeten Waffe um die Beretta 22 Long Rifle Serie 70 der vorherigen Morde handelt.

*1985* Die letzte Tat dieser Serie war die obengenannte Ermordung des französischen Paares Nathalie Monde und Maurice Clément, die 1985 im Gebiet von San Casciano campten. Die von Professor Forli durchgeführte Obduktion der Frau, die im Zelt liegend aufgefunden wurde, ergab, daß vier Schüsse auf das Opfer abgegeben worden waren, von denen drei die Schädeldecke und einer den Thorax durchdrangen. Die männliche Leiche wies ebenfalls vier Schußwunden auf, eine im Mund, zwei im linken Oberarm und eine im rechten Ellbogen. Alle diese Schüsse wurden aus der Nähe, aus einer Entfernung von einem halben bis einem Meter, abgefeuert, einige durch die Zeltwand hindurch, andere im Zelt, alle jedoch aus der Richtung des Zelteingangs. Es kann davon ausgegangen werden, daß das männliche Opfer sich in Rückenlage und das weibliche Opfer sich auf ihm befand. Die Frau erlag ihren Schußverletzungen noch im Zelt, wohingegen der Mann, nur durch Streifschüsse verletzt, zu fliehen versuchte. Es gelang ihm, das Zelt zu verlassen und ca. 30 Meter in Richtung des Waldstücks zu fliehen, bevor der Mörder ihn überwältigte und die tödlichen Stichwunden beibrachte. Das Opfer wurde dann die Böschung hinab in das Gestrüpp geworfen, in dem später seine Leiche gefunden wurde.

Der gerichtsmedizinischen Untersuchung zufolge wurde die unbekleidete Leiche der Frau danach an den Füßen halb aus dem Zelt herausgezogen, woraufhin mit ausgreifenden, entschlossenen Schnitten die Schamteile exzisiert wurden. Die Schnittführung bei der Exzision der linken Brust weist Ähnlichkeiten mit der im Fall Patrizia Renzetti auf. Die Leiche der Frau wurde danach wieder in das Zelt zurückgezogen. Dies wurde der gerichtsmedizinischen Schätzung zufolge in neun Minuten ausgeführt.

Am Tag nach dem Verbrechen wurde dem Büro des Staatsanwalts ein Brief zugestellt, adressiert an die einzige Staatsanwältin, die bis dahin an dem Fall mitgearbeitet hatte. Die Anschrift, aus Buchstaben aus einer Zeitschrift zusammengesetzt, wies einen orthographischen Fehler auf. In dem Umschlag befand sich ein zusammengefaltetes und an den Kanten verklebtes Blatt Papier und in diesem Behälter eine kleine Plastiktüte, welche ein würfelförmiges Stück aus Nathalie Mondes linker Brust enthielt.

## 4

Ein goldener Streifen ließ für einen Moment das klare Grün und Weiß des Marmors von San Miniato aufblitzen, dann versank die Fassade hinter Immergrün, als der Wagen sich dem oberen Ende der Straße näherte. Rechts unter ihnen erstreckte sich die Stadt. Es mußte in der Nacht wieder geregnet haben, jedenfalls leuchteten an diesem Morgen die roten Dächer in der milden Novembersonne.

»Der Fluß ist angeschwollen«, sagte Ferrini. »Man sieht es immer an der gelblichen Farbe und dem intensiven Lichtschein darauf. Ich habe mal einen Film über das Hochwasser gesehen. Sie auch?«

»Ja.«

»Da wurden Busse wie Treibholz durch die Straßen gespült. Von hier oben sieht die Stadt besser aus.«

Der beherrschende Eindruck war der von Ruhe und Schläfrigkeit; in dem milden dunstigen Licht schienen sich die Türme und Kuppeln aus einem terrakottafarbenen Flickenteppich zu erheben. Sie fuhren fast gezwungenermaßen diese Strecke, denn sonst wären sie für Stunden in dem chaotischen Verkehr da unten steckengeblieben. Ferrini wandte den Blick ab und schaute Guarnaccia an, der hinter seiner dunklen Sonnenbrille schwieg.

»Sie sehen nicht sonderlich zufrieden aus. Die Rede des hohen Herrn heute morgen hat Ihnen nicht gefallen, wie?«

»Ich kann nicht behaupten, daß ich sie begriffen habe.«

»Sie waren doch in den achtziger Jahren schon hier, nicht?«

»Ja«, erwiderte der Maresciallo, »aber ich hatte Besseres zu tun, als mich um die Einzelheiten einer Fehde zwischen irgendeinem Untersuchungsrichter und dem Büro des Staatsanwalts zu kümmern.«

»Dann lassen Sie sich von mir einen Rat geben. Verschaffen Sie sich jetzt einen Überblick über diese Einzelheiten, oder Sie geraten mitten in diese Fehde hinein, und das wäre gar nicht gut, nicht jetzt, wo unser Freund Simonetti am Ruder ist. Wohin fahren wir zuerst? Scandicci, nehme ich an, wenn sie hier abbiegen.«

Die Kolonne bestand aus vier Wagen, alle zivil. Ihre Insassen trugen sämtlich Straßenkleidung. Sie wollten keine Aufmerksamkeit erregen, wenn sie die Tatorte der Verbrechen des Ungeheuers besichtigten. Simonetti hatte ihn sogar als Monster bezeichnet, was den Maresciallo überrascht hatte, obwohl er selbst – wie alle – gelegentlich diesen Namen verwendete. Simonettis Erklärungen waren einigermaßen einleuchtend gewesen, seine übrigen Ausführungen auch, den Maresciallo aber, der gerade gesagt hatte, er habe sie nicht verstanden, hatten sie nicht überzeugt.

»Aus gegebenem Anlaß muß ich eine Bemerkung rein lexikalischer Art vorausschicken. Wenn ich, wie ich es im Verlauf dieser Untersuchung auch weiter halten werde, den Begriff ›Monster‹ verwendet habe, um den Urheber dieser Verbrechen zu bezeichnen, so nur aus dem praktischen Grunde der Zeitersparnis und nicht etwa, weil ich mit dieser Bezeichnung irgendeine moralische Wertung oder gar moralische Kritik verbände. Ein Werturteil impliziert dieser Begriff nicht.

Ich möchte Ihnen auch ins Gedächtnis rufen, daß die offizielle Streichung aller Namen aus der Familie Angius, die der früher mit dieser Ermittlung betraute Untersuchungsrichter vorgenommen hat, das Ende aller Ermittlungen in Richtung der sardischen Gruppe bedeutet, die im Zusammenhang mit dem Mord an Belinda Muscas und Amadeo Lo Russo von 1968 steht. Der Bericht des Untersuchungsrichters war korrekt, umfassend und außerordentlich detailreich, und wir verdanken es ihm, wenn wir heute wissen, daß die verwirrenden, widersprüchlichen und, ich könnte sogar sagen, kurzlebigen Elemente dieser Geschichte vor einem Strafgericht nie Bestand hatten und nie haben werden.

Daß Belinda Muscas' Ehemann Sergio 1970 für den Mord an seiner Frau verurteilt wurde, sollte Sie trotzdem nicht dazu verleiten, diesen Fall als abgeschlossen zu betrachten. Er hat zwar gestanden, sein Geständnis aber später widerrufen. Der Verurteilte demonstrierte zweifelsfrei, sogar als er auf seiner Schuld bestand, daß das Verbrechen nicht auf die von ihm geschilderte Art und Weise ausgeführt worden sein konnte und daß er noch einen oder mehrere Mittäter gehabt haben mußte. Dies ist nicht der Augenblick zu ergründen, ob es sich hierbei um ein Verbrechen aus Leidenschaft handelte oder nicht oder ob vielleicht doch rivalisierende sardische Gruppen eine Rechnung beglichen oder nicht. Es genügt festzuhalten, daß die sardische Linie für unsere gegenwärtigen Ermittlungen irrelevant ist, zumal wenn wir bedenken, daß die Beretta 22, das einzige sichere Beweismittel, das dieses Verbrechen mit denen des Gesuchten verknüpft, zwischen 1968 und 1974 leicht den Besitzer gewechselt haben kann.«

Damit war dieser Teil abgehakt. Der »früher mit dieser Ermittlung betraute Untersuchungsrichter« und seine Jahre fruchtlosen Bemühens wurden zu einem Fall für die Archive. Der Maresciallo wußte zu wenig über diese Vorgänge, um sich wirklich eine Meinung bilden zu können. Er hatte jedoch eine Meinung über Simonetti, der ihrem Fahrer nun aus dem größeren Wagen vor ihnen ein Zeichen gab, das Tempo zu verlangsamen.

»Sind wir denn schon da …?« Der Maresciallo spähte hinaus. Sie befanden sich noch auf einer Asphaltstraße.

»Er will uns die Disco zeigen, hier rechts.«

Ein seltsames, an eine Pagode gemahnendes Gebäude in einem Garten an der sich gabelnden Straße.

»Dort sind sie gegen elf Uhr aufgebrochen und dann hier den Berg hinaufgefahren, um zu parken.« Zwischen einem Olivenhain zu ihrer Linken und Obstplantagen und Weingärten, die zu ihrer Rechten nach unten abfielen, gewannen die Wagen wieder Fahrt.

»Wir sind da.« Die Autos fuhren langsamer und bogen in eine schmale Landstraße ein.

»Sind Sie schon einmal hier gewesen?« Der Maresciallo tastete nach seiner Mütze, bis ihm einfiel, daß er ja keine Uniform trug, und öffnete die Wagentür.

»In der guten alten Zeit, als ich Maresciallo war, habe ich zeitweise an dem Fall gearbeitet, 1981 und 1983 noch einmal. Das hier war 1981.«

Sie stiegen aus den Wagen aus und gingen zu Fuß ein

Stück die ockerfarbene Schotterstraße entlang, atmeten die süße feuchte Luft ein, die immer noch schwach nach Weinhefe roch. Auf der einen Straßenseite reiften kleine schwarze und grüne Beeren zwischen silberfarbenen Olivenzweigen, und auf der anderen fielen rote und gelbe Blätter von den Weinstöcken, und kleine Vögel suchten nach übersehenen verschrumpelten und süßen Trauben mit einem Hauch von Mehltau.

»Die Leiche des jungen Mannes befand sich im Wagen, wie Sie wissen …« Simonetti schaute auf seine Klemmappe, die gespickt voll war mit Karten und Fotografien. »Und die Leiche der Frau lag hier. Daraus ergeben sich zwei mögliche Tathergänge: Nummer eins: Da der Körper ja nicht geschleift wurde, hat er sie dieses Stück getragen, bevor er mit dem Messer auf sie einstach, Nummer zwei: Sie versuchte zu fliehen, und er hat sie eingeholt.«

»Verzeihen Sie …« Es war der junge Bacci, der im letzten Wagen mitgefahren war und nun hinter dem Maresciallo stand. »Soviel ich verstanden habe, wurde sie von fünf Kugeln getroffen. Bedeutet das nicht, daß die erste Annahme wahrscheinlicher ist?«

»Eines will ich gleich klarstellen«, erwiderte Simonetti mit einem Lächeln, das nicht zu seinen Ausführungen paßte, »an Annahmen bin ich nicht interessiert. In der Vergangenheit hat es schon so viele Hypothesen über diese Verbrechen gegeben, daß wir alle unser Lebtag davon zehren können. Wenn wir etwas nicht sicher wissen, dann wissen wir es nicht. Punkt. Und wenn wir schon dabei sind, sage ich noch etwas in Zusammenhang mit diesem Thema. Wenn Sie sich umschauen, sehen Sie, daß der Schauplatz des Verbrechens eine Landstraße mit ein paar Bäumen und Büschen und einem Wasserlauf in der Nähe ist. Das Verbrechen wurde jedesmal zwischen zehn und zwölf Uhr nachts bei Neumond verübt. Sie werden diese Tatumstände bei jedem der sieben Schauplätze, die wir aufsuchen, vorfinden, und auch dazu haben wir schon so viele Hypothesen gehört, daß wir ein Lebtag davon zehren können. Ich bin an okkultistischen Erklärungen zu Umständen des Tathergangs nicht interessiert, und ich sage Ihnen das, weil die idiotischen Spekulationen über diese Dinge nicht von der Presse stammen, wie man eigentlich hätte annehmen können, sondern von Leuten, die sich ernsthaft Kriminalbeamte nennen. Nun: Neumond ist die dunkelste Zeit eines Monats, und ein umherschleichender Mörder kann vernünftigerweise davon ausgehen, daß man ihn dann nicht umherschleichen sieht. Desgleichen benötigt er Büsche oder Weinstöcke als Versteck, ebenso wie er Wasser benötigt, um sich nach der Metzelei das Blut abzuwaschen. Und da Paare, die ihre Autos parken, um sich zu lieben, dies in der Regel auf stillen Landstraßen tun und nicht auf der Autobahn, sind diese Punkte wohl geklärt.«

Simonetti ging auf seinen Wagen zu. Ferrini blickte den Maresciallo mit säuerlicher Miene an und flüsterte: »Ganz vernünftige Erklärung. Pech nur, daß wir es mit einem Wahnsinnigen zu tun haben.«

Der Maresciallo jedoch sah den unglückseligen Bacci an, der diese Tirade heraufbeschworen hatte, und mußte sich zwingen, dem jungen Mann nicht tröstend auf die Schulter zu klopfen. Bacci war sein Vorgesetzter. Das Gesicht des armen jungen Mannes war weiß.

Sie fuhren weiter durch eine hügelige Landschaft, nahmen alle Tatorte südlich von Florenz in Augenschein: Montespertoli, Gli Scopeti, Galluzzo. Der Nebel zwischen den Hügeln wurde immer dichter, und die Stadt, die wie ein Fleck im Tal weit unter ihnen lag, wurde immer undeutlicher, bis es, kurz nach elf Uhr, zu regnen begann. Als sie zum letzten Tatort im Süden, in der Nähe der Ortschaft Galluzzo, gingen, sanken sie bereits in den durchfeuchteten Boden ein, und dicke Regentropfen schlugen die letzten schimmernden Trauben von den Rebstöcken herunter. In der Ferne reckten sich vereinzelte schwarze Zypressen und Pinien in den bleigrauen Himmel. Mit ihren nassen Stiefeln traten sie Tragetüten aus Plastik, Zigarettenschachteln, Spritzen, gebrauchte Kondome und Schnipsel von pornographischen Zeitschriften in den Boden.

Sie umfuhren die Stadt auf der Autobahn und erreichten so die Hügel nördlich von Florenz. Der Maresciallo wich auch hier nicht von Ferrinis Seite, der ihm ab und zu Bruchstücke von Informationen anvertraute, an die er sich erinnerte, die aber in der schriftlichen Synopse, welche man ihnen ausgehändigt hatte, nicht vorkamen.

»Erinnern Sie sich an die Verhaftung von Sassetti, dem Voyeur?«

»Nur noch undeutlich.«

»Er hatte am frühen Sonntagvormittag in einer Bar irgend etwas davon gefaselt, daß das Monster wieder zugeschlagen habe, als man die Leichen noch gar nicht gefunden hatte. Natürlich hatte er sie entdeckt. Er machte zwar keinen Hehl daraus, was er an Samstagabenden so trieb, ließ aber kein Wort darüber verlauten, was er gesehen oder gefunden hatte. Angeblich der Schreck. Können Sie sich etwas vorstellen, was einem einen größeren Schrecken einjagt als die Aussicht, verhaftet und ins Gefängnis gesteckt zu werden, weil man angeblich dieses Ungeheuer ist?«

»Eigentlich nicht...«

»Ich auch nicht. Im Oktober, als das Monster diese zwei hier erledigte, mußte man ihn natürlich wieder freilassen.«

Sie standen nun um ein steinernes Kreuz herum, das die Stelle markierte, an der man Silvio Benci und Sara Contini gefunden hatte. Das Kreuz stand zwischen Reihen von Rebstöcken und trug unter den Namen die Aufschrift: »Sie starben um der Liebe willen. 22. Oktober 1981.«

Die sechs Männer standen mit dem Rücken zur Straße, auf der ihre Wagen geparkt waren, während Simonetti wieder in seiner Klemmappe blätterte. Ihnen zur Rechten ragte die massige Gestalt der Monti di Calvana auf, des Bergzugs, der diese Gegend von Prato weiter nördlich abgrenzte. Er sah schon bei schönster Witterung kalt und unwirtlich aus. Graue Wolkentürme zogen über seinen flachen Gipfel hinweg, und das Blau seiner Hänge war so dunkel, daß man es für Schwarz halten konnte. Der Maresciallo warf einen flüchtigen Blick auf das Kreuz und betrachtete danach die bedrohlich wirkende nasse Masse.

»Die sardische Linie der Ermittlungen...«, flüsterte Ferrini, als könne er die Gedanken des Maresciallo lesen.

Dort oben hausten, wie sie beide wußten, sardische Banditen und Schäfer in lichtlosen, längst verfallenen Hütten. Dort machten sie ihren Käse, versteckten Maschinengewehre, Pistolen, Chloroform, Entführungsopfer. Polizei kam nicht einmal in ihre Nähe, ohne nicht schon eine halbe

Stunde im voraus gesichtet zu werden, und das Gelände war zu rauh und zu steinig, als daß man mit einem Hubschrauber hätte landen können. Es war ein finsterer Ort, so finster wie die durch das steinerne Kreuz markierte Stelle. Staatsanwalt Simonetti stand die ganze Zeit über mit dem Rücken zu diesem Kreuz und setzte seine durch und durch vernünftigen Ausführungen darüber fort, wie ein Mann zwei völlig Fremde überfallen und Teile des Frauenkörpers mitgenommen hatte.

»In diesem Fall war die Verstümmelung brutaler und umfassender, ein Teil des Darmtrakts wurde freigelegt und perforiert. Wie die Obduktion ergab, war ein großer Klumpen subkutanen Fetts in die Innenseite des Schenkels der Frau gestopft worden. Meine Herren, ich finde, wir alle sollten jetzt eine Pause einlegen und zu Mittag essen.«

In dem Restaurant fiel dem Maresciallo auf, daß der junge Polizist, der bis zum jetzigen Zeitpunkt noch kein einziges Mal gesprochen hatte, sich so eng an Bacci anschloß wie er selbst an Ferrini. Offensichtlich versuchte er, unauffällig ein Gespräch mit Bacci in Gang zu halten, doch Bacci, dem die vorausgegangene Zurechtweisung Simonettis noch in den Knochen steckte, war recht einsilbig. Die beiden anderen Ermittlungsbeamten von der Polizei waren ebenfalls schweigsam, wenn auch aus anderen Gründen. Nach allem, was der Maresciallo über sie wußte, gehörten sie nicht zu der Sorte Mensch, die den Mund zur Äußerung von Vermutungen aufmachten, erst recht nicht für höfliches Plaudern. Sie redeten erst, wenn sie »Ich nehme Sie fest« sagen konnten, und sonst verwendeten sie ihren Mund dazu, ihre Pasta abzukühlen. Einer der beiden hatte eine üble Narbe auf dem Rücken der Hand, mit der er die Gabel zum Mund führte, sicher die Folge einer verirrten Kugel. Der Maresciallo griff nach dem geriebenen Käse und fragte sich mit einem innerlichen Seufzer, was wohl Teresa und die Jungs zu Mittag essen mochten.

Als sie zuletzt am Tatort des ersten Verbrechens des Ungeheuers von 1974 ankamen, war es fast schon dunkel. Es regnete jetzt stärker, so daß Schultern und Schuhe durchgeweicht waren und die Nerven blank lagen.

»Maresciallo...«

»Tenente.«

Bacci hatte den Maresciallo, was diesem nicht entgangen war, schon seit einiger Zeit beäugt, bevor er sich entschloß, ihn anzusprechen.

»Ich hab mich nur gerade gefragt...« Er schaute vorsichtig nach rechts, wo Simonetti mit einem der Beamten sprach, der ab und zu nickte und sich beim Zuhören umschaute. »Dürfte ich Sie um einen Rat bitten?«

»Ja sicher.«

»Es ist so, daß... Sie haben doch auch schon mit ihm zusammengearbeitet, nicht?«

»Einmal.« Es war nicht notwendig, ihn beim Namen zu nennen. »Vergiß es einfach. Mach dir keine Gedanken.«

»Das tu ich aber, ich kann es auch nicht ändern. Das ist ein so wichtiger Fall – aber mal abgesehen davon: Wenn wir mit der Polizei zusammenarbeiten, sollten wir uns doch auch bemühen, ein gutes Bild abzugeben. Sind Sie nicht meiner Meinung?«

Der Maresciallo setzte sich in Richtung Auto in Bewegung.

»Das letzte, was ich möchte«, Bacci ließ nicht locker, »ist, einen schlechten Eindruck zu machen.«

»Mach dir darüber keine Gedanken. Er hat dich nur angesprochen, weil er das zu uns allen sagen wollte. Es war nicht persönlich gemeint.«

»Aber trotzdem...« Bacci warf einen Blick über seine Schulter dorthin, wo Simonetti nun in ein Gespräch mit den beiden Ermittlungsbeamten von der Polizei vertieft war. Einer von ihnen hörte ihm zu, der zweite rauchte und sah in die andere Richtung. Simonettis Fahrer war aus dem Auto ausgestiegen und hielt einen Regenschirm über ihn, den anderen schien der Regen nichts auszumachen.

»Die zwei dort zum Beispiel, Esposito und Di Maira... Die haben den großen Drogenfall gelöst, erinnern Sie sich? Den, bei dem das Heroin in Schuhkartons exportiert worden war. Und Esposito – der wurde bei einer Schießerei auf der Piazza Santa Maria Novella von einer Kugel getroffen. Ich habe gehört, wie er das zu Noferini gesagt hat, als wir in Galluzzo waren.«

»Noferini? Ist das der junge Polizist?«

»Der Tenente, ja.«

»Nimm einen Rat an. Halte dich an ihn. Sprich mit ihm. Er weiß immer mehr über den Fall als du. Laß dich von ihm leiten. Sie haben hier das Sagen, vergiß das nicht.«

»Ja. Ich will jetzt nämlich auf keinen Fall meinen Ruf aufs Spiel setzen.«

»Das soll wohl heißen, daß du zur Beförderung anstehst.«

»Es geht mir nicht nur darum... ach, ich sollte Sie mit meinen Angelegenheiten nicht belästigen.«

»Aber nicht doch… Lassen wir das doch. Ich kenne dich jetzt schon so lange, seit du – wie alt warst? Achtzehn oder so, vermutlich.«

»Ja, achtzehn. Jedenfalls kennen Sie meine Situation, ich habe eine Mutter, die verwitwet ist, und meine Schwester studiert immer noch… Es ist ein bißchen schwierig.«

»Du bist ein guter Sohn.«

»Das hoffe ich, aber… Kurzum, ich möchte heiraten, und wenn ich erst mal befördert bin, klappt das alles, mit dem Gehalt eines Capitano…«

»Schon gut, schon gut.« Der Maresciallo legte Bacci anerkennend die Hand auf die Schulter. »Ich hoffe nur, sie verdient dich.«

»Oh, ja.« Das Gesicht des jungen Mannes war flammend rot. »Sie ist…«

»Schon gut.«

»Verstehen Sie, Maresciallo, ich möchte nicht, daß sie arbeitet – oh, sie kann arbeiten, solange sie will, ich meine das nicht in dieser altmodischen Weise. Ihr gefällt ihre Arbeit, sie unterrichtet Italienisch an einer Schule für ausländische Schüler. Aber wir wollen Kinder haben, und ich werde ihr beim besten Willen keine Hilfe sein können, Sie wissen ja, wie es in diesem Beruf ist.«

»Ja, ich weiß.« Nach all den Jahren der Trennung wußte er das nur zu gut. Und für seine Frau war es erst recht schwierig gewesen, da sie nicht nur zwei kleine Kinder, sondern auch noch seine kranke Mutter versorgen mußte. »In dem Punkt hast du recht.«

»Ich will ja nur sagen, daß ich genug Geld verdienen möchte, damit sie nicht gezwungen ist, arbeiten zu gehen, wenn sie es eigentlich nicht sollte. Und wenn man mich nun für diesen Fall eingeteilt hat, könnte das doch bedeuten, daß ich etwas schneller zum Capitano befördert werde als sonst… Sie wissen schon, was ich sagen will.«

Der Maresciallo wußte es nicht. »Hat man dir das gesagt?«

»Na ja, zumindest angedeutet. Vorausgesetzt, ich leiste gute Arbeit.«

»Verstehe. Tenente, wir werden naß.«

»Oh, natürlich. Tut mir leid, ich wollte Sie nicht…«

»Ich schlage vor, daß du jetzt in dein Auto einsteigst.«

Der Maresciallo selber suchte den Straßenrand nach einem flachen Stein ab, an dem er sich den Schlamm und das nasse Gras von seinen Schuhen abreiben konnte, und da er keinen fand, säuberte er sie, so gut es eben ging, an einer Grasnarbe. Ferrini saß bereits im Wagen. Die Scheibenwischer waren auf schnell eingestellt, und von der Heizung beschlugen die Fenster. Sie mußten einen Augenblick warten, bis die Scheiben wieder frei wurden.

»Herrgott, ich bin völlig durchweicht«, murrte Ferrini. »Ist die Heizung auf höchste Stufe eingeschaltet? Das ist ein Freund von Ihnen, nicht, der Junge da?«

»Bacci? Den kenne ich, seit er achtzehn war. Er war bei mir im Pitti, bevor er an die Militärakademie ging.«

»Dann sollten Sie ihn besser im Auge behalten. Wie er sich heute vormittag gegen Simonetti gestellt hat, das war schon ein bißchen naiv. Ist voll reingetappt, der junge Mann.«

»Ja. Ich hab ihm geraten, sich an diesen Tenente von den Zivilen zu halten, Noferini heißt er, glaube ich.«

»Das war richtig. Der weiß immer, was die Stunde geschlagen hat. Auch ein schlaues Köpfchen am Computer, wie ich gehört habe. Hat die ganze Vorarbeit bei diesem Fall gemacht. Den Gerüchten nach haben sie mit ungefähr einhunderttausend Namen angefangen, sie hatten also ziemlich jeden körperlich gesunden Mann in Florenz erfaßt. Dann haben sie die rausgefiltert, die schon einmal für Gewaltverbrechen verurteilt worden sind und so weiter.«

»Und jetzt?«

»Jetzt warten wir ab. Sie seien runter auf zehn, war das letzte, was ich gehört habe, aber ich bin mal gespannt, was als nächstes passiert. Ob wir an zehn Türen anklopfen und fragen: ›Entschuldigen Sie, mein Herr, sind Sie vielleicht zufällig das Monster?‹ ›Nein‹, sagt der Betreffende, ›bin ich zufällig nicht.‹ ›Na dann, nichts für ungut und auf Wiedersehen.‹ Der Regen wird immer schlimmer. Können Sie die Heizung jetzt vielleicht ein bißchen zurückdrehen? Drinnen schwitzt man, und draußen wird man völlig durchgeweicht. Was für ein Tag!«

Der Regen wurde tatsächlich immer stärker, er prasselte so heftig auf die Windschutzscheibe, daß die Scheibenwischer sie sogar auf höchster Stufe kaum freihielten. Von den Rädern der Wagenkolonne sprühten feine Wasserfontänen hoch. Auf der nördlichen Umfahrungsstraße mußten sie dann in langen Staus ausharren, während der Regen ihnen aufs Dach trommelte und vor und hinter ihnen zornig gehupt wurde. Beharrlich wie der Regen redete Ferrini weiter und schilderte den Streit zwischen dem Büro des Staatsanwalts und dem Untersuchungsrichter.

»Natürlich konnte man bis zu einem gewissen Grad

nachvollziehen, warum der Staatsanwalt so ungeduldig war. Es ging schon seit Jahren so, die Zeitungen berichteten über nichts anderes mehr. Man hatte schon vier verschiedene Monster verhaftet, und jedesmal schlug dann das echte wieder zu. Wenn Sie mich fragen, wußte keiner von den Leuten, die mit dem Fall befaßt waren, was er tat oder tun sollte. Die liefen alle rum wie aufgescheuchte Hühner.«

»Das überrascht mich gar nicht. Keine Ahnung, was ich an ihrer Stelle getan hätte. Es ist alles so seltsam.«

»Seltsam ja. Aber ich weiß, was ich getan hätte. Ich hätte die bei einem Mord übliche Untersuchung durchgeführt, die gängigen Ermittlungen vorgenommen und nach einem Informanten Ausschau gehalten, denn den hätte es durchaus geben können. Es ist ja kaum zu glauben, daß alle diese Voyeure, die samstagabends auf dem Land durch die Gegend streifen, ihm nie begegnet sind. Teufel noch mal, ja, das war wirklich seltsam, wie sie die Ermittlungen durchgeführt haben! Sie haben sich so auf ihre psychologischen Täterprofile und ihre weithergeholten Erklärungen versteift, daß darüber die Hälfte der Routineuntersuchungen vergessen ging. Haben Sie schon einmal von einem Mordfall gehört, bei dem niemand die Blutgruppe des Opfers feststellt? Jedenfalls hatte das Büro des Staatsanwalts die Nase gestrichen voll, und diese neue Untersuchung lief an, während die Ermittlung gegen die Sarden noch gar nicht abgeschlossen war. ›Kompromiß‹ haben sie es genannt. 1984 war das. Simonetti hat es als ›neuen Anlauf‹ angepriesen, als die neue Untersuchung mit dem jetzigen Oberstaatsanwalt als Verantwortlichem und Simonetti als seinem Adlatus angekurbelt wurde. Hat sich, alles in allem, für beide ganz gut entwickelt. ›Frisch und unvoreingenommen‹, so der Slogan. ›Die Sarden kann man vergessen.‹ Und als der Untersuchungsrichter Einspruch erhob, sagte Simonetti zu ihm: ›Wenn Ihre Theorien zutreffen, müssen unsere jeweiligen Ermittlungsergebnisse ja damit übereinstimmen.‹ Daß er selbst auf der falschen Fährte sein könnte, dieser Gedanke ist ihm natürlich nie gekommen.«

Das entsprach genau dem, was der Maresciallo an jenem ersten Morgen auch gedacht hatte, als er dem Vortrag Simonettis gelauscht hatte. Immer so überzeugt davon, sich nicht zu irren, auch wenn er unwiderlegliche Beweise für das Gegenteil vor sich hat.

»Wenn beide recht hätten«, warf er nun mit übertriebenem Gerechtigkeitssinn ein, »würde das natürlich schon stimmen.«

»In einer vollkommenen Welt wären beide im Recht«, erwiderte Ferrini lachend, »und beide könnten auch beweisen, daß sie richtig liegen, und jeder von ihnen hielte die Hälfte der Indizien in der Hand, und wenn sie das Ungeheuer beim Geständnis in die Mitte nähmen, könnte man davon sogar ein Foto machen. Eine solche Szene kann ich mir aber nur schwer vorstellen, und Sie? Und sollten wirklich handfeste Indizien auftauchen, prophezeie ich Ihnen schon heute, daß dies, wer auch immer sie liefert, als unser Verdienst hingestellt wird. Das sage ich aus Erfahrung. Dann jedenfalls sind wir erst einmal uns selbst überlassen, und es wird überflüssig, darauf zu achten, daß Theorie und Ermittlungsergebnisse zusammenpassen. Wir suchen dann nur noch nach einem wahrscheinlichen Verdächtigen, der hinter Gitter gebracht werden und, anders als die letzten vier, dort auch bleiben kann. – Öffnen Sie doch mal das Fenster einen Spaltbreit, wir dampfen ja regelrecht... Oh, nein, lassen Sie's. Duschen wollen wir nicht!« – Der Fahrer drückte den Knopf des Fensterhebers, und die Scheibe glitt wieder nach oben. »Sieht nicht so aus, als ließe es nach... Wenn ich eines nicht leiden kann, dann sind das Leute, die sich im Stau auf die Hupe lehnen – sehen Sie sich diesen Blödmann an, will uns auf dem Gehweg überholen. Wohl verrückt, was...! Was habe ich gerade gesagt? Oh, ja, unser Freund, das Monster – oder Cicci, das Ungeheuer von Scandicci, wie er allgemein auch genannt wird –, hat schon vor Jahren, 1985, Feierabend gemacht. Die Gründe sind unbekannt. Könnte tot sein, könnte das Land verlassen haben, könnte drin sein. Jedenfalls hört man schon so lange nichts mehr von dem, daß wir wohl in Sicherheit sind. Soll heißen, wenn wir wieder auf einer falschen Fährte sind, wird man uns nicht auf die Schliche kommen, zumindest ist es unwahrscheinlich. Alles spricht dagegen, und das Glück ist leider oft genug auf der Seite von Leuten wie Simonetti, finden Sie nicht?«

»Allerdings, ja...« Es ließ sich nicht verleugnen, daß alle diese Gedanken, wenn auch nur kurz, ihm ebenfalls durch den Kopf gegangen waren, während sie den langen nassen Tag lang von einem Tatort zum anderen gefahren waren. Trotzdem, als Ferrini die Gedanken des Maresciallo nun in Worte kleidete, kamen sie ihm gewichtiger vor, größer.

Darum erwiderte er nur: »Sie sind vielleicht ein bißchen zynisch.«

»Kommen Sie, Guarnaccia, was anderes bleibt einem bei diesem Job doch gar nicht übrig.«

Der Maresciallo schaute in den Regen und die Abgaswolken hinaus. Die eingemummten Passanten, die zum Einkaufen unterwegs waren, versuchten ihre Beine vor den spritzenden Autos zu schützen, die Gemüsestände waren mit Plastik abgedeckt. In einem Punkt hatte Ferrini recht: Der Regen schien nicht nachlassen zu wollen. Ferrini hatte schon immer eine scharfe Zunge gehabt, das wußte der Maresciallo noch aus der Zeit, als sie gemeinsam an dem Mord im Transsexuellenmilieu gearbeitet hatten. Damals war er auch schon zynisch gewesen, doch aus seinem Zynismus war inzwischen Bitterkeit geworden. Klar, es konnte auch daran liegen, daß sie damals bei der Arbeit an dem Fall, mit dem sie gut vorankamen, so in ihre Ermittlungen vertieft waren, daß sie ein Gespräch wie dieses nie geführt hatten. Man hatte sie damals ganz allein in aller Ruhe arbeiten lassen, was ein seltenes Vergnügen war. Gut möglich, daß also nicht Ferrini sich verändert hatte, sondern die Situation. Oder es lag daran, daß man ihn zum Offizier befördert hatte. Gott sei Dank, dachte der Maresciallo, daß er das abgelehnt hatte. Er hatte sich nicht einmal die Mühe genommen, sich zu überlegen, welche Probleme auf ihn zugekommen wären. Er wollte einfach auf gar keinen Fall noch einmal die Schulbank drücken müssen und sich zum Narren machen. Und er wollte auch nie wieder in die Lage kommen, durchs ganze Land ziehen und seine Frau und seine Kinder alle paar Jahre aus ihrer Umgebung herausreißen zu müssen. Er war zufrieden mit seiner Position, Ungeheuer hin oder her. Auch dieser Fall würde vorübergehen, und er könnte zu gestohlenen Fotoapparaten und verlorenen Fahrrädern und zu der bangen Frage zurückkehren, ob er genügend Männer zur Verfügung hatte, um Ausstellungseröffnungen in Galerien zu sichern... Sie waren angekommen, dem Himmel sei Dank.

Die riesigen, vom Regen dunkel gewordenen Steinquader und die schwarzen Eisenstäbe vor den Fenstern im Erdgeschoß verliehen der langen Fassade ein gefängnisähnliches Aussehen, doch für den Maresciallo war der Palazzo Pitti sein Zuhause, und er mußte einen Seufzer der Erleichterung unterdrücken, als der Wagen spritzend auf dem nassen Kies vor dem Eingang zum Stehen kam.

»Wir sehen uns morgen.« Er öffnete die Wagentür.

Ferrini bohrte ihm die Fingerspitzen fest in den Oberarm. »Sie wollen doch sicher noch den Bericht des Untersuchungsrichters lesen.«

»Wie haben Sie das wieder erraten...«

Er wollte vor allem eins – der Maresciallo erklomm die Treppen und suchte in seinen Manteltaschen nach dem Schlüsselbund –: ausgiebig heiß duschen. Und nichts, sagte er sich im stillen, wird mich daran hindern.

Um jedem eventuellen Hindernis auch wirklich aus dem Weg zu gehen, ging er gleich nach Hause, ohne vorher bei Brigadiere Lorenzini im Büro vorbeizuschauen.

»Salva? Bist du's? Meine Güte, du bist ja völlig durchnäßt.«

»Ich weiß.«

»Wenn du heute noch mal die Uniform anziehen mußt, dann dusch aber vorher schön heiß.«

»Mach ich.«

»Und dann trinkst du was Warmes. Möchtest du Kaffee oder lieber heiße Schokolade?«

»Egal. Kaffee.«

Nach wenigen Augenblicken strömte schon das heiße Wasser über seinen Körper, tat seinen kalten und schmerzenden Gliedern wohl und wusch Monster und Mörder und Staatsanwälte von ihm ab. Er blieb so lange unter der Dusche, wie er es bei dem heißen Wasser ertrug, und entspannte sich allmählich bei dem Gedanken, daß der Rest des Abends ihm gehörte oder er ihn zumindest in seiner vertrauten Welt verbringen würde, in seiner vertrauten Uniform seiner eigenen Arbeit nachgehen konnte.

Er blieb auch eine Weile in der Küche, stand dort, die Kaffeetasse in der Hand, und versuchte den kleinen Espresso so lange wie möglich auszukosten.

»Setz dich doch, Salva!«

»Dafür hab ich keine Zeit.« Und so blieb er stehen, im Frieden mit der Welt, während Teresa sich an ihm vorbeidrückte.

»Ich will noch etwas einkaufen gehen. Wenn du mich mal den Geschirrspüler ausräumen ließest...«

»Steh ich dir im Weg? Bei dem Wetter kannst du doch nicht rausgehen.«

»Ich muß. Ich habe nichts, was ich den Jungs morgen als Pausenbrot in die Schule mitgeben kann, aber vielleicht warte ich doch noch eine halbe Stunde ab, ob es nicht aufhört.«

Sie blieb stehen und schaute aus dem Fenster in den gleichmäßig fallenden Regen. Er stellte seine Tasse ab, ging hinüber und stellte sich hinter sie. »Warte, bis es aufhört. So eilig ist es doch nicht. Du wirst sonst ganz naß.«

Er umfaßte ihre zarte Gestalt mit beiden Armen.

»Ich muß wieder ins Büro.«

Nicht zum ersten Mal dankte er beim Betreten des Wartezimmers Gott dafür, daß das Revier bei Brigadiere Lorenzini in guten Händen war. Zwei Leute saßen dort im Warteraum und taten so, als läsen sie alte Ausgaben der Zeitschrift *Die Carabinieri.* Beide schauten hoffnungsvoll zu ihm auf, als er hereinkam, grüßten ihn höflich und blätterten dann wieder in den Zeitschriften, während er den Kopf um die Ecke steckte und in die Amtsstube schaute. Di Nuccio saß am Schreibtisch und tippte wie wild mit zwei Fingern, und sein Kollege sprach über Funk leise mit den zwei Männern, die auf Streife unterwegs waren. Der Maresciallo öffnete die Tür zu seinem eigenen Büro, wo Lorenzini einem kräftigen jungen Mann am Schreibtisch gegenübersaß und offensichtlich gerade eine dienstliche Angelegenheit beendete. Der Mann erhob sich und steckte seine Autopapiere ein. Der Maresciallo nickte ihm zu, als er ihn hinausließ.

»Gestohlenes Auto?«

Lorenzini stand auf und legte einen Stapel Formulare zusammen. »Gefundenes Auto, es ist fast nicht zu glauben. Wir hatten es schon gefunden, ehe er den Diebstahl überhaupt bemerkte. Der Dieb hat offenbar keinen Parkplatz gefunden und es mitten auf der Straße stehengelassen. Und wie war Ihr Tag?«

»Naß. Wir haben sieben Tatorte besichtigt, vier davon bei strömendem Regen.«

»Amüsant. Warum sieben und nicht acht?«

»Simonetti will von dem Mord 1968 nichts wissen. Vermutlich hat er recht. Es war ein einfacher Mord, nicht die

Tat eines Serienmörders, und Waffen wechseln manchmal den Besitzer.«

»Eine Mordwaffe?«

»Ich weiß, die nicht. Obwohl sie natürlich auch gestohlen gewesen sein könnte.«

»Hm. Schon komisch … '68, das war der einzige, den ich gesehen habe – Tatort, meine ich. Ich hab als Kind in der Nähe von Signa gewohnt.«

»Du? Da warst du doch noch gar nicht auf der Welt.«

»Ich war vier. Ich behaupte ja auch nicht, daß ich gleich am Tag nach dem Mord dort war, Herr Ermittler. Nein, später, als ich zur Schule ging, war das eines unserer Kinderspiele. Wir nannten es ›Gruselweg‹ und wollten sehen, ob uns vor Angst die Knie schlotterten, wenn wir da an dunklen Winternachmittagen allein entlanggingen und so taten, als suchten wir in dem Flüßchen nach einer Waffe.«

»Schade, daß ihr keine gefunden habt.«

»Ich wette, daß wir sie gefunden hätten, wenn sie dagewesen wäre. Ich weiß nicht, wem das Land gehörte, aber der Besitzer hatte wohl irgendwann genug von uns und sperrte den Weg mit einer Kette und einem Schloß ab. Jetzt muß ich mich aber um die zwei Leute da draußen kümmern.«

»Ich mach das.«

»Wollen Sie wirklich? Dann könnte ich gleich den Papierkram wegen des Autos erledigen.«

»Führ sie rein.« Der Maresciallo ließ sich mit einem wohligen Seufzer auf seinem vertrauten Stuhl nieder. »Gehören die zwei zusammen?«

»Ich fürchte, nein. Und einer von ihnen ist ein Ausländer. Sind Sie sicher, daß Sie …«

»Führ ihn nur rein, führ ihn rein.«

Der unterzeichnete Kläger, Raymond Poigne, geboren 1947 in Sheffield, Großbritannien, der es für möglich hielt, daß sein Fotoapparat gestohlen wurde, obwohl es auch denkbar war, daß er ihn in der letzten Bar vergessen hatte, wie seine Frau Marilyn vermutete, und der bedauerte, kein Italienisch zu können, dafür aber – wenn nötig – ein wenig Französisch, war sicher ebenso überrascht wie erfreut zu sehen, daß man ihn begrüßte wie einen lange verlorengeglaubten Freund.

### Ein neues Monster!

*Hat die Polizei beim fünften Mal Glück?*

*Während einer gestern im Gebäude des Polizeipräsidiums abgehaltenen Pressekonferenz kündigte Staatsanwalt Simonetti an, daß er in Kürze formal Anklage gegen den Mann erheben würde, den er für das Monster von Florenz hält. Der Staatsanwalt war zu diesem Zeitpunkt nicht bereit, einen Namen zu nennen, doch die Fahndungsgruppe der Polizei sei auf das Doppelte der früheren Personalstärke aufgestockt worden und arbeite rund um die Uhr. Der Staatsanwalt berichtete von einer gestern in absoluter Geheimhaltung und sogar in Zivilkleidung durchgeführten Besichtigung der Tatorte aller Verbrechen, die dem Monster zur Last gelegt werden. Trotz drängender Fragen der anwesenden Journalisten machte er keine Angaben zu gewonnenen neuen Erkenntnissen und wollte nicht einmal mitteilen, wonach an den Tatorten eigentlich gesucht wurde. »Die Besichtigung war für die Ermittlungen unverzichtbar. Mehr kann ich Ihnen zum gegenwärtigen Zeitpunkt nicht sagen. Der Grund für dieses diskrete Vorgehen ist offensichtlich; umringt von Journalisten wären wir in der Sache nicht vorangekommen.«*

*Auf die Frage, ob er angesichts der bisherigen Ermittlungsergebnisse überzeugt sei, mit dem neuen Verdächtigen den wirklichen Schuldigen ausfindig gemacht zu haben, gab sich der Staatsanwalt zuversichtlich: »Ich bin absolut sicher, daß das Monster nicht wieder zuschlagen wird. Ich weiß, daß in letzter Zeit in der Öffentlichkeit der Eindruck entstanden ist, die Ermittlungen seien eingestellt oder der Fall sogar ganz zu den Akten gelegt worden. Dies trifft jedoch nicht zu. Als jedermann meinte, die Untersuchung sei ins Stocken geraten, gingen wir vielmehr mit ganzer Kraft jeder möglichen Spur nach. Kein Stein ist auf dem anderen geblieben.«*

*Der Staatsanwalt wies darauf hin, daß seine Behörde den Fall zusätzlich zu der normalen Arbeitsbelastung untersucht habe und daß es für den Einsatz seiner Männer spreche, wenn sie, betrachte man seine Komplexität, in der Zwischenzeit dennoch so viel erreicht hätten.*

Was ist denn nun wirklich neu an diesen Ermittlungen, das rechtfertigen würde, darüber zu berichten?

*»Zuerst und vor allem wenden wir neue Ermittlungsmethoden an, viel ausgefeiltere Methoden. Der Serienmörder ist ein ganz neues und unbekanntes Phänomen in der Kriminalgeschichte dieses Landes. Das bedeutet, daß wir ganz von vorn angefangen haben. Um zu ver-*

*stehen, mit was für einem Täter wir es hier zu tun haben, haben wir die ganze Mordserie von einem Team von Psychologen und Psychiatern, Ballistikexperten und Polizeipathologen analysieren lassen. Dank ihrer Hilfe wissen wir, wonach wir zu suchen haben.«*

Heißt das, daß sich die Fehler der Vergangenheit nicht wiederholen werden?

*»Ganz sicher. Doch damit will ich keinesfalls Kritik an der in der Vergangenheit geleisteten Polizeiarbeit üben, die insgesamt notwendig war und mit der größten Genauigkeit ausgeführt wurde.«*

Und was ist mit dem Gerücht, daß mehr als hunderttausend Männer überprüft wurden? Können Sie das bestätigen?

*»Mehr oder weniger ja. Wir haben die Namen aus dieser Liste mit einem Verzeichnis von Sexualstraftätern und dieses wiederum mit einem Verzeichnis verurteilter Gewaltverbrecher abgeglichen. Wir haben auch die Kennzeichen von Hunderten von Kraftfahrern überprüft, die an bestimmten Tagen von der Autobahn in die Stadt fuhren.«*

Wenn man dies zu der Zahl der Personen addiert, die in den vergangenen zehn Jahren bereits observiert wurden, wie viele Personen wurden dann insgesamt überprüft?

*»Tausende. Es gab eine Zeit, in der wir buchstäblich mit anonymen Briefen zugeschüttet wurden. Wo immer wir auch nur den Hauch eines begründeten Zweifels oder Verdachts hatten, haben wir eine Hausdurchsuchung durchgeführt, natürlich immer mit der größten*

*Behutsamkeit und Umsicht, um nicht etwa dem Ansehen eines unbescholtenen Bürgers zu schaden. In wenigen, sehr wenigen Fällen waren die Betreffenden aber trotz all unserer Vorsichtsmaßnahmen vorgewarnt. Unser Netz war so weit gespannt, wie dies nur unter Zuhilfenahme von Computern möglich ist.«*

Die berühmte oder vielmehr berüchtigte Beretta 22 haben Sie aber noch nicht gefunden.

*»Nein, im Augenblick noch nicht. Wir haben alle Pistolen des Kalibers 22 erfaßt, die vor 1968 in Florenz und im ganzen Land verkauft wurden. Wir begannen beim Hersteller der Beretta und bei den Tausenden von Pistolen, die an den Einzelhandel ausgeliefert wurden. Danach haben wir alle Käufer überprüft, doch Sie können sich sicher vorstellen, daß uns das nur bis zu einem bestimmten Punkt gebracht hat, denn nach dem Erwerb einer Waffe kann alles mögliche passieren. Waffen wechseln den Besitzer, werden gestohlen und so weiter. Nach allem, was wir wissen, kann diese Beretta ein Dutzend Besitzer gehabt haben, und trotzdem mußten wir dem Nachweisbaren nachgehen, was allein schon Monate dauerte.«*

Und die Beretta wurde immer noch nicht gefunden?

*»Wir suchen weiter danach.«*

## *Die Opfer*

*Das Monster hat unschuldige junge Liebespaare abgeschlachtet, doch die Liste seiner Opfer ist damit keineswegs zu Ende. Durch seine Hand wurde auch das Leben vieler anderer Menschen zerstört. Zum Schluß griff es allerdings immer wieder tätlich ins Geschehen ein und sorgte dafür, daß sie aus den Haftanstalten entlassen wurden, in denen sie für seine Verbrechen einsaßen.*

FLAVIO VARGIUS. *Sarde, Bauarbeiter, verheiratet, drei Kinder. In den 60er Jahren war er der Geliebte von Belinda Muscas, dem ersten Opfer der Beretta 22. Belindas Ehemann Sergio Muscas war es, der Flavio des Mordes an seiner Frau und ihrem neuen Geliebten beschuldigte, Flavio jedoch hatte ein Alibi, und Sergio wurde verhaftet und wegen Mordes angeklagt. Obwohl er während des gesamten Prozesses immer wieder Vargius beschuldigte, bekam Muscas 14 Jahre und wurde auch wegen Verleumdung verurteilt. Nachdem aufgrund des Zusammenhangs zwischen der Beretta und den Verbrechen des Monsters im Jahre 1982 neue Ermittlungen eingeleitet wurden, beschuldigte Sergio Muscas erneut Flavio Vargius, worauf man ihn wegen des Mords von 1968 verhaftete und ihm die bis dahin verübten Tötungsdelikte des Monsters zur Last legte. Flavio gab den Ermittlern bei den Vernehmungen im Untersuchungsgefängnis manch harte Nuß zu knacken, mußte jedoch nach dem Mord, bei dem zwei junge Männer in Galluzzo in ihrem Wohnmobil getötet worden waren, freigelassen werden. Flavio wurde später in Frankreich wegen Drogenhandels verhaftet.*

SILVANO VARGIUS. *Bauarbeiter, Bruder Flavios, verheiratet, ein Kind, der letzte in der Reihe der Verdächtigen. Geriet 1985 ins Rampenlicht, als er beschuldigt wurde,*

*1960 in Sardinien seine Frau Margherita ermordet und ihren Tod als Selbstmord ausgegeben zu haben. 1986 wurde ihm der Mord in Signa vom Jahre 1968 zur Last gelegt, da er vor seinem Bruder Belinda Muscas' Geliebter gewesen war; geriet anschließend in den Verdacht, das Monster zu sein, obwohl nie formell Anklage gegen ihn erhoben wurde. Er wurde im Jahre 1988 vom Mord an seiner Frau freigesprochen und verschwand nach seiner Entlassung aus dem Gefängnis spurlos. Im Jahre 1989 sprach Untersuchungsrichter Romola ihn von den inoffiziellen Anschuldigungen im Zusammenhang mit den Doppelmorden frei.*

SERGIO MUSCAS. *Verwitwet, ein Kind, stand beim Mord an Muscas/Lo Russo 1968 im Zentrum der Ermittlungen. Nie formell beschuldigt, das Monster zu sein, da er sich zu Beginn der Verbrechensserie in Haft befand, geriet er jedoch erneut ins Zentrum der Ermittlungen, als der Fall 1982 wegen des Zusammenhangs mit der Beretta 22 neu aufgerollt wurde. Er verdächtigte weiterhin die Liebhaber seiner Frau, vor allem die Brüder Vargius, und beschuldigte später seinen eigenen Bruder Fabio. Er wurde nicht nur für den Mord an seiner Frau und ihrem Geliebten verurteilt, sondern auch wegen Verleumdung.*

FABIO MUSCAS. *Geriet in die Ermittlungen durch seinen Bruder Sergio, der, nachdem er zunächst die Geliebten seiner Frau, besonders Flavio Vargius, beschuldigt hatte, seine Geschichte abwandelte und seinen Bruder Fabio verdächtigte. Fabio wurde im Januar 1984 aufgrund eines von Untersuchungsrichter Romola ausgestellten Haftbefehls festgenommen. Beweise gegen Fabio? Ein Zettel mit der handschriftlichen Notiz: »Beschuldige weiter Vargius, um die Familie rauszuhalten.« Des weiteren ein Skalpell, das er zum Korkschneiden verwendet haben will, und bestimmte sexuelle Neigungen. Für ihn endete der Alptraum noch im gleichen Jahr, als am 29. Juli 1984 Patrizia Renzetti und Carlo Salvini in Vicchio ermordet wurden. Fabio Muscas wurde am 2. Oktober 1984 auf freien Fuß gesetzt.*

ELIO SASSETTI. *Verheiratet, drei Kinder, Chauffeur, Voyeur, der sich zu seiner Neigung bekennt. Sie war es auch, die ihn in Schwierigkeiten brachte. In der Nacht vom 6. auf den 7. Juni 1981, als in der Nähe von Scandicci Gino Fani und Caterina Di Paola ermordet wurden, war Sassetti mit einem Freund unterwegs, Liebespaare auszuspähen, und sein Auto, ein Ford Taunus, wurde am Tatort gesichtet. Irgend etwas mußte er gesehen haben, denn tags darauf verbreitete er die Nachricht von einem neuen Verbrechen des Monsters, lange bevor man die Leichen fand. Er wurde wegen falscher Zeugenaussagen verhaftet und danach der Morde beschuldigt. Den ganzen Sommer blieb er im Gefängnis. Am 22. Oktober, als das Monster erneut zuschlug und Silvio Benci und Sara Contini tötete, wurde er freigelassen.*

Der Maresciallo beendete seine Lektüre und blieb, die Zeitung an die Brust gedrückt, noch eine Weile grübelnd sitzen.

Anschließend überflog er Simonettis Bericht über ihr Tun vom Vortag noch einmal.

Er war es sicher gewohnt, ständig über sich selbst in der Zeitung zu lesen. Seltsam, der Artikel wollte nicht recht mit den Erlebnissen des vorherigen Tages übereinstimmen, aber so war eben Journalismus. Alles mußte zu einer Geschichte verarbeitet werden. Der Maresciallo jedenfalls war derlei ganz und gar nicht gewohnt, und er fühlte sich seltsam dabei, aber, wenn er sich selbst gegenüber ganz ehrlich war, nicht durch und durch unwohl.

# 5

»Guten Morgen, Maresciallo, wie geht's?« Dr. Biondini schaute von seiner Prüfliste hoch, als der Maresciallo aus dem Gebäude trat und an der Rückseite des Lieferwagens auftauchte.

»Kann mich nicht beklagen... Könnte ich vielleicht kurz mit Ihnen sprechen?«

»Natürlich, ich bin gleich für Sie da. Dies ist das letzte.« Das Gemälde, gepolstert und verpackt, wurde hinten aufgeladen und das Auto verschlossen.

»Das sind die florentinischen Landschaften, die zur Fortezza hinaufgebracht werden – Sie kommen doch hoffentlich zur Eröffnung?«

»Ich werde dasein, oder es zumindest versuchen... Im Augenblick ist es ein bißchen schwierig.«

»Ach, die Jagd nach dem Ungeheuer. Wie läuft es denn? Alles in Ordnung, Sie können fahren, ich komme nach. Danke.« Der Motor des Lieferwagens wurde gestartet. »Wollen Sie irgendwohin?«

»Zum Polizeipräsidium.« Der Carabiniere, der den Maresciallo fahren sollte, ließ ebenfalls den Motor an, doch der Maresciallo bedeutete ihm, daß er noch zu tun habe, und er schaltete den Motor wieder ab. Die Auspuffgase hingen tief in der windstillen, schwülen Luft, und der Maresciallo griff automatisch nach seiner Sonnenbrille, steckte sie jedoch nach einem Blick zum eintönig grauen

Himmel wieder ein. So unerfreulich dieses Wetter auch war, seinen Augen, die bei Sonne unaufhörlich tränten, tat die Abwechslung wohl. Der Maresciallo schilderte Dr. Biondini die Umstände, unter denen sein junger Freund Marco das Franchi-Gemälde geerbt hatte, so gut er konnte. Biondini wirkte ein wenig überrascht.

»Wer hat denn die Zuschreibung vorgenommen?«

»Keine Ahnung; hätte das nicht Landini selbst gemacht, wo er doch ein solcher Experte war?«

»Nicht seine Stilperiode. Vermutlich haben die Auktionatoren selbst jemanden aus London dagehabt. Ist es authentisiert worden?«

»Das kann ich nicht beantworten. Marco hat mir nur gesagt, daß es vermutlich ein Franchi ist – warten Sie ... Ich bin sicher, er sagte, in dem Brief, den er vom Auktionshaus bekam, sei der Name des Malers aufgeführt gewesen. Ich fürchte, ich kann nicht sagen, ob das Bild signiert ist oder nicht. Möglich, daß er es mir gesagt hat, aber ...«

»Tja, das müßte ich schon wissen. Aber woher stammt das Bild? Wenn dieser junge Mann es von Landini geerbt hat, wie ist es dann zu Landini gelangt? Das zumindest müßte in dem Verzeichnis stehen. Landini war kein Dummkopf.«

»Nein, sicher nicht. Aber das Bild gehörte der Familie, verstehen Sie. Vermutlich ein Porträt eines Vorfahren aus der Familie der dei Gherardini. Sehr überzeugt sehen Sie nicht aus.«

»Tja, wenn ich ehrlich sein will, Maresciallo, bin ich das auch nicht. Würde es Ihnen etwas ausmachen, wenn wir zu meinem Wagen gingen? Ich muß zum Ausladen dort sein.«

»Ja, natürlich. Ich sollte Sie nicht aufhalten...«

Sie gingen gemeinsam durch den steinernen Torbogen mit der großen Eisenlaterne. Als sie auf der anderen Seite heraustraten, nahm Biondini den beigefarbenen Regenmantel, den er sich über die Schulter gelegt hatte, und zog ihn an.

»Anscheinend wird es kälter. Man weiß nicht, was man bei diesem verfluchten Wetter anziehen soll, aber so wie gestern – oder war es vorgestern? – will ich nicht noch einmal durchnäßt werden.«

»Vorgestern war das... Mir ging es genauso. Können Sie mir sagen, was Sie bei diesem Gemälde nicht überzeugt? Sie glauben nicht, daß es ein Antonio Franchi ist, obwohl Sie es noch nicht gesehen haben?«

Biondini lachte. »Ich bin kein Genie – und Hellseher auch nicht! Sie haben eine so hohe Meinung von meinen Fähigkeiten, daß es mich immer aufmuntert, mit Ihnen zu sprechen.«

Hatte er sich wieder zum Narren gemacht? »Ich wollte damit nur sagen, daß Sie immerhin ein Fachmann sind – es ist Ihre Arbeit, vielleicht haben Sie deshalb einen Grund für Ihre Vermutung?«

»Ja, und zufällig kenne ich mich bei Franchi ganz gut aus. Ich habe den einen oder anderen Aufsatz über ihn geschrieben, aber das heißt nicht, daß ich ein Bild von ihm identifizieren könnte, ohne wenigstens eine Fotografie gesehen zu haben – ist denn eine Fotografie vorhanden?«

»Keine Ahnung, ich kann fragen.«

»Wenn es eine gäbe, würde ich sie mir gern ansehen. Ich war nämlich für alle Bilder von Franchi, bei denen Zuschreibungen notwendig waren, verantwortlich – ausgenommen natürlich die größeren Werke, die er für verschiedene Kirchen und Klöster ausgeführt hat, aus denen die Bilder nie richtig entfernt wurden und die sehr genau verzeichnet sind. Deswegen bin ich bei einem Dei-Gherardini-Porträt, von dem niemand etwas weiß, ein wenig skeptisch. Franchi selbst hat sorgfältige Verzeichnisse geführt, wissen Sie.«

»Das hat Marco mir schon gesagt, er hat aber auch gesagt, daß Franchi seine eigenen Sachen kopiert hat.«

»Ja, das hat er, aber er hat auch seine Kopien sorgfältig katalogisiert. Ein oder zwei Gemälde fehlen – fehlen in dem Sinne, daß niemand weiß, in wessen Besitz sie sich befinden oder ob sie zerstört wurden –, aber um Dei-Gherardini-Porträts handelt es sich dabei nicht. Das ist eher ein Suchproblem als ein Problem der Identifizierung. Ich würde Ihrem jungen Freund den Rat geben, sich an dem Bild zu freuen, so es ihm gefällt, und wenn es sich wirklich schon seit Generationen im Familienbesitz befindet, dürfte es für ihn ja sowieso von besonderem Wert sein, finden Sie nicht?«

»Sicher…«

»Hier steht mein Wagen. Ein Landini sollte man sein, dann würde man einen großen Wagen fahren und nicht diesen kleinen Fiat. In Staatsdiensten werden wir nie reich, Maresciallo.«

Der Maresciallo konnte nur zustimmend seufzen, denn sein eigener Kleinwagen war das gleiche Modell, obwohl vielleicht nicht ganz so alt wie dieser. Biondini suchte nach seinem Schlüssel.

»Warum macht er sich denn überhaupt Sorgen? Ach, hier ist er ja.«

»Sorgen?«

»Landinis Sohn. Worüber macht er sich solche Sorgen, daß er zu Ihnen gekommen ist?«

Hatte sich der Maresciallo nicht dasselbe gefragt und geargwöhnt, daß Marco ihm etwas verheimlichte?

»Er... er hatte vorher nie davon gehört, daß sich ein solches Bild im Familienbesitz befindet, und dachte, wenn es sich als Fälschung erwiese, würde der Name seiner Mutter...«

»Eine Fälschung? Wie kommt er denn auf die Idee? Es kann sich doch auch um eine fehlerhafte Zuschreibung handeln. Wie kommt er denn auf Fälschung?«

Doch je mehr Worte Biondini für seine Zweifel fand, desto mehr versuchte der Maresciallo, sie zu zerstreuen. »Er hat die Notizbücher seines Vaters durchgesehen und ist dort auf das Bild gestoßen. Irgendwo fand er die Telefonnummer eines Mannes, der sich als Restaurator ausgibt.«

»Ich würde doch annehmen, daß Landini viele Restauratoren kannte, ganz zwangsläufig, berufsbedingt. Wer war es denn? Ich müßte ihn kennen, zumindest dem Namen nach.«

»Benozzetti.«

»Benozzetti? Nein. Ein seltsamer Name, nicht? In Florenz gibt es keinen Restaurator, der so heißt – jedenfalls nicht auf Landinis Niveau. Kann ich Sie irgendwohin mitnehmen? Was sagten Sie, wo Sie hinwollen? Ach so, ja, ins Präsidium. Dann geht es leider nicht. Ich habe keine Erlaubnis für die Durchfahrt durch die Stadt... Na, es fängt an zu regnen, und sehen Sie sich meine Windschutzscheibe an... Irgendwo hatte ich doch ein Fensterleder, aber in dem Auto liegen so viele Bücher und Papiere, und ich habe keine Zeit...«

»Dort liegt es, auf dem Boden, links von Ihnen. Es ist nur so, wissen Sie, Marco könnte die Summe gut gebrauchen, die ein Verkauf des Bildes einbringen würde. Er braucht Geld, er möchte sich ein Architektenatelier einrichten und heiraten.«

»Geld? Hat er nicht von seinem Vater ein Vermögen geerbt?«

»Nein. Ein kleines Atelier und dieses Bild, das ist seine ganze Erbschaft.«

»Ich fürchte, viel wird nicht dabei herausspringen, wenn er es verkauft. Der Staat kann sich heutzutage keine Ankäufe mehr leisten, und in diesem Land einen privaten Käufer zu finden wird nicht einfach sein. Und das Bild zu exportieren wäre illegal, das sollte er lieber gar nicht erst versuchen.«

»Das hat er sicher auch nicht vor, aber was für Ihre Verhältnisse vielleicht nicht viel ist, könnte für ihn eine Summe sein, die seine Lage entscheidend verändert.«

»Zweifellos. Dann soll er es doch versuchen. Wenn er rechtmäßiger Besitzer des Bildes ist, und Sie sagten ja, das hätten Sie überprüft, dann lassen Sie ihn doch verkaufen. Die Zuschreibung ist nicht sein Problem, er verkauft es ja nur. Die Auktionatoren achten schon darauf, daß sie und ihre wichtigen Klienten nicht zu kurz kommen. Wenn irgendwelche Zweifel bestehen, erkennen das Eingeweihte an der Art und Weise, wie das Bild in Katalogen präsentiert wird, sofort. Soll er doch verkaufen, und viel Glück dabei. Vergessen Sie nicht, es würde mich interessieren, eine Fotografie des Bildes zu sehen.«

»Ich denke dran. Ich werde danach fragen. Entschuldigen Sie, wenn ich Sie zu lange aufgehalten habe.«

»Macht doch nichts – und sagen Sie dem jungen Landini, er soll sich keine Sorgen machen. Irgendwann wird er begreifen, daß es so etwas wie Fälschung gar nicht gibt.«

»Was zum Teufel sollte das denn heißen?« murmelte der Maresciallo vor sich hin, als er durch den Torbogen zu seinem Wagen zurückging.

»Was genau wollen wir eigentlich damit sagen? Das Wort ›Monster‹ weist ja auf etwas Außergewöhnliches hin, aber wir dürfen nicht aus den Augen verlieren, daß solche Fälle in Italien zwar extrem selten vorkommen, das Phänomen des Serienmörders aber heutzutage weit verbreitet ist. Allein in Amerika hat man viele Verbrecher dieses Typs verhaftet und untersucht, und eine viel größere Anzahl läuft weiter frei herum und ist aktiv. Wir haben es hier mit Männern zu tun, die nicht aus Rache oder des Geldes wegen töten, sondern zur ›Entspannung‹ oder aus sexuellen Motiven, die nur mit der Person des Mörders und nicht mit dem Opfer zu tun haben.

Inzwischen können wir mit ziemlicher Sicherheit sagen, daß unser ›Monster‹ in die Kategorie der Menschen mit sexuellen Perversionen fällt – die ja nicht alle Mörder sind oder gewalttätig werden, die jedoch eine solche Neigung haben können.«

Der Maresciallo versuchte sich zu konzentrieren, war

aber wie gewöhnlich mehr von Simonetti selbst als von dessen Worten fasziniert.

Ich würde nicht behaupten, daß er gut aussieht, protestierte er im stillen, denn neben dem Zeitungsartikel über die Ermittlungen war Simonetti abgebildet gewesen, und Teresa hatte sich in diesem Sinne geäußert.

»Gutaussehend?«

»Selbstverständlich. Sieh dir nur mal diese schönen dunklen Augen an. Ein sehr attraktiver Mann. Wieder mal typisch, daß dir das nicht auffällt. Und so elegant noch dazu – ist ja auch eine sehr vorteilhafte Zusammenstellung, diese weiße Krawatte zu der schwarzen Seide, findest du nicht?«

»Bewahre.«

Er hatte unwillkürlich den schlichten schwarzen Schlips berührt, der zu seiner Uniform gehörte, und war schlechtgelaunt in sein Büro zurückgekehrt.

»Ein solcher Täter arbeitet, wenn er gefaßt wird, in der Regel sehr gut mit den Behörden zusammen, bekehrt sich in der Haft häufig zum Christentum, fällt aber, wenn er wieder in die Gesellschaft entlassen wird und auf sich allein gestellt ist, sofort in sein altes Verhaltensmuster zurück und tötet wieder. In Spanien ist es zu einem Riesenskandal gekommen, als ein Serienmörder, den man wegen guter Führung entlassen hatte, sofort wieder einen Menschen umbrachte. Der Vater des jungen Opfers hat zwei Millionen Unterschriften gesammelt, um Richter davon zu überzeugen, daß für solche Verbrechen härtere Strafen ausgesprochen werden müssen. Dasselbe passierte auch in der Schweiz, wo eine lebenslange Freiheitsstrafe maximal fünfzehn Jahre Haft bedeutet. Danach kann der Gefangene entlassen werden. Und sogar vor der Haftentlassung kann ein Gefangener dort bei guter Führung ab und zu Hafturlaub bekommen. Unser Sexualstraftäter ist nämlich in den meisten Fällen ein vorbildlicher Häftling, der seinen Wärtern keinerlei Schwierigkeiten macht und daher als erster Hafterleichterungen erhält oder sogar vorzeitig entlassen wird. Offensichtlich sind alle von Psychiatern ausgesprochenen Warnungen vor den damit verbundenen Gefahren auf taube Ohren gestoßen und haben den traditionellen Strafvollzug in keiner Weise beeinflußt.«

Außerdem ist es ganz nett, schöne Augen zu haben, aber die Art und Weise, wie er damit Leute ansieht, ist wirklich unerträglich. Dieser verächtliche Ausdruck, der nun die Psychiater traf, die weiß Gott wie lange daran gearbeitet hatten, um den Stapel Papiere zusammenzustellen, der nun vor ihm auf dem Tisch lag.

»Ich verlange nicht von Ihnen, daß Sie dieses Profil, das uns vom FBI in Quantico, Virginia, zur Verfügung gestellt wurde, ganz lesen. Das würde Sie zuviel Zeit kosten – Zeit, die ich lieber für praktischere Aufgaben verwenden möchte als für das Durchackern von solchem Psychojargon.«

»Das ist die Stelle, an der wir lachen sollen«, flüsterte Ferrini neben ihm, als die Männer, die ihnen auf der anderen Tischseite gegenübersaßen, auch pflichtschuldig zu lachen begannen, und die Augen des Maresciallo traten noch ein wenig mehr vor als sonst. An der Art und Weise, wie Bacci in das leise Lachen links und rechts neben sich einstimmen wollte, spürte der Maresciallo, obwohl er sich nicht zu ihm umdrehte, wie angespannt der junge Mann immer noch war. Es konnte nichts schaden, wenn er noch einmal mit ihm sprach, sobald das möglich war, denn wenn er weiter so verkrampft blieb, konnte er Simonetti wirklich allmählich auf die Nerven gehen und ihn dazu veranlassen, ihn durch einen anderen Kollegen zu ersetzen. Und das würde Bacci nie verwinden. Im Grunde verwand Bacci überhaupt nie irgend etwas. Zu viel Verantwortung und zu jung, das war es vermutlich... Nun hatte der Maresciallo den Anschluß verpaßt, aber beim besten Willen... er war an eine solche Vorgehensweise nicht gewöhnt, und der Mensch ist nun mal ein Gewohnheitstier. All dieses theoretische Gerede, anstatt rauszugehen und den betroffenen Menschen ins Gesicht zu schauen, sich ihre Häuser anzusehen, die Welt zu beschnuppern, in der sie lebten, ihre Mienen zu beobachten, wenn sie einen anlogen... Schöne dunkle Augen, ja wirklich.

»Es dürfte inzwischen also auf der Hand liegen, daß wir nach einem Mann suchen, der bereits wegen Gewaltverbrechen oder perversem Sexualverhalten vorbestraft ist, der aber auch mit Schußwaffen und mit einem einschneidigen Messer umgehen kann. Denken Sie auch bitte daran, daß wir zu Beginn unserer Ermittlungen einen Chirurgen zwar nicht unbedingt ausschließen konnten, daß wir aber nicht notwendigerweise einen suchten. In einer Kunststadt wie Florenz arbeiten viele Menschen mit solchen Messern: Leute, die mit Tierhäuten zu tun haben, oder, wenn wir in dieser Richtung weiterdenken, die Hunderte von Menschen, die in Florenz Gürtel, Taschen, Schuhe, Pelzmäntel und so weiter herstellen. Im Anfangsstadium unserer Ermittlungen haben wir auf diesem Gebiet keinen Stein auf dem anderen gelassen, und das hat uns viel Zeit und Mühe gekostet. Unser psychiatrisches Täterprofil gibt uns ebenfalls einige nützliche Anhaltspunkte, an denen wir uns im Verlaufe unserer Untersuchung, wenn es angezeigt war, immer wieder orientiert haben. Es ist wahrscheinlich, wenngleich nicht sicher, daß unser Verdächtiger zur Grausamkeit gegenüber Lebewesen neigt, die jünger, schwächer, verletzlicher sind als er selbst. Dies kann sich als Grausamkeit gegenüber Tieren oder als schlechte Behandlung von Frauen und/oder Kindern äußern. Unser Verdächtiger könnte auch zu unbeherrschten Wutausbrüchen und Eifersuchtsanfällen neigen und von Gewaltphantasien, vermutlich sexuellen Inhalts, besessen sein. Sein Verhalten kann für andere bedrohlich werden, und möglicherweise gelingt es ihm nach einem Ausbruch von rasender Wut nur schwer, sich wieder zu beruhigen. Zuweilen tarnt sich solche übermäßige Wut durch eine Maske der Normalität, aber sie ist nichtsdestotrotz vorhanden. Wir sollten auch auf neurologische Symptome achten, auf Migräne, übermäßige Licht- und Lärmempfindlichkeit, eine chronische Störung des Zahlen- oder Wortgedächtnisses, auf Kopfschmerzen, die eine Gesichtshälfte betreffen, auf Beeinträchtigungen des Sprachvermögens nach schweren Kopfschmerzattacken oder auf akute optische Halluzinationen. Dies alles können Folgen oder Symptome einer kardiovaskularen Störung sein, die ihrerseits Auswirkungen auf das neurologische System eines Menschen hat und die auf lange Sicht auch sein Verhalten beeinflussen kann.

Dies alles müssen wir im Auge behalten. – Wenn ich Sie

mir so anschaue, lese ich von Ihren Gesichtern die übliche Reaktion auf medizinische Erkenntnisse ab.« Simonetti blickte mit strahlendem Lächeln reihum. »Sie brauchen es gar nicht zu leugnen. Während ich das vortrug, haben Sie doch alle im stillen gedacht: ›Ich habe doch auch manchmal Migräne‹, ›Ich bin eifersüchtig auf meine Frau oder meine Freundin‹, ›Ich habe Probleme mit der Rechtschreibung‹. Habe ich nicht recht? Bitte, regen Sie sich nicht auf. Das Heimtückische an diesen Symptomen ist ja, und unser Mediziner weist freundlicherweise in diesem Bericht ausdrücklich darauf hin, daß alle diese Symptome an sich gutartig sind. Erst wenn mehrere solcher Symptome zusammenkommen, entsteht ein Gefahrenpotential, so daß die Fähigkeit eines Menschen, sich in der Gesellschaft zu bewegen, gestört werden kann. Und – dies ist ein sehr wichtiger Faktor – ist die Grenze zwischen einer Gewaltphantasie und tatsächlicher Gewaltausübung einmal überschritten, dann ist es nicht mehr schwer, die nächste Gewalttat zu begehen. Aber jetzt will ich Sie nicht länger mit Theorien langweilen. Ich glaube, wir sollten uns nun einen ersten Eindruck von unserem Verdächtigen verschaffen, damit Sie seine Vorgeschichte im Kopf haben, wenn Sie ihn am späteren Nachmittag vorgeführt bekommen. Übrigens, irgend etwas ist zur Presse durchgesickert, ich weiß zwar nicht wie, aber ich habe Vorsichtsmaßnahmen ergriffen, und ich bin sicher, Sie werden meine Beweggründe verstehen, wenn wir uns heute nachmittag um 14 Uhr 30 erst wieder hier versammeln, bevor wir uns an einen Ort begeben, an den ich unseren Verdächtigen bringen lassen werde. Ich gehe davon aus, daß Sie Verständnis für diese

Maßnahme haben. Mir liegt es natürlich fern zu glauben, jemand von Ihnen hätte Informationen an die Presse weitergegeben, aber es ist von Vorteil für Sie zu wissen, daß man die undichte Stelle, wenn es denn eine gibt, nicht in Ihrem Kreis suchen wird. Ich frage mich, ob vielleicht ein Kaffee angebracht wäre, bevor wir weitermachen – um Sie während meiner trockenen Ausführungen wach zu halten...«

Ein neuerliches strahlendes Lächeln verneinte, daß dies wirklich notwendig war, doch der junge Polizist Noferini, eifrig wie immer, war schon aufgesprungen.

»Ich kümmere mich darum.«

Der Maresciallo zumindest war froh, sich nach dem langen Sitzen ein wenig die Beine vertreten zu können, während seine Kollegen in den Taschen nach Zigaretten suchten.

Er schaute auf den Verkehr hinunter, der sich in der Via Zara spritzend durch den Regen bewegte, bis er ein Rauchwölkchen neben seiner Schulter wahrnahm und sich umdrehte, überzeugt, daß es Ferrini war. Er hätte nicht überraschter sein können, als er sah, wie die Hand mit der Narbe zuerst eine Zigarette zum Mund führte und zwischen die Lippen klemmte, bevor sie dem Maresciallo hingestreckt wurde.

»Guarnaccia, mir ist erst jetzt klargeworden, wer Sie sind.«

Was sollte das denn bedeuten? Der Maresciallo durchforstete sein Gedächtnis nach dem Namen dieses Beamten. Die Mitglieder der Sonderkommission waren einander beim ersten Zusammentreffen vorgestellt worden, aber davon war nicht viel haftengeblieben, und der Kopf des Maresciallo war leer.

»Esposito«, sagte der andere Mann. »Ich muß gestehen, daß ich mich an Ferrini zwar erinnern konnte, aber bei Ihrem Namen hat es bei mir anfangs nicht geklingelt. Sie haben gemeinsam an diesem Mord im Transsexuellenmilieu gearbeitet, stimmt's?«

»Ja.«

»Dann hat mich mein Gedächtnis also nicht im Stich gelassen. Gratuliere, das war ja Ermittlungsarbeit wie aus dem Lehrbuch. Ich hab den Fall ein bißchen verfolgt.«

»Ach, wirklich?«

»Ja. Beeindruckend. Sehr beeindruckend.«

Der Maresciallo konnte ihn nur erstaunt anschauen.

»Als ich kapierte, wer Sie sind, war ich ein wenig überrascht, Sie hier zu sehen, wenn Sie verstehen, was ich meine. Das zeigt mal wieder, daß man auf Gerüchte nichts geben sollte.«

In diesem Augenblick traf der Kaffee ein, und der Maresciallo mußte seine Verwunderung die ganze folgende Stunde lang für sich behalten, während Simonetti den Charakter und die Vorstrafen des Verdächtigen schilderte.

»Ein gewalttätiger Mann, ein krankhaft eifersüchtiger Mann, ein Mann, vor dem sich seine Familie und sogar seine Freunde fürchten. Geboren 1925 in der Gegend von Mugello, nördlich von Florenz, entstammt er einer Bauernfamilie und hat selbst auch den größten Teil seines Lebens als Bauer gearbeitet. Zum ersten Mal verurteilt wurde er im Jahr 1951, im Alter von sechsundzwanzig, als er in Streit mit einer jungen Frau geriet, mit der er verlobt war, und diese sich einem anderen Mann zuwandte. Da er sich mit der Situation nicht abfinden konnte, folgte er den beiden eines Abends in den Wald in der Nähe des Dorfes, um sie zu beobachten. Das Pärchen begann sich zu lieben, und in einem bestimmten Moment, dem Moment, als der Mann die linke Brust der Frau entblößte, sprang er aus seinem Versteck hervor und fiel über sie her. Der Angriff wurde brutal und schnell geführt und war tödlich, binnen weniger Sekunden schon hatte er dem Rivalen mehrere tödliche Stichwunden beigebracht. Doch damit war seine Wut noch nicht verraucht, und er traktierte den Kopf des hingestreckten, im Sterben liegenden Mannes so lange mit Fußtritten, bis er ihm den Schädel zerschmettert hatte und ein Auge aus der Augenhöhle trat. Der Rivale war tot, doch seine Wut war immer noch nicht gestillt, und erst der weitere Tatverlauf unterscheidet das Verbrechen dieses Mannes von vielen anderen banalen Verbrechen aus Leidenschaft. Als nächstes sagte er zu seiner Ex-Verlobten: ›Jetzt kommst du dran.‹ Und er vergewaltigte sie auf dem Erdboden, unmittelbar neben dem blutüberströmten Leichnam ihres Geliebten.

Stunden später kehrte der Mann zum Tatort zurück. Ungerührt durchsuchte er die Taschen des Toten und stahl seine Brieftasche, in der sich zwanzigtausend Lire befanden. Er schleifte den Leichnam tiefer in den Wald hinein und versteckte ihn.

Bis zur Gerichtsverhandlung hatten die Ermittlungen ergeben, daß er seinem späteren Opfer schon vor dem Mord mehrfach gedroht hatte, und der Staatsanwalt plädierte dann auch auf vorsätzlichen Mord in Tateinheit mit

Raub. Der Beschuldigte beharrte darauf, das Pärchen zufällig entdeckt zu haben und auf einmal in blinde Wut und Eifersucht geraten zu sein. Das Gericht nahm ihm diese Begründung ab. Er wurde zu zweiundzwanzig Jahren Haft verurteilt, von denen er dreizehn absaß.

Als er 1964 aus dem Gefängnis entlassen wurde, zog er wieder zu seiner Mutter und arbeitete eine Zeitlang als Schuster, eine Beschäftigung, bei der er sich beträchtliche Fertigkeiten im Umgang mit Klingen und Ahlen aneignen konnte. Er hatte selbstverständlich im üblichen Alter seinen Wehrdienst abgeleistet und konnte daher auch mit einer Waffe umgehen.

Bald darauf heiratete er seine jetzige Frau, die er Gerüchten zufolge wandernden Kesselflickern abgekauft haben soll. Wie dem auch sei, die Frau und ihr Vater zogen bei dem Verdächtigen und seiner Mutter ein, und wenig später – er hatte entdeckt, daß seine Frau und ihr Vater eine Inzestbeziehung unterhielten – warf er den Vater hinaus.

Im Jahre 1969 zog er aus dem Haus seiner Mutter aus und zunächst in ein Dorf südlich von Florenz, später jedoch in den Nachbarort Pontino, wo er immer noch wohnhaft ist. Das Ehepaar hatte in der Zwischenzeit eine Tochter bekommen, und durch dieses Kind kam es zu der Strafe, die der Mann gegenwärtig absitzt.

Die Tochter, inzwischen eine junge Frau von 26 Jahren, vertraute ihrem Arbeitgeber – sie ist als Dienstmädchen tätig – eines Tages an, daß ihr Vater sie seit ihrem neunten Lebensjahr mißbraucht habe. Jahrelang hatte er sie zu allen möglichen Formen von Geschlechtsverkehr gezwungen. Als kleines Mädchen hatte sie im Bett ihres Vaters, ihre

Mutter dagegen im Bett des Kindes schlafen müssen. Der Arbeitgeber, dessen Identität wir wegen des außerordentlichen Presseinteresses geheimhalten, bewog die junge Frau dazu, den Mißbrauch offiziell anzuzeigen.

Die Mutter bestätigte die von ihrer Tochter vorgetragenen Anschuldigungen und sagte aus, keine der beiden Frauen habe gewagt, den Mund aufzumachen, weil ihr Mann sie häufig geschlagen und übel zugerichtet habe.

Anscheinend waren die wiederholten Vergehen an der Tochter nicht auf das Schlafzimmer beschränkt. Tochter und Mutter schilderten, wie sie von dem Verdächtigen spätabends mit dem Auto in einsame Gegenden gebracht und gezwungen wurden, im Wagen oder auf dem Waldboden sexuelle Handlungen, teils auch perverser Natur, vorzunehmen. Seine Forderungen schienen keine Grenzen zu kennen.«

Simonetti machte eine Pause und schaute nacheinander alle Männer am Tisch an, bevor er fortfuhr. »In wenig mehr als einem Monat wird dieser Mann aus der Haft entlassen. Wir wissen, daß es keine solchen Morde mehr gegeben hat, seit er im Gefängnis ist. Wir wissen auch, daß wir es bei unserem Verdächtigen mit einem brutalen Killer zu tun haben, denn er wurde wegen Mordes, eines besonders heimtückischen Mordes, verurteilt. Wir wissen, daß wir es mit einem Mann mit perversen sexuellen Neigungen zu tun haben, deren Ausmaß an die Grenzen unseres Vorstellungsvermögens stößt und die wir nicht erfassen, geschweige denn hinnehmen können. Nichtsdestotrotz wird dieser Mann bald zu seiner Familie zurückkehren und wieder auf die Gesellschaft losgelassen. Wir können es nicht verhindern, denn wir haben keine Beweise gegen ihn. Ihre Aufgabe, unsere Aufgabe besteht darin, diese Beweise zu finden. Meine Herren, ich bin fest entschlossen, sie zu finden, ohne jeden Kompromiß.«

Er machte wieder eine Pause und öffnete eine dünne Akte, die neben dem psychiatrischen Täterprofil vor ihm auf dem Tisch lag. Darin befand sich eine durchsichtige Plastikhülle, in der ein einzelnes Blatt Papier steckte.

»Da der Mann bereits wegen eines Gewaltverbrechens verurteilt worden war, hatten wir seinen Namen bereits auf unserer Liste möglicher Verdächtiger. Vor Jahren schon erhielten wir eine anonyme Mitteilung, der wie in allen solchen Fällen natürlich sofort nachgegangen wurde. Eine Hausdurchsuchung bei dem Verdächtigen verlief jedoch ergebnislos, und die Sache wurde fallengelassen, vor allem deshalb, weil wir in diesem frühen Stadium bei dem Verdächtigen noch keinen Hinweis auf sexuelle Perversionen hatten. Nach den von seiner Tochter vorgebrachten Anschuldigungen aber nahmen wir uns den anonymen Brief noch einmal vor und überprüften ihn.

Er zog das Blatt Papier aus der Hülle.

»Er ist an den Maresciallo von Pontino adressiert und wurde von diesem an den Ermittlungsrichter weitergeleitet.

*Würden Sie sich bitte den Mörder aus Pontino vornehmen, denn er hat die Liebespaare in den Autos umgebracht.*
*Er ist brutal und gewalttätig.*
*Er ist ein Spanner.*

*Er ist ein dreckiger Perverser, und Sie müssen ihn verhaften.*

Wie Sie wissen, wird ein anonymer Brief vor Gericht als Beweismittel nicht anerkannt. Wenn man sich jedoch in die Lage der Menschen in der Umgebung dieses Mannes versetzt, die sich ganz offensichtlich vor ihm fürchten, seine eigene Familie eingeschlossen, dann überrascht es kaum, daß uns eine Information, die ihm schaden könnte, anonym erreicht. Um so weniger zum jetzigen Zeitpunkt, da er ja demnächst aus der Haft entlassen wird. Folglich müssen solche Mitteilungen ernst genommen werden.«

Simonetti schaute auf die Uhr. »Ich sollte Ihnen jetzt wohl eine Mittagspause gönnen, hätte aber gern, daß Sie alle sich um 14 Uhr 30 wieder hier einfinden. Bitte seien Sie pünktlich. Wir haben heute nachmittag noch viel vor.«

Zunächst jedoch hatten sie kalte regnerische Straßen vor sich, in denen sie ein Lokal finden mußten, wo sie zu Mittag essen konnten, denn im Gegensatz zu Bacci, der auf dieser Seite der Stadt wohnte, schafften sie es in der ihnen zugebilligten Mittagspause nicht, nach Hause und wieder zurück zu fahren.

Die Beamten von der Zivilpolizei gingen gemeinsam fort, und Ferrini und der Maresciallo standen unschlüssig vor dem Haupteingang, knöpften sich die Regenmäntel zu und rückten die Mützen gerade. Der Marmorboden war gesprenkelt von schmutzigen nassen Fußspuren, und auf den Stufen vor dem Eingang steckte eine kleine Gruppe von Journalisten die Köpfe unter ein paar Schirmen zusammen.

»Ach, Maresciallo!« Es war Nesti von *La Nazione*, der sich aus der Gruppe löste und sie anhielt, als sie aus dem Gebäude kamen.

»Nesti. Wie geht's?«

»Gut. Freut mich, Sie zu sehen. Sie können uns bestimmt sagen, wo sich die Sonderkommission heute nachmittag trifft.«

»Das kann ich nicht.«

»Klar können Sie. Sie wissen doch, wie Simonetti ist – erst macht er es wer weiß wie spannend, um uns bei der Stange zu halten, und dann sorgt er dafür, daß die Informationen durchsickern. Er würde sich doch ärgern, wenn wir nicht auftauchen würden.«

Der Maresciallo schaute ihn mit aufgerissenen Augen an. »Vielleicht haben Sie sogar recht, aber trotzdem können wir Ihnen da nicht weiterhelfen. Er hat uns nicht gesagt, wohin wir gehen.«

»Typisch! Mit den Carabinieri hat er noch nie auf gutem Fuß gestanden. Er läßt alles durch die Polizei durchsickern, um die Sympathien der Presse auf ihre Seite zu ziehen. Schlauer Bursche, das müssen Sie zugeben, Maresciallo – ach, da sind sie! Entschuldigen Sie mich ...«

Nesti rannte seinen Kollgen hinterher, die die beiden Polizeibeamten auf der Straße erspäht hatten. Der Maresciallo kam nicht umhin zu bemerken, daß das Gespräch, ganz gleich, was dabei auch herausgekommen war, viel länger gedauert hatte, als es bei seiner einfachen Ablehnung eigentlich nötig gewesen wäre.

»Glauben Sie, daß Nesti recht hat?«

Ferrini zuckte nur mit den Schultern. »Wen kümmert

das schon? Lassen Sie uns etwas essen gehen.« Und er schritt die Treppen hinab, so daß der Maresciallo unweigerlich folgte.

»Haben Sie etwas Bestimmtes im Sinn? Ich kenne mich in diesem Teil der Stadt überhaupt nicht aus.«

»Dort hinten auf der linken Seite ist ein ganz ordentliches Restaurant. Gehört einem Freund von mir. Er wird uns was Gutes zu essen geben und uns auch einen anständigen Preis machen. Kommen sie nur.«

Der Maresciallo tat, wie ihm geheißen, und fragte sich, als sie aus dem Regen wieder ins Trockene traten und ihnen ein bullerndes Holzfeuer und ein wundervoller Küchengeruch entgegenschlug, warum manche Männer immer einen Freund hatten, der ihnen Rabatt gab, ihnen ein gutes gebrauchtes Auto, einen Platz in einem schon ausgebuchten Zug, ein Zimmer in einem schon belegten Hotel oder eine Eintrittskarte für ein Spiel besorgen konnte. Fragte sich auch, warum er nie Teil eines solchen Beziehungsnetzes gewesen war. Es war für ihn eine geschlossene Welt, aber er war dankbar, daß Ferrini zu ihr gehörte, als er sah, daß auf der Stelle für sie ein Tisch hergerichtet und eine Flasche Wein auf das weiße Tischtuch gestellt wurde. Und als sich die Schlachtreihen für den täglichen Kampf zwischen seinem Gewissen und seinem Appetit gerade formierten, bedeutete Ferrini dem Kellner mit der Speisekarte zu gehen und schenkte ihnen Wein ein. »Piero weiß schon, was er uns vorsetzt. Überlassen Sie das getrost ihm.«

Sofort wurde der Waffenstillstand erklärt.

»Ah...« Ein noch tieferer Seufzer, als ein gutgefüllter Teller Spaghetti vor ihm abgestellt wurde. »Das sieht wunderbar aus.« Und als er seine Gabel in die schimmernde Tomatensauce steckte, waren seine Sorgen mit einemmal wie weggeblasen.

»Hier tritt der Darm aus, wie Sie sehen können, und vielleicht erkennen Sie hier auch die perforierte Darmwand. Wenn Sie dies bitte mit dem zuvor gezeigten Lichtbild vergleichen wollen... jawohl, genau. Nicht mehr als drei glatte Schnitte, und die Schamteile sind exzisiert. Das ist ein großer Unterschied, für den Sie eine möglichst stichhaltige Erklärung finden müssen. War hier eine andere Waffe, eine andere Hand am Werk, vielleicht sogar ein Zorn von größerem Ausmaß? Lassen Sie uns nun noch einmal zum ersten Opfer von 1974, zu Sandra Palladini, zurückkehren. 96 Stichwunden, tiefe Stichwunden überall im Thorax und im Unterbauch. Welches Ausmaß hatte der Zorn hier erreicht? Unter normalen Umständen kann kein Mensch einem anderen 96 derartig tiefe Stichverletzungen zufügen. Dafür muß man geradezu rasen vor Zorn, ausgelöst womöglich durch Drogen, Wahnsinn, Alkohol, wer weiß? Hier noch einmal Caterina Di Paola: eine Stichwunde. Eine einzige. Und dann drei glatte Schnitte. Lassen Sie uns den Projektor ausschalten, damit Sie sich die Fotografien ansehen können, die Sie in den Akten haben. Können wir bitte wieder Licht haben?«

Es wurden nur die Lampen auf dem Podest eingeschaltet. Der übrige Teil des unterirdischen Gerichtssaals mit den leeren Käfigen längs der Wände und den leeren Tischen und Stühlen für das Publikum blieb im Schatten.

Sie saßen, wo normalerweise Richter und Geschworene

ihren Platz hatten. Professor Forli blieb vor der Leinwand stehen und ging beim Sprechen hin und her, wie es seine Gewohnheit war.

Sie hatten keine Zeit gehabt, ihrer Überraschung Ausdruck zu verleihen, als statt des Verdächtigen der Professor durch die Seitentür gekommen war. Simonetti erklärte beim Vorstellen nebenher, daß sie sich zweierlei zunutze machen konnten: die Lücke in Forlis Terminkalender und die in diesem Gerichtssaal vorhandene technische Ausstattung. Nach diesen Worten begann der Professor mit seinen Ausführungen, und wenn Forli einmal in Fahrt geriet, war er nicht mehr zu bremsen. Er war ein guter Pathologe, der beste, den es gab, aber er war auch der geborene Lehrer und hielt nun eine Unterrichtsstunde ab, wobei er ganz vergaß, daß sie nicht seine Studenten waren.

»Eintrittswunde im linken Oberarm, keine Austrittswunde, weil die Kugel im Herzen steckenblieb. Die zweite Kugel – aus dem Wageninnern abgefeuert, das Opfer ist bereits tot – tritt hier an der Halsmitte ein und...«

»Der Körper sackt im Moment des Todes nach vorn.«

Schweigen. Diesmal war es nicht Bacci, sondern Simonetti, der angelehnt und mit verschränkten Armen auf seinem Stuhl saß und lächelte.

»Bitte um Verzeihung?« Forli war es offensichtlich nicht gewohnt, daß seine Studenten ihn unterbrachen.

»Ich wollte nur darauf aufmerksam machen, daß der Körper nach vorn gesackt sein muß, wenn die erste Kugel in den Arm und die zweite hinten am Hals eintrat.«

»Aha.« Forli dachte einen Augenblick über diese Worte nach und fragte dann höflich: »Waren Sie dabei?«

»Ob ich…? Nein, ich wollte nur…«

»Ich war auch nicht dabei, deshalb kann ich nicht sagen, ob der Körper zum Zeitpunkt des Todes nach vorn gesackt oder ob er sich unter der Wirkung des ersten Geschosses seitlich von der Tür weggedreht hat oder vom Angreifer nach vorn gezogen wurde. Wir fahren fort.«

Forli fuhr noch eine ganze Stunde lang fort, ohne sichtbar Atem zu schöpfen. Nachdem er die restlichen Dias gezeigt und alles gesagt hatte, was er zu sagen hatte, wollte er den Projektor ausschalten, doch Simonetti hielt ihn auf.

»Nur für den Fall, daß wir uns, wenn wir unsere Akten durchgehen, das eine oder andere noch mal anschauen wollen.«

»Die Dias muß ich wieder ins Gerichtsmedizinische Institut mitnehmen.«

»Sie erhalten Sie in zwei oder drei Stunden zurück.«

Für einen Augenblick sah Forli verblüfft aus, dann heiterte sich seine Miene auf.

»Ich verstehe. Allseits noch einen guten Tag.« Er nahm seine ramponierte Aktentasche und ging durch den langen, verdunkelten Raum davon.

Was hatte er verstanden? fragte sich der Maresciallo, als Ferrini ihn anstupste und flüsterte: »Das war gut: ›Waren Sie dabei?‹ Hat mir gefallen. Gott sei Dank hat mal jemand den Mumm, ihm in die Parade zu fahren… Jetzt geht's los…«

Simonetti erhob sich, verschränkte die Hände hinter dem Rücken, als schöbe er seine Robe zurück, und schaute zu den Türen neben den Käfigen. Der Maresciallo folgte seinem Blick und sah, daß eine Tür geöffnet wurde und zwei Carabinieri erschienen.

Was hatte er erwartet? Vielleicht hätte er es, wenn ihn jemand gefragt hätte, nicht genau erklären können. Aber während der letzten Woche mußte sich doch ein Bild in seinem Kopf festgesetzt haben. Anders konnte es doch gar nicht sein. Aber er hatte nie versucht, es sich bewußtzumachen, geschweige denn Worte dafür zu finden, und nun wußte er nicht mehr, wie es ausgesehen hatte. Wußte nur noch, daß es mit dem, was er jetzt zu sehen bekam, nichts zu tun hatte. Daß es nicht so sonderbar gewesen war. Er war kein Experte, daher hatten seine Vorstellungen sowieso nichts zu sagen. Aber trotzdem...

Er reckte sich ein wenig zur Seite in der Hoffnung, besser sehen zu können. Die anderen taten dasselbe, doch der Verdächtige war so klein, daß er zwischen seinen vier Bewachern, allesamt große und kräftige Männer, fast nicht zu sehen war.

Sie sahen zwar nicht viel von ihm, hörten dafür aber um so mehr. Er weinte, und zwar sehr laut, so, wie Kinder weinen, wenn sie von ihren Eltern beachtet werden wollen. In dem Moment, in dem sie sein blutrotes, aufgedunsenes und mit Spucke, Rotz und Tränen beschmiertes Gesicht besser zu sehen bekamen, sah er sie ebenfalls und begann mit einemmal zu schreien: »Ich bin nicht der, den Sie suchen. Ich bin es nicht. Ich nicht!«

## 6

»Verstehen Sie, wessen man Sie beschuldigt?«

»Ich verstehe überhaupt nichts. Was soll ich denn verstehen? Ich bin nur ein Bauer. Mein ganzes Leben lang hab ich auf dem Feld gearbeitet, hab jede Lira im Schweiße meines Angesichts verdient. Ich weiß nicht, worum es hier geht. Ich weiß nicht, was Sie von mir wollen.«

»Sie werden verdächtigt, Hermann Mainz und Ulrich Richter sowie Nathalie Monde und Maurice Clément ermordet zu haben. Und da wir durch ballistische und gerichtsmedizinische Untersuchungen beweisen werden, daß alle Doppelmorde dieser Mordserie die gleiche Handschrift tragen, wird man Sie auch aller anderen Morde des sogenannten Monsters von Florenz anklagen. Wollen Sie unsere Fragen beantworten?«

»Wie kann ich denn Ihre Fragen beantworten? Ich weiß doch gar nicht, wovon Sie reden. Ich bin bloß ein armer Bauer. Was denn für Fragen? Sie können mir keine Fragen stellen. Ich bin nicht der Mann, den Sie suchen.«

Mit einem übertriebenen Seufzer mühsam gewahrter Geduld wandte sich Simonetti an den Anwalt, der neben dem Verdächtigen saß. »Würde es Ihnen etwas ausmachen, Ihrem Mandanten die Sachlage zu erklären?«

»Wir beantworten Ihre Fragen.« Der Anwalt legte die Hand auf den Arm des Verdächtigen. »Ist schon gut. Beruhigen Sie sich.«

»Gar nichts ist gut! Warum verdächtigt er mich? Warum mich? Was habe ich ihm denn getan? Er will mich ans Kreuz nageln, dabei weiß er genau, daß ich es nicht war. Warum also?«

Er rieb sich mit einer fleischigen Hand übers Gesicht, das immer noch feucht und dunkelrot war, und begann wieder laut zu schluchzen. Simonetti schürzte belustigt die Lippen.

»Diese Vorstellung beeindruckt uns gar nicht, wissen Sie. Sie können damit warten, bis ein paar Journalisten anwesend sind – aber da ich denen heute nicht erlaube, Sie zu sehen, können Sie sich die Mühe sparen.«

Der Verdächtige legte den Kopf auf seine Arme, und der Anwalt beugte sich zu ihm hinüber und flüsterte ihm etwas ins Ohr. Der Verdächtige wimmerte protestierend, sein Weinen wurde trotzdem nicht leiser.

»Können wir fortfahren?«

Der Maresciallo behielt den Verdächtigen im Auge, der nun den Kopf hob und den Blick reihum über die Männer schweifen ließ, vielleicht nach einem Anzeichen von Mitgefühl suchte. Er sah keinen der Beamten direkt an, sondern seitlich aus dem Augenwinkel eines glänzenden Auges, das gar nicht zu dem weinenden roten Gesicht zu gehören, sondern hinter einer Maske hervorzulugen schien. Haben wir hier, fragte sich der Maresciallo, den Mann vor uns, der das alles getan hat? »Das alles« war direkt hinter dem Kopf des Verdächtigen auf der Leinwand zu sehen: ein Torso, zerstochen, verletzt und blutend, eine abgeschnittene Brust und eine rot-schwarze Höhle, wo die Vulva herausgeschnitten war. Die Bilder erschienen und verschwanden hinter dem dichten struppigen Haar des Verdächtigen, der aufgeregt den Kopf hin und her bewegte.

»Sie haben mich doch bloß verhaftet, weil ich arm und dumm bin, weil ich nicht mal die Grundschule abgeschlossen hab. Ich hab mein ganzes Leben lang für jede Lira schuften müssen, hab versucht, was zu sparen, wie man es mir beigebracht hat...«

»Würden Sie vielleicht...« Simonetti bat den Anwalt, ihn zum Schweigen zu bringen. Das dauerte eine Weile. Der Maresciallo hielt das Ganze für eine nutzlose Übung. Er hatte sich unter dem Verdächtigen einen anderen Menschen vorgestellt, was für einen, wußte er nicht genau anzugeben, aber jedenfalls einen ungewöhnlichen Menschen – ein Ungeheuer, ein Novum, einen Menschen, wie ihm noch keiner untergekommen war. Dieser Mensch hier aber war ihm nur allzu vertraut, und er gehörte zu der Sorte, mit der man am wenigsten zurechtkam. Logik war für einen solchen Menschen ein Fremdwort. Er gehörte zu der Sorte, die hartnäckig leugnet, und nichts würde ihn je dazu bewegen, von dieser Taktik abzuweichen, ganz gleich, wie viele Beweise man ihm auch unter die Nase hielt. Und das Schlimmste daran war, daß dies die beste Art der Verteidigung war. Der Maresciallo hatte schon so viele Verdächtige dieses Schlages erlebt und wußte, daß sie sich nicht aus dem Konzept bringen ließen, wenn man sie nicht durch raffinierte Tricks zu einem Geständnis zwang. Wenn ein kluger Mensch bei einer Lüge oder einer Unstimmigkeit ertappt wird, gibt er nach. Ein dummer Mensch aber leugnet immer weiter, knüpft jeden Tag ein neues Lügengespinst, gibt zu, daß es Lügen sind – und leugnet unverdrossen weiter. Vielleicht sollte man ein solches Verhalten nicht Dummheit nennen, denn nach der achten oder neunten Version einer Geschichte weiß man selber nicht mehr, was man glauben soll, wenn man keine Beweise hat...

Ohne jeden Kompromiß, hatte Simonetti gesagt, doch wohin würde ihn das bei einem solchen Verdächtigen führen, wenn er keinen Beweis auf den Tisch legen konnte – die Waffe... oder die fehlenden Teile des zerstümmelten Körpers hinter dem weißhaarigen Kopf...

Der Anwalt war aufgestanden, bemühte sich, die heftigen Reaktionen des Verdächtigen nach jeder Frage abzuschwächen. Der Maresciallo beneidete ihn nicht um seine Aufgabe, denn er bekam ja den ganzen Wust von Lügen, den jetzt alle hörten, unter vier Augen auch aufgetischt. Dies war ebenfalls eine unumstößliche Regel: dem Anwalt niemals die Wahrheit sagen. Der Verdächtige sah aus wie jemand, den der Maresciallo vor Jahren einmal verhaftet hatte, doch der Name wollte ihm nicht einfallen. Der gleiche Blick. Gewalttätig, er hatte eine alte Frau getötet, aber sein Name... Auch die gleiche Kleidung, das gemusterte Hemd, der Kragen zerknittert und offen, die großen farbigen Rhomben auf dem Pullover, das zu enge Jackett, es war fast wie eine Uniform. Der sich nach vorn wölbende Bauch, den die zu eng gewordene Kleidung kaum bedeckte.

»Verfluchte kleine Hexe!« Der Schweiß strömte ihm an den Schläfen herab und lief ihm unter den zerknautschten Hemdkragen. Seine Augen waren vom Weinen so geschwollen, daß es fast aussah, als habe er sie geschlossen. »Verfluchte blöde kleine Hexe!«

»Nun aber mal halblang, Sie wollen doch nicht Ihrer

Tochter die Schuld dafür in die Schuhe schieben, was Sie ihr angetan haben!« Je zorniger der Verdächtige wurde, desto mehr genoß Simonetti die eigene unerschütterliche Ruhe.

»Die dreckige kleine Schlampe will mich ruinieren, mich! Dafür wird sie in der Hölle schmoren... Schmoren wird sie... Das ist der Dank dafür, daß ich sie großgezogen hab, daß ich mein Lebtag gerackert und geschwitzt hab, daß ich mich aufgeopfert hab, damit sie ein Dach über dem Kopf hat! Das Haus, das ich ihr gekauft hab, das hat sie nicht abgelehnt, nein, das hat sie nicht abgelehnt, die kleine Hexe. Was hab ich ihr denn getan, daß sie mich jetzt vernichten will? Gottverfluchte Scheiße...«

»Bitte sagen Sie Ihrem Klienten, er möge von Flüchen und Gotteslästerungen Abstand nehmen.«

»Ich fluche, soviel ich will, und wenn es einen Gott im Himmel gibt, werden Sie in der Hölle schmoren für das, was Sie mir antun, wie diese elende Hexe, ich hätte ihr die Kehle durchschneiden sollen, als sie zur Welt kam, dann hätte sie mich nicht in eine solche Lage gebracht.«

Kaum hörte er auf zu schreien, begann er wieder zu weinen. Dann senkte er seine Stimme zu einem um Mitleid flehenden Gejammer:

»Ich bin krank. Mir ist übel, Sie ermorden einen Kranken... Oh, Gott, hilf mir, mein Herz... Sie bringen mich um...«

»Mein Klient ist krank. Im Bericht des Gefängnisarztes ist eindeutig vermerkt...«

»Ja, ja, wir kennen den Bericht des Gefängnisarztes. Ihr Klient hat, wenn ich mich nicht irre, irgend etwas an den Herzkranzgefäßen.«

Bei diesen Worten lächelte Simonetti seiner Sonderkommission vielsagend zu und richtete den Blick dann wieder auf den Anwalt. »Ja? Trifft das zu?«

»Er leidet an Angina pectoris. Er ist nicht allzu kräftig, und der Jüngste ist er schließlich auch nicht mehr. Eine Vernehmung steht er nicht...«

»Er wird eine Vernehmung durchstehen müssen und danach sogar einen Prozeß, und daran kann kein Bericht eines Gefängnisarztes etwas ändern. Wenn Sie für« – Simonetti sah auf seine Uhr – »zehn Minuten mit ihm hinausgehen wollen, bitte sehr. Geben Sie ihm ein Glas Wasser und führen Sie ihn dann wieder herein.«

»Er braucht mehr als nur ein Glas Wasser. Seine Medikamente...«

»Geben Sie ihm, was er benötigt, und kommen Sie in genau zehn Minuten wieder zurück, wenn Ihr Klient sich in einer ruhigeren Verfassung befindet. Ihnen zumindest dürfte doch klar sein, daß er sich mit seinem Verhalten ebenso schadet, wie er uns Zeit stiehlt.«

Das stimmt, dachte der Maresciallo, als die vier Carabinieri ihren Schutzbefohlenen wegführten, den kleinen Rechtsverdreher in ihrem Schlepptau. Doch es stimmte auch, daß der Mann wirklich krank aussah. Er hatte offenbar einen gefährlich hohen Blutdruck, sein Gesicht hatte sich inzwischen blaurot verfärbt. Und was sollte das Ganze eigentlich? Im Grunde hatte Simonetti den Männern den Verdächtigen ja nur präsentieren wollen. Einen anderen Sinn konnte der Maresciallo in dem Geschehen nicht entdecken, und wenn der Mann wirklich krank war, konnten sie es dann nicht dabei belassen?

Niemand schien während der kurzen Unterbrechung reden zu wollen. Vielleicht waren alle über das groteske Verhalten des Verdächtigen konsterniert, oder das Dia, das immer noch auf der Leinwand zu sehen war, hatte ihnen die Sprache verschlagen – der Maresciallo schaute zu Bacci hinüber und sah, daß dieser sich bemühte, daran vorbeizusehen. Simonetti saß im hinteren Teil des Raums, hatte die Beine übereinandergeschlagen und die Arme verschränkt und trug eine gelassene und zuversichtliche Miene zur Schau, bereit, die zehn Minuten nötigenfalls schweigend verstreichen zu lassen.

Es überraschte den Maresciallo nicht sonderlich, daß gerade Ferrini den Mund aufmachte.

»Ich nehme an, Rauchen ist hier nicht gestattet…«

Simonetti zog eine Augenbraue in die Höhe und bedeutete Ferrini dann wortlos, er solle den Gerichtssaal durch die Tür verlassen, die derjenigen gegenüberlag, durch welche man den Verdächtigen hinausgeführt hatte. Er sah auf die Uhr, als die Raucher sich erhoben. »Seien Sie pünktlich.«

Zum ersten Mal in seinem Leben wünschte sich der Maresciallo, Raucher zu sein. Nicht etwa, weil er meinte, Anregung oder gar Ablenkung zu benötigen, sondern weil er nicht allein mit Simonetti zurückbleiben wollte, und in dem riesigen, zum Großteil unbeleuchteten unterirdischen Gerichtssaal konnte er nicht umhergehen und sich die Beine vertreten, wie er es in dem kleinen Raum tat, in dem die Sonderkommission sonst zusammenkam. Er war zwar nicht ganz allein mit Simonetti, denn Bacci rauchte ebenfalls nicht, aber Bacci war ihm keine große Hilfe. Der Junge sah aus, als sei ihm übel, vielleicht wegen des immer noch auf die Leinwand projizierten Dias. Welchen Sinn hatte es, die Aufnahme die ganze Zeit über stehenzulassen? Wollte Simonetti sie alle so verstören wie Bacci? Alle hatten während der Jahre ihres Dienstes schon Schlimmeres gesehen, und Bacci ebenfalls. Was war denn nur mit ihm los?

Der Maresciallo fand Gelegenheit, Bacci darauf anzusprechen, als Simonetti sie plötzlich verließ, sich durch das Dunkel des Raums entfernte und unmittelbar vor dem Publikumseingang jemanden, vermutlich den dort stehenden Wachtposten, in ein Gespräch verwickelte.

»Ich bin nicht zimperlich«, erwiderte Bacci, »obwohl mich das schon…« Er schaute noch einmal auf die große Leinwand, fand jedoch nicht die rechten Worte für das, was er sagen wollte. »Ich muß einfach jedesmal, wenn ich hinsehe, an das Risiko denken, das ich einging… Ganz zu Anfang, wissen Sie, bevor jemandem der Gedanke gekommen war, daß es sich um einen Wahnsinnigen handeln könnte, da traf man keine Vorsichtsmaßnahmen, bis eben…«

»Verstehe.« Das Monster hatte das Sexualleben der ganzen Generation, der Bacci angehörte, nachhaltig beeinträchtigt. Bei der herrschenden Wohnungsknappheit mußten junge Leute bei ihren Eltern wohnen, bis sie verheiratet waren, und manchmal sogar auch dann noch. Ungestört allein sein, Zärtlichkeiten und Geheimnisse austauschen, Pläne schmieden und sich hänseln konnten sie nur in ihrem Auto. Dort waren sie in friedvollen Mondscheinnächten hinter dichten Weinstöcken geschützt und wurden von großen schwarzen Zypressen bewacht. Bis jene erste Kugel aus dem Nirgendwo kam…

»Das könnte sie sein… wir! Deshalb. Sie hat lange dunkle Locken wie die da.«

Deshalb konnte er die Augen nicht von dem Dia abwenden, obwohl er es nicht sehen wollte. Der geschundene Leib war so durchlöchert und zerfetzt, daß man nicht mehr viel davon sah, nur, daß es der Leib eines jungen Menschen gewesen war; der Kopf befand sich nicht auf dem Dia. Ohne Zweifel hatte man die langen dunklen Locken zurückgeschoben, damit sie die Messerschnitte auf dem schlanken Hals nicht verdeckten; eine dunkle Strähne war jedoch zur Seite gefallen und hatte sich über die glatte, unverletzte Schulter geringelt.

»Das Risiko, das ich eingegangen bin…«, sagte Bacci noch einmal. »Ich sehe es regelrecht vor mir, wie das passiert ist, als schaute ich mir einen Film an.«

»Komm, reiß dich zusammen«, sagte der Maresciallo. Dann fiel ihm wieder ein, daß der junge Mann sein vorgesetzter Offizier war, doch es schien wenig Sinn zu haben, einer solchen Bemerkung noch eine Achtungsbezeugung nachzuschicken. »Es ist ganz gut, wenn man sich so etwas nicht zu sehr zu Herzen nimmt, sondern nur seine Arbeit macht.«

»Das habe ich auch vor. Wirklich.« Bacci fixierte den Maresciallo mit ernstem Blick. »Ich habe mir eine Menge Bücher besorgt, alles englische und amerikanische. Als erstes lese ich mal alle Fallgeschichten, die ich kriegen kann, durch. Von uns kennt sich ja niemand bei solchen Verbrechen aus.« Bacci der Musterschüler. Er hatte sich seit seinem achtzehnten Lebensjahr nicht viel verändert.

Die Rückkehr Simonettis und der anderen Männer ersparte es dem Maresciallo, eine Bemerkung zu der Idee zu machen, in Buchläden dem Ungeheuer auf die Spur zu kommen.

Der Verdächtige war ruhiger, als er wieder hereingeführt wurde, doch sein Gesicht war immer noch rot, und seine Stirn war von tiefen Falten durchzogen. Er sah sich mehrmals um, als hoffte er, irgendwo einen Fluchtweg zu erkennen. Diesmal ließ er seine Stimme gesenkt und sprach, vermutlich auf strikte Anweisung seines Anwalts hin, die ganze Zeit über in einem gekränkten, jammernden Tonfall.

»Es stimmt nicht, daß ich ein Spanner bin, ich bin noch nie ein Spanner gewesen. Für so etwas hab ich doch gar keine Zeit. Ich verdiene mir meinen Lebensunterhalt durch Arbeit, ich hab mein ganzes Leben lang wie ein Sklave geschuftet. Alles, was ich besitze, hab ich mir im Schweiße meines Angesichts erarbeitet; jede Woche hab ich was beiseite gelegt, wie man es mir beigebracht hat. Glauben Sie etwa, ich hätte Zeit, abends durch die Gegend zu schleichen, wenn ich mich den ganzen Tag lang abgerackert habe? Ich bin krank, die Ärzte können Ihnen das bestätigen, ein Kranker bin ich, kein Spanner. Mir spielt da jemand einen ganz hundsgemeinen Streich, und wer behauptet, ich sei ein Spanner, lügt und will mir damit was anhängen.«

Die Tränen liefen ihm wieder übers Gesicht, obwohl er nicht so laut schluchzte wie zuvor. Sein Kopf sackte mal nach links und mal nach rechts, und ohne es zu merken, ballte er die auf seinen Knien liegenden Hände immer wieder zu Fäusten.

»Wer guckt denn anderen Leuten dabei zu? Wer daran Spaß hat, ist doch krank. Ich bin ein normaler verheirateter Mann.«

»Ein normaler verheirateter Mann?« wiederholte Simonetti. »Wer hat denn seine eigene Tochter vergewaltigt? Als sie vorhin sagten, sie seien ein kranker Mann, klang das überzeugender.«

»Er dreht mir die Worte im Mund um!« wimmerte der Verdächtige, während er mit anklagender Geste auf seinen Peiniger wies und die anderen Männer flehentlich ansah. »Er ist schlau und will mich armen dummen Bauer reinlegen.« Er begann wieder zu weinen.

»Nein, nein«, beschwichtigte der Anwalt und faßte seinen Mandanten unbeholfen bei den Schultern, um einen weiteren heftigen Ausbruch zu verhindern. Doch bevor es überhaupt dazu kommen konnte, entstand Unruhe am Publikumseingang.

»Was ist denn!« rief Simonetti verärgert und spähte mit zusammengekniffenen Augen in das Dunkel.

Der Wachmann steckte den Kopf vor. »Verzeihen Sie, Signore.« Er verschwand wieder.

»Das werden wir gleich erledigen.« Simonetti stieg polternd die Stufen der Plattform hinab und schritt durch den Raum.

»Ach nein«, flüsterte Ferrini dem Maresciallo ins Ohr, »Journalisten. Was für eine Überraschung.«

Der Maresciallo erwiderte nichts und dachte, daß Simonetti auch für ihn zu schlau war und daß er ruhig die Presse manipulieren solle, wenn ihm daran so viel lag.

Ein Fotograf kam allein in den Raum gewandert und

marschierte auf die Plattform zu. Ergo mußte Simonetti ihn hereingelassen haben. Sonst kam niemand, und man hörte vor der Tür ein Hin und Her erregter Stimmen. Es sah Simonetti gar nicht ähnlich, so viel Zeit zu vergeuden, aber vielleicht hatte er wirklich schon vorher gewußt, daß etwas Ähnliches passieren würde...

Der Maresciallo sah in den dunklen Raum hinunter und fragte sich nach dem Grund für diese Unterbrechung, hörte mit einem Ohr auf den Lärm vor der Tür und mit dem anderen auf das Geflüster des Anwalts, der hektisch auf seinen schniefenden Mandanten einredete, als das erste Blitzlicht zuckte.

»Du Mistkerl!« schrie der Verdächtige und sprang vom Stuhl hoch, der nach hinten umkippte. »Du hast kein Recht, das zu tun! Du hast kein Recht!«

Er erhob die Faust und ging mit wutverzerrtem, dunkelrotem Gesicht auf den Fotografen los, wobei sich der Umriß seiner Gestalt drohend auf dem verstümmelten Körper der Leiche auf der Leinwand abzeichnete. Das Blitzlicht ging noch einmal, und der Fotograf sprang mit einem Satz von der Plattform herunter und rannte davon.

*Dieses Porträt gefiel dem Großherzog und der Herzogin ausnehmend gut, und Prinz Corsini erhielt den Auftrag, den Maler an den Hof zu rufen. Anfangs schien dieser zu zögern, sich einer solchen Aufgabe nicht gewachsen zu fühlen, doch zum Schluß, von Corsini überredet und beruhigt, willigte er ein, und »um neun Uhr abends (es war August) ging ich zum Palazzo Pitti und wurde dem*

*Großherzog vorgestellt, der mich mit ausgesuchter Höflichkeit empfing, und als die Prinzessin hereingeführt wurde, begann ich das Porträt. Durch Gottes Gnade hatte ich es binnen einer und einer halben Stunde in einer so guten Ähnlichkeit skizziert, daß die Großherzogin sich erhob, ihr Augenglas vorlegte und mit ihrer lauten Stimme sagte: ›Schön, schön! Wenn Sie es so gut zu Ende bringen, wie Sie es angefangen haben, erkläre ich mich für sehr zufrieden!‹ Eine nicht unbeträchtliche Anzahl von Hofdamen trat herein, um die Zeichnung zu begutachten, und alle waren erstaunt über die Ähnlichkeit und sagten: ›Das ist unsere Prinzessin, wie sie leibt und lebt.‹ Zuletzt beendete ich das Gemälde und hatte nicht nur die Ähnlichkeit, sondern auch alles andere, die Kleidung, die Landschaft im Hintergrund, glücklich getroffen.« So schildert Antonio selbst seine Aufnahme am Hofe des Großherzogs, doch man darf nicht vergessen, daß er ein paar Jahre zuvor bereits einige Kopien für den Großherzog angefertigt hatte. Was die Anzahl von Porträts der Prinzessin Anna Maria Luisa angeht, so gibt Franchi selbst deren drei an, anders als Baldinucci, der das widerlegt. Es ist anzunehmen, daß zu diesen drei die beiden von Bartolozzi 1754 erwähnten Porträts gehören, von denen bekannt ist, daß eines nach Madrid gesandt werden sollte, als fast sicher war, daß die Prinzessin den kurz zuvor verwitweten Karl II. ehelichen würde, während das andere anläßlich der Hochzeit mit dem Kurfürsten Johann Wilhelm nach Düsseldorf gesandt wurde. Bei einem weiteren Porträt handelt es sich mit Sicherheit um das von ihrem Bruder, Prinz Ferdi-*

*nando, bestellte. Mit großer Wahrscheinlichkeit stammt aber auch das wunderschöne ovale Porträt, das einem anderen Künstler zugeschrieben wurde, ebenfalls von Franchi.*

*Franchi selbst gibt an, nur zwei Porträts des Prinzen geschaffen zu haben; Bartolozzi zufolge existieren aber neben dem, das den Prinzen in voller Rüstung zeigt, noch zwei weitere. Die Bücher, in denen Franchi seine Werke verzeichnete, zeigen, daß die Zahl weit größer ist, aber wie bei anderen Malern auch kommt hier das Problem der Unterscheidung zwischen Variationen und exakten Kopien der Originalbilder zum Tragen. Nachweislich belegt ist die Bestellung eines Porträts des Prinzen, datiert vom 18. Januar 1687. Eine zweite Bestellung, datiert vom Juni 1688, betrifft zwei weitere Porträts, eines davon sogar in doppelter Ausführung mit der Anweisung, »Kopie welchselbigen an die Braut zu senden«. Die fünfzehn Scudi, die in Franchis Aufzeichnungen als erste gezahlte Rate vermerkt sind, stimmen mit den Aufzeichnungen in den Büchern des Palazzo überein und sind vom 4. August 1688 datiert. Bei zwei weiteren großen Porträts verzeichnet er das Auftragsjahr 1688, in einer gesonderten Liste aber finden wir den Hinweis auf »zwei Bildnisbüsten, eine Ganzfigur in elegantem Kleid, eine weitere Ganzfigur in Rüstung, eine Dreiviertelfigur in Rüstung plus drei Kopien«.*

»Sehen Sie?« unterbrach Marco den Maresciallo, dessen langsames Lesen ihn ungeduldig gemacht hatte.

»Ich bin noch nicht fertig.«

»Sie brauchen auch nicht alles zu lesen, es geht immer so weiter. Aber sehen Sie, was ich meine? Diese Aufzeichnungen sind alles andere als klar. Ich glaube, das Bild ist wirklich echt.«

Nach Ansicht des Maresciallo glaubte Marco, was er glauben wollte, aber da er das nur zu gut verstand, erwiderte er bloß: »Wird es überhaupt irgendwo erwähnt?«

»Sie meinen namentlich? Ein Porträt Anna Caterina Luisa dei Gherardinis ist nicht ausdrücklich erwähnt, nein, aber es gibt da eine ganze Reihe von Bildern, die als Porträts einer unbekannten Dame verzeichnet sind. Hinzu kommt, wie wir wissen, daß er die Hofdamen gemalt hat, und ich weiß von meiner Mutter, daß Anna Caterina eine Hofdame war.«

Er folgte dem Blick des Maresciallo zu dem Bild, das auf einer Staffelei ruhte. »Wie finden Sie sie denn?«

»Tja, was soll ich sagen. Sie ist sehr hübsch, aber ihr Kleid kommt mir ein bißchen seltsam vor.«

»Sie ist eben nicht als vornehme Dame ihrer Zeit gekleidet – sie soll eine Flora darstellen.«

»Ach so, deshalb die vielen Blumen. Sehr hübsch, wirklich.«

Das Gesicht war ebenmäßig und rund, die Lippen ein tiefroter Cupido-Bogen. Rosa, weiße und gelbe Blüten wanden sich durch ihr Haar, und ihr Kopf war ein wenig nach links geneigt, wodurch der Blick des Betrachters auf eine Strähne glänzenden lockigen Haars gelenkt wurde, die sich auf ihrer linken bloßen Schulter ringelte. Ihre Brust war rund und weiß wie die Unschuld und wurde kaum von dem bunten Stoff berührt, den sie in ihrer bleichen Hand hielt, aus der sich noch mehr Blütengirlanden ergossen.

»Es gibt ein zweites Bild, das fast genauso aussieht, aber das ist ein Porträt von Lucrezia Corsini. Ich habe es mir gestern angesehen. Er hat zwei von ihr gemalt, das eine fast eine Ganzfigur und das andere eine Halbfigur wie dieses hier. Nur die Haltung der Hände ist unterschiedlich. Na ja, jetzt haben Sie sie jedenfalls gesehen. Ach herrje, ich wünschte, ich könnte Ihnen einen Stuhl anbieten. Es tut mir leid, warten Sie...«

Marco nahm einen Stapel Zeichenpapier von einer Kiste. Das Atelier war bis obenhin angefüllt mit Papier und Zeichengerät, enthielt jedoch bis auf den alten Schreibtisch seines Vaters kein Mobiliar.

»Hier, bitte, kommen Sie damit zurecht? Ich kann Ihnen gar nicht sagen, wie dankbar ich Ihnen bin, daß Sie Zeit gefunden haben herzukommen. Ich hatte die Hoffnung schon fast aufgegeben. Ich hab bestimmt vier- oder fünfmal angerufen, Ihr Brigadiere – wie heißt er noch mal?«

»Lorenzini.«

»Richtig, Lorenzini, er hatte sicher schon die Nase voll von mir, aber Sie sind so oft unterwegs.«

»Ich weiß. Ich wollte schon letzte Woche herkommen, aber im Augenblick ist es nicht leicht, eins kommt zum andern.« Der Maresciallo ließ sich vorsichtig auf der Kiste nieder, doch sie hatte offenbar sicheren Stand.

»Ist er es wirklich?« Marco saß auf der Kante des mit Papieren übersäten Schreibtischs.

»Was?«

»Das Foto, das in allen Zeitungen war?«

»Ach so.« Der Maresciallo seufzte. »Ich weiß auch nicht.«

»Brutal genug sieht er ja aus, das muß ich schon sagen. Und seit er im Gefängnis sitzt, hat es auch keinen weiteren Mord gegeben, sehe ich das richtig?«

»Fast richtig. Im Sommer 1986 und 1987 war er noch auf freiem Fuß, aber da in diesen Jahren keine Morde verübt wurden, will das wenig heißen. Die Zeitungen können erfinden, was sie wollen, wir brauchen Beweise.«

»Ein paar Beweise müssen Sie ja aber haben, sonst hätten Sie ihn nicht angeklagt. Wenn ich ganz ehrlich sein soll, kann ich mir nicht vorstellen, wie ein Mensch so etwas tun kann. Und wie jemand seine eigene Tochter vergewaltigt, denken Sie nur. Als ich den Artikel las, beschloß ich, mich nicht mehr über meinen Vater zu beklagen ... Ach so, ja, ich wollte Ihnen ja noch sagen, wo ich das gefunden habe.« Er tätschelte das Buch, das er dem Maresciallo gezeigt hatte und das noch immer aufgeschlagen neben ihm auf dem Schreibtisch lag. »Ich hab es von Benozzetti.«

»Er war hier und ist schon wieder weg? Ich dachte ...«

»Nein, nein, er kommt erst noch, wird gleich dasein. Das war es, was ich Ihnen nicht am Telefon sagen wollte. Ich war vorher bei ihm. Ich hab gewartet und gewartet, und langsam schien es mir, als wolle er nichts damit zu tun haben, und da hab ich meinen ganzen Mut zusammengenommen und Ihren Rat befolgt und bin hingegangen. Daß es dazu Mut braucht, finden Sie sicher nicht, ich weiß, immerhin verbringen Sie Ihre Zeit mit einem Ungeheuer, bei dessen bloßem Anblick es einem nur schon die Kehle zuschnürt. Trotzdem war ich ziemlich nervös. Es hängt so vieles von ihr ab.« Mit einer Kopfbewegung wies er auf das Porträt seiner Ahnin. »Ich muß dieses Atelier mal ordentlich herrichten. Sehen Sie sich das an – wenn ich am Computer arbeiten will, muß ich mich auf den Fußboden setzen. Zum Glück habe ich einen Auftrag von einem Architekturbüro in Modena bekommen. Die Bezahlung ist ganz gut, aber es ist im Grunde nur Zeichenarbeit, und solange ich kein Geld dafür habe, mich hier anständig einzurichten, kann ich keine Klienten empfangen, selbst wenn ich das Glück hätte, welche aufzutreiben. Ich habe mich also zusammengerissen und bin zu ihm gegangen, und er war eigentlich nett zu mir.«

»Warum sollte er auch nicht?« Der Maresciallo veränderte seine Sitzposition auf der harten Kiste ein wenig und gab sich Mühe, den Stapel großer Aktenmappen, die daran lehnten, nicht ins Rutschen zu bringen.

»Achten Sie nicht auf die Mappen, die gehen schon nicht kaputt. Es tut mir leid, daß es hier drin so kalt ist, aber wahrscheinlich hat mein Vater dieses Atelier nur als Lagerplatz benutzt. Ich werde mir ein Heizgerät kaufen müssen.« Er hatte drei Pullover übereinander angezogen, und trotzdem waren seine Hände blau vor Kälte. »Ich weiß auch nicht, warum ich gar nicht damit gerechnet habe, daß er ganz angenehm sein könnte. Vielleicht, weil Sie ihn nicht mochten.«

»Wahrscheinlich mochte eher er mich nicht«, entgegnete der Maresciallo, »und doch fiel mir auf, daß es ihn schon freute, mit jemandem reden zu können, auch wenn ich ihm nicht sympathisch war. Du warst sicher ein besserer Zuhörer.«

»Weil ich der Sohn meines Vaters bin?«

»Das wollte ich damit nicht sagen, aber vielleicht hast du recht.«

»Er ist ein interessanter Mensch, finde ich.«

»Daran habe ich nie gezweifelt.«

»Jedenfalls hat er mir ein paar seiner eigenen Arbeiten gezeigt, ziemlich altmodisches Zeug, wenn ich ehrlich sein soll, aber handwerklich gut. Und er hat etwas restauriert, das für mich aussah wie ein Mantegna.«

»Bist du sicher, daß er es restauriert hat?«

»Ja, er hat es mir auch gesagt, und er hat mir von seinen ersten Jahren in Rom erzählt, wo er bei irgendeinem alten Mann Restauration gelernt hat. Er hat immer wieder ›Wenn ich nur einen Sohn wie Sie hätte‹ und ähnliche Sachen gesagt. Viele Kunsthandwerker sind so, finden Sie nicht? Und selbst wenn sie einen Sohn haben, hat dieser Sohn meistens alles andere im Sinn, als ein Handwerk zu lernen. Das bringt kein Geld. Auf eine Art tut er mir leid, wie er da in diesem seltsamen Atelier eingesperrt ist, keinen Menschen zu Gesicht bekommt. Er scheint keine Freunde, keine Familie zu haben.«

»Er hat es nicht anders gewollt«, warf der Maresciallo ein.

»Da bin ich mir nicht ganz sicher – na ja, zum Teil haben Sie bestimmt recht. Ich kam jedoch nach ein, zwei Bemerkungen, die er machte, zu dem Schluß, daß es nicht ganz allein seine Schuld ist. Zum Beispiel hat er mir erzählt, daß man ihn mit neun Jahren in eine Erziehungsanstalt gegeben hat… nicht, daß er sich darüber beklagt hätte, im Gegenteil, er sagte, dort sei er glücklicher gewesen, dort habe er zeichnen gelernt.«

»Er war Waise?«

»Nein, bestimmt nicht, denn er sagte, mit vierzehn sei er wieder zu seinen Eltern nach Hause gekommen – zu seinem Vater und seiner Stiefmutter, seine eigene Mutter war gestorben, als er noch ganz klein war. Ich war es, der das Thema Eltern aufgebracht hatte. Ich finde es immer noch schwierig, über meinen Vater zu sprechen, ohne daß sich alles in mir sträubt. Überrascht hat mich allerdings, daß Benozzetti ihn nicht verteidigt hat, dabei waren sie Freunde.

›*Lösen Sie sich von ihnen, sobald Sie können. Das ist das einzige, was Sie tun können. Sich lösen.*‹

Als hätte er vergessen, daß mein Vater tot ist. Ist Ihnen, als Sie dort waren, diese unheimliche Narbe über seinem Ohr aufgefallen?«

»Und ihm fehlt ein Stück des linken Ohrs.«

»Stimmt, es ist ja Ihre Aufgabe, solche Dinge zu bemerken... Jedenfalls wetterte er ganz generell über Eltern – wenn er über irgendwas spricht, ist es gleich immer eine Schimpfkanonade, nicht?«

»Ja.«

»Es würde einen verrückt machen, wenn man sich das länger anhören müßte. Jedenfalls, er schimpfte immer weiter, bis er ganz dunkelrot im Gesicht war, und zum Schluß sagte er: ›Ihr Vater hat Ihnen sein Atelier vermacht. Mein Vater hat mir das hier vermacht!‹ Und zeigte dabei auf die Narbe. Dann sagte er kein Wort mehr. Er bereute bestimmt, daß ihm das entschlüpft war, da bin ich mir ziemlich sicher. Danach drängte er mich regelrecht zur Tür hinaus. Wenn man darüber nachdenkt: diese Narbe, und von den eigenen Eltern weggebracht zu werden – eine Kopfverletzung könnte doch der Grund dafür sein, daß er so seltsam ist, nicht? Und mir kam der Gedanke, daß er all diese Jahre vielleicht in einer Klinik war. Wenn er seinem Vater die Schuld gibt, war es vielleicht ein Autounfall, irgend etwas in der Art, und sein Vater war verantwortlich.«

»Könnte sein.«

»Ich sehe Ihrem Gesicht an, daß er Ihnen nicht leid tut.«

»Nein, nein... so ist das nicht. Ehrlich gesagt, vor kurzem habe ich mit Dr. Biondini von der Galleria Palatina gesprochen. Ich dachte mir, vielleicht könnte er ein bißchen Licht in dein Problem bringen.«

»Und konnte er?«

»Er sagte mir, in Florenz gäbe es keinen Restaurator dieses Namens.«

»Des Namens Benozzetti?«

»Genau.«

»Aber kann Biondini das beweisen? Denn mein Vater kannte ihn ja, kannte Benozzetti.«

»Ich weiß. Das ist es ja. Um ganz genau zu sein, Biondini sagte, es gäbe keinen Restaurator dieses Namens auf dem Niveau deines Vaters. So oder so ähnlich hat er es gesagt.«

»Wir beide wissen aber, daß es einen gibt. Wir haben mit ihm gesprochen. Sie haben ihn kennengelernt.«

»Wir haben mit ihm gesprochen. Ob er Restaurator ist, wissen wir nicht.«

»Wollen Sie damit sagen, daß Sie ihn für einen Fälscher halten?« Marco errötete, sprang von der Schreibtischkante und begann, in dem Raum hin und her zu gehen, hob Sachen hoch und legte sie gleich darauf fast an derselben Stelle wieder hin. Dann blieb er stehen und sah dem Maresciallo ins Gesicht, während er mit der Hand zornig durch die Haare fuhr, die ihm in die Stirn gefallen waren.

»Ich hatte das ja schon gesagt, nicht wahr? Wenn es nicht gestohlen ist, muß ich mich mit der Frage befassen, ob es eine Fälschung sein könnte. Ich hatte das gesagt. Erinnern Sie sich?«

»Ja.«

»Und es stimmt, nur wollte ich mich nicht mit dieser Frage befassen. Ich will es immer noch nicht, denn wenn das Bild eine Fälschung ist, bedeutet das ...«

»Was bedeutet es denn? Ist da noch etwas, was du mir hättest sagen müssen?«

»Was? Nein, natürlich nicht. Es ist nur so ... Dann bedeutet das, es könnte auch noch andere geben, nicht wahr? Ich will sagen, dann ist dieses Bild hier nicht das einzige.«

»Nicht unbedingt.«

»Aber ... ach, Gott, ich habe mir wirklich eingebildet, ich könnte das einfach hinter mich bringen und das verdammte Bild verkaufen.« Er betrachtete das Gemälde nun mit haßerfülltem Blick.

»Dann verkauf es doch.«

»Was?«

»Ich habe dir doch gesagt, daß ich mit Dr. Biondini gesprochen habe. Er sagte, wenn du es verkaufen willst, dann verkauf's. Daran ist nichts Ungesetzliches.«

»Aber Sie haben faktisch doch gerade gesagt, es sei eine Fälschung.«

»Ich weiß nicht, ob es eine Fälschung ist oder nicht. Dir kann kein Schaden aus einem Verkauf erwachsen, vorausgesetzt, du behauptest nicht, das Porträt sei echt.«

»Aber die Auktionatoren werden doch etwas behaupten.«

»Biondini sagt, die können sich schon selber schützen. Ich weiß es zwar nicht, aber ich habe noch nie gehört, daß je ein Auktionator ins Gefängnis gekommen wäre. Du kannst sicher davon ausgehen, daß Biondini sich da auskennt. Gibt es eine Fotografie?«

»Des Bildes? Ja. Nein, aber es wird eine geben. Sie haben sie für ihren Katalog behalten.«

Der Maresciallo erwiderte nichts. Das bedeutete ja offensichtlich, daß eine Entscheidung bereits gefallen war, und Marcos dunkelrotes Gesicht bestätigte ihm die Richtigkeit seiner Überlegung.

»Ich weiß nicht. Nachdem ich Benozzetti gesehen habe und er mir anständig vorkam – außerdem haben Sie ja selbst gerade gesagt, ich könnte es genausogut verkaufen.«

»Richtig«, erwiderte der Maresciallo unverblümt. »Wenn du mir einen Abzug der Fotografie für Biondini überlassen könntest, wäre er sehr dankbar. Er kennt sich bei diesem Maler besonders gut aus, deswegen würde er gern ein Foto sehen. Nur aus Interesse, verstehst du.«

»In Ordnung. Ich schicke es Ihnen, wenn ich es zurückbekomme. Finden Sie nicht, ich sollte ihn bitten, sich lieber das Bild anzusehen?«

»Das liegt an dir. Die Auktionatoren haben es sich offenbar schon angesehen, sonst hätten sie ja noch keine Entscheidung getroffen. Biondini meinte übrigens auch, er wüßte gern, wer sich das Bild angeschaut hat. Er vermutete, es sei jemand aus Londen gewesen.« Er verlagerte sein Gewicht auf der harten Kiste und schaute dem jungen

Mann beim Sprechen nicht ins Gesicht, um ihn nicht in Verlegenheit zu bringen. »Nachdem unser Freund nun schon mal dies oder das ausgeplaudert hat – was in den beiden großen Safes ist, die er in seinem Atelier hat, hat er wohl nicht gesagt?«

»Die Safes ...« Marco schien mit seinen Gedanken woanders zu sein. »Doch, ich weiß, was da drin ist. Er hat einen davon aufgemacht, während ich da war.«

»Tatsächlich?«

»Ja. Da ist bloß Material drin, mit dem er arbeitet, Mineralien, solche Sachen, Grundstoffe zur Farbenherstellung.«

»Farben? In einem Safe, so schwer wie der einer Bank?«

»Ja, diese Farbstoffe sind ziemlich wertvoll. Er hat mir verschiedene Lapislazuli gezeigt, wie sie seit jeher für den Umhang der Jungfrau verwendet werden. Das ist das teuerste Blau der Welt.«

»Aha. Und hat er den anderen Safe auch geöffnet?«

»Nein, aber da bewahrt er bloß seine Gemälde auf – nicht seine eigenen, sondern die, die er gekauft hat; er hat alles, was er sein Leben lang verdient hat, in Bilder gesteckt. Man sieht ja, daß er sonst nichts hat. Er sagte – das klingt zwar sonderbar, aber ich vermute, daß es stimmt –, daß er mal eine etruskische Bronze besaß, die er, in einer Metallkiste verpackt, hinter seinem Atelier vergraben habe. Ein kleines Stück Garten ist da ja.«

»Hm.«

»Sie glauben mir wohl nicht? Aber Sie haben ja gesehen, wo er wohnt: im Erdgeschoß, und 1966 hat er ein Vermögen verloren. Was das Wasser nicht im Atelier vernichtet hat, wurde im Tresorraum in den Schließfächern einer Bank zerstört. Er hatte den Inhalt weder angegeben noch versichert. – Das ist er.«

Der Maresciallo erhob sich steif von seiner Kiste und wartete mit der Mütze in der Hand darauf, daß Benozzetti eintrat. Er hatte nicht vor, lange zu bleiben. Er zweifelte nicht daran, daß Benozzetti Marco mehr erzählen würde als ihm. Doch er war neugierig darauf, dem Mann außerhalb seiner Behausung, in einer weltlicheren Umgebung zu begegnen. Und gespannt, sein Gesicht zu sehen, wenn dieser das Gemälde betrachtete. Ob Benozzetti ebenso erpicht darauf war, den Maresciallo zu sehen, war die andere Frage. Seltsamerweise hatte es den Anschein, als freue es ihn.

»Na so etwas! Der kunstbewanderte Maresciallo! Dann werden wir ja auch Ihre Meinung hören. Wunderbar!«

In seiner Stimme lag nicht ein Hauch von Ironie. Sie schüttelten sich die Hände, ohne daß der Maresciallo den Mund aufmachte. Benozzetti wirkte größer und eindrucksvoller als bei ihrem ersten Treffen – vielleicht weil der Raum so klein war. Und er wirkte eleganter – vielleicht im Gegensatz zu Marco und seinen übereinandergezogenen schäbigen Pullovern. Der Maresciallo erinnerte sich an die tödliche Kälte in seinem riesigen Atelier. Benozzetti würde hier in diesem fensterlosen feuchten Raum also wohl kaum Gefahr laufen, zu frieren.

So unauffällig wie nur möglich versuchte der Maresciallo, der Parfumwolke auszuweichen, die der Mann mit sich herumtrug – auf so engem Raum allerdings ein vergebliches Unterfangen. Er ließ Benozzettis Gesicht nicht aus den Augen und sah fasziniert, daß dieser das Bild nicht sofort betrachtete, obwohl er direkt davor stand. Die Staffelei schien sich wie in einem luftleeren Raum zu befinden. Benozzettis funkelnder Blick wanderte darum herum und suchte einen anderen Punkt, den er fixieren konnte. Er heftete sich schließlich auf eine Fotografie in einem silbernen Rahmen, und Benozzetti ging darauf zu, um sie sich anzusehen.

»Ha! Wissen Sie, wer der Mann hier links neben Ihrem Vater ist?«

Marco trat näher. »Nein. Den Senator kenne ich, den anderen Mann aber nicht.«

»Das ist ein berühmter Londoner Kunsthändler. Ein sehr berühmter. Ich habe selbst oft geschäftlich mit ihm zu tun gehabt.«

»Ich habe ihn nie kennengelernt, denn ich habe ja nicht bei meinem Vater gelebt. Tut mir leid, daß ich Ihnen keine Sitzgelegenheit anbieten kann.«

Benozzetti war jedoch unverkennbar nicht in der Stimmung, sich zu setzen. Er tänzelte nervös in dem Raum herum, besah sich Zeichnungen, Tuschekästen, den Computer.

»Sie brauchen Geld. Sie müssen sich eine richtige Ateliereinrichtung anschaffen. Damit Sie Kunden empfangen können. Das hier reicht nicht.«

Er wies mit einer Handbewegung auf das Durcheinander.

In der linken Hand hielt er einen Hut von der altmodischen Art, wie ihn Männer in den vierziger und fünfziger Jahren trugen, wie man ihn heute aber nicht mehr sah. Er wirkte neu und teuer und paßte perfekt zu seinem schweren dunkelblauen Mantel. Benozzetti war natürlich in allem einer vergangenen Zeit verpflichtet, in seinen Meinungen ebenso wie in seiner Kleidung.

Marco schob die Hand in die Tasche seiner Jeans und errötete ein wenig.

»Genau das habe ich vor. Das heißt, wenn ich dieses Bild verkaufen kann.«

»Dann verkaufen Sie es.«

»Sie halten es also für echt?«

»Natürlich ist es echt. Ihr Vater war kein solcher Dummkopf wie andere seiner Zunft. Es ist ein gutes Bild. Verkaufen Sie. Verkaufen Sie. Welchen Rat gibt Ihnen denn der Maresciallo?«

»Zu verkaufen.«

»Na bitte, da hören Sie's! Es ist ein ausgezeichnetes Bild. Die Marchesa Anna Caterina Luisa dei Gherardini als Flora. Es ist vollkommen. Verkaufen Sie's. Sie können das Geld brauchen.«

Er sieht aus, als habe er Fieber, dachte der Maresciallo, und scheint zu aufgeregt, um lange in einem Raum verweilen zu können. Es gab nichts mehr, das er mit seinen Schlangenäuglein hätte fixieren können außer den Maresciallo oder das Porträt.

»Ich muß gehen. Ich habe viel zu tun.«

»Natürlich.« Marco beeilte sich, Benozzetti die Tür aufzuhalten. »Die Auktion...«

»Ich werde dasein.«

Er ging, ohne sich vom Maresciallo zu verabschieden; vor Aufregung hatte er seine guten Manieren vergessen. Der Maresciallo blieb schweigend stehen, wo er war. Er bemerkte, daß Benozzetti seinen Hut schon aufsetzte, ehe er ganz zur Tür hinaus war, und daß er ihn leicht nach links rückte, so daß er einen Teil der Narbe verdeckte und einen Schatten über das verstümmelte Ohr warf. Vielleicht doch nicht ganz nur alten Zeiten verpflichtet.

Er hatte auch bemerkt – Marco gegenüber brachte er das allerdings nicht zur Sprache –, daß Benozzetti den Namen Antonio Franchi kein einziges Mal ausgesprochen hatte und nicht einen Blick auf das Porträt geworfen hatte.

»Oh, Salva, nein!«

»Ich kann nichts dafür.«

»Aber an Weihnachten.«

»Es ist nicht meine Schuld, und ich finde, es bringt nichts, darüber zu reden.«

»Du findest, es bringt nichts? Seit dem Tag, an dem wir uns kennenlernten, wären wir zum ersten Mal über Weihnachten getrennt, sogar als ich noch zu Hause war und du hier, haben wir Weihnachten immer gemeinsam verbracht, und du findest, es bringt nichts, darüber zu reden?«

Teresa war fest entschlossen, darüber zu reden, und zwar ausführlich. Die Jungs waren draußen und kauften auf der Piazza ein paar Weihnachtsgeschenke ein, die noch geheim bleiben sollten. Der Maresciallo hatte einen strategischen Fehler gemacht. Er hätte es Teresa sagen sollen, als die Kinder zu Hause waren, denn sie stritt sich nicht gern in ihrem Beisein. Andererseits hatte er nicht damit gerechnet, daß es zum Streit kommen würde. Er hatte Mitgefühl erwartet und verstand beim besten Willen nicht, was er getan hatte, um diesen Zorn auf sich zu ziehen.

»Warum kann dich nicht jemand vertreten? Ein Kollege, der seine Familie hier hat und nicht allein wäre?«

»Ach, Teresa, du weißt doch, das ist ein spezieller Fall.«

»Speziell, allerdings, wenn das heißt, wir sollen ohne dich fahren und du verbringst deine Weihnachten hier mutterseelenallein. Das nenne ich wirklich speziell! Diese Geschichte ist sowieso der reinste Humbug!«

»Was?«

»Diesen Mann, wie immer er heißen mag, zu verhaften. Den hätte man doch schon vor Jahren verhaftet, wenn er es gewesen wäre.«

»Teresa!«

»Er ist doch nur ein alter Mann. Es gibt keine Beweise.«

»Die zu finden ist unsere Aufgabe. Bist du nicht ein bißchen unvernünftig?«

»Natürlich bin ich unvernünftig. Und was bist du? Einen alten Mann zu verhaften, nur damit man etwas vorweisen kann, und dann dieses Foto in allen Zeitungen groß herausbringen, wo Kinder es sehen können.«

Je mehr sie sich erregte, desto ruhiger wurde er. So war es immer. Jetzt flüsterte er nur: »Das wirfst du doch hoffentlich nicht mir vor.«

»Ich werfe dir vor, daß du unsere Weihnachten ruinierst.«

»Was sollen wir deiner Meinung nach tun? Beschließen, daß er nicht schuldig ist, um das Weihnachtsfest nicht zu verderben?«

»Was du tust, ist mir egal, ich jedenfalls werde, wenn du weiterhin diesen schrecklichen alten Mann verfolgst, hierbleiben und die Jungs auch.«

»Aber du hast doch schon die Fahrkarten gekauft.«

»Und du hast deine gekauft. Wir fahren nicht.«

Später im Bett fing sie an zu weinen.

»Ich weine nicht deshalb. Ich weine, weil ich mich schäme. Da mache ich dir eine Szene, wo du so viele Sorgen hast. Das ist keine Art.«

»Macht doch nichts.«

»Natürlich macht es etwas. Warum sind wir denn zusammen, wenn nicht, um uns gegenseitig zu helfen?«

»Du hilfst mir ja.« Er streichelte ihr im Dunkeln vorsichtig den Kopf. »Seit Totò klein war, hab ich dich nicht so aufgeregt gesehen. Ist da vielleicht noch etwas anderes, das dich beschäftigt?«

»Nein.«

»Du bist nicht krank?«

»Nein, gib mir dein Taschentuch.«

Sie tastete danach und schneuzte sich die Nase. »Es ist nur…«

»Was? Außer Krankheit gibt es nichts, womit wir nicht fertig werden könnten.«

»Es ist nur… wenn ich an die lange Fahrt ohne dich denke. Dadurch ist alles wieder hochgekommen. Damals ging es eben nicht anders. Wir haben die Zähne zusammengebissen und durchgehalten. Die ewigen Fahrten, und dann dich einmal in der Woche anrufen, und manchmal konnte ich dich nicht hören.«

»Was soll das heißen, du konntest mich nicht hören? Nein, behalt es, du weinst ja immer noch. Was soll das heißen?«

»Ich hab dich nie gut verstehen können, manchmal lag es

an der Leitung und manchmal daran, daß du so brummelst und grummelst.«

»Ich habe dich immer gut verstanden.«

»Ich hab ja auch in den Hörer hineingeschrien.«

»Das stimmt.«

»Mir war nie klar, wie elend ich mich eigentlich fühlte. Weißt du, ich glaube, ich habe in den ganzen Jahren kein einziges Mal geweint, erst als deine Mutter starb. Ich konnte es mir nicht leisten, mich gehenzulassen.«

»Und warum weinst du dann jetzt?«

»Vermutlich, weil ich es mir jetzt leisten kann. Als ich an die Zugfahrt dachte, kam alles hoch. Die ganzen Jahre. Ich will nicht fahren, Salva.«

»Na, dann bleib hier.« Er zog ihren Kopf an seine Schulter. Er strich ihr weiter übers Haar, bis ihr Atem wieder ruhiger wurde.

Nach einer Weile sagte er: »Ich frage mich, was ich gesagt habe.«

»Wann?«

»Wenn du mich nicht hören konntest.«

»Weiß der Himmel. Du hast ja nie viel geredet.«

»Nein.«

»Trotzdem, es hat mich so geärgert, wenn ich deine Worte nicht verstehen konnte. Ich habe gedacht... Die Kinder werden enttäuscht sein, wenn wir nicht fahren, oder?«

»Ich denk schon. Aber deine Familie noch mehr.«

»Und was ist mit deiner Schwester?«

»Was soll mit ihr sein?«

»Sie sollte doch Weihnachten mit uns verbringen, bei

meiner Familie. Sie hat sich entsprechend eingerichtet. Ist dir klar, wie einsam sie ist, jetzt, wo deine Mutter gestorben ist und wir nicht mehr da sind.«

»Sie kann doch trotzdem hingehen.«

»Natürlich kann sie, aber das wird sie nicht tun, nicht, wenn wir nicht kommen. Schließlich ist es meine Familie. Glaubst du, sie würde hierherkommen, zu uns?«

»Du kannst sie ja fragen, aber du weißt doch, wie sie ist, wenn sie allein Bahn fahren soll.«

»Ich muß sie anrufen. Meine Schwester auch – und schauen, ob ich das Geld für die Fahrkarten zurückerstattet bekomme, und mit den Jungs reden, und wenn wir nicht fahren, hätten wir die Geschenke schon vor Wochen auf der Post aufgeben müssen...«

Als er merkte, woher der Wind wehte, konnte er gerade noch im Halbschlaf murmeln: »Mach dir keine Sorgen... und wenn du meinst, daß du fahren solltest, kriege ich bestimmt wenigstens ein paar Tage frei und kann nach Catania fliegen.«

Sie fuhr am Heiligabend mit den Jungs ab, nicht ohne am Bahnhof ein paar Tränen zu vergießen.

»Haben wir die richtige Entscheidung getroffen?«

»Ich finde, ja. Ich hab sowieso rund um die Uhr zu tun. Und ich hab ein besseres Gefühl, wenn ich weiß, daß du deine Familie um dich hast und die Jungs mit ihren Cousins Spaß haben.«

»Gib mir das Päckchen. Also: Der Kühlschrank ist voll, und von der Fleischsauce sind noch zwei Gläser da. Die mußt du aufbrauchen, vergiß es nicht, sie halten nur ein paar Tage. Salva, hörst du mir überhaupt zu? Giovanni, halt deine Tasche fest, auf einem Bahnhof darf man nie seine Tasche loslassen.«

»Sie ist schwer.«

»Mach, was ich dir sage. Salva?«

»Steigt ein und mach dir keine Sorgen. Ich rufe dich an.«

»Wirst du auch schreien?«

»Ja, ich schreie. Steigt ein, sonst fährt der Zug noch ab.«

Er sah mit schwerem Herzen dem davonrollenden Zug nach.

Am Morgen des 25. Dezember um acht Uhr, die Journalisten schliefen nach dem Mitternachtsessen noch, wurde der Verdächtige aus dem Gefängnis entlassen. Keine Menschenseele war vor den Gefängnistoren zu sehen, doch vorsichtshalber fuhr man ihn in einem Bäckerei-Lieferwagen nach Hause.

# 7

»Heilige Muttergottes, können wir nicht endlich schlafen? Wenn ich morgen todmüde bin, wird alles nur noch schlimmer. Was soll ich ihnen denn sagen? Hinter dir sind sie doch her, was soll ich ihnen sagen?«

»Du hältst den Mund! Du sagst, was ich dir eingetrichtert hab, und ansonsten hältst du den Mund! Du dummes Weib, die werden dich total in die Enge treiben. Du sagst, du und ich haben uns unser ganzes Leben lang immer abgerackert und nie jemandem etwas Böses getan. Und sieh zu, daß du nicht anfängst zu quasseln, hörst du? Wir haben uns unser ganzes Leben lang abgerackert und nie…«

»Ich weiß gar nichts.«

»Wir haben uns unser ganzes Leben lang abgerackert.«

»Unser ganzes Leben lang…«

»Und wir haben nie jemandem etwas Böses getan.«

»Nie jemandem etwas Böses getan. Aber was, wenn…«

»Hörst du mir denn nicht zu? Was wenn, was wenn! Natürlich werden sie dir ein bißchen zusetzen, aber du weißt ja nichts, richtig? Du weißt nichts, und du sagst nichts. Du sagst: ›Ich weiß nur, daß wir uns unser ganzes Leben lang abgerackert und nie jemandem was Böses getan haben.‹ Denn wenn du mehr sagst, haken sie da gleich nach, merk dir das, und sie schreiben das auch auf. Sie schreiben alles auf, und dann haben wir's. Dann sagen sie: ›Seine Frau hat dies gesagt‹ und ›Seine Frau hat das gesagt‹. Vor Gericht sagen sie das, diese Bastarde. Die machen dich fertig, wenn du den Mund aufmachst, also paß auf. Sie drehen dir jedes Wort, das du sagst, im Mund herum, und wenn du etwas vergißt und einen Fehler machst und es dir später einfällt, sagen sie, du hättest gelogen. Drum halt dich kurz, verstehst du! ›Wir haben uns unser ganzes Leben lang abgerackert und nie jemandem etwas Böses getan, ich nicht und mein Mann auch nicht. Lassen Sie uns in Frieden.‹«

»Heilige Muttergottes, wie soll ich das bloß schaffen... Der Teufel soll sie alle holen, was soll ich bloß machen... Ich und mein Mann, wir haben uns unser Leben lang... Wir haben nie... Heilige Muttergottes...«

»Ich kriege nichts mehr rein... ich hab sie verloren...«

Der junge Noferini saß an der Abhöranlage, doch sosehr er sich auch mühte, mehr als ein Rauschen war nicht zu vernehmen. Dann war es plötzlich still.

Der Maresciallo verstand nichts von den technischen Problemen, sagte aber: »Sie weint. Vermutlich hat sie den Kopf ins Kissen gedrückt.« Er erhob sich von der Kante der steinharten Einzelliege, auf der er gesessen hatte, und ging in gehörigem Abstand zu dem niedrigen kleinen Fenster ein wenig hin und her. Jeder Schritt war auf den unebenen roten Fliesen zu hören. Es war kurz vor halb drei Uhr nachts, und in dem Raum war es kalt wie in einem Grab. Er hatte in seinem Paletot dagesessen, und nun langte er in die Taschen und streifte sich die Lederhandschuhe wieder über. Wie es der Zufall wollte, hatte dieses Haus, dem Haus des Verdächtigen genau gegenüber, keine Heizung. Viele dieser alten Häuschen auf dem Lande waren von den Bauern, die sie errichtet hatten, aufgegeben worden, und später waren junge Leute eingezogen, die der Stadt entfliehen wollten, oft auch Ausländer. In dieses aber nicht. Bis auf den Fernsehapparat und die Waschmaschine war das Haus seit Jahrzehnten unverändert, und die einzige Feuerstelle, ein großer Kamin, um den herum Eichen- und Olivenholz gestapelt war, befand sich in der Küche.

»Kriegen Sie immer noch nichts rein?«

»Keinen Piepser. Er ist vielleicht aufgestanden... Da ist er... Ich verstehe kein Wort, vielleicht ist er pinkeln gegangen. Aber Sie haben recht, die Frau weint.«

»Kein Wunder. Ich gehe mal kurz nach unten.«

Er nahm eine Taschenlampe mit. In der Küche war es viel wärmer, und die Reste eines Holzscheits glühten unter der Asche auf, als er darauf blies. Eine kleine Maus mit rosa Öhrchen und langer Nase kam unter dem Holzstoß hervorgehuscht und fixierte ihn aus runden Äuglein mit einem Blick, der mehr verärgert als erschreckt war. Sie trippelte wieder davon und wartete wohl darauf, daß dieser Eindringling, der zur Unzeit gekommen war, von selbst verschwand.

Er dachte an das Haus seiner Mutter und ihren unerklärten Krieg gegen die frechen Feldmäuse, die jeden Abend ins Haus kamen und ein warmes Plätzchen und etwas Freßbares suchten. Ihr strenger Zeitplan wurde nur durch Geburten, Todesfälle und Hochzeiten unterbrochen, niemals jedoch war die Polizei zu ihnen ins Haus gekommen.

Er fand einen Schürhaken, drehte den glühenden Holzscheit um und wärmte sich die Hände. Man konnte nicht so richtig abschätzen, ob sie – wie die Mäuse – die Familie, die hier wohnte, mit ihrer Anwesenheit störten. Der Mann – er war um die fünfzig – arbeitete immer noch für die Contessa, der das ganze Land gehörte, nun aber nicht mehr als Bauer, sondern als Lohnarbeiter. Er hatte sein Häuschen nicht für eine Wohnung im Dorf verlassen mögen, weil er, obwohl seine Frau sich dafür ausgesprochen hatte, nicht auf seinen Gemüsegarten und auf seine Hasen hatte verzichten wollen. Seine Frau, Marilena hieß sie, hatte ihm das nie verziehen und würde es ihm, wie man sah, auch nie verzeihen. Der Maresciallo verübelte es ihr nicht. Eine funkelnagelneue kleine Wohnung, Zentralheizung, glatte moderne Böden, keinen Rauch und keine Asche, keine Treppen, auf denen sie mit ihren müden Beinen Wassereimer hinauf- und Wäsche hinab- und hinaufschleppen mußte...

Es wäre ein Paradies gewesen für die erschöpfte Frau und hätte ihr sicher ein angenehmeres Alter und vermutlich auch ein längeres Leben ermöglicht. Es war auch eine erwachsene Tochter im Haus, eine rundliche junge Frau, die in der Wurstfabrik in der Nähe des Dorfes arbeitete. Sie machte kaum den Mund auf, auch nicht, wenn Noferini sie zu necken versuchte, weil er hoffte, daß dann die Atmosphäre im Haus entspannt blieb. Die alte Mutter des Mannes war kurz zuvor gestorben, deshalb stand ihnen das Schlafzimmer für ihre Observation zur Verfügung.

Die Familie ertrug die Anwesenheit der Polizisten klaglos. Sie konnte nicht anders. Bevor der Verdächtige entlassen worden war, hatten sie wie alle anderen Nachbarn auch bitterlich und in aller Öffentlichkeit geklagt, man wisse doch, wie gefährlich der Mann sei, und es sei empörend, daß sie ihm nun wieder ausgesetzt seien. Ihre Furcht wirkte echt, obwohl der Maresciallo sie insgeheim für übertrieben hielt. Allabendlich hörte die Familie, wie er seine Frau anschrie und wütete, doch dies war weniger der Grund für ihre Furcht als das Wissen – sie hatten es in der Zeitung gelesen –, daß er vor vierzig Jahren in einem anderen Dorf einen Mann umgebracht hatte. Daß man ihn beschuldigte, das Monster zu sein, schien den Großteil der Leute im Dorf nicht zu berühren. Mehr beschäftigte sie da schon die große Zahl von Journalisten und Touristen, die Tag für Tag bei ihnen herumlungerten. Und das würde sicher noch schlimmer werden.

Die rosa Öhrchen tauchten wieder hinter den Holzscheiten auf, und die Maus beäugte ihn ernst. Der Maresciallo seufzte, wandte sich von der schwachen Wärmequelle ab und kehrte in das eisigkalte Schlafzimmer zurück.

»Wie läuft's?«

»Er ist wieder im Bett.«

»Der hat's gut.«

»Ich glaube, er hat ein Aspirin genommen oder so etwas. Auf alle Fälle ist er jetzt eingeschlafen. Sie brabbelt noch vor sich hin, aber davon kann man nicht die Hälfte verstehen.«

»Heilige Muttergottes... Was werd ich nur... Wir rakkern uns ab, wir haben unser ganzes... und wir haben nie jemandem etwas Böses getan, haben nie jemandem etwas Böses getan... Ich kann nicht, wie kann ich denn... Was werden sie mich fragen? Ich sage bloß, wir arbeiten schwer, was anderes weiß ich nicht, wir rackern uns ab...

Muttergottes. Nein ... ich werd nein sagen. Sie können mich nicht zwingen. Ich sage ... ich sage, nein, ich geh jetzt, nein, vielen Dank, ich geh jetzt, ich kann zu Fuß heimgehen ... Ich kann mit dem Bus fahren und den Rest laufen. Ich will nicht, daß sie mich ins Auto setzen. Was werden sie mit mir machen? Ich will nicht ... ich ... Polizeirevier, oh, Gott.«

»Guten Morgen, Signora.«

»Guten Morgen. Haben Sie irgendeinen Wunsch?«

»Nein, Signora, nichts, danke. Wir gehen jetzt.«

Jedesmal wollte die Frau ihnen etwas anbieten und ließ nicht locker, obwohl sie Dutzende Male erklärt hatten, daß sie nichts annehmen würden. Der Mann war bereits zur Arbeit gegangen. Sie hatten ihn aus dem oberen Fenster zur gleichen Zeit gehen sehen wie seinen Nachbarn, den Verdächtigen. Die Männer hatten einander zugenickt. Dann hatte das Polizeiauto die Frau des Verdächtigen abgeholt. Sie ließ sich ohne Widerstreben in das Auto setzen. Sie war die ganze Nacht über wach gewesen und kurz nach sechs Uhr morgens aufgestanden. Vermutlich war sie zu erschöpft, um irgendwie zu reagieren. Der Maresciallo ging nach unten, nachdem er den Wagen hatte abfahren sehen.

»Guten Morgen, Signorina.«

»Morgen.« Sie erwiderte den Gruß, ohne aufzusehen, wie sie es immer tat, und setzte sich vor das Frühstück, das ihre Mutter ihr hingestellt hatte. Schweigend brach sie sich eine Brioche und ließ die Stückchen in die Schale mit Milchkaffee fallen, um sie dann mit einem Löffel wieder herauszuholen. Sie beugte den Kopf über die Schale, die

Augen fast geschlossen. Ihre Mutter stand dicht neben dem rauchenden Feuer und putzte ihrer Tochter die Schuhe.

»Hier. Du hast eine Laufmasche im Strumpf.«

»Macht nichts.«

»Gehst du heute abend weg?«

»Mutter!«

»Ich will nicht, daß du ganz allein nach Hause kommst, auch wenn wir …«

Sie sprach den Satz nicht zu Ende, obwohl sie zweifellos »auch wenn wir zwei Carabinieri im Haus haben« hatte sagen wollen.

»Hast du gehört? Hörst du mir überhaupt zu?«

»Stefano wird mich heimbringen.«

»Gut, aber dann sag ihm, er soll dich nicht schon bei der Villa absetzen. So schlecht ist die Straße nicht. Das ist einer, denkt mehr an die Federung seines Autos als an dich, obwohl das nun in der Zeitung stand. Hab ich nicht recht?«

Letzteres war an den Maresciallo gerichtet, der schweigend neben der Tür stand und wünschte, Noferini würde sich im Badezimmer ein bißchen beeilen, damit sie endlich in die Bar kämen und frühstücken konnten.

»Es kann nie schaden, vorsichtig zu sein«, räumte er ein, ohne sich jedoch zu einer weiteren Bemerkung hinreißen zu lassen. Er wußte sehr genau, worauf sie anspielte, auf einen Artikel, in dem Liebespaare gewarnt wurden, daß jedesmal, wenn der Falsche verhaftet und beschuldigt worden war, das Monster zu sein, sofort das richtige Monster wieder zugeschlagen habe. Es war aber doch unwahrscheinlich, daß das diesmal wieder passierte, auch wenn sich erweisen sollte, daß sie erneut einen Fehler gemacht hatten. Der Mörder, sei es der Verdächtige oder sonstwer, war schon zu lange nicht mehr in Erscheinung getreten. Doch es lag dem Maresciallo fern, sich diesen Leuten gegenüber eine solche Bemerkung zu erlauben. Er wußte, daß trotz allem zusätzliche Streifen samstagnachts unterwegs waren, vor allem bei Neumond, und das, obwohl tiefer Winter war und alle Morde bei sommerlicher Witterung verübt worden waren. Simonetti wollte auf Nummer Sicher gehen. Als Noferini endlich erschien und sie das Haus verließen, las Marilena ihrer Tochter immer noch die Leviten, und ihre Stimme war noch auf dem Schotterweg zu hören, der an den Toren zur Villa auf die Landstraße einmündete, die in einer linken Kurve zum Dorf führte. Tagsüber behielt ein Mann von den Carabinieri des Dorfes den Verdächtigen im Auge, solange er auf dem Feld arbeitete. Man versuchte nicht, vor ihm geheimzuhalten, daß er beobachtet wurde. Sie wollten nur gewährleisten, daß er nichts aus dem Haus schaffte, bevor die Hausdurchsuchung stattgefunden hatte. Daß sein Telefon angezapft war, hatte er sicher bemerkt oder es zumindest, einigen seiner Telefongespräche nach zu schließen, erraten. Aber daß sie in seinem Haus eine Wanze installiert hatten, das war ihm höchstwahrscheinlich entgangen.

Da sie wußten, daß sämtliche Gerichtsreporter der Toskana vor der Bar in der Hauptstraße Quartier bezogen hatten, kehrten sie in ein kleineres Lokal in der Nähe der Straße nach Florenz ein.

»Zwei Espressi, eine Brioche, ein Toast, richtig? Oder war es ein Espresso, ein Milchkaffee? Ich krieg's nicht mehr zusammen.«

»Zwei Espressi.« Der Milchkaffee, das war sicher Bacci, dachte der Maresciallo. Und Ferrini würde sich bestimmt eher einen Grappa in seinen Kaffee gießen als Milch.

»Wie läuft's denn?« erkundigte sich der Barbesitzer, während er zwei Tassen unter den Kaffeeautomaten stellte. »Hat sich was Neues ergeben?« Das fragte er immer, obwohl er nie eine Antwort erhielt. »Wissen Sie, was ich immer sage?« redete er munter weiter – er nahm das Schweigen nie übel: »Mir tut nur das Mädchen leid.«

»Sie meinen seine Tochter?«

»Genau. Die ist inzwischen eine junge Frau, obwohl nicht ganz richtig im Kopf. Es heißt, man wird sie wegbringen müssen.«

»Wer sagt das?«

»Die Leute ... Pater Damiani zum Beispiel. Ihm steht es bis hier oben. Ihr Espresso, bitte schön. Der Toast braucht noch einen Augenblick. Ich wollte sagen, ihre Wohnung, die ist direkt am Platz. Wegen der vielen Journalisten kann sie den Kopf nicht aus der Tür stecken. Klar, einige freuen sich auch über das Geld, das durch diese Sache reingekommen ist.«

»Ja«, erwiderte der Maresciallo, als er merkte, worauf der Mann hinauswollte. »Sie kriegen davon vermutlich nicht allzuviel ab, Ihr Lokal ist am weitesten von seinem Haus entfernt.«

»Ich muß nicht durch das Unglück anderer Leute reich werden. Bei mir waren sie ja auch, diese Journalisten, wissen Sie. Und der eine oder andere vom Fernsehen. Ich sage allen dasselbe. Lassen Sie das Mädchen da raus. Das ist nicht recht. Sie ist nicht verantwortlich für das, was ihr

Vater getan oder nicht getan hat. Sie hat selber genug Sorgen. Außerdem, Profit hin oder her, von diesem Nest haben sie sowieso bald genug, noch ehe die Sache vorbei ist.«

»Das stimmt«, sagte der Maresciallo.

»Es ist wie bei einer Lotterie. Jeder, den man trifft, stellt einem die gleiche Frage: ›Bist du für schuldig oder für nicht schuldig?‹ Es gibt Leute, die führen da Buch drüber. Wußten Sie das?«

»Nein.«

»Ein Toast.«

»Danke.« Noferini biß hungrig hinein und achtete wie immer nicht auf den Barmann. Für einen jungen Polizisten wie ihn bedeutete Ermitteln, an einem Computer zu sitzen oder an einem Apparat wie dem, an dem er heute morgen herumgefummelt hatte, und nicht, dem Gerede eines Mannes an einer Theke zuzuhören. Der Maresciallo hörte zu.

»Was sie anscheinend nicht in den Kopf kriegen, diese Journalisten, ist, daß niemand von den Hiesigen ihn kennt. Wie ist er, wer sind seine Freunde, kommt er in Ihr Lokal, hat er Streit mit seinen Nachbarn, trinkt er, ist er gemein, ist er ein Perverser, ist er ein Spanner ...? Sie sollten mal die Antworten hören, die diese Journalisten kriegen. Von Leuten, die noch keine zwei Worte mit dem Mann gewechselt haben, die nicht einmal wußten, daß er existiert, bis sie sein Foto in der Zeitung sahen. Gestern abend war ein Kerl in den Acht-Uhr-Nachrichten, der hat, ob Sie's glauben oder nicht, geschlagene zehn Minuten dahergeschwätzt, er sei einer von der und der Sorte, er terrorisiere das ganze Dorf. So ein blöder Trottel. Manche Leute sagen alles, um ins

Fernsehen zu kommen, darauf läuft es doch hinaus, oder um ihren Namen in der Zeitung zu lesen.«

»Aber«, der Maresciallo tupfte sich den Mund mit einer Papierserviette ab, »ein paar Leute müssen ihn doch kennen, oder sehe ich das falsch?«

»Ja, ganz falsch. Verzeihen Sie, aber als er verhaftet wurde, weil er mit dem armen Mädchen rumgemacht hatte, da war er gerade erst hierhergezogen. Die ganze Zeit über, die er theoretisch hier gewohnt hat, war er ja im Gefängnis. Die Leute kennen ihn so gut, wie ich ihn kenne. Guten Morgen, guten Tag, auf Wiedersehen.«

»Er war also mal hier?«

»Ein- oder zweimal, wie alle anderen auch.«

»Und Sie hatten keine Angst vor ihm?«

»Angst vor ihm? Wenn einer behauptet, Angst vor ihm zu haben, will er doch bloß auf sich aufmerksam machen. Ich habe nichts gegen den Mann, und mir ist es völlig egal, ob er schuldig ist oder nicht. Wenn er schuldig ist, wandert er wieder ins Kittchen, aber wenn sie ihn einstecken und er nicht schuldig ist, ist mir das auch recht. Nach dem, was er seiner Tochter angetan hat, kann er für den Rest seines Lebens da drin bleiben. Ein sehr guter Platz für ihn. Es ist schlimm genug, was er ihr angetan hat. Können Sie sich vorstellen, wie es ist, wenn man das alles vor Gericht sagen muß? Sie wollte nicht als Zeugin aussagen, wissen Sie, sie hat es denen gesagt. Das wollte sie nie.«

»Ganz sicher hätte sie ihn nicht angeklagt, wenn...«

»So jedenfalls hat sie es meiner Frau erzählt. Sie war in Tränen aufgelöst. Sie sagte: ›Ich wollte das nicht unterschreiben, aber sie haben es von mir verlangt. Ich hab nur unterschrieben, weil ich nicht ins Gefängnis kommen wollte.‹ Aber, wie ich schon sagte, sie ist nicht ganz richtig im Kopf.«

»Hm.«

»Ist ja auch kein Wunder, bei einem solchen Vater. Was die durchgemacht hat. Man sollte sie wirklich wegbringen.«

»Gehen wir?« fragte Noferini, den das Geschwätz des Barmannes ungeduldig machte.

»Einen Augenblick noch. Ich will nur noch schnell etwas kaufen. Steigen Sie schon ins Auto ein, ich komme gleich nach.« Der Maresciallo hatte eine Glasvitrine entdeckt, in der kleine Strümpfe lagen, gefüllt mit Geschenken zum *giorno della Befana:* Schokolade und Trillerpfeifen und Plastikautos für die braven, »Kohlezucker«, Kandiszucker in Form von Kohlestückchen, für die ungezogenen Kinder. Aber würden sie rechtzeitig ankommen? Und würde so etwas nicht auf dem Postweg zerdrückt werden? Ob Teresa ihnen schon welche gekauft hatte? Spielte das eine Rolle, wo er weit weg von seinen Kindern war? Waren sie vielleicht überhaupt schon zu alt für so etwas? Falls ja, könnten sie gekränkt sein – und plötzlich fiel ihm ein, daß sie am 6. Januar ja wieder zu Hause waren, denn an dem Tag fing die Schule wieder an.

»Haben Sie sich für etwas entschieden?« fragte der Barmann und beugte sich nach vorn.

»Ich lasse es ...«, murmelte der Maresciallo. »Danke.«

Viertel vor zwölf. Es hatte keinen Zweck. Er lag schon seit Stunden wach und versuchte einzuschlafen oder stellte sich schlafend, doch es war hoffnungslos. Er war für solche

Sachen zu alt. Junge Leute konnten das, ohne weiteres einschlafen oder nach einem lang gewordenen Abend ausschlafen. Wenn man aber einmal ein bestimmtes Alter erreicht hatte, wachte man immer zu seiner gewohnten Zeit auf. Und legte man sich einmal um neun Uhr morgens ins Bett...

Das Licht... daran lag es vielleicht. Müde stand er aus dem Bett auf und schloß die Fensterläden hinter dem weißen Vorhang.

»So müßte es gehen...«

Er kroch wieder unter die Decke und versuchte es noch einmal, streckte den Arm zu der leeren Fläche neben ihm aus. Er kam sich fehl am Platz vor, allein in dem breiten Bett, und zog, ohne es zu merken, an Teresas Kissen, bis es die Stelle bedeckte, auf der sie sonst lag. Er war so müde, daß sein Körper schmerzte und seine Augen brannten. Hunger hatte er auch. Das merkte er erst jetzt, wo er sich im Dunkeln wieder hingelegt hatte. Er durfte eigentlich nicht hungrig sein, nicht um zwölf, denn er aß nie vor zwei Uhr zu Mittag. Trotzdem rumorte es in seinem Magen, und ein scharfer Schmerz machte sich in seiner Mitte bemerkbar. Ob er schlafen konnte, wenn er etwas essen würde? Etwas Kleines, und dazu ein Glas wärmenden Rotwein? Der Gedanke, wieder aufzustehen, verleidete ihm die Sache, ganz zu schweigen davon, daß er sich selbst etwas würde kochen müssen. Brot hatte er nicht im Haus, deshalb konnte er sich nicht schnell ein Sandwich machen. Was hatte er überhaupt noch? Einen letzten Rest Pastasauce. Doch dafür mußte er Wasser aufkochen, und so lange konnte er sich nicht auf den Beinen halten. Er konnte sich aber etwas Schmackhaftes ausdenken... Wenn er das gewußt hätte, hätte er sich ein paar von diesen Toasts gekauft, die Noferini immer in der Bar zum Frühstück aß. Sie wären im Handumdrehen fertig gewesen, und der Käse und der salzige Schinken, mit denen sie belegt waren, wären das richtige zu einem Glas Rotem gewesen.

Je länger er darüber nachdachte, desto peinigender wurde sein Hunger und desto heftiger kämpfte seine Müdigkeit dagegen an. Im Geiste vollzog er die Bewegungen des Aufstehens, der Anziehens und des Gangs nach draußen, um sich in einer Bar entweder Sandwiches oder bei einem Bäcker Brot zu kaufen, doch sogar der Gedanke daran erschöpfte ihn. Er seufzte und vergrub sich tiefer in sein Kissen, hoffte, daß er im Schlaf auch die Speisen vergaß, bei denen ihm das Wasser im Munde zusammenlief und die er nicht aus dem Kopf bekam.

»Ich bin auf Diät«, sagte er plötzlich laut, und die Regungen seines Magens kamen ruckartig zum Stillstand. Wütend auf sich selbst, wälzte er sich auf die linke Seite und knallte den Kopf heftig aufs Kissen. Damit war das erledigt.

»Mist!« war das letzte, was er laut sagte, bevor er einschlief, ohne es zu merken. Er hatte kaum Zeit, einer verwirrten Teresa zu erklären, warum er es ihr nicht gesagt hatte, daß er etwas essen wollte, als das Telefon klingelte und ihn wieder aufweckte. Es war zehn nach zwölf.

»Mario!« Der Maresciallo vernahm die Stimme einer sehr alten und schwachen Frau.

»Hier ist nicht...«

»Mario! Warum hast du gestern abend nicht zu Hause

angerufen?« Einer sehr alten, sehr schwachen Frau aus Kalabrien.

»Signora, Sie haben sich verwählt.«

»Wer sind Sie?«

»Signora, Sie haben …«

»Was tun Sie im Haus meines Mario?«

Nach einer Weile gab er es auf und legte den Hörer auf. Er war nun hellwach und fühlte sich genauso schwach wie die Anruferin. Er stellte die Klingel seines privaten Telefons ab und ließ nur den Dienstapparat eingeschaltet. Dann stapfte er in die Küche und setzte einen Topf Wasser auf. Während er darauf wartete, daß es kochte, zog er sich an und machte das Bett, militärisch exakt. Er würde einfach am Abend zeitig schlafengehen.

»Das Hundefutter …«

»Was ist mit dem Hundefutter?«

»Er …«

Es war bei fast jeder Frage dasselbe Lied. Sie sagte vielleicht einen Halbsatz und hörte dann wieder auf. Ihr zu soufflieren half auch nicht. Sie wartete schweigend, in einer unnatürlichen Stille. Sie hatte Ähnlichkeit mit ihrem Vater, war klein und gedrungen. Ihre Beine baumelten wie die eines Kindes vom Stuhl, und manchmal hatte es den Anschein, als wolle sie die Füße ausstrecken, festen Boden berühren, doch sie reichte noch mit der Spitze ihrer staubigen Schuhe kaum bis auf den Boden hinunter. Sie umklammerte die Kanten des Plastikstuhls mit aller Kraft, ihre Knöchel waren weiß von der Anspannung.

»Er hat uns gezwungen, es zu essen.«

»Das Hundefutter? Hundefutter aus einer Dose?«

»Nein. Es war Lunge und solche Sachen, gekocht. Und altes Brot... Er hat gesagt...«

»Was sagte er?«

Wieder Schweigen. Dann: »Er hat gesagt, für mich und meine Mutter wär das gut genug. Er hat gesagt, wir wären dümmer als der Hund.«

»Den Hund mochte er wohl?« Die ungewohnte Anstrengung, die Stimme gesenkt zu halten und einen Ton zu wahren, der nicht aggressiv war, machte Simonetti zu schaffen. Sie hatten in der vergangenen Stunde mehr Schweigen als Worte von diesem armen Wesen vernommen, aber er hatte unverkennbar nicht vor, von ihr abzulassen. Die anderen, der Maresciallo eingeschlossen, wären fast so froh wie das Mädchen selbst gewesen, wenn die Befragung endlich aufgehört hätte.

»Was für ein Hund war es denn?«

»Er war braun. Nicht sehr groß.«

Es war Simonettis Glück, daß er die Abschriften der Vernehmungen aus dem Gerichtsverfahren besaß, an dessen Ende der Verdächtige wegen Mißbrauchs seiner Tochter verurteilt worden war. Dadurch kannte er die Antworten schon. Er ließ die Tochter nur in den Punkten, die ihm wesentlich erschienen, ihre Aussagen wiederholen. Wie lange mochten die ersten Befragungen, als sie diese Dinge zum ersten Mal hatte erzählen müssen, gedauert haben?

»War es ein Jagdhund?«

»Ja, er hat ihn mit einem Stock geschlagen, und der Hund hat gejault.«

»Und hat er Sie auch mit dem Stock geschlagen?«

»Manchmal.«

»Nicht oft?«

Schweigen.

»Hat er Sie jeden Tag mit dem Stock geschlagen?«

»Einmal, als ich meine Hausaufgaben nicht gemacht hatte.«

»Und die anderen Male?«

»Die anderen Male hat er mich mit den Fäusten geschlagen.«

»Wann hat er das getan? Wissen Sie das noch?«

»Wenn ich weggehen wollte.«

»Andere Gründe?«

Keine Antwort. Beim Warten hörten die Männer ihren eigenen Atem. Dem hinter dicken Brillengläsern verborgenen Gesicht der Frau sah man nicht an, was in ihrem Innern vor sich ging, nur die baumelnden Füße machten ab und zu ruckartige Bewegungen, und manchmal trat sie sich versehentlich selbst an den Knöchel. Die schmutzigen Abdrücke, die davon jedesmal auf ihren zerknitterten Strümpfen zurückblieben, waren nicht zu übersehen. Sie war sechsundzwanzig, doch sie wirkte wie ein altes Kind. Und das war sie ja im Grunde auch. Wenn sie nach den langen Pausen wieder sprach, klang das ganz normal, als habe es keine Lücke in dem Gespräch gegeben.

»Manchmal hat er mich geschlagen, weil ich nicht zu ihm ins Bett kommen wollte.«

»Nachts?«

»Nicht immer nachts. Manchmal hat er mich aufgeweckt, wenn ich geschlafen hab, in der Nacht oder morgens.«

»Und was passierte, wenn er das tat?«

Schweigen. Ihre Hände klammerten sich noch fester um den Stuhl.

»Sie brauchen hier keine Angst zu haben. Wir sind alle Ihre Freunde. Wenn es Dinge gibt, die Sie nicht sagen wollen, können Sie einfach mit Ja oder Nein antworten. Wenn er Sie zwang, in sein Bett zu kommen, zwang er Sie dann auch zu oralem Sex?«

»Nein.«

»Nein? Was dann? Zwang er Sie zu etwas anderem?«

»Ja.« Wieder ein langes Schweigen und die verdrehten, tretenden Füße. »Er...«

In dem Raum war es inzwischen sehr heiß geworden. Jetzt die Uniformjacke ausziehen, dachte der Maresciallo, rührte sich aber nicht. Er konnte unmöglich die Spannung durchbrechen, die ihr Schweigen und ihre einsilbigen Antworten erzeugt hatten.

»Er zwang mich, sein... Ding... in den Mund zu nehmen.«

»Ich verstehe. Wissen Sie noch, wie alt Sie waren, als er das zum ersten Mal verlangte?«

»Neun. Einmal hat meine Mama gesagt, er soll aufhören, und er hat gesagt, sie soll den Mund halten.«

»Sie hatte große Angst vor ihm, nicht wahr? Hat er sie auch oft geschlagen?«

»Er hat sie immer geschlagen, wenn er böse auf sie war, und einmal hat er gesagt, er würde ihr die Kehle durchschneiden.«

»War das, weil sie ihn davon abhalten wollte, Sie anzufassen?«

»Nein. Das war, weil sie Pasta auf dem Boden verschüttet hatte. Irgendwo war eine nasse Stelle, und sie ist ausgerutscht, und dabei sind die Spaghetti vom Teller gefallen, und er hat ihre gegessen, und sie mußte das essen, was sie verschüttet hatte.«

»Hat er einmal eine Axt nach Ihrer Mutter geworfen?«

»Ja, aber er hat sie nicht getroffen, und die Axt ist in der Tür steckengeblieben. Das war wegen der Eier.«

»Welcher Eier? Sie hat welche zerbrochen, und da ist er böse geworden?«

»Nein. Die Contessa hatte sie gebracht. Sie hat gesagt, ich würde nicht genug essen, und hat meine Mama ausgeschimpft, weil wir so viele Hühner hatten und sie mir nie Eier oder Huhn zu essen gegeben hat.«

»Warum denn nicht?«

»Sie waren zum Verkaufen, nicht für uns zum Essen, deshalb hat die Contessa uns ein Dutzend Eier gebracht, und Mama hat uns Tagliatelle gemacht. Er dachte, das wären seine Eier und sie hätte sie stiebitzt, deshalb hat er mit der Axt nach ihr geworfen.«

»Hat die Contessa Ihnen noch andere Male etwas gebracht?«

»Ja. Viele Sachen, aber meine Mama hat sie nie angenommen.«

»Weil sie zu große Angst hatte?«

»Ja.«

»Wie lange hat Ihr Vater von Ihnen verlangt, zu ihm ins Bett zu kommen?«

»Bis ich ungefähr neunzehn war. Dann bin ich von zu Hause weggegangen und hab in der Wohnung gewohnt.«

»Signorina, Sie müssen entschuldigen, daß ich Sie das

frage, denn ich weiß ja, wie unangenehm das für Sie ist, aber es ist sehr wichtig, daß diese Leute hier heute verstehen, wie Ihr Vater Sie behandelt hat, als Sie klein waren. Verstehen Sie das?«

»Ich glaub schon…«

»Damit es für Sie nicht so peinlich ist, können Sie einfach mit Ja oder Nein antworten, wenn Sie wollen.«

Da sein letzter Versuch damit mißlungen war, machte er es ihr diesmal leicht.

»Hat Ihr Vater, als er Sie zwang, mit ihm ins Bett zu gehen, irgendwelche Gegenstände in Sie hineingesteckt?«

»Er… er hat…« Ihr Gesicht wurde flammend rot, und sie preßte die Schenkel zusammen, versucht sogar jetzt noch, sich dagegen zu wehren. »Eine Gurke.«

»Danke. Wissen Sie, was ein Vibrator ist?«

»Ja. Ein ›Gummiding‹ auch. Er hat mich gezwungen, das ›Gummiding‹ zu nehmen. Er hat gesagt, wenn er mich weggehen läßt, würde ich es mit jedem machen und schwanger werden. Bei ihm wäre es sicherer für mich.«

»Erzählen Sie mir von dem Vibrator.«

»Er hat mich gezwungen, ihn reinzustecken.«

»Bei Ihnen?«

»Manchmal. Manchmal auch bei ihm. Damit kann man nicht schwanger werden.«

»Sie sind nie schwanger gewesen?«

»Nein. Das eine Mal, als ich über die Zeit war, war das bloß, weil es mir nicht so gut ging.«

»Aber Sie mußten sich im Krankenhaus untersuchen lassen, ist das richtig?«

»Ja.«

»Und Sie wußten, daß man Sie fragen würde, ob Sie schwanger sind?«

»Er hat gesagt, daß sie mich das fragen würden. Er hat gesagt, ich brauchte ihnen nicht zu sagen, daß er mich anfaßt. Ich sollte sagen, ich wäre mit Jungs zusammengewesen.«

»Aber das waren Sie nicht?«

»Nein. So etwas mache ich nicht, wegen Pater Damiani. Pater Damiani...«

»Natürlich nicht. Ich weiß, daß Sie eine gute Katholikin sind und jeden Sonntag in die Kirche gehen.«

»Bevor ich ins Krankenhaus mußte, bin ich jeden Morgen hingegangen.«

»Jetzt möchte ich gern zu etwas anderem kommen. Sie können weiter mit Ja oder Nein antworten, wenn Ihnen das lieber ist. Sind diese Dinge mit Ihrem Vater manchmal auch außer Haus passiert, im Auto zum Beispiel?«

Sie öffnete den Mund, aber es kam nur ein leises Stöhnen hervor. Die Füße begannen wie wild zu zucken.

»Lassen Sie sich Zeit.«

Noch einmal ein leises Stöhnen. Ihr Atem wurde hörbar. Noch immer konnte man meinen, ihre Augen hinter den dicken Brillengläsern seien blind, so ausdruckslos wirkten sie.

»Signorina?« Warum ließ er sie nicht endlich in Frieden? Begriff er denn nicht, daß er jedesmal, wenn er ihr Schweigen unterbrach, seine Dauer verdoppelte?

Nach einem weiteren langen Warten machte sie einen neuen Versuch, der in einem Wimmern endete. Beim nächsten Anlauf brachte sie »im Auto« heraus.

»Er ist mit Ihnen im Auto weggefahren? Und Ihre Mutter?«

»Mit uns beiden.«

»Ist er mit Ihnen in den Wald gefahren?«

»Ja.«

»Nachts?«

Ungefähre Bestätigung. Ein leises Geräusch, ein Nicken.

»Können Sie uns erzählen, was geschah, als er mit Ihnen beiden in den Wald gefahren ist?«

Ihrem Wimmern konnte man nun gar nichts mehr entnehmen. Nichts deutete mehr darauf hin, ob sie etwas bestätigte oder verneinte. Dann waren auch diese Geräusche nicht mehr zu hören. Sie verfiel in vollkommenes Schweigen. Nur ihre Füße bewegten sich noch, und über ihrer Oberlippe sammelten sich ein paar kleine Schweißtröpfchen. Ihre Furcht war in dem Raum deutlich zu spüren. Der Maresciallo erkannte sie, roch sie. Ein ganz bestimmter Schweißgeruch, der sich für ihn mit dem Gefängnis und mit bestimmten Augenblicken vor einer Festnahme verband. Und mit der Irrenanstalt. Er hatte versucht, sich zu erinnern, wo er diesen Geruch schon wahrgenommen hatte. Es war in der Irrenanstalt gewesen.

*»Sie ist nicht ganz richtig im Kopf, und das ist ja auch kein Wunder...«*

Der Barmann von Pontino hatte das gesagt.

»Eine von Ihnen befand sich mit ihm in dem geparkten Auto, und die andere mußte aussteigen? Oder stieg er manchmal aus? Was war der Grund dafür? Weil jemand aufpassen mußte? Hat er verlangt, daß Sie Ihre Sachen ausziehen?«

Es hatte keinen Zweck, auf diese Weise weiterzumachen. Warum gab er nicht auf? Sie war doch völlig gelähmt vor Furcht. Wie hatte sie das nur fertiggebracht? Familien wie die ihre betrachteten, obwohl sie selbst keine Kriminellen waren, die Polizei als Bedrohung und nicht als Schutz. Was mochte über diese verängstigte, verstörte junge Frau gekommen sein, was mochte sie veranlaßt haben, eines Morgens, Jahre, nachdem das alles passiert war, aufzustehen, zur Polizei zu gehen und diese Geschichte zu erzählen, die sie kaum über die Lippen brachte? Der Maresciallo konnte sich nicht vorstellen, wie sie das fertiggebracht hatte. Und doch hatte sie es getan. Und daß sie nicht zu dem Maresciallo der Carabinieri in ihrem Ort gegangen war, konnte er auch nicht verstehen, denn der war doch für sie kein Fremder, sie sah ihn ständig: in der Bar, beim Einkaufen, wenn er mit jemandem auf dem Gemüsemarkt am Dorfplatz plauderte. Zu ihm, so jedenfalls hätte man es erwartet, hätte sie doch gehen können – gut, vielleicht hatte sie das ja auch getan, und dann hatte die Sache ihren Lauf genommen.

»Er hat pornographische Zeitschriften mitgenommen, nicht wahr? – Können Sie uns darüber etwas sagen? – Können Sie mit Ja oder Nein antworten? – Er hat Ihnen die Abbildungen gezeigt und gesagt, Sie sollen das tun, was darauf zu sehen war?«

Wenn sie so große Angst vor ihrem Vater hatte, warum hatte sie dann all dies in die Wege geleitet? Vielleicht… vielleicht fürchtete sie sich vor etwas anderem noch mehr, und das hatte sie dazu gebracht. Hatte sie etwas gesehen? Sie wohnte nicht mehr bei ihren Eltern, sondern in der kleinen Wohnung am Dorfplatz.

Sie atmete heftig. Ihr Körper würde nicht mehr lange in seiner Starre verharren können – die Hände, die den Stuhlsitz umklammerten, hatten ihren Griff seit Beginn der Befragung nicht gelockert.

»Sie haben sozusagen die Abbildungen in diesen Zeitschriften nachgespielt? – Nur im Auto oder auch auf dem Waldboden?«

Immer noch nichts. Irgendwann mußte er aufgeben.

Wenn er nun zwei Leute ermordet, ihre Körper weggeschleift hatte... So blutbefleckt mußte er gar nicht sein, denn der Großteil der Stichwunden war den Opfern ja erst post mortem beigebracht worden, und er hatte sich in dem Bach, der ganz in der Nähe war, waschen können. Und trotzdem...

Auch diese Überlegung brachte ihn nicht weiter. Aber vielleicht hatte sie Angst vor etwas, was sie noch unmittelbarer bedrohte. Der Maresciallo dachte an den Verdächtigen, stellte sich vor, wie dieser mit einer Pistole, blutbeschmierter Kleidung und einer Tasche nach Hause kam, in der...

*»Einmal hat meine Mama gesagt, er soll aufhören, und er hat gesagt, sie soll den Mund halten.«* Wenn sich die Reaktion seiner Frau auf die Vergewaltigung ihrer neunjährigen Tochter darin erschöpfte, war es wenig wahrscheinlich, daß sie ihm große Schwierigkeiten gemacht hatte. Er stellte sich die gleiche Szene in der Wohnung des Mädchens vor. Es war denkbar, aber irgendwie weniger plausibel, direkt am Dorfplatz und an einem Samstagabend zu nicht allzu später Stunde. Man konnte natürlich nicht wissen, was er mit seinen Trophäen tat. Es war überhaupt unmöglich,

vernünftige Schlüsse über einen Menschen zu ziehen, dessen Obsession sich dem Verstehen entzog.

*»Ich wollte nicht ins Gefängnis kommen, deshalb...«* Hatte sie Angst davor, als Komplizin angesehen zu werden, wenn sie ihn nicht verriet? Nur genau das hatte sie eben nicht getan. Sie war zur Polizei gegangen und hatte erzählt, daß er sie mißbraucht hatte. Sie meinte vielleicht, das würde ihn ins Kittchen bringen und sie wäre das Problem vorübergehend los. Er sah sie sich nochmals an, konnte aber nicht glauben, daß es so gewesen war – und zwar deshalb nicht, weil sie nicht so aussah, als sei sie zu etwas derartig Ausgeklügeltem fähig. Und wenn man davon ausging, daß sie ihn instinktiv angeklagt hatte, warum hatte sie so lange für die Anzeige gebraucht? Als sie auf dem Polizeirevier auftauchte, lag der letzte Mord zwei Jahre zurück.

Soviel Mitgefühl er für die Jahre ihres hilflosen Leidens und für ihre derzeitige beklagenswerte Verfassung auch empfand, wenn er sie ansah, wußte er zweifelsfrei, daß ihr Schweigen eine Lüge war.

Noferini schlief. Der Maresciallo saß vor der Abhöranlage, von der er nichts verstand und die er nie anrührte, und schaute aus dem kleinen, nicht durch Gardinen geschützten Fenster auf den weißen Umriß des Hauses, in dem der Verdächtige wohnte. Zu einer bestimmten Stunde, wenn das Haus im Dunkeln lag und die zankenden Stimmen verstummt waren, drehte Noferini die Lautstärke voll auf, so daß noch das leiseste Wort und die geringste Bewegung übertragen wurden. Dann wechselten sie sich ab, damit jeder ein bißchen schlafen konnte. Noferini hatte sich gerade auf der harten Liege ausgestreckt, sich mit einer Armeedecke zugedeckt, auf seine Schlafseite gedreht und binnen Sekunden leise zu schnarchen begonnen. Der Maresciallo beneidete ihn. Er konnte sich nicht erinnern, wann er zum letzten Mal anständig geschlafen hatte. Obwohl er seine verlorenen Stunden morgens nicht wettmachen konnte, war er nun auch nachts wach, ob er hier Dienst tat oder nicht. Er würde aber Noferini nach den wenigen Stunden, um die dieser ihn gebeten hatte, nicht wecken. Er sollte ungestört die ganze Nacht durchschlafen.

Der Durchsuchungsbeschluß für das Haus des Verdächtigen war inzwischen unterzeichnet worden, und die Hausdurchsuchung war für den Morgen des folgenden Tages angesetzt. Den Durchsuchungsbeschluß zu bekommen war nicht leicht gewesen, denn der Richter hatte den ersten anonymen Brief und den zweiten, erst kürzlich eingegangenen mit großer Skepsis angeschaut, wo es hieß, wenn man Haus und Garten mit einem Metalldetektor absuchte, würde man etwas Interessantes zutage fördern. Anonyme Briefe waren unzulässige Beweismittel und konnten vor Gericht nicht verwendet werden, Simonetti jedoch hatte um das Recht gekämpft, diesem nachgehen zu dürfen, und der Richter, der nicht gern einen Menschen schützen wollte, den die Zeitungen inzwischen als Monster bezeichneten, ob er nun der Gesuchte war oder nicht, hatte den Beschluß unterschrieben. Die Durchsuchung begann am frühen Morgen. Der Maresciallo und Noferini waren erst ab Mittag wieder zur Überwachung eingeteilt, und sowenig der Maresciallo jetzt schon wußte, was er morgen früh tun würde, so genau wußte er andererseits, daß Noferini gleich als erstes wie ein Eichhörnchen hinüberlaufen würde, ob er nun geschlafen hatte oder nicht.

Mit einem Schnarchlaut und einem Rascheln des Federbetts drehte sich der Verdächtige in seinem Bett. Der Maresciallo blickte sich nach dem dunklen Umriß um, der sich vor der weißgetünchten Wand abzeichnete, doch sein junger Kollege schlief fest. Sah man ihm seinen übertriebenen Eifer nach, der mehr seiner Jugend und Unerfahrenheit denn einem berechnenden oder ehrgeizigen Charakter zuzuschreiben war, mußte man den jungen Polizisten eigentlich gern haben.

Ferrini hatte ihm den Spitznamen ›Eichhörnchen‹ verpaßt, nur war nicht ganz klar, ob das eine Anspielung auf die feinen, über einer Stupsnase zusammentreffenden Augenbrauen war oder auf die Emsigkeit, mit der er Informationen zusammentrug, die er dann seinem geliebten Computer verfütterte. Der Junge schlief so unverdrossen, wie er arbeitete.

Der Maresciallo wandte sich wieder dem Fenster zu. Gott sei Dank war es nicht mehr so kalt wie noch vor Tagen. Die Luft war feuchter, und der Himmel war sternenlos. Vermutlich würde es morgen regnen.

Er machte es sich auf seinem Stuhl bequem, und seine Gedanken wanderten zu der verängstigten Tochter. Er hatte noch etwas im Hinterkopf... irgend etwas, das nichts mit dem Schweigen zu tun hatte, welches ein Indiz dafür war, daß sie etwas verheimlichte, auch nichts mit ihrem Vater, wohl aber, da war er sich sicher, etwas mit Sex. Der Maresciallo hielt sich selbst nicht für einen sonderlich hellen Kopf, logisches Denken war nicht seine Sache.

Er wußte etwas, oder er wußte es nicht. Hier jedoch war es anders, und er konnte es nur schwer in Worte fassen, auch für sich selbst – und der Himmel wußte, daß er, was klare Erläuterungen anging, keine großen Ansprüche an sich selbst stellte. Es war ungefähr so, als führte jeder Weg, den man einschlug, zum Ausgangspunkt zurück. Die bisher gefundenen Erklärungen drehten sich alle im Kreis. Wenn man davon ausging, daß der Verdächtige sich so oder so verhalten hatte, weil es verrückt gewesen wäre, ein bestimmtes Risiko einzugehen, wurde diese Überlegung unweigerlich dadurch unterminiert, daß er, wenn er sechzehn Leute abgeschlachtet hatte, die er gar nicht kannte, ja auch verrückt sein mußte – und wie dann weiter? Und wenn es einem über den Verstand ging, daß die Tochter ihren Vater bei der Polizei angezeigt hatte, als das alles schon lange zurücklag – kein Wunder, sie war ja nicht bei Verstand, oder? Und so immer wieder im Kreis bis zum nächsten Kurzschluß. Ein weiteres Problem bestand darin, daß er die Aktennotizen zu diesem Fall aus einem Zeitraum von zwanzig Jahren nie ganz durchgelesen hatte, doch das würde er keinem Menschen gegenüber je zugeben. Seine derzeitige hohe Arbeitsbelastung – Lorenzini hatte einen ihm zustehenden Urlaub angetreten – erlaubte es ihm nicht, und zumindest einem Teil seiner gewohnten Aufgaben mußte er ja auch nachgehen. Er gab niemandem die Schuld daran. Er gab nur sich und seiner Langsamkeit die Schuld, denn alle anderen hatten den Aktenberg ja anscheinend bewältigt. Diese Feststellung brachte ihn jedoch auch nicht weiter. Er mochte ja langsam sein – er kam sich vor wie jemand, vor dessen Augen ein Film, den er begreifen wollte, im schnellen Vorlauf abgespult wurde –, jedenfalls war er überzeugt davon, daß in diesem Fall auch Informationen fehlten. Es gab keine reale Grundlage für diese Annahme, doch seine Zweifel hatten sich erhärtet, als er mit angesehen hatte, wie Simonetti die Tochter befragte. Aus der Abschrift der gerichtlichen Vernehmung hatte er bloß die Teile ausgewählt, die dazu beitrugen, den Verdächtigen als das Ungeheuer erscheinen zu lassen. Man konnte sich daher fragen, ob die Akten, die man ihnen ausgehändigt hatte, nicht ebenso selektiv zusammengestellt worden waren. Und wenn dies zutraf, war das ein Verstoß gegen Ermittlungsprinzipien oder einfach nur sinnvoll? Der Maresciallo konnte diese Frage nicht beantworten, solange er als einziger aus der Sonderkommission die Akten, die man ihm gegeben hatte, nicht bis zu Ende durchgelesen hatte. Dies und anderes wollte er schon seit Tagen mit Ferrini bereden, aber nun, wo sie nicht mehr in der gleichen Schicht arbeiteten, war es schwierig geworden, überhaupt noch mit ihm sprechen zu können. Aber wenigstens hatte er ihn, als man die Tochter wegführte, fragen können:

*»Finden Sie, daß das notwendig war? Ich meine, vor so vielen Männern?«*

*»Sie wird in einem vollbesetzten Gerichtssaal aussagen müssen.«*

*»Aber man könnte ihre Aussage doch bestimmt mit einer Kamera in den Saal übertragen?«*

*»Schon möglich, aber das werden sie nicht machen. Zumindest nicht, wenn wir die Beretta nicht unter seinem Kopfkissen finden. Das Mädchen ist die beste Waffe und vielleicht auch die einzige, die die Anklage hat.«*

*»Er kann nicht noch einmal wegen desselben Verbrechens verurteilt werden.«*

*»Nein. Aber so wird es kommen, lassen Sie sich das gesagt sein. Und außerdem wegen des Mords vor vierzig Jahren. Strengen Sie mal Ihren Grips an, Guarnaccia. Sonst wäre die Verhandlung ja in Null Komma nichts vorbei. ›Sie sind das Ungeheuer von Florenz.‹ – ›Nein, bin ich nicht.‹ Die Geschworenen ziehen sich zur Beratung zurück.«*

*»Dann kommt es eben gar nicht vor Gericht.«*

*»Meinen Sie?«*

Was für ein Schlamassel. Der Maresciallo schaute mit zusammengekniffenen Augen zu dem schwachen Schatten des Hauses hinüber. Es konnte ja sein, daß sie etwas fanden, aber viel Hoffnung hatte er nicht. Dem Verdächtigen war klar, daß sein Telefon angezapft war, das wußten sie inzwischen. Das hatte der Mann an der Theke auch noch erzählt, und er fand die Geschichte höchst amüsant, weil den Verdächtigen anscheinend wenig ängstigte, sich selbst verraten zu können. Vielmehr trieb ihn die Sorge um, seine Telefonrechnung könne stark steigen. Daß sie eine Wanze in seinem Haus angebracht hatten, schien er aber nicht zu wissen. Er dachte wahrscheinlich, so etwas gebe es nur in Agentenfilmen. Worüber hatte er noch mal nachdenken wollen? Über die Tochter des Verdächtigen. Da hatte er sein Gedächtnis nach etwas durchforscht, was sie gesagt hatte, und in Wirklichkeit war es der Barmann gewesen… was hatte der mit der Sache zu tun? Die Augenbrauen des Barmanns stießen in der Mitte zusammen. Ach nein, es waren die von Noferini, aber was hatte der hinter dieser Theke verloren? Er sollte endlich ein bißchen schlafen.

Immer und immer wieder im Kreis. Der Wecker! Seine Hand fuhr aus, um ihn abzustellen, damit er Teresa nicht aufweckte, doch statt an den Wecker auf dem Nachttisch stieß seine Hand an etwas Rauhes mit Knöpfen und Schaltern, und den Wecker stellte jemand anders aus.

»Mist!« Er kam zu sich und begriff, daß er versehentlich auf die Abhöranlage geschlagen und ein halbes Dutzend Regler, darunter den für die Lautstärke, ausgeschaltet hatte.

Noferini sprang aus dem Bett hoch und war binnen Sekunden neben ihm, hockte sich vor das Gerät, um es wieder richtig einzustellen.

»Machen Sie mal Platz. Heben Sie den Hintern hoch.«

»Da ist er. Warum ist er denn um fünf Uhr morgens schon auf? War das sein Wecker, der geklingelt hat?«

»Vermutlich ja.«

Fünf Uhr? Dann war er offenbar eingeschlafen. Dann mußte er gut drei Stunden geschlafen haben. »Der Wecker hat mich erschreckt. Ich hoffe, ich habe keinen Schaden angerichtet.«

»Nein. Was tut er denn da, was meinen Sie? Hören Sie mal.«

Was immer es war, er tat es weit von einem Mikrofon entfernt. Wie üblich beschimpfte er seine Frau, und zusätzlich zu ihren leisen, kaum noch vernehmbaren Klagen hörten sie ein Geräusch, als werde irgend etwas über den Boden gezogen. Womöglich ein Möbelstück. Ab und zu vernahmen sie ein Wort oder eine Wendung, die keinen Zusammenhang ergaben.

»Hier rein…«

»…Miststück…«

»Halt den Mund. Faß an …«

Sie schauten einander in der Dämmerung an.

»Die Mülltonnen!« flüsterte Noferini, als könne die durch das Abhörgerät übertragene Stimme seine Worte verstehen. »Sie sind hinter dem Haus.«

Sie liefen die Treppe hinunter. Die Häuser auf dem Lande hatten nur eine Eingangstür. Wenn er die Waffe und die Munition aus dem Versteck geholt und in die Mülltonne geworfen hatte, damit sie am folgenden Tag mit der Abfuhr verschwanden, mußten sie ihn dabei erwischen. Sie machten die Tür auf.

»Egal, was er da veranstaltet, er tut es im Dunkeln, und das heißt, er weiß, daß wir da sind, nicht?«

»Von den Wanzen weiß er aber nichts.«

Es stimmte, daß sie ohne das Abhörgerät kaum erfahren hätten, was er tat. Die Nacht war so dunkel, wie es nur Nächte auf dem Lande sein können. Darauf hatte er gewartet. Nicht ein Stern am Himmel. Sie tappten in einem weiten Bogen um das Haus herum, an dessen Rückseite die Mülltonnen standen, und mehr als einmal stießen sie an Äste und Zweige, die sie nicht gesehen hatten. Das einzig Gute war, daß er sie ebenfalls nicht sehen konnte. Neben einer Zypresse in der Nähe des Hauses blieben sie stehen und warteten.

»Was macht er denn so lange?« flüsterte Noferini nach einer Weile.

Der Maresciallo wußte es nicht und gab keine Antwort. Es war sinnlos, zu spekulieren, außerdem hätte man sie hören können. Er konnte die Waffe in die Wand einmauern oder unter einer Steinplatte im Boden verstecken – sie wußten es nicht. Ihnen blieb nichts anderes übrig, als zu warten.

Noferinis Gehör war besser als das seine, und der Maresciallo merkte, daß dieser etwas erlauscht hatte, ehe er es selbst vernommen hatte.

Eine Gestalt näherte sich der Mülltonne, und der Deckel wurde einen Spaltbreit geöffnet. Ein dumpfes Geräusch. Der Deckel wurde geschlossen. Die Gestalt hatte ihn nicht fallen lassen. Sie rückten ein paar Schritte vor, doch ehe sie an der Mülltonne angekommen waren, hörten sie, daß sie ein zweites Mal geöffnet wurde, und sahen den undeutlichen Umriß eines Menschen, der hineinlangte. Die letzten Meter rannten sie, doch der Arm mußte zurückgezogen worden sein, denn der Deckel der Tonne fiel hörbar zu. Noferini bekam einen Ärmel zu fassen, doch die unkenntliche Gestalt entwand sich seinem Griff mit einem leisen Angstschrei und schoß davon.

»Taschenlampe!«

Der Maresciallo hatte sie schon aus seiner Tasche gezogen, und nun schickte ihr Strahl einen Lichtkegel in die Dunkelheit. Darin erschien die Gestalt eines dünnen Mannes, der hinter dem Haus verschwand, aus welchem sie gekommen waren. Als sie dort ankamen, war er fort. Sie blieben stehen und horchten auf Fußtritte, denen sie vielleicht entnehmen konnten, in welche Richtung er gelaufen war. Sie hörten nichts. Es war, als hätten sie sich den Mann nur eingebildet. Er hätte ein Gespenst sein können, wäre da nicht die Jacke gewesen, die Noferini noch immer am Ärmel festhielt.

# 8

»Wieviel Zeit genau ist denn verstrichen, bis der zweite Mann wieder rausholte, was er hineingeworfen hatte?« Simonetti war wütend auf sie, aber was konnten sie machen?

Noferini, der sowieso immer schneller war als der Maresciallo und den nun seine Nervosität trieb, antwortete: »Wenige Sekunden nur, Signore. Wir waren kaum drei Schritte vorwärts gegangen, als wir hörten, daß der Deckel wieder geöffnet wurde.«

»Dann war das von vornherein so abgesprochen. Aber wie haben sie das gemacht, wenn er doch unter Bewachung stand und sein Telefon angezapft war. Wie haben sie Kontakt miteinander gehabt? Hat er Briefe abgeschickt? Das wäre allerdings eine Erklärung für die Verzögerung.«

Der Maresciallo hüstelte.

»Bitte? Sind Sie nicht meiner Meinung?«

»Doch, doch.« Wer würde das wagen. »Ich weiß nicht, ob er Briefe abgeschickt hat. Wir sind nur nachts hier. Außerdem hätte seine Frau ja etwas aufgeben können. Sie war doch bestimmt auf dem Postamt, um Haushaltsrechnungen zu bezahlen oder dergleichen.«

»Ach ja?«

»Ich dachte nur, an der Verzögerung könnte das Wetter schuld sein.«

»Das *Wetter*?«

»Ja. Das und der Neumond. Gestern nacht war es vollkommen dunkel. Wenn es nicht so gewesen wäre, hätten wir ihn gesehen.«

»Der Neumond. Ja, ich verstehe.« Simonetti sah den Maresciallo mit einer völlig veränderten Miene an und klopfte ihm auf den Arm. »Na gut.«

Der Maresciallo ärgerte sich den ganzen Tag, nicht so sehr über Simonetti als vielmehr über sich selbst. Er hatte Simonetti eine Zeile geliefert, aus der bis zum folgenden Tag ein ganzseitiger Artikel in *La Nazione* geworden war. Er hatte sich außerdem, wenn auch nur für einen Moment, durch das Klopfen auf den Arm geschmeichelt gefühlt. Wie ein Schuljunge, der für einen Aufsatz gelobt wurde, oder wie der gute Hund, der die Zeitung geholt hat.

Mit einem hatte er recht gehabt: Das Wetter war umgeschlagen. Es regnete heftig. Die Durchsuchung hatte im Haus begonnen, in einer Art Vorratskammer neben der Küche. Die Küche selbst war durchzogen von den Kabeln der Filmkameras, mit denen der dunkle Vorratsraum gefilmt wurde. Als der Maresciallo, hinter Simonetti gehend, aus dem Wohnzimmer kam, stolperte er über die Kabel und ging nach draußen, wo drei Männer die Mülltonne an die Rückseite des Hauses rollten. Als das geschafft war, standen sie eine Weile davor und betrachteten sie. Viel konnten sie zu diesem Zeitpunkt nicht damit machen. Öffnen konnten sie sie nicht, weil es regnete. Die Tonne mußte ins Polizeilabor nach Florenz gebracht werden. Natürlich hatten sie alle, Simonetti eingeschlossen, kurz hineingeschaut, aber ohne viel Hoffnung. Was immer der Verdächtige hatte loswerden wollen, war nur deshalb in der Mülltonne gelandet, damit ein Freund oder Komplize es beiseite schaffen konnte. Diese Schlußfolgerung drängte sich ihnen auf. Den Maresciallo brachte sie ein wenig aus dem Konzept, denn er hatte den Verdächtigen nicht für so weitblickend gehalten und ihm einen solchen Plan nicht zugetraut. Für den Maresciallo war der Verdächtige in die Kategorie des gewöhnlichen Verbrechers gefallen, der alles leugnete und der Gefahren zwar witterte wie ein Tier, aber kein kühl berechnender Kopf war. Das am allerwenigsten. Es geschah nicht oft, daß er sein Gegenüber falsch einschätzte. Aber hier war es ihm passiert. Er hatte den zweiten Mann mit eigenen Augen gesehen, soweit man bei dieser Dunkelheit überhaupt davon reden konnte, etwas gesehen zu haben. Trotzdem würde man den Müll durchsuchen in der vagen Hoffnung, es könnten Spuren von Schmierfett auf den Müllsäcken aus Plastik zurückgeblieben sein, wenn die Waffe, und sei es nur kurz, in der Tonne gelegen hatte.

Reglos stand er da, und während der Regen auf ihn herabströmte, sah er schweigend den Männern zu, die sich an der Tonne zu schaffen machten und darüber debattierten, wie sie am besten zu transportieren sei. Sie hatten dicke, wetterfeste Jacken und Gummistiefel an. Er sollte nach Hause gehen. Selbst wenn er keinen Schlaf finden würde, so konnte er doch wenigstens geeignetere Kleidung anziehen. Er hatte noch nicht einmal einen Kaffee zu sich genommen, war aber zu müde, um irgendeine Entscheidung zu treffen, und sei es nur in Sachen Frühstück, daher blieb er, wo er war. Hinter ihm in der Küche hatte jemand zu hämmern begonnen. Nahmen sie das ganze Haus auseinander? Der Verdächtige, der das Recht hatte, während der

Hausdurchsuchung zugegen zu sein, war nicht zur Arbeit gegangen. Er erhob nun die Stimme und protestierte weinerlich gegen die Zerstörung, die da angerichtet wurde.

Nicht weit entfernt stand am Straßenrand ein weiteres Häuschen. Dort hatten etliche Journalisten Quartier bezogen. Der Maresciallo hatte sie gesehen, als sie für einen Augenblick auf dem Dach aufgetaucht waren, um Fotos zu machen. Auf den losen roten, nassen Ziegeln zu stehen war jedoch nicht ungefährlich, und da es nicht viel zu sehen gab, hatten sie sich den Rest des Morgens nicht wieder blicken lassen. Bestimmt zahlten sie dem Hausbesitzer für das Privileg dieses Beobachtungspostens ein kleines Vermögen.

Es war dumm, hier herumzustehen und naß zu werden.

»Wozu stehen Sie denn hier im Regen herum?« Ferrini tauchte neben dem Maresciallo auf. Er war heute morgen angekommen und daher der Witterung entsprechend gekleidet.

»Ich hab nachgedacht...«, log der Maresciallo, in dessen Kopf totale Leere war.

»Denken Sie doch im Haus nach.«

Sanftmütig folgte ihm der Maresciallo hinein.

»Das ist vielleicht ein Schlamassel«, murrte Ferrini. »Ich meine, diese Nacht.«

»Ja.« Als er sah, daß Ferrini seine nasse wetterfeste Jacke auszog, knöpfte auch der Maresciallo seinen durchgeweichten Paletot auf. »Es beunruhigt mich, um ganz ehrlich zu sein.«

»Hat er Ihnen die Hölle heiß gemacht?«

»So schlimm war es nicht... Es beunruhigt mich, denn das hätte ich nicht von ihm gedacht.«

»Von Simonetti?«

»Nein, von dem da.« Er deutete mit einer Kopfbewegung auf die Tür zur Vorratskammer, wo der Verdächtige jammerte und seine Frau sich an ihrem Mann vorbei hineinzudrängen versuchte. Jemand hatte Gläser mit eingemachten Tomaten heruntergestoßen, und das erzürnte sie mehr als alle gegen ihren Mann vorgebrachten Anschuldigungen.

»So ein verdammter Mist, die ganze Arbeit und Mühe – wer wird mir das denn bezahlen? Wer bezahlt das?«

»Sie wollen mich ruinieren! Was habe ich denn nur getan, daß sie mich ans Kreuz nageln wollen?«

»Ich finde, wir sollten uns zurückziehen.« Ferrini wies auf den angrenzenden Raum, und sie verließen die Küche und schlossen die Tür gegen den Lärm.

»Wir sollten uns eine Weile vom Drehort fernhalten. Ich wollte sowieso mal in Ruhe mit Ihnen reden. Was wollten Sie übrigens vorhin über unseren Freund da drin sagen?«

»Ich bin überrascht, mehr nicht. Ich meine, das war ein ausgetüftelter Plan, und er hat geklappt.«

»Ach so. Ja, klar. Simonetti will uns ja weismachen, unser Verdächtiger sei so schlau wie Houdini. Ein kaltblütiger Killer, der auf Schwingen durch die Nacht gleitet und auf seine Opfer niederstößt und tagsüber in seinem Sarg schläft. Ein Dracula, und das hier bei uns. Simonetti ist also nicht verärgert, weil er uns letzte Nacht diesen Streich gespielt hat, oder?«

»Nein, nein. Ich glaube sogar, er ist, was das angeht, zufrieden. Trotzdem, sollten wir deswegen die Waffe verloren haben...«

»Wenn Simonetti glauben würde, daß wir deswegen die Waffe verloren haben, wären Sie Ihren Job inzwischen schon los.«

»Auf den Gedanken könnte man aber leicht kommen, finden Sie nicht?«

»Hm. Jedenfalls bin ich mit Ihnen einer Meinung. Ich hätte auch nicht gedacht, daß er dazu imstande ist. Ist einfach nicht sein Stil. Von Simonettis Standpunkt aus sind eine solche Geschichte und ein Schmierfleck auf einem der Müllsäcke in dieser Tonne aber immer noch besser als gar nichts. Und glauben Sie mir, wenn jemand auf dem Lande etwas so Kleines wie eine Waffe verstecken will, dann findet die niemand.«

»Da haben Sie recht.«

»Warum gehen Sie denn nicht ein bißchen schlafen?«

»Ich kann tagsüber nicht schlafen, ich schlafe einfach nicht ein. Ich wollte Sie noch ein oder zwei Dinge fragen.« Aber er war so müde, daß er sich beim besten Willen nicht daran erinnern konnte.

Nach der Vorratskammer ging die Durchsuchung nun langsam und schleppend in der Küche weiter. Jeder Zentimeter des Gebäudes war gefilmt worden, und für jeden Gegenstand, der mitgenommen wurde, mußte eine Quittung mit einer genauen Beschreibung ausgefüllt werden. Sie suchten nach der Waffe, aber ohne viel Hoffnung, sie suchten aber auch nach Gegenständen, die einem der Opfer gehört hatten. Irgend etwas aus den Handtaschen, die er durchstöbert und geleert hatte. Es war nie ganz geklärt worden, welche Gegenstände den Opfern fehlten, und das war einer der Gründe dafür, daß alles gefilmt werden mußte. Nach einer gewissen Zeit würden sie dann zu dem Haus zurückkehren und sich alles notieren, was der Verdächtige inzwischen beiseite geschafft hatte.

Als der Maresciallo und Ferrini zur Mittagszeit gingen, waren die Lampen und Kameras eben erst ausgeschaltet worden. Eine in einer Nische in der Küchenwand stehende Madonnenstatue hatte man auseinandergenommen und den Putz dahinter mit einer Bohrmaschine zerstört. Gipsstaub hatte sich auf das weiße Haar des Verdächtigen gelegt, der, den Kopf auf den verschränkten Armen, am Küchentisch saß und schluchzte. Draußen beschimpfte seine Frau laut schreiend einen Journalisten und schlug ihm mit einem Kehrbesen auf den Kopf, bevor es ihm gelang wegzurennen.

»Später!« bedeutete der Maresciallo durch Lippenbewegungen dem Gesicht, das zum Fenster hereinsah. Es war der Mann aus dem Haus gegenüber; es ging auf sechs Uhr – wahrscheinlich kam er gerade von der Arbeit auf dem Feld zurück. »Sie dürfen hier nicht rumstehen.« Mit einer Handbewegung bat er ihn, zu gehen. Der Mann zog ein mürrisches Gesicht, trollte sich aber.

Sie durchsuchten immer noch die Küche, schauten sich nun einen zerschrammten Küchenschrank an, dessen Schubladen und Fächer vollgestopft waren mit Dingen, die sich immer im meistbenutzten Raum eines Hauses ansammeln. Simonetti persönlich und Di Maira nahmen die Durchsuchung vor. Der Part des Maresciallo war einfacher. Seine Aufgabe war, jeden Gegenstand aufzulisten, den sie eventuell mitnahmen, und alles genau wieder an den Platz zurückzustellen, von dem sie es genommen hatten. Sie hatten zuerst den gesamten Raum aufgenommen und filmten nun die offenen Schubladen und wie sie geleert wurden.

»Entschuldigen Sie«, riskierte der Maresciallo zu sagen. »Die Postkarte hier…«

»Was ist damit?« Simonetti, der vor dem Schrank hockte, schaute gar nicht hoch.

»Es ist sicher lästig, aber ich glaube, wir müssen den ersten Teil noch einmal filmen. Die Karte muß zu Boden gefallen sein, oder es hat sie jemand irgendwo runtergestoßen.«

»Lassen Sie sie liegen. Wahrscheinlich ist sie aus dem Schrank gefallen.«

»Nein, nein, sie stand angelehnt hier hinten. Das habe ich zufällig heute morgen gesehen.«

»Schon gut, schon gut. Lassen Sie sie einfach liegen. Ich sorge schon dafür, daß sie aufgenommen wird, wenn sie von Interesse ist.«

Der Maresciallo stellte die Karte sorgfältig genau an den Platz zurück, an dem er sie zuvor gesehen hatte, und der Kameramann trat hervor, um eine Nahaufnahme von einer Keksdose zu machen, die Simonetti zu öffnen versuchte. Di Maira trat zurück, wobei sein Blick auf die Postkarte fiel. Er warf dem Maresciallo einen scharfen Blick zu und drehte sich schnell zur Seite.

Hinter ihnen kam der Verdächtige mit einem Korb voller frisch gelegter Eier herein.

»Ich will nur mit meiner Arbeit weitermachen«, sagte er weinerlich, sein fleischiges Gesicht wie immer tränenüberströmt. »Ich habe mein ganzes Leben lang gearbeitet, ich hab mich krank geschuftet. Mit meinem Herzen ist es aus, und das hab ich nun davon.«

Er setzte den Korb mit den Eiern ab, und als er sah, was Simonetti gerade erfolgreich geöffnet hatte, schwoll die Lautstärke seines weinerlichen Jammerns an.

»Das hab ich nun davon. Fremde durchwühlen meine ganze Habe, Fremde stochern in meinen persönlichen Sachen herum, machen sich lustig über die kümmerlichen paar Lire, die ich in Jahren zusammengekratzt habe, indem ich mir den Buckel krumm geschuftet hab. Ich hab mein möglichstes getan, wie mein Vater es mir beigebracht hat, und hab jede Woche ein kleines bißchen zurückgelegt – Gott sei Dank lebt er nicht mehr und kann nicht sehen, was heute daraus geworden ist. Aber Gott wird Ihnen das heimzahlen. Er wird dafür sorgen, daß Sie in der Hölle schmoren, weil Sie einem unschuldigen Mann das Leben schwergemacht haben. Der als Sündenbock herhalten muß! Und das bloß, weil ich zu alt und zu krank und zu schwach bin, um mich zu verteidigen.«

»Oh, Gott«, stöhnte Simonetti, der diese Tiraden satt hatte wie übrigens alle Männer. »Das wär's. Räumen Sie hier auf. Wir gehen weiter.«

»Meine Hasen! Rühren Sie nicht meine Hasen an! Der Schock würde sie umbringen, und mich bringt es auch um. Nicht meine Hasen!«

Er kam ihnen nach, weinte, als sie zur Küchentür hinaus und durch die nächste Tür in den Hof gingen, wo dicke braune Hasen in übelriechenden, überfüllten Boxen im Dunkeln hockten.

Der Maresciallo blieb zurück, um alles wieder an seinen Platz zu stellen. Als er fertig war, machte er die Schranktüren zu und wollte die Schublade hineinschieben, doch sie klemmte. Sie war viel zu voll. Er versuchte, die Sachen anders einzuschichten, und dachte, irgend etwas stünde vielleicht hoch. Stapel von Rechnungen lagen in dieser Lade, Glühbirnen in Kartons, einzelne Stecker, Draht, ein Hammer, Tuben mit Klebstoff, ein Heiligenbild, ein Marmeladenglas mit Schraubverschluß, in dem sich die verschiedensten Nägel befanden, zerbrochene Bleistifte, halb ausgeschriebene Kugelschreiber mit abgebrochenem oberem Ende und eine große Rolle festes braunes Klebeband für Pakete. Es sah so aus, als sei die Rolle der Übeltäter. Der Maresciallo schob anderes beiseite, um Platz für das Band zu schaffen, und legte es flach wieder hinein. Die Schublade ging immer noch nicht zu. Da fiel ihm ein Trick ein. Ein Kollege hatte ihm davon erzählt, nachdem dieser eine versteckte Pistole gefunden hatte, und die Rolle Klebeband erinnerte ihn nun daran: »Ganz einfach, wirklich. Sie wickeln sie ein, legen sie ganz hinten in die Schublade und kleben sie innen an der Schrankwand an. Dadurch bleibt sie natürlich hinten, wenn man die Schublade herauszieht. Ich hatte die Schublade aber viel zu weit vorgezogen, und die versteckte Waffe kippte hinten runter, immer noch an die Schrankwand angeklebt, aber nun ging die Lade nicht mehr zu. Kein schlechter Trick. Wenn ich nicht so ungeduldig an der Schublade gezerrt hätte, hätte ich die Waffe vermutlich nie gefunden.«

Der Maresciallo wurde nicht ungeduldig. Er zog die Lade vorsichtig heraus und stellte sie auf den Tisch. Dann beugte er sich hinunter, um nachzusehen. Das Päckchen war flach und länglich, war in etwas Schwarzes eingeschlagen, vermutlich einen Müllsack, und war innen an der Rückwand des Schranks mit dem Klebeband angeklebt.

Im Hof brach plötzlich Unruhe aus, auf die ein durchdringender Schrei folgte. Der Maresciallo richtete sich auf und ging nach draußen.

»Er bringt mich um! Er sagt, ich sei schuld, und bringt mich um! Er wird es mir in die Schuhe schieben, heilige Muttergottes!«

»Bleiben Sie, wo Sie sind, wir fangen sie wieder ein.«

Doch die Hasen, die Besatzung eines ganzen Käfigs, hatten nicht die Absicht, sich wieder hineinverfrachten zu lassen, ohne vorher ein hübsches Wettrennen zu veranstalten. Zum ersten Mal in ihrem Leben hatten sie Gelegenheit, sich mehr als nur ein paar Zentimeter zu bewegen, und das wollten sie ausnutzen und liefen deshalb, Ohren nach hinten und Stummelschwänze nach oben, in dem strömenden Regen in ein Dutzend Richtungen auf einmal auseinander.

Der Maresciallo ging davon aus, daß Simonetti sich nicht an der Hasenjagd beteiligen würde, und begab sich nach nebenan, um ihm Mitteilung von seinem Fund zu machen.

Das Päckchen wurde in seinem Versteck gefilmt, ehe es entfernt und geöffnet wurde.

»Geld.«

Stöße von Geldscheinen, jeder mit einem Gummiband zusammengehalten.

Sie breiteten sie vor dem Filmen auf dem schwarzen Müllsack aus.

»Unser Freund hier hat anscheinend kein Vertrauen zu

Banken«, war Simonettis einzige Bemerkung. »Vielen Dank. Sie können es getrost wieder dort ankleben, wo Sie es gefunden haben.« Er ging mit dem Kameramann weg.

Draußen war die Hasenjagd noch im Gange, zusätzlich zu dem Geschrei der Frau nun auch noch vom Gejammer und den Flüchen des Verdächtigen begleitet.

Der Maresciallo zählte die Hunderttausend-Lire-Scheine eines Bündels durch. Danach zählte er die Bündel und legte sie in den Müllsack zurück. Einhundertdreißig Millionen Lire. Er verschloß das Päckchen mit neuem Klebeband und schob den Arm bis zur Höhlung der Schublade, um es wieder an seinem Platz anzukleben.

Die Summe entsprach dem, was er selbst in vier Jahren verdiente. In der Keksdose, die Simonetti geöffnet hatte, befanden sich ein Sparbuch, auf dem weitere achtzig Millionen Lire eingetragen waren, und ein Stapel von Aktienzertifikaten, ausgestellt auf den Überbringer. Wieviel die wert waren, hatte er nicht sehen können.

Als er aufgeräumt hatte, trat er ans Fenster und betrachtete einen Augenblick die chaotische Szene, die sich dort draußen bot.

»Hm«, sagte er laut zu sich selbst. Mehr sprach er mit Rücksicht auf die in dem Raum versteckten Wanzen nicht. Sie hinderten ihn aber nicht daran, zu denken, daß die Hennen und Hasen seines eigenen Vaters, der auch jahrelang bei der Landarbeit geschwitzt hatte, ihm keine solchen Bündel von Aktien und Banknoten eingetragen hatten.

Als der Maresciallo zur Küchentür hinausging, begegnete er Noferini. Der Junge war naß und ganz rot im Gesicht und hielt mit beiden Armen einen völlig durchnäßten, zitternden Hasen umklammert. Offensichtlich war er nicht zu müde gewesen, um sich an der Jagd zu beteiligen.

»Wir haben sie alle!«

»Gut. Scheint so, als seien diese Hasen ihr Gewicht in Gold wert.«

Noferini sah dem Maresciallo mit großen Augen nach.

Am Tor stand jemand und wartete, unter einem großen grünen Schirm aus Baumwolltuch versteckt, wie ihn die Leute auf dem Lande benutzten.

»Maresciallo?« Es war wieder der Mann aus dem Haus gegenüber.

»Ich bin schon zu Ihnen unterwegs. Ich hab meine Handschuhe oben liegen.«

»Es geht um meine Jacke.«

»Was für eine Jacke?« Der Maresciallo ging weiter. Er hatte genug für heute.

»*Meine* Jacke! Ich will nicht danach fragen, denn ehrlich gesagt jagt der Mann mir Angst ein. Ich halte mich von ihm fern.« Er hielt den riesigen grünen Schirm über beide, als der Maresciallo die aufgeweichte Straße überquerte. »Ich hab zu meiner Frau gesagt, wenn sie sein Haus durchsuchen, müssen sie die Jacke ja finden. Hab ich recht? Ich hab gesagt, ihn werd ich nicht darum bitten. Man kann nie wissen. Es ist nur so, daß ich die Jacke zur Arbeit anziehe, ich könnte sie also schon brauchen. Aber ich bin nicht jemand, der gerne Risiken eingeht, und er hat mir einen riesigen Schrecken eingejagt, als er so auf mich losgegangen ist. ›Sei nicht so neugierig‹, hat die Frau gesagt, aber ich war gerade aufgestanden, weil ich pinkeln mußte, und da hab ich Sie runtergehen hören. Jedenfalls, es ist eine grüne Regenjacke, wenn Sie schnell mal nachschauen, finden Sie sie. Was hat er denn eigentlich in die Mülltonne geworfen? Es muß etwas Hartes gewesen sein, da bin ich mir ganz sicher, aber ich konnte nur kurz danach fassen, da hatte er mich schon gepackt.«

Der Maresciallo blieb stehen, schloß für einen Moment die Augen und drehte sich um.

»Kommen Sie mit.«

»Sie machen Witze!« Der Leiter des Polizeilabors am anderen Ende der Leitung konnte das Lachen nicht unterdrücken.

»Nein, ich fürchte, das stimmt.«

»Wär besser, wenn die Zeitungen davon keinen Wind bekämen.«

»Seh ich auch so.«

»Würde nicht gut aussehen.«

»Nein.«

»Sie nehmen es sich zu Herzen.«

»Nein, ich bin nur erschöpft, das ist alles. Ich hab dreißig Stunden Dienst hinter mir und bin gerade ins Revier zurückgekommen.«

»Ist sicher kein Spaß.«

»Nein.«

»Ich kann nicht behaupten, daß ich etwas Interessantes für Sie hätte, obwohl ich ja sagen muß, daß es mich nach all den Jahren doch immer noch erstaunt, was Leute so wegwerfen. Einen toten Hund zum Beispiel. In der Stadt könnte ich das ja noch verstehen, aber auf dem Land? Warum den Hund nicht begraben? Außerdem ist er ziemlich groß. Na, egal... Wir haben eine ganze Menge Walt-Disney-Filme auf Videoband und dazu einen Müllsack voller Pornohefte – dürften wahrscheinlich ihm gehören, was meinen Sie?«

»Könnte sein. Ist irgend etwas Besonderes dabei?«

»Eigentlich nicht. Harte Pornos der billigsten Machart. Die Sorte, die man an jedem Zeitungskiosk kaufen kann. Außerdem haben wir ein halbes Sofa. Was meinen Sie, ob auf der anderen Hälfte noch wer draufsitzt?«

»Da war noch eine Mülltonne, vielleicht...«

»Schon gut. Ich wollte Sie nur etwas aufheitern.«

Der Leiter des Labors war neu in seinem Amt, und der Maresciallo hatte ihn noch nicht persönlich kennengelernt, aber ein heiteres Gemüt hatte der Mensch schon. Klar, er war ja auch nicht seit sechsunddreißig Stunden auf den Beinen, und das bei meist leerem Magen. Der Maresciallo war so umsichtig gewesen, Wasser aufzusetzen, ehe er den Anruf tätigte. Die Liste der Gegenstände wollte gar nicht enden.

»Und... lassen Sie mich nachsehen – ach ja, richtig. Ich wußte doch, da war noch was, das Sie sicher amüsieren wird. Eine zerschlagene Videokamera war auch dabei.«

Was sollte daran komisch sein? Der Maresciallo war verwirrt.

»Sie haben gestern abend wohl keine Nachrichten gesehen?«

»Ich – nein, wieso?«

»Ach, na ja, seine Frau hat sich mit den Journalisten angelegt – man kann es ihr nicht verdenken –, und in den Acht-Uhr-Nachrichten war sie in einem kurzen Filmchen zu sehen. Sie fegt nur hinter dem Haus den Boden, aber auf einmal erspäht sie die Kamera und kommt mit erhobenem Besen darauf zu. Ein paar Sekunden lang hat man nur verwackelte Bilder gesehen, und dann wurde es schwarz. Alle dachten, der Kameramann liefe um sein Leben, aber es sah aus, als habe sie ihm eins übergezogen.«

»Ja.«

»Dann haben wir noch drei Tüten Hühnerfutter, aufgerissen, einen Hasenkopf – vermutlich aus dem Besitz des toten Hundes – und fünf schwarze Säcke mit dem ganz normalen Alltagsmüll, die wir natürlich für den Fall des Falles gründlich durchsucht haben. Aber nur das Übliche: Kaffeesatz, Tomatendosen, Gemüseschalen. Das war's. Eine Beretta 22 Long Rifle oder wenigstens ein Schmierfleck davon wäre Ihnen lieber gewesen, ich weiß, aber wir haben kein Glück.«

»Ich hab sowieso keine Hoffnung gehabt.«

»Vermutlich zu Recht. Wär zu schön gewesen, um wahr zu sein, nicht? Und die Sachen, die wir gefunden haben … Er war eben zeitig auf, hat Frühjahrsputz gemacht, meinen Sie nicht?«

»Wir haben Winter.«

»Also, ich habe für Sie getan, was ich konnte. Was Sie damit anfangen, ist Ihre Sache.«

Der Maresciallo konnte überhaupt nichts damit anfangen, und es war ihm auch längst egal. Er aß vor dem Fernseher einen großen Teller Spaghetti und ging schlafen.

Der nächste Morgen war wunderschön. Die Marmortürme der Stadt, gewaschen vom schweren Regen, glänzten im Schein der kräftigen Wintersonne. Auf dem Lande bildeten der tiefblaue Himmel und die sich davor abzeichnenden schwarzen Zypressen einen Kontrast, wie er in dunstiger Sommerhitze nie zu sehen war. Die Luft war so kalt und frisch, daß sie regelrecht berauschend war, und der Maresciallo war so aufgeräumt wie seit Wochen nicht. Als sie den Dorfplatz in Pontino umrundeten, sah er, daß Markttag war: Die Inhaber der Stände legten ihre Waren aus, Plastikblumen, Eimer und Bürsten, Käse, Eier und Hühner, lange Unterhosen und rüschenbesetzte Schlüpfer, Haufen von kleinen Tomaten, Säcke mit Kartoffeln und Fässer mit gesalzenem Kabeljau unter fließendem Wasser. Die Männer des Dorfes standen schwatzend in der Nähe der Bars, die Frauen bei den Verkaufsständen.

Der Jeep brauchte seine Zeit, bis er durch dieses Getümmel hindurchgekrochen und auf der ockerfarbenen Schotterstraße angekommen war, die an einer verlassenen Villa vorüber zu der kleinen Häusergruppe führte, wo der Verdächtige wohnte.

Die Straße zog sich ganz gerade über die Hügelkuppen bis zum glitzernden Horizont hin und vermittelte so den Eindruck, sehr lang zu sein. Sie führte zwischen Weinbergen und Olivenhainen hindurch und an der zypressenbewachsenen Allee vorbei, die zu einer rechter Hand gelegenen großen verfallenen Villa führte. Rund um das Balustradendach der Villa zeichneten sich Terrakottafiguren römischer Damen vor dem blauen Himmel ab. Das Tor am Beginn der Allee lag rostend neben der Straße. Gleich hinter der Villa verlief die Straße linker Hand in einer großen Kurve weiter, und sie bogen sehr langsam auf den steinigen, rechts abzweigenden Pfad ein. Binnen weniger Minuten waren sie wieder bei den eingefangenen Hasen in der stinkenden Dunkelheit und dem schimpfenden Verdächtigen angelangt, der mit rotem Gesicht am Tisch saß und dessen Hose oben mit einem Strick zusammengehalten war. Wütend verneinte er, jemals einen Blick auf den Stoß pornographischer Zeitschriften geworfen zu haben, die der lächelnde Simonetti an diesem schönen Vormittag mitgebracht hatte.

Der Maresciallo hörte einen Augenblick zu, während er den Blick durch den Raum schweifen ließ. Irgend etwas, das dasein sollte, fehlte, aber er war nicht konzentriert genug, als daß ihm eingefallen wäre, was, denn außerdem sah er sich nach Ferrini um. An diesem Vormittag sollten sie Gemüsegarten, Obstgarten und Weinberg durchsuchen, Ferrini war also vermutlich schon draußen. Er ging ins Freie, um nachzuschauen. Er traf Bacci und Noferini an, die ein paar alte Rebpfähle quer über den Durchgang legten, der zwischen Stallmauer und Haus in den Hof führte. Der Durchgang stand fast knietief unter Wasser, und über die Pfähle hinweg konnten sie zumindest von einem dicken Schlammhügel zum anderen steigen.

»Ist Ferrini schon angekommen?«

Bacci richtete sich auf. »Er hat sich krank gemeldet. Grippe, glaube ich.«

Das war eine schlechte Nachricht. Aber da war nichts zu machen. Der Maresciallo war tags zuvor naß bis auf die Haut gewesen, und seine durchweichten Kleider waren während der langen Arbeitsstunden an seinem Körper getrocknet. Und nun war Ferrini, der immer der Witterung entsprechend gekleidet war, der Kranke. Ärgerlich, denn Ferrini war der einzige, bei dem sich der Maresciallo unbefangen fühlte, und ein ab und zu gewechseltes Wort erleichterte die Sache schon etwas.

Nun verbrachte er den Vormittag mehr oder weniger schweigend, stellte die tausend Kleinigkeiten, die aus dem Schuppen geholt worden waren, wieder an ihren angestammten Platz, gab sich Mühe, dem Kameramann immer aus dem Weg zu gehen, und machte Notizen. Das einzig Gute an diesem Vormittag, abgesehen von dem herrlichen Wetter, war, daß er während einer kurzen Pause, in der ein neuer Film eingelegt wurde, aus dem Augenwinkel beobachten konnte, daß Simonetti mit Bacci sprach. Das Gespräch schien gut zu verlaufen, denn Simonetti hatte die Hand auf die Schulter des jungen Mannes gelegt, und das freute den Maresciallo. Sowenig er das Lob dieses Mannes für sich selbst wollte, war ihm doch klar, daß es gut für Bacci war.

Deshalb überraschte ihn die alles andere als glückliche Miene Baccis ein wenig, als sie nach der Mittagspause direkt nebeneinander arbeiteten. Ihnen war aufgetragen worden, den kleinen Birnbaum auszugraben, den der Verdächtige der Aussage eines Carabiniere aus dem Dorf zufolge aus keinem ersichtlichen Grund umgepflanzt hatte. Der Verdächtige erklärte unter Tränen, der Baum habe vorher nicht genügend Licht bekommen und werde eingehen, wenn sie ihn jetzt versetzten. Simonetti argwöhnte jedoch, er habe, unter dem Vorwand, den Baum umzupflanzen, etwas vergraben.

»Nichts da«, sagte der Maresciallo.

»Nein.«

»Wir setzen den Baum wieder ein, aber ich fürchte, der Mann hat recht, und er wird eingehen.«

Bacci hob das zarte Bäumchen hoch und betrachtete es, ohne zu antworten.

»Ist irgendwas?«

Bacci besah sich weiter den Baum. Er wirkte verstört. Dann sagte er mit einem verstohlenen Blick zu der Stelle, an der die anderen Männer arbeiteten: »Ja. Kann ich mit Ihnen sprechen?«

»Nur zu. Von dort drüben kann uns niemand hören.«

»Sie könnten uns sehen ... und etwas merken. Hätten Sie etwas dagegen, wenn ich Sie heute abend aufsuche?«

»Wenn du willst.«

Bacci sah immer noch verstört aus. Und wenn der Maresciallo sich nicht irrte, hatte er auch ein wenig Angst. Als er sich nach ein paar Minuten immer noch nicht regte, sagte der Maresciallo: »Wollen wir weitermachen und den Baum einpflanzen, Tenente?« Und sie setzten ihre Arbeit fort.

Sie waren fast fertig, als der Verdächtige keuchend und vor Ärger rot im Gesicht und nach Luft ringend angelaufen kam.

»Mein Birnbaum! Mein kleiner Birnbaum! Sie haben ihn zerstört.«

»Es tut mir leid«, erwiderte der Maresciallo, »wir waren so vorsichtig, wie wir konnten.«

Der Verdächtige hob das tränenverschmierte Gesicht und die breiten, rissigen Hände gen Himmel.

»Steh mir bei, Gott, steh mir bei. Ich bin unschuldig.

Warum passiert mir das? Dafür wirst du in der Hölle schmoren!«

Die letzte Bemerkung richtete sich natürlich nicht an Gott oder den Maresciallo, sondern an Simonetti, der vor dem überfluteten Durchgang hockte und so konzentriert nach etwas suchte, daß er nicht zuhörte. Nur der Kameramann hinter ihm drehte sich um und schaute in ihre Richtung. Er hielt die Videokamera in der Hand, hatte sie nicht auf der Schulter ruhen, was wohl hieß, daß sie ausgeschaltet war. Die Wutausbrüche des Verdächtigen zu filmen interessierte ihn nicht. Andere hingegen schon, denn als der Maresciallo in Richtung des Daches schaute, saßen dort zwei oder drei Fernsehleute und filmten. Das war genau das Material, auf welches sie aus waren. Dann stieg ein Schrei auf:

»Kamera!« Es war Simonetti, und irgend etwas an der Schärfe seines Tonfalls veranlaßte den Verdächtigen, mitten in einem Fluch abzubrechen.

»Was macht er denn da?« Er lief nach hinten. »Dieser Mistkerl! Was macht er!«

»Offenbar hat er etwas gefunden«, sagte der Maresciallo und warf den Spaten zu Boden. »Gehen wir mal nachsehen.«

»Nicht!« Baccis Stimme war sogar noch eindringlicher als die Simonettis. »Bleiben Sie weg.« Seine Finger umklammerten den Arm des Maresciallo. »Bleiben Sie hier.«

»Woher wußten Sie das?«

Ferrini lächelte breit. »Setzen Sie sich, machen Sie es sich bequem. Ich hole uns eine Flasche Grappa, etwas ganz Besonderes. Steigt einem ganz schön zu Kopf, ist aber gut, wirklich gut. Ich kann mir vorstellen, daß Sie einen brauchen.«

Der Maresciallo ließ sich in einem großen Sessel nieder und schaute über den spiegelblank polierten Boden auf eine an der gegenüberliegenden Wand stehende Vitrine. Darin standen Bleimodelle von Carabinieri in historischen Uniformen. Ferrinis Frau und die Kinder waren nebenan in der Küche. Er hörte den Fernseher und ihr munteres Reden.

»Hier bitte.« Der Grappa in der langen, sehr dünnen Flasche war nicht wie sonst farblos, sondern schien einen Stich ins Grüne zu haben, was an den scheinbar in der Flasche wachsenden Basilikumblättern lag. Ferrini schenkte zwei Gläser ein.

»Dann schießen Sie mal los.« Er setzte sich in einen Sessel dem Maresciallo gegenüber.

»Woher wußten Sie das?« fragte der Maresciallo noch einmal.

»Sie übertreiben. Ich konnte doch nicht wissen, was sie finden würden.«

»Aber Sie wußten, daß es in die Erde eingegraben war.«

»Guarnaccia! Der anonyme Brief.«

»Aber den hatten Sie doch gar nicht gesehen.«

»Nein. Sie etwa?«

»Nein... allmählich begreife ich, worauf Sie hinauswollen.«

»Dann war es also eine Kugel?«

»Eine Zweiundzwanziger. Sie war geladen und abgefeuert worden, und die Marke stimmt natürlich auch.«

»Trotzdem brauchen Sie kaum zu befürchten, daß die Kugel aus der bewußten Zweiundzwanziger abgefeuert wurde. Wir haben – wie viele eigentlich? – ungefähr dreiundfünfzig sichergestellte Kugeln. Aber die Zahl spielt keine Rolle, denn wenn es eine von denen war, bekommt das die Verteidigung sowieso heraus. Nein, zu mehr als einem Medienspektakel taugt das nicht. Die Zeitungen und das Fernsehen werden sich mit Freude darauf stürzen, ohne sich allzuviel um die Einzelheiten der ballistischen Untersuchung zu scheren. Sie werden sehen, an dem Tag, an dem die genauen Daten für die Presse zugänglich werden, gibt man ihnen etwas Neues, um sie abzulenken. Ich nehme an, die Filmaufzeichnung ist lückenhaft, aber damit lassen sich ja keine Zeitungen verkaufen, nicht? Echt schade, daß ich die Vorführung verpaßt habe, aber manchmal ist es klüger, wenn man nicht unter den Zuschauern ist. Jetzt erzählen Sie mir aber mal die Einzelheiten.«

»Ich war auch nicht in der Nähe, als sie sie fanden.«

»Was für ein Zufall.«

»Vermutlich haben Sie recht. Und das ist auch der Grund, weshalb Bacci bei mir war. Jedenfalls hatten sie diese Holzpfähle über die tiefe Pfütze gelegt, und die Kugel steckte in einem der Löcher, durch die der Draht gezogen wird, ganz tief im Holz.«

»Ganz klar, daß man dort Kugeln versteckt. Wenn sie so tief im Holz steckte, wie hat er dann erklärt, daß gerade er sie gefunden hat?«

»Es hatte stark geregnet. Er sagte, er habe etwas glitzern sehen, was sich dann als Oberfläche der Kugel erwies.«

»Ist das zu glauben! Ich hätte ihn für klüger gehalten. Damit dürfte klar sein, daß das Ganze nur dazu dient, der Presse neues Futter zu geben. Sonst würde das doch niemand schlucken. Mir tut nur Bacci leid. Es war mies, gerade ihn dafür auszuwählen statt einen seiner eigenen Leute.«

»Er weiß, wie dringend Bacci auf seine Beförderung angewiesen ist.«

»Trotzdem war es ein gemeiner Trick. Jeder stellt Verdächtigen mal eine Falle. Ich hab das auch schon getan. Aber wenn es schiefgegangen wäre, wenn der Verdächtige sich als unschuldig erwiesen und kein Geständnis abgelegt hätte, dann hätte ich allein für meinen Fehler bezahlen müssen. Welche Rolle sollte Bacci denn spielen? Den, der es hatte glitzern sehen?«

»Nein, es war anders inszeniert. Er fing heute vormittag an, mit Bacci zu plaudern, während ein neuer Film in die Kamera eingelegt wurde. Sie spazierten durch den Gemüsegarten, der gleich daneben ist. Ich weiß noch, daß ich sie sah und dachte... Jedenfalls sah es so aus, als plaudere Simonetti über das Wetter und den vielen Schmutz überall und wie schwierig dieser Job doch sei. ›Gestern waren meine Schuhe ganz durchweicht. Und das nur nach einem Tag Arbeit, aber ich kann es mir nicht leisten, jetzt krank zu werden.‹

›Nein, Signore, sicher nicht.‹

›Wir haben keine so wunderbaren Gummistiefel, wie sie zur Ausrüstung von Euch Carabinieri gehören, darum hab ich mir diese hier gekauft. Was sagen Sie?‹

›Die sehen ziemlich robust aus.‹

›Ganz ähnlich wie Ihre, obwohl ich nicht weiß, ob das

Profil ebenso tief ist. Ich hab vergessen, was für ein Fabrikat das ist, es steht unten auf der Sohle, aber bei dem vielen Schmutz...‹«

Ferrini brüllte vor Lachen. »Das ist unglaublich. Er hat den Schmutz abgewaschen, und da glitzerte die Zweiundzwanziger.«

»Im Profil eingeklemmt.«

»Er ist ein größerer Schwachkopf, als ich dachte. Und was sollte der arme Bacci bei dieser Posse spielen?«

»Simonetti sagte gleich, wie bedauerlich es sei, daß die Kamera gerade ausgeschaltet war, und daß er erwarte, daß Bacci ihr Gespräch zu Protokoll gebe, damit sie es später bei der Pressekonferenz verwenden könnten.«

»Und Bacci hatte den Mut, das abzulehnen?«

»Er hat, Gott sei Dank, im Grunde nicht abgelehnt. Soweit ich es verstanden habe, hat er überhaupt nicht viel gesagt.«

»So platt, daß ihm gar nichts einfiel.«

»Anscheinend ja. Zum Glück hatte unser Verdächtiger gerade beschlossen, mit einem hysterischen Anfall mitten in das Gespräch hineinzuplatzen. Und dann war die Kamera wieder an, und der Moment war vorbei. Trotzdem ist Simonetti letztlich aber von selbst dahintergekommen, vielleicht nicht, daß Bacci unwillig war, aber daß er für eine solche Sache zu nervös ist. Sein unschuldiges junges Gesicht würde sich zwar vor einer Fernsehkamera ganz gut machen, aber wenn er nur herumstammelte und vielleicht noch rot würde dabei, wäre die Geschichte verschenkt. Er hat sich die Kugel in die Tasche gesteckt und sie vermutlich später in den Stützpfosten gedrückt.«

»Wollen wir das Beste hoffen – für Bacci, meine ich.«

»Er wollte heute abend mit mir darüber sprechen. Er sah krank aus, hundeelend, und ich dachte schon, er hätte sich was eingefangen wie Sie. Da fiel mir ein, was Sie mir mal gesagt hatten: Man soll nie eine Grippe ungenutzt vorübergehen lassen, weil es immer einen strategisch günstigen Augenblick gibt, eine zu kriegen.«

»Richtig. Zu meiner Zeit hab ich mir manchmal mit vierzig Grad Fieber den Arsch aufgerissen, bloß um den richtigen Zeitpunkt zum Kranksein nicht zu verpassen. Zufällig habe ich gestern abend bei Ihnen angerufen, um Sie zu warnen, aber Sie haben nicht abgenommen.«

»Ich bin zeitig ins Bett gegangen.«

»Da haben Sie aber Glück, wenn Sie das Telefon überhören. Das schaffe ich nicht.«

»Ich ja auch nicht, deswegen hab ich …«

»Was?«

»Vorgestern morgen die Klingel leise gestellt. Hab ich wohl vergessen.«

»Das macht doch nichts. Möchten Sie noch einen Schluck?«

»Nein, danke.«

Teresa! Das Telefon war schon zwei Tage und eine Nacht abgestellt, und hier saß er am Borgo Ognissanti in Ferrinis Dienstwohnung, während Teresa sicher wieder anzurufen versuchte.

»Ich muß nach Hause.«

»Wie Sie wollen. Hören Sie, ich hoffe doch, Sie machen keine Tragödie daraus? Auf lange Sicht gesehen ist das belanglos, und er ist es nicht wert, daß Sie seinetwegen Ihren

Job aufs Spiel setzen. Er ist sowieso ein Killer, und für das, was er seiner Tochter angetan hat…«

»Ich weiß.« Darüber hatte er auch mit Ferrini sprechen wollen, aber er mußte wirklich gehen. Die arme Teresa war sicher schon außer sich vor Angst.

»Warten Sie. Ich habe hier etwas, das wollte ich Ihnen geben. Ich hab es selbst mal durchgeblättert, als ich die Grippe hatte.«

»Was ist es denn?« Dem Maresciallo wurde ganz flau, als ihm ein dickes Bündel Papier in die Hand gedrückt wurde.

»Sehen Sie selbst. Besser vorgewarnt als unangenehm überrascht. Wenn Sie es gelesen haben, wird es das beste sein, Sie ringen sich dazu durch zu sagen, so ist es nun einmal gelaufen, und es lohnt nicht, für einen der Beteiligten ein Risiko einzugehen. Das jedenfalls rate ich Ihnen.«

Der Maresciallo war bereit, jeden Rat anzunehmen, aber er wünschte, als er durch die langen Korridore des Armeegebäudes ging, daß man ihm nicht ständig so viel Lesestoff gäbe.

Streifenwagen starteten mit großem Getöse in dem hallenden Kreuzgang rechts unter ihm. Die Türen zu den Büros linker Hand, die einmal Mönchszellen gewesen waren, waren geschlossen und versperrt. Es war spät, und Teresa war sicher beunruhigt.

Sie war beunruhigt, und zornig war sie auch. Er hätte doch sagen können, daß er den ganzen Tag Dienst hatte, und ihr mitzuteilen, daß er das Telefon abgeschaltet hatte, hätte doch gewiß auch nicht geschadet. Nie dachte er nach, bevor er sich auf so etwas einließ. Der Maresciallo wartete, bis sie sich ein wenig beruhigt hatte, damit sie eine Weile miteinander reden konnten. Er hatte es nicht eilig, zu den Akten zurückzukommen, die er durchgehen sollte. Er hatte bisher nur die Einleitung gelesen – es war ein Gerichtsbericht über die Freilassung eines früheren Verdächtigen –, und der Gedanke an 160 Seiten Juristensprache war nicht ermutigend.

»Du bist nicht etwa krank, oder?«

»Nein, mir geht's gut.«

»Das stimmt ja nun nicht. Du bist übermüdet. Und daß du solche Sachen vergißt, liegt auch daran. Hast du wenigstens was Anständiges gegessen?«

Sie hatte ihm verziehen. Sie führten ein sehr nettes, ausführliches Gespräch in der zwischen ihnen üblichen Art: Teresa sprach, und er – steuerte die Antworten bei, wie sie es immer ausdrückte. Widerstrebend sagte er ihr gute Nacht und faßte dann einen Entschluß. Er würde die verdammte Akte mit ins Bett nehmen, und wenn er darüber einschliefe, hätte er eben Pech gehabt. Juristensprache war ebenso wirkungsvoll wie Schlaftabletten, und zumindest hätte er dann ein reines Gewissen. Er hätte sein möglichstes getan.

Doch er hatte sich geirrt. Zum einen war der Text in einer nicht speziell juristischen Sprache abgefaßt, aus der sogar persönliche Anteilnahme herauszuhören war. Zum zweiten schläferte ihn, was er las, nicht ein, sondern hielt ihn die ganze Nacht über wach. Und als er im Morgengrauen dann doch einschlief, die Papiere rings um sein Bett auf dem Boden verstreut, so nur, um die Bilder, die bei der Lektüre in seinem Kopf entstanden waren, im Traum wieder vor sich zu sehen. Das passierte ihm oft, wenn ein Fall, an dem er gerade arbeitete, ihn aufwühlte. Dieser Fall hatte sich vor mehr als zwanzig Jahren ereignet, doch der Zorn und die Enttäuschung, die er Untersuchungsrichter Romola, dem Verfasser des Berichts, bereitete, klang in jeder Zeile an.

9

## Teil eins

*1968*

### 1.1. Entdeckung eines Doppelmords

Am 22. August 1968 um 2 Uhr nachts hört Renzo Rossini, wohnhaft Via Torrente 154A, San Felice, Gemeinde Campi Bisenzio, wiederholtes Läuten an seiner Haustür. Er geht nach unten, beugt sich aus dem Fenster im Erdgeschoß und sieht einen kleinen, etwa sechs oder sieben Jahre alten Jungen, der zu ihm sagt: »Lassen Sie mich rein, ich bin müde, und mein Vater liegt im Bett und ist krank. Bringen Sie mich nach Hause? Meine Mama und mein Onkel sind nämlich tot im Auto.«

Nachdem er seine Verblüffung überwunden hat, holt Rossini den Jungen ins Haus und fragt ihn nach seinem Namen. Der Junge sagt, er heiße Nicolino und wohne in Lastra a Signa. Dann wiederholt er seine erste Angabe und fügt hinzu, daß sich das Auto auf der kleinen Straße befinde, die gegenüber Rossinis Haus abzweigt, und daß ein Licht am Auto blinke. Nicolino hat Shorts und ein T-Shirt an. Er trägt Strümpfe, aber keine Schuhe. Rossini fährt zum nächstgelegenen Revier und kehrt mit dem diensthabenden Carabiniere zurück. Gemeinsam fahren die drei im Auto die Straße entlang, die von Rossinis Haus durch die Felder nach Signa führt.

Sie kommen nicht weit, denn nach kurzer Wegstrecke ist die Straße durch Felsbrocken blockiert, und sie müssen umkehren.

Sie fahren nun von Rossinis Haus aus auf der Hauptstraße (der Fernverkehrsstraße zwischen Florenz und Pistoia) und versuchen die Nebenstraße, den Angaben des Kindes entsprechend, von der anderen Seite zu erreichen. »Wir sind ins Kino gegangen, und da war Krieg, da hat ein Haus gebrannt, und dann sind wir weitergefahren, am Friedhof vorbei.«

Ein kurzes Stück nach dem Friedhof gabelt sich die Straße, und ein paar Meter weiter zweigt rechts ein steiniger Pfad von der Landstraße ab, der dem Ufer des Vingone folgt, welcher rechter Hand liegt, zu dieser Jahreszeit jedoch durch hohes Schilf verdeckt ist. Wie sich bei späterer Untersuchung erweist, führt diese Nebenstraße nach ein oder zwei Kehren tatsächlich zur Straße nach Pistoia und endet direkt gegenüber Rossinis Haus.

Ungefähr fünfzig Meter nach der Abzweigung sehen sie das Heck eines Autos, dessen rechtes Blinklicht in Betrieb ist.

Sie leuchten mit einer Taschenlampe ins Innere des Wagens und finden dort die toten Körper eines Mannes und einer Frau vor.

Rundum ist kein Licht zu sehen, nicht einmal Mondlicht.

1.2. Tatort und Voruntersuchung der Opfer

Beim Eintreffen am Tatort stellt der Carabiniere von Signa fest, daß die rechte hintere Wagentür offensteht, das Fenster der linken Vordertür ein paar Zentimeter weit und das Fenster der rechten Vordertür halb heruntergedreht ist.

Als sie die Fahrertür öffnen, fällt ein Herrenschuh heraus. Auf der rechten Seite, zwischen Türrahmen und Beifahrersitz, wo der Mann liegt, finden sie eine Damenhandtasche und ein Taschentuch.

Der männliche Tote liegt auf dem Rücken, da der Sitz bis auf die Rückbank heruntergeklappt ist. Er hält sich die Hose zusammen, die aufgeknöpft und deren Gürtel gelöst ist. An seiner linken Schulter und seinem linken Knie befindet sich Blut.

Die weibliche Leiche befindet sich in zurückgelehnter Position auf dem Fahrersitz, der Kopf ist nach links geneigt, die Arme hängen neben dem Körper herab. Ihr Oberkörper ist bis zur Taille entblößt. Ihre Schuhe liegen unter dem Beifahrersitz. Auf ihrer halbentblößten Brust sind deutlich Schußwunden erkennbar. In der Nabelgegend hat sich Blut gesammelt. Die Goldkette, die sie um den Hals trägt, ist an zwei Stellen gerissen; das Kettenstück zwischen den Rißstellen klebt aufgrund des Körperschweißes an der Haut.

Hinter dem rechten Vordersitz finden sie eine Kugel des Kalibers 22 Long Rifle. Drei Hülsen gleichen Kalibers mit einem eingestanzten H werden auf der linken Bodenseite des Wagens gefunden. Später finden sie noch zwei auf dem Rücksitz des Wagens und eine in den Kleidern der Frau. Drei Projektile stecken im Körper der Frau, eines im Körper des Mannes.

Zwischen Vorder- und Rücksitzen stehen auf dem

Wagenboden ein Paar Kinderschuhe, vermutlich die Nicolinos.

Ein im Ort praktizierender Arzt wird herbeigerufen, welcher bescheinigt, daß der Tod beider Opfer durch Verbluten eintrat, wofür die Schußverletzungen ursächlich waren. Die Obduktion wird mehrere Monate später erweisen, daß beide Opfer viermal getroffen wurden und daß die Eintrittswunden bei beiden sehr dicht nebeneinanderlagen, ausgenommen ein in den Arm der Frau abgefeuerter Schuß. Dies und die unterschiedlichen Schußbahnen lassen zwei Schlüsse zu: Entweder hat sich die Frau bewegt, nachdem sie in den Arm getroffen wurde, oder die Schüsse wurden von zwei verschiedenen Standorten, eventuell sogar zwei Angreifern, abgefeuert. Diese Frage ist noch ungeklärt.

Zwei Tage später erklärt der Ehemann des weiblichen Opfers, Sergio Muscas, der den Hergang des Mordes schildert, die Sitzhaltung der Frau. Sergio Muscas erläutert außerdem, wie der Mann seinen Schuh verlor und warum das Blinklicht eingeschaltet war, macht hingegen keine Angaben dazu, warum das männliche Opfer kurz vor seinem Tode noch versuchte, sich die Hose hochzuziehen. Der Mann der Toten gibt an, seine Ehefrau habe auf dem Mann gelegen, kurz bevor die Schüsse abgefeuert wurden. Es wäre demnach möglich, daß das männliche Opfer jemanden näher kommen sah und sich instinktiv bedecken wollte.

In der Handtasche des weiblichen Opfers wurden 27 000 Lire sichergestellt, die den Mörder offensichtlich nicht interessierten. Beide Körper wurden nach dem Eintritt des Todes bewegt. Als Muscas den Mord an seiner Frau und ihrem Liebhaber gesteht, gibt er an, er habe den Körper seiner Frau von dem des Mannes heruntergezogen. Zu dem Geschehen nach der Tat verfügen die Carabinieri über folgende Aussage Nicolinos: »*Meine Mama hat ihr Geld unter den Autositz gestellt, und Onkel Fabio hat in die Tasche von meiner Mama geguckt, und dann hat er im Handschuhfach rumgekramt, und dann ist er weggegangen.*« Zu diesem Zeitpunkt ließ sich noch nicht feststellen, ob die Geschichte des Kindes glaubwürdig war. Sie wurde anscheinend jedoch für bare Münze genommen.

1.3. Analyse des Verhaltens von Nicolino

Die allgemeine Beschreibung des Tatgeschehens muß durch eine weitere Beobachtung ergänzt werden. Zunächst einmal kann mit Sicherheit davon ausgegangen werden, daß Nicolino sich zur Tatzeit im Auto befand. Dafür sprechen drei Tatsachen: Er erschien eine Stunde nach der Tat in einem eine Stunde Fußmarsch entfernten Haus und wußte alles über den Tod seiner Mutter. Seine Schuhe befanden sich noch in dem Auto. Er konnte zwei verschiedene Wege angeben, auf welchen man zum Tatort gelangen konnte.

Nicolino muß den Hergang des Mordes gesehen haben, und selbst wenn er geschlafen haben sollte, muß er von den ersten Schüssen aufgeweckt worden sein. (Ein Schalldämpfer wurde nach den Untersuchungen der Ballistikexperten nicht verwendet.) Daraus folgt jedoch nicht zwangsläufig, daß er die Person oder Personen, welche die Schüsse abgab oder abgaben, auch sah und erkannte. Er muß jedoch gesehen haben, wie die Körper der Opfer bewegt wurden, es sei denn, er selbst wurde aus dem Wagen herausgeholt, bevor dies geschah.

Es kann zwar nicht völlig ausgeschlossen werden, ist aber sehr unwahrscheinlich, daß Nicolino die Straße nach Pistoia ganz allein fand. Die Entfernung zwischen dem Tatort und dem Haus Rossinis beträgt ungefähr zwei Kilometer; sie zu Fuß zurückzulegen dauert minimal etwa dreißig bis maximal etwa sechzig Minuten. Die Nebenstraße verläuft fast gerade bis kurz vor ihrem Ende, wo sie eine Kurve nach rechts beschreibt und durch eine kleine Brücke über den Vingone (der im Sommer ein fast ausgetrockneter Graben ist) mit einer anderen Nebenstraße verbunden wird. Wenn man sich an dieser Stelle nach links wendet und in ursprünglicher Richtung weitergeht, sieht man die Straße nach Pistoia und das Haus Rossinis direkt vor sich. Das Haus ist deutlich erkennbar, sogar nachts. Es ist groß und weiß und wird von einem unterhalb des Daches befestigten Scheinwerfer angestrahlt (wie er bei vielen Häusern an dieser ansonsten unbeleuchteten Straße angebracht ist). Um zu dem Haus zu gelangen, mußte Nicolino die Hauptstraße überqueren. In der Mordnacht konnte man diese Strecke weder mit einem Moped noch mit einem Fahrrad zurücklegen, und selbst mit festem Schuhwerk war es sehr schwierig. (Der Maresciallo des Ortes ging die Strecke mit dem Jungen am folgenden Tag ab.)

Nicolino jedoch legte die Strecke bei vollkommener Dunkelheit und in Strümpfen zurück, und seine Socken waren weder zerrissen noch schmutzig. An der abzweigenden Landstraße befinden sich mehrere kleine Bauernhäuser, und die Straße selbst gabelt sich mehrere Male, abgesehen davon wäre es für das Kind leichter gewesen, die Straße in die Richtung zurückzugehen, aus der es im Auto gekommen war. Dann wäre Nicolino schon in circa einer Minute an die Straße nach Signa gelangt, wo sich unmittelbar an der Kreuzung ebenfalls ein Wohnhaus befindet, in dem er um Hilfe hätte bitten können.

Nicolinos Angaben über die von ihm zurückgelegte Wegstrecke ergeben nur einen Sinn, wenn das Kind von einem Erwachsenen begleitet wurde, der den Weg noch im Dunkeln genau kannte und der gute Gründe hatte, ihn zu wählen.

Insgesamt erscheint Nicolinos Verhalten erst schlüssig unter der Voraussetzung, daß er von einem Erwachsenen geführt wurde. Die ersten Sätze, die er nach Einlaß in das Haus Rossinis sprach, wirken auswendig gelernt und sorgfältig gewählt. Er kennt vermutlich seinen Nachnamen, gibt jedoch nur Nicolino an. Er weigert sich, genauere Angaben zu seinem Wohnort zu machen, nennt nur Lastra a Signa. Er sagt zuerst, daß sein Vater im Bett liege und krank sei, und erwähnt erst danach, daß seine Mutter soeben ermordet worden sei. Krank im Bett gelegen zu haben ist bis zu seinem Geständnis Sergio Muscas' Alibi. Bei allen diesen ersten Angaben drückt Nicolino keine Gefühlsregung aus. Er weint nicht. Er ist so ruhig und gefaßt, daß er seinen Begleitern nicht nur einen, sondern sogar zwei mögliche

Wege zum Tatort beschreiben kann. Es drängt sich die Vermutung auf, daß Nicolino zum Haus Rossinis begleitet wurde, daß man ihm auftrug, dort zu läuten und nur das zu erzählen, was man ihm eingetrichtert hatte. Daher wurden die Opfer erst nach geraumer Zeit identifiziert, und bis zur Ankunft der Carabinieri im Haus von Sergio Muscas verstrich weitere Zeit.

Nicolinos Bitte um Einlaß, gefolgt von dem Wunsch, erst schlafen zu dürfen und danach nach Hause gebracht zu werden, wirkt nicht wie eine natürliche Reaktion auf sein unmittelbar zurückliegendes Erleben. Sein ganzes Verhalten wirkt unnatürlich und in sich widersprüchlich. Derjenige, der das Kind instruierte, verfolgte offenbar die Absicht, die Carabinieri zuerst mit Nicolino zu dessen Haus zu schicken, um dort seinen Vater Sergio Muscas wie angegeben krank im Bett vorzufinden. Diese Person hatte nicht damit gerechnet, daß ein kleines, müdes und verschüchtertes Kind imstande war, die Carabinieri statt dessen zum Tatort zurückzuführen. Trotz Dunkelheit tut Nicolino jedoch genau das, gibt sogar eine andere Wegstrecke als die vorher von ihm im Auto zurückgelegte an und weist still auf die blutige Szene im Fahrzeug der Opfer, aus dem er unverletzt entkommen ist.

### 1.4. Entfernungen

Als nächstes beschäftigen sich die Ermittlungsbeamten mit dem Problem der Entfernungen. Von Lastra a Signa, wo Nicolino an jenem Abend mit seiner Mutter und seinem »Onkel« die letzte Kinovorstellung besucht hat, bis zu der Straße, auf der sie parkten, um sich zu lieben, sind es ungefähr fünf Kilometer. Die Straße steigt steil an und ist kurvenreich. Wer dem Wagen der späteren Opfer folgte, konnte dies selbst nur mit einem Fahrzeug tun. Daß der oder die Täter die Opfer aus einem Hinterhalt angriffen, ist ausgeschlossen, da die Opfer die Stelle, an der sie zu Tode kommen sollten, nicht besonders häufig aufsuchten. In jedem Falle mußte sich der Täter jedoch schnell vom Tatort entfernen. Sergio Muscas, der das Verbrechen bald darauf gesteht, besitzt kein Fahrzeug.

1.5. Die Opfer und die ersten Verdächtigen

Die tote Frau wird von dem Maresciallo der Carabinieri von San Felice als Belinda Muscas geb. Lubino, Sardin, identifiziert, verheiratet mit Sergio Muscas, ebenfalls Sarde, der ungefähr zwanzig Jahre älter ist als seine Frau. Die Frau war wegen der großen Zahl ihrer Liebhaber und der Duldung dieser Beziehungen durch ihren Ehemann Dorfgespräch.

Einer dieser Liebhaber, ein Sarde namens Flavio Vargius, wurde von seiner Frau mit Belinda Muscas in flagranti ertappt. Valeria Vargius machte ihre Entdeckung öffentlich bekannt, was dazu führte, daß Flavio wegen Ehebruchs inhaftiert wurde. Der betrogene Ehemann Muscas hingegen schien sich an dem Verhältnis nicht zu stören, er half im Gegenteil Flavio sogar mit kleinen Gefälligkeiten aus, solange sich dieser in Haft befand. Nach seiner Entlassung aus dem Gefängnis setzte Flavio Vargius das ehebrecherische Verhältnis mit Belinda Muscas fort und zog sogar bei ihr ein, als Sergio sich zu einer stationären Behandlung ins Krankenhaus begeben mußte. Flavio war im Gegensatz zu Belindas Ehemann eifersüchtig und drohte ihr mit Gewaltanwendung, falls sie mit anderen Männern ginge. Die Drohungen schüchterten Belinda jedoch nicht ein, die auch weiterhin andere Liebhaber hatte, darunter den unglückseligen Amadeo Lo Russo, den »Onkel«, einen aus Sizilien zugezogenen Bauarbeiter, der mit ihr ermordet wurde.

Der Maresciallo des Orts kennt alle diese Personen gut. Er befragt alle Beteiligten, außerdem die Familien Belindas und Lo Russos, doch seine Ermittlungen konzentrieren sich auf den Ehemann Sergio Muscas und den Ex-Geliebten Flavio Vargius. Er lädt beide zur Vernehmung vor. Der Maresciallo kennt Sergio als schwachen und feigen Menschen, hält ihn jedoch für fähig, einen Mord zu begehen. Die Carabinieri holen ihn um sechs Uhr morgens zu Hause ab. Er ist aufgestanden, angekleidet und weist keine Anzeichen, erkrankt zu sein, auf. Er sagt: »Ich wußte, daß Sie kommen würden«, und verreibt eine dicke Schicht Schmierfett zwischen seinen Händen.

»Hm.« Nachdem er bis zum Ende des nächsten Abschnitts gelesen hatte – »Paraffintests« –, stand der Maresciallo aus dem Bett auf, schlüpfte in seine Pantoffeln und zog sich seinen Morgenmantel an. Bei Sergio war der Paraffintest trotz des Schmierfetts positiv ausgefallen, aber diese Untersuchungen waren nicht hundertprozentig zuverlässig.

Doch unabhängig vom Testergebnis kam in diesem Falle natürlich der Ehemann als erster Verdächtiger in Frage.

Der Maresciallo ging in die Küche und blieb stehen. Aus welchem Grund war er eigentlich aufgestanden? Es fiel ihm nicht mehr ein. Der Kühlschrankmotor schaltete sich leise brummend ein und lenkte die Aufmerksamkeit des Maresciallo auf sich, aber der Inhalt des Kühlschranks war so dürftig, daß er ihn nicht lange in Bann zog. Er war gar nicht hungrig. Er war müde und sollte schlafen, aber irgend etwas wollte er zu sich nehmen. Mangels einer besseren Idee setzte er Wasser auf, um sich Kamillentee zu machen. Er zog sich einen Stuhl unter dem Küchentisch hervor, setzte sich, die Hände auf die Knie gestützt, und wartete mit gerunzelter Stirn darauf, daß das Wasser kochte.

Sergio Muscas hatte gestanden und das Geständnis widerrufen, gestanden und widerrufen, oder vielmehr andersherum. Anfangs hatte er die Tat abgestritten, hatte behauptet, krank und im Bett gewesen zu sein, wie es der kleine Junge erzählt hatte. Als man später den Paraffintest bei ihm durchgeführt hatte, hatte Sergio beobachtet, daß Flavio Vargius, einer der Liebhaber seiner Frau, ebenfalls getestet wurde, und sofort ihn des Mordes beschuldigt. Nichts war wahrscheinlicher, doch Flavios Test hatte sich als negativ erwiesen, und danach war alles aus dem Ruder gelaufen, weil man Sergio in jener Nacht mit dem Kind nach Hause gehen ließ, wodurch er Gelegenheit erhielt, ein ganzes Netz von Lügen und widersprüchlichen Versionen zu knüpfen, das durch die Aussagen der übrigen Familienmitglieder noch verworrener wurde und auch nie entwirrt wurde.

»Warum haben sie das zugelassen?« Der Maresciallo

richtete diese Frage an den Teebeutel, während er ihn mit heißem Wasser begoß. Komisch, daß er bei Kamillentee immer gleich an seine Kindheit zurückdenken mußte. Er konnte sich nicht erinnern, daß man ihm oft welchen gegeben hätte. Es lag vielleicht am Geruch, bei dem man an feuchtes Heu an einem schwülen, regnerischen Tag denken mußte.

Er dachte an das sechs Jahre alte Kind. Mit einem Vater, der nicht ganz bei Verstand war, war es in der Dämmerung eines Sommertags zu seinem Zuhause zurückgewandert, das nun still und ohne Mutter war, und hatte gewußt, daß sein Vater sie erschossen hatte, ob mit oder ohne Hilfe durch eine andere Person. Lagen Sohn und Vater in jener Nacht wach, jeder von seinen eigenen Ängsten gequält? Der Maresciallo stellte sich einen seiner Söhne an Nicolinos Stelle vor, und der Gedanke war kaum zu ertragen. Er stand vom Tisch auf, und ihm fiel wieder ein, was er beim Aufstehen gewollt hatte, und das war bestimmt nicht Kamillentee. Er hatte dort zugegen sein wollen, dem Kind in die Augen sehen und wissen wollen, wann es log, wissen, wann es sich fürchtete und wann es nur bemüht war, gefällig zu sein und das zu sagen, was die, die es befragten, hören wollten. Die Methode der Wahrheitsfindung, die der Maresciallo anwendete, hatte nur wenig mit protokollierten Aussagen, die man ihm vorlegte, oder mit dem, was die Leute ihm sagten, zu tun. Er hielt sich an den Gesichtsausdruck der Menschen, die er befragte, an ihre nervös zuckenden Hände, an den Geruch ihres Schweißes. Er mußte es sehen und riechen, nicht lesen. Seufzend wanderte er mit dem Tee ins Schlafzimmer zurück und versuchte sich Klarheit über Sergios Verhalten zu verschaffen, was um so schwieriger war, als er ihn durch die verzerrende Perspektive eines anderen Menschen betrachten mußte. Warum hatte er auf einmal Flavios Bruder Silvano Vargius des Mordes beschuldigt? Silvano war ebenfalls einer der zahlreichen Liebhaber seiner Frau.

*»Silvano Vargius besaß eine Waffe, und er wollte nicht, daß meine Frau mit anderen Männern ging. Ich war krank und lag im Bett. Er war es.«*

Niemand hatte seiner Anschuldigung großes Gewicht beigemessen. Silvano war für die Polizei ein Unbekannter, und er hatte ein Alibi. Wer hätte den Verdacht auf Sergio, den Ehemann, der kein Alibi hatte, dessen Paraffintest positiv ausgefallen war und der überdies einmal ein Geständnis abgelegt hatte, aufgrund einer so haltlosen Beschuldigung fallenlassen? Sergios Anschuldigung war wertlos. Wie konnte er den Täter kennen, wenn er sich nicht selbst am Tatort befunden und das Geschehen mitverfolgt hatte? Als er merkte, daß niemand ihm glaubte, war Sergio, so minderbemittelt er sonst auch sein mochte, klar, aus welchem Grund.

*»Na schön, ich war da, aber es war seine Idee. Er hat gesagt, ohne sie wäre ich besser dran. Ich wollte nicht, aber er hat mich gezwungen. Wir sind ihnen nach dem Kino in Silvanos Wagen gefolgt. Sie hatten Nicolino hinten reingesetzt, und ich hab die ganze Zeit hingesehen, aber sein Kopf ist kein einziges Mal über dem Rücksitz aufgetaucht, und da wußte ich, er schläft. Als wir aus dem Auto ausgestiegen sind, hat er mir die Waffe gegeben und gesagt, es wären acht Schüsse drin.«*

Dies war einer der Punkte, die glaubwürdig klangen, was auch schon damals der Richter befand. Es waren tatsächlich acht Schüsse gewesen. Damals war die Obduktion noch nicht durchgeführt gewesen, Sergio konnte dies also nur gewußt haben, wenn er Tatzeuge gewesen war. Und da war noch die Geschichte, wie er die beiden Körper getrennt haben will.

*»Ich hab sie von ihm runtergezogen und mich am Lenkrad festgehalten, um nicht das Gleichgewicht zu verlieren – dabei ist der Blinker angegangen. Dann hab ich ihn auf seinen Sitz zurückgewuchtet, und dabei ist sein Schuh am Schaltknüppel hängengeblieben. In dem Moment ist der Kleine aufgewacht.«*

*»Und die Waffe?«*

*»Die hab ich in den Graben geworfen.«*

*»Wir haben den Graben durchsucht. Sie haben sie nicht in den Graben geworfen.«*

*»Na gut, das war gelogen. Ich hab sie ihm zurückgegeben, aber der Rest stimmt. Ich hab Silvano die Waffe wiedergegeben und gesagt, ich hätte getan, was er wollte, und daß ich das Kind verschont hätte. Als er damals in Sardinien seine Frau umbrachte, hat er das Kind auch verschont.«*

*»Seine Frau umbrachte? Was wollen Sie damit sagen?«*

*»Ich sage nur das, mehr nicht.«*

Dieser Aussage wäre ich doch nachgegangen, dachte der Maresciallo und trank den letzten Schluck seines Tees. Doch dann kamen ihm Zweifel. Ihm wäre diese Aussage zwar aufgefallen, aber nach der Gegenüberstellung wäre es vielleicht doch Zeitverschwendung gewesen. Nachträgliche Einsicht war gut und schön, doch das ganze Kartenhaus war ja sowieso binnen Stunden in sich zusammengefallen, als Silvano Vargius Sergio gegenübergestellt wurde und seine Anschuldigungen hörte.

*»Ich will ihn nicht sehen.«*

*»Sie haben ihn beschuldigt. Sie werden ihn sehen müssen. Setzen Sie sich.«*

*»Ich möchte ein Glas Wasser.«*

*»Später. Setzen Sie sich.«*

Als er sich gesetzt hatte, war die Tür ihm gegenüber aufgegangen und Silvano Vargius, gefolgt von einem Carabiniere, hereingekommen. Sofort war Sergio von seinem Stuhl aufgesprungen, vor Silvano auf die Knie gefallen und hatte zu schluchzen begonnen. Die Carabinieri hatten versucht, ihn auf die Füße zu stellen, doch er hatte Silvanos Beine umklammert und, während ihm Tränen übers Gesicht strömten, geschrien:

*»Gib nicht mir die Schuld, bitte! Ich wollte das nicht, sie sind schuld, sie haben mich geschlagen und mich ganz verwirrt. Flavio war es, das habe ich ihnen von Anfang an gesagt, aber sie wollten mir nicht glauben.«*

Letztendlich hatten die Carabinieri ihn, der immer noch weinte, doch auf seinen Stuhl zurückgehievt. Als sie Silvano anschauten, stand der in aller Seelenruhe da und machte sich nicht einmal die Mühe, etwas auf die Anschuldigung zu erwidern, sondern wiederholte nur sein Alibi, daß er in einer Bar Billard gespielt habe, in welcher er und Angius, sein Freund, gut bekannt seien.

*»Von meinem Bruder weiß ich nichts. Ich kann nicht sagen, wo er war.«*

Danach hatte er gehen dürfen. Niemand hatte sich ernstlich überlegt, was ihn bewogen haben könnte, Sergio zu helfen, dessen eigene Frau umzubringen. Und Sergios tränenreiche Bitte um Verzeihung schien vollkommen absurd. Niemand hatte das Geschehen richtig verstanden, als Sergio vor Gericht gestellt und verurteilt wurde, und das war ja auch nicht verwunderlich. Nach dieser Gegenüberstellung hatte er so ziemlich jeden Liebhaber seiner Frau beschuldigt, und das ergab eine Liste, die so lang wie sein Arm war. Zuletzt kam Sergio wieder auf Flavio zurück und behauptete, daß dieser der Mörder sei. Überzeugende Motive konnte er allerdings nicht angeben, nicht einmal für sich selbst.

*»Ich hatte es einfach satt, ich konnte es nicht mehr ertragen. Und es hat mich krank gemacht zu sehen, wie er vor meinen Augen meine Frau vögelt.«*

»Hm.« Flavio sollte also Sergios Komplize gewesen sein, aber was Flavios Motiv gewesen sein soll, blieb ein Rätsel.

»Ein Teil davon ist aber wahr, und das ist das Dilemma.« Der Maresciallo sprach diese unlogische Bemerkung laut vor sich hin, als er seinem Kopfkissen einen Schlag mit der Faust verpaßte und in den durcheinandergeratenen Blättern des Berichts die Stelle suchte, bis zu der er vorhin gekommen war. Das Dilemma bestand darin, daß eigentlich ja die falschen Teile einer Geschichte nicht zum Ganzen passen durften, hier waren es jedoch die richtigen Teile.

»Irgend etwas oder irgend jemand fehlt da. Wenn ich doch nur dabeigewesen wäre...«

Als er die Stelle wiedergefunden hatte, freute er sich, als er merkte, daß der Maresciallo, der am Tatort gewesen war, ein Mann nach seinem Geschmack war und etwas getan hatte, was er selbst auch getan hätte.

## Teil drei

### *1968: Nicolino*

3.1. Begleitumstände der Tat

Am Tag nach dem Mord kehrt Nicolino mit dem Maresciallo von San Felice zum Schauplatz des Verbrechens zurück. Gemeinsam gehen sie zu Fuß vom Tatort zu der Straße nach Pistoia und zum Haus Rossinis, was ungefähr 50 Minuten dauert. Auf dem Weg weist der Maresciallo darauf hin, wie schwer begehbar die Straße mit den Steinen ist, über die sie klettern müssen. Er besteht darauf, daß Nicolino den Weg nicht ohne seine Schuhe zurückgelegt haben kann.

*»Hör mal Nicolino, du siehst so gut wie ich, daß du unmöglich in Socken hier entlanggelaufen sein kannst. Vielleicht bist du auf einem anderen Weg gekommen.«*

*»Es war dieser Weg, und ich bin hier gelaufen.«*

*»Na schön, Nicolino, hör mal zu: Entweder du sagst mir jetzt die Wahrheit, oder wir gehen den Weg im Dunkeln noch einmal ohne Schuhe.«*

*»Nein. Mein Papa hat mich gebracht. Mein Papa hat mich gebracht, und er hat mich auf den Esel gesetzt!«*

Zu diesem Zeitpunkt gelangen sie zu der kleinen Brücke, an der sich die Straße nach rechts und dann wieder nach links windet und anschließend gerade auf die Straße nach Pistoia und auf das Haus Rossinis zu führt, das ungefähr fünfzig Meter entfernt und deutlich zu sehen ist. An dieser Stelle bleibt der Kleine stehen und gibt an, hier habe sein Vater ihn abgesetzt und zu ihm gesagt, er solle an dem weißen Haus mit dem Licht klingeln und sagen, sein Vater sei krank und liege im Bett. An dieser Stelle sei der Vater umgekehrt.

3.2. Unterstützendes Beweismaterial

Zu diesem Zeitpunkt der Ermittlungen wird Sergio Muscas, der Vater, noch einmal dazu befragt, wer Nicolino begleitet habe. Seiner letzten Version zufolge war dies Flavio, doch als er erfährt, was sein Sohn dem Maresciallo erzählt hat, läßt er diese Version sofort fallen, schwenkt auf die Darstellung des Kindes um und räumt ein, den Jungen selbst begleitet zu haben. Die Sache scheint nun klar, doch als man Sergio zu Rossinis Haus bringt und ihn bittet, den Weg zu zeigen, den er gegangen sei, nachdem er das Kind abgesetzt habe, wird die Geschichte noch rätselhafter. Zum einen beschreibt Sergio das Haus als ein graues Bauernhaus aus Stein, wohingegen es sich um ein solches gerade nicht handelt, da es, anders als die anderen Gebäude an der Straße, von neuerer Bauart, groß und weiß getüncht ist. Sie gelangen abends zu dem Haus, und der Scheinwerfer an der Vorderseite ist wie in der Mordnacht eingeschaltet. Dies jedoch erkennt Sergio nicht. Man begeht die durch die Felder führende Landstraße, doch trotz der auffälligen kleinen Brücke erkennt Sergio die rechte Abzweigung nicht und geht auf der linken Abzweigung weiter, die im Zentrum von Signa endet, gute drei Kilometer vom Tatort entfernt. Man hält Sergio seinen Fehler vor, doch er bleibt verwirrt, und als die Beamten den Weg mit Sergio noch einmal in umgekehrter Richtung gehen, biegt er dreimal falsch ab, bevor sie auf die Straße treffen, in die Belinda und Lo Russo in der Mordnacht eingebogen waren.

Während der Rückfahrt zum Gefängnis sagt Sergio: *»Es hat doch keinen Zweck, wenn ich dem Kind widersprechen würde. Alle werden dem Kleinen glauben und nicht mir, denn er ist ein unschuldiges Kind. Das bedeutet aber noch lange nicht, daß er die Wahrheit sagt.«*

Gefragt, warum er glaube, daß das Kind lüge, behauptet er, Flavio habe dem Kind gedroht, es zu töten, wenn es redete. Er fügt hinzu, daß er auch um sein Leben gefürchtet habe und daß er deshalb zeitweilig Silvano beschuldigt habe.

### 3.3. Glaubwürdigkeit

Keine der Versionen darüber, wer das Kind in der Mordnacht begleitete, erscheint glaubwürdig. Es ist zwar verständlich, daß Komplizen, die von dem Kind nicht gesehen wurden und nicht identifiziert werden konnten, es auch nicht im Auto mitnehmen wollten, doch das Risiko, das Kind den ganzen Weg bis zu Rossinis Haus zu begleiten und anschließend zum Tatort zurückzukehren, wäre für jeden Täter zu groß. Und sollte etwa derjenige, der am Tatort zurückblieb, zwei Stunden neben den soeben ermordeten Opfern warten, um anschließend den Begleiter des Kindes nach Hause zu bringen? Das Rätsel um die Begleitperson Nicolinos bleibt während der gesamten Untersuchung, während des Prozesses und der Berufungsverhandlung ungelöst.

3.4. Die Onkel

Nach der Verhaftung seines Vaters wird Nicolino in ein Waisenhaus gebracht, wo Carabinieri und Ermittlungsrichter ihn weiter befragen. Zuerst mußte die Beschreibung verifiziert werden, die der Junge anfänglich vom Mörder gegeben hatte, als er sagte: *»Onkel Fabio hat in die Tasche von meiner Mama geguckt, und dann hat er im Handschuhfach rumgekramt, und dann ist er weggegangen.«*

Als er im Waisenhaus gebeten wird, dies zu wiederholen, wird aus »Onkel Fabio« plötzlich »Onkel Flavio«. Das Kind nennt zwar alle Liebhaber seiner Mutter Onkel, aber es hat tatsächlich einen Onkel Fabio. Der leibliche Onkel ist Sergios Bruder, und Fabio und Tina Muscas, seine Frau, kümmerten sich um Nicolino, bis er ins Waisenhaus kam. Er besucht sie an den Wochenenden, und obwohl sie noch zögern, werden sie ihn schließlich an Kindes Statt annehmen. Nicolino hat sonst niemanden mehr als seinen Großvater, den greisen und gebrechlichen Vater Sergios und Fabios. Gab Nicolino aus Versehen plötzlich einen anderen Namen an, oder hat er die zwei Männer einfach verwechselt? Er wird im Verlauf der Befragung gebeten, Fabio zu beschreiben.

*»Er hat lockige Haare und einen Schnurrbart, und er arbeitet in einem großen Haus, wo Brot gebacken wird, und er hat eine kleine Tochter, sie heißt Dina. Sie ist meine Cousine, und sie ist sechs.«*

*»Das ist richtig. Wir haben sie schon kennengelernt. Hat sie auch eine aufziehbare Eisenbahn wie du?«*

*»Das ist nicht meine. Die Dame hat gesagt, ich darf mit ihr spielen. Ich möchte nicht hierbleiben. Ich möchte nicht hier schlafen.«*

*»Gefällt es dir nicht, hier zu schlafen?«*

*»Nein. Hier sind Geräusche, die höre ich, und wenn ich aufwache, ist das Bett ganz naß.«*

*»Vielleicht darfst du ja wieder zurück zu deiner Cousine Dina und Onkel Fabio und Tante Tina. Kannst du dich jetzt wieder daran erinnern, wer in die Handtasche deiner Mama geschaut hat?«*

*»Onkel Flavio.«*

*»Flavio Vargius?«*

*»Ja.«*

*»Und wie hat der ausgesehen? Konntest du ihn im Dunkeln sehen?«*

*»Das kleine Licht ging immer an und aus.«*

*»Du hast ihn also erkannt? Erzähl uns mal, wie er ausgesehen hat.«*

*»Er hatte ein weißes Hemd an und lockige Haare und einen Schnurrbart.«*

*»Aber Nicolino, das ist doch dein Onkel Fabio. Hat Fabio in die Handtasche deiner Mama geschaut?«*

*»Nein.«*

*»Wolltest du uns nicht sagen, daß dein Onkel Fabio dort war?«*

*»Ich darf nicht. Meine Tante hat das gesagt, und mein Vater auch.«*

Der Kleine spielt still eine Weile mit der Eisenbahn,

ohne in seinem Spiel unterbrochen zu werden. Die Beamten halten in ihrem Bericht fest, von weiteren Fragen abzusehen, damit das Kind die Anweisungen seiner Familie befolgen könne – wollte man das, was ihm geblieben war, überhaupt noch Familie nennen: seine Mutter tot, sein Vater im Gefängnis; einzig Fabio und Tina Muscas können ihm ein Zuhause bieten. Sollte es der Polizei mit ihrer Autorität gelingen, Nicolinos Vertrauen für sich zu gewinnen, werde dies nur zur Folge haben, daß er ihnen das erzähle, was sie seiner Meinung nach hören wollten – nicht die Wahrheit. Auf die Frage, ob er seine Onkel gern habe, antwortet er nach einer Pause, ohne einzelne Namen zu nennen: *»Einige Onkel sind lieb, und einige sind böse.«*

*»Und Flavio, was für ein Onkel ist er?«*

*»Er ist böse, er hat mich einmal sehr gehauen, als mein Vater im Krankenhaus war und meine Mama nicht da war.«*

3.5. Silvano im Schilf

Man beschließt, das Kind für ein paar Tage in Ruhe zu lassen. Danach wird es erneut dazu befragt, wer am Tatort anwesend war. Es folgt eine wörtliche Abschrift der Befragung.

*»Wen hast du in der Nacht gesehen?«*

*»Ich habe niemanden gesehen.«*

*»Aber du weißt doch noch, daß du uns gesagt hast, Flavio wäre dort gewesen?«*

*»Ja.«*

*»Weißt du, wie Flavio aussieht?«*

*»Ja.«*

Diesmal gibt Nicolino eine zutreffende Beschreibung Flavios und fügt hinzu: *»Mein Vater ist ins Krankenhaus gekommen, und Flavio hat bei uns zu Hause gewohnt.«*

*»War er auch abends da?«*

*»Jeden Abend, er hat im Bett von meiner Mama geschlafen.«*

*»Und in der Nacht, als du im Auto warst und jemand geschossen hat?«*

*»Da war mein Vater da und hat mich auf dem Esel reiten lassen.«*

*»Ist Flavio mit dir und deinem Vater mitgegangen?«*

*»Nein. Ich glaube, ein Mann war da, aber ich weiß nicht, wer das war. Flavio war es nicht.«*

*»Weißt du noch, daß du mal gesagt hast, es wäre Flavio gewesen? Warum hast du das gesagt?«*

*»Mein Papa hat es mir gesagt, und meine Tante auch.«*

*»Aber in Wahrheit war Flavio gar nicht da?«*

*»Nein. Silvano stand im Schilf.«*

*»Silvano? Wie sieht Silvano denn aus?«*

Nicolinos Beschreibung ist relativ ungenau. Er kennt Silvano weniger gut als Flavio.

*»Früher hast du uns aber nicht gesagt, daß du Silvano gesehen hast. Warum denn?«*

*»Ich weiß nicht mehr.«*

*»Weißt du nicht mehr, ob du ihn gesehen hast, oder weißt du nicht mehr, warum du uns das nicht gesagt hast?«*

*»Ich weiß nicht. Da war ein Geräusch, und er war im Schilf.«*

Das Kind wird zu diesem Zeitpunkt immer bockiger und weigert sich, noch weiter Fragen zu beantworten, sagt, es sei müde. Dies ist zwar durchaus verständlich, kommt aber zum ersten Mal während einer Befragung vor. Bisher war der Junge stets dazu bereit, ja sogar darauf aus, den Beamten zu gefallen.

Als sein Vater vor Gericht steht, sagt Nicolino aus, er habe in jener Nacht nur seinen Vater gesehen. Sergio Muscas wird wegen Mordes und wegen Verleumdung von Flavio und Silvano Vargius verurteilt.

»Na, damit hätte ich mich aber nicht zufriedengegeben«, brummte der Maresciallo und ließ diesen Teil der Akte neben seinem Bett zu Boden fallen.

# 10

Es war Viertel vor drei Uhr nachts, und der Maresciallo hatte nun wirklich Hunger und Durst und ging daher wieder zum Kühlschrank, um dessen Inhalt gründlicher unter die Lupe zu nehmen.

»Wenn das 1968 auch jemand getan hätte...«

Doch es hatte niemand getan. Wieder aufgerollt wurde die Sache erst im Jahre 1982, nach dem Mord von Montespertoli, als ein anonymer Brief den Richter aufforderte, die Gerichtsakten der Verhandlung gegen Sergio Muscas aus dem Jahre 1968 zu überprüfen. Es mußte als unglaublicher Glücksumstand angesehen werden, daß sich in der Akte eine mit Klebeband befestigte Hülle befand, welche die am Tatort sichergestellten Hülsen und Geschosse enthielt. Sie stammten von der Waffe des Ungeheuers, daran bestand kein Zweifel. Diese Spur war glücklicherweise gerade dann aufgetaucht, als man Elio Sassetti freilassen mußte, der verhaftet worden war, weil er über den Mord in Scandicci gesprochen hatte, als man die Mordopfer noch gar nicht gefunden hatte. Außerdem war sein Auto am Tatort gewesen, jemand hatte es gesehen.

»Und damit«, sagte der Maresciallo laut, während er einen Topf aus dem Schrank unter der Spüle holte, da der Kühlschrank immer noch nichts hergab, »hätte ich mich auch nicht zufriedengegeben. Es wurde also ein weiterer Mord verübt, während er noch drin war, folglich kann er es nicht gewesen sein – aber das ändert nichts an der Tatsache, daß sein Auto in jener Nacht in Scandicci war und daß er davon wußte. Er könnte den Mord gesehen haben. Na gut ...« Wenn er nicht reden wollte, dann wollte er eben nicht. Wieder eine nachträgliche Einsicht. Trotzdem mußte es doch Mittel und Wege geben, herauszubekommen, warum er nicht reden wollte ...

Der Maresciallo ließ heißes Wasser in den Topf, was seine Frau stets mißbilligte, obwohl er nicht wußte, warum. Er zündete das Gas an und hatte inzwischen schon völlig vergessen, daß es nicht Abendbrotszeit war, sondern drei Uhr nachts. Er deckte sich einen Platz am Küchentisch und suchte im Schrank nach einem Glas Tomatensauce, die ihm seine Frau zubereitet hatte ...

»Außerdem war er ein Voyeur. Bei mir wäre er nicht so leicht davongekommen.«

Aber er war davongekommen, hatte vom Trubel um die neuen Ergebnisse im Zusammenhang mit der Mordwaffe von 1968 profitiert. Alle waren wieder hinter Sergio Muscas her. Aber man konnte doch nicht einfach außer acht lassen, was als Tatsache bereits erhärtet war – Sassettis Auto, das gesehen wurde, und daß er von dem Mord wußte –, bloß weil eine neue, interessantere Theorie auftauchte. Man mußte beides verbinden. Und das war der Fehler bei der Ermittlung von 1968: Die wahren Tatsachen paßten nicht zusammen, deshalb wurden sie beiseite gelassen. Dasselbe 1982 noch einmal. Alle gingen davon aus, daß Sergio die Wahrheit gesagt, daß er einen Komplizen gehabt hatte. Klar hatte er. Er besaß ja weder ein Auto noch eine Waffe. Aber dann mußte man den Zusammenhang zwischen diesem Komplizen und Elio Sassetti herstellen, man konnte letzteren nicht einfach aus dem Kreis der Verdächtigen ausschließen.

»Mist!« Er bespritzte sich, als die Tomaten im Topf auf das heiße Öl und den Knoblauch trafen. In dem Teil der Akte, den er gerade gelesen hatte, war ja nicht einmal verzeichnet, daß Elio Sassetti und Flavio Vargius – von Sergio Muscas hartnäckig als sein Komplize bezeichnet – im gleichen Dorf wohnten und beide Voyeure waren, vielleicht gar zu einer Bande gehörten. Irgend etwas war hier faul, mußte faul sein. Sergio war inzwischen aus dem Gefängnis entlassen worden und lebte in einer Unterkunft für ehemalige Strafgefangene oben im Norden. Niemand verdächtigte ihn der Morde in Florenz, das hatte man ihm sogar schriftlich gegeben. Aber er wollte immer noch nicht reden, den Schlüssel nicht liefern, mit dem die Polizei den Mordfall von 1968 knacken konnte.

Sergio, dachte der Maresciallo und rührte langsam die schimmernde Sauce um, hatte sich kein bißchen verändert, obwohl er seine Strafe abgesessen hatte und für ihn nun alles vorbei war.

*»Flavio Vargius war es. Ich lag krank im Bett.«*

*»Wenn Sie krank im Bett lagen, wie können Sie dann wissen, daß es Flavio war?«*

*»Er war es, er hätte den Jungen umgebracht, wenn ich ihn beschuldigt hätte.«*

*»Aber Sie haben ihn doch beschuldigt. Jetzt beschuldigen Sie ihn wieder. Wer soll ihn denn jetzt daran hindern, Ihren Sohn zu töten? Warum beschuldigen Sie ihn jetzt?«*

*»Ich beschuldige ihn, weil er es getan hat.«*

*»Ist Ihnen klar, was Sie damit sagen? Begreifen Sie, daß mit der gleichen Waffe noch acht weitere Menschen getötet wurden?«*

*»Das können Sie mir nicht vorwerfen.«*

*»Niemand wirft Ihnen etwas vor. Acht Menschen sind ermordet worden. Wir wollen nur wissen, wem diese Waffe gehört hat.«*

*»Ich hab sie in den Graben geworfen.«*

Warum sie den Kerl nicht energischer in die Mangel genommen hatten, war ein Rätsel. Der Maresciallo setzte sich vor seine Pasta und bestreute sie großzügig mit Käse. Der Presse hatten sie damals keine Informationen weitergegeben, was vernünftig war, ein Detail war aber doch zu den Journalisten durchgedrungen, die Mär nämlich, Piero Merlini sei noch am Leben gewesen, als man ihn nach dem Mord in Montespertoli fand, und habe den Mörder beschrieben. Das stimmte nicht. Der arme Junge hatte zwar noch gelebt, das schon, doch er war im Krankenhaus gestorben, ohne das Bewußtsein wiedererlangt zu haben. Die Geschichte wurde aber so veröffentlicht, und am Tag darauf, der Richter war noch nicht von seiner Vernehmung Sergio Muscas' zurückgekehrt, war Flavio Vargius auf und davon und lenkte damit alle Aufmerksamkeit der Ermittler auf sich.

Natürlich hatte man zuerst seine Frau aufgesucht. Der Maresciallo hörte plötzlich auf zu kauen. Irgend etwas war im Zusammenhang mit diesem Besuch bei Flavios Frau gewesen, das er sich hatte merken wollen. Was war das nur? Er aß weiter und durchforschte sein Gedächtnis, jedoch ohne Erfolg. Er hätte schwören können, daß es etwas mit dem Verdächtigen zu tun hatte, aber einen Verdächtigen hatte es 1982 ja nicht einmal gegeben. Was zum Teufel konnte es nur gewesen sein? Sie waren zu Flavio nach Hause gefahren, um dessen Frau zu befragen... irgend etwas in dem Zusammenhang mußte es sein... Sie war wohl eine zweifelhafte Type gewesen, hatte ihren Mann gleich angeschwärzt, hatte ausgesagt, er habe sie so brutal zusammengeschlagen, daß sie auf einem Ohr taub geworden sei, was sich zuletzt als unwahr herausstellte. War es das gewesen? Es hieß, der Verdächtige schlüge seine Frau. Sosehr sich der Maresciallo auch bemühte, der Zusammenhang fiel ihm einfach nicht mehr ein. Jedenfalls hatte Flavios Frau offiziell Anzeige erstattet, und mit diesem Ermittlungsgrund hatten sie ihn ohne große Mühe aufgespürt und verhaftet. Damit befand sich der Verdächtige Nummer zwei in Haft. Und trotzdem waren sie noch lange nicht aus dem Schneider. Um beweisen zu können, daß er das Ungeheuer war, mußten sie erst einmal beweisen, daß er eine Waffe besaß und den Mord von 1968 begangen hatte. Und dafür brauchten sie die Aussage von Sergio Muscas, dem unglaubwürdigsten Zeugen, den die Welt je gesehen hatte. Sergio hatte nun aber beschlossen, sich selbst in allen Details zu entlasten. Wenn er nicht zugab, am Tatort gewesen zu sein, war seine gegen Flavio vorgebrachte Anschuldigung sinnlos. Die Ermittlungsbeamten beschlossen, ein wenig bei ihm mitzuhören.

Vielleicht irrte er sich aber auch. Der Maresciallo stand auf und spülte seinen Teller ab. Vielleicht hatte das, was er sich merken wollte, gar nichts mit Flavio und dessen

Frau zu tun, sondern mit Sergios Bruder Fabio und dessen Frau. Womöglich hatte er die Namen verwechselt wie dieses bedauernswerte Kind. Er ging ins Schlafzimmer zurück und fand die Seiten mit der Abschrift der abgehörten Anrufe. Fabio und Tina hatten jeden Abend telefoniert, als sie mit unheilbarem Krebs im Krankenhaus lag. Die vage Hoffnung der Ermittlungsbeamten, die Frau könnte auf dem Totenbett die Wahrheit sagen, wurde mit ihrem Tod jäh zunichte gemacht. Wie hätte es auch anders sein sollen. Tina Muscas ließ ihre Tochter als Halbwaise zurück. Hätte man ihren Ehemann wegen einer Beteiligung an dem Mord von 1968 verhaftet, wäre ihre Tochter außerdem ohne Vater aufgewachsen. Der Maresciallo nahm die betreffenden Seiten ins Wohnzimmer mit und ließ sich auf seinem gewohnten Sessel vor dem Fernsehapparat nieder.

*»Wie geht es dir?«*

*»Wie immer. Zu Hause ginge es mir besser.«*

*»Die Ärzte wissen schon, was richtig für dich ist, Tina.«*

*»Ach, wirklich? Ich möchte nicht hier sterben.«*

*»Du wirst doch nicht sterben. Niemand behauptet, daß du sterben wirst.«*

*»Mag sein. Hast du mit Sergio gesprochen?«*

*»Ich hab's versucht, aber am Telefon ist das nicht so einfach. Vielleicht sollte ich mal hingehen.«*

*»Wenn du gehst, dann sieh zu, daß er sich nicht wieder in den Kopf setzt, hierherzukommen. Er soll bleiben, wo er ist.«*

*»Immerhin ist er mein Bruder.«*

*»Na und? Er hat uns allen ja nichts als Ärger eingebracht. Der Tag sei verflucht, als euer Vater Sergios Hochzeit arrangiert hat.«*

*»Er wollte nur das Beste. Niemand wußte, was für eine sie war. Jeder dachte, sie wäre dankbar dafür, daß überhaupt jemand sie heiratete, wo ihre Familie doch so arm war. Und umgekehrt, welche Frau hätte denn Sergio genommen? Du weißt doch, daß er nicht ganz richtig im Kopf ist.«*

*»Eins weiß ich auf jeden Fall: daß diese Schlampe ihre Schlüpfer nicht zwei Minuten am Stück anbehalten konnte. Und auch, daß sie bei den Männern im Dorf nur Bienenkönigin hieß. Euer Vater hat sich an den Bettelstab gebracht, weil er Sergios Schulden bezahlt hat, und warum? Weil sie den Männern auch noch Geld gab. Dieses Geld hätten wir erben können! Wenn sie doch wenigstens die Hände von dem Versicherungsgeld gelassen hätte!«*

*»Hör doch auf.«*

*»Mußte euer Vater das Haus verkaufen oder nicht? Wenn Sergio im Gefängnis geblieben wäre, hätten wir das bekommen. Was ist denn mit deiner Tochter, denk doch mal an sie! Sie hätte ein eigenes Haus gehabt! Das ist wieder mal typisch Mann. Denkt nur an sich! Und sorg dafür, daß Nicolino seinen Vater anruft. Wenn er und Sergio nicht bei der gleichen Version bleiben…«*

*»Bleiben sie schon, keine Sorge. Sergio beschuldigt weiter Flavio Vargius. Solange sie dabei bleiben, kann mir nichts passieren.«*

*»Das denkst du. Keiner von beiden hat doch noch soviel Verstand, wie er bei der Geburt mitgebracht hat. Geht Nicolino was arbeiten?«*

*»Ab und zu.«*

*»Ich nehme an, das heißt nein.«*

*»Ich tue, was ich kann.«*

*»Gib ihm kein Geld, hörst du.«*

*»Du stellst dir das so einfach vor...«*

*»Gib ihm einfach keins. Und wenn man ihn fragt, soll er sagen, er hätte hinten im Auto geschlafen und könnte sich an nichts erinnern. Er hätte niemand gesehen. Ist das klar?«*

*»Das hab ich ihm doch schon gesagt. Seine Diebstähle machen mir mehr Sorgen. Wenn ich ihm kein Geld gebe, beschafft er es sich anderweitig für seinen Stoff. Wenn er verhaftet wird...«*

*»Dich wird man verhaften, wenn du nicht aufpaßt. Es ist ja fast ein Wunder, daß Sergio nicht geplaudert hat, nun, wo er raus ist.«*

*»Er wird nicht reden, er ist fest entschlossen.«*

*»Ich hoffe nur, daß du recht hast. Wir wollen doch nicht, daß das auch noch rauskommt. Er hat sowieso schon genug Schande über uns gebracht.«*

*»Du weißt doch, wie er ist. Und Nicolino ist nicht besser. Ich tue ja, was ich kann, aber bei den beiden ist eine Schraube locker, und da kann ich nichts machen.«*

Eine Schraube locker... ja, daran bestand kein Zweifel. Warum aber schützte Fabio seinen Bruder Sergio, der ihn ja immerhin einmal im Stich gelassen und ihm die Schuld zugeschoben hatte und der ihn nun abermals im Stich ließ und seinen Lebensabend in einem Hospiz verbrachte? Wegen Nicolino, klar, Sergio wußte, daß er seinen Bruder und seine Schwägerin brauchte – sie mußten sich um das Kind kümmern. Aber jetzt? Und wen mochte Sergio außerdem noch schützen?

*»Er beschuldigt weiter Flavio Vargius.«*

Was verheimlichte Sergio Muscas?

*»Wir wollen doch nicht, daß das auch noch herauskommt.«*

Aber was sollte nicht herauskommen? Bis zu einem gewissen Punkt konnte man das Geschehen nachvollziehen. Belinda hatte die Familie moralisch und wirtschaftlich ruiniert; kein Wunder, wenn Fabio Sergio half, sie loszuwerden.

*»Onkel Flavio hat in die Handtasche von meiner Mama geguckt, und dann hat er im Handschuhfach rumgekramt...«*

Das Geld von der Versicherung. Unmittelbar vor dem Mord hatten Sergio und Belinda sich von der Versicherung Geld für Verletzungen auszahlen lassen, die Sergio bei einem Unfall mit dem Moped erlitten hatte. Es war eine beträchtliche Summe, und offensichtlich hatte Belinda das Geld in die Finger bekommen. Dieses Geld hatte Fabio gesucht. Aber er hatte wie sein Bruder Sergio keine Waffe und kein Auto. Irgend jemand hatte diese Dinge zur Verfügung gestellt. *»Wir wollen doch nicht, daß das herauskommt. Wir wollen doch nicht...«*

»Salva? Bist du es?«

»Wer denn sonst? Was ist los? Warum rufst du mitten in der Nacht an?«

»Es ist nicht mitten in der Nacht, gewöhnlich stehst du um die Zeit auf.«

Dem Maresciallo fiel ein Blatt Papier zu Boden. Er war im Dunkeln in die Diele gestolpert und tastete nun nach dem Lichtschalter. Er war nicht aus dem Bett gekommen und verstand im ersten Augenblick nicht, wieso. Aus irgendeinem Grund nahm sein verwirrter Kopf an, der Anruf käme aus dem Krankenhaus. Aus welchem Krankenhaus denn? Und warum?

»Ich dachte, ich sag's dir lieber. Nunziata geht es nicht besonders.«

Es war also eine böse Vorahnung. »Sie liegt im Krankenhaus?«

»Gütiger Himmel, nein. Sie ist ganz blaß, und da dachte ich...«

Während seine Frau sprach, lichtete sich das Gewirr in seinem Kopf, und dem Maresciallo fiel das Dokument ein. Er war wohl beim Lesen im Wohnzimmer eingeschlafen. Er erinnerte sich daran, daß Papiere zu Boden geflattert waren, als er beim ersten Läuten des Telefons aus dem Sessel hochgefahren war.

Er war sich nicht sicher, ob er alles, was ihm nun allmählich einfiel, auch gelesen hatte, denn wahrscheinlich hatte er einen Teil davon auch geträumt, ganz sicher sogar – über Ferrini hatte er ja auch etwas gelesen, und das konnte nicht sein. Und noch etwas stimmte nicht, ganz am Ende. Etwas, das ganz dramatisch war und das er unbedingt hatte begreifen wollen, doch die Wörter waren ihm vor den müden Augen weggerutscht, und sosehr er sich auch zu konzentrieren versuchte, er hatte sie nicht lange genug anschauen können, um sie auch zu lesen.

»Ich dachte nur, um ganz sicherzugehen, sie sollte sich einmal gründlich untersuchen lassen, und wo ich einmal hier bin…«

»Aber ich dachte, du kommst morgen nach Hause.«

»Sie ist deine Schwester, Salva. Und ich bleibe ja auch nur ein paar Tage länger. Der Arzt hat gesagt…«

Dennoch war er fast überzeugt davon, daß er es wirklich gelesen hatte oder versucht hatte, es zu entziffern… Jetzt würde er Stunden brauchen, um die vielen Blätter wieder zu ordnen. Er beugte sich hinunter und sammelte, den Telefonhörer unter das Kinn geklemmt, so viele Blätter auf, wie er konnte.

»Es ist doch bestimmt die Leber«, sagte er. »Du weißt doch, wie gerne Nunziata ißt, und grad jetzt, zu Weihnachten…«

»Ja, ich weiß. Sie müßte eine Diät machen, obwohl man nicht weiß, was das nützt. Jemand anderem, dessen Namen ich nicht nennen will, täte das übrigens auch gut. Ist bei dir alles in Ordnung?«

»Was?«

»Ist bei dir alles in Ordnung? Du klingst ein bißchen abwesend.«

»Ich bin gerade erst aufgewacht. Wenn du morgen nicht nach Hause kommst, wann dann?«

Flavios Verhaftung. Daran erinnerte er sich. Er war noch einigermaßen wach gewesen, als er das gelesen hatte.

Er ließ das betreffende Blatt auf den Teppich fallen und breitete ein paar andere Blätter aus, um die Überschrift wiederzufinden, die er zuletzt gelesen hatte. Er war sich sicher, daß sich ihm eine Überschrift eingeprägt hatte, aber daß er den Text darunter nicht entziffern konnte. Hier war es… und dann war Ferrini aufgetaucht, also mußte er an dieser Stelle eingeschlafen sein. Er war nicht im eigentlichen Sinne aufgetaucht, aber er war dagewesen, in dem hohen Schilf, und das Kind hatte im Dunkeln die blasse Hand gehoben und auf etwas gezeigt.

*»Da war ein Geräusch…«*

*»Schon gut. Ich bring dich nach Hause.«*

*»Trägst du mich huckepack?«*

*»Los geht's, hopp.«*

Da war noch eine andere Stimme, und er spürte, wie die kleine Hand, ganz kalt vor Furcht, sich in seine Hand schob. Er lief los, um das Kind nicht zu beunruhigen, doch es war ihm klar, daß er es in dieser totalen Finsternis nicht schaffen würde. Er wußte ja nicht einmal, wo der Kleine wohnte.

*»Kommt meine Mama?«*

*»Nein, sie ist tot.«*

*»Kommt sie dann morgen?«*

Er trug das Kind. Der Kleine war so schmächtig und durchgefroren, daß er fast nichts wog. Und warum weinte er nicht? Sie irrten in der Dunkelheit umher, als Ferrinis Stimme aus dem Schilf kam.

*»Sie werden den richtigen Weg nie finden. Eine Seite fehlt.«*

Eine Seite fehlte. Dann war es also nur ein Traum gewesen, ausgelöst dadurch, daß dem Maresciallo beim Einschlafen die Blätter aus der Hand gefallen waren.

»Ich mach mich mal auf den Weg.«

»Bist du sicher, daß mit dir alles in Ordnung ist, Salva?«

»Natürlich. Aber wenn ich jetzt nicht losgehe, komme ich zu spät. Außerdem habe ich noch keinen Kaffee getrunken.«

»Ach so, daran liegt es.«

»Ruf mich heute abend an. Und grüß die Jungs. Haben sie viel Spaß?«

»Bei denen ist alles in Ordnung, abends bleiben sie immer lange auf und schlafen dann schnell ein.«

Er spürte die kleine Hand in der seinen, kalt wie der Tod.

»Sag ihnen ...«

»Was soll ich ihnen denn sagen?«

»Sagen ihnen ... ach nichts, sag ihnen, sie sollen es genießen.«

Nach dem Auflegen blieb er noch eine Weile stehen und starrte aus großen Augen und mit leicht gerunzelter Stirn vor sich hin. Dann steuerte er auf das Schlafzimmer zu.

»Uff!«

Er war nicht dafür geschaffen, lange zu lesen. Er hätte sich besser mal richtig ausgeschlafen. Trotzdem sammelte er die im Flur und im Wohnzimmer verstreuten Blätter ein und nahm sie mit in die Küche.

Dort setzte er Kaffeewasser auf und ließ sich am Tisch nieder, um die durcheinandergeratenen Blätter zu sortieren. Was er immer morgens tat – aus dem Fenster schauen, um zu sehen, wie das Wetter war –, heute vergaß er es. Der erste Teil des Berichts war geordnet, denn den hatte er in hellwachem Zustand gelesen. Ein paar Blätter aus dem Teil zu Flavios Verhaftung lagen nicht mehr in der richtigen Reihenfolge, aber sie waren doch mehr oder weniger beisammen. Er ordnete sie und legte alles bis zu diesem Kapitel beiseite.

»Richtig ...«

Zuerst der Kaffee. Er brodelte schon. Er schaltete den Herd aus und schenkte sich eine kleine Tasse ein.

Das Durcheinander war gar nicht so schlimm, wie er befürchtet hatte. Nur der letzte Teil, den er gelesen hatte, war nicht mehr geordnet – die Blätter so wenig wie seine Erinnerung an den Text. Er überflog jedes einzelne, während er sie hintereinanderlegte, und schied dabei Traum und Tatsachen.

Amelio Vargius, Flavios Neffe und sein Komplize bei einigen Straftaten aus jüngerer Zeit, darunter ein Waffendiebstahl, um dessentwegen Flavio zur Zeit seiner Verhaftung gesucht wurde, hatte ausgesagt, Flavio sei zu Unrecht wegen des Mordes von 1968 verhaftet worden – immer werde Flavio zu Unrecht beschuldigt, während die wahren Verbrecher ungeschoren blieben. Amelios Verhältnis zu seinem leiblichen Vater, Silvano Vargius, so war damals durchgesickert, war so schlecht gewesen, daß er eigentlich mehr bei seinem Onkel aufwuchs – es war also verständlich, wenn Amelio sich nun für ihn ins Zeug legte und ihn verteidigte. Und das erklärte auch, warum Silvano seinem Bruder Flavio gegenüber so verbittert war und zu Protokoll gab, daß dieser zur Zeit des Mordes Belinda Muscas' Liebhaber gewesen sei. Er selbst habe zwar auch ein Verhältnis mit Belinda gehabt, doch als Flavio mit Belinda angefangen habe, sei das längst zu Ende gewesen. Silvano bestätigte auch, daß Flavio sehr eifersüchtig gewesen sei, das Alibi des Bruders bestätigte er jedoch nicht.

Einem jungen Mann namens Salvatore Angius, der mit Silvano und Flavio befreundet war und der 1969 und 1970 zweimal gemeinsam mit Sergio Muscas eingesessen hatte, war eingefallen, daß Sergio ihm erzählt habe, er sei unschuldig, Flavio habe Belinda und Lo Russo ermordet. Andere Zeugen behaupteten, Flavio Vargius habe eine Beretta 22 besessen und sei oft bei Schießübungen, die er mit seinem Neffen im Wald in der Nähe seines Hauses veranstaltet habe, gesehen worden. Er hatte kein Alibi für die Zeiten, als die Pärchen ermordet wurden.

Während des ganzen Jahres 1981 hatte man die Kennzeichen von Wagen überprüft, in denen Männer allein in der Dunkelheit im Umkreis von Florenz unterwegs waren, weil man hoffte, auf diese Weise Voyeuren auf die Spur zu kommen. Diese Autokennzeichen wurden dann noch einmal überprüft: Keines konnte Flavio zugeordnet werden, doch bei einem der überprüften Wagen erwies sich Amelio als der Halter, der Flavio sein Auto natürlich hätte leihen können.

Man hatte ermittelt, daß Flavio ein gewohnheitsmäßiger Voyeur war und zur gleichen Bande gehörte wie Elio Sassetti. Kugeln und Hülsen waren in dem Waldstück sichergestellt worden, in dem Passanten ihn bei Schießübungen beobachtet hatten. Bei den Projektilen handelte es sich um Winchester vom Kaliber 22 mit einem eingestanzten H auf dem Boden, die Munition, die der Serienmörder verwendet hatte.

Am 6. November 1982 war der Haftbefehl für Flavio Vargius ausgestellt worden.

Der Maresciallo legte diesen und den nächsten Teil der Akte beiseite und stellte sich vor, wie frustriert die Ermittlungsbeamten gewesen sein mußten, als dieses Kartenhaus in sich zusammenfiel. Flavio wurde von Psychiatern begutachtet, die ihm vollkommene Normalität attestierten. Außerdem stellte man fest, daß die im Wald gefundenen Projektile aus einer anderen Waffe abgefeuert worden waren. Flavio hatte seine Waffe scheinbar tatsächlich nur für Wettkämpfe im Scheibenschießen mit seinem Neffen verwendet. Und als sei dies noch nicht genug, wurden, als Flavio Vargius im Gefängnis saß, Herman Mainz und Ulrich Richter in ihrem vw-Campingbus mit der Beretta 22 Long Rifle erschossen.

Man hatte Flavio also nichts nachweisen können. Sergio beschuldigte daraufhin Fabio – nach einem Besuch, der wohl wenig glücklich verlaufen war. Als Beweis legte er einen Zettel aus der Hand seines Bruders vor, auf dem stand: *»Beschuldige weiter Vargius. Du mußt die Familie schützen.«*

In der Akte sollte nun die Zusammenfassung der Ermittlungen folgen, die zu Fabios Verhaftung geführt hatten, doch der Maresciallo konnte sie nicht finden. Wenn sein Gedächtnis ihn nicht trog, hatte Fabio nicht nur ziemlich absonderliche sexuelle Neigungen, sondern besaß auch eine beunruhigende Sammlung von Messern, die er nach eigenem Bekunden für sein Hobby, die Korkschnitzerei, benötigte. Aber auch Fabio hatte man nichts nachweisen können, und nach dem Mord in Viccio hatte man ihn freilassen müssen. Wo war bloß dieser Teil der Akte? Das mußte die fehlende Seite sein, von der der Maresciallo geträumt hatte, vielleicht im Bewußtsein, daß sie ihm aus der Hand gefallen war, als er einschlief. Er fand sie schließlich unter dem Fernsehapparat und ordnete sie wieder in den Blätterstapel ein.

»Aber trotzdem«, murmelte der Maresciallo, während er zur Dusche ging, »hat er bei der Sache 1968 mit Sergio bis zum Hals mit dringesteckt, auch wenn das heute niemand mehr beweisen kann.«

Er fühlte sich gar nicht so müde, wie er es eigentlich hätte sein können. Das munterte ihn auf. Noch mehr aber munterte ihn auf, daß heute, falls alles gutging, der letzte Tag ihrer weidlich in den Zeitungen ausgeschlachteten Hausdurchsuchung bei dem Verdächtigen war. Er hatte genug davon.

»Ich habe genug«, sagte der Maresciallo.

»Wie steht's mit Ihnen, Bacci?«

»Nein, danke.«

»Dann nehme ich mir den Rest.« Ferrini angelte sich mit der Gabel die letzte Scheibe Salami auf seinen Teller.

Sie saßen im hinteren Teil der kleinen Bar, in der sie regelmäßig frühstückten. Dort wurden jeden Tag vier kleine Tische zu einem preiswerten Mittagessen gedeckt, das von der Frau des Barbesitzers und ihrer Mutter zubereitet wurde. Ein Tisch wurde immer für die Beamten freigehalten, und sie gingen in kleinen Grüppchen hin. Die anderen drei Tische waren von Arbeitern aus der Wurstfabrik belegt. Die Salami stammte wahrscheinlich aus der dortigen Produktion. Eine Speisekarte gab es nicht. Wenn man das Fleischgericht, das die Frauen zubereitet hatten, nicht wollte, konnte man sich statt dessen eine Omelette machen lassen. Pasta mit Fleisch- oder Tomatensauce gab es abwechselnd. Heute war der Tag der Fleischsauce. Die Frau des Lokalbesitzers servierte den drei Männern ihre Teller.

»Ist alles in Ordnung?«

»Prima... Den hier können Sie mitnehmen.« Ferrini legte die letzte Salamischeibe auf ein Stück Brot und ließ die Frau seinen Teller abräumen.

»In einer vollkommenen Welt«, führte er den Gedanken weiter, den die letzte Salamischeibe unterbrochen hatte, »trüge jeder Uniform, na ja, vielleicht nicht gerade das, aber wäre zumindest identifizierbar. Die Monster dieser Welt müßten mit Messern an ihren Gürteln herumlaufen und grüne Gesichter und kleine Hörner haben. Dann könnte man, wenn man einen sähe, gleich sagen: ›Ah! Ein Monster!‹ Ich erinnere mich an einen Kerl, den ich einmal verhaftet habe, einen Einbrecher. In Florenz spazierte der mit einem gestreiften T-Shirt umher, und er fuhr einen kleinen Lastwagen mit Seilen und Leitern auf der Ladefläche und einer Blondine vom Typ Gangsterbraut auf dem Beifahrersitz. Der trug bei seiner Arbeit eine schwarze Maske.«

»Aber er wurde doch sicher geschnappt«, fragte Bacci eifrig dazwischen und schaute den Maresciallo an, um zu sehen, ob Ferrini ihnen nicht einen Bären aufband.

»Ja, sicher.« Ferrini wickelte sich einen dicken Strang Spaghetti auf die Gabel. »Jedesmal. Der Kerl verbrachte mehr Zeit im Gefängnis als in Freiheit, aber das schien ihn nicht zu stören. War Teil seiner Arbeit. Er wollte eben Einbrecher sein. Das Problem bei diesem Fall ist, daß wir ohne die verdammte Waffe kaum beweisen können, den Richtigen geschnappt zu haben.«

»Die Schuldigen gestehen doch immer«, warf Bacci ein. »Jedenfalls habe ich das gelesen. Erst versuchen sie alle möglichen Tricks und spielen Katz und Maus mit den Ermittlungsbeamten, aber irgendwann ist das Spiel aus und die Wirklichkeit fängt an, und dann legen sie ein Geständnis ab.«

»Na, mag sein, wie es will, aber ich glaube nicht, daß wir hier Gefahr laufen, Einblick in die Wirklichkeit zu bekommen, was, Guarnaccia? Haben Sie das Zeug gelesen?«

»Einen großen Teil davon. Einiges muß ich aber noch. Haben Sie es gelesen, als es seinerzeit zusammengestellt wurde?«

»Nein, zumindest nicht alles. Ich hab es nur überflogen. Ich wußte ja schon, was in dem Bericht steht. Im Präsidium bekam ich zwangsläufig von den Kollegen mit, was sich bei den Ermittlungen tat. Sind Sie schon bis zu der fehlenden Seite gekommen?«

Der Maresciallo sah Ferrini aus aufgerissenen Augen an.

»Die zweite im letzten Teil.«

»Wollen Sie damit sagen ... daß in dem Bericht wirklich eine Seite fehlt? Ich kann mir nicht vorstellen ...«

»Nein, nein. Die zweite im letzten Teil. Sie trägt die Überschrift ›Die fehlende Seite‹. An der Stelle wird es wirklich interessant, Sie werden sehen. Na, dann« – er hob den Weinkrug hoch – »Bacci? Geben Sie mir doch mal Ihr Glas.«

Er schenkte den Wein ein und schob das Glas zurück. »Spülen Sie das runter und nehmen Sie das Leben nicht so ernst. Das ist es nicht wert. Jedenfalls bin ich wirklich froh, wenn wir heute mit der Durchsuchung zu Ende kommen. Ich dachte eigentlich, daß sie nach den Ereignissen von neulich darauf verzichten, auch noch das Weinfaß von dem armen Mistkerl auszuleeren. Da hätte wohl sogar ich geweint. Also, was darf es sein? Kalbskotelett oder Omelette?«

»Für mich eine Omelette, weil ...«

»Ihre Diät. Aber Sie wissen, wie schlecht Eier für die Leber sind, ja? In Ihrer Familie haben alle etwas mit der Leber, das haben Sie mir heute vormittag selbst gesagt. Also: dreimal Kalbskotelett und einen frischen grünen Salat. Signora? Wir sind soweit!«

Es sah so aus, als kämen sie heute wirklich mit der Durchsuchung zu Ende. Der Maresciallo und Ferrini befanden sich in der Wohnung der Tochter. Das Fenster des winzigen Schlafzimmers ging auf die Piazza mit der kleinen Kirche hinaus. Die junge Frau war nicht da. Ihr Name stand noch an der Türklingel, doch anscheinend wohnte sie nicht mehr hier.

»Wo ist sie denn, wissen wir das?« sagte der Maresciallo, als er in den fast leeren Schubladen ein paar wenige Kleidungsstücke hin und her schob.

»Gute Frage«, erwiderte Ferrini mit breitem Lächeln. »Wir wissen es zwar, aber wir wissen es nicht. Sie wird vor den Journalisten ›geschützt‹.«

»Mir geht da etwas durch den Kopf ...« Der Maresciallo

schob die obere Lade der Frisierkommode zu und trat vors Fenster. »Es kam mir komisch vor, und ich wollte es Ihnen gegenüber schon länger zur Sprache bringen.«

»Ja? Was ist denn so komisch?«

»Ich weiß auch nicht... Daß diese junge Frau sich auf einmal entschließt, Anzeige gegen ihren Vater zu erstatten, das klingt für mich nicht ganz überzeugend.«

»Klingt für Sie denn überhaupt etwas an dem Fall überzeugend?«

»Nein... eigentlich nicht. Es geht hier doch um etwas, das schon länger zurückliegt und... oberflächlich betrachtet leuchtet es mir schon ein, und trotzdem habe ich so etwas noch nie erlebt. Sie ist doch erwachsen und wohnt nicht mehr zu Hause. Können Sie sich vorstellen, daß sie eines Morgens aufwacht und sich sagt: ›Heut ist aber ein schöner Tag, ich glaube, ich zeige meinen Vater an, weil er mich, seit ich neun war, vergewaltigt hat.‹ Und jetzt, drei Jahre später, bringt sie zu dem Thema kaum zwei Wörter heraus. Sie ist tief beschämt, sie will nicht reden. Und sie hat Angst.«

»Angst hat sie, das ist nicht zu übersehen.«

»Ich finde das alles seltsam. Ich wollte es Ihnen gegenüber schon länger mal zur Sprache bringen, aber bei den vielen anderen Dingen... Und als ich gestern abend das über Flavio Vargius gelesen habe, ist es mir aufgefallen.«

»Was hat das denn damit zu tun?«

»Nichts. Doch als man ihn für das Ungeheuer hielt und er verschwand, brauchte man einen Haftbefehl, um ihn zu fassen und gegen ihn zu ermitteln.«

»Und?«

»Sie hatten gar keine richtigen Beweise, um einen Haftbefehl gegen ihn als das Ungeheuer zu erlassen. In dem Bericht des Richters stand sinngemäß: ›Seine Frau Valeria zeigte ihn wegen gewalttätiger Übergriffe an. Aus diesem Grunde wurde er verhaftet, und man konnte ihn im Gefängnis behalten. Dann geschah ein weiterer Mord...‹«

Ferrini blieb mit der Matratze, die er gerade vom Bett zog, stehen und schaute den Maresciallo an. »Ich verstehe... richtig. Sie wollen darauf hinaus, daß man unseren Mann hier als Verdächtigen auserkoren hat. Er wurde verhaftet, und es gab vorläufig keinen weiteren Mord, aus welchem Grund auch immer, damit fühlen sie sich bestätigt.«

»Nicht nur das. Sie haben ihn zu dem Ungeheuer gemacht. Sie haben doch die Leute im Dorf gehört, haben die Zeitungsartikel gelesen – und wenn wir ehrlich sind, haben wir es selbst gesagt: Was macht es schon, wenn er nicht schuldig ist? Die Morde haben aufgehört, und wenn man bedenkt, was er dem Mädchen angetan hat...«

»Das stimmt. Sie haben recht. Aber das wäre für einen Dummkopf wie Simonetti eine ziemlich schlaue Überlegung, würde ich denken.«

»Er zieht ja nicht die Fäden, oder? Er muß seinen Kopf hinhalten, wenn aus dieser Show nichts wird, aber wenn doch, so wird er wohl kaum den Erfolg für sich verbuchen können.«

»Sie haben wieder recht, nur – ich spiele mal den Advocatus diaboli – konnten sie doch die Tochter im Grunde nicht dazu zwingen, ihre Aussage zu unterschreiben, nicht? Oder sie zwingen, Beweise vorzulegen. Sie haben doch gesehen, wie sie ist.«

»Ich habe gesehen, daß sie Angst hat, und ich weiß einfach nicht, aus welchem Grund. Der Mann an der Theke – in der Bar, in der wir zu Mittag essen – hat einmal etwas gesagt... ungefähr in dem Sinne, sie hätte seiner Frau erzählt, sie habe unterschreiben *müssen,* sonst hätte man sie ins Gefängnis gesteckt.«

Ferrini zuckte mit den Schultern. »Aber sie ist ja gar nicht richtig bei Verstand. Ich denke mir, sie haben die Geschichte aus ihr rausgeholt, und als sie dann merkte, welche Konsequenzen das hat, hat sie versucht, einen Rückzieher zu machen. Sich einem freundlichen Herrn anzuvertrauen ist das eine, vor Gericht auszusagen aber etwas anderes. Vielleicht hat man sie ein bißchen hart angefaßt, so auf die Tour ›Sie haben uns die Geschichte erzählt, und wenn Sie jetzt die Aussage nicht unterschreiben wollen, sieht das aus, als hätten Sie uns angelogen‹. Könnte doch sein, daß es so oder ähnlich passiert ist, mehr kann ich darin nicht erkennen. Der Maresciallo hier aus dem Ort kennt sie doch von Kindheit an und weiß, wie man mit ihr umgehen muß.«

»Nein.«

»Nicht? Er ist doch seit Jahren hier, oder irre ich mich?«

»Das alles ist im Polizeipräsidium passiert. Ich habe in der Akte einen kleinen Hinweis darauf gefunden. Sie ist nicht zu dem Maresciallo der Carabinieri hier am Ort gegangen, ich habe ihn gefragt. Er hat mir das vom Polizeipräsidium erzählt, und ihn hat die Geschichte ebensowenig überzeugt wie mich. Der Herr, dem sie sich angeblich anvertraut hat, müßte natürlich wissen, ob die Geschichte wahr ist oder nicht, und sie selbst, wenn ich mich recht entsinne...«

»... muß wegen des gewaltigen Presseinteresses an unbekanntem Ort verwahrt werden und so weiter, ergo können wir es nicht überprüfen.«

»Nein. Aber glaubhaft ist das Ganze nicht.«

»Nein«, räumte Ferrini ein und betrachtete seinen Kollegen nun mit etwas größerem Respekt. »Nein, ich fürchte, Sie haben recht. Es ist überhaupt nicht glaubhaft.«

Wie erwartet kamen sie mit der Hausdurchsuchung gegen sieben Uhr abends zum Ende. Mitgenommen hatten sie zu guter Letzt nur das im Garten gefundene Projektil und aus der Küche des Bauernhauses eine Seifenschale mit ein paar wertlosen Schmuckstücken, die nach Angabe des Verdächtigen seiner Tochter gehörten, aber auch aus der Handtasche der ermordeten jungen Frau stammen konnten. Der Generalstaatsanwalt, der in den Acht-Uhr-Nachrichten interviewt wurde, sagte, er sei keineswegs enttäuscht, die Untersuchung komme wie geplant voran und er könne zum gegenwärtigen Zeitpunkt keine weiteren Mitteilungen machen.

»Das soll wohl so klingen, als hättest du eine Menge mitzuteilen, wenn es nur nach dir ginge ...«, murmelte der Maresciallo, der mit einem Auge auf den Fernsehschirm schaute, während er sich mit einem Dosenöffner plagte.

»Autsch! Mistding!« Er roch argwöhnisch an der Suppe und schüttete sie dann in einen Topf, groß genug, um darin zwei Suppenhühner gleichzeitig zu kochen. Er hätte in die Kantine hinübergehen können, aber er war zu müde und wollte außerdem zu der fehlenden Seite zurückkehren. Während die Suppe warm wurde, fiel ihm ein, daß er die

Wäsche aus der Maschine nehmen mußte. Er öffnete die Klappe und zog an dem feuchten Knäuel aus Hemden, Socken und Unterwäsche, die sich mit dem Trainingsanzug eines seiner Söhne verwickelt hatten. Seine eigenen Sachen hatten die Maschine nicht gefüllt, und es wäre ihm wie Verschwendung vorgekommen, sie nur halbvoll laufen zu lassen. Die Sachen rochen ein bißchen seltsam. Vielleicht hätte er sie nicht so lange in der Maschine liegenlassen dürfen… War es zwei Tage her oder drei?

»Hm.« Seine weißen Hemden sahen nicht ganz so aus, wie sie sollten, doch er kam zu dem Schluß, das liege daran, daß sie noch naß waren.

Ein plötzliches zischendes Geräusch rief ihn gerade noch rechtzeitig zum Herd zurück, bevor die Suppe überkochte. Es war einfach lächerlich. Er hatte jahrelang selbst für sich gesorgt, und seine Leistung als Koch war vollkommen ausreichend, wenn es um die zwei, drei Gerichte ging, die er zubereiten konnte. Aber damals hatte er es nicht mit diesem Fall des Ungeheuers zu tun gehabt und sogar seine kleinen Einkäufe in Ruhe getätigt.

›So wie die hier hat noch keine Minestrone geschmeckt, die ich je gegessen habe.‹ Er brach sich einen Kanten des ziemlich alten Brotes ab und tunkte ihn unglücklich in den üblen Sud. Er wollte ja nicht klagen, aber hätte seine Schwester sich zu Weihnachten nicht so vollgestopft, während er hier ohne Weihnachtsessen allein zurückgeblieben und tagelang gearbeitet hatte…

Er vergaß seinen Kummer jedoch bald, als er sich den Abschlußbericht des Richters wieder vornahm. Er stand nur einmal vom Lesen auf, und zwar, als er merkte, daß seine Konzentration nachließ, worauf er den kleinen Schwarzweißfernseher ausschaltete. Danach las er in einem Zuge, bis er am Schluß des Berichts angekommen war, und sogar dann hörte er noch nicht auf, sondern las Teile davon ein zweites Mal, weil er nicht glauben konnte, daß das stimmte, was da stand, und weil er hoffte, der Bericht würde beim zweiten Lesen anders enden. Doch das tat er nicht.

II

## Teil sechs
## *1984–85*

6.1. Die fehlende Seite

Diese Seite betrifft Silvano Vargius.

Wie bereits festgestellt, bezichtigte Sergio Muscas bei den wenigen Malen, als er die Anschuldigungen gegen Flavio Vargius zurückzog, dessen Bruder Silvano. Zum letzten Mal geschah dies im Jahre 1984, als Flavio sich in Haft befand und Sergio erneut zu seinem Komplizen bei dem Mord von 1968 vernommen wurde. Wie stets war der Gesinnungswandel, in dessen Folge er nun Silvano beschuldigte, nur von kurzer Dauer, und der Aktenvermerk – ein Blatt –, der darüber angefertigt wurde, wurde als nicht zur Sache gehörend aus der Hauptakte entfernt. Erst nachdem der Mord an den zwei jungen Männern aus Deutschland Flavios Unschuld zu bestätigen schien, erinnerten sich die Ermittlungsbeamten dieser Seite und nahmen sie noch einmal unter die Lupe. Der darauf befindliche Vermerk lautete wie folgt:

Ganz plötzlich und aus keinem erkennbaren Grund fing Muscas an, von Silvano Vargius zu reden: »*Allerdings, von Silvano war ja nichts anderes zu erwarten. Bevor er von Sardinien wegging, brachte er seine Frau um, und das Kind wurde auch damals schon verschont – nein, ich sage nichts gegen Silvano. Ich will gar nichts andeuten. Silvano Vargius besaß ein Auto.«*

6.2. Sergios Wankelmütigkeit

Auf den Tod der Frau von Silvano Vargius hatte Muscas schon im Jahre 1968 angespielt, als Muscas Vargius zum ersten Mal beschuldigte. Da er unmittelbar danach jedoch ein Geständnis abgelegt hatte, wurde die anscheinend nicht zur Sache gehörende Bemerkung zwar zu den Akten gelegt, jedoch als Erfindung abgetan. Seine das Auto betreffende Aussage bewies nichts, da Sergio Muscas inzwischen erfahren hatte, daß alle anderen von ihm Beschuldigten kein Auto besaßen.

In diesem Zusammenhang muß daran erinnert werden, daß Sergio 1968 bei der Gegenüberstellung mit Silvano vor diesem auf die Knie fiel und schluchzend um Verzeihung bat. Als der Fall 1970 vor Gericht kam, war Silvano anwesend und trug den Verlobungsring der Ermordeten.

6.3. Gründe für die Wankelmütigkeit

Die neuerliche Prüfung der Prozeßakten im Falle Sergio Muscas förderte ein beunruhigendes Detail zutage. Sergios Schwägerin Tina hatte im Zeugenstand erklärt, Belinda Muscas habe wiederholt geäußert, Nicolino sei nicht Sergios Sohn, sein Vater sei vielmehr einer der Vargius-Brüder. Tina gab an, sie wisse nicht, auf welchen der Brüder sich diese Äußerung bezogen habe, Sergio selbst habe ihr gegenüber den Wahrheitsgehalt dieser Behauptung bestätigt. Bei dem genannten Bruder konnte es sich nur um Silvano Vargius handeln. Als Belinda Muscas Nicolino empfing, lebte Flavio Vargius noch in Sardinien. Silvano Vargius war jedoch gerade in der Toskana angekommen und lebte im Hause des Ehepaars Muscas. Dies rückte Sergio Muscas' wiederholte Aussage *Er hat seine Frau umgebracht... und der kleine blieb auch damals schon verschont* in ein völlig neues Licht. Unklar blieb jedoch, welches Motiv Silvano für den Mord an Belinda haben sollte und aus welchem Grunde Sergio Muscas Silvano Vargius nicht offen beschuldigte, sondern weiter dessen Bruder Flavio belastete.

1985, als klar war, daß er nicht für die sechs seit 1974 verübten Doppelmorde verantwortlich war, wurde Sergio erneut zu Flavio Vargius vernommen.

»Es stimmt, daß ich gelogen habe, als ich Flavio angeschwärzt habe. Es stimmt auch, daß Silvano von mir verlangt hat, Flavio zu beschuldigen, die beiden hatten nämlich Streit. Bei diesem Streit ging es aber nicht um Belinda, sondern um Amelio, Silvanos Sohn. Silvano hat immer gesagt, Flavio hätte ihn verdorben, hätte ihm das Stehlen beigebracht und Haß auf den eigenen Vater eingeflößt. Silvano nahm den Jungen mit, als er wieder heiratete, aber die Sache ging schlecht aus. Der Junge lief von zu Hause weg und arbeitete eine Weile für einen Hirten – einen üblen Gesellen, ich vergesse seinen Namen immer wieder, aber er war dauernd mal im Gefängnis und mal wieder draußen. Meiner Meinung war er es, der den Jungen zu Diebstählen angestiftet hat, nicht Flavio. Amelio hat dann jedenfalls eine Weile bei Flavio gewohnt, und da fing der Streit zwischen Silvano und Flavio an. Der Grund dafür war nicht, weil Silvano wieder etwas mit Belinda angefangen hatte – ich weiß, er hat zwar gesagt, das hätte er nicht, aber das ist nicht wahr. Jedenfalls ging es nicht um sie, sondern Silvano war wütend, weil sein Sohn weggelaufen war, und er ist sogar zu den Carabinieri gegangen und wollte ihn zurückholen lassen. Er hat behauptet, der Junge habe ihm einen Lastwagen und ein Moped gestohlen und seine Werkstatt angezündet. Silvano glaubte, an allem sei Flavio schuld. Ob das stimmt oder nicht, kann ich nicht sagen. Es stimmt zwar, daß Amelio geschnappt wurde, als er mit fünfzehn einen Alfa Romeo stehlen wollte, aber da er zu der Zeit noch nicht volljährig war, wurde nichts weiter aus der Sache. Er war nun mal vernarrt in rote Sportwagen. Ich glaube, er hat ein paarmal welche geklaut oder es zumindest versucht – bis er sich selber einen kaufte, als er wieder nach Hause kam. Bei Flavio ist er nach ein paar Monaten wieder abgehauen und ist irgendwohin in den Norden gegangen, zur Schwester seiner Mutter. Zwei Jahre blieb er weg. Mehr ist da aber nicht gewesen. Für Silvano hatte aber Flavio den Jungen verdorben, und das hat er ihm nie verziehen, und deshalb sollte ich ihn auch anschwärzen. Sie können mir glauben oder auch nicht, wie Sie wollen, aber ich schwöre, daß das alles mit Belinda nichts zu tun hatte. Jetzt habe ich Ihnen die Wahrheit gesagt. Flavio hat es jedenfalls getan, und wenn Sie ihn herholen, sage ich ihm das auch ins Gesicht.«

Die widersprüchlichen Elemente dieser letzten Aussage wurden einzeln untersucht.

6.4. Silvano Vargius im Jahre 1968

Silvanos Alibi für die Nacht des 22. August war vermutlich in der mündlichen Befragung überprüft worden, seine Angabe hierzu war jedoch schriftlich nicht festgehalten worden. Silvano hatte angegeben, in jener Nacht mit einem jungen Mann namens Salvatore Angius Billard gespielt zu haben. Angius, ein wohnsitzloser sardischer Arbeiter, war Silvano aus mehreren Gründen verpflichtet. Vargius hatte Angius bei mehreren Bauten beschäftigt und für ihn Wohngelegenheiten aufgetrieben. Die Mehrzahl der befragten Personen sagte aus, Vargius habe ihn behandelt wie einen Sohn. Angius lebte noch immer in der Toskana und war als Bauarbeiter beschäftigt. Bei seiner Vernehmung im Jahre 1984 gab er an, daß er oft mit Silvano Billard gespielt habe, sich aber nicht sicher sei, an welchem Tag der betreffenden Woche sie zusammengewesen seien. Niemand kam noch einmal auf diese Ungenauigkeit zurück, und später wurde Sergio verurteilt. Salvatore war immer noch mit Silvano in Kontakt, arbeitete nun aber nicht mehr für ihn. Silvano besitze inzwischen, sagte er, eine Firma für Notdienste an Häusern, die Art Firma, die man anrufe, wenn man sich selbst ausgesperrt oder im Haus einen Wasserrohrbruch habe.

Die Angestellten der Firma »Blitzservice für dein Haus« wurden im Frühjahr 1984 befragt. Dabei ergaben sich zwei völlig neue Erkenntnisse über Silvanos Alibi für den Mordtag 1968: Erstens handelte es sich bei der Beziehung zwischen ihm und dem viel jüngeren Angius um eine homosexueller Art, und zweitens hatte Angius als seine eigene Adresse diejenige von Flavio genannt, als man ihn fragte, ob er Silvanos Alibi bestätigen könne. Diese Adresse hatte er jahrelang als seinen offiziellen Wohnsitz angegeben, ohne jedoch jemals dort gewohnt zu haben. In Wirklichkeit wohnte er im August 1968 an der Straße nach Pistoia im Haus Nr. 156 an dem als Via Torrente bekannten Teilstück. Das heißt, er wohnte in unmittelbarer Nachbarschaft zum Hause Rossini, zu welchem Nicolino in der Mordnacht geführt worden war, und zwar in jenem Bauernhaus, das Sergio irrtümlich als das Haus Rossinis beschrieben hatte.

### 6.5. Silvano Vargius 1984/85

Nun wurden neue Ermittlungen in zweierlei Richtungen eingeleitet. In Florenz erstellten die Carabinieri einen detaillierten Bericht über Silvano Vargius' Lebensverhältnisse, seine medizinische Vorgeschichte, sein persönliches Umfeld und vor allem seine sexuellen Neigungen. In Sardinien nahmen Ermittlungsbeamte die Untersuchung der Umstände des Todes von Vargius' Frau im Jahre 1960, der seinerzeit als Selbstmord registriert worden war, wieder auf.

Silvanos zweite Frau hatte ihn im Jahre 1981 verlassen. Sie wurde aufgesucht und ebenso wie Silvanos derzeitige Lebenspartnerin zu seinen sexuellen Neigungen befragt. Beide Frauen gaben an, zu Gruppensex gezwungen worden zu sein, den Silvano organisierte – er selbst habe sich dabei manchmal aktiv beteiligt und manchmal nicht. Seine Frau beschrieb auch von Silvano organisierte Zusammenkünfte von homo- und heterosexuellen Paaren ihrer Bekanntschaft und gab an, sie habe Silvano wegen seiner unannehmbaren sexuellen Praktiken verlassen. Dies wurde durch Dokumente im Zusammenhang mit ihrer Trennung bestätigt. Silvano beschuldigte seine Frau, die eheliche Gemeinschaft verlassen zu haben (§ 146 des Codice Civile entbindet den Ehemann von der Verpflichtung zur Unterhaltszahlung an seine getrennt lebende oder geschiedene Frau, wenn sie ihr Haus aufgibt und eine Rückkehr verweigert). Obwohl dies offensichtlich hier der Fall war, fiel das richterliche Urteil wegen der von Silvano ausgeübten Gewalt und seiner sexuellen Praktiken zugunsten der Frau aus. Seine Frau gab zudem an, daß Silvano sich 1981 in stationärer psychiatrischer Behandlung befunden habe.

Im Lichte dieser Aussage werden die verschiedenen Angaben von Sergio Muscas im Zusammenhang mit Silvano Vargius verständlich. Mit den obengenannten Tatsachen konfrontiert, räumte Sergio ein, daß Silvano nicht nur zu Belinda, sondern auch zu ihm selbst eine sexuelle Beziehung unterhalten habe. Muscas gab an, Belinda habe zwar Gefallen an ihrer Beziehung zu Silvano und an allem, was damit verbunden war, gefunden, so wie sie an allen ihren Liebhabern Gefallen gefunden habe, er selbst jedoch sei Silvano völlig hörig gewesen. Auf Silvanos Verlangen habe er, Sergio, für seine Frau

Belinda andere Männer mit nach Hause gebracht, um Silvanos Verlangen nach Gruppensex und voyeuristischen Vergnügungen zu befriedigen. Seine Bemerkung, Flavio habe seine Frau »vor meinen Augen gevögelt«, sei daher wörtlich gemeint gewesen und habe eigentlich eher Silvano denn Flavio gegolten. Sergio schilderte nun, daß Silvano im Cascine-Park Gruppensex für Belinda und andere Männer organisiert habe und daß er bei diesen Gelegenheiten Sergio und das Kind Nicolino zum Zuschauen mitgenommen habe.

Zweierlei war nun klar. Erstens: Sergio Muscas war Silvano Vargius so hörig, daß er nicht den Mut aufbrachte, ihn von Angesicht zu Angesicht zu beschuldigen, und sei es, um sich selbst zu retten – er war ja auch vor ihm auf die Knie gefallen und hatte ihn weinend um Verzeihung gebeten. Zweitens: Einer der wesentlichen Gründe für seine Wankelmütigkeit in bezug auf Silvano war seine Scham. Homosexualität war für ihn etwas so Schmachvolles und Verabscheuungswürdiges, daß er nicht darüber reden wollte. Bemerkenswert ist auch, daß Sergio, der zu schwach war, seiner Frau Einhalt zu gebieten, nach dem Mord die Körper der Opfer voneinander gelöst hatte, damit sie nicht in der für die Ausübung von Geschlechtsverkehr üblichen Position entdeckt wurden.

Leider hatten Sergios Unterwürfigkeit gegenüber Silvano und seine übermächtigen Schamgefühle zur Folge, daß er noch immer keine klare, unzweideutige Aussage zu den Tatumständen des Mordes von 1968 machte, die für die Untersuchung der späteren Verbrechen von Nutzen gewesen wären.

6.6. Das Jahr 1960

Im Jahre 1960 lebte Silvano noch in seinem Heimatdorf in Sardinien. Er war verheiratet und hatte einen ein Jahr alten Sohn, Amelio. Als seine Frau tot in einem Zimmer aufgefunden wurde, ein aufgedrehter Gaskanister neben der Leiche, wurde Suizid als Todesursache angenommen. Der kleine Junge, der in seinem Kinderbett in der Nähe der Toten saß, war unversehrt. Der Fall wies so starke Ähnlichkeiten mit dem Mord aus dem Jahre 1968 auf – vor allem im Lichte des neuen Hinweises, daß auch Nicolino Silvanos Sohn sei –, daß die Untersuchung der Todesursache neu aufgerollt und die Leiche der Frau exhumiert wurde.

Die Obduktion erbrachte jedoch keine neuen Ergebnisse. Von einer nach fünfundzwanzig Jahren exhumierten Leiche waren verwertbare Informationen nicht mehr zu erhalten.

Ermittlungen hinsichtlich der Frage, ob die seinerzeit angenommene Selbsttötungsabsicht der Frau tatsächlich unterstellt werden könne, ergaben, daß die Frau beschlossen hatte, Silvano zu verlassen. Sie hatte eine Stelle als Wirtschaftsleiterin in einem Waisenhaus in einem anderen Dorf gefunden, wo es auch eine Wohnmöglichkeit für sie gab. Diese Stelle wollte sie am Tag nach ihrem Tod antreten. Den erhaltenen Hinweisen zufolge war es möglich, daß Silvano seine Frau mit Hilfe von deren Bruder mit einem Kissen erstickte, um sie daran zu hindern, die eheliche Gemeinschaft zu verlassen, seinen Stolz zu verletzen und dem Ansehen der Familie zu schaden. Auch diese Hinweise waren in strafrechtlicher

Hinsicht wertlos. Es waren zwar Indizien gegen die frühere Selbstmordthese, jedoch kein Beweis für Silvanos Schuld.

6.7. Die Beretta 22 Long Rifle

Nachdem erwiesen war, daß die bei den Doppelmorden verwendete Beretta 22 auch 1968 als Mordwaffe gedient hatte, wurden die Ermittlungen in bezug auf die Herkunft dieser Waffe verstärkt. Von den als vermißt gemeldeten, von ihren legitimen Besitzern korrekt registrierten Waffen dieses Typs gehörte eine einem sardischen Emigranten, der nach vielen Jahren des Aufenthalts und der Berufstätigkeit in Belgien nach Hause zurückgekehrt war. Er war vor einigen Jahren in seinem sardischen Heimatdorf gestorben, ohne daß seine vermißte Waffe aufgefunden worden war. Bei diesem Dorf handelt es sich um den Geburtsort von Silvano Vargius, welchen dieser im Jahr nach dem ›Selbstmord‹ seiner Frau im Jahre 1960 verließ. Das Verschwinden der Waffe fällt in den gleichen Zeitraum. Der rechtmäßige Besitzer der Beretta 22 war der Onkel der Frau Silvanos.

6.8. Silvanos Aktivitäten im Jahre 1985

Von diesem Zeitpunkt an wurden alle Aktivitäten und Lebensgewohnheiten Silvanos überprüft. Folgendes wurde festgestellt:

1. Bei seiner Firma »Blitzservice für dein Haus« hatte Silvano keine geregelten Arbeitszeiten. Häufig leistete er Reparaturdienste auch in den Abend- und Nacht-

stunden; Abwesenheiten von Zuhause waren daher nichts Bemerkenswertes.
2. Für die Ausübung seiner Tätigkeit benötigte er Messer und Ahlen und entwickelte ein besonderes Geschick im Umgang mit diesen Werkzeugen, die bei den weiblichen Mordopfern als Tatwerkzeuge ermittelt wurden.
3. Er besaß auch eine am Kopf zu befestigende Grubenlampe, wie sie ein Mörder verwendet haben muß, der sich in völliger Dunkelheit an den Körpern der Opfer zu schaffen macht.
4. Silvano Vargius konnte auf Befragen keine Alibis für die Zeiten vorweisen, an denen die Doppelmorde verübt worden waren, auch nicht für den Mord an den beiden jungen Deutschen im Jahre 1983. Zwar behauptete er, zur Tatzeit zu einem Notdienst in das Haus einer bekannten Prostituierten in das Stadtzentrum von Florenz gerufen worden zu sein – eine von Silvanos Firma ausgestellte Rechnung wurde dort 1984 bei einer Hausdurchsuchung tatsächlich gefunden. Sie stammte jedoch aus dem Jahre 1982 und nicht, wie angegeben, von 1983.

Silvanos Aktivitäten sollten vor allem in den dunkelsten Nächten des Monats überwacht werden, auf dem Land erwies sich dies aber als schwer durchführbar, ohne von der Zielperson entdeckt zu werden. Die Beobachter verloren Silvano bei den meisten Gelegenheiten aus den Augen, so auch am 29. Juli 1984, in der Nacht, in welcher Carlo Salvini und Patrizia Renzetti in ihrem Wagen in Vicchio ermordet wurden.

Bei einer Durchsuchung des Hauses von Silvano Vargius am folgenden Morgen wurde ein blutbefleckter Lappen gefunden. Die Laboruntersuchung ergab, daß das Blut auf diesem Lappen zu zwei verschiedenen Blutgruppen gehörte. Weitere Analysen stellten auch das Vorhandensein von Pulverspuren fest.

»Aber warum hat man ihn dann nicht verhaftet?« Der Maresciallo hatte seinem ersten Impuls, Ferrini anzurufen, kaum daß er die Passage über die fehlende Seite gelesen hatte, widerstanden. Seither waren vierundzwanzig Stunden vergangen, und sie saßen zusammen in seinem Büro, doch der Maresciallo war immer noch verblüfft.

»Der Staatsanwalt, der mit Romola zusammengearbeitet hat, muß doch auf seiner Seite gewesen sein, wenn er die Untersuchung schon so weit vorangetrieben hat.«

»Steht sein Name eigentlich in dem Bericht? Ich habe ihn ja nur durchgeblättert, wie Sie wissen.«

»Nein, Romola nennt ihn nicht.«

»Hm. Ein kleines Detail, aber ein wichtiges. Jedenfalls: Der leitende Staatsanwalt wurde im entscheidenden Moment zu einem anderen Fall abgezogen, und seine Stelle hat jemand anders eingenommen. Jetzt fragen Sie mich mal, wer.«

»Wer?«

»Simonetti.«

»Gütiger Himmel.«

»Er brauchte sich nur auf die Lauer zu legen und zu warten. Anklage zu erheben ist ja nicht Aufgabe eines Ermittlungsrichters. Er unterzeichnet zwar den Haftbefehl, aber nur auf Verlangen des Staatsanwalts. Und der hat es eben nicht verlangt. Und dafür erntet er nun den Lohn. Ruhm und Ehre werden ihm zufallen.«

»Wenn er den Fall löst. Romola hat es ja versucht und den Fall verfolgt, ob das nun seine Aufgabe war oder nicht. Hier…« Der Bericht lag auf dem Schreibtisch des Maresciallo. »Dieser Bericht ist mehr als eine Pflichtübung. Sie sagen, Sie hätten ihn nicht genau gelesen.«

»Ich hatte keine Veranlassung dazu, ich erfuhr sowieso immer, was vorging. Wen das Ganze nicht interessierte, konnte sich taub stellen. Eine eingestellte Untersuchung ist ja kaum was Neues.«

»Ich weiß, ich finde vielleicht nicht die richtigen Worte, aber bemerkenswert ist doch eigentlich, wie der Bericht abgefaßt ist. Ich habe noch nicht viele solche Berichte gelesen, ich bin kein Experte, denn unsere Arbeit ist ja längst vorbei, wenn eine Untersuchung ein solches Stadium erreicht hat.«

Der Maresciallo schaute mit blicklosen Augen auf die an der Wand angebrachte Karte seines Stadtviertels, wie er es immer beim Nachdenken zu tun pflegte, heftete seinen bekümmerten Blick nun jedoch wieder auf Ferrini. »Was immer dieser Bericht zu sein vorgibt, er ist eine Anklage. Es ist komisch, aber die Art, in der der Verfasser Silvano beschuldigt, erinnert mich an die Art, wie auch Sergio Muscas ihn beschuldigt hat. ›Silvanos Frau ist auf Sardinien gestorben, und das Kind blieb auch dieses Mal verschont. Ich will gar nichts andeuten. Silvano Vargius hatte ein Auto.‹ Solche Formulierungen meine ich, verstehen Sie. Der Ermittlungsrichter will genau das sagen, was Sergio auch gesagt hat: Ich will ihn nicht reinreiten, aber er hat es getan. Außerdem spürt man seinen Zorn ganz deutlich. Er ist sehr verbittert.«

»Wären Sie das nicht?«

»Ich weiß es nicht, denn ich verstehe nicht, warum. Warum haben sie das getan?«

Ferrini zuckte mit den Schultern. »Ich kenne nur die Gerüchte, die zu der Zeit im Umlauf waren. Sie wollten Romolas Ungeheuer nicht. Ein ehrgeiziger Mensch, dessen Namen ich nicht nenne, wollte nicht, daß Romola Anerkennung findet, und hat deshalb die Untersuchung in ganz anderer Richtung neu eröffnet. Das war zu der Zeit, als Flavio im Gefängnis saß und – Pech! Wieder falsch! – die beiden Deutschen ermordet wurden. Dann fing das Gerangel um die Beweise an. Der Campingbus mit den beiden Opfern drin wurde weggebracht, ehe man sich's versah. Und ehe irgendwelche Spuren gesichert worden waren, weil man den Bus, wie damals gemunkelt wurde, den Klauen Romolas und der Carabinieri entreißen und ihn in den Zuständigkeitsbereich von Simonetti und der Zivilpolizei überführen wollte.«

»Das kann ich einfach nicht glauben...«

»Nein? Ich war damals dabei. Das war noch vor meiner Zeit in der Stadt. Damals war ich für das Revier in Galluzzo verantwortlich, und ich habe auch die Leichen gefunden.«

»Sie waren das?«

»Aber sicher. Ich habe gesehen, wie sie den Campingbus weggefahren haben, und ich wußte, daß noch keine Spuren gesichert waren. Was passiert Ihrer Meinung nach, wenn man ein Wohnmobil mit Einschußlöchern in den Scheiben auf einer Landstraße wegfährt?«

»Vermutlich ist das Glas zerbrochen.«

»Ganz genau. In der Karosserie waren ja auch noch Einschußlöcher, und man hatte deren Abstand zum Boden nicht gemessen ... Es war ein einziges Durcheinander.«

»Aber, das ist doch nicht ... Als ich sagte, ich könnte das gar nicht glauben, meinte ich doch nur, daß sogar jemand, der sehr ehrgeizig ist ... bei so einem ernsten Fall ...«

»Wer wirklich ehrgeizig ist, für den ist nichts so ernst wie die eigene Karriere. Hören Sie, ich hab jetzt schon eine gute Stunde lang ausgehalten, um Ihnen nicht Ihr Büro zu vernebeln, aber jetzt brauche ich eine Zigarette. Hätten Sie was dagegen?«

Der Maresciallo antwortete nicht. Er schaute wieder auf seine Karte.

»Ich betrachte Ihr Schweigen als Zustimmung. Wo ist übrigens Bacci abgeblieben? Ich dachte, er würde uns was bringen.«

»Er kommt gleich. Er mußte nach Hause fahren und es holen. Nach dem Vorfall mit der Kugel hab ich ihm geraten, diese Bücher nicht so offen herumzutragen. Einer der Polizisten – sein Name fällt mir gerade nicht ein – hat ihn schon komisch angesehen ... Wie heißt er?«

»Esposito?«

»Nein, der andere. Esposito ist der mit der Narbe.«

»Dann meinen Sie Di Maira.«

»Di Maira, genau. Ich habe dauernd den Eindruck, daß er mehr uns beobachtet als den Verdächtigen – ach, das wird Bacci sein.«

Es hatte geläutet. Der Maresciallo stand auf und ging durch den unbeleuchteten Warteraum, schaute durch den Türspion und öffnete.

Ferrini lächelte breit, als er Bacci zögern sah angesichts der Rauchwolke, die sich schnell in dem kleinen Büro ausbreitete.

»Kommen Sie schon rein, Bacci. Der Rauch wird Sie nicht gleich umbringen – na ja, zusammen mit den Autoabgasen dieser Stadt vermutlich doch. Aber kommen Sie, lassen Sie ein paar Highlights aus den FBI-Studien hören, die Sie da haben.«

Wenn jemand den Maresciallo gefragt hätte, warum er dorthin fahre, wohin er fuhr, wäre es ihm schwergefallen, eine Antwort zu geben. Es fragte ihn jedoch niemand, weil niemand wußte, daß er unterwegs war. Man hatte ihnen nach der langwierigen Hausdurchsuchung einen halben Tag freigegeben, und wenn es nach dem Maresciallo gegangen wäre, hätte er sich im Supermarkt etwas eingekauft und die Räume in seinem Revier mal gründlich ausgefegt, doch es ging nicht nach ihm, und er hatte Mühe genug, sich auf das Fahren zu konzentrieren. Seit Jahren, seit dem Fall in der Töpferei, mit dem er betraut gewesen war, hatte er diese Straße nicht mehr befahren. Die Landschaft hatte sich verändert, Fabriken, Tankstellen, neue Wohnblöcke waren errichtet worden, eine häßliche Mischung nackter, lieblos hingestellt wirkender Gebäude. Was sich nicht verändert hatte, war der dichte Verkehr. Allmählich mußte die Stelle kommen, wo er rechts abzubiegen hatte. Da. Lastra a Signa. Der Maresciallo hätte nicht angeben können, warum er niemandem von seiner Fahrt erzählt hatte, zumindest nicht genau. Manches sagte er Ferrini nicht, weil Ferrini ihn zuweilen auszulachen schien. Ein solcher Zyniker, dieser Ferrini. Bacci hatte er von dem vorausgegangenen Gespräch nichts gesagt – schön, sie hatten sich darauf geeinigt, ohne es umständlich bereden zu müssen. Es hatte wirklich wenig Sinn, Bacci mit noch mehr Zweifeln zu belasten, als er sowieso schon mit sich herumtrug.

Sie hatten ihn reden lassen, ohne den noch immer auf dem Schreibtisch liegenden Bericht auch nur zu erwähnen.

»Ich habe mir alle über diesen Verbrechenstyp vorhandenen Statistiken angesehen, und selbst wenn ich alles andere mal beiseite lasse, ist er einfach zu alt. Serienmörder, Lustmörder treten im Alter von zwanzig bis dreißig Jahren in Erscheinung, also müßte derjenige, der die Morde hier begangen hat, inzwischen zwischen vierzig und fünfzig sein. Ich bin nur auf eine einzige Ausnahme gestoßen, aber sogar dieser Mörder hat nur deshalb erst angefangen, als er über dreißig war, weil seine Mutter ihn praktisch ans Haus gekettet hatte, bis sie starb. Wenn er mehr Bewegungsfreiheit gehabt hätte, hätte er früher zu morden begonnen. Die anderen Abweichungen von dieser Regel sind die Mörder, die ungewöhnlich früh angefangen haben. Als dieser Junge hier sein erstes Opfer umbrachte, war er zwölf, der hier war vierzehn, und der dritte hatte mit fünfzehn bereits vier Menschen ermordet. Einen Mann zu beschuldigen, der über sechzig ist, ergibt keinen Sinn.«

Dies jedoch war nicht das einzige, das keinen Sinn ergab. Simonetti hatte ihnen das vom FBI erstellte Täterprofil vorgetragen, jedoch in abgekürzter Form, um sie »nicht mit einer Fülle juristischer Ausdrücke zu langweilen«. Damit hatte er ihnen aber eine Fülle von wissenswerten Fakten vorenthalten. Grausamkeit gegenüber Schwachen, Kindern und Tieren zum Beispiel hatte er zwar erwähnt, und daß der Verdächtige seinen Hund mit einem Stock geschlagen habe.

Das war ein ferner Widerhall der Fallberichte des FBI, in denen es auch um Kinder ging, solche beispielsweise, die einer Katze die Pfoten oder den Schwanz abschneiden und sie danach lebendig begraben oder die den Schwanz eines Pferdes mit Benzin tränken und danach anzünden. Sie zünden auch Gebäude an, Schulen zum Beispiel, in denen man sie, wie sie glauben, schlecht behandelt und zu Unrecht bestraft hat, oder das Haus, in dem sie wohnen, bevor sie weglaufen, oder auch Autos auf der Straße. Sie stehlen, legen Brände und quälen, bis sie alt und stark genug sind und die Mittel dazu haben, um zu töten.

Ihr Verdächtiger hingegen war einfach ein verdorbener, schmutziger alter Mann, wie es sie zu Hunderten gibt. Es gab keinen Zusammenhang zwischen ihm und all den jungen Männern auf den Fotos, die Bacci ihnen gezeigt hatte.

Einige davon waren halb wahnsinnige, bedauernswerte Menschen, andere wieder waren furchteinflößende, kaltblütige junge Männer, die lachten, als man sie ins Gerichtsgebäude führte, vollkommen isoliert vom Rest der Menschheit, den sie verachteten und verhöhnten. Ausnahmslos alle jedoch waren jung, ausnahmslos alle stammten aus armen Familien, bei ausnahmslos allen war das Gefühlsleben verkümmert. Die große Mehrheit von ihnen war aus reiner Willkür geschlagen worden, bis ihr Hirn irreparable Schäden davongetragen hatte, und sie hatten Hunger und Gewalt am eigenen Leib erfahren. Einige von ihnen waren von den eigenen Müttern gequält worden, waren gezwungen worden, zuzusehen, wie diese der Prostitution nachgingen. Andere waren schon als kleine Kinder Waisen geworden und in die Obhut von Menschen geraten, die sie verachteten und mißhandelten.

Die Bandbreite ihrer Verbrechen, die zerfetzten und verstümmelten Körper, das rohe Fleisch Toter, das sie gegessen, an dem sie sich vergangen oder mit dem sie ihre Zimmer ›geschmückt‹ hatten, all das war erschreckend. Doch mindestens ebenso erschreckend war die Bandbreite der Leiden, denen sie selbst ausgesetzt gewesen waren, ein so dunkles und erbarmungslos Böses, daß sie es zuletzt vorzogen, selbst zu töten, anstatt weiterhin Opfer zu bleiben.

Und der Verdächtige war ein schmutziger alter Mann. Er hatte seinen Rivalen getötet, ja sogar auf brutale Weise getötet. Wie jedoch paßte dies zur Tötung vollkommen Fremder und zum Herausschneiden von Teilen aus deren totem Körper? Der Maresciallo konnte hier keinen Zusammenhang erkennen, und er wollte sich auch nicht bemühen, einen zu finden. Und was die Sache mit der Tochter anging, die war alles andere als klar. Wieviel Information mochte man ihnen auch in diesem Fall vorenthalten haben?

Aufgewühlt und verwirrt, wie er war, fuhr er an dem kleinen Ort Signa vorbei und mußte daher wenden. Vor einer Bar auf dem Platz befand sich eine kleine Parkfläche, und hier hielt er an, stieg aus und sah zu dem Kino auf der anderen Straßenseite hinüber.

GARTE K NO

Die Fassade des Hauses war schmal und niedrig, und dahinter sah man die Wipfel der an der Rückseite stehenden Bäume. In mehr als zwanzig Jahren waren sie um einiges gewachsen. Von den Türen blätterte die Farbe ab, und eine Holzbohle war quer darüber genagelt. Das G von Garten hing so schief, daß es dem bereits heruntergefallenen N sicher bald nachfolgte. Das Gebäude wirkte so trist und verloren, daß man meinte, seine Schließung sei eine Folge des Mordes in jener Nacht, es sei aufgegeben worden, weil dort ein böser Geist sein Unwesen trieb.

*»Wir sind ins Kino gegangen, und da war Krieg, da hat ein Haus gebrannt, und dann sind wir weitergefahren, am Friedhof vorbei.«*

Der restliche Teil des kleinen Platzes wirkte freundlicher und war belebt, so daß das verfallene Kino aussah wie ein schlechter Zahn in einem gesunden, lächelnden Mund.

Der Maresciallo trat in die Bar ein und bestellte sich einen Kaffee. Es war ein sauberes helles Lokal mit Regalen voller Pralinenschachteln und eleganten Spirituosenflaschen. Zwei kleine Tische waren mit rosa Tischdecken gedeckt, und an einem der Tische saß ein Mann in einem grünen Lodenmantel und las die Lokalzeitung.

»Ihr Kaffee.«

»Danke. Sie wissen nicht zufällig, wann das Kino da drüben geschlossen wurde?«

»Das kann ich Ihnen wirklich nicht sagen. Jedenfalls vor meiner Zeit, und ich hab die Bar hier vor fünf oder sechs Jahren übernommen. Fragen Sie doch mal Franco hier. Franco? Du weißt doch bestimmt, wann das Gartenkino zugemacht hat, du bist doch länger hier als ich.«

»Ich bin hier geboren. Das genaue Jahr kann ich Ihnen aber auch nicht sagen, zumindest könnte ich es nicht beschwören, aber das muß gut zehn Jahre her sein. Sind nicht mehr allzu viele Leute hingegangen, seit sie das größere Freilichtkino beim Supermarkt gebaut haben, und das beim Kommunistischen Club gab's ja auch noch. Ich kenne die Besitzerin des Grundstücks, wenn es das ist, worauf Sie hinauswollen, aber sie ist über achtzig, und ich glaube nicht, daß sie verkaufen will.«

»Nein, nein, ich frage nur aus Neugier.« Er erwartete zwar nicht, daß man ihm glaubte, aber das war nicht wichtig. Wichtig war, daß er keine Uniform trug. Er hatte nicht die Absicht, den lokalen Polizeibehörden einen Besuch abzustatten. Ihm schien, daß die Leute, die überhaupt etwas von der Sache wußten, sich schon längst auf die eine oder andere Seite geschlagen hatten und daß die Carabinieri klar auf Romolas Seite waren, was jedoch nicht hieß, daß sie Interesse daran hatten, dem Büro des Staatsanwalts in die Quere zu kommen.

Was ihn selbst dazu trieb, wußte er auch nicht genau. Er hatte es sich nicht ausgesucht, einen Verdächtigen zu verfolgen, den er selbst gar nicht verdächtigte, und vermutlich irritierte ihn das und veranlaßte ihn dazu, sich abseits des ganzen Spektakels mit etwas Konkretem zu befassen. Wie dem blutbefleckten Lappen. Die Carabinieri hatten ihn in einer flachen Strohtasche gefunden, die unter Decken in einem Schrank versteckt war. Zwei Stücke sauberes, mit gelben Blumen bedrucktes Leinen und dazwischen ein drittes mit den roten und grauen Flecken. Silvano hatte danebengestanden und nicht mit der Wimper gezuckt. Als sie ihn anschließend aufgefordert hatten, sich zu Blut und Pulverspuren zu äußern, meinte er unbeteiligt:

*»Da weiß ich gar nichts drüber. Die Tasche hab ich noch nie gesehen, aber ich nehme an, eine Frau hat sie hier vergessen – vielleicht die Frau, mit der ich zusammengelebt habe. Wenn Sie sagen, es ist Blut, dann ist es Blut – aber Pulverspuren können keine dran sein.«*

Was für ein Unsinn. Entweder er wußte etwas über die Tasche oder nicht. Deshalb hatte Romola ihn verhaften wollen, und das Büro des Staatsanwalts hatte es abgelehnt. Romola hatte gefordert, das Stück Stoff nach England zu schicken, wo man inzwischen in der Lage war, DNA-Tests durchzuführen. Das Büro des Staatsanwalts hatte abgelehnt. Das Stück Stoff wurde statt dessen zu weiteren Untersuchungen nach Rom geschickt, und der Laborbericht wurde letztendlich im Dezember 1987 angefertigt, drei Jahre und fünf Monate nach dem Auffinden des Lappens. Darin hieß es, die Probe sei zu alt, um wesentliche Schlüsse daraus ziehen zu können.

In seiner Verzweiflung war es Romola gelungen, Silvano wegen des Mordes an seiner ersten Frau verhaften zu lassen, und man hatte ihn ins Gefängnis gebracht, um ihn auf Sardinien vor Gericht stellen zu können. Auch in diesem Fall war das Beweismaterial zu alt. Silvano wurde freigesprochen. Gleich darauf wurde er zum Ermittlungsrichter nach Florenz vorgeladen, um Fragen bezüglich einer bestimmten Beretta 22 zu beantworten. Aber Silvano hatte das Land bereits verlassen. Danach hörten die Morde auf.

Der Maresciallo bezahlte seinen Kaffee und stieg wieder ins Auto. Irgendwie war ihm wohler zumute, da er nun mit eigenen Augen das verfallene Kino gesehen hatte, wo die ganze Geschichte in der schwülen, pechschwarzen Nacht des 22. August 1968 begonnen hatte.

Obwohl es nicht leicht war – und gerade jetzt –, sich die Hitze vorzustellen. Ein eisiger Wind, so kalt, daß einem die Ohren abfrieren konnten, blies durch die Straßen. Der Maresciallo startete den Motor und ließ ihn warmlaufen, während er seine Notizen und die grobe Skizze, die Lorenzini für ihn gezeichnet hatte, aus der Tasche zog. Er beschloß, in derselben Reihenfolge vorzugehen wie die seinerzeit zum Tatort gerufenen Beamten. Er würde die Strecke, auf der er gekommen war, ein kurzes Stück zurück und dann auf der Straße nach Pistoia bis zu Rossinis Haus fahren.

Es war eine lange, gerade Straße, und der Verkehr bewegte sich flüssig. Die Straße ähnelte der, auf welcher er Florenz verlassen hatte; sie führte durch eine verschlafen wirkende ländliche Gegend, in der sich die hier und da verstreuten neuen Gebäude ausnahmen wie ein Ausschlag. So langsam zu fahren, daß er die Hausnummern lesen konnte, war nicht möglich – als er es probierte, löste er ein zorniges Hupkonzert aus. Wieder fuhr er über die markierte Stelle hinaus und mußte umkehren. Na schön. Die Straße, auf der er danach weiterfahren mußte, lag sowieso auf der Seite. Er zweigte auf gut Glück ab, ließ sein Auto ausrollen und stieg aus, um sich das weiße Haus auf der anderen Straßenseite genau anzusehen. Als eine Lücke im Verkehr es ihm erlaubte, überquerte er die Straße. Eigentlich war das gar nicht nötig. Das Haus trug eine weithin sichtbare Hausnummer und war durch die Außenbeleuchtung sowieso eindeutig erkennbar. Doch er konnte nicht anders. Er brauchte das Haus, nicht seine Nummer. Er brauchte die Wirklichkeit, das Konkrete. Er hatte keine Ahnung, ob die Familie Rossini noch dort wohnte, aber das war ihm auch gleichgültig. Er wollte nur mit jemandem sprechen, egal, mit wem, wollte einen menschlichen Kontakt mit einer mehr als zwanzig Jahre alten Geschichte knüpfen.

Die grünen Fensterläden der Nummer 154 waren geschlossen. Aus der 154A spähte eine Frau durch eine dichte Spitzengardine. In 152, der anderen Hälfte des Gebäudes, war eine Trattoria untergebracht. Dort fegte eine ältere Frau die Treppenstufen, und die letzten Gäste des Mittagsgeschäfts stiegen auf dem Schlackenplatz neben dem weißgetünchten Gebäude in ihre Autos ein.

»Guten Tag.«

Die Frau fegte weiter und schaute zu ihm hoch.

»Wir haben geschlossen. Es ist nach halb drei.«

»Ist schon recht. Ich wollte nur etwas fragen. Die unbefestigte Straße, die dort drüben abzweigt… Wenn ich mich nicht irre, ist das eine Abkürzung nach Signa. Ich bin schon seit Jahren nicht mehr hiergewesen, und manchmal ist sie bestimmt unpassierbar. Ich dachte, wenn Sie hier wohnen, wüßten Sie vielleicht…«

Sie hatte ihm nach dem Hinweis auf die Schließzeit des Lokals kaum noch Beachtung geschenkt, nun jedoch preßte sie die Lippen aufeinander, ließ ihren Besen ruhen und schaute ihn an.

»Sie kommen durch.«

»Vielen Dank.«

»Keine Ursache.« Sie bedachte ihn mit einem finsteren Blick, kehrte ihm den Rücken zu und fegte weiter. Beim Einsteigen ins Auto sah er, daß sie ihn beobachtete, vom Seiteneingang zu ihm herübersah, wohl meinte, er könne sie nicht sehen. Er merkte, wie sich auch die Spitzengardine leicht bewegte, und er spürte die funkelnden Augen einer alten Frau auf sich ruhen, als er den Motor anließ. Die Augen waren alt genug, um sich an die Geschichte zu erinnern. Vielleicht hielt man ihn für einen neugierigen Journalisten. Vielleicht wurde er aber auch paranoid. Womöglich hielt man ihn für einen Steuerinspektor, und diese Frau wohnte hier vermutlich noch nicht so lange, daß sie sich an den Mord im Jahre 1968 erinnerte. Neben dem großen weißen Haus stand ein steinernes Bauernhaus mit drei Eingängen. In einem davon hatte Salvatore Angius gewohnt, und niemand war dem je nachgegangen. Aus welchem Grund? Warum hatte man an jenem Abend nicht an jede einzelne Tür dieses Hauses geklopft und gefragt: »Haben Sie ein kleines Kind gesehen, das allein die Straße überquert hat? Haben Sie einen Mann gesehen, der das Kind beobachtete?« Es war natürlich leicht, dieses Versäumnis aus dem zeitlichen Abstand zu kritisieren, und trotzdem war er sich sicher, daß er diese Fragen gestellt und deshalb diesen Angius gesehen und Silvanos Alibi schon damals erschüttert hätte anstatt sechzehn Jahre später.

Die Frau mit dem Kehrbesen kam zur Vorderseite des weißen Hauses und schaute zu ihm herüber. Er bog auf die Landstraße ein und fuhr im zweiten Gang davon. Er war ein Narr. Er hätte Silvanos Alibi nicht erschüttert, denn Silvano hätte ein solches Alibi gar nicht präsentiert, wenn er sich nicht in Sicherheit gewähnt hätte. Angius hatte das Haus seines Bruders als Adresse angegeben, und noch bevor irgend jemand einen Gedanken auf diesen Umstand verschwenden konnte, hatte Sergio Muscas schon seine Version verändert, und alles stürzte sich auf Flavio.

Die steinige Landstraße ließ sich recht gut befahren, da einige kleine Fabriken, kaum mehr als lange Schuppen, auf den Feldern errichtet worden waren. Von den Felsbrocken, die bewiesen hatten, daß das Kind nicht mit einem Auto gekommen sein konnte und daß es sich, wäre es zu Fuß gegangen, die Strümpfe zerrissen und beschmutzt hätte, war nichts zu sehen.

Irgend etwas war nicht so, wie es sein sollte. Der Vingone, der doch hinter einer Wand aus hohem Schilf neben dem Weg verlaufen sollte, war ebenfalls nicht zu sehen. Zu seiner Rechten sah er in der Ferne eine Linie aus Schilf, aber die war nichts Halbes und nichts Ganzes, denn das Schilf sollte ja zu seiner Linken stehen. Die Straße war nun kurvig und stieg an. Sie traf auf eine zweite, breitere Landstraße, die rechts vom Schilf wegführte und links zu einer Teerstraße wurde, an der ein paar Häuser standen. Das alles stimmte nicht. Ratlos hielt er an. Ein alter Mann mit einem Stock kam von der Teerstraße auf ihn zu und setzte sich trotz der Kälte, die ihm Hände und Gesicht gerötet hatte, auf eine niedrige Mauer, um Luft zu schöpfen.

»Entschuldigen Sie bitte, ich suche nach der Straße, die in der Nähe des Friedhofs herauskommt.«

Der alte Mann saß reglos da und gab keine Anzeichen von sich, etwas gehört zu haben, vielleicht des Windes wegen. Der Maresciallo stieg aus und ging auf ihn zu.

»Entschuldigen Sie, ich suche den Friedhof. Ich dachte, dies sei eine Abkürzung. Ein alter Freund von mir ist hier begraben...« Er wurde wirklich langsam paranoid, doch er wurde das Gefühl nicht los, daß Di Maira, der ihn dauernd zu beobachten schien, ihm auch hier auf den Fersen war.

*»Er suchte nach dem Weg, wo dieses Pärchen umgebracht worden war...«*

*»Er hatte einen sizilianischen Akzent...«*

»Den Friedhof?«

»Ja, ich dachte, diese Straße führt dorthin.«

»Da sind Sie hier ganz falsch.«

»Aber kann ich nicht durch die Felder hinfahren?«

»Sie sind ganz falsch. Von hier geht's nach Signa. Sie müssen diese Straße da entlangfahren, die führt zur Ortsmitte. Dann ungefähr einen Kilometer zurück, bis Sie zum Rathaus kommen, und dort in die Straße nach Castelletti einbiegen. Und von da ab sind es noch drei Kilometer, vielleicht ein bißchen mehr. Sie können den Friedhof nicht verfehlen.«

»Aber... der Vingone – fließt denn hier nicht der Vingone?«

»Nein, nein, das ist erst hinter dem Zentrum von Signa. Wenn Sie links abbiegen, fahren Sie drüber. Der Verkehr geht über die Brücke.«

»Aber das, was ich meine, ist nur ein Flüßchen. Und fließt, soviel ich weiß, durch die Felder.«

»Davon weiß ich nichts. Ich kenne nur den Fluß. Sie sehen ihn, wenn Sie drüberfahren.«

Der Maresciallo stieg wieder ins Auto ein. Wie konnte er sich nur so verfahren haben? Der Feldweg begann doch direkt gegenüber Rossinis Haus und führte auf geradem Wege hierher. Dann fiel es ihm ein: Irgendwo im Bericht des Richters stand, daß Sergio, nachdem er den Mord gestanden hatte, sagte, er habe seinen Sohn begleitet. Man hatte Sergio aufgefordert, den Carabinieri, von Rossinis Haus ausgehend, den Weg zu zeigen, und er war in der Nähe von Signa herausgekommen, mehr als einen Kilometer vom Tatort entfernt. Sergio hatte den Weg also auch nicht gekannt. Beide, er und der Maresciallo, hatten den gleichen Fehler gemacht.

Dann also von der anderen Seite aus. Er zog noch einmal Lorenzinis Skizze aus der Tasche. Das Kino, das Rathaus, die Straße nach Castelletti, der Friedhof.

Die Skizze vor sich an die Windschutzscheibe gelehnt, fuhr er wieder los.

Lorenzini hatte gute Arbeit geleistet. Nach wenigen Kilometern kam der Maresciallo, wie es der alte Mann auf der Mauer gesagt hatte, an den Marmorsäulen und den schmiedeeisernen Toren des Friedhofs mit den Reihen schwarzer Zypressen vorüber. Demnächst würde sich die Straße gabeln … da … dann die erste Abzweigung rechts. Er blinkte, konnte aber nicht abbiegen. Die Kette, die, wie Lorenzini gesagt hatte, die ganzen Jahre über die Straße versperrt hatte, hing immer noch dort. Er fuhr heran und stieg aus, um sie sich anzusehen. Die Kette war dick und schwer und rostig, das Schloß fest verschlossen. Da war nichts zu machen. Der Maresciallo schloß das Auto ab, stieg über die Kette und machte sich zu Fuß auf den Feldweg. Nun stimmte es wieder. Eine hohe Böschung, auf welcher Schilfrohr stand, versperrte ihm die Sicht auf den Bach zu seiner Rechten. Ungefähr zwanzig, fünfundzwanzig Meter… Eine Kurve, hinter der jemand, der den Weg beschritt, das Auto nicht sehen konnte. Und das Auto, das dem Fahrzeug der Opfer folgte? Auch das hätte man ja von der Straße aus nicht sehen dürfen. War es vielleicht mit abgestelltem Motor und ausgeschaltetem Licht hier rechts hineingerollt? Es war anzunehmen.

Zur Linken des Maresciallo lag freies Feld. Das Gras war lang und kräftig, denn es war bis Weihnachten mild und feucht gewesen. Doch nun wehte ein eiskalter Wind von den am lila Horizont kaum sichtbaren Bergen herunter, und das Gras schwankte in grün und silbrig glänzenden Wogen hin und her. Der Maresciallo blieb stehen, seine Ohren und sein Gesicht brannten, und seine Finger begannen trotz der dicken Lederhandschuhe, die er trug, zu schmerzen. Die grimmige Eiseskälte des Windes, die ihm in die Wangen zwickte und seinen Atem fortwehte, war ein so erfrischender und belebender Gegensatz zu der Müdigkeit und Anspannung, die sich in ihm angesammelt hatten, daß er einen Augenblick stehenblieb und an gar nichts dachte.

Es war eine leise Stimme aus längst vergangener Zeit, die ihn in die Gegenwart zurückbrachte.

*»Silvano stand im Schilf.«*

Er schaute hinüber. Das Schilf war nun abgestorben, die Rohre vertrocknet und abgebrochen. Dahinter konnte sich niemand verstecken. Doch im August waren sie dicht, und die Blätter raschelten.

*»Da war ein Geräusch, und er stand im Schilf.«*

In der schwarzen, schwülheißen Nacht hatte kein Lüftchen geweht. Sieben Schüsse und dann noch einer. Das war die einzig sichere Methode. Silvano mußte sich vergewissern, daß sie tot waren, erst dann konnte er es riskieren, den unfähigen Sergio schießen zu lassen, damit er sich später selbst des Mordes bezichtigen konnte. Sieben Schüsse, die dicht nebeneinander in die Körper eingedrungen waren, mitten ins Ziel. Ein Schuß, von dem man annahm, er sei aus einer anderen Richtung abgefeuert worden, der sie nur am Arm traf und an der Seite streifte. Und als nun das Kind aufwachte und sein Vater es aus dem Auto zog, stand Silvano noch immer im Schilf versteckt. Der Kleine sah seinen Onkel erst, als er die Handtasche seiner Mutter durchsuchte.

*»Los geht's, hopp.«*

Das mußte Silvanos Stimme gewesen sein. Eine andere Möglichkeit gab es nicht. Sich sehen zu lassen, wie er Sergio und das Kind nach Signa zurückfuhr, hätte Silvano nicht riskiert. So dumm war er nicht. Sergio hatte also das Kind allein wegbringen müssen und sich dann vielleicht auf der Straße nach Pistoia abholen lassen. Aber wie hatte sich Sergio in der Dunkelheit zurechtgefunden, wenn er doch den Weg nicht kannte? Wer aber kannte den Weg? Angius. Salvatore Angius, der junge Freund und Liebhaber Silvanos, der keine Lira in der Tasche hatte und der am anderen Ende just dieser Straße wohnte und sie vielleicht als Abkürzung nach Signa benutzte, denn ein Fahrzeug besaß er nicht.

*»War noch jemand bei deinem Vater dabei?«*

*»Ich glaube, da war ein Mann, aber ich weiß nicht, wer das war.«*

Vermutlich stimmte das sogar. Der Junge wußte es nicht – und was sollte das ein Kind auch interessieren, dessen Mutter gerade ermordet worden war?

Der Ablauf der Ereignisse war nun so klar, wie er nur sein konnte. Vielleicht würde Sergio eines Tages die Wahrheit sagen. Eine wenig wahrscheinliche Möglichkeit.

Als nächstes wollte der Maresciallo mit dem Auto diesen Weg abfahren bis zur Straße nach Pistoia. Nicht zu Fuß, das würde eine gute Stunde dauern, und es begann bereits dunkel zu werden. Er ging noch ein kurzes Stück weiter und sah einen gut erhaltenen Weg, der von einer Gruppe von Häusern hinter den Feldern zu seiner Linken heranführte. Weiter hinten sah er ein Auto fahren und war sich ziemlich sicher, daß dieser Weg die nächste Abzweigung von der Straße war, auf der er selbst gekommen war. Er ging zu seinem Auto zurück. Er hatte recht gehabt, Gott sei Dank. Nachdem er auf der Hauptstraße einen guten halben Kilometer weitergefahren war, stieß er auf die Häusergruppe und die Abzweigung, und binnen weniger Sekunden erreichte er den Feldweg, der zum Tatort geworden war, und lenkte seinen Wagen in Richtung des Hauses von Rossini.

»Aha.« Direkt vor ihm lag die Erklärung seines Fehlers. Der Feldweg wand sich nach rechts, und direkt vor sich sah er die kleine Brücke über den Bach, wo Nicolino seiner Schilderung nach abgesetzt worden war. Man mußte über die Brücke gehen, um auf eine zweite Straße, die von Signa herführte, zu kommen, die Straße nämlich, auf der er gefahren war, ohne die Brücke und die Biegung zu bemerken. Sergios Fehler war also keineswegs sonderbar oder etwa das Anzeichen eines Widerspruchs. Er war in Silvanos Auto zum Tatort gefahren worden und hatte in der undurchdringlichen Dunkelheit nicht darauf geachtet, wo der Feldweg begann. Vermutlich war Sergio bis zum Ende des Feldwegs begleitet worden, und dort konnte man nicht falsch abbiegen, denn es gab nur einen nach vorn weiterführenden Weg, den richtigen.

Jetzt ging es jedoch nicht weiter, denn vor der Brücke hing wieder eine schwere, rostige, mit einem Schloß gesicherte Kette.

»Mist!« Der Maresciallo wollte schon aufgeben und umkehren, als ihm einfiel, den Rat zu befolgen, den er immer anderen gab. »Prüfe alles. Nimm nichts als gegeben hin.« Er hatte es den ihm anvertrauten jungen Carabinieri oft genug gepredigt. Ohne große Hoffnung stieg er aus dem Auto aus und ging auf die Brücke zu.

»Was nur beweist ...«

Das Vorhängeschloß war offen. Er mußte die Kette nur zu Boden fallen lassen. Mit beschleunigtem Schritt ging er zurück, überfuhr die Kette und vergaß auch nicht, noch einmal anzuhalten und sie hinter sich wieder einzuhängen, da er immer noch Di Mairas stählernen Blick im Rücken spürte.

Da! Das letzte kleine Stück des vor ihm liegenden Weges mündete vor ihm auf die Straße nach Pistoia. Und ihm direkt gegenüber stand das große weiße Haus mit der Außenbeleuchtung. Nummer 154.

Mit einem befriedigten Seufzer blinkte er und bog in die Hauptstraße nach Florenz ein. Das war seine Welt, die wirkliche Welt, in der man Aussagen überprüfte, die sich als wahr oder falsch herausstellten. Seine Zufriedenheit stand in keinem Verhältnis zu dem, was er erreicht hatte. Sie rührte aus der Erleichterung darüber, nicht unbesehen Unglaubwürdigem Glauben schenken zu müssen, und aus seiner tiefen Überzeugung, daß er, wenn er auch noch andere verschlungene Wege von beiden Seiten her prüfte, den richtigen zu guter Letzt doch fand.

## 12

### Teil sieben
*Der blutbefleckte Lappen*

7.1. Der Lappen

Am 30. Juli 1984, am Tag nach dem Mord in Vicchio, der, falls dies möglich ist, sogar noch entsetzlicher war als die vorausgegangenen Morde, wurden bei allen bisher als Verdächtige betrachteten Personen Hausdurchsuchungen durchgeführt. Zu diesen Verdächtigen gehörte auch Silvano Vargius.

Bei der Durchsuchung seines Hauses wurde eine flache, runde Strohtasche gefunden, die unter schweren Decken in einem Schrank lag. Die Tasche enthielt drei Stück Stoff. Zwei davon waren mit gelben Blumen bedruckt. Dazwischen lag ein drittes weißes Stück, das graue und blutrote Spuren trug. Da die Carabinieri den Verdacht hegten, daß es sich bei den roten Flecken um Blut handelte, beschlagnahmten sie die Tasche und ihren Inhalt. Silvano Vargius war bei der Durchsuchung zugegen und wirkte völlig desinteressiert. Der Durchsuchungsbericht wurde nebst der Tasche an das Büro des Staatsanwalts weitergeleitet, und Silvano wurde zu seinem Alibi für die vorausgegangene Nacht befragt.

Danach vergingen mehrere Monate, doch aus der Staatsanwaltschaft erfolgte keine Reaktion auf die dorthin übermittelte Tasche und den Durchsuchungsbericht. Im April 1985 wurde die Tasche schließlich zu Tests geschickt. Die durchgeführten Laboruntersuchungen bestätigten, daß es sich bei den Flecken um Blut handelte und daß die Tasche außerdem Pulverspuren aufwies.

Silvano Vargius konnte kein überzeugendes Alibi vortragen, und vom Büro des Untersuchungsrichters wurde vorgeschlagen, die Staatsanwaltschaft solle um Erhebung einer formellen Anklage nachsuchen. Dieser Vorschlag wurde mit der Begründung abgelehnt, der blutbefleckte Lappen könne nicht zur Grundlage einer formellen Anklage in einem Einzelfall gemacht werden, weil er bereits ein Beweisstück in einer allgemeinen Voruntersuchung zu der gesamten Mordserie gewesen und weil die besagte Hausdurchsuchung richterlich nicht angeordnet gewesen sei.

Das Büro des Untersuchungsrichters forderte daraufhin die gesonderte Dokumentation des Beweisstücks. Der leitende Staatsanwalt lieferte diese mit einem Begleitschreiben, in welchem er seine Zweifel am Wert des betreffenden Beweisstücks darlegte und ausgehend davon, wie hier niedergelegt, die Einstellung der Ermittlung forderte.

Eine solche Forderung verhindert zwar die Fortführung der hier dokumentierten Untersuchung, ändert indes nichts an der Tatsache, daß der blutbefleckte Lappen ein Beweisstück von eingeschränktem Wert bleibt, solange weitere Tests nicht das Gegenteil beweisen.

Das Stück Stoff wurde im Haus eines Verdächtigen gefunden, gegen den im Zusammenhang mit dem Mord von 1968 bereits andere entscheidende Beweisstücke vorliegen. Es wurde am Vormittag nach einem Doppelmord gefunden, welcher mit der bereits 1968 verwendeten Waffe verübt worden war. Der Verdächtige besaß kein Alibi.

Da nichts über die Herkunft des Stoffstücks und die Gründe seines Vorhandenseins im Haus des Verdächtigen bekannt war, schien es geboten, die Ermittlungen und Tests durchzuführen, selbst wenn deren Ergebnisse für die Verteidigung des Angeklagten von Nutzen sein könnten.

Die Weigerung des Vertreters der Anklagebehörde, die Tests auf informeller Ebene weiterzuführen, wurde in dem Begleitschreiben wie folgt begründet: »... Es ist wenig wahrscheinlich, daß Vargius, dessen Haus ja (nach dem vorausgegangenen Mord) bereits durchsucht wurde und der weiterhin als Verdächtiger gilt, in seinem Schlafzimmer einen blutbefleckten Lappen aufbewahren sollte, der ihn in einen Zusammenhang mit dem neusten Mord bringt.«

Eine Tatsache ist eine Tatsache. Ein Beweisstück bleibt ein Beweisstück, unabhängig davon, ob wir beim derzeitigen Stand der Ermittlungen die damit im Zusammenhang stehenden Gründe und Folgerungen verstehen oder nicht. Wird ein Beweisstück nicht untersucht, bleibt jede Vermutung über dessen Nutzen eine Vermutung.

### 7.2. Herkunft

Silvano beharrte, was angesichts der Beschaffenheit des Gegenstandes nicht unvernünftig ist, auf der Aussage, daß die Strohtasche einer der Frauen gehöre, die in seinem Hause verkehrten. Er gab an, daß die Tasche vermutlich seiner ehemaligen Lebensgefährtin gehört habe. Diese Frau war jedoch ein Jahr zuvor aus seinem Haus ausgezogen. Als man ihr die Tasche zeigte, verneinte sie ein Eigentum daran.

Vargius' zweite Frau hatte ihn im Jahre 1981 verlassen, auch sie verneinte, die Tasche jemals gesehen zu haben.

Seine derzeitige Lebensgefährtin hatte die Tasche ebenfalls noch nie gesehen. Die einzige Person, die behauptete, die Tasche wiederzuerkennen, war die Putzfrau, die angab, sie im vorausgegangenen Winter und Frühjahr im Haus gesehen, jedoch keine Kenntnis von ihrem Inhalt gehabt zu haben.

Wer Eigentümer der Strohtasche ist, hat im Grunde wenig Bedeutung. Die Tasche stand Silvano ungeachtet der daran geknüpften Besitzverhältnisse in seinem Haus zur Verfügung, und nur das zählt.

Auf die Bemerkung des Staatsanwalts, es sei wenig wahrscheinlich, daß der Verdächtige Silvano Vargius ein so gefährliches Beweisstück in seinem Haus aufbewahre, könnte man erwidern, es sei ebensowenig wahrscheinlich, daß ein solches Stück Stoff zwischen zwei andere, saubere Stücke gelegt, in eine Tasche gesteckt und unter Decken in einem Schrank aufbewahrt werde, wenn es sich um nichts anderes als einen schmutzig gewordenen Lappen handele. Es ist nicht auszuschließen, daß sofortige angemessene Tests das Rätsel gelöst hätten.

7.3. Die Blutflecken

Erste in Florenz durchgeführte Laboruntersuchungen erwiesen, daß es sich bei den Flecken um Blut der Blutgruppe o handelt. Weitere, ein Jahr und zehn Monate nach Übersendung des Beweisstücks an das Büro des Staatsanwalts im Mai 1986 in Rom durchgeführte Tests ergaben, daß die Flecken zwei verschiedenen Blutgruppen zugeordnet werden könne, nämlich B und o Rh. pos. Die Identifikation der Blutgruppe B war weniger zuverlässig als die der Gruppe o, da die Stoffprobe zuvor durch andere Substanzen (beispielsweise durch Waschpulver) verunreinigt worden war.

Im Abschlußbericht, der im Dezember 1987, drei Jahre und fünf Monate nach Übersendung des Beweisstücks, vorgelegt wurde, hieß es, daß die Blutflecken bereits sehr alt seien und daß auf dieser Grundlage keine neuen Schlußfolgerungen gezogen werden konnten.

Zu diesem Zeitpunkt waren dank des wissenschaftlichen Fortschritts DNA-Tests möglich geworden. Solche Tests waren zwar in Italien noch nicht gebräuchlich, hätten aber in Großbritannien durchgeführt werden können, wo der Erfinder des Testverfahrens persönlich versicherte, daß er mit einer Probe von der Größe der vorliegenden arbeiten könne. Alle Mordopfer waren zwar bestattet worden, ohne daß man Gewebeproben der Leichen konserviert hätte, doch es wäre immerhin möglich gewesen, Vergleiche zwischen der Stoffprobe und dem genetischen Fingerabdruck des Verdächtigen Vargius und seiner derzeitigen Lebensgefährtin anzustellen.

Die DNA-Tests wurden nicht durchgeführt. Als Beweismittel blieben nur die ermittelten Blutgruppen.

Die Feststellung der Staatsanwaltschaft, daß sich auf dem Stoffstück nur Blut einer Blutgruppe befinde, zu der Silvanos Lebensgefährtin gehöre, ist unannehmbar. Als das Beweisstück noch frisch war, wurden zwei Blutgruppen identifiziert. Silvanos ehemalige Lebensgefährtin hatte die Blutgruppe B, wohnte aber seit einem Jahr nicht mehr bei ihm. Carlo Salvini, eines der Mordopfer von Vicchio, hatte die auf dem Stoff zuerst identifizierte Blutgruppe 0. Silvano Vargius gehört jedoch ebenfalls zu dieser Blutgruppe. Da die Hälfte der Gesamtbevölkerung Italiens zur Blutgruppe 0 und ein großer Teil zur Blutgruppe B gehört, schien es wenig angebracht, bei weiteren Mitgliedern der Familie Vargius, die mit dem Stoff in Berührung gekommen sein konnten, eine Blutuntersuchung vorzunehmen.

Da der Lappen nicht wissenschaftlich untersucht wurde, kann er nicht als Beweismittel gegen Silvano Vargius verwendet werden, seine Existenz bleibt jedoch ein sich gegen ihn richtendes Verdachtsmoment. Wenn der Stoff nicht als Beweisstück gegen ihn akzeptiert werden kann, kann er aber auch nicht zu seiner Entlastung verwendet werden, wie es die Anklagebehörde vorschlug (»Es ist wenig wahrscheinlich, daß Vargius, dessen Haus ja bereits durchsucht wurde usw. …«).

### 7.4. Die Pulverspuren

Daß dem Stoffstück Pulverspuren anhaften, ist aus wissenschaftlicher Sicht klar erwiesen. Daß diese Spuren

Rückstände jener Beretta 22 sind, mit der die Verbrechen verübt wurden, ist nur schwer festzustellen, wie die Staatsanwaltschaft zum Ausdruck gebracht hat. Dieser Auffassung können wir uns nur anschließen, denn im Bericht über die ballistische Untersuchung heißt es: *»Die derzeit zur Verfügung stehenden wissenschaftlichen Tests lassen keine eindeutige Bestimmung der Munition zu, aus der dieses Pulver stammt.«*

Tatsache bleibt aber, daß Pulverspuren an dem Stoff nachweisbar sind und daß für diese noch keine schlüssige Erklärung vorliegt. Silvano Vargius räumte bei der Befragung ein, daß es sich bei dem Blut auf dem Stoff durchaus um menschliches Blut handeln, daß Pulverspuren sich aber keinesfalls darauf befinden könnten – eine erstaunliche Einlassung, da er doch ebenfalls erklärt, Tasche und Inhalt gehörten nicht ihm, und er wisse nichts darüber.

Die von den Experten angefertigten Testberichte über den blutbefleckten Lappen stellen also keinen gerichtsverwertbaren Beweis dafür dar, daß der Stoff in irgendeiner Weise mit den fraglichen Verbrechen in Zusammenhang steht.

7.5. Das Alibi und seine Überprüfung

Das von Silvano Vargius für die Nacht des Mordes in Vicchio vorgelegte Alibi wurde überprüft. Hier ergeben sich bemerkenswerte Übereinstimmungen mit den Ermittlungsergebnissen nach dem Mord im Jahre 1968. Nach Vargius' eigenen Angaben verließ er das Haus gegen halb zehn Uhr abends und kehrte eine Stunde später zurück. Er habe mit seiner derzeitigen Lebensgefährtin und deren kleiner Tochter im Stadtzentrum von Florenz Eis gegessen. Die Frau gab auf Befragen an, Unternehmungen zu dritt seien so selten vorgekommen, daß sie sich an jede einzelne erinnern müßte, an eine zu dem fraglichen Datum aber nicht erinnern könne. Sie seien, sagte die Frau aus, nur ein einziges Mal Eis essen gewesen. Sie erinnere sich gut daran, und es sei an einem anderen Abend gewesen. Die Merkmale dieses Alibis stimmen mit denen aus dem Jahre 1968 überein, als Vargius behauptete, mit einem Freund Billard gespielt zu haben, und dieser später rekonstruierte, daß er mit Vargius in der fraglichen Woche tatsächlich gespielt habe, nicht jedoch an dem behaupteten Tag.

Silvano Vargius verließ sein Haus in der Nacht des Mordes in Vicchio ein zweites Mal, und zwar zwischen zehn und halb elf Uhr abends, um seinen Hund zu suchen. Ein drittes Mal verließ er das Haus dann zwischen drei und halb vier Uhr morgens, um zu »joggen«.

Wie schon im Jahre 1968 bestätigte Vargius' Lebensgefährtin den sie betreffenden Teil des Alibis, gab jedoch später zu, daß er dies von ihr verlangt habe. Als sie den Abend für sich selbst habe rekonstruieren wollen, sei ihr klargeworden, daß sie an dem fraglichen Abend nicht zum Eisessen gegangen seien. Es kann nicht ausgeschlossen werden, daß Silvano in der Mordnacht nach Vicchio fuhr und die Tat beging. Die Überprüfung des Alibis ergab zumindest keinen zweifelsfreien Gegenbeweis.

Als Silvano in der Folge aufgefordert wurde, ein Alibi

für den Mord im Jahre 1985 vorzuweisen, entstand dieselbe Beweislage. Auch in diesem Falle hätte Silvano Zeit und Gelegenheit gehabt, den Mord zu begehen. Schlüsse konnten hieraus jedoch nicht gezogen werden, da die Tatzeit bei diesem Mord nicht eindeutig festgestellt werden konnte. Die Leichen waren erst am Montagnachmittag entdeckt worden, so daß als Tatzeit die Nacht von Samstag auf Sonntag oder von Sonntag auf Montag in Betracht kommen.

7.6. Schlußfolgerungen

Die über Silvano Vargius zusammengetragenen Informationen sind höchst aufschlußreich: Der Tod seiner jungen Frau im Jahre 1960, seine ungewöhnlichen sexuellen Beziehungen zu Männern und Frauen, Paaren und Gruppen, seine manisch-depressive Erkrankung, die im Jahre 1981 stationär behandelt wurde, seine wahrscheinliche Tatbeteiligung an dem Mord im Jahre 1968 und seine zwiespältige Beziehung zu seinem Bruder Flavio, dies alles ergibt das Bild einer auffallenden Persönlichkeit.

Keiner der obengenannten Verdachtsmomente läßt sich jedoch zu einem Beweis erhärten, der vor Gericht Bestand hätte. Das belastende Material selbst reichte indes dafür aus, Silvano Vargius zu den Carabinieri vorzuladen. Dort sollte er zu zwei Punkten vernommen werden: erstens zu der von Sergio Muscas gegen ihn erhobenen Anschuldigung, für den Mord im Jahre 1968 verantwortlich zu sein; zweitens zu der Aussage seiner ehemaligen Lebensgefährtin, er habe, als sie zusammenlebten, stets eine Pistole im Schlafzimmer aufbewahrt.

Silvano Vargius jedoch leistete dieser Vorladung der Ermittlungsbehörde in Florenz keine Folge. Nachdem er für den Mord an seiner ersten Frau freigesprochen und aus der Haft entlassen worden war, hatte er das Land verlassen.

Auf Verlangen der Staatsanwaltschaft wird daher hiermit erklärt, daß keine weiteren Ermittlungen vorgenommen werden gegen
1) Vargius, Flavio
2) Vargius, Silvano
3) Muscas, Sergio.

Florenz, 13. Dez. 1989 Der Untersuchungsrichter
Michele Romola

»Na, *ich* hätte ihn verhaftet«, murmelte der Maresciallo, ließ das letzte Blatt des Berichts neben dem Bett zu Boden fallen und rieb sich die müden Augen. »Das Ganze ist doch eine einzige Schande. Wenn wir gegen unseren Verdächtigen nur halb so viel belastendes Material in der Hand hätten ...«

Er spürte, wie er schon abdriftete, als er eben noch die Lampe ausschalten wollte, um nun zu schlafen. Es war zwar sowieso schon dunkel. Der Maresciallo hatte keinen sehnlicheren Wunsch als den, daß der Mann neben ihm still sein möge. Er wollte nicht abgelenkt werden. Ihm war nicht ganz klar, warum die gerade vor seinen Augen abgelaufene Szene just in dem Moment, in dem er das Licht ausschaltete, von einem glühenden Rot überzogen wurde. Vielleicht lag es ja daran, daß man sonst in der undurchdringlichen warmen Dunkelheit überhaupt nichts gesehen hätte.

Sein Herz hämmerte laut, und er wußte, daß Furcht der Grund dafür war, obwohl er die Furcht selbst gar nicht klar empfand. Auf alle Fälle mußte er wachsam sein. Er war nie ein Voyeur gewesen, und er hatte sich nie vorstellen können, wie das wohl sein mochte. Aber er war ja auch dienstlich hier, und das war etwas anderes.

Der Mann neben ihm stieß ein leises, von panischer Angst erfülltes Wimmern aus.

»Leise...«

Konzentrieren. Er mußte sich konzentrieren. Er konnte alles sehen, und er mußte jede Einzelheit aufnehmen. Die dünne, schwarz gekleidete Gestalt zog den Körper der jungen Frau nun hinter sich her den Abhang hinab. Die Frau war nackt, und ihre Haut schimmerte rosa in dem roten Licht – einem Infrarotlicht.

Der Mann legte den Frauenkörper auf der Erde ab und breitete Arme und Beine auseinander. Seine Bewegungen waren schnell und ruckhaft wie in einem Stummfilm. Bevor er sich ernsthaft an die Arbeit machte, schien er sich aufzurichten und den Maresciallo aus rotgesprenkelten, funkelnden Augen anzuschauen. Doch dem unverwandten Blick des Maresciallo begegnete nur ein Auge, dessen Pupille vom Drogenkonsum geweitet war. Das andere Auge war starr und blicklos.

Dann beugte sich die Gestalt ächzend wieder nach unten.

»Nein!« Doch der Film spulte sich unaufhaltsam immer

weiter ab, und neben dem Maresciallo rief nun auch der Verdächtige laut. »Nicht! Sei still!« Zu seiner Erleichterung wurde dem Maresciallo die Vorführung der Verstümmelung erspart. Der Mann schien sich in einer leidenschaftlichen Umarmung auf dem reglosen Körper zu bewegen, und es blieb dem Maresciallo überlassen, allein darauf zu kommen, daß jeder flüchtige Kuß und Biß in den Hals in Wirklichkeit ein kleiner Messerstich war und daß der Mann, als er die linke Brust der Frau umfaßte und, auf die andere Hand gestützt, scheinbar in sie eindrang, in Wirklichkeit mit dem Messer noch tiefer schnitt.

Das Geheul neben ihm wurde lauter. Wie konnte er sich beiden Problemen gleichzeitig widmen? Das war zuviel. Zum Glück war der Verdächtige so klein, daß es am einfachsten war, ihn hochzuheben und fortzutragen.

Er klemmte sich den in Tränen aufgelösten Winzling unter den linken Arm und wandte sich nach links zu der dunklen Straße.

»Kommen Sie weg da. Das ist nichts für Sie.«

Er hatte wohl laut gesprochen. Er öffnete die Augen und spürte den Klang seiner eigenen Stimme noch im Raum, als seine Augen allmählich die weiße Wand, die Nesselgardine, seinen Morgenmantel über dem Stuhl wahrnahmen. Er schwitzte, und sein Atem war flach. Ihm war, als habe er ein schweres Gewicht hinter sich hergeschleppt. Noch immer spürte er einen Rest der Furcht, die nach Alpträumen zurückbleibt, und er war froh darüber, daß er beim Einschlafen das Licht nicht ausgeschaltet hatte. Schade nur, daß Teresa nicht neben ihm lag. Sie wäre aufgestanden und hätte wie immer in strengem Ton gesagt: »Wenn du schon nicht zu einer anständigen Zeit essen kannst, iß abends wenigstens etwas Leichtes. Du weißt doch, daß du sonst Alpträume hast...« Und dann hätte sie ihm einen Kamillentee gekocht. Er konnte sich selber einen kochen, der Tee würde ihm das Gefühl geben, Teresa sei bei ihm. Mühsam setzte er sich auf, versuchte, normal zu atmen und die Nachwirkungen des Alptraums abzuschütteln. Die einzelnen Szenen hatten beim Anschauen so natürlich gewirkt, doch jetzt, wo er die Augen geöffnet hatte, verflüchtigten sie sich. Das Bild des Mörders aber stand ihm noch klar und deutlich vor Augen. Es löste sich unter dem Ansturm der wirklichen Welt keineswegs auf. Der Mörder war dünn, hatte ein schmales, markantes Gesicht und sehr kurz geschnittenes Haar.

»Kamillentee...« Der Maresciallo stand auf, um sich welchen zu machen. Eine Magenverstimmung hatte er bestimmt nicht, viel eher war er einfach nur übermüdet. Der Tee würde ihn trotzdem beruhigen.

Wenn man von jemandem träumte, den man kannte, erschien derjenige einem im Traum manchmal in der Gestalt einer anderen Person. Konnte es eben so gewesen sein? ›Besser, wenn ich das mal überschlafe.‹

In Wahrheit jedoch behagte ihm der Gedanke, gleich wieder einzuschlafen, nicht besonders. Außerdem war er nun wirklich hellwach. Er ging mit dem Tee ins Schlafzimmer zurück und stellte ihn auf den Nachttisch. Hier war die Antwort womöglich zu finden. Er hatte vor dem Einschlafen gerade Romolas Bericht zu Ende gelesen, und davor hatte er in das Buch neben der Nachttischlampe hineingeschaut. Es war eines der von Bacci angeschleppten

Bücher mit Fallgeschichten. An verschiedenen Stellen waren maschinengeschriebene Blätter eingelegt. Bei Fällen, die er für aufschlußreich hielt, hatte Bacci ihnen eine Übersetzung dazugelegt. Zum Teil hatte er sie selbst gemacht, jedoch alles, was er für unwichtig hielt, ausgelassen, und eine Zusammenfassung angefertigt, die sich las wie ein offizieller Ermittlungsbericht. Die anderen Übersetzungen stammten von Baccis Freundin, die ihm aus Zeitgründen zur Hand gegangen war, und waren vollständig, da sie ja nicht wissen konnte, was unwichtig war und was nicht. In einer ihrer Übersetzungen hatte der Maresciallo von dem Glasauge gelesen. Er fand die Stelle schnell wieder.

*»Ich bin zur Schule gegangen, aber was wir da gelernt haben, weiß ich nicht mehr. Ich weiß nur noch, daß meine Mama mich in ein Kleid gesteckt hat. Ich mußte in dem Kleid zur Schule gehen, und sie hat gesagt, das wär, damit ich lerne, mich zu benehmen wie ein Junge und nicht immer zu schreien und zu brüllen, wenn man mich haut. Sie hat mich manchmal schrecklich verhauen.*

*Wir hatten einen Lehrer in der Schule, der hat mir einmal ein Paar Schuhe geschenkt, denn Schuhe hatte ich keine, und da hat sie mich auch verprügelt, weil ich die angenommen hab. Und dann hat sie mich verprügelt, wenn ich ihr und den Männern nicht zugucken wollte. Sie hat's gern gehabt, wenn ich sie mit ihren Freiern gesehen hab. Ich mußte ihr mit den Freiern zusehen, bis ich vierzehn war, dann bin ich von zu Hause fort.*

*Mein ganzes Leben hab ich immer nur gehaßt. Jeden. Sie haben mich gefragt, ob ich mal wen gern gehabt hätte, ich glaube nicht. Wir hatten ein Maultier, und das hab ich gern gehabt, glaub ich. Wir waren wie Freunde, und ich hab mit ihm geredet. Im Sommer hatte es Wunden an den Beinen, und ich hab zu ihm gesagt, ich weiß, die tun dir weh, Junge, ich weiß. Ich wußte das, weil ich auch die Wunden hatte wie das Maultier. Wir hatten beide immer Hunger, und ich hab uns was zu essen besorgt, was für mich und was für es. Das Maultier hat meistens alles gefressen, und danach hat es mir lange die Hand abgeleckt, das hat mir gefallen. Manchmal hab ich neben ihm geschlafen, vor allem, wenn man mich schlimm verprügelt hatte. Das Tier war weich und still, und sein Atem war irgendwie warm, und das war schön für mich. Aber dann hat meine Mama mich dabei erwischt, und sie hat gesagt, hast das Maultier wohl gern, was? Hast du's gern? Und ich hab gesagt, ja, ich glaub schon, und meine Mama kam auf der Stelle mit einem Gewehr wieder und hat es gleich hinter dem Haus abgeknallt. Und dann hat sie mich windelweich geprügelt, weil sie für den Lieferwagen bezahlen mußte, der kam und das Maultier abgeholt hat. Sie haben ihm die vier Beine zusammengebunden und es fortgeschleift, sein Kopf war zurückgebogen und schleifte hinterher, so als würd es mich noch sehen, und ich war daran schuld, daß es tot war. Danach hab ich nie mehr was gern gehabt. Ich bin durch und durch schlecht, so wie sie's gesagt hat. Windelweich hat sie mich geprügelt, als sie das Maultier erschossen hat, aber da hab ich das Auge nicht verloren, das war ein an-*

*deres Mal, und davon weiß ich nicht mehr viel, weil ich tagelang nicht wieder aufgewacht bin. Einer meiner ›Onkel‹ hat mich ins Krankenhaus gebracht, und dort haben sie mir das Auge rausgenommen. Er hat gesagt, ich wär die Treppe runtergefallen, und ich hab nichts dazu gesagt. Jedenfalls damals nicht. Er war nicht richtig mein Onkel, er war einer von ihren Freiern, aber ab und zu hat er mit mir geredet, und er war auch der erste, der mir was über Sex und so beigebracht hat. Er hat es mit Tieren gemacht. Erst hat er sie getötet, und dann hat er es mit ihnen gemacht und mir gezeigt, wie es geht. Er hat gesagt, besorg dir doch ein Mädchen, du bist vierzehn. Deshalb bin ich hinter der einen her, aber sie wollte nicht, daß ich es mit ihr mache. Sie hatte Angst vor meinem Auge, vor dem Loch. Viele Leute hatten Angst davor, weil da immerzu Zeug rauskam. Sie hat auch gesagt, daß ich schlecht rieche und daß ich sie nicht anfassen darf. Ich mußte sie umbringen, um es mit ihr zu machen. Meistens mußte ich sie vorher umbringen, sonst konnt ich es nicht kriegen. Töten ist das einzige, wo ich immer gut drin war, und jetzt, wo man mich geschnappt hat, hab ich keine Angst vorm Sterben. Für jemanden wie mich ist das sowieso das Beste. Das weiß ich.«*

Er war es also. Das war der Mann mit dem Glasauge. Dennoch war es nicht sein Gesicht gewesen, zerschlagen und wie wahnsinnig, das der Maresciallo im Traum gesehen hatte, sondern das eines jüngeren Mannes.

Der Maresciallo schlug die Seiten des Buches bis zum Mittelteil um, wo die Fotos waren, aber so ein Mann war hier nicht abgebildet. Und das einzige andere Buch, das er neben sich hatte, war eine Sammlung von Aufsätzen. Es enthielt keine Fotografien, nur Tabellen, Grafiken und Karten. Bacci hatte sich ein, zwei Dinge notiert und sie in italienischer Übersetzung auf ein zusammengefaltetes Blatt Schreibmaschinenpapier übertragen, das er hinten in das Buch eingelegt hatte. Die Notizen sahen nach einer trockenen, weniger bestürzenden Lektüre aus, und vielleicht hielt er sich besser daran, bis er daran denken konnte, sich wieder hinzulegen.

Aspekte der Herkunft
Gesellschaftliche Schicht
Familiäre Herkunft
Gemeinsamkeiten mit Gleichaltrigen
Kontakt mit persönlichkeitsbildenden Instanzen
Auffassungsgabe und Denkschärfe
Tatverhalten
Interaktionsrahmen
Selbstverständnis
Einstellungen
Erinnerung an das Tatgeschehen

Das war trockene Lektüre, keine Frage, und darüber müßte er in Null Komma nichts einschlafen können. Die von Bacci unterstrichenen Begriffe waren numeriert, so daß man die zugehörige Übersetzung auf dem losen Blatt leicht fand. Das Blatt war jeweils mit Bleistift beschrieben.

»Uff!« Der Maresciallo begann das Buch schneller durchzublättern, die Augen fiel ihm zu. Bei einer mit roter Tinte unterstrichenen Stelle stockte er. Seltsamerweise war diese nicht numeriert. In der Klammer, in der die Ziffer hätte stehen sollen, stand statt dessen *Sind wir das?* Und am Rand ein großes Ausrufezeichen. Warum hatte er die Stelle nicht übersetzt, wenn sie so wichtig war? Der Maresciallo starrte auf den fremdsprachigen Text und versuchte vergeblich, ihn zu entziffern. Es ging darin um eine Spezialeinheit, soviel bekam er mit, doch was darüber ausgeführt wurde, konnte er sich beim besten Willen nicht zusammenreimen. Er schloß die Augen und ließ den Kopf aufs Kissen sinken. Schlafen. Er mußte schlafen.

»Nein! Das ist eine Lüge!«

»Unterlassen Sie Ihre Bemerkungen. Beantworten Sie nur die Fragen.«

»Was denn für Fragen? Sie stellen mir ja keine Fragen, Sie kommen mir mit lauter Lügen.«

Simonetti warf dem Anwalt des Verdächtigen einen Blick zu, und dieser legte seinem Klienten begütigend die Hand auf die Schulter und redete hektisch flüsternd auf ihn ein.

»Nein, ich kann nicht. Ich kann ihm nicht zuhören. Er will mich ans Kreuz nageln. Wie soll ich da ruhig bleiben?«

»Die beiden jungen Leute, um die es hier geht, wohnten in der Nähe Ihres Dorfes und wußten schon, wie Sie aussehen, bevor wir ihnen Ihr Foto zeigten. Sie lagen auf der Motorhaube des Wagens, und als die beiden ihre Aktivitäten beendet hatten und als der junge Mann hochschaute, sah er Ihr Gesicht, das durch die Scheibe hindurchstarrte. Zwei weitere Zeugen, die in einer Samstagnacht im Juli desselben Jahres mit dem Auto im Gebiet von San Casciano parkten, sahen Sie in der Nähe ihres Wagens mit einem metallischen Gegenstand in der Hand, der nach Angabe der Zeugen eine Waffe gewesen sein soll. Sie starteten den Wagen und fuhren sofort weg. Das dritte Paar, das einen Spaziergang unternahm, sah Sie am hellichten Tage. Sie standen vor einer Hecke, durch welche Sie auf ein Feld schauten, auf eine Lichtung, die nachts oft von Liebespaaren aufgesucht wird. Ihr Motorroller, der uns als grau mit zerrissenem Sattel beschrieben wurde, mit einer verbogenen Speiche, die neben dem Rad heraussteht, lehnte an dem Tor zu dem Feld.«

»Das ist eine Lüge! Ich habe keinen grauen Motorroller, ich habe nie einen grauen Motorroller gehabt.«

»Sie besitzen einen Motorroller mit einem beschädigten Sattel.«

»Aber der ist rot.«

»Bitte sprechen Sie leiser. Wir haben uns Ihren Motorroller angesehen und eine kleine Farbprobe davon genommen. Damit ließen sich Spuren weiterer früherer Farbschichten nachweisen, grau zum Beispiel.«

»Ich habe ihn gebraucht gekauft, und da war er rot. Sie können den Mechaniker im Dorf fragen. Von dem hab ich ihn gekauft.«

»Den Mechaniker haben wir bereits befragt. Er war sich nicht sicher, welche Farbe der Motorroller hatte, als er ihn an Sie verkauft hat. Er hält es für möglich, daß Sie ihn rot gespritzt haben.«

»Der Mistkerl – er lügt. Er will mich anschwärzen, weil ich mit ein paar Teilen ein gutes Geschäft gemacht hab, die er...«

»Bitte antworten Sie auf meine Fragen und unterlassen Sie alle sonstigen Kommentare. Und vergessen Sie nicht, daß wir auch schon mit allen anderen aus der Bande der Voyeure gesprochen haben.«

»Ich bin kein Voyeur, und was anderes werden die Ihnen auch nicht sagen.«

Das stimmte, dachte der Maresciallo, der diese Szene mit Ferrini und zwei anderen Polizisten schweigend beobachtete. Sie hatten noch nicht alle Mitglieder der Bande befragt, nur zwei, die jedoch nichts zugegeben hatten. Der erste der beiden, ein vor Angst schlotterndes Individuum, war noch nicht ganz zur Tür hereingetreten, als er schon lossprudelte. »Ich hab manchmal mit ihm zusammen gegessen. Das ist alles. Ich kenne ihn kaum. Er ist nicht mal mein Freund. Wir haben in der Bar einen Kaffee getrunken, ein Sandwich gegessen, wie man es eben so macht. Bloß weil wir beide zur gleichen Zeit dort waren...«

»Bitte setzen Sie sich und nennen Sie uns Ihren vollen Namen und Ihre Anschrift.«

»Was?«

»Setzen Sie sich und halten Sie den Mund. Wir haben Sie doch noch gar nichts gefragt.«

Doch der Mann, der um die sechzig sein mochte, war so verängstigt, daß er sich zwar auf einen Stuhl schieben ließ, aber kein Wort der Carabinieri vernahm, geschweige denn verstand. Er schaute die Männer reihum mit blicklosen Augen an und sagte immer wieder: »Bloß was gegessen, das ist alles. Ich bin nie mit ihm irgendwohin mitgegangen. Ich kenne ihn ja kaum. Wir haben einen Kaffee getrunken und ein Sandwich gegessen.«

Der zweite hatte seine sieben Sinne besser beieinander gehabt, aber eine ähnliche Geschichte erzählt.

Aber warum? Das konnte der Maresciallo nicht begreifen, als er sah, wie das Gesicht des Verdächtigen sich verzog und die Tränen zu fließen begannen. Alles zu leugnen war natürlich das Übliche bei Männern wie dem Verdächtigen und seinen Freunden, und auf den ersten Blick wirkte das ja auch nur logisch. Das Ungeheuer war ein Voyeur, ergo leugne, ein Voyeur zu sein. Der Verdächtige wurde beschuldigt, ergo leugne, den Verdächtigen zu kennen. Es war nur natürlich, daß diese Männer Angst hatten. Irgend etwas aber stimmte nicht. Denn wenn man bedachte, bis zu welchem Punkt die Dinge gediehen waren, wäre es doch klüger gewesen, der Verdächtige hätte seine voyeuristische Neigung eingestanden – damit hätte sich erklärt, warum er sich nachts an bestimmten Orten aufgehalten hatte. Männer mit solchen Neigungen waren zu Hunderten unterwegs. Das machte sie nicht automatisch zu Mördern. Hatten sie vor irgend etwas anderem Angst? Man konnte sich keinen Reim darauf machen, was in ihnen vorging. Der Maresciallo zweifelte nicht daran, daß der Verdächtige wirklich ein Voyeur war, auch wenn er berücksichtigte, daß die Hälfte von dem, was Simonetti aufs Tapet brachte, erfunden war.

Das gleiche Gefühl hatte er bei der Sache mit der Tochter gehabt. Er glaubte wohl, daß der Verdächtige sie mißbraucht hatte. Trotzdem log sie.

Simonetti wurde nicht müde, den Verdächtigen zu quälen. »Warum sagen Sie uns nicht die Wahrheit?«

Genau das war der Punkt. Warum sagte er nicht die Wahrheit? Wenn man bedachte, daß Simonettis Anschuldigungen falsch waren, so bedeutete dies, daß die Wahrheit das letzte war, was er hören wollte. Die Wahrheit hätte in diesem Falle dem Verdächtigen geholfen. Doch er log. Das ganze Wortgefecht, das eigentlich ein Ringen um die Wahrheit hätte sein sollen, war in Wirklichkeit ein Kampf, in dem es darum ging, welchem der beiden Lügengespinste mehr Glauben geschenkt würde. Die Wahrheit kam im Grunde keiner der beiden Seiten gelegen.

»Dieser Eintrag in Ihrem Kalender hier: Das ist ein Autokennzeichen, hinter das Sie das Wort ›Pärchen‹ geschrieben haben. Wie würden Sie uns das als jemand, der kein Voyeur ist, erklären?«

»Ich habe das nicht geschrieben. Das ist nicht meine Handschrift.«

»Es ist nicht Ihre Handschrift? Wessen Handschrift ist es dann? Es ist doch Ihr Kalender. Er befand sich in Ihrem Haus. Wessen Handschrift ist das, nun machen Sie schon!«

»Ich weiß es nicht. Vielleicht ist es ja meine. Ich erinnere mich doch nicht mehr an jede Kleinigkeit, die ich mal hingekritzelt habe.«

»Dann lassen Sie uns in diesem Falle mal davon ausgehen, daß Sie dieses Autokennzeichen mit dem Wort ›Pärchen‹ daneben hingekritzelt haben. Was soll der Eintrag bedeuten?«

»Weiß ich nicht mehr.«

»Aber Sie haben das geschrieben.«

»Sie versuchen mich reinzulegen. Sie verfolgen einen Unschuldigen.«

Eine ganze Weile waren nur noch Heulen und Schniefen zu vernehmen, und mit dem Taschentuch in der Hand beriet sich der Verdächtige kurz mit seinem Anwalt, welcher ihm den Arm tätschelte und dann Simonetti ansah.

»Er glaubt sich zu erinnern.«

»Da sind wir ja gespannt.«

Der Verdächtige schneuzte sich geräuschvoll und unappetitlich die Nase und wischte sich die Augen.

»Ich erinnere mich, daß ich eines Abends ein Pärchen gesehen hab, das auf dem Weg direkt unter meinem Schlafzimmerfenster geparkt hat. Ich hab, glaub ich, die Nummer des Autos aufgeschrieben. Ich wollte sie von meinem Haus forthaben. Es gehört sich nicht, so etwas zu machen, direkt unter der Nase anderer Leute. Ich hatte eine Tochter, an die ich denken mußte. Es gehört sich nicht.«

»Moralische Entrüstung. Sie erstaunen mich.«

»Es war nur zu ihrem Besten. Denn zu der Zeit wurden diese Pärchen ja ermordet. Es war zu ihrer Sicherheit, und nun sehen Sie, wohin mich das gebracht hat.«

»Ach ja. Kommen wir mal zu den kleinen Schmuckstücken hier.« Simonetti streckte die Hand nach hinten aus, ohne sich umzuschauen, und Esposito, der Beamte mit der Narbe auf der Hand, reichte ihm die Seifenschale voller billiger Halsketten und Armreifen. »Was ist damit?«

»Was soll damit sein?«

»Was können Sie mir zu diesen Sachen sagen? Kommen Sie uns nicht damit, daß die nicht Ihnen gehören. Daß Sie keinen Frauenschmuck tragen, versteht sich. Also?«

Der Verdächtige schwieg. Anscheinend wußte er nicht, was er von dem Ganzen halten sollte. Er fixierte die Seifenschale mit seinen Schweinsäuglein, das Gesicht leicht zur Seite gedreht.

»Ich hab Ihnen doch schon gesagt…«, begann er unsicher. »Als Sie das Zeug mitnahmen, hab ich Ihnen schon gesagt, daß es meiner Tochter gehört. Das sind wohl die Sachen, die Sie mitnahmen…«

Diesmal verstand der Maresciallo. Als sie den Klunker eingepackt hatten, hatte er das tatsächlich gesagt. Nun war er sichtlich besorgt, daß die ihm hier vorgeführten Schmuckstücke womöglich nicht die gleichen waren und daß er dies nicht beweisen konnte. Sie mußten zwar im Durchsuchungsbericht aufgeführt sein, aber wie genau war die Beschreibung? Alle jungen Frauen trugen doch diese hübschen, wertlosen Sachen, die in jedem Warenhaus angeboten wurden. Es konnte gut sein, daß die Mutter eines der Opfer behauptete, eines der Stücke gehöre ihrer Tochter.

»Wir warten.«

»Ich… es sind die Sachen, die Sie von meiner Tochter mitgenommen haben, vermute ich.«

»Sie vermuten es? Wieder diese Masche?«

»Für mich sieht das alles gleich aus, das Zeug ist doch nur aus Plastik. Warum fragen Sie nicht meine Tochter?«

»Das kommt schon noch. Ich will aber jetzt Ihre Antwort hören. Diese Schmuckstücke wurden auf Ihrem Grundstück gefunden. Wie wollen Sie uns erklären, daß sie sich dort befanden?«

Der Anwalt machte nun ebenfalls eine besorgte Miene.

Er bat um Entschuldigung, setzte seinem schniefenden Klienten mit gedämpfter Stimme umständlich etwas auseinander und beschloß zuletzt, für ihn zu sprechen.

»Mein Klient sagte in gutem Glauben, daß die in seinem Haus beschlagnahmten Schmuckstücke seiner Tochter gehörten. Er ist sich nicht sicher, daß er diese Dinge jetzt wiedererkennt, denn sie sind nicht sein persönliches Eigentum, und er hat nie Gelegenheit gehabt, sie gründlich in Augenschein zu nehmen.«

Bei diesen Worten zuckte Simonetti mit den Schultern und reichte Esposito die Seifenschale zurück.

»Erzählen Sie mir von Ihrer Waffe.«

»Ich habe keine Waffe! Das einzige, was ich je hatte, war ein Luftgewehr, die Sorte, die man braucht, um die Hunde von den Hühnern fernzuhalten.«

»Das Projektil, das wir in Ihrem Garten gefunden haben, stammte nicht aus einem Luftgewehr.«

»Nein! Denn das haben Sie dahingelegt. Sie waren das!«

Er war aufgesprungen, außer sich vor Wut, das Gesicht dunkelrot. Wenn die Vernehmung so weiterging, würde er noch einen Herzanfall bekommen, da war sich der Maresciallo sicher. Und wirklich, fast unmittelbar darauf sackte der Mann auf den Stuhl zurück und atmete schwer. Die Farbe wich aus seinem Gesicht, und seine Haut wurde feucht und verfärbte sich gräulich und bekam um seine Lippen herum einen blauen Schimmer.

Der Anwalt stand auf. »Sie müssen aufhören. Er muß seine Arznei einnehmen. Er braucht einen Arzt.«

»Wir unterbrechen für eine Stunde.«

Zum Schluß waren fast zwei Stunden vergangen, ehe der

Arzt die Fortführung der Vernehmung gestattete. In der Zwischenzeit gingen die Beamten einen Kaffee trinken, und Simonetti empfing die Journalisten, die auch dann noch an der Treppe herumlungerten, als die Männer zurückkehrten.

»Er verschwendet wirklich keine Zeit«, murmelte Ferrini. »Übrigens, wo ist denn Ihr Freund Bacci abgeblieben?«

»Dasselbe wollte ich Sie auch gerade fragen.«

Ferrini zuckte mit den Schultern. »Vielleicht hat er heute seinen freien Tag.«

»Nein, nein. Ich habe gestern abend mit ihm gesprochen und ihn gebeten, mir eine Liste mitzubringen, die ich brauche. Irgend etwas hat er gesagt, er sei heute verhindert oder so. Können wir reingehen, wenn Sie zu Ende geraucht haben? Ich wollte ein paar Dinge mit Ihnen besprechen, bevor die anderen alle wiederkommen.«

Sie setzten sich an den Tisch, vor dem der Stuhl des Verdächtigen stand. Der Schweißgeruch seiner Furcht lag noch im Raum, fast wie eine körperliche Präsenz.

»Armer Teufel«, bemerkte Ferrini. »Ich bezweifle zwar, daß er mehr abkriegt, als er verdient, aber trotzdem ist er ein armer Teufel.«

»Ich dachte gerade«, sagte der Maresciallo und bemühte sich, verständliche Worte für die in seinem Kopf herumschwirrenden Bilder zu finden, »das ist doch die zweite Vernehmung nach der Hausdurchsuchung …«

»Und?«

»Wenn ich die Fragen stellen würde, hätte ich gern gewußt, woher all das Geld stammt.«

»Ein interessanter Gesichtspunkt, aber ich habe das Gefühl, daß danach niemand fragen wird.«

»Und aus welchem Grund?«

Ferrini zuckte mit den Schultern. »Aus welchem Grund? Weil das egal ist. Geld verdient man nicht dadurch, daß man irgendwelche Leute umbringt. Man könnte es natürlich stehlen, aber ich glaube nicht, daß es Grund zu der Annahme gibt, einer von diesen jungen Leuten hätte Geld gehabt. Und das wenige, das sie bei sich hatten, wurde ja nie angetastet.«

»Ja, aber… ich will sagen, er ist doch nicht das Ungeheuer, oder? Folglich…«

»Folglich könnte er Bankräuber sein. Ich glaube, ich weiß, worauf Sie hinauswollen, aber einen Bankräuber braucht hier niemand, wenn ich das richtig sehe. Sie brauchen ein Monster, und deshalb wird niemand Zeit auf irgend etwas verschwenden, das nicht bei dieser Frage weiterhilft.«

»Sie haben natürlich recht, aber trotzdem, es war eine Menge Geld.«

»Sie geben wohl nie auf, wie? Ich verrate Ihnen mal was. Wenn ich mit dem Gesetz in Konflikt käme, bekäme ich es ungern mit Ihnen zu tun. Sie sind wie eine Bulldogge, die den Knochen nicht fahrenlassen will. Vergeuden Sie nicht Ihre Kraft. Dafür werden Sie nicht bezahlt, und in diesem speziellen Fall dankt man es Ihnen auch nicht.«

»Sie haben sicher recht…«

»Das sagen Sie immer, lassen den Knochen aber trotzdem nicht fahren.«

»Es war eine Menge Geld.«

»O Gott.«

»Und es ist ein ganz hübsches Häuschen, das er da hat. Dazu noch ein schönes Stückchen Land. Und die Wohnung in der Nähe des Marktplatzes, die er für das Mädchen gekauft hat. Ich besitze kein Haus und keine Wohnung. Ich mache mir jetzt schon Sorgen, wie ich zurechtkommen soll, wenn ich in Pension gehe.«

Ferrini saß da und schaute den Maresciallo an. Er gab auf. »Na schön, erzählen Sie schon.«

»Ich mache mir jetzt schon Sorgen«, sagte der Maresciallo noch einmal, Ferrinis Ironie übergehend. »Ich denke oft daran... Er hält Hühner.«

»Wie bitte? Wie kommen Sie denn plötzlich auf Hühner?«

»Der Verdächtige. Er hält Hühner und ein paar Hasen. Er baut Gemüse an. Er produziert Wein und Öl für den Eigenbedarf. Praktisch sein ganzes Leben lang hat er als Landarbeiter gearbeitet...«

»Wie er uns jedesmal, wenn wir mit ihm sprechen, versichert.«

»Ja, genau. Es ist wichtig, auf das zu hören, was die Leute sagen. Manchmal, wenn man es am wenigsten erwartet, erzählen sie einem die Wahrheit. Was er uns auch jedesmal versichert, ist, daß er immer vorsichtig ist, immer was für einen Regentag beiseite legt, wie sein Vater es ihm beigebracht hat. Sein Vater war ebenfalls Bauer.«

»Schön, er will also den Landbesitzer sein ganzes Leben lang geschröpft und den Erlös unter die Matratze gesteckt haben.«

»Ja.«

»Also, sehen wir mal … wenn wir das addieren, kommen keine zwei Häuser, eine Schublade voller Millionen und so ein Aktienpaket heraus. Und dazu addieren wir noch, daß wir ihn nicht für das Ungeheuer halten, aber was wollen Sie damit anfangen? Welchen Sinn hat es, Fragen zu beantworten, die kein Mensch gestellt hat?«

Der Maresciallo erwiderte nichts. Seine Miene war düster und entschlossen.

»Gütiger Himmel, das Gesicht kenne ich. Diese Miene hatten Sie bei dem Transsexuellen-Fall auch aufgesetzt, und man bekam kein vernünftiges Wort aus Ihnen heraus, bis es vorbei war.«

»Und« – der Maresciallo klopfte auf den Tisch – »sie sagte, ihr drohe sonst eine Gefängnisstrafe.«

»Wenn das nicht beweist, daß ich recht habe … *Wem* drohte Gefängnis?«

Doch bevor er eine Antwort bekommen konnte – auf die er vermutlich sowieso lange hätte warten müssen –, wurde die Tür zu dem Besprechungszimmer aufgerissen, und ein aufgeregter junger Mann trat ein.

»Staatsanwalt Simonetti?«

»Ich glaube, er spricht mit den Herren von der Presse. Ist irgendwas?«

Der junge Mann kam herein. Er hatte ein dickes Päckchen bei sich, das er auf den Tisch legte.

»Er wird mich bestimmt zusammenstauchen …«

Der junge Mann setzte sich und schaute die beiden Carabinieri an. »Hören Sie, Sie kennen ihn sicher besser als ich. Ich gebe mich ganz in Ihre Hand. Ich habe einen dummen Fehler gemacht, ich weiß, aber ich weiß nicht, was für

Folgerungen bereits daraus gezogen wurden, das heißt, wie schlimm die Verzögerung ist und ob wir die Presse da raushalten können. Denn das ist ja seine einzige Sorge, wie man so hört.«

»Da dürften Sie recht haben.« Ferrini war ebenso amüsiert wie verblüfft. »Wie wär's, wenn Sie uns erst einmal andeutungsweise erklären würden, wovon Sie reden, und damit anfingen, wer Sie überhaupt sind.«

»Sie sind aus dem Polizeilabor, nicht?« sagte der Maresciallo. »Sie waren an dem Regentag da, als die Müllkübel abtransportiert wurden.«

»Und hab mich total zum Narren gemacht.«

»Dann wären wir schon zu zweit«, meinte der Maresciallo.

»Soll das heißen, Sie wissen es schon?«

»Ich weiß gar nichts, nur daß ich dort war, aber daß ich zu langsam war. Ich hätte ihn mit dem, was er da in der Hand hielt, schnappen müssen. Hab ich aber nicht.«

Wortlos schob der junge Mann dem Maresciallo das Päckchen über den Tisch. Es war ein wattierter Umschlag, unversiegelt.

»Machen Sie es schon auf.«

In dem Umschlag lag eine Videokassette mit einem handschriftlich beschriebenen Etikett, auf dem »Walt Disney: Schneewittchen« stand.

»Wir sollten alles wegwerfen, hatte man uns gesagt. Es sei nichts von Interesse dabei. Keine verwertbaren Fingerabdrücke, keine Fettspuren der Waffe.«

»Und das hier haben Sie aufgehoben?«

»Ich habe alle aufgehoben, die ganze Tasche voll.« Der

junge Mann sah den Maresciallo an, als hoffe er, von ihm die Rettungsleine zugeworfen zu bekommen. »Ich habe zwei Kinder. Ich dachte, die wegzuwerfen wäre doch zu schade. Und gestern abend haben die zwei mich ein bißchen genervt, und meine Frau hat eine Grippe, da dachte ich an die Filme, damit hätte ich für eine Stunde Ruhe. Zum Glück bin ich im Zimmer geblieben. Mein Ältester kann das Videogerät schon bedienen… es hätte also gut sein können, daß ich sie allein gelassen hätte, aber ich war ja da und hab mich schnell vor den Bildschirm gestellt und ausgeschaltet. Giulia, meine Jüngste, hat schon gefragt: ›Was macht der Mann da?‹«

»Haben Sie die anderen auch geprüft?«

»Natürlich, als die Kinder im Bett waren.«

»Und es sind alles pornographische Videos?«

»Zu Hause gemacht. Und das Schlimmste ist, man kann zwar, wie Sie sich denken können, nicht viel von den Gesichtern sehen, aber ich bin ziemlich sicher, daß es das Mädchen ist.«

»Seine Tochter?«

»Ja. Scheint Sie nicht zu überraschen.«

»Wie viele Bänder sind es?«

»Nur drei. Aber jedes ein dutzendmal kopiert. Er muß sie verkauft haben. Die kaputte Videokamera muß ihm gehören, aber die bekommen wir nun ja nicht wieder. Hätte ich bloß gleich am ersten Abend, als ich nach Hause kam, eins der Bänder eingelegt! Dann hätte ich sie am nächsten Vormittag sofort herbringen können und mir das erspart. Aber jetzt, nach dieser Verzögerung, was wird er da wohl sagen?«

»Nichts«, erwiderte der Maresciallo mit ausdruckslosem Gesicht. »Er wird gar nichts sagen. Schicken Sie die Bänder mit einem kurzen Anschreiben in sein Büro. Und denken Sie dann nicht mehr dran.« Der Maresciallo schob den Umschlag über den Tisch zurück und fing Ferrinis Blick ein.

Ferrini pfiff leise durch die Zähne. »Was sagt man dazu«, sagte er, »wo ich gerade überlegt hab, ob ich anfangen soll, Hühner zu halten.«

In Florenz war es dunkel, still und kalt, als der Maresciallo am folgenden Morgen um sechs Uhr zwanzig in Zivilkleidung losfuhr, und zwar mit seinem eigenen Wagen. Das erinnerte ihn an seine Kindheit, als er um halb sieben in der Frühe als Meßdiener in der Kirche gestanden hatte. Um acht mußte er bei der nächsten Vernehmung anwesend sein, und er hoffte, daß niemand je herausbekam, wohin er jetzt fuhr. Seine Miene war so düster und ausdruckslos wie tags zuvor, als er das Päckchen mit dem »Walt-Disney-Film« gesehen hatte. Am Abend hatte er Bacci zu Hause angerufen.

»Aber haben Sie denn nichts davon gehört? Man muß doch etwas gesagt haben. Ich bin von dem Fall abgezogen.«

»Warum denn?«

»Wegen dieser Sache mit Shawcross. Sie müssen doch davon gehört haben.«

»Was für einer Sache?«

»Mit Shawcross. Der Mann, der verschwunden ist. Es stand doch in allen Zeitungen.«

»Ich hab keine Zeitung gelesen.« Hatte er zwar doch, aber nur die Artikel über ihren Fall.

»Er war hier im Urlaub und ist verschwunden. Seine Frau in England macht einen Riesenwirbel, und das Konsulat hat schon Kontakt mit uns aufgenommen. Alle dachten zuerst, er habe seine Frau verlassen. Das wäre nicht unsere Angelegenheit. Jetzt aber sieht es so aus, als hätte ihn jemand in den Bergen gesehen. Angeblich lebt er dort wie ein Wilder. Die Mönche haben ihm Essen hingestellt, aber er kommt nicht so nahe heran, daß sie mit ihm sprechen können. Sie sagen, er sei splitternackt.«

»Aha.«

»Sie brauchten jemand, der gut Englisch spricht.«

»Klar.«

»Sie glauben wohl nicht...«

»Was soll ich glauben?«

»Na ja, ich hab die Sache wohl verpatzt...«

»Ich... nein«, fiel ihm der Maresciallo schnell ins Wort.

»Leide ich schon unter Verfolgungswahn?«

»Wie soll ich das wissen? Glaubst du, daß man dich bei dem neuen Fall wirklich braucht?«

»Ja, ich bin ziemlich sicher, und es ist auch kein anderer Kollege einsetzbar, jedenfalls weiß ich keinen, der so gut Englisch spricht.«

Welchen Sinn hatte es denn, Bacci in seiner Sorge noch zu bestätigen? Es hörte sich doch so an, als sei dieser neue Fall für ihn genau das Richtige. In einer solchen Situation, wo bereits das Konsulat beteiligt war, hätte auch der Maresciallo selbst Bacci ausgewählt. Ein großartiger Ermittler würde nie aus ihm werden, aber für Öffentlichkeitsarbeit war er ideal. Er sah gut aus, war höflich und praktisch zweisprachig... Wenn man es recht bedachte, hatte sich Simonetti genau diese Eigenschaften zunutze machen wollen, als er den jungen Bacci vor laufender Kamera für seinen Trick mit der gefundenen Kugel eingespannt hatte.

»Mist!« Zwar war keine Menschenseele auf der Straße unterwegs, doch der Maresciallo mußte anhalten, denn die Ampel zeigte Rot; dabei fiel ihm ein, daß er Bacci nach der rot angestrichenen Stelle hatte fragen wollen, die er am Abend zuvor in dem Buch gefunden hatte. Es war sicher nicht angebracht, Bacci zu bitten, den dazugehörigen Text für ihn zu übersetzen, nun, wo er von dem Fall abgezogen war, aber es interessierte den Maresciallo doch sehr, was dieses »Sind wir das?« zu bedeuten hatte. Nun war es dafür zu spät. Besser, er konzentrierte sich auf sein jetziges Vorhaben.

Im Dorf Pontino schliefen die meisten Menschen zu dieser Stunde noch, aber ein wenig Betriebsamkeit hatte doch eingesetzt. Die Bar Italia war geöffnet und beleuchtet, und der aufmunternde Duft frischen Kaffees war zu riechen. Ein paar Arbeiter frühstückten dort, und an der Bushaltestelle kamen die ersten Überlandbusse des Tages mit quietschenden Bremsen und melodischem Hupen zum Stehen und riefen Lehrer und städtische Beamte zu der einstündigen kurvenreichen Fahrt in die Stadt. Überall sonst auf dem Platz waren die Jalousien noch heruntergezogen, ausgenommen bei der Bäckerei und dem Blumengeschäft.

Für einen Kaffee in der Bar und gar für eine hübsche, ofenwarme Brioche mit einer schmelzenden Marmeladenfüllung hätte der Maresciallo alles gegeben, doch er wollte im Ort nicht gesehen werden. Womöglich war der Verdächtige schon auf den Beinen und unterwegs. Daher umfuhr er den dunklen Platz und parkte außerhalb des Lichtscheins einer Straßenlaterne in der Nähe der Kirche auf der anderen Seite. Er sah drei alte Frauen aus der Kirchentür kommen und ihrer verschiedenen Wege gehen, und als er das Auto abschloß, sah er einen kleinen Jungen, der mit einer in eine Papierserviette eingeschlagenen Brioche aus der Tür des Pfarrhauses gelaufen kam. Sein Zeitgefühl hatte ihn also nicht getrogen.

Eine kleine, nervöse alte Frau öffnete ihm die Tür.

»Pater Damiani frühstückt gerade. Ich störe den Pater nie beim Frühstück. Wenn Sie in einer halben Stunde wiederkommen könnten.«

»Vielleicht könnten Sie ihn ja doch fragen. Ich bin extra aus Florenz hergekommen, und die Angelegenheit ist ziemlich dringend.«

»Na schön...« Die füllige Gestalt des Maresciallo und seine Autorität hatten die Frau soweit eingeschüchtert, daß sie forttrippelte, einen Augenblick später zurückkam und ihn in ein kleines, mit Möbeln vollgestelltes Speisezimmer führte. Der Priester saß am Tisch, eine große weiße Serviette war unter seinem steifen, weißen Kragen befestigt. Zwei Kannen mit Kaffee und heißer Milch standen neben seiner großen Henkeltasse, und aus einem Brotkörbchen lugten zwei warme, süß riechende Brioches aus einem frischen weißen Tuch hervor. Der Priester biß gerade in eine weitere, und weiche Krümel regneten vor seiner Brust herab, als er den Maresciallo eintreten sah und mit einem Kopfnicken auf einen Stuhl wies.

»Ich nehme an, es hat wenig Zweck, Ihnen ein Frühstück anzubieten, wenn Sie so früh aufgestanden sind, um zu dieser Stunde aus Florenz hierherzukommen.« Sein Blick glitt zu den im Korb liegenden Brioches hinüber und wieder zurück.

Der Duft von frischem Kaffee, Vanille und warmer Marmelade wehte dem Maresciallo entgegen. Er gab die erforderlichen ablehnenden Geräusche von sich, nur leise allerdings.

»Maresciallo der Polizei oder der Carabinieri?«

»Der Carabinieri.«

»Ich verstehe nicht ganz. Man hat mir versichert, ich würde nicht aussagen müssen. Es geht mir dabei nicht nur um das Beichtgeheimnis, wissen Sie, sondern darum, daß es mich hier im Dorf in Verlegenheit bringen würde.«

»Oh, wenn man Ihnen das gesagt hat, dann ist das sicher auch richtig.« Wie sollte er eine Sache herausbekommen, von der dieser Mann annahm, er wisse bereits darüber Bescheid? Er sah jemandem ähnlich, und der Maresciallo kam nicht darauf, wem. Jemandem, der ganz unangenehm war, doch mehr wußte er nicht.

»Für mich ist das alles sehr schwierig gewesen. Derlei Dinge sind nicht so selten, wie wir uns das vielleicht wünschen mögen, aber dennoch war dies ein ganz besonders tragischer Fall, weil das Mädchen nicht ganz normal ist. Sie hat geredet, wissen Sie, sie hat überall im Dorf darüber geredet. Es ist eine Schande, daß Menschen sich überhaupt in einer solchen Lage befinden, aber seit die Irrenanstalten geschlossen wurden, bleibt es Menschen wie mir überlassen, sich mit Problemen zu befassen, die über meine eigentlichen Pflichten als Priester weit hinausgehen.«

»Das muß eine schwierige Aufgabe sein.«

*»Pater Damiani zum Beispiel. Dem steht es bis hier.«*

Hatte sich der Mann an der Theke in dem Lokal noch deutlicher ausgedrückt? Nicht daß der Maresciallo sich erinnern konnte.

»Wenn ich recht verstehe«, begann er vorsichtig, »wurde sie zu einem gewissen Zeitpunkt in einer psychiatrischen Klinik behandelt. Ich bin erst seit kurzem mit diesem Fall befaßt, aber das habe ich gehört.«

»Ja, so ist es. Ich habe getan, was ich konnte, um dafür zu sorgen, daß man sie wegbringt, bevor es noch schlimmer wurde. Sie stand praktisch dauernd vor meiner Tür. Wie Sie gesehen haben, liegt ihre Wohnung ja direkt vor meiner Türschwelle – und, glauben Sie mir, sie hat sich nicht gerade zurückhaltend benommen. Verzeihen Sie, wenn ich keine Einzelheiten schildere. Es genügt zu sagen, daß die Art und Weise, wie sie sich anbot, entsetzlich und sehr lästig war. Sehr lästig.«

Der belästigte Mann schluckte das letzte Stück seiner dritten Brioche hinunter und schenkte sich Kaffee nach.

»Noch schlimmer aber war, daß sie, wie ich es verstanden habe, ziemlich vielen Leuten erzählt hat, daß ihre ›Liebe‹ zu mir, wie sie es ausdrückte, erwidert wurde. Ich bin überzeugt davon, daß das Kind vom Teufel besessen war. Ich habe dem Bischof schriftlich davon berichtet.«

»Eine kluge Entscheidung. Aber halten Sie es nicht für möglich, daß es nicht der Teufel, sondern ihr Vater war?«

»Ihr Vater«, gab der Priester mit fester Stimme zurück, »ist ein Werkzeug des Teufels.« Plötzlich schoß ihm ein Gedanke durch den Kopf. »Sie wird doch vor Gericht nicht gegen ihren Vater aussagen?«

»Doch, ich glaube, sie sagt aus.«

»Aber das darf nicht geschehen! Das Kind ist zu einer solchen Aussage nicht in der Lage.«

»Ich fürchte, sie wird trotzdem aussagen. Eigentlich habe ich Sie aber aufgesucht« – niemand, der seinen Verstand beisammenhatte, würde ihm glauben, aber er befand sich auf sicherem Boden, da der Priester nichts mehr wollte als hören, was er nun sagen würde –, »um Ihnen zu versichern, daß die Staatsanwaltschaft ihr keine Fragen stellen wird, die Sie in irgendeiner Weise tangieren könnten.«

»Und die Verteidigung?«

»Es liegt nicht in ihrem Interesse, sich mehr als absolut nötig bei den sexuellen Aktivitäten ihrer Klientin und deren Familie aufzuhalten.«

»Das leuchtet mir ein. Es war sehr umsichtig von Ihnen, mich auf dem laufenden zu halten. Ich muß gestehen, daß ich mir in der Tat große Sorgen gemacht habe, als ich in der Zeitung las, daß sie vor Gericht aussagen soll. Es gibt ziemlich viele Kommunisten in diesem Dorf, Priesterhasser, die nichts unversucht lassen, aus einer Mücke einen Elefanten zu machen.«

»Das leuchtet mir ein.«

»Es war für uns alle ein schwarzer Tag, als diese Familie ins Dorf kam. Sie sind alle vom gleichen Schlag, Maresciallo, glauben Sie mir. Sentimentalitäten sind da völlig fehl am Platze. Gott wird sie richten, aber sosehr sie sich auch gegenseitig bekriegen und verfluchen, zum Schluß verbünden sich alle wieder miteinander. Die Schuldigen von den Unschuldigen zu scheiden, das wird bei dieser Familie nicht gelingen. Wir sind alle Sünder, und wir sind alle selbst für unser Seelenheil verantwortlich, auch wenn uns die moderne Psychologie das Gegenteil davon weismachen will.«

Der Maresciallo war der gleichen Meinung, doch das sagte er nicht. Die Kümmernisse dieses Mannes waren ihm ziemlich egal, zumal ihm gerade aufgegangen war, wem er ähnelte. Er war natürlich jünger. Sein welliges Haar war noch schwarz. Doch die Statur war die gleiche, gedrungen und kurze Arme und Beine. Und da waren auch die Adlernase und der Stiernacken, obwohl nicht ganz so grob. Das Objekt der kranken Leidenschaft des mißbrauchten Mädchens war – in jung – das Ebenbild ihres Vaters.

# 13

»Wollen Sie sich Ihre Post ansehen?« Der Maresciallo war noch nicht richtig zur Tür herein, da überfiel ihn Lorenzini schon.

»Nicht jetzt. Ich bin spät dran. Gibt es irgend etwas Dringendes?«

»Nein, nur etwas Seltsames.«

»Zeigen Sie her.«

Lorenzini reichte ihm einen kleinen Umschlag in gebrochenem Weiß.

»Oh, nein...« Die Anschrift war aus Zeitungsbuchstaben zusammengesetzt. »Den nehme ich lieber mit. Das kann ja nur...« Er öffnete den Brief beim Sprechen, und sein Blick fiel sofort auf den Namen FRANCHI.

LOS NR. 79 STAMMT NICHT VON ANTONIO FRANCHI

Der Maresciallo ging in sein Büro und wählte die Nummer des Capitano.

»Maestrangelo.«

»Guarnaccia hier. Ich habe einen anonymen Brief erhalten, den ich an Sie weiterleite. Lorenzini wird einen Bericht dazu schreiben.«

»Es geht darin nicht zufällig um ein Gemälde?«

»Doch, ja... Ich...«

»Ein Gemälde von... lassen Sie mich nachdenken...«

»Von Antonio Franchi, Signore, jawohl. Sie wissen davon?«

»Ich habe denselben hier auf dem Schreibtisch liegen, und ein Herr vom Auktionshaus ist gerade gegangen. ›Los Nr. 79 stammt nicht von Antonio Franchi.‹«

»Ja, es ist dieselbe Mitteilung. Die Buchstaben stammen aus einer dieser Zeitschriften auf Hochglanzpapier.«

»Wissen Sie etwas darüber? Ich vermute, es geht um jemand aus Ihrem Revier oder jemand, der Sie zumindest kennt. Denn sonst...«

»Könnte sein. Die Sache ist die – ich kenne den jungen Mann, der das Bild verkauft.« Er hätte beinahe »den Jungen« gesagt.

»Bestehen Zweifel an der Echtheit des Bildes?«

»Er scheint es für echt zu halten. Ich kann das nicht beurteilen. Ich hätte gedacht, für so etwas sei das Auktionshaus verantwortlich.«

»Ja, schon. Ich hatte den Eindruck, darum macht man sich dort keine Sorgen.«

»Aber sie sind zu Ihnen gekommen?«

»Ja, und zwar, weil sie befürchten, daß jemand, und das ist Zitat, ›der vermutlich nicht ganz normal ist‹, während der Auktion einen Skandal verursachen könnte. Das würde ihrem Image schaden, wäre schlecht fürs Geschäft. Für den Fall, daß es zu Turbulenzen kommt, hätten sie gern jemanden dort – in Zivilkleidung natürlich.«

»Verstehe.« Der Capitano war kein Mensch, der sich durch offene Mißfallensbekundungen exponierte, sein Tonfall genügte. Der Maresciallo verstand, wie die Äußerung gemeint war, und reagierte dementsprechend.

»Aber die Herren vom Auktionshaus müssen ja selbst eingesehen haben, daß Sie keine Männer für ihre privaten geschäftlichen Unternehmungen anstellen können. Ein Verbrechen liegt ja nicht vor.«

»Nein. Aber sie haben ein paar große Namen in ihrem Aufsichtsrat.«

Und was das bedeutete, war beiden klar. Irgendwer kannte sicher irgendwen bei den Justizbehörden, der dann Druck ausübte. Sie bekämen ihren Willen, und der Capitano würde für seine Korrektheit büßen. Eine solche Episode schadete unfehlbar seiner Karriere, ganz gleich, welchen Kurs er einschlug.

»Tut mir leid.« Wie leid es ihm in Wirklichkeit tat, konnte der Maresciallo nicht sagen. Er fühlte sich, zumindest zum Teil, verantwortlich, denn es war ihm vollkommen klar, woher die Briefe kamen.

»Ich sollte das Ding wohl ins Labor schicken, alles Erforderliche veranlassen, um den Absender ausfindig zu machen. Das könnte hilfreich sein, falls ich unter Beschuß gerate. Ich warte natürlich, bis Ihre Sendung hier ankommt. Und falls Sie etwas Nützliches wissen, schreiben Sie es in den Bericht hinein.«

»Vielleicht sollte ich lieber persönlich zu Ihnen kommen. Aber nicht heute – Sie wissen ja, wie eingespannt ich bei dem anderen Fall bin. Ich bin sowieso schon zu spät dran.«

»Natürlich. Ich kann Sie ja kaum drängen. Kommen Sie vorbei, wann Sie können.«

Als er aufgelegt hatte, fragte sich der Maresciallo, ob er dem Capitano nicht hätte raten sollen, sich die Mühe einer

Laboruntersuchung zu ersparen. Aber er hatte wohl recht getan, nichts zu sagen, denn es kam ja nur auf die Geste an. Er sah auf den Brief hinunter. Anonym, du liebe Güte! Was sollte das bezwecken? Wollte er den Maresciallo manipulieren? Die Carabinieri? Ein namhaftes Publikum zusammentrommeln und wirklich bei der Auktion einen Skandal inszenieren? Was immer die Beweggründe für die Briefe sein mochten, ganz gleich, welches Spiel da gespielt wurde, um Anonymität ging es dabei nicht. Das Briefpapier zum Beispiel war schon mal dick und hatte einen Büttenrand. War handgeschöpft, man brauchte kein Fachmann zu sein, um das zu erkennen. So leicht auffindbar, wie Papier nur sein konnte. Aber nicht das Papier war dem Maresciallo zuerst aufgefallen. Er hatte den Brief kaum geöffnet, da drang der Hauch eines unverwechselbaren Parfums in seine Nase, und er wußte Bescheid.

Geduldig wartete der Maresciallo vor der Pizzeria Dante, aber von Ferrini war nichts zu sehen. Die Pizzeria befand sich an einer Häuserecke in der Nähe der Brücke, auf halbem Wege zwischen ihren jeweiligen Quartieren auf der zum Revier des Maresciallo gehörenden Seite des Flusses. Es war kalt, im Abendwind im Freien herumzustehen, doch der Maresciallo hatte keine Lust, allein hineinzugehen, und blieb deshalb, wo er war, schaute über die von Lampen erleuchtete Brücke und wartete auf Ferrinis federnden Schritt. Nichts.

»Guarnaccia!«

»Gütiger Himmel, wozu haben Sie denn Ihr Auto mitgebracht? Wir fahren doch nicht woandershin, oder?«

»Nachher gehen wir ja noch zu Ihnen aufs Revier. Für Sie liegt es günstig, aber ich habe keine Lust, nachts um drei zu Fuß nach Hause zu gehen.«

»Aber Sie werden keinen Parkplatz finden.«

»Doch. Gehen Sie schon rein und suchen Sie uns einen Tisch.«

Der Maresciallo tat, wie ihm geheißen.

»Für zwei Personen? Ist Ihnen dieser recht?«

»Ich denke schon.«

Es sollte natürlich anders kommen. Ferrini kam breit lächelnd herein, der einzige, der zu dieser Abendstunde in Florenz einen Parkplatz auftreiben konnte, keine Frage.

»Dante!« rief er sofort laut schallend aus, und der Besitzer der Pizzeria, ein Mann in den Fünfzigern, tauchte aus dem Nirgendwo auf. Um seinen Bauch spannte sich auffällig mit Markenlabels gespickte Designer-Lederkleidung, auf seinen feisten Fingern steckten schwere Ringe.

»Wen haben wir denn da!« Er klopfte Ferrini auf den Rücken. »Nein, nein, die Herren sollen nicht hier sitzen. Setz sie an meinen Tisch.«

»Wir müssen reden«, warf Ferrini warnend ein.

»Na, dann redet. Ich esse nie vor zehn. Bevor ihr geht, setze ich mich für einen Augenblick zu euch, und wir trinken was Gutes. Sandro! Kümmere dich um die Herren – und beeil dich, sie haben zu arbeiten.« Darauf folgten einige schnell und flüsternd mit dem Kellner gewechselte Worte, und Dante winkte ihnen zu und verschwand. Sandro kam mit einer Flasche und einem Korkenzieher. Die Flasche war staubig, und er stellte sie vorsichtig auf den Tisch und wischte sie ab. Der Maresciallo zog fragend eine

Augenbraue hoch, aber Ferrini runzelte die Stirn und machte eine wegwerfende Handbewegung.

»Mit anständigem Wein arbeiten wir genauso gut wie mit billigem. Außerdem«, fügte er hinzu, als Sandro eine Speisekarte holen ging, »kann ich einen alten Freund nicht kränken. Gut, bringen wir erst mal das Essen hinter uns, dann können wir weitermachen.«

Der Maresciallo fügte sich. Sie hatten sich bei diesem Fall schon mehrmals getroffen, um miteinander zu reden, und aus einem unerfindlichen Grund gingen diese Zusammenkünfte immer zu neunzig Prozent für Essen und Anekdoten aus früheren Fällen Ferrinis drauf. Richtig zum Reden kamen sie nie vor elf Uhr, und manchmal wurde es gar Mitternacht. Diesmal, mußte der Maresciallo sich eingestehen, war er selbst schuld. Er hatte eine Einladung abgelehnt, bei Ferrini zu Hause mit der ganzen Familie zu essen, weil der ganze Abend über fröhlichem Geplauder hingegangen wäre. Umgekehrt konnte er Ferrini nicht einladen, da – wie ihm eingefallen war – Teresa am folgenden Tag nach Hause kam und er dann keine Zeit mehr hätte, die Küche noch einmal zu putzen. Er hatte vorgeschlagen, irgendwo in der Nähe einen Teller Spaghetti zu essen, aber, wie nicht anders zu erwarten, kannte Ferrini da ein Lokal…

»Gut, was?«

»Sehr gut – hören Sie, das ist ein ruhiges Eckchen…« Seine großen Augen schweiften durch den Raum. Es saß niemand so dicht neben ihnen, daß er ihr Gespräch mithören konnte. »Wir könnten ja schon mal anfangen, solange wir aufs Essen warten, und uns Mühe geben, daß es nicht drei Uhr wird.«

»Wenn Sie meinen.« Ferrini sah nicht begeistert aus. Er ließ sich gern Zeit beim Essen.

Der Maresciallo ließ nicht locker. »Mir geht der Mord von 1968 nicht aus dem Kopf. Ich bin es nicht gewohnt, einen Fall aus zweiter Hand anzugehen. Man kann ja schon davon lesen, was der und der gesagt hat, aber wenn man vor Ort ist, wenn man einem Menschen direkt in die Augen sieht, das ist etwas ganz anderes.«

»Ja, ich weiß, worauf Sie hinauswollen, aber trotzdem denke ich, Romola hat in dem Punkt Klarheit geschaffen, Beweise hin oder her. Fabio Muscas muß etwas damit zu tun haben, sonst hätte er geredet – zumindest als man ihn selber als das Ungeheuer verhaftete. Wenn sich jemand gegen eine solche Anschuldigung nicht verteidigt, dann nur aus dem einen Grund, daß ihm eine neue Anklage blüht, wenn er sagt, was er weiß. Und in seinem Alter spielt es keine Rolle mehr, ob er einmal lebenslänglich kriegt oder sechzehn Jahre. Nein, er wollte Belinda aus dem Weg schaffen, weil sie das Geld der Familie durchgebracht hatte. Er war hinter dem Geld von der Versicherung her. Aber trotzdem, eine Waffe hatte er nicht. Auf ihre Art waren die Muscas angesehene Leute. Arbeiter. Ein Auto hatten sie auch nicht. Was ist mit Silvano?«

Der Maresciallo dachte eine Weile nach, und als Ferrini sich eine Zigarette anzündete, wünschte er sich, daß er wenigstens bis nach dem Essen gewartet hätte. Das sagte er aber nicht. »Silvano stand im Schilf, ich glaube, das stimmt. Ich bin sicher, daß er sie erschossen hat. Aber es ist komplizierter, und deshalb müßte man den Mann mal sehen. Gütiger Himmel – was ist das denn?«

»Das« war ein dicker Rostbraten Florentiner Art, schon vom Knochen gelöst und eingeschnitten und von Sandro auf einer Platte herbeigetragen.

»Wir können doch ...«

»Kommt vom Chef«, erwiderte Sandro und stellte die Platte ab. »Grüner Salat ist schon unterwegs, Pommes frites ebenfalls. Mögen Sie Perlzwiebeln, in Essig eingelegt?«

Die beiden Männer sahen einander an. Ferrini lachte leise. »Ist wohl das beste, wenn wir uns anstandslos fügen. Sie kennen Dante nicht – ich weiß noch, als ich das erste Mal hier gegessen habe, ich hatte damals gerade den Fall ...«

»Silvano«, fiel ihm der Maresciallo beherzt ins Wort, während er ein großes Stück Fleisch mit der Gabel aufspießte, »war wütend auf Belinda, weil sie für einen normalen Mann aus der *ménage à trois* ausgestiegen war. Aber ich wette, gesagt hat er das nicht. Ich habe das bei dem Mann im Gefühl. Ich glaube, er konnte andere Menschen gut manipulieren, und ich bin sogar bereit zu wetten, daß er der Familie Muscas angeboten hat, den Job aus Gefälligkeit zu übernehmen.«

»Sie könnten recht haben. Silvano ist ein schlauer Fuchs und dabei kühl und berechnend. Bei seinen sexuellen Neigungen komme ich zwar nicht mit – ach, sieht das gut aus, hier, nehmen Sie zuerst ... Gestern hatte ich ein vertrauliches Gespräch mit einem meiner Kollegen. Sie kennen ihn nicht, aber er hat 1984 an dem Fall mitgearbeitet, als Silvano Hauptverdächtiger war, und er hat mir ein paar Sachen erzählt, die bei der Beschattung Silvanos herausgekommen waren. Der Kerl hat Lastwagenfahrer an den Autobahnausfahrten aufgegabelt und sie gleich an Ort und Stelle mit in den geparkten Lastwagen genommen. Ich weiß zwar nicht, wie das gehen soll, aber solche und andere Vorfälle gab es bei ihm jeden Tag. Seine andere Spezialität, die Orgien, bekamen unsere Leute aber nie zu sehen. Die fanden gewöhnlich bei ihm zu Hause statt. Zu viert.«

»Aber hatte er nicht einen Sohn?«

»Ich spreche von den achtziger Jahren. Der Junge ist mit vierzehn oder fünfzehn von zu Hause fort, was einen ja nicht wundert. Und Silvano war es sowieso egal. Das ging schon so, als der Junge noch klein war. Er hat uns davon erzählt, als wir ihn befragten. Außerdem hat Silvano schon Jahre zuvor, als er noch bei Sergio wohnte, im Park Orgien organisiert und die ganze Sippe mitgenommen. Nicht bloß Belinda, die mitmachen mußte, sondern auch Sergio und den Kleinen, Nicolino. Ist das da ein Stück Filet?«

»Nehmen Sie es sich. Ich kann nicht mehr.«

Das Restaurant füllte sich allmählich, doch Sandro lotste die Gäste von ihrer Ecke weg und schaute jedesmal, wenn er vorüberging, in ihre Richtung, ob sie etwas wünschten.

Silvano ... Ihn zu fassen zu bekommen war nicht einfach.

»Er war ein guter Schütze. Sieben Schüsse, jeder ein Treffer und alle dicht nebeneinander, danach ein Schuß, den Sergio abfeuerte, damit er sich verurteilen lassen konnte – das war der Schuß aus der anderen Richtung, mit dem Belinda am Arm getroffen wurde. Haben Sie sich mal die Frage gestellt, wie Sergio als Beschuldigtem wohl zumute gewesen ist, ich meine, nachdem er sich so viele Jahre lang für das Treiben seiner Frau hat auslachen lassen müssen?«

»Das war sicher nicht so schlimm für ihn, glaube ich. Er hat nie ernsthaft versucht, aus der Sache rauszukommen. Ihm ging es nur darum, seine Homosexualität zu verbergen. Er wußte, daß niemand ihn zu solch einer Tat fähig hielt, jedenfalls ganz allein. Aus dem Grund hat er ja auch Flavio beschuldigt. Das war für alle glaubhaft. Flavio war vorbestraft, und alle wußten von seinem Verhältnis mit Belinda. Als sie 1983 wieder hinter ihm her waren, kam der arme Teufel gar nicht so leicht aus der Sache raus. Auch nicht, als die beiden Deutschen getötet wurden und er im Gefängnis saß. Damals dachte man, sein Neffe hätte die beiden erschossen, nur um ihn rauszuholen, und deshalb war das auch keine gute Arbeit. Geben Sie auf?«

Der Maresciallo gab den Kampf mit dem Rostbraten nun tatsächlich auf. Er war schon ganz erschöpft vor Anstrengung.

»Ich glaube, ich schaffe nicht mal mehr den Salat.«

»Sollen wir uns einen zur Verdauung genehmigen, was meinen Sie?«

»Ja.«

Sie bestellten, widerstanden aber Sandros Versuchen, ihnen noch einen Nachtisch oder Kuchen aufzudrängen. Nur zwanzig Minuten später, nachdem Dante mit einem Glas bei ihnen gesessen und sich eine von Ferrinis saftigeren Anekdoten angehört hatte, waren sie zum Palazzo Pitti unterwegs. Die Nacht war so kalt, daß der Maresciallo während der Fahrt über die Brücke und die Uferstraße entlang froh war, gemütlich in Ferrinis Auto zu sitzen, das um einiges schneller und bequemer war als sein eigenes. Und mußten sie auch, bedingt durch das System der Einbahnstraßen, um die ganze Stadt herumkurven, um den Fluß wieder zu überqueren und keine zwanzig Minuten von ihrem Ausgangspunkt entfernt anzukommen, wer wollte sich beklagen, war dies doch einer der schönsten Umwege, den das Land zu bieten hatte. Vor allem bei diesem kalten Wetter, wenn der Widerschein der Lichter im Wasser glitzerte und die von Flutlicht angestrahlten Palazzi zu schön aussahen, um wirklich zu sein. Trotzdem, der Braten war ein wenig zuviel gewesen. Als sie in der Nähe des Ponte Vecchio in den Stau reinkamen, der sich nach der letzten Kinovorstellung gebildet hatte, ließ sich der Maresciallo tiefer auf seinen Sitz sinken. Wahrscheinlich würde er nach dem schweren Essen wieder die halbe Nacht wach liegen.

Bis sie ankamen, waren der Maresciallo und Ferrini sich darüber einig geworden, daß es zu dem Mordfall von 1968 nur eine einzige Frage zu stellen galt: wer nämlich Nicolino zu dem abgelegenen Haus begleitet hatte und warum.

Der Maresciallo, der nach seinem Schlüssel angelte, während sie die Treppe hinaufstiegen, meinte, eine Antwort darauf zu haben.

»Salvatore Angius.«

»Wer? Ah, ja, der Bursche, der Silvano das Alibi geliefert hat, der Billardspieler, der?«

»Ja, genau der.«

»Herrgott, Guarnaccia, hier drin ist es ja eiskalt.«

»Es ist Mitternacht. Die Heizung ist abgeschaltet. Es lohnt sich, diesen Salvatore Angius ein bißchen genauer unter die Lupe zu nehmen. Er hat eine falsche Adresse angegeben; sein angeblicher Wohnsitz – bei ihm haben wir es natürlich mit einem Sarden zu tun – war das Haus seines Bruders, in Wahrheit wohnte er aber in der Via Torrente, gleich neben dem Haus Rossinis, wo man Nicolino abgesetzt hat.«

»Und das ist damals niemandem aufgefallen?«

»Romola fand es schließlich heraus. Aber da er noch nichts von Silvanos Homosexualität wußte, war Romola die Natur ihrer Beziehung nicht klar. Wo wollen Sie sitzen?«

»Hier, der Stuhl des Angeklagten ist genau richtig für mich. Das heißt also, Salvatore hätte das Kind nehmen, es läuten schicken und zur eigenen Tür hineinschlüpfen können.«

»Genau so. Diesen Feldweg kannte er sicher auch. Er war ja praktisch ein Landstreicher, als Silvano in aufgabelte, er hatte weder Arbeit noch Geld. Silvano hatte ihm ein paar seltsame Jobs in Fabriken in Signa vermittelt. Der Feldweg war eine Abkürzung von seinem Haus nach Signa. Er hatte kein Fahrzeug. Und noch etwas: Als Sergio aufgefordert wurde, Rossinis Haus zu zeigen, da wies er auf das Haus von Salvatore. Nicolino hat damals gesagt, es habe ihn jemand hingebracht, den er nicht kannte.«

»Dann sollten wir den Mann finden.«

»Ja, aber ich habe keine Ahnung, wo er jetzt steckt.«

»Das kriege ich heraus – er konnte ja auch die Waffe genommen haben, nicht nur das Kind. Auf diese Weise konnte man Silvanos Auto, falls man es sah oder anhielt, nicht mit dem Mord in Verbindung bringen. Keine Waffe, kein Kind. Ich finde ihn, überlassen Sie das ruhig mir. Und«, sagte Ferrini und besah sich den Stapel der von

Bacci angefertigten Übersetzungen der FBI-Berichte, »wie sind Sie damit zurechtgekommen?«

»Das ist wenigstens etwas Handfestes. Wir stochern doch nur im Dunkeln herum, aber hier erfahren wir etwas über Menschen, die gestanden und ihre ganze Lebensgeschichte erzählt haben. Es sind Amerikaner darunter, Deutsche, Schweizer, sogar gebürtige Italiener, die aber in Amerika leben, außerdem Kanadier, Franzosen, Engländer ...«

»Die dargestellten Fälle sind sicher ganz anders, oder?«

»Um ehrlich zu sein«, erwiderte der Maresciallo, »habe ich das zu Anfang auch gedacht. Inzwischen bin ich mir nicht mehr so sicher. Am meisten beschäftigt mich der Gedanke, wie viele Gemeinsamkeiten alle diese Fälle aufweisen. Uns hat man ja nicht das ganze Täterprofil gezeigt, das man von unserem Mörder angefertigt hat, das ist das Problem. Ich vermute, weil es nicht zum Verdächtigen paßt. Ich glaube auch, daß ich weiß, welcher entscheidende Aspekt nicht paßt. Sein Alter nämlich. Bacci hat die Fälle aufgelistet, die unserem am ähnlichsten sind. Der älteste Täter fing mit zwanzig an, der jüngste mit zwölf. Sie fangen an, wenn sie die Geschlechtsreife erlangt haben, nicht als Männer im mittleren Alter.«

»Aber ... welchen Schluß ziehen wir daraus in bezug auf Silvano?«

Der Maresciallo besah sich die Liste. »Das weiß ich auch nicht. Wirklich nicht. Silvano ist Jahrgang 1935, er war also um die vierzig, als die verrückten Morde 1974 anfingen. Auf dem Höhepunkt der Mordserie war er fast fünfzig ... Vielleicht ist er die einzige Ausnahme von dieser Regel, aber auch das Mädchen paßt nicht ins Schema.«

»Welches Mädchen? Wovon reden Sie?«

»Von der Tochter des Verdächtigen. Uns hat man abverlangt zu glauben, sie sei eines schönen Morgens, Jahre nach dem, was passiert ist, aufgestanden und habe beschlossen, ins Polizeipräsidium zu gehen und anzuzeigen, daß ihr Vater sie mehrfach vergewaltigt hat. Einfach so. Obwohl wir gesehen haben, daß sie heute kaum zwei Worte über diese Vorfälle herausbringt. Gut, das könnte sein, aber meiner Meinung nach wäre das dann der erste und einzige solche Fall in der Weltgeschichte. Und ein Serienmörder, der erst mit fünfzig anfängt wie unser Verdächtiger, wäre noch so eine Ausnahme. Denn alle Statistiken besagen etwas anderes.«

»Und Silvano?«

»Vierzig. In der Beziehung paßt er genausowenig, aber bei ihm liegt das Problem anders. Er hatte – wie der Verdächtige – alles andere als ein dürftiges Sexualleben, ganz gleich, welche moralischen Maßstäbe man anlegen will. Er war doch ganz offensichtlich ein sexueller Alleskönner, hatte Spaß an Frauen, Männern, Gruppen – und er war immer, *immer* derjenige, der das Heft in der Hand hatte, der das Geschehen bestimmte.

»Ich dachte, wir wollten Silvano beschuldigen«, warf Ferrini ein, »und jetzt verteidigen Sie ihn.«

»Ich verteidige ihn nicht«, gab der Maresciallo zurück, »ich weigere mich nur, die Fakten so hinzubiegen, daß sie auf ihn zutreffen. Einen Unterschied gibt es schon. Ich denke … ich versuche einfach, an der Stelle weiterzugehen, wo Romola haltmachen mußte. Denn bis dahin war er ja schon gekommen, als man ihn aus dem Fall hinausdrängte, doch das muß nicht heißen, daß er dort stehenbleiben wollte.«

»Das sehe ich auch so. Und trotzdem, 1968, das war Silvano. Und davon hätte sich Romola auch nie abbringen lassen.«

»Nein, da geht es mir genauso. Eine Waffe, mit der man jemanden umgebracht hat, kann man auch nicht verkaufen. Wenn sie in andere Hände gelangte, muß sie gestohlen worden sein. Aber lassen wir mal die Waffe beiseite, da sind ja auch noch andere kleine Einzelheiten.«

»Was für Einzelheiten?«

»Die Mordopfer. Ihre Leichen wurden nach dem Mord voneinander gelöst. Das ist die Wiederholung eines sehr seltsamen und sehr speziellen Details aus dem Fall von 1968. Dann die Handtaschen, er hat in ihren Handtaschen herumgewühlt, hat Sachen rausgeholt – Geld hat er den Opfern aber nicht abgenommen. 1968 wurde das wenige Geld nicht genommen, das sich in der Handtasche befand, da waren sie hinter etwas Wichtigerem her. Und zu guter Letzt noch der Tatort. Es ist immer derselbe.«

»Womit wir wieder bei Silvano angekommen wären! Guarnaccia, Sie drehen sich im Kreis.«

»Keineswegs.« Der Maresciallo redete leise, als spräche er vor sich hin. »Deshalb kann es Silvano nämlich nicht sein. Es kann nur jemand sein, der will, daß wir dies annehmen. Jemand, der sich an 1968 erinnert, dessen Erinnerung aber nicht ganz korrekt ist. Oder vielleicht jemand, der das meiste über diesen Fall nur aus der Zeitung kennt und der, da das Verbrechen ja bis heute nicht vollständig aufgeklärt ist, nicht weiß, daß es nicht Silvano war, der diese Dinge getan hat. Wahrscheinlich war Fabio derjenige, der die Handtasche durchwühlte, wie es Nicolino ausgesagt hat – und Silvano hatte sich bereits im Schilf versteckt. Sergio war es, der die toten Körper voneinander getrennt oder das wenigstens behauptet hat, und die Opfer selbst haben sich den Ort ausgesucht, an dem sie sich liebten und an dem sie ermordet wurden. Serienmörder wiederholen ihre eigenen Taten, soweit ich das begreife, nicht die Taten von drei, vier anderen Leuten. Anscheinend hat dieser Täter hier den Mord von 1968 uns zuliebe initiiert, weil wir Silvano laufenließen. Und als niemand etwas merkte, kam ein Brief, der uns mit der Nase draufstieß und uns sagte, wir sollten uns die Gerichtsakten von 1968 vornehmen.«

»Jetzt bin ich aber doch beeindruckt«, gab Ferrini zu, »aber was ist mit dieser kleinen Scheußlichkeit, daß die Leichen so verstümmelt wurden?«

»Das kam erst später. Ist Ihnen etwas aufgefallen? Ich habe heute vormittag daran gedacht, als Simonetti immer wieder auf den Verdächtigen losging... Als der Mörder anfing, den Frauen die Schamteile herauszuschneiden, hörte er auf, sich für ihre Handtaschen zu interessieren.«

»Oho, Guarnaccia, Sie kommen ja auf Freudsches Territorium. Das hätte ich Ihnen gar nicht zugetraut!«

»Was soll das denn heißen? Ich habe dabei an meine Mutter gedacht.«

»Noch schlimmer.«

»Ich kann Ihnen nicht folgen.«

»Entschuldigung, ich wollte Sie nur ein bißchen auf den Arm nehmen. Aber im Ernst – was hat Ihre Mutter denn mit dem Ganzen zu tun?«

»Im Grunde gar nichts. Mir war nur eben eingefallen, daß sie mir einmal eine kräftige Ohrfeige verpaßt hat. So etwas kam sehr selten vor, deshalb habe ich die wenigen Male nie vergessen. Die Ohrfeige bekam ich, weil ich in ihrer Handtasche herumgekramt hatte – ich hatte gar nichts rausnehmen wollen, ich war nur neugierig. Ich war überzeugt davon, daß sie faszinierende Geheimnisse darin aufbewahrte. Sie wissen doch, wie Mütter sind, meine Frau ist genauso. Sie sagt zu einem der Jungs: ›Ach, bring mir doch mal meine Handtasche, sie steht auf dem und dem Stuhl.‹ Und nie, *nie* dürfen die Jungs die Tasche aufmachen und sich das Geld selbst herausnehmen.«

»Das stimmt, aber was hat das …«

»Auch als Erwachsener würde man sich nicht im Traume einfallen lassen, in der Handtasche einer Frau herumzukramen, sowenig, wie man sie anfassen würde. Dasselbe bei Mantel- oder Hosentaschen … aber vielleicht drücke ich mich nicht verständlich aus. Ich dachte nur, so etwas mache nur einer, der sexuelle Probleme hat.«

Nun waren sie jedoch wieder an dem Punkt angekommen, von dem sie ausgegangen waren. Über Silvano konnte man derartiges nicht behaupten. Eine halbe Stunde lang drehten sie sich im Kreis und fanden keinen Ausweg. Den fanden sie erst, als sie nicht mehr danach suchten. Wenn sie in Silvano nicht das Ungeheuer erkennen konnten, mußten sie ihn aufgeben. Wenn sie Silvano aufgeben mußten, mußten sie auch die Beretta 22 aufgeben, die er 1968 verwendet hatte. Deshalb sprachen sie die Ballistik- und die Obduktionsberichte noch einmal durch, hofften, dort eine Lücke zu finden, aus der man hätte schließen können, daß die

Delikte nicht stets mit der gleichen Waffe verübt worden waren. Eine solche Lücke fanden sie nicht, aber der Ausweg aus dem ewigen Kreislauf lag vor ihnen. Dort, wo er immer gewesen war, direkt vor ihrer Nase. Reine Glückssache, ihn zu erkennen, zumal sie inzwischen frustriert und müde waren, und trotzdem fanden sie ihn. Von 1974 an war jedes der Verbrechen in ihren Akten mit den dazugehörigen Ballistik- und Obduktionsberichten aufgeführt. Der Maresciallo jedoch nahm den Bericht über den Mord von 1968 aus Romolas Aufzeichnungen, wohingegen Ferrini den Bericht über den Mord von 1974 aus der Akte ihres Verdächtigen hervorzog. Beide begannen hektisch halblaut zu lesen, und plötzlich stockten beide. Da stand über 1968: »Die Opfer wurden viermal getroffen, und die Eintrittswunden liegen bei beiden sehr dicht nebeneinander, ausgenommen ein in den Arm der Frau abgefeuerter Schuß.« Und über 1974: »Die weibliche Leiche wies drei Schußwunden im rechten Arm auf, die für den Tod der Frau nicht ursächlich waren. Sie war mit einem Messer getötet worden.«

Silvano war 1968 ein guter Schütze gewesen und hatte gründliche Arbeit geleistet, wie man es bei seiner Entschlossenheit nicht anders erwartete. Vier Kugeln für den Mann, drei für die Frau, die Eintrittswunden dicht nebeneinander. Jeder Schuß ein Treffer, effizient, zwei wehrlose Opfer, beide tot, und eine Kugel für Sergio, damit dieser gestehen konnte. Vielleicht war die Waffe ja die gleiche wie 1974, nur war die Hand, die sie führte, die eines anderen Täters. 1974: ein schlecht ausgeführter Mord, ineffizient, die Tat zu spät begonnen, als das Pärchen sich bereits geliebt und aus der Umarmung gelöst hatte. Dort, in dem winzigen, begrenzten Raum, in dem sich die beiden Menschen befanden, nur Gedanken füreinander hatten und völlig arglos waren, sogar unter solchen Bedingungen hatte er die Tat schlecht ausgeführt und mußte das Mädchen erstechen, um sie wirklich zu töten. Hier war ein Täter am Werk gewesen, der sich Silvanos Waffe hatte leihen oder stehlen können, ein Täter, der auf irgendeine Weise mit Silvano und dem Mord von 1968 in Zusammenhang stand. Hier war der Mensch, auf den das psychologische Täterprofil des Ungeheuers paßte. Ein junger Mensch, wohl fähig, sich eine Waffe zu beschaffen, aber doch nicht fähig, sie richtig zu benutzen. Ein schwacher Mensch, zerstört und voller Rachegefühle, der Paare haßte, die sich liebten, oder der die Welt haßte. Oder Silvano haßte.

»Es ist hoffnungslos. Wir raten nur herum. Wir haben drei Leute, die jung genug sind, aber wenn wir weiterkommen wollen, brauchen wir mehr Informationen, mehr Fakten. Außerdem sind mir die Zigaretten ausgegangen, und kalt ist mir auch.«

Aber der Maresciallo wollte noch nicht aufgeben. Er befürchtete, daß ihm alles wieder unter den Händen zerrann, daß er gegen die Zeit arbeitete, daß irgend etwas dazwischenkommen könnte, wenn die Wahrheit zum Greifen nahe war, so wie es Romola widerfahren war.

»Informationen bekommen wir von niemandem«, wandte er ein. »Wir müssen mit dem arbeiten, was wir hier in dem Bericht haben und was wir selbst ermitteln können.«

»Selbst ermitteln können? Ist Ihnen klar, daß wir nichts selbst ermitteln können, ohne daß bekannt wird, daß wir ermitteln? Wem können wir denn vertrauen? Und falls wir jemanden finden, dem wir vertrauen können, wie sollten wir es rechtfertigen, wenn derjenige eventuell in Schwierigkeiten gerät? Ich bin mir ziemlich sicher, daß wir alle drei in den Akten haben, aber wie kriegen wir die Akten, ohne jemanden mit reinzuziehen?«

»Gar nicht.«

»Was? Und wie wollen Sie dann …?«

»Diese drei Akten müssen bleiben, wo sie sind. Und bei den Leuten, die sie haben, müssen wir improvisieren. Wenn sie vertrauenswürdig sind, reden wir mit ihnen und gehen die Akten an Ort und Stelle durch. Kein offizielles Gesuch, keine Mitnahme von Ermittlungsakten. Und es ist, als wären wir nie dagewesen.«

»Und dann, wenn wir sicher sind?«

»Wie wär's, wenn wir erst mal den Anfang besprechen und uns diese Sorge für später aufheben?«

Ferrini lächelte breit. »Heute nacht können wir nicht mehr anfangen, die Akten zu suchen, aber ich habe an eine andere Informationsquelle gedacht. An Flavio.«

»Das meinen Sie doch nicht etwa ernst?«

»Todernst sogar. Ich habe zwar Silvano nie persönlich kennengelernt, habe aber, bei der Ausführung meiner dienstlichen Pflichten, wie es so schön heißt, einmal Bekanntschaft mit dem armen, bösen Flavio gemacht. Es hatte nichts mit unserem Fall zu tun, also regen Sie sich nicht auf. Es war 1980, Diebstahl eines Lastwagens mit ein paar Schafen. Flavio hatte ein paar solche Dinger gedreht –

Sie kennen ja die Route, die Apenninen-Route von oberhalb von Bologna bis in die Nähe von Rom. Alle gestohlenen Schafe werden auf dieser Route transportiert und werden bei einem Schäfer deponiert, der so weit wie möglich vom Diebstahlsort entfernt lebt. Flavio hatte das übliche Stückchen Land und ein verlassenes Bauernhaus und eine Schafherde oben in den Bergen, aber zufällig hatte er in dem speziellen Fall nicht die Hände im Spiel, und ich war derjenige, der ihm die Haut gerettet hat. Irgend jemand wollte ihm die Sache anhängen, benutzte sein Gelände, während er nicht da war. Wir durchkämmten damals wegen einer Entführung die Gegend, und ich hatte die wirklichen Schuldigen entdeckt, hatte mir sogar das Kennzeichen ihres Lieferwagens notiert für den Fall, daß es für unsere Ermittlungen wichtig wäre. War es dann nicht, aber einer meiner Kollegen, der wußte, daß ich dort oben unterwegs war, fragte mich, ob mir Personen auf Flavios Grundstück aufgefallen seien. Flavio hatte der Polizei die Namen einiger Männer gegeben, die er verdächtigte, etwas gegen ihn zu planen. Diese Anzeige war später seine Rettung, denn er konnte kein Alibi vorweisen, das diese Bezeichnung verdient hätte. Er war in die Nähe von Como gefahren, um seinen Neffen heimzuholen, war dort oben aber in irgend etwas reingeraten und mußte weg. Und Sie können sich ja vorstellen, daß ein Mitglied dieser Familie kein Alibi war, sonst hatte ihn aber niemand gesehen.«

»Er sollte Ihnen dankbar dafür sein. Aber was könnte er uns denn erzählen?«

»Das weiß ich auch nicht im voraus, aber bestimmt kann er uns ein paar Einzelheiten über Familienmitglieder sagen, durch die wir ein etwas klareres Bild bekommen. Zum Beispiel über seinen Streit mit Silvano. Der hat ja ausgesagt, er hasse Flavio, weil dieser seinen Sohn verdorben habe. Aber mit welcher Begründung? Vielleicht kann Flavio uns sagen, ob Nicolino wirklich Silvanos Sohn ist und ob Nicolino das auch weiß? Außerdem ist da ja noch unser Freund... wie war sein Name gleich?«

»Savaltore Angius? Oh, ja, der.«

»Salvatore war nicht nur Silvanos Freund, er ist auch irgendwie mit ihm verwandt. Ich probier's mal. Darf ich Ihr Telefon benutzen?«

»Um diese Zeit?«

»Ich ruf doch nicht Flavio an, die Nummer hab ich gar nicht. Aber ich weiß, wer sie hat. Ein gewisser Capitano Frilli, ein Mann ganz nach meinem Geschmack. Ist vom Maresciallo aufgestiegen und hat mit mir die Offiziersschule besucht. Er ist genau in der Gegend, und er hat auch die Akte über Flavio.«

»Trotzdem, es ist zwei Uhr!«

»Um diese Zeit sieht er fern. Er schläft nachts nur zwei, drei Stunden, hat den Fernseher vor dem Bett und sieht sich Filme an, aber so leise, daß seine Frau nach dem Lesen einschlafen kann. Keine Sorge, sie stellen mich schon zu ihm durch.«

Doch der Capitano war nicht im Bett und sah fern, und der Carabiniere, der das Telefon abnahm, war von dem Anruf auch nicht im mindesten überrascht. Überrascht war Ferrini.

»Ich verstehe nicht ganz... Wie ist das möglich? Nein, nein. Sie müssen da etwas verwechselt haben. Wenn er vor

Stunden jemanden erwartet hat, dann war nicht ich das. Aber egal, wo ist er denn jetzt? Aha. Hm. Nein, ich nicht. Erzählen Sie mal von Anfang an ...«

An Ferrinis Ende der Leitung war lange Zeit Schweigen, während er nur zuhörte und dabei bestürzt den Maresciallo ansah, das Gespräch aber nicht unterbrechen konnte, um diesem wenigstens grob zu schildern, was er gerade erfuhr.

»Wann war das? Aha, verstehe ... also gut, weiß er genau, wer ...? Verstehe. Richtig, richtig. Hören Sie, wir fahren sofort los und kommen direkt zu Ihnen. Wenn der Capitano inzwischen ins Büro zurückkommt, ist es gut, wenn nicht, fahren wir dorthin.«

Ferrini hängte ein. »Wir müssen los.«

»Wohin denn?«

»Nach Pisa. Es geht um Flavio. Sie werden es nicht glauben, aber ein Mord ist verübt worden. Zwei Tote in einem Auto.«

»Sie wollen mir doch nicht sagen, daß wir jetzt wieder bei Flavio angekommen sind, nachdem wir ihn gerade aus dem Kreis der Verdächtigen ausgeschlossen haben?«

»Nein, nicht Flavio, denn den hat jemand beseitigt. Er ist einer der zwei Toten in dem Auto.«

Viel konnten sie nicht erkennen. Die Nacht war schwarz und das Gelände zu weit von irgendeiner Lichtquelle entfernt. Bis zum nächsten Dorf waren es mehrere Kilometer. Mit den Taschenlampen bekamen sie nur einen ungefähren Eindruck von steilen, bewaldeten Abhängen, einer hellen steinigen Straße und einer Schlucht, die rechts von ihnen abfiel.

»Wenn Sie gekommen wären, als die Feuerwehrautos noch da waren – die hatten gute Lampen. Aber jetzt sieht man da unten rein gar nichts mehr.«

Angestrengt versuchten sie, in der Schlucht etwas zu erkennen, aber auch mit den Scheinwerfern ihrer Wagen konnten sie nichts ausmachen. Der in der Nachtluft liegende, vom Wind heraufgewehte Geruch war überwältigend, ein beißender Gestank nach verbrannten grünen Blättern, Gummi und Plastik und nach verkohltem Fleisch.

Eine gute Stunde lang saßen sie anschließend mit dem Capitano in seinem Büro. Er war wirklich sympathisch, wie Ferrini gesagt hatte, und er verstand sein Handwerk. Man hatte ihn um ein Uhr nachts angerufen, ebenso die Feuerwehr. Ein Auto brannte in der Schlucht, und das Feuer hatte bereits auf so viele umstehende Bäume übergegriffen, daß man die Flammen aus großer Entfernung sah. Es hatte eine Weile gedauert, bis der Brand gelöscht war, und man hatte den Wagen noch nicht bergen können. Das hatten sie auf den kommenden Tag verschieben müssen, bis es wieder hell war. Sie hatten den Wagen am Fundort fotografiert, ebenso die Körper der Toten, die sie im Kofferraum gefunden hatten und die ins Gerichtsmedizinische Institut gebracht worden waren. Die Toten waren bis zur Unkenntlichkeit verbrannt. Nichtsdestotrotz wußte der Capitano, wer sie waren, obwohl das noch offiziell bestätigt werden mußte.

Flavios Auto war leicht zu erkennen und fiel in dieser verschlafenen ländlichen Gegend, in der die Leute mit dreirädrigen Lieferwagen und alten Nutzfahrzeugen unterwegs waren, auf wie ein weißer Rabe. Es war ein schwerer Kombi mit einem riesigen Dachgepäckträger, den er selbst gebaut hatte. Es war gesehen worden, als es vor der einzigen Bar in einem Dorf in der Nähe geparkt war, in der Flavio und sein Begleiter, ein junger Schäfer, den er kürzlich eingestellt und unter seine Fittiche genommen hatte, eine Pause gemacht und einen Kaffee getrunken hatten. Das Dorf schmiegte sich an einen kleinen Hügel, und es führten nur zwei Straßen aus ihm heraus. Die eine, auf der sie gekommen waren, zog sich in Windungen bis zu einem noch höher gelegenen Berg und zum nächsten Ort hin. Die andere war kaum mehr als ein steiniger Fahrweg, der ins Tal und ins nächste Dorf führte. Diesen Fahrweg hatten sie genommen, nachdem sie sich beim Barbesitzer nach dem Weg zu einem Bauernhaus erkundigt hatten, das in diesem Tal lag. Im nächsten Dorf war das Auto nicht angekommen, so daß man davon ausgehen konnte, daß es bei dem erwähnten Bauernhaus gehalten hatte. Ungefähr zu der Zeit, als sie dort hätten ankommen müssen, hörte ein Mann, der abgeschieden in dem nahe gelegenen Wald lebte, mehrere Schüsse. Eine Stunde später ging die Brandmeldung ein. Blutspuren wurden auf dem ganzen Fahrweg von dem Bauernhaus bis hin zur Schlucht gefunden. Ein Versuch, das Auto und seine Insassen dadurch zu beseitigen, daß man das Fahrzeug in die Schlucht stieß, war gescheitert, da es in einer vom Fahrweg noch einsehbaren Tiefe zwischen den Bäumen steckengeblieben war. Daher war das Auto in Brand gesteckt worden.

»Ich habe alle erdenklichen Beweise, die ich brauchen kann«, berichtete der Capitano. »Sein Gewehr hing noch hinter der Küchentür. Er ist ein übler Kerl, und ich bin ziemlich sicher, daß er nicht zum ersten Mal einen seiner Feinde ins Jenseits befördert hat.«

»Warum war Flavio denn sein Feind?« fragte Ferrini und hoffte wider aller Hoffnung, daß bei diesem Fall etwas für sie Nützliches abfiele.

»Vargius? Nein, hinter dem anderen war er her, hinter dem Schäfer. Vargius wurde nur erschossen, weil er zufällig mit ihm zusammen war. Das ist eine Fehde, die seit einiger Zeit zwischen zwei rivalisierenden Familienclans ausgetragen wird. Der junge Mann hatte für den Bauern im Tal gearbeitet und ein ganzes Jahr keinen Lohn gesehen. Er schlief bei den Tieren und bekam etwas Brot, Käse und Wein, kaum genug, um Leib und Seele zusammenzuhalten. Da lief er weg und fing an, für Vargius zu arbeiten, der mit der anderen Familie ganz gut stand. Vargius und der Schäfer sind hingefahren, um den Lohn des jungen Mannes einzutreiben. Statt dessen bekamen sie eine Kugel in den Leib. Nein, ich habe nur in Florenz angerufen, weil ich dachte, Ihr solltet dort wissen, daß Vargus tot ist. Er war doch Verdächtiger in der Mordserie, nicht? Oder irre ich mich?«

»Nein, Sie irren sich nicht«, erwiderte Ferrini, »aber mit wem haben Sie denn am Telefon gesprochen? Ich weiß nichts von Ihrem Anruf. Ich habe Sie angerufen, weil ich mit Ihnen über Flavio sprechen wollte, aber ich hatte keine Ahnung, daß er da schon tot war.«

»Ach so. Sie arbeiten doch an dem Fall, in der Sonderkommission, oder? Ehrlich gesagt, hätte ich nicht gleich in Florenz angerufen, wenn es nicht Ihretwegen gewesen wäre.«

»Danke. Genau das wollte ich wissen. Aber derjenige, mit dem Sie telefoniert haben, hat die Neuigkeit wohl nicht für so wichtig gehalten, daß er sie den anderen aus der Sonderkommission mitgeteilt hätte.«

»Ich verstehe. Dieser Simonetti, zu dem man mich durchgestellt hat, hatte einen ziemlich ruppigen Ton am Leib, das muß ich schon sagen. Ich hatte nicht den Eindruck, daß er die Nachricht gern gehört hat.«

»Ja.« Das kam vom Maresciallo, und die beiden anderen Männer schauten ihn an, als hätten sie vergessen, daß er auch noch da war. Seit ihrer Ankunft hatte er den Mund nicht aufgemacht. »Ich glaube«, sagte er, zu seinen großen Händen sprechend, die er auf die Knie gestützt hatte, »ihm ist nicht daran gelegen, daß der Name Vargius in unseren Ermittlungen auftaucht. Und ich glaube auch, Sie sollten, wenn Sie es vermeiden können, nicht erwähnen, daß wir bei Ihnen waren. Ferrini, wir müssen fahren.«

# 14

Am späten Vormittag des nächsten Tages fühlte sich der Maresciallo ziemlich abgeschlagen und hatte daher mehr als nur die üblichen Schwierigkeiten, sich zu konzentrieren. Die Müdigkeit saß ihm tief in den Knochen, und er hatte anstatt wie sonst eine an diesem Morgen zwei Tassen Kaffee getrunken, um wach zu werden. Er hätte besser daran getan, das Wachwerden nicht zu erzwingen. Der Kaffee war ihm beinahe sofort auf den Magen geschlagen, so daß die schlechten Nachrichten, die er eine nach der anderen bekam, ihn unweigerlich an dieser bereits geschwächten Stelle trafen.

Er hatte sich, während er sich rasierte, mit dem Gedanken getröstet, daß der Tag, Müdigkeit hin oder her, Übelkeit hin oder her, bestimmt besser enden würde, als er angefangen hatte, denn Teresa und die Jungs saßen bereits in dem Zug, der sie nach Florenz zurückbrachte. Es ging nur noch darum, die Essenszeit zu überstehen. Er würde nur noch eine langweilige Vernehmung des Verdächtigen durchhalten müssen, der immer die gleiche Vorstellung gab und dessen Lage sich von Tag zu Tag zu verschlechtern schien. Er wollte versuchen, zu Mittag ein Wort mit Ferrini zu wechseln, und vermeiden, am Abend in ihrer kleinen Privatermittlung unterwegs zu sein, damit er bei seiner Familie sein konnte. Am Nachmittag mußten sie noch einmal mit einem Zeugen zum Schauplatz des letzten Mordes hinausfahren, und wenn er Glück hatte, waren sie zu einer vernünftigen Zeit fertig, und er konnte...

In dem Moment fing es an. Das Telefon läutete, und der Tag war gelaufen, noch ehe er richtig angefangen hatte. Er stand da, ein Bild des Jammers, das Kinn zur Hälfte rasiert und nur zur Hälfte noch eingeschäumt, und protestierte. Als ließe sich dadurch etwas ändern.

»Aber...«

»Es ist nun einmal so, Salva.«

»Warum hast du denn nicht früher gebucht?«

»Das war unmöglich. Ich wußte doch nicht, wann die Untersuchungen beendet sein würden, und niemand konnte sagen, ob alles in Ordnung bei ihr war. Oder verlangst du von uns, daß wir ohne Schlafwagenplätze fahren?«

»Natürlich nicht.«

»Die Jungs sind natürlich begeistert, weil sie ein paar Schultage versäumen, das ist ja klar.«

Wenigstens waren nicht alle unglücklich. In seiner Verärgerung stapfte er ins Bad zurück und spülte sich versehentlich das Gesicht, worauf er seine schwarze Kinnhälfte im Spiegel erblickte.

Danach die Post. Die war zwar verglichen mit dem anderen nur eine Kleinigkeit, doch er war zu müde, um zwischen Kleinigkeiten und schweren Brocken zu unterscheiden. Seine Laune war noch immer auf dem Nullpunkt, als er schließlich in dem wie üblich überheizten Besprechungszimmer saß und diesem Nenci zuhörte, einem lauten, aggressiven Menschen, der als Freund des Verdächtigen bekannt und vorgeladen war, um gegen ihn auszusagen.

Der Maresciallo hätte die Post schon am Abend vorher aufmachen sollen, doch das hatte er versäumt. Bevor er mit Ferrini zum Essen gegangen war, hatte ihm die Zeit dafür gefehlt, und dann hatte er die Post vor dem Schlafengehen durchsehen wollen. Doch nach dem Essen waren sie nach Pisa gefahren. Kurzum, jetzt war es zu spät, um irgend etwas zu unternehmen, aber Marcos Zeilen hatten ihn ein wenig beunruhigt.

*Die Auktion ist morgen vormittag um elf Uhr. Ich bitte Sie nicht, zu kommen, denn ich weiß ja, daß Sie viel zu tun haben, aber ich würde Sie gern heute abend anrufen. Es gibt da noch etwas, was ich Ihnen nicht gesagt habe, und das macht mir Sorgen.*

Was immer das sein mochte, der Maresciallo hatte das ja schon vermutet, aber er hatte den jungen Mann nicht dazu gedrängt, ihm etwas zu verraten.

*Die beigelegte Fotografie ist für Dr. Biondini. Ich wünschte, ich hätte sie ihm früher gezeigt. Jetzt ist es zu spät, und ich muß einfach auf die Auktionatoren vertrauen. Mehr als alles andere bereitet mir Benozzetti Kopfzerbrechen. Ich habe ihn noch einmal aufgesucht, und er benimmt sich sehr eigenartig. Er freut sich auf die Auktion, wie kleine Kinder sich auf Weihnachten freuen. Manchmal kam er mir wirklich vor, als sei er ein bißchen verrückt oder hysterisch. Vielleicht deute ich ja zuviel in alles hinein, weil so viel von dem Erlös abhängt – ungefähr vierzig Millionen Lire. Andererseits aber, warum sollte Benozzetti sich dafür interessieren? Er hat dabei ja weder etwas zu gewinnen noch zu verlieren. Auf alle Fälle entschuldige ich mich schon im voraus, wenn ich Sie, wie ich es vorhabe, heute abend störe, aber nur kurz.*

Natürlich hatte Marco ihn nicht erreicht. Der Maresciallo schaute jetzt immer wieder auf die Uhr. Die Auktion war bereits im Gange, wenn nicht schon vorüber. Hatte denn niemand Marco von dem anonymen Brief erzählt? Hatte Benozzetti inzwischen irgendeinen Skandal angezettelt?

Der Maresciallo wollte sich auf das konzentrieren, was sich vor seinen Augen abspielte, denn im Augenblick konnte er für Marco sowieso nicht viel tun, und im Zusammenhang mit dem Bild konnte er ebenfalls nicht viel unternehmen. Der ihnen gegenübersitzende Mann log seiner Meinung nach, wenn er nur den Mund aufmachte, und es würde sich jeden Moment eine schreckliche Szene vor ihnen abspielen, wenn der Verdächtige hereingebracht und ihm gegenübergestellt wurde.

Noferini, der junge Kollege, war nun auf den Beinen und verteilte fotokopierte Landkarten des betreffenden Gebiets. Der Maresciallo nahm seine in die Hand und behielt weiter Nenci im Blick, der, auf der anderen Seite des Tisches sitzend, eine Haltung zu wahren versuchte, als sitze er in einer Bar und vertreibe sich die Zeit. Nenci war ein großer, kräftig gebauter Mann, ein wenig pockennarbig. Er hatte den einen Fuß auf Kniehöhe lässig über das andere Bein gelegt, und der Fuß verriet seine Erregung, denn er wippte ständig auf und ab. Nenci hatte schon eine Hand auf den Knöchel gelegt, doch der Fuß hielt trotzdem nicht still. Er lehnte sich weit nach hinten zurück, kippelte ab und zu mit dem Stuhl, als betrachte er geistesabwesend die Decke. Ein- oder zweimal sah der Maresciallo, daß Nenci die Lippen schürzte, als wolle er gerade ein Liedchen pfeifen, aber er schien sich rechtzeitig zu besinnen, daß dies wohl doch fehl am Platz war, auch wenn es dazu dienen konnte zu demonstrieren, wie wenig ihn dies alles berührte.

Der Maresciallo wunderte sich über dieses Schauspiel.

Nencis Geschichte begann damit, daß er am 9. September 1985, einem Sonntag, abends mit dem Auto von einem Wochenendausflug ans Meer zurückgekehrt war, den er mit seiner Familie gemacht hatte. Er hatte die Strecke beschrieben, die er heimwärts gefahren war, und an einer Stelle war eine von links kommende Straße eingemündet, die direkt vom Schauplatz des Mordes an dem französischen Paar herführte. Auf dieser von links heranführenden Straße war der Verdächtige in seinem Auto unterwegs gewesen. Beide Wagen hatten die Einmündung fast zur gleichen Zeit erreicht, und Nenci hatte das Gesicht des anderen Fahrers ziemlich deutlich gesehen.

Dies alles konnte wahr sein oder auch nicht. Der Verdächtige war aufgefordert worden, ein Alibi für jene Nacht vorzuweisen, und hatte dies auch getan. Wasserdicht konnte man dieses Alibi allerdings nicht nennen. Für den Maresciallo hörte sich das alles an wie ein nur allzu bekanntes Lied. Wie war es möglich, daß nach fünf Jahren jemand auf der Bildfläche erscheint, der sich ziemlich sicher ist, den Verdächtigen in jener Nacht in der Nähe des Tatorts gesehen zu haben? Glaubhaft war das nicht.

Natürlich hatte man Nenci die Frage gestellt. Und vor Gericht würde man sie ihm noch einmal stellen.

»Sie haben sich viel Zeit gelassen, damit herauszurücken.«

»Es hat mich ja niemand danach gefragt. Außerdem ist mir die Erinnerung erst gekommen, als ich erfuhr, daß Sie ihn verdächtigen.«

»Aber das kann Ihnen doch nur eingefallen sein, weil Sie ihn selbst verdächtigt haben.«

»Vielleicht habe ich ihn ja verdächtigt. Ich hörte am Abend darauf in den Nachrichten von dem Mord, und da fiel mir ein, daß ich ihn gesehen hatte. Auf der gleichen Straße. Es ist doch normal, daß so etwas einem dann einfällt. Er wohnt nicht in unserer Gegend. Was macht er also dort? Es ist mir eben aufgefallen, mehr nicht. Und dann in meinem Kopf haftengeblieben, verstehen Sie? Klar, ich hätte schon damals zu Ihnen kommen sollen. Bloß tut man so etwas eben nicht. Aber dann habe ich sein Foto in der Zeitung gesehen und bekam ein schlechtes Gewissen deswegen.«

Für einen Augenblick schwiegen alle. Simonetti hatte sich zurückgelehnt und sah Noferini zu, der dies alles schnell in den Computer eintippte. Vielleicht verlor Nenci während dieses Moments des Schweigens die Nerven. Er hielt es jedenfalls nicht mehr aus und schrie auf einmal, sein Fuß wippte dabei heftiger als je zuvor: »Alles in Ordnung?«

Dabei war das erst der Anfang, die Vernehmung begann erst jetzt.

Der Verdächtige wurde hereingeführt. Sein Anwalt

wirkte sehr nervös. Offenbar hatte es eine Vorbesprechung gegeben, und er wußte, daß etwas Heikles bevorstand.

In diesem Augenblick hätte der Maresciallo seinen beiden Kollegen Di Maira und Esposito gern ins Gesicht gesehen, doch sie saßen rechts neben Simonetti, welcher gleich rechts neben dem Maresciallo saß, und so konnte er ihre Gesichter nicht sehen. Ferrini links neben ihm sah nur gelangweilt aus. Noch weiter links, an der Stirnseite des Tisches von allen anderen getrennt, saß Noferini und war vielleicht der einzige, der das Geschehen interessiert verfolgte. Zumindest war Simonetti so klug, den Anwalt auf der anderen Seite des Tisches zwischen Nenci und dem Verdächtigen Platz nehmen zu lassen. Beide sahen aus, als könnten sie bei einem Streit von ihren Fäusten Gebrauch machen.

Und zum Streit kam es unweigerlich. Es dauerte keine Minute, da hatte Nencis Behauptung, er habe den Verdächtigen in jener Nacht gesehen, seinen Widersacher schon vom Stuhl springen lassen.

»Du Scheißkerl, du lügst doch! Du ...«

Der Anwalt faßte den Verdächtigen am Ärmel, doch erst die Carabinieri aus seiner Eskorte brachten ihn dazu, sich wieder zu setzen. Was darauf folgte, konnte man nicht wirklich als eine Konfrontation bezeichnen, denn Nenci schaute oder sprach den Verdächtigen kein einziges Mal direkt an, während dieser wiederum wenig mehr tat, als seinerseits Nenci mit den schlimmsten Schmähungen, die er fand, der Lüge zu bezichtigen. Der Maresciallo hatte den Verdächtigen noch nie so wütend gesehen, nicht einmal an dem Tag, an dem sie das Projektil »gefunden« hatten. Da er der gleichen Ansicht war wie der Verdächtige, war er nicht allzu überrascht, doch er verstand nicht, worum es bei dem heftigen Streit wirklich ging.

Die zwei Männer waren Freunde gewesen; Nenci versuchte das, im Unterschied zu vielen anderen, gar nicht zu leugnen.

»Natürlich kenne ich ihn, sonst wäre ich ja nicht hier, oder?«

»Sie waren zusammen auf Tour?«

»Ein- oder zweimal. Wenn er eine Frau wollte, bin ich manchmal mit ihm nach Florenz gefahren. Er wollte nicht so viel ausgeben, also habe ich ihn zu einer oder zweien hingebracht, mit denen ich befreundet war. Sie haben ihm einen guten Preis gemacht.«

»Ich wollte nicht so viel ausgeben? *Ich?* Ich hab doch jedesmal, wenn wir hingefahren sind, das verdammte Benzin bezahlt.«

»Na und?«

»Du dreckiger Lügner, du ...«

»Setzen Sie sich! Und reden Sie nicht so laut. Haben Sie die Dienste dieser Prostituierten ebenfalls in Anspruch genommen, Signor Nenci?«

»In Anspruch genommen? Was soll das heißen?«

»Waren Sie Kunde bei den Damen?«

»Warum haben Sie das denn nicht gleich gefragt? Natürlich war ich Kunde. Warum geht man denn sonst zu einer Prostituierten, wenn nicht ...«

»Vielen Dank. War Ihnen bekannt, daß Ihr Freund auch als Voyeur aktiv war?«

»Davon weiß ich nichts.«

»Können wir uns jetzt wieder der fraglichen Nacht zuwenden? Erinnern Sie sich, ob Sie Ihrer Frau oder Ihren Kindern gegenüber erwähnten, daß Sie den Verdächtigen sahen?«

»Nicht daß ich wüßte, nein.«

Der Anwalt, der die ganze Zeit über besänftigend die Hand auf den Arm des Verdächtigen gelegt hatte, bat um die Erlaubnis, den Zeugen etwas zu fragen.

»Sie können mich fragen, was Sie wollen«, brüllte Nenci, als habe man ihm gedroht. »Ich gehe, wohin ich will und mit wem ich will, und ich schäme mich für nichts von dem, was ich tue. Fragen Sie nur, was Sie wollen, aber bilden Sie sich bloß nicht ein, daß es mich kratzt, was er sagt oder was Sie sagen.«

»Signor Nenci! Wer hier sprechen oder nicht sprechen darf, das entscheide ich. Bitte.«

»Danke, Herr Staatsanwalt. Signor Nenci, würden Sie mir sagen, was Sie an dem fraglichen Abend gegessen haben?«

»Wie? Keine Ahnung. Wir haben bei einer Pizzeria gehalten, glaube ich, irgendwo an der Straße. Das machen wir immer, wenn wir vom Meer zurückkommen.«

»Danke. Was für eine Sorte Pizza haben Sie an diesem Abend gegessen?«

»Sind Sie noch ganz dicht? Was soll diese dämliche Frage?«

»Signor Nenci...«

»Ist er noch bei Trost? Hat er völlig den Verstand verloren? Was für eine Pizza ich an einem Abend vor fünf Jahren gegessen habe?«

»Es war ja nur eine Frage. Was für ein glücklicher Zufall, daß Sie sich aber aus unerfindlichen Gründen daran erinnern, meinen Klienten in seinem Auto gesehen zu haben. Nach fünf Jahren.«

Der Anwalt schaute Simonetti an und sagte nichts mehr. Simonetti zuckte nur mit den Schultern und wechselte das Thema. Er ließ Noferini dem Anwalt eine Kopie der Landkarte aushändigen und begann das Geschehen zu erläutern, das Nenci gerade geschildert hatte. Binnen Sekunden jedoch hatte sich der Verdächtige dem festen Griff seines Anwalts entwunden, stand auf und brüllte: »Du elender Hund, du Kröte! Du bist doch nie und nimmer vom Meer auf dieser Straße nach Hause gefahren! Die Straße führt ja gar nicht zu dir nach Hause – das ist gar nicht die Straße! Schau dir die Karte an, deine Straße ist doch kilometerweit von dieser entfernt.«

Simonetti gab Nenci mit einem leichten Kopfnicken ein Zeichen.

»Klar ist das nicht meine normale Strecke. Das hab ich ja auch nie behauptet. Ich mußte eine Umleitung fahren, weil meine Straße wegen Reparaturarbeiten gesperrt war.«

In diesem Moment entstand Unruhe an der Stirnseite des Tisches. Noferini hatte aufgehört zu tippen und war aufgestanden. Simonetti nahm die Bewegung, obwohl er nicht hinschaute, wahr und hielt abwehrend die Hand hoch. Noferini, das Gesicht ganz rot, kam trotzdem zu ihm, und die beiden Männer unterhielten sich flüsternd.

»Es tut mir leid... ich habe es auf Ihrem Schreibtisch liegenlassen... Aber ganz bestimmt...«

Mehr als diese Satzfetzen verstand der Maresciallo nicht.

Noferini wurde an seinen Platz entlassen und setzte sich mit einer beschämten Miene wie ein gescholtener Schuljunge wieder hin.

»Können wir fortfahren? Signor Nenci, sind Sie absolut sicher, daß es der Verdächtige war, den Sie an jenem Abend sahen?«

»Ich habe schon gesagt, daß ich ihn gesehen habe, und das habe ich auch – aber hundertprozentig sicher ist ja nichts auf dieser Welt. Ich bin so sicher, wie man nur sein kann. Sagen wir mal so: Wenn es einen Zweifel gibt, dann nicht mehr als, sagen wir, fünfzehn, zwanzig Prozent. Sagen wir, zwanzig Prozent.«

»Ich bin nicht sicher, ob ich Sie recht verstehe...«

Ausnahmsweise war Simonetti einmal perplex. Der Verdächtige jedoch hatte ganz recht verstanden und sprang, dunkelrot vor Wut, auf die Füße.

»Du Mistkerl! Du dreckiger Schweinehund! Ich geb dir deine zwanzig Prozent, du und deine widerlichen Lügen! Ich gebe dir deine zwanzig Prozent!«

Diesmal vermochte ihn niemand zu beruhigen. Er war völlig außer sich vor Wut und mußte zu guter Letzt mit Gewalt aus dem Raum gebracht werden. An der Tür schrie er immer noch. Der Zeuge wurde entlassen – den Verdächtigen weiter zu verhören war zwecklos. Die Männer kamen zu einer verfrühten Mittagspause. Der Verdächtige sollte währenddessen in einem Nebenraum verbleiben und, bewacht von den Carabinieri, dort etwas zu essen bekommen. Sie hofften, er würde sich dann soweit beruhigen, daß sie ihn später weiter zu Einzelheiten seines Alibis für jene Nacht vernehmen konnten.

»Ich möchte, daß einer von Ihnen bei ihm bleibt. Nur für den Fall, daß ihm in diesem Zustand irgend etwas herausrutscht. Ferrini.«

Damit war die Gelegenheit, sich in der Mittagspause mit Ferrini zu unterhalten, dahin, dachte der Maresciallo betrübt. Dann fiel ihm ein, daß das keine große Rolle spielte, denn Teresa und die Jungs kamen ja noch nicht, und ihm sank der Mut.

Sie brachten einen kalten, sich träge dahinschleppenden Nachmittag am Tatort hinter sich, wo sie die Geschichte des Zeugen noch einmal überprüften, Messungen durchführten, Entfernungen abschätzten und, als es dunkel wurde, die Sichtbarkeit von Gegenständen beurteilten. Nur einmal waren sie so weit außer Hörweite der anderen, daß der Maresciallo zu Ferrini sagen konnte: »Was sagen Sie denn zu dieser Sache mit den zwanzig Prozent? Wenn Sie mich fragen, steckt da irgend etwas dahinter. Die zwei waren dicke Freunde und haben sich über irgend etwas zerstritten. Das Ganze klang wie Erpressung, aber zwanzig Prozent wovon?«

Ferrini zuckte nur mit den Schultern. »Keine Ahnung.«

Als sie endlich fertig waren und jeder seinen Heimweg antrat, sagte der Maresciallo: »Ich hatte gehofft, Teresa und die Jungs würden heute nach Hause kommen, aber sie sind aufgehalten worden. Wenn Sie einen Happen mit mir essen wollen, können wir gut und gern die Sachen wegfuttern, die ich für sie gekauft habe. Wir können uns beim Essen unterhalten und ein bißchen zeitiger Schluß machen.«

»Nein, ich fahre nach Hause. Dort wartet man mit dem Essen auf mich. Vielleicht rufe ich Sie später an.«

Demnach bestand keine Hoffnung auf einen zeitigeren Feierabend. Ferrini war anscheinend nicht ganz auf dem Posten, aber er war wohl müde, und der Tag war ja auch unbefriedigend verlaufen, sogar für Simonetti, der sich sicher fragte, inwieweit sein Zeuge vor Gericht nach seiner Pfeife tanzen würde.

Nachdem er Wasser für die Pasta aufgesetzt hatte, ließ der Maresciallo den kleinen Fernseher in der Küche laufen, damit die Wohnung weniger leer wirkte, und ging duschen. Beim Essen sah er den letzten Teil der Nachrichten, besorgt, daß nun vielleicht ein Streik der Eisenbahner oder eine andere Mißlichkeit drohte, die Teresa am Nachhausekommen hinderte. Die Eisenbahner streikten nicht. Er schaltete den Apparat aus und spülte das Geschirr peinlich sauber ab, bevor er ins Büro ging und mit seinen Notizen und Akten in die Küche zurückkam, damit er und Ferrini dort reden konnten. Auf die Weise fand Lorenzini am nächsten Morgen kein vollgeräuchertes Büro vor. Die Küche hatte einen Entlüfter. Ferrini hatte immer noch nicht angerufen. Es war inzwischen schon spät, und je später es wurde, desto reizbarer wurde der Maresciallo. Sich wieder die halbe Nacht um die Ohren zu schlagen, hatte er keine Lust. Wenn Ferrini bis zu einer bestimmten Zeit nicht angerufen hatte, würde er zu Bett gehen. Und selbst wenn er jetzt noch anriefe, müßte er noch herkommen, und zum Eigentlichen kämen sie erst eine weitere Stunde mit Anekdoten und eine Schachtel Zigaretten später.

»Uff!« Seine Geduld war erschöpft, er rief Ferrini selber an.

»Ich mußte ein paar Dinge erledigen, Sie wissen doch, wie das ist. Wir unterhalten uns ein andermal.«

»Stimmt was nicht?«

»Was soll denn nicht stimmen?«

Der Maresciallo entnahm Ferrinis Tonfall, daß irgend etwas los war. Er mußte an Di Mairas aufmerksame Blikke denken und sagte. »Hat jemand irgend etwas zu Ihnen gesagt?«

»Wir reden ein andermal darüber.«

»Nicht am Telefon…«

»Nein, nein! Es ist mir völlig schnuppe, ob mein Telefon angezapft ist. Wäre nicht das erste Mal. Ich bin es nur leid, meine Zeit zu verschwenden, mehr nicht. Bei den Ermittlungen wird nie was Richtiges herauskommen – ich meine vor Gericht, verstehen Sie. Nun, wo Flavio tot ist, kommen wir nicht mehr weiter, es sei denn, wir wollten zur eigenen Befriedigung an dem Fall ackern. Und ich sage Ihnen ganz offen, daran bin ich nicht interessiert. Ich kenne bessere Möglichkeiten, Befriedigung in meinem Leben zu finden, verstehen Sie, was ich sagen will? Ich verbringe lieber etwas Zeit mit meiner Familie. Ich bin anders als Sie, Guarnaccia. Wenn Sie sich mal in etwas verbissen haben, lassen Sie nicht mehr locker, aber ich hab darüber nachgedacht… Wir reden noch mal darüber.«

»Wenn Sie so denken…«

»So denke ich. Dieser Job ist schon in guten Zeiten schwierig genug. Es vergeht kein Tag, an dem ich mich nicht frage, warum ich den Krempel nicht hinschmeiße. Wozu die ganze Aufregung? Und sich zusätzlich zu allem anderen noch Ärger einhandeln…«

»Irgend etwas ist passiert. Wenn Sie es mir morgen erzählen wollen, von mir aus.«

»Nein, so ist das nicht. Sie leiden mal wieder unter Paranoia. Wenn Sie wirklich wissen wollen, was los ist, sage ich es Ihnen. Ich war in der Mittagspause allein mit ihm, das ist passiert.«

»Mit dem Verdächtigen?«

»Ja, aber nicht länger als ein paar Minuten. Strenggenommen waren wir nicht einmal ganz allein. Die zwei Carabinieri standen an der Tür, haben eine Zigarette geraucht. Auf einmal kam mir der Gedanke, ihn etwas zu fragen, also hab ich ihn gefragt. Ich sagte, hören Sie, das ist eine Sache zwischen uns beiden. Lassen Sie sich von mir einen Rat geben. Einen Mord haben Sie abgesessen, aber hier geht es um etwas völlig anderes. Wenn Sie Ihre Karten richtig ausspielen, kann das alles in weniger Zeit vorbei sein, als Sie für einen Autodiebstahl bekämen. Sie sollten sich für schuldig bekennen und auf Unzurechnungsfähigkeit plädieren. Mit ein bißchen Glück kommen Sie sogar um die Verhandlung herum – kann doch sein, daß man Sie für verhandlungsunfähig erklärt –, Sie gehen für kurze Zeit irgendwohin in eine psychiatrische Klinik, und jeder Journalist und jeder Klapsdoktor aus ganz Europa käme angereist, um sich Ihre Geschichte anzuhören. Und wenn sich die Aufregung gelegt hat, schickt man Sie aus Altersgründen oder wegen Ihrer Herzkrankheit ganz ruhig nach Hause. Sie sollten sich das gründlich durch den Kopf gehen lassen, denn wenn Sie vor Gericht gestellt werden und sich verteidigen, sind Sie weg vom Fenster.«

»Und hat er Ihnen geantwortet?«

»Nicht gleich. Er saß da und sah mich mit seinen Schweinsäuglein von der Seite an, reglos, wie er manchmal dasitzt. Er hat darüber nachgedacht, verstehen Sie. Er hat wirklich überlegt, ob das ein Ausweg sein könnte.«

»Aber Sie können doch nicht wissen, was er gedacht hat. Hat er denn nichts gesagt?«

»Doch, klar. Nachdem er mich eine ganze Weile angestarrt hatte, sagte er aus heiterem Himmel: ›Und was soll ich den Eltern sagen?‹ Welchen Reim Sie sich darauf machen, weiß ich allerdings nicht.«

»Das hat er gesagt? Oder daß er sich die Sache überlegt hat?«

»Das läuft doch auf dasselbe hinaus, oder? Wir haben ihn nie ernsthaft in Betracht gezogen, aber was, wenn er es wirklich war?«

»Aber, mal abgesehen von allem anderen, sein Alter…«

»Sein Alter, sein Alter! Dafür gibt es bestimmt eine Erklärung. Alle diese Theorien in Baccis Büchern… Bücher sind ja ganz schön, aber da geht es überall um Fälle im Ausland. Und am Ende kann man sich doch nur auf die eigene Erfahrung verlassen.«

»Ja…«, stimmte der Maresciallo zögernd zu, »aber wir haben keine.«

»Na hören Sie mal, ein Mörder ist ein Mörder – und dieser Mann ist einer, das wissen wir. Ich behaupte ja nicht, daß ich vollkommen überzeugt wäre, ich sage nur, es könnte immerhin was dran sein. Ich meine, klar, man hat ihm viele Fallen gestellt – wir selber haben das getan –, aber das bedeutet ja nicht, daß er unschuldig ist. Jedenfalls wissen Sie jetzt Bescheid. Die könnten recht haben, Romola könnte recht gehabt haben, Sie könnten recht haben. Aber wir sind einfach nicht dafür verantwortlich, also warum sich aufreiben. Flavio zu finden war unsere einzige Hoffnung, und nun ist er tot. Die Sache ist gelaufen.«

Darauf wußte der Maresciallo nichts mehr zu sagen. Nachdem er aufgelegt hatte, blieb er stehen, wo er war, und fragte sich, was er tun sollte. Dann ging er wieder in die Küche und setzte sich an den Tisch. Eigentlich machte er nur aus Trägheit weiter und vielleicht auch, weil es nichts gab, was ihn anhalten oder ablenken konnte. Wenn Teresa wie vorgesehen nach Hause gekommen wäre, hätte sich alles vielleicht anders ergeben. Wenn die offiziellen Ermittlungen nur überzeugender gewesen wären...

Er saß eine Weile am Tisch, ohne die vor ihm liegenden Blätter anzurühren, und dachte über das nach, was Ferrini ihm von seinem Gespräch mit dem Verdächtigen erzählt hatte. Er konnte sich den Blick aus dem Augenwinkel, die wäßrigen Augen gut vorstellen, wie sie Ferrini taxierten, seinen Vorschlag taxierten.

*»Und was soll ich den Eltern sagen?«*

Der Maresciallo konnte sich gut vorstellen, daß besonders einer der Väter der ermordeten jungen Frauen ein solches Ergebnis nicht akzeptieren konnte und, da er nichts mehr zu verlieren hatte, den Verdächtigen selber mit einem Jagdgewehr bestrafen würde. Doch wenn der Verdächtige sich dieser Gefahr bewußt war, hieß das, er war der Schuldige? Nach den Fallen, die man ihm gestellt hatte, mußte ihm inzwischen klargeworden sein, daß Simonetti vor nichts haltmachen würde, um ihn verurteilen zu lassen, und daß man sich gegen eine falsche Anschuldigung nicht mit der Wahrheit verteidigen konnte. Der Verdächtige war ja nicht dumm, er wußte, womit er es zu tun hatte. Er hatte ein animalisches Gespür für drohende Gefahren und log mit Bauernschläue. Er hätte keine Skrupel gehabt, Ferrinis Rat zu befolgen, weil er von einer Unwahrheit ausging. Sich durch Lügen zu verteidigen, zu leugnen, daß er ein Voyeur war, sogar den Mord zu leugnen, für den er gesessen hatte – der Maresciallo erinnerte sich an das eine Mal, als der Verdächtige das getan hatte –, war für ihn ganz natürlich. Wenn er zu der Überzeugung gelangte, daß er seine Lage mit einem Gewirr von Lügen bessern konnte, würde er nicht zögern, sie aufzutischen, sogar seinem Anwalt – oder vielleicht vor allem seinem Anwalt. Dies waren die Regeln, nach denen er spielte, dies war die Wahrheit, in der er lebte. Lügen und immer wieder lügen, zuerst und vor allem den eigenen Anwalt belügen, damit man einen geachteten Menschen hatte, der die Lügen dem Richter überbrachte. Doch in diesem Fall gab es vierzehn Elternteile, deren Leben zerstört war und die seiner Verhandlung mit Ungeduld entgegensahen. Das war eine große Gefahr. Dazu kam, daß er selbst zwar ein geborener Lügner war, sich aber nicht vorstellen konnte, daß Simonetti ebenfalls log, obwohl dies nur allzu augenfällig war. Seine Wut und seine Enttäuschung entsprangen dem kindlichen Glauben, daß Autoritäten dazu da waren, belogen und an der Nase herumgeführt zu werden, daß Autoritäten ihrerseits jedoch gerecht zu sein hatten. Obwohl er die Gefahr witterte und den Betrug sah, fiel es ihm schwer, von dieser Überzeugung abzurücken. Doch wenn er das nicht tat und seine Verteidigungsstrategie entsprechend anpaßte, war er erledigt. Nach Ansicht des Maresciallo war sich der Verdächtige dessen bewußt und hatte daher den Sinn von Ferrinis Vorschlag erkannt. Doch dieser Vorschlag Ferrinis konnte auch ein Trick sein...

*»Und was soll ich den Eltern sagen?«*

»Nein, nein...« Der Maresciallo sprach laut vor sich hin. Was immer auch der Grund dafür sein mochte, daß der Verdächtige den Vorschlag, auf Unzurechnungsfähigkeit zu plädieren, nicht heftiger ablehnte – daß er schuldig war, glaubte er trotzdem nicht. Vielleicht hatte der Mann ja noch etwas anderes zu verbergen. In seinem Alter reichte schon eine Verurteilung für ein weniger schweres Delikt als vierzehnfachen Mord aus, damit er das Tageslicht niemals wiedersah. Was immer er getan haben mochte – dies war vermutlich der Grund dafür, daß er seine voyeuristischen Neigungen leugnete. Eine vernünftige oder nützliche Lage war das nicht. Voyeuristische Neigungen wären ein akzeptabler Grund, ein glaubwürdiger Grund für seine nächtlichen Streifzüge durch einsame ländliche Gegenden, selbst wenn man ihn einem besseren Zeugen als Nenci gegenüberstellte. Hunderte von solchen Männern waren jeden Samstagabend unterwegs, und Voyeure wie der Verdächtige gingen ihrer Neigung in Gruppen nach. Seine Neigung zu gestehen und den Rest seiner Bande als Zeugen aufzubieten, das konnte ihn retten. Aber er leugnete, und Nenci leugnete ebenfalls. Was immer hier verheimlicht wurde, anscheinend war es dem Verdächtigen das Risiko wert, als Ungeheuer verurteilt zu werden. Er war nicht das Ungeheuer und hätte folglich freigesprochen werden müssen, weil es keine Beweise gab. Diese andere

Geschichte, die er hätte erzählen müssen, um sich vor den falschen Anschuldigungen zu befreien, mußte sehr ernst sein...

»Diese Videos...« Die Antwort, das spürte der Maresciallo instinktiv, lag in dieser Richtung, doch er bekam sie nicht zu fassen. »Zwanzig Prozent wovon?«

»Keine Ahnung.« Er schlug mit der Hand auf den Tisch. Es hatte keinen Zweck, sich darüber den Kopf zu zerbrechen. Wenn sie weitermachten, würde schon irgend etwas herauskommen. Er schlug die Akte von 1968 auf und versuchte sich auf seine eigene Ermittlungsarbeit zu konzentrieren. Es verging fast eine halbe Stunde, bis er einsah, daß dies unmöglich war. Er hatte schon früher ganz allein gearbeitet, doch sosehr er sich auch gemüht, nutzlose Listen geschrieben, gemurrt und das Zutrauen zu sich selbst verloren hatte, wie bei diesem Fall war es nie gewesen. Wenn er nun darüber nachdachte, wußte er nicht mehr, wie das alles gekommen war. Irgendwie hatte es von allein angefangen und war dann aus eigener Kraft immer weitergegangen. Ganz gewiß hatte er sich niemals bewußt dafür entschieden, die Wahrheit in diesem Fall zu suchen. Doch ganz gleich, wie und warum es so gekommen war, Ferrini war unauflöslich damit verbunden. Bacci zu verlieren war ein Schlag gewesen, denn er hatte nützliche Informationen, Bücher und Notizen geliefert. Und ohne seine Liste der Symptome wäre er nicht ausgekommen. Ferrini jedoch war etwas anderes. Eben weil Ferrini dem Maresciallo nicht gegenübersaß, die zehnte brennende Zigarette in der Hand und im Begriff, eine seiner Geschichten zu erzählen, um den Maresciallo am Weitermachen zu hindern, kam der

Maresciallo nicht weiter. Die vor ihm liegenden beschriebenen Blätter blieben nur beschriebene Blätter, die Notizen nur Notizen, die Liste bedeutungslos. Die Bestandteile waren da, aber nichts passierte. Der Maresciallo versuchte sich zu erinnern, wie sie zu ihren Ergebnissen gekommen waren, doch es gelang ihm nicht. Er dachte an ihre gemeinsamen Mahlzeiten, ihre Geschichten, die Rauchwolken, an Ferrini, der lachte und ihn mit zynischen Bemerkungen provozierte. Ferrini, der Advocatus diaboli, der ihn dazu zwang, seinen Standpunkt zu verteidigen.

Aber jetzt war kein Ferrini da, und er konnte genausogut alles wegräumen und zu Bett gehen. Vielleicht fühlte er sich weniger ausgelaugt, wenn er einmal eine Nacht richtig schlief.

Er schlief, doch es war ein unruhiger, unglücklicher Schlaf. Die ganze Nacht über bemühte er sich anscheinend nach Kräften, Ferrini von dem einen oder anderen zu überzeugen. Die wenigen Male, die er aufstand und halb wach ins Badezimmer oder in die Küche ging, um etwas zu trinken, fiel ihm beim besten Willen nicht ein, welches Argument er eben noch mit solchem Nachdruck vorgetragen hatte. Doch kaum machte er die Augen wieder zu, da redete er weiter unablässig auf Ferrini ein, überzeugte ihn aber nicht. Das Schlimmste daran war, und er merkte es sogar im Traum, daß er selber nicht mehr wußte, wovon er eigentlich redete.

Der Wecker klingelte um Viertel vor sieben, und er schlug die Augen auf und war erleichtert. Danach allerdings meldete ein flaues Gefühl in seinem Magen, daß nichts war, wie es sein sollte. Teresa war nicht nach Hause gekommen, das war das erste, was ihm einfiel. Ferrini hatte ihn im Stich gelassen, das war das zweite. Was würde als nächstes kommen... Marco, er hatte ihn nicht angerufen, um zu fragen, wie die Auktion gegangen war. Zu sehr von seinen eigenen Problemen in Anspruch genommen und vielleicht unwillig, noch weitere schlechte Nachrichten zu hören... Aber vielleicht war es ein gutes Zeichen, daß Marco seinerseits nicht ihn angerufen hatte. Das konnte bedeuten, daß alles in Ordnung war. Und – er seufzte, denn es fiel ihm ein, daß er noch etwas erledigen mußte: Zwar hatte er den Vormittag für sich und konnte mit Lorenzini durchgehen, was inzwischen in seinem eigenen Revier angefallen war, doch man hatte ihm die Aufgabe übertragen, die Mutter eines der weiblichen Mordopfer aufzusuchen, die Mutter der jungen Frau, der womöglich die im Hause des Verdächtigen sichergestellten Schmuckstücke gehörten. Nachdem er sich alle seine Kümmernisse vergegenwärtigt hatte, stand er auf. Beim Blick in den Badezimmerspiegel fügte er der Liste seiner vorübergehenden Probleme das Dauerproblem hinzu, dessen er sich jedesmal, wenn es schlecht lief, besonders bewußt war: sein Übergewicht.

Eine Stunde später ging es ihm ein wenig besser, denn er hatte eine Zeitlang auf seinem eigenen Stuhl, in seinem eigenen Büro gesessen und mit Lorenzini über vertraute Probleme gesprochen. Ihm wurde bewußt, daß er sich wehmütig ausmalte, vor seiner eigenen Türschwelle sei ein entsetzliches Verbrechen geschehen, so daß er von der Sonderkommission freigestellt wurde, um sich darum zu kümmern. Aber zwei geraubte Handtaschen, eine Schlägerei in einer Bar und ein vermißter Hund boten wenig Anlaß zur Hoffnung auf ein Entkommen.

»Ist irgend etwas in der Post?«

»Nichts, womit Sie sich befassen müßten. Wie kommen Sie denn voran?«

»Ach, Sie wissen ja …« Der Maresciallo zuckte mit den Schultern. Es wäre tröstlich gewesen, sich Lorenzini anzuvertrauen, jemanden zu haben, mit dem er alles besprechen konnte, was ihn umtrieb, sich nicht ganz so allein zu fühlen. Doch das hätte ihn nur belastet. Er sagte nichts. Lorenzini wartete noch einen Augenblick und sagte dann: »Also, ich gehe wieder nach nebenan.«

»Nein, bleiben Sie. Ich glaube, ich gehe mal rüber zum Borgo Ognissanti …« Er erhob sich vom Schreibtisch und holte seinen Paletot. »Rufen Sie doch mal dort an, bitte. Fragen Sie, ob der Capitano da ist.«

Er knöpfte sich langsam den Mantel zu und dachte an den Tag zurück, an dem Capitano Maestrangelo nach ihm geschickt hatte. Er hatte sich geschämt und wohl schon gewußt, daß es um den Fall nicht so stand, wie es sein sollte. Es wurde Zeit, daß sie ihre Karten auf den Tisch legten; so konnte er nicht weitermachen, nicht allein.

»Er ist beim Colonnello«, sagte Lorenzini und legte auf. »Die übliche Morgenbesprechung. Bis Sie dort sind, ist sie vorbei. Man richtet ihm aus, daß Sie vorbeikommen.«

»Danke. Da fällt mir gerade ein, der große Umschlag da …«

»Der hier?«

»Ja, genau, schicken Sie ihn doch bitte in Dr. Biondinis

Büro, ja. Es ist eine Fotografie, die er sich ansehen will, und ich möchte im Augenblick nicht selbst hingehen.«

An jedem anderen Tag hätte er das mit Freuden getan, aber heute war er zu bedrückt, um über Belanglosigkeiten oder irgend etwas anderes als das zu reden, was ihn belastete.

»Möchten Sie, daß Di Nuccio Sie fährt?« rief Lorenzini dem Maresciallo noch nach, als dieser schon die Treppe hinunterging.

»Ich gehe zu Fuß.«

Das Wetter hatte umgeschlagen, das war das erste, was ihm auffiel, als er durch den Torbogen auf die Piazza Pitti hinaustrat. Der Wind aus den Bergen hatte sich gelegt, und die Temperatur war so weit gestiegen, daß sich ein paar Wölkchen gebildet hatten. Der Nebel, der morgens immer über dem Fluß hing, hatte sich noch nicht gelichtet, und die Gebäude waren feucht, ihre Farben gedämpft. Es schien ewig her zu sein, daß der Maresciallo gemächlich zu Fuß irgendwohin gegangen war und den morgendlichen Kaffeegeruch, die Auspuffgase und Rauch von frischem Holz gerochen hatte. Es lockte ihn, irgendwo auf einen Kaffee einzukehren, statt dessen beschleunigte er seine Schritte, denn er wollte nicht riskieren, daß man den Capitano wegrief, bevor er bei ihm ankam. Er überquerte den Ponte alla Carraia und schaute auf das schmutziggrüne Wasser hinab, das in der feuchten, stehenden Luft nach Schlamm und nach verfaulenden Pflanzen roch, die aus dem Umland herangetragen wurden, und – ganz leicht – auch nach Meer.

Er würde mit dem Capitano sprechen, würde ihm rundheraus sagen, was hier vorging, und ihn um Rat bitten. Und ganz gleich, wie dieser Rat ausfallen mochte, zustimmend oder nicht, er würde ihn befolgen, und damit wäre die Sache dann erledigt.

Er marschierte gerade durch den Eingang ins Kloster hinein und nickte dem diensthabenden Wachmann zu, als ihm etwas einfiel, was er Lorenzini hatte sagen oder vielmehr von ihm erbitten wollen. Er steckte den Kopf zur Tür der Wachstube hinein und bat den Beamten, die Nummer seines Büros zu wählen.

»Lorenzini? Hören Sie, ich wollte Sie um etwas bitten. Wenn Sie die obere Schublade meines Schreibtischs aufmachen, gleich neben dem Telefon... dort liegt ein Buch.«

»Einen Augenblick bitte... Ein englisches Buch?«

»Ja, genau. Da ist ein Papierstreifen eingelegt, um eine Seite zu markieren. Haben Sie's? Und dann rechts oben am Rand eine Notiz mit rotem Kugelschreiber.«

»Hm. Hab ich... da steht: ›Sind wir das?‹ Ist das die Stelle?«

»Ja. Das muß sich auf einen Satz beziehen, der ganz in der Nähe steht und unterstrichen ist, irgend etwas über eine Sonderkommission. Sie können doch ein bißchen Englisch, könnten Sie mir diese Zeilen übersetzen?«

»Ich glaub schon. Ich versuch's jedenfalls.«

»Danke. Ich bin nicht lange weg.«

Als er an dem Klostergebäude entlangschritt, kam ein großer Wagen auf ihn zugefahren. Der Fahrer war ein Polizist, und im Fond saßen Simonetti und sein persönlicher Referent. Beide amüsierten sich anscheinend über einen Witz, und der Maresciallo sah das strahlende Lächeln

Simonettis aufblitzen, als der Wagen seine Fahrt verlangsamte, um auf die automatische Toröffnung zu warten. Der Maresciallo stand im Schatten und regte sich nicht, doch als der Wagen wieder anfuhr, spürte er, daß Simonettis Blick den seinen traf, so schnell wie der einer Schlange, daß er aber die Augen wieder abwandte, ehe er sich sicher sein konnte, daß es den Blickkontakt überhaupt gegeben hatte.

Da ließ sich nichts machen. Kein Grund, dachte er, als er die Steintreppe zu seiner Rechten hinaufstieg, daß er hier nicht mit seinem Kommandanten zusammentreffen sollte. Er kam im Korridor des oberen Stockwerks an und blieb bei einem großen Gummibaum stehen, als er die Offiziere der verschiedenen Abteilungen aus dem Zimmer des Colonnello kommen sah. Ihre Schritte hallten laut auf den glänzenden roten Fliesen. Capitano Maestrangelo war nicht dabei, also war er wohl schon in sein Büro zurückgegangen. Der Maresciallo stieg ein paar Stufen weiter hinauf, als er die zornig erhobene Stimme des Colonnello hörte und abrupt stehenblieb.

»Nein, Maestrangelo, das kommt gar nicht in Frage. Wir können ihn nicht entbehren! Er ist der beste Ermittler, den wir haben, und ich ziehe ihn nicht von dem Geldwäsche-Fall ab, ehe der aufgeklärt ist – und danach schicke ich ihn auch nicht rüber! Geben Sie ihm einen wie Bacci, irgendeinen Kollegen, der höflich ist, ihm keine Schwierigkeiten macht und im Fernsehen gut rüberkommt. Geben Sie ihm einen wie Guarnaccia aus irgendeinem überflüssigen kleinen Revier, aber ich will, daß meine Ermittlungsbeamten hier für mich arbeiten. Wenn die eine so idiotische Untersuchung veranstalten, kriegen sie auch nur idiotische Leute!«

Er war noch nicht fertig. Der Maresciallo hörte ihn immer noch laut schimpfen, als er kehrtmachte, die Treppe wieder hinabstieg und den Heimweg einschlug.

Er ging wieder über die Brücke. Er ging sehr langsam, doch sein Herz klopfte schnell, und trotz der kühlen feuchten Luft war sein Gesicht heiß.

Er hätte es wissen müssen. Er hätte imstande sein müssen, zwei und zwei zusammenzuzählen. Das Unbehagen des Capitano, als er »Warum ich?« gefragt hatte. Dann die komische Bemerkung von Esposito in der ersten Woche, der ihn dazu beglückwünscht hatte, den Mord im Transsexuellenmilieu aufgeklärt zu haben.

*»Unter diesen Umständen war ich ein wenig überrascht, Sie hier zu sehen. Das zeigt mal wieder, daß man auf Gerüchte nichts geben sollte.«*

Alle wußten es. Es war ein weitverbreitetes Gerücht. Ferrini hatte es natürlich von Anfang an gewußt und angenommen, er wisse es ebenfalls. Wieso hatte er das nicht kapiert? Warum war er so langsam? Ferrini hatte sich doch lang und breit darüber ausgelassen, daß man die anständigen Fälle den jungen Leuten gab, die zwar den gleichen Dienstrang, aber keine Erfahrung hatten. Für ihn war klar gewesen, daß es sich hier um eine Show der Polizei handelte und daß sie nur dabei waren, weil es schlecht ausgesehen hätte, wenn die Carabinieri, die bekanntermaßen Romola unterstützten, gefehlt hätten.

Und wenn er an die arme Teresa dachte, die ihm allen Beweisen zum Trotz einreden wollte, daß man ihn für einen guten Kriminalbeamten hielt. Wenn sie doch nur zu Hause wäre... Aber würde er ihr denn die Wahrheit sagen können?

*»Wenn die eine so idiotische Untersuchung veranstalten, kriegen sie auch nur idiotische Leute!«*

Diese Bemerkung hatte sich ihm eingebrannt. Man sagt natürlich, wer ein Gespräch belauscht... aber er hatte es nicht absichtlich getan.

»Maresciallo? Guten Morgen.«

Er schaute benommen auf und war überrascht, sich vor dem Palazzo Pitti wiederzufinden. Dr. Biondini schaute ihm fragend ins Gesicht. »Sie waren ja ganz weit weg! Wie ich sehe, konzentrieren Sie sich darauf, Ihr Ungeheuer zu fangen. Ich wollte mich nur für die Fotografie bedanken. Einer Ihrer Männer hat sie mir gebracht. Ich werde sie mir heute abend genau anschauen. Schade, daß ich Sie bei meiner Ausstellungseröffnung nicht gesehen habe.«

»Ja...« Der Maresciallo runzelte die Stirn. »Später, ich kann jetzt nicht... guten Morgen.«

Er ging unter dem Bogen davon und die Treppe hinauf und angelte nach dem Schlüssel. Zum Glück war Lorenzini im Dienstzimmer und besprach gerade etwas mit den zwei jungen Kollegen dort, so daß der Maresciallo in sein eigenes Büro gehen, die Tür hinter sich zumachen, sich an seinen Schreibtisch setzen und seinen Gedanken nachhängen konnte. In seine Grübeleien vertieft, starrte er lange Zeit auf ein Blatt Papier, das Lorenzini ihm hingelegt hatte, bis ihm einfiel, es auch zu lesen.

*Ein offensichtliches Problem bei Sonderkommissionen war, daß die in die Ermittlungen einbezogenen Abteilungen der Polizei nicht ihre besten Kriminalisten abstellten. Sie setzten Beamte ein, für die sie anderweitig keine Verwendung hatten.*

Darunter hatte Lorenzini Baccis Anmerkung gesetzt: »Sind wir das?«

# 15

Hinter der dunklen Sonnenbrille sah der Maresciallo die Gebäude und die Menschen manchmal schnell, häufiger jedoch sehr langsam vorüberziehen.

»Diese Straße ist ein einziger Stau«, sagte der Carabiniere, der neben ihm am Steuer saß. »Wenn ich hier draußen wohnen und jeden Morgen zur Arbeit gehen müßte, das würde mich anöden.«

Es war die vierte oder fünfte Bemerkung dieser Art, seit sie in nördlicher Richtung stadtauswärts unterwegs waren. Auch dieses Mal erhielt der Fahrer keine Antwort. Der Maresciallo nahm wohl wahr, daß man mit ihm sprach, doch es dauerte so lange, bis er aus seinen Gedanken auftauchte, daß die Gelegenheit für die angemessene banale Erwiderung jedesmal verpaßt war. Zwar wollte er nicht, daß sein junger Kollege dachte, er sei zornig oder irgend etwas dieser Art, eine begütigende Erklärung für sein tiefes Schweigen brachte er aber auch nicht zustande. Und die Wahrheit war ja kaum angebracht... Ich fühle mich nicht ganz auf dem Posten, weil der Colonnello offen ausgesprochen hat, daß ich ein Idiot bin. Im Grunde hätte ihn interessiert zu erfahren, was der Capitano dachte, denn der Colonnello war ja erst seit September in Florenz, von ihm konnte man nicht erwarten – was eigentlich? Daß er bereits bemerkt hatte, was für ein großartiger Kriminalist dieser dumme, schweigsame Unteroffizier war, der ein überflüssiges kleines Revier leitete? Eben das war ja so schrecklich: Der Colonnello hatte nur bestätigt, was der Maresciallo selbst von sich dachte. Dagegen konnte er sich nicht verteidigen. Er konnte sich nicht einmal ins Unrecht gesetzt fühlen. Er fühlte sich nicht ins Unrecht gesetzt. Doch der Capitano... Capitano Maestrangelo war ein guter Mann, ernsthaft und aufrichtig. Sie kannten einander gut, und der Maresciallo hatte zumindest immer gegenseitige Achtung zwischen ihnen gespürt. Er wußte, daß er keinen scharfen Verstand hatte, und bei Fällen, bei denen Verstand und Logik erforderlich waren, hatte er immer als erster zugegeben, die Hilfe des Capitano zu benötigen, und diese auch gesucht. Trotzdem war er immer der Meinung gewesen, etwas beigetragen zu haben, und dieses Etwas, was es auch gewesen sein mochte, hatte die Anerkennung des Capitano gefunden.

Immer wieder dachte er im Lichte dessen, was er nun wußte und was er damals nicht verstanden hatte, über die Szene in Maestrangelos Büro an jenem ersten Morgen nach. Es war immer dasselbe mit ihm: Bilder, Bewegungen, Szenen prägten sich ihm ein, sie jedoch so zu verknüpfen, daß sie einen Sinn ergaben, das gelang ihm nicht.

Er sah die glatten braunen Hände des Capitano vor sich, die den Stift auf seinem Schreibtisch gedreht hatten, und die grauen Augen, die seinem fragenden Blick immer wieder ausgewichen waren.

*»Warum ich?«*

Er hatte keine Antwort erhalten, man hatte ihm keine Lügen aufgetischt. Und schon damals, fiel ihm ein, hatte er sich gefragt, warum Simonetti sich einen so hoffnungslos schwierigen Fall aufgeladen hatte.

*»Er kommt mir nicht wie ein Mann vor, der sich vor aller Öffentlichkeit blamieren will.«*

*»Nein. Das würde ihm gar nicht gefallen.«*

Aber selbst nach diesen Worten hatte er nichts kapiert. Und der Capitano hatte ja nicht rundheraus sagen können, daß man die Absicht hatte, ein Monster aus der Retorte herbeizuzaubern und Beweise zu manipulieren, weil das einfacher war, als den richtigen Mann zu finden. Vielleicht hatte man das zu Anfang, als man Romola den Fall aus der Hand nahm, ja auch nicht beabsichtigt, als die jetzige Sonderkommission zusammengestellt wurde, zweifellos aber schon. Inzwischen war so lange nichts mehr passiert, daß niemand ernsthaft glaubte, das wirkliche Ungeheuer könne erneut zuschlagen und Ermittlungsergebnisse zunichte machen, wie es Romola so häufig widerfahren war. Außerdem hatte man durch das provozierte Inzestverfahren den Boden bereitet. Erst danach konnte man gefahrlos die Unschuldigen auf die Bühne holen, ihn selbst, Bacci, den jungen Kollegen Noferini mit seinem Computer und seinem Eifer, der gestern über die Wahrheit gestolpert sein mußte und dafür gemaßregelt worden war. Und bei Ferrini wußte der Maresciallo nicht mehr, was er denken sollte.

*»Wer hat die Entscheidung hinsichtlich der drei Carabinieri getroffen?«*

*»Die Entscheidung wurde hier getroffen. Von uns.«*

Wenn er gesagt hätte, dafür sei der Colonnello verantwortlich – doch das hatte er nicht gesagt. Er hatte »wir« gesagt und dieses Wir sogar betont, und damals hatte dies dem Maresciallo ein Gefühl der Sicherheit vermittelt, denn der Colonnello kannte ihn im Gegensatz zum Capitano nicht. Eine schöne Ironie, wie sich nun erwies, denn dasselbe Wir war nun die wichtigste Ursache seines Schmerzes.

»Hier biegen wir ab, nicht?«

Wenn bloß Teresa dagewesen wäre! Sicher, sie hatte sich ebenfalls geirrt, andererseits aber, wer hätte je gedacht...

*Der Capitano hält viel von dir.*

Es sah Teresa gar nicht ähnlich, in einer solchen Angelegenheit einem Irrtum zu erliegen. Ihr fielen doch immer die Dinge auf, die ihm entgingen, doch nicht einmal sie hätte wegdiskutieren können, was er an diesem Vormittag gehört hatte.

Was hielt Teresa von Ferrini? Einmal hatte sie gesagt, er habe in seinem Leben zu viel Zeit damit verbracht, Ganoven zu fassen, und dies habe auf seine Persönlichkeit abgefärbt, denn anstatt normal an einer Unterhaltung teilzunehmen, neige er dazu, andere auszufragen. Manchmal, sagte sie, ginge von ihm etwas deutlich spürbar Bedrohliches aus, und sie könne sich genau vorstellen, wie es sei, wenn er jemandem Handschellen anlegte und den Rat gab, sich das Gewissen zu erleichtern. »Ich weiß nicht, ob ich mich verständlich ausdrücke.« Sie ahmte ihn nach und lachte dann auf und sagte: »Warum laden wir die Ferrinis nicht mal zu uns zum Essen ein? Sie muntern mich jedesmal auf.«

»Maresciallo?«

Das stimmte. Ferrini hatte etwas an sich, das einen aufmunterte, sogar wenn er verärgert war.

Seine Frau, die rundlich und hübsch und immer vergnügt war, lachte lauthals, wenn Ferrini schimpfte. »Er ist nun einmal so. Hört einfach weg. Mich amüsiert er.« Worauf auch Ferrini lachte. Sie mochten einander sehr.

Wenn bloß Ferrini jetzt da wäre! Was er nicht alles sagen würde – Ferrini würde die Flüche geradezu niederregnen lassen. Guarnaccia! Was soll man denn sonst machen? Zynisch? Wir arbeiten einfach das Programm ab, suchen einen möglichen Verdächtigen, den wir hinter Gitter stekken können und der im Gegensatz zu den früheren auch dort bleibt.

Warum hatte der Maresciallo Ferrini nicht von Anfang an ernst genommen, ihm wirklich geglaubt, anstatt seine Worte als den üblichen Zynismus abzutun?

*»Wenn die eine so idiotische Untersuchung veranstalten...«*

Wie konnten sie Ferrini, der so viele Fälle gelöst hatte, so einstufen? Weil er so viele Fälle gelöst hatte, hatte man ihn sogar vom Unteroffizier zum Offizier befördert. Der Maresciallo hatte noch nie erlebt, daß der Capitano einmal ungerecht gewesen wäre, doch in diesem Falle mußte es wohl so gewesen sein, und daher empfand er um Ferrinis willen Zorn. Für sich selbst schämte er sich nur. Schämte sich seiner Anmaßung, gedacht zu haben, er könne einen Fall übernehmen, an dem ein Mann vom Kaliber Romolas bereits gescheitert war.

*»Wir verschwenden unsere Zeit. Für wen?«*

»Maresciallo?«

»Wie bitte? Haben Sie etwas gesagt?«

»Bloß, daß wir da sind. Das ist die Adresse, die Sie mir gegeben haben.«

»Das hätten Sie doch sagen können...« Steif stieg der

Maresciallo aus dem Wagen und hoffte, seine Probleme loszusein, wenn er zurückkam. Wenn er an die Menschen dachte, denen er gleich gegenübertreten würde, war es nicht recht, sich selbst zu bemitleiden.

Der Maresciallo läutete und bereitete sich innerlich auf die Begegnung mit einer Mutter vor, der man das Kind genommen hatte, doch es war der Vater der toten jungen Frau, der die Tür zu der Wohnung im ersten Stock öffnete.

»Kommen Sie lieber rein. Meine Frau …«

Sie war nicht zu sehen, und der Vater, der dünn war und ganz gebrochen aussah, führte den Maresciallo in ein kleines Wohnzimmer.

»Wollen Sie sich setzen? Es tut mir leid, sie … Es ist Samstagabend, verstehen Sie … Aber ich habe es ihr gesagt, und sie wird sicher gleich da sein, wenn Sie vielleicht einen Augenblick warten wollen. Gesagt hab ich's ihr.«

Der Maresciallo setzte sich und schaute sich wortlos um. Ihm war nicht klar, was der Mann ihm hatte erklären wollen und was der Hinweis auf den Samstagabend bedeuten sollte, wo es doch erst kurz nach drei Uhr nachmittags war, doch er fragte nicht nach.

»Rauchen Sie?«

»Nein, vielen Dank.«

»Ich rauche zuviel, seit …« Als sollte dies demonstriert werden, ging die zweite Hälfte des Satzes in einem langen, schmerzhaften Hustenanfall unter. Darauf zündete er sich eine Zigarette an. »Ich kenne Sie noch nicht.«

»Nein, ich arbeite noch nicht lange an dem Fall.«

»Sie kommen und gehen … So viele Polizisten. Ich erinnere mich an alle, an jeden einzelnen. Alle haben sie versprochen, und es wohl auch so gemeint, aber das bringt sie uns auch nicht zurück.« Er rauchte schweigend und betrachtete die vergrößerte Fotografie seiner Tochter auf der Kredenz. Der Maresciallo war überzeugt davon, daß dieser Mann einmal kräftig und stattlich gewesen war, doch daß der Kummer ihn ausgezehrt hatte. Das wenige Fleisch, das ihm noch geblieben war, hing lose an seinen groben Knochen. Was sagte man einem Mann unter diesen Umständen? Ganz bestimmt würde er nicht die Versprechungen wiederholen, die alle früheren Beamten offenbar gemacht hatten. Das war sowieso nicht seine Art, und nach all den Jahren klänge es eh nur hochtrabend, ja sogar lächerlich. Der Maresciallo schaute ebenfalls zu der Fotografie hinüber. Es war die junge Frau mit den langen dunklen Locken, deren Abbildung Bacci so verstört hatte. Der Maresciallo hoffte, man habe die Mutter den Leichnam ihrer Tochter nie sehen lassen. Der Vater, das wußte er, hatte sie gefunden.

»Unsere wunderschöne Sara. Sie war ein so hübsches Kind. Wir haben uns immer gefragt, wieso wir sie haben, denn von gutem Aussehen konnte in der Familie nicht die Rede sein. Meine Frau sah ganz nett aus, bevor sie zunahm, aber nicht ungewöhnlich hübsch, und von mir schon ganz zu schweigen. Aber Sara! Diese großen Augen und die glänzenden schwarzen Locken… Ihre Mutter hat ihr nie die Haare geschnitten, als sie noch klein war. Im Sommer hab ich mir immer Sorgen um sie gemacht, die schweren Haare bei der Hitze, wissen Sie. Was man sich für Sorgen macht. Zum Beispiel war ich dagegen, daß sie ein Moped bekommt. Jahrelang war ich ganz krank vor Unruhe, ich hatte keine Minute lang Frieden. Aber was soll man machen, wenn sie alle eins haben, außerdem brauchte sie es, um in die Schule zu fahren. Ich war ganz krank vor Sorgen ... Ich habe als Pförtner im Krankenhaus gearbeitet, da können Sie es sich sicher vorstellen, ich hab die vielen jungen Leute gesehen, die zu uns reingebracht wurden – in Ihrem Beruf ist es bestimmt genauso.«

»Ja«, erwiderte der Maresciallo, und der Magen krampfte sich ihm zusammen bei dem Gedanken, daß das Problem Moped bald auch auf ihn zukam.

»Haben Sie Kinder?«

»Zwei Söhne. Ich muß sagen, bei Mopeds denke ich genauso wie Sie.«

»Ja, genau, verstehen Sie. Man macht sich so viele Sorgen, man will sie beschützen. Man meint, man habe an alles gedacht. Ich war erleichtert, als sie mit Silvio ging und sie sich das kleine Auto gekauft haben. Meine Mutter, Gott gebe ihrer Seele Frieden, hat, wenn sie Sara sah, immer gesagt: ›Woher haben wir die nur bekommen? Woher haben wir nur diesen kleinen Engel?‹ Sie konnte gar nicht aufhören, immer wieder hat sie gesagt, Sara sei ein Engel, der uns nur geliehen ist. Ihre letzten Worte an uns, bevor sie starb, waren: ›Paßt auf das Kind auf, sie wird früh sterben.‹ Meine Frau war fuchsteufelswild. Sie hält gar nichts von diesem abergläubischen Zeug und glaubt nicht daran, aber diese Worte haben ihr Angst eingejagt, und danach war sie noch schlimmer als ich, richtig überbesorgt. An dem Abend waren sie noch keine halbe Stunde über die abgemachte Zeit. Ich möchte nicht, daß Sie denken, ich hätte den gestrengen Vater gespielt, das war ich nie. Ich hatte es nur gern, wenn sie sagten, wann sie zurückkommen, und anriefen, falls es später wurde. Sie machen es doch sicher genauso, oder?«

»Natürlich, dann sorgt man sich nicht unnötig.«

»Noch keine halbe Stunde… Aber sie war uns eine gute Tochter, und ich wußte… Sie oder Silvio haben immer angerufen. Keine halbe Stunde zu spät, und sie waren ja auch nur ein Stück weiter eine Pizza essen, aber meine Frau… Sie hat gesagt: ›Irgend etwas ist passiert. Ich spüre das. Wir gehen sie suchen.‹ Ich hab versucht, sie zu beruhigen. ›Hör auf damit, sie haben gesagt, sie kommen um halb zwölf. Sie werden jeden Augenblick dasein, und wenn sie ihre Pläne geändert haben, rufen sie an.‹ Aber meine Frau sagte wieder: ›Irgend etwas ist ihr zugestoßen.‹ Sie ging ins Bad und mußte sich übergeben. Da hab ich dann doch die Autoschlüssel geholt, ich dachte, das kurze Stück bis zur Pizzeria zu fahren kann nicht schaden.

Es heißt ja, Frauen hätten einen siebten Sinn, was ihre Kinder angeht, nicht wahr? Ich sagte zu ihr: ›Bleib du hier. Sie kommen nach Hause. Bleib hier.‹ Sie ist geblieben, aber sie hat mir nicht geglaubt. Vor der Pizzeria hab ich ein paar Freunde der beiden gesehen, die gerade gehen wollten. Das Lokal machte zu, und der Kellner stellte schon die Stühle auf die Tische. Da wurde auch mir übel, wie meiner Frau. Ich wußte nicht, was ich machen sollte. Ihre Freunde haben gesagt: ›Wir finden sie schon. Keine Sorge, wir wissen, wo wir sie suchen können.‹ Ich wußte, was das heißen sollte, und es war ja nur wenige Monate nach… nach dem, was in Scandicci passiert ist, wissen Sie.«

»Ja.«

»Auf dem ersten Feldweg, den wir reingefahren sind, stand ihr Auto nicht. Die jungen Leute sagten, ich soll mir keine Sorgen machen, wahrscheinlich seien sie schon nach Hause gefahren, aber wir könnten es noch an einer anderen Stelle probieren. Wir sind wieder eingestiegen, und – ich weiß nicht, wie ich das erklären soll – ich dachte, die kriegen was zu hören, wenn wir heimkommen, uns solche Sorgen zu machen, und gleichzeitig wußte ich, daß, wenn ich sie nicht an diesem Abend finden würde, vielleicht Fremde sie am nächsten Morgen finden würden. Ich kam sogar auf die Idee, die Schwester meiner Frau anzurufen und zu warten, bis sie bei uns war, bevor ich mit der schlechten Nachricht nach Hause kam. Ich hatte dieses schreckliche Gefühl, das ich mir selber nie verziehen habe: Ich wollte, daß es vorbei ist. Das ist doch nicht normal. Irgend etwas stimmt wohl nicht bei mir.«

»Nein, so dürfen Sie das nicht sehen. Sie wußten ganz genau, wovor Sie Angst hatten. Das ist eine ganz natürliche Reaktion.«

»Meinen Sie?«

»Ich weiß es sogar. Ich bekam einmal einen Anruf, aus dem ich heraushörte, daß mein Sohn entführt worden sei. Ich hatte alles ganz falsch verstanden, doch in den ersten Sekunden spulte sich in meinem Kopf schon der ganze weitere Verlauf ab, von den Straßensperren bis zur Freilassung. Wenn Sie zurückdenken, werden Sie vielleicht feststellen, daß Sie ähnliche Gedanken hatten, wenn sie Moped fuhr. Haben Sie sich nicht ständig vorgestellt, daß sie einen Unfall haben könnte?«

Der Vater fixierte den Maresciallo mit seinen glanzlosen

Augen in der Hoffnung, Erleichterung von seinem Elend zu finden, wie wenig auch immer.

»Sie haben recht... Wenn ich einen jungen Menschen auf der Trage ins Krankenhaus schob, hab ich mir immer vorgestellt, sie läge da. Und das halten Sie für normal?«

»Ja. Wenn man jemanden liebt, hat man ständig Angst – um den, den man liebt, und um sich selbst, weil man damit fertigwerden muß, den Betreffenden zu verlieren. Wir alle haben solche Vorstellungen, und wenn etwas gut ausgeht, vergessen wir sie wieder. Nur geht es oft eben nicht gut aus, das wissen Sie und ich durch unsere Arbeit. Deswegen stellen wir uns wohl auch häufiger als andere Menschen das Schlimmste vor. Wir sehen es zu oft.«

Der Vater schwieg für einen Augenblick und betrachtete das Foto, die Asche seiner Zigarette fiel unbemerkt zu Boden. Dann wich die Spannung aus seinen Schultern.

»Ich danke Ihnen. Ich kann Ihnen gar nicht sagen, wie mich das all die Jahre gequält hat.«

»Sie haben schon genug Kummer, da müssen Sie nicht noch selber Probleme hinzuerfinden. Eltern sind doch mehr oder weniger alle gleich. Jeder Ihrer Freunde hätte Ihnen das auch sagen können.«

»Ja, vielleicht, nur habe ich es niemandem gesagt. Ich habe mich ein bißchen geschämt. Keine Ahnung, warum ich Ihnen das erzählt habe.«

»Manchmal ist es leichter, wenn man mit einem Fremden spricht.« Der Maresciallo zog ein kleines Päckchen aus seinem Paletot. »Vielleicht könnten Sie sich diese Sachen mal ansehen. Falls Sie sie wiedererkennen, würde das Ihrer Frau die Aufregung ersparen.«

Der Vater nahm das Päckchen in die Hand. »Sind das die Sachen, von denen am Telefon die Rede war?« Kopfschüttelnd betrachtete er den Inhalt der Plastiktüte. »Ich weiß nicht ... Sie hat immer die goldene Kette umgehabt, die wir ihr zur Erstkommunion geschenkt haben. Sie hatte auch ein paar bunte Armreifen und solche Sachen, die sie im Sommer getragen hat. Nein, da werden Sie meine Frau fragen müssen. Es tut mir leid. Ich habe es ihr gesagt, aber ihr Gedächtnis ist nicht mehr, was es einmal war, und heute, am Samstag ... Sie geht immer dorthin, wissen Sie, nimmt ein paar Blumen mit. Ich sehe das gar nicht gern, denn es regt sie nur auf, aber sie tut es nun mal. Ich lasse es aber nicht zu, daß sie im Dunkeln dort ist, um diese Zeit mache ich mich gewöhnlich auf den Weg und hole sie nach Hause. Aber ich habe ihr gesagt, daß Sie kommen.«

»Das macht doch nichts. Wenn Sie zu Fuß hingehen, ist es wohl nicht so weit?«

»Fünf Minuten.«

»Dann begleite ich Sie. Ich muß ihr ja bloß die Gegenstände zeigen.« Der Maresciallo nahm das kleine Päckchen wieder an sich und steckte es ein. »Ich werde sie nur einen kurzen Moment aufhalten. Ich möchte sie nicht aufregen.«

»Es wird sicher nicht so schlimm. Sie nimmt in letzter Zeit nicht allzuviel wahr. Ich hole meinen Mantel.«

Das Grau des Winternachmittags ging allmählich in die Abenddämmerung über. Metallene Rolläden wurden einer nach dem anderen hochgezogen, die Läden öffneten wieder, und die Lampen wurden eingeschaltet. Als sie zur Tür hinaus auf die Straße traten, trug ein Gemüsehändler eine Kiste Orangen mit glänzenden Blättern hinaus und stellte sie auf einen Verkaufsstand vor dem Schaufenster. Als er seinen Nachbarn mit dem Maresciallo sah, blieb er stehen und sagte: »Stimmt es, was man hört? Haben Sie diesmal wirklich den Richtigen gefaßt?«

Der Maresciallo gab keine Antwort, und der Mann neben ihm zuckte nur mit den Schultern. Er selbst hatte diese Frage nicht einmal gestellt. Nach so vielen Jahren und so vielen Fehlschlägen hatte er wohl die Hoffnung aufgegeben.

Der Fahrer des Maresciallo ließ den Motor an, als er die beiden Männer kommen sah.

»Nein, wir fahren noch nicht, in einer halben Stunde vielleicht.«

»Hier entlang.«

Sie verließen das Dorf auf einer abschüssigen Asphaltstraße, die nach ungefähr fünfzig Metern in eine unbefestigte Landstraße überging, neben der ein Bach dahinplätscherte. Nach wenigen Minuten sahen sie zu ihrer Rechten unterhalb des Weges ein Marmorkreuz, das die Stelle bezeichnete, an der das Verbrechen verübt worden war. Hier hatte der Maresciallo vor nicht allzu langer Zeit im strömenden Regen gestanden und zu den düsteren, von Banditen unsicher gemachten Bergen hinaufgeschaut, denen sie nun den Rücken zukehrten.

Der Maresciallo sah die Mutter nicht gleich, denn sie stand sehr still in der Düsternis. Dann wurde ihm klar, daß sie hinter dem Kreuz stand und den Kopf gesenkt hielt, vielleicht sogar die Stirn auf das Kreuz gelegt hatte.

»Es ist vielleicht besser, wenn Sie allein hinübergehen«, sagte der Ehemann. »Wenn ich mitkomme, wird sie bei jeder Frage, die Sie stellen, nur mich ansehen, damit ich antworte. Schauen Sie einfach zu mir rüber, wenn Sie fertig sind, dann komme ich meine Frau holen.«

Der Maresciallo stieg den Abhang zwischen den toten Weinstöcken hinunter. Die Frau hatte wohl gemeint, ihr Mann komme, denn sie fragte, ohne hochzusehen: »Ist es Zeit?«

»Signora?«

Sie hob langsam den Kopf und schaute ihn an. »Oh.« Das war die einzige Bemerkung, mit der sie seine Anwesenheit wahrnahm, und seine Uniform schien ihr zu sagen, daß hier wieder einmal jemand war, der ihr eine Menge Fragen stellen würde, auf die es keine Antwort gab. Ihr Blick wanderte über ihn hinaus in die Ferne.

»Ihr Mann wird gleich hiersein. Es tut mir leid, Sie zu stören, aber...«

»Wissen Sie, warum ich hier bin?«

»Ich... Ihr Mann sagte mir, daß Sie Blumen herbringen.«

»Ach. Das erzählt er den Leuten?« Es waren keine Blumen da. »Er macht sich Sorgen. Aber wir müssen zurechtkommen, so gut es geht. Ich muß hierherkommen. Er versteht das nicht. Er meint, ich sollte lieber auf den Friedhof gehen. Blumen!« Sie zog ihren Wollmantel über der Brust zusammen. »Es ist kalt... Mein Mann, wissen Sie, er war in jener Nacht hier. Er hätte etwas tun können. Mich haben sie nicht zu ihr gelassen. Er hat mich bis dahin gebracht, wo er jetzt steht, und da haben sie mich nicht weitergehen lassen, sie haben mich festgehalten. Warum haben sie das getan? Warum? Warum hat niemand Verständnis gehabt und sie mir wiedergegeben, mein kleines Mädchen? Stundenlang haben sie sie auf der Erde liegengelassen, haben fotografiert, gemessen, aber nicht mal hinterher durfte ich zu ihr.« Plötzlich kam sie, als seien ihr neue Kräfte zugewachsen, auf den Maresciallo zu und packte ihn am Arm. »Einem anderen Menschen so etwas anzutun dürfte niemandem erlaubt sein, verstehen Sie? Niemandem. Männer sind so dumm! Sie haben sie vor mir versteckt, haben ihre Wunden abgedeckt, als würde ich deshalb weniger leiden. Woher haben Männer nur diese Vorstellungen über Frauen? Wir sind diejenigen, die euch auf die Welt bringen, euch pflegen, wenn ihr krank seid, und die Toten herrichten. So ist es immer gewesen, und so soll es auch sein. Wie können sie es da wagen, mir mein Kind wegzunehmen? Ich hätte ihr das schöne Haar bürsten und ihren armen kleinen Körper waschen wollen. Warum könnt ihr nicht verstehen, was ihr mir angetan habt, ihr Leute?«

Sie zerrte an seinem Arm, ihr kummervolles Gesicht schaute zu dem seinen auf, und er kam sich dumm vor, schämte sich dafür, daß er gehofft hatte, sie hätte den Leichnam ihres Kindes nicht gesehen. Denn sie hatte recht, nur konnte er ihr nicht helfen.

»Dieser Unhold schlitzt sie auf, und dann machen sich andere Männer, Fremde, an ihr zu schaffen, zerren sie herum... Ich hab sie gesehen, ich hab sie von hier oben gesehen, hab gesehen, wie sie sie herumgedreht haben. Oh, Gott helfe mir, ich wußte, daß ich sie verloren hatte. Glauben Sie mir, damit hatte ich mich abgefunden. Wenn man sie uns genommen hat, wollte ich mich damit abfinden, aber ich hab gebettelt, sie angefleht, bitte, laßt mich sie tragen! Laßt mich die jungen Glieder waschen und halten, laßt mich Abschied nehmen. Laßt es zu, daß die Hände ihrer Mutter sie als letzte berühren, denn es waren ja auch die ersten... Aber sie haben sie mir weggenommen. Sie haben sie mir weggenommen und sie in ein Kühlfach gelegt. Das macht man doch nicht, das ist nicht recht – und was hat es denn genützt? Gefunden haben sie ihn nicht. Er hat weitergemordet, und ich bin dazu verdammt, für den Rest meines Lebens jeden Samstag hierherzukommen. Ich kann nicht um sie trauern, weil sie mir nicht erlaubt haben zu tun, was getan werden mußte. Ich kann sie nicht gehen lassen, weil sie mich immer noch braucht, ihr armer, geschundener Leib braucht mich. Ich möchte sie halten! Ich möchte sie nur noch einmal halten und diesen ganzen Schmerz lindern.«

Der feste Griff, mit dem sie den Arm des Maresciallo immer noch umklammerte, lockerte sich, und sie drehte sich um und berührte das kleine Bild ihrer Tochter aus Porzellan, das an dem Kreuz neben dem ihres Freundes angebracht war. Es war nach der Fotografie angefertigt, die der Maresciallo im Wohnzimmer gesehen hatte.

»Es hätte es lieber, wenn ich mit Chrysanthemen auf den Friedhof ginge, wenn ich in die Kirche ginge und betete, aber ich gehe nicht einmal in die Nähe, dort setze ich keinen Fuß mehr hinein. Das Begräbnis war das letzte Mal, da hab ich dort gekniet und mir die Statue von der Jungfrau mit dem toten Christus angesehen und konnte es nicht ertragen. Sie hat auch gelitten, aber ihr haben sie ihn wenigstens zurückgegeben, und sie konnte ihn halten. Sie mußte nicht immer wieder auf den Kalvarienberg steigen, weil sie ihre Mutterpflichten nicht erfüllt hatte. Auf der ganzen

Welt gibt es wohl keinen Mann, der imstande ist, das zu verstehen. Sehen Sie ihn sich doch an da oben! Er versteht gar nichts, er denkt, ich verliere den Verstand. Na ja, wir werden beide nicht mehr lange leben, weil wir nichts mehr haben, wofür wir leben könnten. Wir sind bald nicht mehr da, und dann hat das alles ein Ende.«

»Es wird dunkel«, rief der Maresciallo ihr leise ins Gedächtnis. »Ich finde, Sie sollten jetzt nach Hause gehen.«

Erst in diesem Augenblick wurde ihr klar, daß der Maresciallo um ihretwegen und nicht ihres Mannes wegen gekommen war. »Warum sind Sie hier?«

»Ich muß Ihnen ein paar Schmuckstücke zeigen, die wir gefunden haben, falls Sie der Meinung sind, sie könnten von... aus Saras Handtasche sein.«

»Zeigen Sie sie mir. Sie brauchen sich keine Sorgen zu machen, ich werd nicht hysterisch oder irgendwas.«

»Nein, das denke ich auch nicht, aber es ist vielleicht schon zu dunkel. Vielleicht wollen Sie sich die Sachen im Haus ansehen.«

Doch sie zog eine Taschenlampe aus der großen Tasche ihres Mantels. Offenbar hatte sie es mehr als einmal durchgesetzt, auch im Dunkeln noch hierzubleiben. Sie leuchtete mit der Lampe auf das Päckchen mit den farbigen Armreifen.

»Die gehören meiner armen Sara nicht. Haben Sie noch etwas?«

»Nein, das ist alles.«

»Wollen Sie mir dann Ihren Arm geben und mit mir zur Straße hinaufgehen? Neuerdings schwellen mir die Beine an, und ich atme so schwer.«

Der Maresciallo reichte ihr den Arm, und als sie oben angekommen waren, stützte ihr Mann sie auf der anderen Seite, bis sie zu Hause waren.

»Ich komme nicht noch einmal mit hinein«, sagte der Maresciallo. »Ich möchte Sie nicht länger stören.«

Die Mutter ging wortlos ins Haus, als ihr Mann ihr die Tür öffnete. Sich mit beiden Händen am Geländer festhaltend, stieg sie langsam die Treppe zu der leeren Wohnung hinauf.

Der Vater sah ihr nach und wandte sich noch einmal um: »Ich gehe ihr lieber nach. Sie hat Schwierigkeiten mit der Treppe. Ich dachte, wir könnten einander trösten, aber… sie fehlt mir.«

»Ja.« Der Maresciallo verstand, daß diese Worte sich nicht auf die tote Tochter bezogen. Die Tür wurde geschlossen, und er ging.

*»Wir verschwenden unsere Zeit. Wofür? Für wen?«*

Nun wußte er eine Antwort. Vielleicht half es diesen Menschen. Vielleicht aber auch nicht. Mehr konnte er nicht sagen.

Schweigend stieg er wieder ins Auto ein. Schweigend fuhren sie wieder auf die Straße nach Florenz auf. Sie waren schon in der Stadt, als der Maresciallo vom Fahrer aus seinen Grübeleien gerissen wurde.

»Soll ich gleich hinfahren?«

»Was? Wohin?«

»Haben Sie nicht gehört?«

»Nein.« Der Maresciallo hatte zwar die über Funk gekommene Durchsage wahrgenommen, aber nicht darauf geachtet. »Tut mir leid, ich war weit weg. Was ist denn?«

»Capitano Maestrangelo möchte Sie sprechen. Ich hab Sie gefragt, ob ich gleich dorthin fahren soll oder ob Sie zuerst zum Palazzo Pitti wollen.«

»Zum Pitti.« Obwohl es nicht half, das Gespräch eine halbe Stunde hinauszuschieben. »Hat er gesagt, es sei dringend – ach ja…« Es war ihm entfallen. Er hatte doch versprochen zu kommen und mit dem Capitano über den anonymen Brief zu sprechen. Dringend war das allerdings nicht. Inzwischen war es sowieso zu spät, und er hatte genug für heute. In diesem Falle war es besser, das Gespräch zu verschieben. Manchmal hatte man so viel Ärger auf dem Hals, daß man sich nicht noch mehr aufladen wollte. Der Maresciallo verspürte das dringende Bedürfnis, allein zu sein, obwohl er weiß Gott, dachte er betrübt, nicht darum herumkam. Er würde den Capitano morgen aufsuchen. Ein Kummer pro Tag genügte.

Doch der Tag war noch nicht vorüber. Als sie durch den Torbogen hindurchfuhren, reckte der Fahrer den Hals und sagte: »Da steht ein Auto der Polizei. Was tun die denn hier?«

Dem Maresciallo krampfte sich der Magen zusammen, als eine gedrungene Gestalt aus dem fremden Auto ausstieg und auf das ihre zukam. Sie hielten an, der junge Fahrer sprang hinaus und ging um den Wagen herum, um den Maresciallo herauszulassen. Er kam zu spät. Die wartende Gestalt hatte schon einen langen Schritt nach vorn getan und die Tür geöffnet. Trotz der Dunkelheit erkannte der Maresciallo den Mann an der Statur. Er war Di Maira.

»Guarnaccia? Kann ich Sie kurz sprechen?«

Sie saßen einander gegenüber am Schreibtisch in dem kleinen Büro, doch der Maresciallo wich dem Blick Di Mairas aus und schaute statt dessen auf die Karte seines Reviers an der gegenüberliegenden Wand und wartete darauf, was als nächstes über ihn kommen sollte. Was es auch sein mochte, er wußte schon im voraus, daß er zu müde und zu überreizt war, um angemessen zu reagieren. Die Woge, die ihn nun treffen mochte, würde ihn fortspülen, ohne daß er auch nur etwas entgegenhalten konnte. Das Schlimmste, was ihm nun passieren konnte, war, in ein gottverlassenes Nest versetzt zu werden, und damit mußte er sich abfinden. Schließlich hatte ihm niemand aufgetragen, die Ermittlungen durchzuführen, die er durchgeführt hatte. Ferrini war so klug gewesen, den Krempel hinzuwerfen, bevor es zu spät war. Diese Klugheit hatte er nicht besessen. Teresa und, noch mehr sogar, die Jungs würden am meisten darunter zu leiden haben: Sie würden die Schule wechseln müssen, ihre Freunde verlieren – wieder eine völlige Umwälzung ihres Lebens, wo sie gerade erst zur Ruhe gekommen waren. Warum hatte er sich nur darauf eingelassen? Weshalb war er nur so egoistisch gewesen und so weit vorgeprescht und hatte nicht an seine Familie gedacht? Es war unverzeihlich.

*»Ich verbringe lieber etwas Zeit mit meiner Familie…«*

Ferrini hatte recht. Jeder, der auch nur einen Funken Verstand im Kopf hatte, dachte ebenso.

*»Ich bin anders als Sie. Wenn Sie sich mal in etwas verbissen haben…«*

Warum redete der verfluchte Mensch nicht endlich?

Sollten sie es doch hinter sich bringen. Er hatte sich zum Narren gemacht und wollte hinnehmen, was auf ihn zukam. Aber es sollte endlich kommen.

Di Maira rückte aber noch immer nicht mit der Sprache heraus. Als der Maresciallo schließlich seine Augen vom Stadtplan losriß und seinem Gegenüber zuwandte, sah dieser alles andere als glücklich aus. Die stahlblauen Augen wichen dem Blick des Maresciallo unsicher aus. Es war unglaublich. Der Mann wartete auf Hilfe. Aber was spielte das inzwischen für eine Rolle? Der Maresciallo unternahm zum letzten Mal an diesem Tag eine Anstrengung.

»Es überrascht mich nicht, Sie zu sehen«, begann er. »Mir ist gleich zu Anfang aufgefallen, daß Sie mich beobachten.«

»Ach, wirklich?« Der schwere Mann beugte sich nach vorn, Ellbogen auf den Knien, die Hände vor den Beinen herunterhängend, und schaute dem Maresciallo zweifelnd ins Gesicht. »Ich war mir nicht sicher, ob ich recht hatte. Wenn nicht, sagen Sie es ruhig und setzen Sie mich vor die Tür. Es wäre unverzeihlich, wenn ich Sie grundlos in Schwierigkeiten bringe. Etwas … ja, also mir ist einmal etwas passiert, und das wünsche ich niemandem. Die Verwirrung hat wohl damit angefangen, daß ein Gerücht umging, die in diesem Fall einbezogenen Carabinieri seien Ersatzleute, für die man anderswo keine Verwendung hatte. Doch dann fiel Esposito dieser Transsexuellen-Fall ein, und wir bekamen gleich Zweifel über Sie und Ferrini. Und erst vorgestern fiel Simonetti ein anderer Fall ein, an dem Sie gearbeitet haben. Anscheinend haben Sie ihm die Sache verpfuscht. Solche Alleingänge schätzt er nicht besonders.«

»Das kann ich verstehen. Trotzdem, das Gerücht, das Sie gehört haben, stimmt.«

»Die Sache mit den Ersatzleuten? Heute erzählt man sich das ganz anders. Jedenfalls, wenn ich noch nie mit Ihnen gesprochen habe, lag das daran, daß niemand genau wußte, wo Sie stehen.«

»Jetzt wissen Sie's. Und was wollen Sie als nächstes tun?«

»Das werd ich Ihnen sagen. Offiziell kann ich gar nichts tun.«

Bedeutete das, daß er nicht versetzt wurde? War das für Di Maira das Offizielle? War es möglich, daß er mit einem Verweis und dem Abzug von dem Fall davonkam? Wenn das alles war, nichts lieber als das.

»Ich habe einmal ziemlich in der Patsche gesessen. Sie wissen ja, wie das ist, ich brauche keine Einzelheiten zu nennen. Bin zu weit vorgeprescht, wie man es als junger Polizist macht, wenn man nicht nachdenkt. Jedenfalls waren mir ein paar sehr wichtige Leute aus dieser Stadt auf den Fersen, und sie haben mich auch gekriegt. Er hat mir beigestanden, hat meine Haut gerettet. Deshalb, das werden Sie sicher verstehen, kann ich nicht gegen ihn arbeiten. Ich kann Ihnen nur alles anbieten, was Sie vielleicht brauchen. Ich habe an dem Fall schon gearbeitet, als es noch um ernsthafte Aufklärung ging. Alles, was Sie herausfinden wollen, können Sie durch mich herausfinden. Mehr kann ich nicht tun. Er wollte mich unbedingt in der Sonderkommission haben. Sie können sich ja vorstellen, wie es ausgesehen hätte, wenn aus der Romola-Zeit niemand dabeigewesen wäre. Ich konnte nicht nein sagen, aber was da vorgeht, gefällt mir gar nicht. Überhaupt nicht. Das war's, was ich Ihnen sagen wollte. Meine Karten liegen auf dem Tisch.«

Der Maresciallo, zu perplex, ein Wort herauszubringen, schaute Di Maira aus großen Augen an. Doch in seiner Verblüffung hatte er etwas nicht überhört. »Er hat Ihnen beigestanden? Simonetti?«

»Himmel, nein. Der Generalstaatsanwalt. Simonetti...« Die Art und Weise, wie Di Maira den Namen aussprach, machte weitere Worte überflüssig. »Bei euch ist man nicht gut auf den Generalstaatsanwalt zu sprechen, ich weiß, und das ist umgekehrt nicht anders. Trotzdem, er ist vielleicht ein schwieriger Mensch, geht oft nach der Holzhammermethode vor, aber in meinem Fall war er großzügig und hat Mut bewiesen, ohne dafür eine Gegenleistung zu bekommen.«

Der Maresciallo erwiderte nichts. Erst als er seinen ersten Schock überwunden hatte, ging ihm auf, daß der Generalstaatsanwalt schließlich seinen Einsatz mit Zinsen zurückbezahlt bekam, da sich dieser angesehene Kriminalbeamte nun auf seine Seite schlug. Doch das durfte man nicht laut sagen.

»Wie weit sind Sie gekommen?« wollte Di Maira wissen.

»Ich habe Romolas Bericht gelesen.«

»Dann wissen Sie, daß es Silvano Vargius ist.«

»Ich... Ja, 1968, das war er, keine Frage. Viel weiter bin ich aber nicht gekommen.«

»Er ist es, er ist es.«

Wieder hielt der Maresciallo mit seiner Ansicht zurück. Diesen Mann vor den Kopf zu stoßen, der über so viele Informationen verfügte, die er brauchte, wäre das Falscheste, was er tun konnte. Was Di Maira dachte, war im Moment uninteressant.

»Was für ein brutaler Kerl. Ich hab zu meiner Zeit ein paar Individuen kennengelernt, aber Silvano, gütiger Himmel. Wir haben ihn beschattet, wissen Sie. 1985 haben wir ihn monatelang observiert, aber er war schlau wie ein Fuchs. Er wußte natürlich, was Sache war. Sein Lieblingstrick war, im Schneckentempo auf eine grüne Ampel zuzufahren und die Leute hinter ihm in Harnisch zu bringen. In dem Augenblick, als die Ampel auf Rot umsprang, schoß er dann über die Kreuzung und hängte uns ab. Dito mit dem Telefon. Er merkte erst nach Wochen, daß wir es angezapft hatten, und wenn man die Gespräche abhörte – Sex, nichts als Sex, und immer Männer, obwohl er aus irgendeinem Grund darauf beharrte, daß nebenbei auch Frauen bei ihm mitmachten. Ich habe das nie begriffen. Jedenfalls, als er kapiert hatte, daß wir mithörten, hat er uns nach allen Regeln der Kunst am Gängelband geführt, hat irgendeine Nummer angewählt, bei der niemand abhob, um unsere Maschine in Gang zu setzen, und dann den Hörer neben dem Telefon liegenlassen, bis unser Band abgelaufen war. Nach den ersten zwei Morden nahmen wir sein ganzes Haus auseinander, aber wir fanden nie etwas außer diesem Lappen, und den hat man Romola ja clever aus der Hand genommen. Ich sage Ihnen, in meiner ganzen Laufbahn habe ich noch nie einen Gauner erlebt, der so viel Glück hatte wie Silvano.«

»Nach dem, was Sie mir da erzählen, kann es aber nicht nur Glück gewesen sein.«

»Nein, er war auch ein schlauer Hund, aber Glück hatte er schon. Zum einen, weil er nach dem Mord an seiner Frau davonkam, und nicht nur einmal, sondern zweimal. Darüber habe ich Ihnen alles mitgebracht, was mir zur Verfügung steht.« Er zog ein Bündel Blätter aus der Tasche seines Regenmantels. Die Blätter waren zusammengerollt und von einem Gummiband gehalten.

»Der vollständige Bericht liegt im Archiv, aber …«

»Nein, ich will niemand anderen mit hineinziehen, ich bin schon froh, wenn ich mir das hier ansehen kann.«

»Durchsuchungsprotokolle sind nicht dabei, denn wir haben nichts Brauchbares gefunden – obwohl ich Ihnen sagen muß, es gab da einen Moment – wir waren natürlich auf die Waffe aus, aber vermutlich hätten wir am Morgen nach einem Mord doch auch diese Teile gefunden, die er beiseite geschafft hat – Sie wissen, was ich meine. Wir haben seine Werkstatt dem Haus gegenüber durchsucht, und dort fiel einem Ihrer Männer ein alter Kühlschrank in der Ecke auf, der nicht angesteckt war, den er nur als Vorratsschrank benutzte. Als er ihn aufmachte, kam ihm eine richtige Wolke schillernder Fliegen entgegengeflogen. Himmel, wir dachten, jetzt haben wir ihn, aber so war es natürlich nicht. Die Fliegen saßen zwar auf Fleisch, aber es war Tierfleisch. Dann fanden wir eine Plastiktüte voller Fliegenlarven. Er züchtete sie fürs Fischen. In einem solchen Moment weiß man nicht, ob man eher enttäuscht oder erleichtert ist. Wir hätten es wissen müssen, daß da nichts zu finden sein würde. Er war uns immer einen Schritt voraus.«

»Bloß mit dem Lappen nicht, komisch.«

»Ich weiß. Trotzdem, Eulen nach Athen. Was es mit dem Stoff auf sich hat, kriegen wir nicht mehr heraus. Aber ich muß gehen – es sei denn, ich kann Ihnen noch irgend etwas sagen.«

»Doch, können Sie. Warum ist man auf diesen Verdächtigen gekommen? Vermutlich spielt das jetzt keine Rolle mehr, aber ich möchte es gern verstehen.« Hatten sie nicht dieselbe Frage gestellt, der Verdächtige und der Maresciallo?

*»Ich bin nicht der, den Sie suchen! Warum ich?«*

Di Maira zuckte mit den Schultern. »In alle ihre kleinen Geheimnisse bin ich auch nicht eingeweiht. Esposito weiß, warum, aber er sagt nichts. Ich weiß nur, daß sie jemanden brauchten, der schon einmal wegen Mordes oder zumindest schwerer Körperverletzung verurteilt war, und er mußte ein Voyeur sein. Und als sie sich nicht mehr für den wirklichen Täter interessierten, der ja auch prompt außer Landes ging, war die Auswahl nicht mehr groß. Auf jeden Fall haben die sich jemanden ausgesucht, der arm und hilflos ist und sich deshalb keinen Stab von teuren Anwälten leisten kann. Der größte Glückstreffer war die Tochter. Jeder im Dorf wußte, daß er was mit ihr hatte und daß sie nicht richtig im Kopf ist. Sie brauchten sie nur noch zu überzeugen, eine Anzeige zu unterschreiben, und danach konnten sie ihn als Monster präsentieren. Lieschen Müller stellt den Zusammenhang nicht her, wenn Sie mich fragen. Inzest ist ein zu heikles Thema.«

»Trotzdem dürfte es nicht leicht gewesen sein.«

»Warum denn nicht? Das kam bestimmt als erstes heraus, als man ihn überprüft hat.«

»Nein, ich meine, sie zu der Unterschrift zu bewegen. Sie zu überzeugen, daß sie vor Gericht aussagen soll. Mir kam sie völlig verängstigt vor, beschämt.«

»Das war sie auch. Sie hatte Angst und schämte sich. Es war ein gemeiner Trick – sogar Esposito, der die Anzeige geschrieben hat, die sie unterschreiben sollte, fand, das sei zu starker Tobak. Sie karrten das Mädchen ins Präsidium und wollten von ihr wissen, ob es stimme, was sie gehört hatten, daß ihr Vater sie angefaßt habe und so weiter, und dann sagten sie, hier unterschreiben. Wenn sie sich geweigert hätte, hätten sie ihr Verleumdung untergejubelt. Also mußte sie unterschreiben, ob sie wollte oder nicht...«

»Genauso habe ich es mir vorgestellt.« Beim Nachdenken fielen dem Maresciallo die Videobänder ein, und er sagte: »Trotzdem hat sie sich von ihrem Vater eine Wohnung kaufen lassen.«

»Ja. Das Mädchen so auszunutzen war der einzige intelligente Schachzug, den Simonetti gemacht hat, weil niemand, nicht einmal der Anwalt, wagen wird, an das Thema Inzest zu rühren. Deswegen wird er auch als Monster verurteilt werden, lassen Sie sich das gesagt sein. Noch der letzte weiß zwar, daß Simonettis Anklage gegen ihn nicht wasserdicht ist, aber rausboxen wird ihn niemand, und zwar wegen dieser Inzestgeschichte. Damit war die Entscheidung besiegelt, und er wird für die Sache noch einmal verurteilt werden, denn mehr haben sie nicht. Ach, übrigens, wenn Sie die Durchsuchungsprotokolle wollen, von denen ich gesprochen habe, können Sie sie haben. Ich halte nichts zurück. Ich dachte nur...«

»Nein, wenn Sie nichts gefunden haben, ist es ja unnötig.

Aber vielleicht... Ich habe darüber nachgedacht, ob diese drei...« Wie sollte er es ausdrücken? »Falls diese drei irgend etwas zu sagen hätten, oder wenn Sie vielleicht sogar glauben, daß sie etwas damit zu tun haben...«

Di Maira zog die Stirn in Falten bei den drei Namen auf dem Blatt, das der Maresciallo ihm über den Tisch schob.

»Ja, klar, alle drei haben uns in der einen oder anderen Frage weitergeholfen, aber ich vermute, was sie uns erzählt haben, steht alles in Romolas Bericht.«

»Sie haben ihn nicht gelesen?«

»Nein, warum auch, ich war doch ein Teil davon, wenn Sie so wollen. Wer liest denn so etwas? Den Wetterbericht aus dem letzten Jahr, eine bürokratische Formalität.«

»Normalerweise ist es so, ich weiß. Alle drei werden ab und zu erwähnt, aber es ist mir nicht ganz klar... Dieser Salvatore Angius zum Beispiel...«

»Ist einer von Silvanos Freunden. Später hat er ihn an Flavio weitergereicht, blieb aber weiter mit ihm in Kontakt. Es hieß immer, Silvano habe ihn wie einen Sohn behandelt, und verwandt waren sie auch. Salvatore kam aus Sardinien hierher, als er Waise geworden war. Hat eine Weile als Hirte gearbeitet und hat, denke ich mir, wenig zu essen und kein Zuhause gehabt, als Silvano ihn auflas – Salvatore hat Silvano 1968 ein Alibi geliefert, aber das stand wohl in dem Bericht.«

»Ja. Dort wurde auch erwähnt, daß er in der Nähe des Hauses von Rossini gewohnt hat, und ich habe mich gefragt, ob er vielleicht am Tatort war.«

»Wenn ja, werden wir das heute nicht mehr beweisen können. Er ist vorbestraft, Sie finden was über ihn, wenn

Sie mehr wissen wollen. Zum Schluß war er vermutlich von Silvano enttäuscht, denn als wir den ganzen Fall in den achtziger Jahren noch einmal durchgeackert haben, hat er sein Alibi zurückgezogen.«

»Er hat mit Ihnen zusammengearbeitet und gegen Silvano ausgesagt?«

»Bis zu einem gewissen Punkt, ja. Aber dann wurde er störrisch. Wenn ich mich recht entsinne, haben wir ihn zwischendurch mal eingebuchtet. Wir haben auch sein Haus durchsucht, nur für den Fall, daß ihm vielleicht die berühmte Pistole in die Hände gefallen war, aber wir haben sie nicht gefunden. Wenn Sie vielleicht einen von denen für den Verdächtigen halten, kann ich Ihnen aber gleich sagen, daß wir alle überprüft haben.«

»Etwas anderes habe ich auch nicht erwartet. Ich möchte nur gern alles über die Leute wissen, die in den Fall verwickelt waren, zum Beispiel, ob ihre Aussagen glaubwürdig sind, was für ein Leben sie führen – sind Drogen im Spiel, Prostituierte?«

»Drogen bei allen dreien, ganz klar, obwohl sie allesamt nicht süchtig sind, sondern zu der Sorte gehören, die alles nimmt, um high zu werden. Was Prostituierte angeht, da sieht es genauso aus. Alle nehmen, was sie kriegen können – höchstens bei Angius bin ich mir nicht sicher. Wir konnten nicht zweifelsfrei ermitteln, ob er wirklich homosexuell ist oder nur durch Silvano in diese Kreise hineingeriet. Falls er es doch ist – na ja, Sie wissen ja, wie das diesen Leuten ergeht. Bis zu einem bestimmten Alter schaffen sie es, sich mehr oder weniger aushalten zu lassen, und eines Morgens wachen sie dann auf und peng! ist alles vorbei, dann müssen sie dafür bezahlen. Nicolino dagegen ist wirklich Silvanos Sohn, soweit sich das feststellen läßt. Wußten Sie das?«

»Ja. Aber blieben sie immer in Verbindung?«

»Keine Ahnung. Ich kann mir nicht vorstellen, daß der Junge viel mit dem Mörder seiner Mutter zu tun haben will. Aber bei der Bande kann man nie wissen. Ich hatte das Gefühl, daß Nicolino sich vor Silvano fürchtete, und zu Recht. Er hat seine Söhne gewissermaßen kastriert.«

»Das ist etwas...« Der Maresciallo verstummte und wälzte seinen Gedanken im Geiste hin und her.

»Was?«

»So etwas wird gewöhnlich von Müttern behauptet.«

»Da haben Sie recht. Aber mal abgesehen davon, daß der arme Teufel nicht lange genug eine Mutter hatte, wollte Silvano auch allen verfügbaren Sex für sich allein haben, Männer und Frauen. Er wollte keine Nebenbuhler. Nicolino spricht nie mehr von ihm, und zwar aus Furcht, davon bin ich überzeugt. Nicolino hat Silvano in jener Nacht gesehen, im Schilf, oder zumindest gespürt, daß er da war.«

»Ja, daran erinnere ich mich.«

»Ach? Er erinnert sich nämlich nicht mehr daran, oder zumindest behauptet er das. In den achtziger Jahren sind wir mit ihm an den Tatort gefahren, wissen Sie. Er muß damals um die zwanzig gewesen sein. Es war ein warmer Tag, und wir standen genau dort, wo es passiert war, warteten auf das, was er sagen würde, hätten ihm zu gern einen kleinen Schubs gegeben, wagten es aber nicht. Er stand lange dort, und dann schüttelte er den Kopf.

›*Ich weiß nicht... Ich erinnere mich an gar nichts.*‹

Er sah direkt zu der Straße nach Pistoia hinüber. Wir konnten ja nicht wissen, ob er sich wirklich nicht mehr erinnerte oder ob er nur nichts sagen wollte. Er ist ziemlich zurückgeblieben, wissen Sie, und solche Leute sind am schwersten einzuschätzen. Dann kam ein leichter Wind auf, und das Schilf bewegte sich. Es war trocken und raschelte.

›*Ich hab ihre Hand angefaßt.*‹

Es war, als sei irgend etwas in ihm in Gang gekommen. Ich dachte gleich, daß es an dem Schilf lag, und ich hatte recht. Hinterher hat er etwas in dem Sinne gesagt.

›*Ich hab ihre Hand angefaßt, und sie ist zwischen den beiden Sitzen runtergesackt. Hinten war das Fenster offen, und ich bin rausgeklettert und losgerannt. Ich hab geschrien und geschrien, und da war eine Stimme im Schilf... irgend jemand... Dann sind wir weggegangen, und sie haben zu mir gesagt: Vergiß nicht zu sagen, daß dein Vater krank ist und im Bett liegt. Vergiß es nicht... Ich weiß nicht mehr, wo sie mich stehengelassen haben. Ich weiß nur noch, daß ich über die Hauptstraße gerannt bin, weil ich mich so gefreut habe, das große Licht zu sehen.*‹

Mehr konnte er uns nicht sagen, und ich glaube, er wollte uns wirklich helfen, als Kind hatte er ja wahrlich genug auszustehen gehabt. Niemand aus der Familie wollte ihn haben, genausowenig wie Sergio, den wollte auch niemand haben, als er aus dem Gefängnis kam. Vermutlich hatten sie alle genug von den Schwierigkeiten, in die Silvano sie gebracht hatte. Sie wußten, daß der Junge von ihm war, und sie wollten nicht, daß herauskommt, wie die Beziehung zwischen Sergio und Silvano in Wirklichkeit war.

Deshalb ist aus Nicolino nichts Rechtes geworden, er war unerwünscht, und Sergio ist in dem Wohnheim für ehemalige Strafgefangene gestorben.«

»Er ist was?«

»Oh, ja, er ist tot. Das wird erst bekanntgegeben, wenn sie mit dem Fall weiter sind. Niemand will, daß die Vargius-Geschichte jetzt wieder hochkommt. Klar, oder? Wer ist überhaupt der dritte? Ach ja, Amelio. Er hat uns mehr geholfen, aber er wußte auch mehr. Er hat uns von den Orgien erzählt, die sich in der Wohnung abspielten, als er noch klein war – seine Mutter, Silvanos Ex-Frau, hat es auch bestätigt. Sie wachte in der Nacht auf und fand zwei Männer bei sich im Bett vor, Silvano plus seinen neuesten Freund. Später waren es dann Silvano plus der Freund plus die Frau des Freundes, und wenn sie nicht mitmachen wollte, hat er sie windelweich geprügelt. Ein- oder zweimal hat das Kind versucht, seiner Mutter beizustehen, aber da erging es ihm wie ihr.«

»Warum hat sie ihn denn nicht verlassen?« Der Maresciallo war immer ein wenig skeptisch, wenn er Geschichten über Frauen hörte, die sich eine solche Behandlung jahrelang gefallen ließen.

»Sie hat's versucht. 1974 ist sie nach Sardinien zu ihren Eltern zurückgegangen, aber dort war nichts außer Armut und Arbeitslosigkeit, da haben die Eltern sie zu ihrem Mann zurückgeschickt. Wie man sich bettet, so liegt man, nach der Devise etwa. 1980 ist sie dann endgültig auf und davon, aber als er wegen des Mordes an seiner ersten Frau verhaftet wurde, ist sie wieder in die Wohnung eingezogen. Unsere Theorie ist, daß er 1974 und dann noch einmal in den achtziger Jahren nur deshalb straffällig wurde, weil sie ihn verlassen hatte. Und sein Sohn ging ja ebenfalls fort, 1975 war das. Nicolino zog zu Flavio, und das ging überhaupt nicht gut. Die Brüder waren deswegen wie Hund und Katze, und das war vermutlich der Grund, weswegen der Junge später ganz von hier weg und für ein paar Jahre zur Schwester seiner Mutter in den Norden gegangen ist. Dies, obwohl seine Stiefmutter sich bemüht hatte, ihm eine Mutter zu sein, aber das Leben mit Silvano war wohl die Hölle.« Di Maira schob das Blatt Papier über den Tisch zurück. »Bei Gott, ich wünschte, ich hätte ihn für die Sache einbuchten können. Wir haben es ja nicht einmal geschafft, ihn wegen Mordes an seiner ersten Frau nach Sardinien zu überstellen. Nicht, daß es keine Beweise gegeben hätte, Zeugen ebenfalls, und das sogar nach siebenundzwanzig Jahren. Bloß hatte man damals keine Obduktion durchgeführt. Auch keine Fotos gemacht. Es war alles so hergerichtet gewesen, daß es wie Selbstmord aussah, und niemand hat einen Finger gerührt, um das Gegenteil zu beweisen.«

»Wollen Sie damit sagen, daß die Leute Bescheid wußten?«

»Jeder wußte Bescheid. Der Maresciallo des Dorfes, um mal bei dem anzufangen, ganz sicher. Er war zwar schon lange tot, als wir den Fall zu untersuchen begannen, aber aus Akten, die in seinem Revier vorhanden waren, war ersichtlich, daß er Silvano vorgeladen und seinen Daumenabdruck mit der Wunde am Hals der Frau verglichen hatte. Er wußte also ganz genau Bescheid, aber er ist nicht drangeblieben, und den Grund dafür kennen wir nicht.«

»Hatte er vielleicht Angst?«

Di Maira zuckte mit den Schultern. »Möglich wär's. Der Vargius-Clan war groß, und alle miteinander waren das üble Kunden. Und das Dorf liegt wirklich am Arsch der Welt. Ein Maresciallo stand dort auf verlorenem Posten. Wenn man in einem solchen Nest einen schrecklichen Unfall hatte, konnte es lange dauern, bis Hilfe kam. Aber, wie gesagt, heute können wir das nicht mehr rekonstruieren. Der zweite war ein Carabiniere aus dem Revier dieses Maresciallo, er lebt noch, oder zumindest lebte er in den Achtzigern noch. Er hat den Fall eigentlich bearbeitet, wenn man das bißchen Ermittlung so nennen will. Der Mistkerl hatte den Leichnam gefunden, konnte uns aber nichts sagen. Zog den Schwanz ein und lief zu seinem Maresciallo – nicht, daß er nicht das Recht dazu gehabt hätte, aber er hat sich nichts angesehen, und als der Maresciallo dann tot war... Klar, es gibt einen Bericht der Mordkommission, wie das bei plötzlichen Todesfällen angeordnet ist, aber der Dorfarzt hatte grad mal einen Blick auf den Gaskanister mit dem in den Mund der Frau führenden Schlauch geworfen und ohne weiteres den Totenschein ausgestellt. Und das bedeutete, daß es der Maresciallo nur als Selbstmord in die Akten nehmen konnte.«

»Aber trotzdem wußten die Leute, daß es kein Selbstmord war?«

»Der Gaskanister war leer. Kein einziger von den Leuten, die in das Zimmer kamen – und die Nachbarn waren schon nach wenigen Minuten da –, der junge Carabiniere, der Maresciallo, die Familie der jungen Frau, keiner hat sich an dem Gas gestört oder sich etwa daran erinnert, daß es nach Gas roch, oder gar ein Fenster aufgemacht. Und schlimmer noch, das Baby stand in seinem Bett und schrie das Haus zusammen. Wäre der Kanister voll gewesen, dann wäre der Kleine noch eher tot gewesen als seine Mutter. Aber damit nicht genug. Die Mutter hatte an dem Abend zweimal bei den Nachbarn geklopft und sie gebeten, die Milch für sie zu wärmen, weil ihr das Gas ausgegangen war, einmal um sechs Uhr dreißig und das zweite Mal um zehn Uhr. Gefunden hat man sie dann um halb zwölf.«

»Der junge Carabiniere, von dem Sie gesprochen haben?«

»Er behauptet, Silvano hätte sie gefunden. Angeblich hörten die Nachbarn, wie er an die Tür seines eigenen Hauses hämmerte und schrie. Anschließend hämmerte er an ihre Tür und sagte, als sie aufmachten, seine Frau habe einen Mann im Haus und wolle ihn nicht reinlassen. Er hat eine richtige Show abgezogen, die eigene Haustür vor den Augen der Nachbarn aufgebrochen.«

»Hatte er ein Alibi für die Zeit unmittelbar davor?«

»Ja, im üblichen Silvano-Stil. Man hatte ihn in der Bar beim Billardspielen und in jedem anderen Lokal des Orts gesehen, in dem er Stammgast war, und zwar in Begleitung seines Schwagers Giuseppe. In Wahrheit hatte natürlich niemand die beiden gegen halb elf Uhr abends gesehen, so daß sie alle Zeit der Welt hatten, den Mord zu begehen. Der Schwager hatte nur die Aufgabe, die Aussage zu bestätigen, zu sagen, sie seien zusammengewesen, bis zwei Minuten bevor Silvano an seine eigene Tür hämmerte… Wenn Sie Romolas Bericht gelesen haben, wissen Sie ja über Silvano Bescheid, und dann ist Ihnen auch klar, daß die Frau und das Kind nur Fassade waren für die Beziehung zwischen Silvano und ihrem Bruder Giuseppe. Das ist in dem Dorf nie herausgekommen, ergo ist auch das Alibi, so wacklig es war, nie in die Brüche gegangen.«

»Aber was war mit der Familie der toten Frau?«

»Ja, die Familie. Die Frau war erst neunzehn, wissen Sie, Margherita hieß sie. Ich bin sicher, ihre Mutter wußte, was geschehen war, aber gesagt hat sie nie etwas. Sie hatte eine Tochter verloren, und nichts konnte sie ihr zurückbringen. Wenn die Wahrheit herausgekommen wäre, hätte sie ihren Sohn ebenfalls verloren. Außerdem hatte sie natürlich wie alle anderen Angst vor Silvano. Dazu noch die Schande, falls die Sache mit der Homosexualität herausgekommen wäre. Sie hätten aus dem Dorf wegziehen müssen, aber sie hatten Land dort. Nein, nein, um nichts in der Welt hätte sie damals geredet, und um nichts in der Welt hätte sie in den achtziger Jahren geredet, als so viele Menschen mit der berühmten Pistole ermordet wurden – die übrigens ihrem Bruder gehörte und die verschwand, als Silvano aus dem Dorf fortging. Wir hatten ihr Telefon angezapft, da sie bei uns nicht den Mund aufmachte. Jeden Tag hat sie mit ihrer anderen Tochter telefoniert, die in der Nähe von Como wohnte – die Tochter, zu der Amelio ging, als er von Silvano abgehauen war. Ich habe Ihnen die Abhörprotokolle mitgebracht. Ich hab sie selbst von Hand abgeschrieben, den Durchschlag behalte ich. Ich hoffe, Sie können meine Handschrift lesen...«

Der Maresciallo rollte den Packen Blätter auf. Die Kugelschreiberschrift war ein bißchen ins Bräunlichblaue verblaßt.

»Ich glaube schon.« Er probierte es aber nicht gleich aus. »Aber warum? Wenn er die Frau und das Kind brauchte, um eine Fassade aufrechtzuerhalten, warum hat er seine Frau dann getötet? Hatte sie einen anderen?«

»Ja, aber das war nicht der Grund – dieser andere Mann hieß übrigens interessanterweise Amelio. Es wundert mich, daß Silvano ihr das durchgehen ließ, denn dieser Amelio galt vorher als ihr Zukünftiger, doch dann wurde sie gezwungen, Silvano zu heiraten. Diese kleine Episode finden Sie auch bei den Sachen, die ich Ihnen mitgebracht habe. Die Frau hat sich vor ihrem Tod zwar wieder mit ihm getroffen, aber das war trotzdem nicht der Grund. Der eigentliche Auslöser war, daß sie ihn verlassen wollte, zwar nicht dieses anderen Mannes wegen, sondern weil sie das Leben, das sie führte, halb verhungert und regelmäßig von diesem Ungeheuer von sogenanntem Ehemann geschlagen, einfach satt hatte. Sie hatte sich entschieden und sich um den Job einer Wirtschaftsleiterin in einem Waisenhaus beworben, wo sie auch hätte wohnen und ihr Kind hätte mitbringen können. Die Busfahrkarte hatte sie schon gekauft. Am nächsten Tag wollte sie fahren.

Heute kann uns dazu natürlich niemand mehr etwas sagen, aber es gibt gute Gründe anzunehmen, daß Silvano sie ständig zwang, an der Sexualakrobatik mit ihrem Bruder teilzunehmen, und sie kaltmachte, als sie aussteigen wollte. 1968 war die Konstellation genauso, als Belinda Muscas aus dem Dreiecksverhältnis zwischen Belinda, Sergio und Silvano rauswollte und die gleiche Strafe erhielt. Wahrscheinlich hat er sich sogar damit gebrüstet, als er den Mord von 1968 vorbereitete. Immerhin hatte Sergio ja ausgesagt: ›Als er damals in Sardinien seine Frau umbrachte, hat er das Kind auch verschont.‹ Das konnte ihm ja nur Silvano selbst erzählt haben. 1974 will seine neue Frau weg von ihm, da regen sich wieder Mordgelüste. Und als sie 1980 wirklich abhaut, bricht die Hölle los. Verstehen Sie jetzt, was ich sagen will?«

Den Maresciallo beschäftigte jedoch unablässig die Frage, warum Silvano, wenn er keine Skrupel hatte, sowohl seine erste Frau als auch Belinda zu töten, weil sie es wagten, ihn zu verlassen, dann nicht auch seine zweite Frau ermordet hatte. Statt dessen hatte er vierzehn Fremde umgebracht, und zwar mit einer Pistole, deren Spur zu ihm zurückführte. Der Maresciallo war klug genug, das nicht auszusprechen, aber offenbar sah er nicht überzeugt aus.

»Können Sie mir nicht folgen?«

»Oh, doch, ich... Ich staune nur, wie leicht er mit alledem durchgekommen ist. Um das zu schaffen, muß man sehr clever sein.«

»Sie dürfen nicht vergessen, daß er eines immer geheimhielt: seine Homosexualität. Wenn man das nicht weiß, käme man nie auf die Idee, ihn zu verdächtigen.«

»Da haben Sie recht.«

»In meinen Notizen werden Sie einen Namen mit Adresse und Telefonnummer finden. Den von Margheritas jüngerer Schwester, die heute in der Nähe von Como lebt. Sie wird Ihnen sagen, wer Silvano ist. Sie war erst zwölf, als Margherita ermordet wurde, und wenn Sie nach dem Gespräch mit ihr immer noch nicht überzeugt sind, daß Silvano das Ungeheuer ist...« Di Maira stand auf, und der Maresciallo erhob sich ebenfalls und ging ihm nach.

»Da ist noch etwas.« Di Maira blieb auf der Schwelle stehen und drehte sich um. »Es ging einmal das Gerücht – und die Zeitungen haben es natürlich weidlich ausgeschlachtet –, daß das Ungeheuer nie entdeckt werden würde, weil es zu den Honoratioren von Florenz gehört. Ich weiß nicht, ob Sie sich noch daran erinnern?«

Der Maresciallo dachte einen Augenblick nach. »War das zu der Zeit, als es hieß, er könnte ein angesehener Chirurg sein?«

»Genau. Damals waren sogar zwei verschiedene Gerüchte im Umlauf, die zu einem wurden. Sie stammten aus zwei verschiedenen Quellen, von denen eine hochbrisant und die andere nebensächlich ist. Das mit dem Chirurgen kam nach einem Obduktionsbericht auf, in dem von der Präzision der Schnitte die Rede war und so weiter, aber ein Metzger ist auch präzis, wenn er Hühner zerteilt – meiner Meinung nach ist das alles Unsinn. Ich hab die Toten gesehen, und ich kann Ihnen sagen, jeder Sarde, der je ein totes Lamm enthäutet hat … Wissen Sie, worauf ich hinauswill?«

»Ja, ja, natürlich …«

»Mag das sein, wie es will, das andere Gerücht um die VIP aus Florenz ist brisant, also verbrennen Sie sich nicht die Finger.«

»Aber wenn Sie doch glauben, daß es Silvano war?«

»Es ist Silvano. Dieses Gerücht – wie es in Umlauf kam, kann ich Ihnen nicht sagen – zerstreute sich wieder. Wir haben zu der Zeit die ganze Truppe der Voyeure überprüft, und ich kann Ihnen sagen, das, was wir gefunden haben, hat uns alle verblüfft. Zum einen, weil wir es ja nicht mit einem Hobby zu tun hatten, sondern mit einem regelrechten Geschäft. Die ländlichen Gebiete im Umkreis von Florenz waren zwischen den verschiedenen Banden aufgeteilt. Wer bei einem Paar zusehen wollte, mußte vorher um Erlaubnis fragen und dafür zahlen. Außerdem wurden von den arglosen jungen Leuten Ton- und Filmaufnahmen gemacht. Ein Angebot beruht ja auf Nachfrage. Können Sie mir folgen? Und an diesem Punkt kommt die berühmte Person aus Florenz ins Spiel, aber diese Information wurde als Geheimsache eingestuft, wie Sie sich denken können. Wie immer ist aber trotzdem etwas durchgesickert, und da kam plötzlich das Gerücht auf, das Ungeheuer sei ein hohes Tier in Florenz, dessen Name niemals preisgegeben werden würde, vor allem, als Sassetti verhaftet wurde und nicht reden wollte. Er fuhr das Auto von Scandicci, und offenbar hatte er in jener Nacht einen Klienten dorthin begleitet. Das ist alles Unsinn, aber trotzdem, rühren Sie bloß nicht an diesem Teil der Ermittlungen, sonst kommen Sie unweigerlich mit einigen mächtigen Leuten in Konflikt, und das sind alles Freimaurer, wenn Sie wissen, was ich meine. Außerdem ist es die Sache nicht wert. Silvano war ein Einzelgänger und hatte mit diesen Banden nichts zu tun.«

»Ja, wenn sie sich nicht gegenseitig in die Quere kamen.«

»Was wollen Sie damit sagen?«

»Sie sagten doch, die Banden seien straff organisiert und hätten das ganze Gebiet um Florenz unter sich aufgeteilt.«

Di Mairas Miene veränderte sich. »Was soll das? Wir haben alle überprüft. Wenn er jemandem von denen in die Quere gekommen wäre, hätten wir Wind davon bekommen.«

»Es sei denn, diese Leute hatten einen guten Grund, das für sich zu behalten.«

»Welchen zum Beispiel?«

»Gewinn. Es war doch, wie Sie selbst sagten, ein Geschäft.«

»Ach so, Sie wollen auf Erpressung hinaus. Die gab es zwar auch zur Genüge, spielt hier aber keine Rolle. Silvano hatte kein Geld, jedenfalls nicht solches Geld.«

»Nein. Aber die Kundschaft aus den hohen Kreisen hatte welches. Haben die denn keine Filme, Bänder und so weiter gekauft?«

»Herrgott, meinen Sie das ernst? Doch, ich seh schon ... Damit könnten Sie sogar recht haben! Sie waren hinter ihm her, um ihn zu filmen. Wissen Sie, was für einen solchen Film in gewissen Kreisen bezahlt wird?«

»Ich mag es mir gar nicht vorstellen.«

»Jedenfalls ist der Preis für die Pornofilme, in denen tatsächlich gestorben wird, nichts dagegen.«

»Schön, schön, dann vergessen wir das eben. Nach allem, was Sie mir erzählt haben, ist das vielleicht sogar besser. Aber es wäre möglich, daß Nenci davon zwanzig Prozent wollte. Hat man ihn bei irgendeinem Geschäft übergangen?«

»Gute Frage. Aber das ist ein Thema für sich, und um das anzugehen, bräuchten Sie viel Macht und starke Beschützer. Halten Sie sich nur an Silvano. Fangen Sie den Mistkerl für mich ein, ja? Sie würden uns allen einen Gefallen tun.«

# 16

An den Gerichtshof von Florenz
– Untersuchungsrichter Romola –

An die Staatsanwaltschaft von Florenz
– Dr. Simonetti –

*Bericht über den als Selbstmord registrierten Tod von Margherita* VARGIUS *geb.* MELIS *in der Provinz Sardinien im Jahre 1960, der gegenwärtig im Zusammenhang mit den zwischen 1968 und 1985 in der Provinz Florenz verübten Doppelmorden untersucht wird*

1. Die Ehe zwischen MARGHERITA MELIS und SILVANO VARGIUS wurde im Jahre 1958 geschlossen. Die im Interesse von Silvano liegende Ehe wurde von GIUSEPPE MELIS, Margheritas Bruder, vorbereitet, als sie achtzehn und er dreiundzwanzig Jahre alt war. Zwischen Silvano und Giuseppe hatte schon seit einigen Jahren eine homosexuelle Beziehung bestanden. Margherita war zu dieser Zeit mit Amelio Cangio verlobt, den sie zu heiraten beabsichtigte. Giuseppe bedrohte Cangio und hielt ihn von Margherita fern, während er gleichzeitig Silvano in Abwesenheit der Eltern Melis häufig Zutritt zum Haus verschaffte und ihn aktiv dabei unterstützte, Margherita so lange zum Unterhalten einer sexuellen Verbindung

zu zwingen, bis sie schwanger wurde und genötigt war, ihn zu heiraten. Das aus dieser Verbindung entstandene Kind wurde im Februar 1959 geboren und Amelio genannt.

2. Im Jahr darauf kehrte Amelio Cangio ins Dorf zurück und nahm seine Beziehung zu Margherita Vargius wieder auf. Ihm erzählte sie, daß Silvano sie körperlich schwer mißhandele und daß sie die Absicht habe, ihren Mann zu verlassen, sobald sie eine Möglichkeit gefunden habe, selbst für ihren Lebensunterhalt zu sorgen.

3. Vermittelt von ihrem behandelnden Gynäkologen, fand Margherita eine Stelle als Wirtschaftsleiterin in einem Waisenhaus, das ihr auch eine Wohnmöglichkeit bot. Bei ihrem persönlichen Besitz wurde ein Schreiben gefunden, welches bestätigte, daß man sie zu dem auf ihren Todestag folgenden Datum mit ihrem Sohn in dem Waisenhaus erwartete.

4. Silvano, der von der Beziehung seiner Frau zu Cangio wußte, scheute keine Mühen, das ganze Dorf von Margheritas Ehebruch in Kenntnis zu setzen, und erstattete sogar beim Maresciallo der Carabinieri des Orts Anzeige wegen ihres unmoralischen Verhaltens.

5. Am Abend von Margheritas Tod fuhren Silvano und Giuseppe…

Lorenzini rief den Maresciallo über die hausinterne Sprechanlage an.

»Die Verbindung, die ich für Sie herstellen sollte, Maresciallo, ich habe Ida Melis in der Leitung.«

»Stellen Sie durch.«

Der Maresciallo legte die Papiere zur Seite und nahm den anderen Hörer.

»Signora.«

»Ist denn irgend etwas passiert? Er hat doch nicht...?«

»Nein, Signora. Es ist nichts passiert. Ich wollte mich nur mit Ihnen unterhalten. Sergente Di Maira hat mir Ihren Namen genannt. Vielleicht erinnern Sie sich an ihn?«

»Ja, natürlich.« Sie klang erleichtert. »Dann geht es wohl um Silvano.«

»Ja, Signora. Der Sergente gab mir den Rat, mit Ihnen über den Tod Ihrer Schwester Margherita zu sprechen. Ich hoffe, daß Sie dies nicht allzusehr aufregt.«

»Aufregt? Ich habe seitdem keinen Tag in Seelenfrieden verbracht und auch keine Nacht durchgeschlafen. Aus Sardinien bin ich fortgegangen, sobald ich konnte, und ich hab seitdem auch nie wieder den Fuß dorthin gesetzt, nur zur Verhandlung 1988, und trotzdem... dieser Mann...«

Sie wußte viel über »diesen Mann« zu sagen. Während sie redeten, versuchte sich der Maresciallo vorzustellen, wie sie wohl aussah. Im Jahre 1960, als Margherita ermordet wurde, war sie zwölf, so daß sie nun um die vierzig sein mußte. Ihre Stimme klang jedoch älter, vielleicht weil so viel Bitterkeit darin lag.

»Das dürfte nicht vor elf, elf Uhr fünfzehn sein.«

»Wie bitte?« Er hatte wie üblich mehr auf ihre Stimme gehorcht anstatt auf das, was sie sagte. »Können Sie einen Augenblick dranbleiben, damit ich meinen Kalender holen kann? Ja, zu welcher Zeit?«

»Übermorgen. Die genaue Zeit erfahre ich erst, wenn

ich den Brief aus der Klinik habe. Der Migräne-Klinik, kennen Sie die?«

»Nein, ich glaube nicht.«

»Sie ist in Careggi, wo die anderen Krankenhäuser auch alle sind, ich kann also leicht anschließend mit dem Bus nach Florenz kommen. Ich fahre einmal im Monat hin, das habe ich ebenfalls Silvano zu verdanken. Vor dieser Nacht hatte ich nie Migräne, seitdem aber ständig. Soll ich in Ihr Büro kommen?«

»Nein, ich schaue nach, wo sich die Klinik befindet. Ich bin vor elf Uhr da. Wenn Sie herauskommen, werden Sie ein Auto sehen, das auf Sie wartet.«

»Ein Polizeiauto? Sind Sie bei den Carabinieri?«

»Ja. Aber ich komme mit meinem eigenen Wagen. Wenn Sie vielleicht einfach, wenn Sie herauskommen, für einen Moment still stehenbleiben, dann erkenne ich Sie schon. Vielen Dank für das Gespräch.« Er legte auf.

6. Der Leichnam von Margherita Vargius wurde im Schlafzimmer gefunden. Der Gaskanister aus der Küche stand mit angeschlossenem Schlauch und geöffnetem Hahn neben dem Bett. Der Schlauch lag auf dem Kopfkissen. Die Aussagen von Zeugen differieren in einem Punkt: ob der Leichnam auf dem Bett oder auf dem Boden daneben lag. Die Tote war bis auf ein Paar Schlüpfer unbekleidet. Auf dem Magen der Toten befand sich ein Fleck einer weißlichen Flüssigkeit, zwischen den Beinen war Blut, eine Quetschwunde in Form eines Daumenabdrucks befand sich links neben der Kehle, und das Ge-

sicht wies mehrere Kratzspuren auf. Das kleine Kind stand in seinem Gitterbett und schrie.

Silvano. Der Maresciallo, der allein in seinem Büro saß und wie immer auf die Karte an der gegenüberliegenden Wand starrte, ohne sie jedoch zu sehen, wälzte das Problem Silvano nun schon eine ganze Weile hin und her.

Di Maira war ein guter, ein geachteter Kriminalist, und dies zu Recht. Und nicht nur das, er hatte alle diese Menschen von Angesicht zu Angesicht gesehen und mit ihnen gesprochen.

*Er ist es. Er ist es.*

Er war ein Mörder, er hatte perverse sexuelle Neigungen – ein an den Bericht angefügter Aktenteil mit Beweisfotos enthielt einen haarsträubenden Katalog von Sex-Zubehör und pornographischen Comics. In einem von Di Maira abgezeichneten Aktenvermerk war notiert, daß Silvano als Folge der heftigen Schläge auf den Kopf, die er im Alter von zehn Jahren vom Vater erhalten hatte, auf dem rechten Ohr ertaubt sei und daher stets von links vernommen werden müsse.

Silvano...

Bei den Unterlagen, die Di Maira dem Maresciallo übergeben hatte, befand sich die Fotokopie eines medizinischen Befunds, der im April 1981 in der psychiatrischen Abteilung eines Krankenhauses von Florenz erstellt worden war.

Der Patient ist tief verängstigt und leidet an einer akuten Depression. Auf Befragen gibt er an, derzeit keine besonderen Schwierigkeiten in Gelddingen oder bei seiner Arbeit zu haben. Allerdings habe er sich kürzlich von seiner Frau getrennt, dies sehe er aber nicht als Ursache seines Problems an. Er sei nicht antriebslos – er habe im Gegenteil ständig neue Pläne und Ideen für seine kleine Firma. Auf die Frage, ob er andere Gründe habe, sich zu sorgen, antwortet er: »Das eigentliche Problem ist der Junge.« Er ist nicht bereit, diese Bemerkung weiter auszuführen, und auch generell nicht besonders mitteilsam, obwohl sich der Patient auf eigenen Wunsch hier befindet.

*Patient verließ das Krankenhaus nach 10 Tagen.*

Das Blatt war mit dem Datum und der Unterschrift eines Arztes versehen.

Den Büchern zufolge, die auf dem Schreibtisch des Maresciallo lagen, war Silvano zu alt, zu dominierend und zu erfolgreich im Durchsetzen seiner Ziele. Doch welches Wissen konnte der Maresciallo schon aufbieten, um ernstlich allgemeine Informationen aus diesen ausländischen Büchern gegen die unmittelbare Erfahrung eines Mannes wie Di Maira abzuwägen?

Was, wenn man es genauer betrachtete, wußten sie alle, Di Maira eingeschlossen, über diesen Verbrechenstyp? Die Tageszeitungen mit den neuesten Artikeln über den Verdächtigen lagen auf dem Schreibtisch des Maresciallo. War das nicht genau die gleiche Geschichte? Ein Mörder, ein Perverser... Er ist es, er ist es!

Warum sollte Silvano seine zweite Frau nicht ebenso ermordet haben, wie er seine erste und danach Belinda ermordet hatte? Er wurde älter, aus dem Grund. Seine Brutalität nahm ab und nicht zu.

Wenn nur Ferrini...

Das Telefon läutete.

»Salvatore, alter Junge! Wie geht's, alles in Ordnung?«

»Ferrini!«

»Haben Sie jemand anderen erwartet?«

»Ich – nein, nein!«

»Hören Sie, ich habe einen kleinen Schatz an Land gezogen. Leider kann ich aber heute abend nicht weg, es kommen Leute zum Essen – kommen Sie doch auch, wenn Sie wollen, bloß fürchte ich, reden werden wir nicht können.«

»Ja, ich versteh schon, aber ich bin ein wenig übermüdet...«

»Morgen kann ich nicht... dann eben übermorgen abend. Ich bringe Ihnen mein Fundstück rüber. Gestern habe ich Sie gesucht, und Ihr Mann sagte, Sie seien hier beim Capitano, aber als ich nachsehen ging, waren Sie schon wieder verschwunden.«

»Ja... Letztlich habe ich gar nicht mit dem Capitano sprechen können.«

»Sie klingen ein bißchen seltsam, was ist denn los?«

»Nichts, ich... Na ja, nach dem, was Sie neulich sagten, dachte ich eben, Sie wollten von diesem Fall nichts mehr hören.«

»Also wirklich, Guarnaccia, ich hatte nur mal die Nase voll. Passiert Ihnen das nie?«

»Doch, ich glaub schon.«

»Sie nehmen alles so furchtbar ernst.«

»Das sagt Teresa auch immer.«

»Und wenn sie jetzt hier wäre, hätte sie das diesmal auch gesagt. Sie ist wohl immer noch nicht wieder zu Hause?«

»Nein.«

»Dann ist mir klar, was Ihnen fehlt. Leisten Sie sich etwas Anständiges zu essen, das wird Sie aufmuntern! Ich sag Ihnen was, übermorgen treffen wir uns bei einem Freund von mir, sein Restaurant liegt zwar ein bißchen weit außerhalb, aber es ist die Sache wert, und dann brauchen wir nicht im Büro...«

Ferrini redete eine geschlagene Viertelstunde auf den Maresciallo ein, und der Maresciallo lieferte zufrieden die Antworten. Nach dem Telefongespräch war ihm so viel wohler zumute, daß er beschloß, zumindest einen Teil des Aktenberges abzutragen, den Lorenzini ihm zum Unterschreiben hingelegt hatte, und danach die Post und die Zeitungen durchzusehen. Lorenzini steckte um acht Uhr den Kopf durch die Tür.

»Ich gehe jetzt. Soll ich das Telefon umschalten, oder machen Sie es selbst?«

Anrufe, die nach Dienstschluß in der Wache ankamen, wurden automatisch auf die Notrufnummer der Polizei umgeleitet.

»Machen Sie es ruhig – ich bin hier im Grunde fertig.«

Bei der Post war ein handschriftlicher Brief von Marco, den er nicht aufmachte, sondern gegen das Telefon lehnte, um sich daran zu erinnern, ihn irgendwann am folgenden Tag anzurufen. Der nächste Brief, den er vom Stapel nahm, bestand aus mehreren maschinegeschriebenen Seiten in einem länglichen Umschlag, an den mit einer Büroklammer ein Zettel mit ein paar flüchtig hingeworfenen Zeilen angeheftet war.

*Tut mir leid, daß es so lange gedauert hat – ich bin sehr eingespannt bei diesem Fall (und nicht traurig, von dem anderen abgezogen zu sein). Dies hier stammt aus einem Forschungsinstitut und hat mehr mit Vorbeugung als mit Ermittlungsarbeit zu tun, könnte aber trotzdem nützlich sein. Sie bräuchten wirklich das ganze Täterprofil des* FBI *von Ihrem Mann, aber das zu beschaffen ist wohl unmöglich. Viel Glück. (Behalten Sie die Bücher vorläufig.)*

Der Zettel war von Bacci. Er hatte es also nicht vergessen. Der Maresciallo faltete die maschinegeschriebenen Blätter auseinander.

### Merkmale von Wiederholungstätern

Erstmals auffällig werden solche Personen entweder anläßlich einer versuchten oder vorgenommenen Festnahme wegen eines größeren oder kleineren Vergehens oder weil die Personen selbst psychiatrische Hilfe suchen. In beiden Fällen kann es geschehen, daß eine solche Person die Behörden ganz offen auf ihren Drang zu töten hinweist. Solche Warnungen sollten in jedem Falle ernst und zum Anlaß genommen werden, die betreffende Person hinsichtlich der nachfolgend aufgeführten Fragenkomplexe zu untersuchen:

1. Hat die betreffende Person bereits Gewaltverbrechen verübt, vor allem Vergewaltigung oder tätlichen Angriff?
2. Betreibt die betreffende Person Alkoholmißbrauch? Ist sie drogenabhängig? Chronischer Drogenmißbrauch kann angeborene aggressive Anteile der Persönlichkeit aktivieren und zu Gedächtnisausfällen führen, aufgrund deren die Personen die von ihr verübten Gewalttaten vergißt.
3. Symptome einer manisch-depressiven Erkrankung. Leidet die betreffende Person unter starken Stimmungsschwankungen, die nicht durch äußere Erlebnisse provoziert wurden?
4. Unstillbarer Geschlechtstrieb. Ein starkes sexuelles Verlangen ist weder unnormal noch ungesund. Gefährlich ist jedoch ein unstillbares sexuelles Bedürfnis, das nicht durch Sex allein befriedigt werden kann, sondern das der Ausübung von Gewalt und sogar Folter bedarf, um einen Orgasmus auszulösen.
5. Ein übermäßiges Interesse an Blut, Greueln und Tod, häufig durch Filme und Zeitschriften wachgehalten, kann im Verein mit anderen Merkmalen ein Zeichen unmittelbar drohender Gefahr sein.

6. Ist die Person gefühlskalt und gleichgültig gegenüber den Empfindungen anderer Menschen? Eine solche durch Entbehrung von affektiver Zuwendung in der Kindheit verursachte Gleichgültigkeit ist sehr gefährlich.
7. Wurde die Person bereits einmal wegen Brandstiftung verurteilt, oder ist bekannt, daß sie in der Kindheit Vergnügen dabei fand, Gegenstände in Brand zu setzen?
8. Befinden sich im persönlichen Eigentum der Person auch Waffen? Dies kann eine unbewußte Vorbereitung darauf sein, Phantasien in Wirklichkeit umzusetzen.

Der Maresciallo seufzte und gab es auf. Bacci hatte recht. Die Informationen waren viel zu allgemein gehalten. Was auf Silvano zutraf, konnte auch eine Beschreibung des Verdächtigen sein. Und was die drei jüngeren Männer anging, die für ihn als Täter in Frage kamen, so half ihm diese Lektüre auch nicht weiter, da er sie allesamt nie gesehen, geschweige denn mit ihnen gesprochen hatte. Die Informationen, die er brauchte, waren einfach nicht zu beschaffen. Was sollte er nur tun? Salvatore Angius aufspüren, ihn anrufen und fragen, was für Filme er sich gern ansah?

Außerdem war das alles Material aus der klinischen Psychiatrie und nicht das Ergebnis polizeilicher Ermittlungen. Entmutigt beschloß er, für heute Schluß zu machen und Ferrinis Rat zu befolgen. Er war müde, und Hunger hatte er auch. Er faltete die Zeitungen zusammen und dachte, er könne sie, nach einem Teller Pasta aufgemuntert, durchblättern, schaltete das Licht im Büro aus und schloß die Tür ab.

»Mist!« murmelte er, als er nach dem Schlüssel seiner Wohnungstür angelte. Er hörte, daß der Fernseher lief – das zeigte nur, wie müde er war, wenn er zu Mittag vergessen hatte, ihn auszuschalten. Aber das Licht war an, ein Abendessen stand auf dem Herd, und die Jungen kamen ihm im Korridor schreiend entgegengelaufen: »Papa, Papa! Wir sind wieder da!«

Sie verbrachten einen Abend, der ebenso turbulent wie fröhlich war. Die Waschmaschine wurde eingeschaltet, danach der Fernseher und zuletzt das Kassettengerät, das Totò zu Weihnachten bekommen hatte. Teresa lief geschäftig von einem Zimmer ins andere, kochte, packte aus und stellte Sachen um, während die Jungs hierhin und dorthin liefen und die Ordnung, die ihre Mutter schuf, sofort wieder in ein Chaos verwandelten. Der Maresciallo spazierte glücklich und ziellos umher, wollte keinen von ihnen auch nur für eine Sekunde aus den Augen lassen. Er hatte vergessen, daß heute der 6. Januar war. Das Datum fiel ihm erst wieder ein, als Giovanni von seiner Mutter gescholten wurde, weil er vor dem Abendessen ein großes Stück Kandiszucker aus seinem Strumpf zu essen begonnen hatte. Dem Maresciallo wurde aufgetragen, es ihm wegzunehmen, und er funkelte seinen pausbäckigen Sohn mit einem Blick aus seinen aufgerissenen Augen an, den er für drohend hielt.

»Möchtest du ein Stück abhaben?« flüsterte Giovanni, der den Blick mißverstand. Und der Maresciallo nahm ein Stück.

Es war schon nach elf, als Ruhe einkehrte. In der Wohnung war es warm und sauber, und der noch immer in der

Luft liegende Duft des guten Essens wurde allmählich von dem einer offenen Tasche entströmenden Geruch frischer Orangen und Zitronen überlagert, die tags zuvor in Sizilien gepflückt worden waren.

»Das hab ich ja ganz vergessen«, sagte Teresa, reichte dem Maresciallo eine Tasse Kamillentee und setzte sich mit einem zufriedenen Seufzer neben ihn, »der nette junge Mann, dieser Marco, hat angerufen, kurz bevor du kamst.«

»Warum hat er mich denn nicht im Büro angerufen?«

»Das hat er, aber er wurde gleich zum Notruf durchgestellt.«

»Ach so. Na, macht nichts, ich wollte ihn morgen sowieso anrufen.« Er legte den Arm um seine Frau. »Wollen wir ins Bett gehen?«

»Er sagte, du sollst dir die Zeitungen ansehen, möglich, daß da etwas über deinen Fall drin ist.«

Doch der Maresciallo antwortete nicht.

»Signora?« Er hatte sie in dem Augenblick erkannt, als sie aus der Tür trat, noch bevor sie stehengeblieben war und sich nach ihm umgeschaut hatte. Sie sah älter aus, als sie seiner Berechnung nach sein mußte. Ein Tweedmantel und ein brauner Wollschal hüllten die zierliche Frau ein.

»Maresciallo?« Sie gaben sich die Hand, und der Maresciallo öffnete ihr die Autotür.

»Je weniger lange Sie in diesem kalten Wind herumstehen, desto besser.«

»Ach, das macht mir nichts aus. Die Kälte oben im Norden ist feucht.«

Im Auto, vor dem Wind geschützt, war es wirklich sehr

warm, zumal die Sonnenstrahlen, die durch die Scheiben fielen, schon kräftig waren. Trotz seiner dunklen Brille mußte der Maresciallo sein großes weißes Taschentuch hervorziehen und sich die Augen trocknen.

»Ist Ihnen nicht gut?«

»Nein, nein, es ist nur meine Überempfindlichkeit. Vom Sonnenlicht tränen mir die Augen.« Der Maresciallo wollte etwas Zeit gewinnen. Nun, da die Frau tatsächlich in seinem Auto saß, wurde ihm klar, daß er nicht wußte, wie er sein Gespräch beginnen sollte. Es war mehr als wahrscheinlich, daß Simonetti und die anderen diese Frau nie gesehen hatten. Und obwohl Di Maira sich ihm gegenüber offenbart hatte, fühlte sich der Maresciallo weiter unter Beobachtung.

Er runzelte die Stirn, als er den Zündschlüssel drehte und nach einer Lösung für sein Problem suchte. Anscheinend spürte seine Begleiterin seine Anspannung.

»Sie sagten, es sei nichts passiert? Und Sie machen mir nichts vor?«

»Nein, Signora, nein. Ich habe nur gerade gedacht... Vielleicht möchten Sie irgendwo einen Kaffee trinken, irgend etwas in der Art...« Er blinkte und fuhr los.

»Das ist sehr freundlich von Ihnen. Der Vormittag war sehr lang. Ich hatte vor sechs Monaten eine kleine Operation, wissen Sie. Daß ich geheilt wäre, kann ich nicht behaupten; bei dieser Operation wird ein kleines Stück Knochen hinter der Nase entfernt. Bei manchen Leuten hilft es, bei mir hat es aber nicht geholfen. Darüber mußte ich heute in der Klinik berichten. Ich spüre keinen Unterschied zu früher. Die Leute haben keine Ahnung, was für ein Fluch eine wirklich schlimme Migräne ist. Bei mir läßt die Sehkraft nach, noch ehe die Kopfschmerzen anfangen. Und das geschieht so schnell, daß ich nie den Mut hatte, ein Auto zu fahren. Und natürlich ist es schwierig, die Arbeit zu behalten.«

»Ja, das kann ich mir vorstellen.«

»Auf meiner jetzigen Arbeitsstelle ist man sehr verständnisvoll. Ich arbeite in einer Bar ganz in der Nähe meiner Wohnung, und wenn es losgeht, kann ich schnell nach Hause gehen und mir eine Spritze geben. Aber diese Spritzen – eine allein kostet schon mehr als hunderttausend Lire. Das ist kein Witz.« Sie zog ihre Schaffell-Fausthandschuhe aus und legte sie auf die Handtasche, die sie auf dem Schoß hatte. Der Maresciallo schaute von der Seite auf ihre dünnen, durchscheinenden Hände mit den kurzen, gerade geschnittenen Nägeln.

»Ist Ihr Mann Ihnen bei alledem eine Stütze?«

»Ich habe nicht geheiratet.«

»Ich verstehe. Wenn man allein zurechtkommen muß, ist es sicher noch schwieriger.«

»Nach dem, was meiner Schwester passiert war, faßte ich den Entschluß, mich selbst niemals einer solchen Gefahr auszusetzen. Und es war nicht nur ihr Tod, der mich dazu bewogen hat, es war die Art und Weise, wie er sie behandelte, als sie noch lebte. Sie war erst neunzehn, als es passierte. Wußten Sie das?«

»Ja, sie war sehr jung. Eine tragische Sache.«

»Neunzehn. Damals war sie für mich natürlich erwachsen, eine Frau. Ich war ja erst zwölf. Aber wenn ich heute an sie denke und jedesmal, wenn ich die achtzehn-, neunzehnjährigen Mädchen sehe, die in die Bar kommen... Im Grunde war sie noch ein Kind.«

»Das stimmt.«

Sie verstummte für eine Weile, während sie in Richtung Stadtzentrum rollten und hinter einer Autoschlange die Fahrt verlangsamen mußten. Ihr Mantel roch nach Mottenkugeln, und wenn sie sich zum Maresciallo drehte und sprach, entströmte ihrem Atem jedesmal ein feiner Hauch von Minze. Ihm fiel auf, daß sie nicht »Ich habe doch den anderen schon alles erzählt, was ich weiß« gesagt hatte, wie es die meisten Menschen unter solchen Umständen taten. Er bog in die Allee ein, die zum Piazzale Michelangelo führte. In dieser Gegend waren zu jeder Jahreszeit Touristen unterwegs. Sie konnten sich zwischen sie mischen und in einer Bar einen Kaffee trinken.

»Oh!«

Was war los mit ihr? Er parkte das Auto neben der Balustrade und schaute seine Beifahrerin an.

»Sind Sie noch nie hier gewesen?«

»Nein! Es ist ja wunderschön. Der grüne Fluß und die roten Ziegel und der Marmor... Sie können es sich nicht vorstellen! Wenn ich aus der Migräneklinik komme, muß ich mich immer beeilen, meinen Zug zu erreichen, deshalb habe ich nie Gelegenheit gehabt –«

»Wollen wir nun einen Kaffee trinken?«

»Ach, ich würde lieber hier sitzen bleiben, wenn Sie nichts dagegen haben. Ich bin ja den ganzen Tag in einer Bar.«

»Natürlich, ja, das hatte ich nicht bedacht.«

»Es ist so schön hier und so warm an der Sonne. Schauen

Sie, da ist der Dom – und wie heißt der große Platz dort drüben rechts?«

»Das ist die Piazza Santa Croce. Vielleicht sollten Sie einplanen, mal einen Tag länger hierzubleiben, wenn Sie das nächste Mal in die Klinik kommen.«

Der Maresciallo war sich ziemlich sicher, daß diese Frau in ihrem ganzen Leben kein einziges Mal etwas nur zu ihrem Vergnügen getan hatte. Seit jener Nacht schleppte sie ihre Angst und ihren Kummer mit sich herum. Es kam ihm grausam vor, sie nun darauf anzusprechen, und daher wartete er einen Augenblick, während sie auf die Stadt hinabschaute, und hoffte, sie werde ihn nicht nach dem Namen eines Gebäudes fragen, das er nicht kannte oder von hier oben nicht erkannte.

Schließlich war sie es, die wieder auf den Grund ihres Hierseins zu sprechen kam. »Entschuldigen Sie, Sie haben mich ja nicht abgeholt, damit ich hier die Aussicht betrachte. Was werden Sie von mir denken?«

»Machen Sie sich keine Sorgen, Signora, wirklich.«

»Aber mein Zug geht um ein Uhr. Sie sollten besser anfangen, Ihre Fragen zu stellen.«

Er konnte nicht erklären, daß das nicht so einfach war. Es ging ihm gar nicht darum, ihr Fragen zu stellen, die Tatsachen standen ja alle in dem Bericht, den er gelesen hatte. Ihm ging es darum, einen Kontakt herzustellen. Er war nicht am Tatort gewesen, das war das Problem. Die unmittelbare Anschauung, das war der Moment, in dem man alles verstand. Man roch die Menschen, die am Tatort gewesen waren, konnte ihre Bewegungen an allem, was sie berührt hatten, nachvollziehen, spürte, wie die Atmosphäre nach ihrem Verschwinden war. In einem Bericht stand davon nichts, und die einzige Brücke dazu war diese Frau, deren ganzes Leben von dieser Tat geprägt war.

»Ich kann mir denken, daß Sie ihn immer noch hassen.«

»Silvano? Ja, ich hasse ihn immer noch. Es ist ein Haß, der mit jedem Tag tiefer dringt und schwärzer wird. Wenn er 1988 verurteilt worden wäre, würde es mir bessergehen. Man hat damals Margheritas Leiche exhumiert, aber das wissen Sie vermutlich. Trotzdem hat es nichts genützt. Es war ja auch schon fast dreißig Jahre her.«

»Die Exhumierung muß für Sie sehr schmerzlich gewesen sein.«

»Schmerzlich war für mich, daß er davongekommen ist. Von mir aus hätten sie sie ein dutzendmal ausgraben können, wenn das etwas genützt hätte. Er ist ein böser Mensch und schlau wie der Teufel. Diese Augen ... Das meine ich ganz ernst, Maresciallo, er ist ein Teufel. Aber ich habe gegen ihn ausgesagt und würde es morgen wieder tun, auch auf die Gefahr hin, daß er mich ebenfalls umbringt. Meine Mutter war dagegen, und sie hat getan, was sie konnte, um mich daran zu hindern. Das werde ich nie verstehen! Margherita war doch ihre Tochter! Klar, sie hatte Angst vor ihm.«

»Das ist verständlich.«

Diese Frau wußte nichts von der Beziehung zwischen Silvano und ihrem Bruder, das war schon aus der von Di Maira angefertigten Abschrift des Anrufs bei ihrer Mutter nach Silvanos Verhaftung im Jahre 1986 hervorgegangen.

*»Du halt dich da raus, sag ich dir.«*

*»Ich werde mich nicht raushalten. Noch mit meinem letzten Atemzug werde ich gegen diesen Teufel aussagen.«*

*»Halte dich raus! Es bringt Margherita nicht zurück, und was ist dann mit deinem Bruder? Was ist mit Giuseppe? Sie werden ihn auch verhaften, und wie soll ich da zurechtkommen, jetzt, wo euer Vater tot ist?«*

*»Was hat Giuseppe denn damit zu tun?«*

Sie wußte nichts von der Beziehung.

»Sie hatte so große Angst vor ihm, daß sie danach nicht einmal den Kleinen nehmen wollte. Sie sagte, wenn sie ihn nähme, habe Silvano einen Vorwand, ständig zu ihr ins Haus zu kommen, und das wolle sie nicht. Sie sagte, sie wolle nicht, daß er mir auch noch etwas antut.«

»Das ist auch verständlich, obwohl das Kind einem natürlich leid tut.«

»Silvano ist sowieso gleich danach abgehauen, hat eine Pistole mitgenommen, die er meinem Onkel gestohlen hatte und mit der er dieses Pärchen umgebracht hat. Diese jungen Leute hätten nicht sterben müssen, wenn sich damals jemand dafür interessiert hätte, was er Margherita angetan hat.«

Ihre zusammengekniffenen Augen und die verbittert nach unten weisenden Mundwinkel ließen keinen Zweifel daran, daß sie keine Augen mehr für die sich vor ihnen ausbreitende schöne Stadtlandschaft hatte. Sie hatte sich wieder in ihre dunklen Erinnerungen zurückgezogen.

»Die Selbstmordversion haben Sie also nie geglaubt, auch als Kind nicht?«

»Selbstmord? Das hat doch niemand geglaubt, aber sie war mit einem anderen Mann gesehen worden, und deswegen behandelten sie alle im Dorf wie eine Aussätzige. Das wußte ich damals nicht. An dem Tag, an dem sie starb, half ich ihr, die wenigen Sachen zusammenzupacken, die sie und das Baby hatten, damit sie fortgehen konnten. Sie traute sich nicht, die Sachen in Taschen zu packen, denn die hätte er gesehen. Wir haben bloß im Schrank ein kleines Bündel zusammengeschnürt. Aber es war ein Brief da, ich hab ihn gesehen. Ein Brief aus dem Waisenhaus, in dem stand, daß man sie erwartete, und eine Fahrkarte hatte sie auch schon. Ich war die einzige, die diese Sachen gesehen hat. Sie hatte nicht einmal meiner Mutter gesagt, daß sie fortgehen wollte. Sie hätten es nicht zugelassen, meine Eltern. Es war eine unvorstellbare Schande, den Ehemann zu verlassen, ganz gleich, was er einem angetan hatte.

Ich war bis gegen sechs Uhr dort bei ihr. Dann sagte sie: ›Mach mir bitte noch das Fläschchen für Amelio warm, aber dann solltest du besser gehen.‹

Ich setzte Wasser auf, um die Flasche hineinzustellen, wenn es warm war. Bis zu diesem Zeitpunkt hatte ich alles nur aufregend gefunden, sie tat ja etwas, das mutig und neu war. Ich habe mich wohl von ihrer Erregung anstecken lassen, aber Angst hatten wir auch. Angst, daß er jeden Augenblick hereinkommen und irgend etwas ahnen könnte.

Wir sprachen sehr leise, als könnte er uns belauschen. Und dann ging ich ins Schlafzimmer, um den Kleinen zu holen. Er hopste in seinem Bettchen herum und fing an, ein bißchen zu greinen. Als er mich sah, hörte er auf, lächelte und zeigte auf mich. Ich sagte ›Sag Ida‹ zu ihm, ich versuchte schon seit Ewigkeiten, ihm meinen Namen beizubringen.

›Dii-da!‹ Er sagte es zum ersten Mal. Dann fiel mir ein, daß sie ja fortgingen und daß nicht sicher war, ob ich ihn je wiedersehen würde. Margherita war für mich eher wie eine Mutter gewesen, nicht wie eine Schwester, sie war ja so viel älter. Auf einmal hörte ich, wie sie in der Küche in Tränen ausbrach, und rannte hinüber. Sie saß am Küchentisch, den Kopf auf den Arm gelegt, und die ganze Spannung war von ihr abgefallen. Sie war einfach zusammengebrochen. Ich ging zu ihr hin und berührte sie am Haar.

*›Was ist denn passiert?‹*

*›Mir ist das Gas ausgegangen, jetzt kann ich die Flasche nicht wärmen, und das sind die einzigen Strümpfe, die ich für morgen habe, und die haben eine Laufmasche.‹*

*›Ich kann doch Mama fragen, ob sie ein Paar Strümpfe für dich hat.‹*

*›Bloß nicht, sie würde merken, daß irgend etwas im Gange ist.‹*

*›Dann lauf ich eben zu Marcello und sag ihm, er soll dir einen Kanister Gas bringen.‹*

*›Er würde sowieso nicht kommen. Ich hab den letzten noch nicht bezahlt, und ich habe kein Geld. Geh nur nach Hause.‹*

*›Ich könnte zum Abendbrot bleiben.‹*

Das hab ich oft gemacht, denn er aß immer bei seiner Mutter und ging dann aus. An dem Abend hatte ich allerdings Angst zu bleiben, weil ich mir sicher war, daß er irgend etwas merkte und anfangen würde, sie zu schlagen. Ich hatte aber auch Angst, sie in diesem Moment allein zu lassen. Der Kleine fing an, nach seiner Milch zu weinen, wahrscheinlich hörte er sie.

›*Wir müssen ihm unbedingt seine Flasche wärmen. Ob ich bei den Nachbarn frage?*‹

Wir mußten ständig bei den Nachbarn borgen.

›*Ich gehe selber, du geh nach Hause.*‹

›*Ich könnte doch zum Abendbrot...*‹

›*Nein.*‹

Ich sollte gehen, weil sie nichts zu essen im Haus hatte. Das sollte ich nicht erfahren, weil sie sich schämte. Ich glaube, dafür hat sie sich mehr geschämt als für die grün und blau geschlagenen Augen und alles. Das ist mir am nächsten Tag klargeworden, als alles vorbei war. Die Frau aus der Wohnung nebenan kam zu meiner Mutter herüber, als die Carabinieri gegangen waren. Ich hab sie schon durch das Fenster gesehen und hab mich versteckt. Dann bin ich zur Küchentür geschlichen und hab gelauscht. Viel hab ich nicht gehört, und die Fetzen hab ich nur instinktiv verstanden, viele der Wörter kannte ich nicht.

›*Ich hab's dem Maresciallo schon gesagt... Mein Mann auch... Und dann noch mal, so gegen zehn. Wenn sie kein Gas gehabt hat...*‹

›*Der Arzt versteht sein Handwerk nicht...*‹

›*Erstatten Sie doch Anzeige...*‹

›*Kratzer überall im Gesicht... Und dann noch etwas, wenn sie sich hätte umbringen wollen, hätte sie doch nicht gewollt, daß man sie in einem solchen Zustand findet. Der*

*Schlüpfer ganz voller Blut. Auf der ganzen Welt hätte sie nie … ist doch logisch, daß sie sich etwas angezogen …‹*

*›Mein Mann sagt, er muß … wissen Sie … alles über ihren Bauch. Ich hatte nicht den Mut, da reinzugehen. Wie Sie das über sich gebracht haben …‹*

*›So ein Schwein, und auch noch vor dem Kind …‹*

*›Ob es stimmt, daß sie fortgehen wollte, was glauben Sie?‹*

*›Nein, nein, das glaub ich nicht. Keine meiner Töchter verläßt ihren Ehemann.‹*

*›Aber er hat sie doch dauernd verprügelt.‹*

*›Wie man sich bettet, so liegt man.‹*

*›Oh, da urteilen Sie aber sehr hart.‹*

*›Ja, aber so ist die Welt … Über unsere Familie ist schon so viel Schande gebracht worden, da können wir nicht noch mehr gebrauchen. Was geschehen ist, ist geschehen.‹*

*›Ich muß immer wieder daran denken … Sie war so hungrig, daß sie Tränen in den Augen hatte. Als sie das zweite Mal geklopft hat, hab ich ihr eine große Schüssel Bohnen und Nudelsuppe gegeben, die ich für heute vorgekocht hatte.‹*

Da bin ich weggelaufen, weil es mir das Herz brach. Ich weiß auch nicht warum, aber ich mußte immer wieder an die Suppe denken. Wahrscheinlich hat meine Schwester meistens Hunger gehabt, und mich hat sie immer weggeschickt, wenn sie nichts zu essen im Haus hatte, damit ich es nicht merke.«

Ida Melis kramte in ihrer Handtasche, doch der Maresciallo, der seiner Augen wegen immer reichlich mit Papiertaschentüchern ausgerüstet war, kam ihr zuvor.

»Vielen Dank. Bitte entschuldigen Sie.« Sie starrte mit

blicklosen Augen auf die strahlende Landschaft vor der Windschutzscheibe, drehte sich zur Seite und schneuzte sich.

»Bitte entschuldigen Sie«, sagte sie noch einmal. »Es sind die dümmsten Kleinigkeiten, die in mir alles wieder wachrufen. Die Bohnen und die Nudelsuppe, die Laufmasche in ihren Strümpfen. Ich hätte an dem Abend nicht weggehen dürfen. Wenn ich bei ihr geblieben wäre, hätte er es nicht tun können, und am Tag darauf wäre sie vor ihm sicher gewesen.«

»Sie waren doch noch ein Kind.«

»Das spielt doch keine Rolle. Er hätte sie jedenfalls nicht vor meinen Augen ermorden können. Amelio konnte nichts sagen, ich schon. Das werde ich mir, solange ich lebe, nicht verzeihen.«

War dies die Ursache der Kopfschmerzen, von denen sie dem Maresciallo erzählt hatte? Waren sie eine Form der Selbstbestrafung? Man hörte ja vieles in dieser Richtung, aber der Maresciallo kannte sich auf dem Gebiet nicht aus und schlug daher einen anderen Kurs ein.

»Dann wundert es mich nicht, daß Sie Silvano hassen.«

»Ich verabscheue ihn. Ich würde ihn mit bloßen Händen erwürgen, wenn ich die Kraft dazu hätte.«

»Er hat das Leben Ihrer Schwester zerstört, und es klingt so, als ließen Sie zu, daß er Ihr Leben ebenfalls zerstört.«

»Er hat noch mehr Leben als nur meines und das Margheritas zerstört. Was ist mit dem Pärchen, das er erschossen hat? Und dem Kind, das in dem Auto saß? Was für ein Leben kann er nach diesen Taten führen? Was ist mit seinem eigenen Kind? Als der Junge von ihm fortlief und zu mir in den Norden kam, dachte ich, das sei ein Zeichen. Ich bin nicht gläubig, Maresciallo, ich gebe zu, daß ich dafür zu verbittert bin. Trotzdem dachte ich, das wäre die Gelegenheit, Abbitte dafür zu leisten, daß ich meine arme Schwester an jenem Abend allein ließ, ihm ein Zuhause zu bieten, denn meine Mutter wollte ihn ja auch nicht haben. Der arme Junge hing anscheinend an Flavio, der war um die sechzehn, aber keinen Deut besser als sein Bruder. Und als Silvano wieder heiratete, holte Flavio den Jungen nach Florenz. Sie können sich vorstellen, wie sie gelebt haben… was er mir erzählt hat.«

»Ich nehme an, es war schwierig, eine Stiefmutter und so weiter.«

»Stiefmutter? Er war ganz froh, wieder so etwas wie eine Mutter zu haben, aber es hat nicht gehalten. Silvano hat sie aus dem Haus getrieben mit seiner Brutalität, und der Junge lief weg und kam zu mir. Zuerst hat er versucht, bei Flavio Vargius unterzuschlüpfen, aber dort entkam er seinem Vater nicht. Meine Mutter sagte, ich würde den Tag bereuen, und so ist es auch gekommen.«

»Der Junge ist nicht bei Ihnen geblieben?«

»Doch, geblieben schon. Zumindest wohnte er offiziell bei mir, bis er einundzwanzig war. Einen großen Teil dieser Zeit aber saß er im Gefängnis. Mir war schon vorher klar gewesen, daß da etwas nicht stimmen konnte, und dann kam er mit einem schicken roten Auto nach Hause, als er arbeitslos war. So etwas hatte es in unserer Familie nie gegeben, damit konnte ich mich nicht abfinden. Als die Polizei ihn aus unserer Region auswies, war ich, das muß ich zugeben, erleichtert. Sie können sich vorstellen, wie meine Mutter darauf reagiert hat: ›Sag ja nicht, ich hätte dich nicht gewarnt. Er ist ebenso der Sohn seines Vaters wie der Margheritas.‹ Es genügt wohl, wenn ich sage, daß die ganze Sache gescheitert ist.«

»Sie haben getan, was Sie konnten.«

»Ich tue immer noch, was ich kann, Maresciallo, aber anscheinend ist das nie genug. Meine Schwester, dann das ...«

»Ich verstehe sehr gut, wie Ihnen zumute ist, Signora, doch ich wünschte, Sie würden einmal überlegen, ob Sie es Silvano noch weiter gestatten wollen, Ihr ganzes Leben zu ruinieren. Ihm müssen Sie die Schuld zuschreiben, nicht sich selbst. Er hat Ihre Schwester umgebracht, nicht Sie.«

»Aber was ich der Polizei das letzte Mal gesagt habe, hat nicht zur Verurteilung geführt. Warum also wollen Sie es noch einmal hören? Suchen Sie ihn?«

»Nicht direkt.«

»Sie wissen immer noch nicht, wo er sich aufhält?«

»Fürchten Sie sich vor ihm?«

»Ich weiß es nicht.« Sie dachte einen Augenblick über diese Frage nach und faltete das Taschentuch, das sie zwischen den Fingern hielt, auf und zu. »Seit ich zwölf war, seit den Tagen unmittelbar nach Margheritas Begräbnis, habe ich nicht mehr mit ihm gesprochen. Dann ist er verschwunden, und ich bin, als ich alt genug dafür war, ja auch sofort von Sardinien weggegangen. Danach sah ich ihn erst 1988 wieder, vor Gericht. Das war das einzige Mal, daß ich wieder einen Fuß auf Sardinien gesetzt habe. Ob ich mich fürchte? Ich kann es wirklich nicht sagen. Ich hätte ihn ehrlich gesagt gar nicht erkannt, wenn er nicht auf der Anklagebank gesessen hätte. Sein Haar war grau geworden, wie meines auch. Aber ich weiß zumindest, wo er sich aufhält. Er ist in Uruguay.«

»Er ist wo? Woher wissen Sie das?«

»Von meinem Neffen. Ich sehe ihn nicht mehr, es ist mir auch recht so. Und er selber nimmt auch nur Verbindung zu mir auf, wenn es etwas Neues von seinem Vater gibt. Sie denken sicher, wir dächten an nichts anderes als an Silvano.«

»Nein, nein.«

»Es gibt noch einen dritten Menschen, der ihn genauso haßt wie wir zwei, oder vielleicht fast genauso. Silvanos zweite Frau. Ich habe sie zwar nie kennengelernt, aber ich vermute, daß sie und Amelio ab und zu noch zusammenkommen. Wo Silvano jetzt ist, wissen wir nur deshalb, weil sie in die Scheidung einwilligte, um die Silvano sie durch seinen Anwalt in Sardinien gebeten hatte. Er wollte nämlich, ob Sie es glauben oder nicht, wieder heiraten und hat das auch getan. In Uruguay eben.«

»Ich bin froh, das zu wissen, aber ob sich mit der Information etwas anfangen läßt, muß sich noch erweisen. Und jetzt fahre ich Sie besser zum Bahnhof, denn sonst versäumen Sie noch Ihren Zug.«

Als sie sich von ihm verabschiedet hatte, sah er ihr nach. Die Schultern ein wenig nach vorn fallend, die Tasche fest umklammert, das Gesicht ängstlich und abweisend, so verschwand sie im Bahnhofgebäude. So viele zerstörte Leben. Der Maresciallo hörte förmlich Di Mairas Stimme: *»Fangen Sie den Mistkerl ein... Er ist es, er ist es!«*

Di Maira hatte ebenfalls mit dieser Frau gesprochen, aber, überzeugt von Silvanos Schuld, ihr offenbar nicht allzu genau zugehört.

## 17

»Marco? Ich weiß, und es tut mir auch sehr leid, aber ich habe gestern in keine Zeitung gesehen. Komm doch zu mir rüber, wenn du gegessen hast.« Er legte auf und wandte sich wieder konzentriert der Lektüre zu.

Umfassendes Geständnis

*»Aber ins Gefängnis gehe ich nicht.«*

»Oh, Gott...« Das Gesicht des Mannes mit seinem manischen Ausdruck und der vergrößerte Ausschnitt aus dem Gemälde hinter ihm, der lange weiße Hals und die dunklen Locken, die sich über die Schulter ringelten, waren nicht zu verkennen. Der Maresciallo durchsuchte die farbige Zeitungsbeilage nach dem zugehörigen Artikel. Hatte er Selbstmord begangen? Waren die Worte, ins Gefängnis werde er nicht gehen, ein versteckter Hinweis darauf? Da war er ja... Hastig überflog er den Artikel, aber von einem Selbstmord war dort nichts erwähnt. Noch mehr Fotografien, Gemälde, Zeichnungen, und dann ein Foto des Ateliers, auf dem ein Stück eines der großen Safes gerade noch erkennbar war. Daneben Benozzetti selbst, der einen hellen Kittel trug. Auf der Staffelei neben ihm das Porträt von Anna Caterina Luisa dei Gherardini.

*Ich bin kein Fälscher. Ich bin kein Krimineller. Ich bin Maler. Ich habe mein ganzes Leben der Kunst der Malerei gewidmet und nie Anerkennung gefunden. Ich habe niemals eine falsche Signatur unter ein Bild gesetzt und niemals zu einer falschen Zuschreibung oder Herkunftsangabe angestiftet. Die Händler und Galeriebesitzer haben mir stets das Honorar gezahlt, das ich verlangt habe und das nie höher war als das Honorar für ein Bild, das erkennbar von mir stammte. Sie haben nie etwas gesagt, nie Fragen gestellt. Sie haben meine Bilder für riesige Summen veräußert, manchmal für das Tausendfache dessen, was sie mir gezahlt haben. Kein einziger Händler hat jemals ein von mir signiertes Bild angenommen. Fast jeder Kunstsachverständige in Europa hat mindestens einmal eines meiner Bilder Corot, Rembrandt, Dürer oder Augustus John zugeschrieben. Ich habe sie alle gegeneinander ausgespielt. Ich habe absichtlich stilistische Fehler eingebaut, die allen entgangen sind. Ich habe in den größten Auktionsräumen der Welt gesessen und mich daran ergötzt, wie sich aufgeblasene, unwissende Männer zum Narren machten. Ich habe Kunden gesehen, die Schecks über enorme Summen für Werke hingereicht haben, die sie nicht verstanden und die sie nicht gekauft hätten, wenn auf den Bildern die richtige Signatur, meine eigene, gestanden wäre.*

*Ich besitze die Originalquittungen für alle Gemälde und Zeichnungen, die in diesem Artikel aufgeführt sind, angefangen bei einer kleinen Zeichnung von »Corot«, die vierzig Jahre alt ist, bis hin zu dem von »Antonio*

*Franchi« gemalten Porträt, das in dieser Woche bei einer Auktion in Florenz verkauft worden ist. Für dieses Bild habe ich gar nichts erhalten. Ich gab es einem Kunstsachverständigen, Landini, der wie viele andere durch meine Begabung reich wurde. Er starb, ohne die Wahrheit begriffen zu haben, und wäre er noch am Leben und könnte dies lesen, hätte er es geleugnet, wie es auch alle anderen leugnen werden. Landini gab mir 1974 den Auftrag, das Porträt von Antonio Franchi zu kopieren. Ohne sein Wissen fertigte ich zwei Kopien an. Ich machte mir dann das Vergnügen, daß ich ihn zwischen der »Kopie« und dem »Original« unterscheiden ließ, während ich das dritte Bild in meinem Safe versteckte, wo es sich bis auf den heutigen Tag befindet. Ich sah, mit welcher Verstörung er sich mühte zu begreifen. Ich selbst gab keinen Hinweis, und zum Schluß ging er mit beiden Bildern fort, ohne sich geäußert zu haben. Immerhin eine recht intelligente Strategie, vorzugeben, welches Bild die Kopie sei, verstünde sich von selbst, so daß man darüber kein Wort zu verlieren brauche.*

*Landini verkaufte das Bild, in dem er wohl letztlich die Kopie zu erkennen meinte, für eine große Summe an ein amerikanisches Museum und behielt das zweite. Er hat dieses Museum bestohlen, wie er seine Frau bestohlen hat, welcher das Original in Wahrheit gehörte.*

*Bin ich also ein Verbrecher? Ich habe die Demütigung erfahren, von der sogenannten Kunstwelt verachtet oder nicht zur Kenntnis genommen zu werden, aber ich habe mich an den Betrügern, den Ignoranten, den Arroganten, den Dieben und Spekulanten gerächt, die diese Welt regieren. Ich habe meine Opfer mit Bedacht gewählt: Ein echter, wißbegieriger Kunstfreund war nie darunter.*

*Ich werde keine Bilder mehr malen, weil ein echter Künstler in dieser Welt nicht überleben kann, und ich bin ein echter Künstler, kein Fälscher.*

*Es gibt keine Fälschung, es gibt nur falsche Zuschreibungen.*

»Er hat recht, nicht wahr?« sagte Marco, kaum daß er dem Maresciallo gegenüber Platz genommen und den Artikel auf dem Schreibtisch gesehen hatte. »Was er sagt, ist nicht von der Hand zu weisen.«

»Nein«, entgegnete der Maresciallo, »er lügt.«

»Aber mein Vater...«

»Ich will Ihren Vater nicht entschuldigen, ich spreche von Benozzetti.«

Entsprach das nicht genau dem, wogegen er in dem Fall gegen den Verdächtigen schon so lange ankämpfte, ohne das Problem in Worte fassen zu können? »Jede Einzelheit, die er sagt, ist richtig, und trotzdem lügt er. Er lügt immer, belügt sogar sich selbst. Ich weiß nicht, ob dein Vater deiner Mutter dieses Gemälde gestohlen hat. Aber wenn das, was in Benozzettis Safe liegt, das Original ist, und es ist ja durchaus möglich, dann hat *er* es gestohlen, deiner Mutter und dir nämlich.«

»Das sehe ich auch so – wenn es das Original ist.«

»Und er behauptet, dein Vater habe die Wahrheit niemals herausgefunden. Ich vermute eher, er hat geahnt, wie es sich verhielt. Es tut mir leid, das zu sagen, aber wenn er sich über den Wert dieses Bildes im klaren gewesen wäre, hätte er es, wie alles andere auch, seiner zweiten Frau vermacht.«

»Vielleicht hat er sich einen Spaß daraus gemacht, mir das Problem aufzuladen?«

»Das weiß ich nicht. Du kanntest ihn besser als ich. Willst du mir vielleicht jetzt sagen, was du die ganze Zeit über vor mir geheimgehalten hast? Ich gehe davon aus, daß du von dem Verkauf nach Amerika gewußt hast.«

»Es tut mir leid...« Marcos Gesicht war dunkelrot. Er schob die Haare beiseite, die ihm in die Augen gefallen waren, und kramte mit den Händen in seinen Taschen herum. »Es tut mir leid...«

»Rauch nur, wenn es dir hilft.« Nach den vielen Malen mit Ferrini, was machte da eine Zigarette mehr?

»Danke. Auf eine Art hat mein Vater das Bild meiner Mutter doch gestohlen, obwohl er gesagt hat, sie habe es ihm geschenkt. Es hing immer im Schlafzimmer meiner Mutter. Mein Vater überredete sie dazu, es zu verkaufen. Ich war damals um die dreizehn. Ich wußte nicht, worum es ging, aber ich weiß noch, daß sie sich oft stritten. Hier überlagern sich vermutlich mehrere Erinnerungen, da sie sowieso kurz vor der Scheidung standen, jedenfalls brachte ich die Auseinandersetzungen mit dem Bild in Zusammenhang. Mein Vater hatte bereits einen Lehrstuhl an der Universität, und er machte sich allmählich als Kritiker einen Namen, aber es war nicht viel Geld da. Ich nehme an, er konnte sie zum Verkauf überreden. Wie das Bild aus dem Haus kam, habe ich nicht gesehen, aber ich weiß noch, daß sie sich im Schlafzimmer eingeschlossen hatte und weinte.

Das brachte ich auch wieder mit dem Bild in Zusammenhang, aber es hätte auch verschiedene andere Gründe haben können. Vermutlich wurde das Bild verkauft, nachdem es illegal außer Landes gebracht worden war. Viel weiß ich darüber nicht, aber eines doch, nämlich daß mein Vater das Geld dazu benutzte, sich mit einer anderen Frau eine Wohnung einzurichten, und daß er diese Frau nach der Scheidung dann heiratete. Jahre später erzählte mir meine Mutter einmal, daß sie keine Lira von dem Geld gesehen habe.«

»Und sie hat nichts dagegen unternommen?«

»Es wurde ja illegal außer Landes gebracht.«

»Aber doch nicht von ihr.«

»Das hätte sie doch nicht beweisen können, oder? Das Bild gehörte ja ihr. Der Gedanke an einen Skandal entsetzte sie, wohingegen mein Vater... na ja, Sie wissen ja, wie er war. Was für Risiken er eingegangen sein muß, wenn das stimmt, was Benozzetti behauptet... Wenn ich Ihnen das alles nicht schon früher erzählt habe, dann einzig und allein meiner Mutter wegen, das versichere ich Ihnen.«

»Laß es gut sein. Wenn du es mir gesagt hättest, hätte das auch nichts geändert.«

»Meinen Sie? Nach dem da« – er wies mit einer Kopfbewegung auf die anstößige Zeitschrift – »geht sie sowieso nicht mehr aus dem Haus.«

»Sie wird darüber hinwegkommen. Schließlich sagt Benozzetti hier eindeutig, daß Ihr Vater es ihr gestohlen hat – niemand kann sie verdächtigen.«

»Ich weiß.« Der Gedanke bestürzte Marco. »Aber er

war ja noch ihr Mann. Alle wissen, daß er sie ausgeplündert hat, um sich mit der anderen Frau zusammenzutun, und dafür schämt sie sich immer noch.«

»Und du?«

Marco drückte die Zigarette aus und sah nachdenklich auf seine Hände hinab. »Es ist eigenartig... ich weiß auch nicht, wie ich das erklären soll, aber mir ist wohler. Ich habe immer in seinem Schatten gestanden, er hat mir immer das Gefühl vermittelt, ein Waschlappen zu sein, unfähig. Er war ja ein so kluger Kopf. Aber wenn er betrügen mußte, um an sein Ziel zu kommen, dann macht es mir nicht mehr so viel aus. Dann bin ich meiner selbst sicherer. Können Sie das verstehen?«

»Ich glaube schon. Also« – der Maresciallo beugte sich ein wenig nach vorn und fixierte Marco aus großen Augen – »bevor du in irgendeiner Weise auf diesen Artikel reagierst, etwas unternimmst oder sagst, denk daran – er ist ein Lügner. Ich glaube nicht, daß er der Versuchung hat widerstehen können, deinem Vater zu zeigen, welches die Kopie ist, sonst müßte ich mich vollkommen in seinem Charakter getäuscht haben. Daraus schöpft er ja seine Befriedigung. Ob er Geld für den Auftrag annahm oder nicht, ist unerheblich, obwohl ich wetten könnte, daß er hier ebenfalls lügt. Er muß sein Brot verdienen wie wir alle. Dein Vater hat dann jedenfalls das Original und eine der beiden Kopien mitgenommen – er hätte sich ja nicht all die Mühe gemacht, wenn er nur das Original hätte verkaufen wollen. Er hat nicht deiner Mutter die Kopie gegeben oder sie ihr irgendwann einmal wenigstens angeboten?«

»Nein. Ich habe gestern abend mit ihr darüber gesprochen. Nachdem er das Bild aus dem Haus geholt hatte, hat sie nie wieder etwas darüber gehört, erst als sie in der Zeitung las, daß es von einem amerikanischen Museum gekauft worden sei – also fast ein Jahr später.«

»In diesem Falle hast du allen Grund zur Annahme, daß dein Bild das Original war.«

»Das habe ich ihr auch gesagt. Es hat fast fünfzig Millionen Lire eingebracht, und ich wollte, daß sie die Hälfte davon nimmt. Sie hat abgelehnt. Sie sagte, sie hätte gern das Bild zurückgenommen und es in der Familie behalten, wo es hingehört. Vermutlich nimmt sie mir übel, daß ich ihr nichts gesagt habe. Denn immerhin war es ja ihr Bild.«

»Du wolltest sie vor einem Skandal bewahren. Der Skandal ist nun geplatzt, aber sie ist geschützt. Marco, nimm einfach das Geld und kehr zum Alltag zurück.«

Marco sah den Maresciallo dankbar an. »Ich bin wohl vor allem deshalb zu Ihnen gekommen. Es tut mir gut, das zu hören. Sie sind der einzige Mensch, dem ich etwas glaube.« Er stand auf. »Vielen Dank für alles.«

Der Maresciallo begleitete ihn zur Außentür und sah ihm nach, als er die Treppe hinunterstieg. Dann ging er in sein Büro zurück und zog seinen Paletot an. Die Mütze in der Hand, rief er: »Lorenzini! Ich gehe. Di Nuccio soll mich fahren.«

Diesmal ließ man ihn nicht warten, und der Maresciallo war sich fast sicher, daß Benozzetti mehr als erpicht darauf war, ihn zu sehen. Um so besser. An jenem ersten Abend im November war es so drückend schwül gewesen, doch nun wehte ein grimmiger Wind von den Bergen herab, und trotz der grellen Sonne, die seine Augen sogar hinter der dunklen Brille zum Tränen brachte, war er sehr froh über seinen dicken schwarzen Paletot und die warmen Lederhandschuhe. Der Türöffner summte, und der Maresciallo stieß die Tür auf. Benozzetti wartete hinter der Tür zum Haus, und schon der kurze Blick, den der Maresciallo auf sein Gesicht werfen konnte, sagte ihm, wie erregt er war.

»Ich habe Sie erwartet. Ich wußte, daß Sie kommen würden.« Er zog den Maresciallo förmlich zur Tür hinein, um sie rasch wieder schließen zu können. »Wenn Sie heute nicht gekommen wären, hätte ich Sie angerufen.«

»Oder mir geschrieben«, erwiderte der Maresciallo ohne den leisesten Anflug von Ironie.

»Vielleicht.«

Was wollte er? Gehör finden? Nach dem aufsehenerregenden Artikel in der Farbbeilage fand er doch gewiß soviel Gehör, wie er nur brauchte.

»Sie wollen sich natürlich das Bild ansehen.«

Der Maresciallo hatte nicht das geringste Interesse daran, das Bild zu sehen, doch das, woran er interessiert war, war nicht leicht zu bekommen, und deshalb durfte er auf keinen Fall das Mißtrauen des Mannes wecken.

»Das würde ich gern tun. Vielen Dank.«

»Hier entlang.«

Der Maresciallo trug seine Mütze in der Hand, und von der Kälte im Atelier schwirrte ihm der Kopf. Kein Fenster, kein Strahl der Wintersonne hellte den langen Raum auf. Das Bild stand auf der Staffelei, auf der beim letzten Mal der von einem Tuch bedeckte »Tizian« gestanden hatte. Das war schade, denn was es mit diesem »Tizian« auf sich hatte, gehörte zu den Dingen, die der Maresciallo ergründen wollte, und er hätte sich das Bild gern noch einmal angesehen.

»Da! Nennen Sie mir einen Fehler, wenn Sie können.«

»Ich ... Nein, es ist fehlerfrei.« Automatisch hätte er fast schon wieder gesagt, daß er nicht genug von diesen Dingen verstehe, um das beurteilen zu können, doch er schluckte seine Worte hinunter. Wegen jener Tizian-Episode war ja dieser Mann, der sonst jeden in der Kunstwelt verachtete, zu dem Schluß gekommen, daß der Maresciallo der Geeignete dafür sei, seine Bilder zu beurteilen. Also war es den Versuch wert, Kapital aus dieser ungewohnten Hochachtung zu schlagen. Zumindest war es eine nette Abwechslung, wo sonst jeder, der dem Maresciallo begegnete, meinte, er schlafe noch beim Gehen. Benozzetti war verrückt, keine Frage, aber man mußte die Tröstungen nehmen, wie sie das Leben einem bot, und wenn sich das Mißverständnis als nützlich erweisen sollte, um so besser.

»Ich kann keinen Fehler daran erkennen«, wiederholte er.

»Ha!« Benozzetti blies dem Maresciallo seinen Atem an den Hals, und der Maresciallo drehte den Kopf zur Seite, um dem Parfumgeruch zu entgehen. »Ich wußte es. Ein vollkommener Antonio Franchi.«

»Durchaus nicht«, korrigierte der Maresciallo ihn ruhig. »Er ist vollkommen, weil Sie ihn gemalt haben.«

Er wartete auf die Antwort, doch es kam keine. Seine Bemerkung war zweideutig genug, Benozzetti zögern zu lassen. Er wußte nicht, wie er darauf reagieren sollte, daß jemand ein von ihm gemaltes Bild als vollkommen bezeichnete. Der Maresciallo wandte sich um und schaute ihm ins Gesicht. Die Schlangenäuglein glitten verunsichert von ihm ab. Der Maresciallo legte noch einmal nach. »Es ist nicht Antonio Franchi, an dem ich interessiert bin, verstehen Sie. Sie sind es.« Hatte Benozzetti nicht genau das immer gewollt und aus Mangel an Selbstachtung nach seinen ersten negativen Erfahrungen nicht zu fordern gewagt? »Sie haben alles Talent, Sie brauchen sich nicht hinter einem Antonio Franchi zu verstecken.«

»Verstecken? *Verstecken?* Ich kann wie Franchi malen, sogar besser. Ich kann so gut malen wie Corot, wie Rembrandt, wie ...«

»Ja, Sie können malen«, sagte der Maresciallo. »Das ist richtig, obwohl Sie mir natürlich nicht zu glauben brauchen.«

Benozzettis Blick traf nun den des Maresciallo, doch die Wucht der Realität hatte das manische Glitzern in seinen Augen zum Verschwinden gebracht.

»Ganz im Gegenteil, Maresciallo, Sie sind ein Mann, dem man glauben muß. Obwohl ich nicht begreife, wo Sie Ihr Kunstverständnis erworben haben.«

»Nun ja, wenn man im Palazzo Pitti arbeitet, wissen Sie ...«

Benozzetti hätte noch lange über diese Bemerkung nachdenken können, der Gedanke, daß der Maresciallo einfach Menschenkenntnis besaß, wäre ihm nicht gekommen, weil solche Kenntnis ihm fehlte.

»Aber abgesehen davon«, fuhr der Maresciallo fort, »finde ich das alles faszinierend, nur ist es mir trotz Ihres großen Talents ein Rätsel, wie Sie es schaffen, einem Bild den Anschein zu geben, es sei alt. Heutzutage gibt es doch sicher viele Möglichkeiten der Überprüfung, wissenschaftliche Tests und so weiter.«

»Wissenschaftliche Tests! Gott steh uns bei! Was glauben Sie denn, was diese Leute mir an Wissen voraushaben? Ganz abgesehen davon, daß Ihre sogenannten wissenschaftlichen Tests langwierig und teuer sind und niemand sie verlangt. Ein Kunstsachverständiger, das ist es doch, was alle brauchen, was alle im Grunde wollen. Einen Kunstsachverständigen und seine Zuschreibung, die es ihnen ermöglicht, das Kunstwerk zu verkaufen. Ums *Verkaufen* geht es, Maresciallo, nicht um Kunst. Und was für eine Figur macht der Kunstsachverständige, wenn er ein Bild nicht auf einen Blick beurteilen kann? Ich habe mich immer auf die Überheblichkeit meiner Experten verlassen können.«

»Das kann ich mir vorstellen. Ich würde aber trotzdem gerne wissen, wie man einem Bild den Anschein gibt, es sei alt. Immerhin muß sich doch der Staub von Jahren darauf ansammeln…«

»Staub? Nicht Staub, Maresciallo, sondern der Staub des 15. Jahrhunderts, der Staub des 16. Jahrhunderts, der Staub des 17. Jahrhunderts! Aus welchem Grund habe ich denn Ihrer Meinung nach Restaurieren gelernt? Ich restauriere doch nicht großartige Bilder, weil ich unbekannt und unsichtbar bleiben will. Hier war Landini recht nützlich. Er brachte mir wertlose oder relativ wertlose Bilder aus seinem Bekanntenkreis, die zu niedrigen Kosten restauriert werden sollten. Die Gemälde waren nichts wert, aber der Schmutz, den ich davon abgewaschen habe, war sein Gewicht in Gold wert. Das Schmutzwasser, das ich danach hatte, hinterließ, wenn es verdampft war, Schmutz aus genau dem richtigen Jahrhundert, und diesen habe ich dann auf meine Bilder aufgetragen.«

»Und diese feinen Risse auf Bildern?« Der Maresciallo spähte zu dem »Franchi«-Porträt hinüber.

»Kochkunst, Maresciallo, reine Kochkunst. Ich backe die Bilder bei niedriger Temperatur in meinem Ofen und trage anschließend den Staub auf.«

»Wer hat Ihnen das beigebracht?«

»Der Künstler, der mir das Restaurieren beigebracht hat. Ein übellauniger Mensch, der sich wie alle anderen auch an meiner Arbeit finanziell bereichert hat. Leute, die wertlose Bilder besitzen, die ihnen ans Herz gewachsen sind, wünschen sich, daß man die beschädigten Teile restauriert und ›altern‹ läßt. Und von dort bis zur Herstellung eines ganzen Bildes, das man ›altern‹ läßt, ist es nur ein kleiner Schritt.«

»Ja, ich verstehe.« Der Maresciallo wollte sich aber nicht an das Wie, sondern an das Warum herantasten. Die Eiseskälte des Ateliers spürte er schon nicht mehr.

»Aber trotzdem«, machte er vorsichtig den nächsten Schritt, »ist es schwer zu verstehen, warum jemand wie Sie seine Zeit auf etwas verwendet, wofür er keine Anerkennung findet. Ich habe nicht den Eindruck, daß Sie ein Mensch sind, der nur auf seinen finanziellen Vorteil bedacht ist. Leben wird man schon davon können, aber, wie ich sehe, nicht gerade üppig …« Der Maresciallo ließ den Blick durch den Raum schweifen, der so gar nichts Behagliches hatte, und zum Schluß demonstrativ auf dem Wandschirm ruhen, der das Bett halb verdeckte.

»Leben!« Benozzetti, sein Gesicht vor Zorn gerötet, machte ein paar schnelle Schritte, um dem Maresciallo die Sicht auf die kleine private Ecke zu versperren. »Von der Malerei mögen Sie ja etwas verstehen, mein lieber Maresciallo, aber von der kommerziellen Seite haben Sie offenbar keine Ahnung. Wenn ein Hofporträt wie das von Franchi gestern fünfzig Millionen eingebracht hat, was habe ich dann Ihrer Meinung wohl bei einem Rembrandt verdient?«

»Oh, ja, schön, ich verstehe.«

»Sie glauben doch nicht etwa, daß ich am Erwerb von bürgerlichem Eigentum interessiert bin, an Möbeln und allen möglichen sonstigen Äußerlichkeiten? Bilder habe ich mir gekauft, gute Bilder, großartige Bilder, denn ich erkenne, was ein gutes Bild ist, wenn ich eines sehe.«

»Daran habe ich nicht den geringsten Zweifel.« Folglich hatte er bei seinem »Geständnis« gelogen. Und vermutlich ein Vermögen verdient. Dies führte aber auf Abwege. »Ich spreche aber eigentlich nicht von Geld. Ich glaube, ich kann nachempfinden, wie entmutigt Sie waren, als Sie sahen, daß niemand Ihre Arbeiten zu würdigen wußte. Ich könnte mir denken, dieser Professor, von dem Sie mir erzählt haben, hat da eine Menge auf dem Gewissen.« Während er sich beharrlich vorantastete, wurde sein Gesicht immer ausdrucksloser, bis er fast nicht mehr anwesend zu sein schien. Benozzetti, der in Fahrt gekommen war, schien den Maresciallo nun zu vergessen und laut vor sich hin zu schimpfen.

»Sie haben mich ausgelacht, diese nichtsnutzigen, unerfahrenen Studenten, die zu nichts anderem taugen als dazu, Schulkindern das Herumklecksen mit Farbe beizubringen. Und zwar seinetwegen ausgelacht, dieses Professors wegen, des Mannes, der mich hätte unterrichten und mir etwas beibringen sollen. Des Mannes wegen, der, hätte er meine Begabung verstanden, wie Verrocchio den Pinsel weggeworfen und nie wieder etwas gemalt hätte. Aber ich habe sie dafür bezahlen lassen, alle, mit ihrem Scheckbuch habe ich sie dafür bezahlen lassen und dadurch, daß ich sie zum Narren gehalten habe, dadurch, daß ich mich mein Lebtag auf ihre Kosten amüsiert habe, dadurch ...«

»Wann ist Ihr Vater gestorben?«

»Was?« Benozzetti stockte und atmete schwer, plötzlich nahm er die Anwesenheit des Maresciallo wieder wahr.

Der Maresciallo schlenderte von ihm fort und ließ den Blick prüfend über die Arbeitstische und Regale mit den Pinseln, Flaschen, Stößeln und sonderbaren Werkzeugen gleiten, deren Verwendungszweck er nicht kannte. Er betrachtete alles, rührte aber nichts an, seine großen Hände umfaßten immer noch seine Mütze.

»Ach, Sie verstehen schon. Ein so interessanter und begabter Mensch wie Sie, da fragt man sich doch, wo das alles herkommt. War Ihr Vater vielleicht Maler – das hier, was ist das?«

»Asche. Zur Herstellung von Tinte.«

»Aha.« Der Maresciallo wanderte weiter und sah alles an – nur Benozzetti nicht, der ihm verunsichert nachging – und stellte Fragen, ohne die Antwort abzuwarten. Wenn er mit einer Frage ins Schwarze traf, das wußte er, würde er die Antwort nicht abzuwarten brauchen. Benozzetti würde dann reagieren wie ein verwundetes Tier. Das Herz des Maresciallo schlug schnell, er nahm es deutlich wahr in dem langen, stillen Raum, als fürchtete er, die Reaktion könnte gar ein tätlicher Angriff sein und kein verbaler. Ihm ging sogar die bange Frage durch den Kopf, ob der Mann vielleicht zum Schutz vor möglichen Einbrechern eine Pistole neben seinem Bett aufbewahrte, doch es war zu weit bis zum Bett, als daß er beiläufig daran vorbeigehen konnte. Außerdem stand dort ja der Wandschirm. Der Maresciallo selbst war nicht bewaffnet.

»Ich weiß gar nicht, wieso ich auf einmal auf Ihren Vater komme – vielleicht deshalb, weil ich an den jungen Marco Landini dachte. Er ist künstlerisch veranlagt wie sein Vater, nicht? Nicht wie Sie natürlich, nicht auf demselben Niveau. Aber vielleicht haben Sie Ihre Begabung ja von Ihrer Mutter geerbt?«

»Nein! Nicht!«

Der Maresciallo tat einen kleinen Satz, als habe der Mann wirklich einen Schuß abgefeuert. Er hätte ihm jetzt zu gern ins Gesicht gesehen, tat es aber nicht.

»Tut mir leid. Soll ich mir diese Gefäße nicht ansehen? Ich habe nichts angefaßt...«

»Nein, nein, ist schon gut.«

Auch wenn er sich nicht umschauen konnte, so verriet der keuchende Atem Benozzettis dem Maresciallo, daß er nun seinem Ziel nahe war. Sollte er weitergehen oder warten? Warten. Sein Rücken kribbelte, als rechnete er damit, daß sich jeden Augenblick Klauen hineinschlagen könnten. Gefährlich. Er hatte von Anfang an gewußt, daß der Mann gefährlich war, und trotzdem war er unbewaffnet hierhergekommen. Hinter ihm ließ sich die Stimme wieder vernehmen, aber es war nicht Benozzettis Stimme. Ein leiserer, schwächerer Klang.

»Es ist mir egal. Ich brauche nicht...« Die Stimme erstarb.

In diesem Punkt hatte er also damals auch gelogen, Marco gegenüber. Sie war wohl tot, doch wenn sie gestorben wäre, als er noch klein war, hätte er sich nicht groß daran erinnert und sicher nicht »Es ist mir egal« gesagt. Der Maresciallo wünschte sich sehnlichst, daß er sich nicht in diese Situation gebracht hätte, gefangen in diesem pompösen großen Grab mit den darin angehäuften Schätzen und einem wahnsinnigen Bewohner. Aber er war hier, und nun war es zu spät. Die Spannung des Mannes hinter ihm war unerträglich stark geworden. Lenk ihn ab. Lenk ihn ab.

»Ach.« Er seufzte tief und bat seine toten Eltern stumm um Verzeihung für das, was er nun sagen würde. »Dann haben Sie vermutlich etwas Ähnliches durchgemacht wie ich. Meine Mutter ging fort, als ich noch klein war. Die übliche Geschichte, ein anderer Mann. Heute würde eine Mutter natürlich niemals ihr Kind verlassen, aber damals konnte keine Frau das Sorgerecht beantragen, wenn ihr Verhalten als unmoralisch galt. Und wir, die wir darunter gelitten haben, müssen uns bemühen, ihre Zwangslage zu verstehen, vor allem wenn« – die Narbe, die Narbe – »vor allem wenn es auch zu gewalttätigen Übergriffen gekommen ist. Wie soll eine Frau sich verteidigen?«

»Und wie soll ein Kind sich verteidigen?« Es war nun nicht diese andere, kindliche Stimme, sondern die Benozzettis. Der Maresciallo drehte sich um und sah ihn an. Sein Gesicht hatte sich deutlich verändert. Die Maske, durch welche ihn die Schlangenäuglein angeschaut hatten, war verschwunden. Die angespannten Muskeln waren erschlafft. Der Maresciallo hatte nun einen gewöhnlichen Menschen vor sich oder das, was von ihm übriggeblieben war. Benozzetti wies einfach schlicht auf sein Ohr. »Es war nicht nur das, derlei Dinge waren nicht das Schlimmste, Maresciallo. Das Schlimmste war der Haß, weil ich aussah wie sie und weil ich, wie Sie klug erraten haben, ihre Begabung geerbt hatte. Seine zweite Frau haßte mich, und zwar noch mehr als er selbst.«

»Man hat Sie also weggegeben?«

»Das hört sich grob an, aber so war es nicht. Mein Vater war ein wohlhabender Mann und verfügte über beträchtlichen Einfluß in der pharmazeutischen Industrie. Aber nachdem ich durch diese Verletzung, bei der ich dem Tod nur knapp entronnen bin, auf dem einen Ohr taub wurde, mußte etwas geschehen. Mein Vater willigte ein, mich in ein teures Internat zu schicken, wo sich Mönche meiner annahmen, sogar während der Ferien, und wo ich keiner Verfolgung mehr ausgesetzt war.«

»Ich verstehe. Sie müssen viel gelitten haben. Es tut mir leid, wenn ich Sie dadurch, daß ich es zur Sprache brachte, verärgert habe. Es ist nur so, daß ich, wie ich Ihnen ja schon bei unserem ersten Kennenlernen sagte, nur selten mit jemandem zusammenkomme, der so faszinierend und begabt ist wie Sie. Sie haben das wohl noch nie jemandem erzählt? Jedenfalls haben Sie es in Ihrem Schreiben für die Zeitung nicht erwähnt, obwohl Sie den Eindruck vermittelten, als wollten Sie, daß man Sie verstehe. Sollten Sie es nicht sagen – einem Menschen mit Sachverstand natürlich, nicht der Öffentlichkeit?«

Benozzettis Miene verhärtete sich wieder, und nun sah er den Maresciallo mit verächtlich herabgezogenem Mund an. »Sie spielen doch nicht etwa auf einen Psychoanalytiker an? Ich hätte mehr von Ihnen erwartet. Diese Leute sind genauso töricht und arrogant wie die Kunstsachverständigen.«

»Oh, da haben Sie sicher recht. Aber es könnte Ihnen trotzdem auf irgendeine Weise nützen, auch wenn Sie selbst es nicht so ernst nehmen. Das Geständnis, das Sie veröffentlicht haben, ist schließlich ...«

»Das war kein Geständnis! Habe ich es Geständnis genannt? Bin ich für die Idiotien der Zeitungsleute verantwortlich?«

»Natürlich nicht.« Benozzetti war also wieder in seiner normalen Verfassung. »Das hatte ich nicht bedacht. Es war ja auch nur eine Überschrift. Und trotzdem wird es Reaktionen darauf geben, und falls man Sie strafrechtlich verfolgt ...«

Benozzetti lachte bitter. »Wie wenig Sie von diesen Dingen verstehen, Maresciallo. Wer soll denn Ihrer Meinung nach den ersten Stein werfen? Das Auktionshaus? Glauben Sie etwa, dort wird man zugeben, daß eine Fälschung durch ihre Hände gegangen ist? Dann würde doch kein Mensch mehr dort etwas kaufen. Oder etwa der Käufer? Erwarten Sie, daß er zugeben wird, fünfzig Millionen für ein falsches Bild ausgegeben zu haben? Ich weiß, wer dieser Käufer ist, obwohl er bei der Auktion nicht persönlich zugegen war, und ich kann Ihnen Brief und Siegel darauf geben, daß er niemals zugeben wird, daß man ihn zum Narren gehalten hat.«

Darauf wußte der Maresciallo nichts zu erwidern. Er war sich immer noch sicher, daß es das echte Bild gewesen war, aber welchen Unterschied machte das eigentlich? Wenn es echt war, dann war das vor Jahren dem amerikanischen Museum verkaufte Bild eine Fälschung, und die Argumente blieben dieselben. Und wollte er nicht wie alle anderen einfach um Marcos willen glauben, daß das Bild echt war? Sie saßen doch alle in einem Boot.

»Nun, Maresciallo?«

»Ich kann nachvollziehen, was Sie da sagen.«

»Es freut mich, das zu hören, denn Ihr junger Freund Marco wird doch ebenfalls nicht den ersten Stein werfen, oder?«

»Nein, ich glaube nicht. Was aber ist mit dem Museum in Amerika? Das Bild, das sich dort befindet, wird man jetzt sicher prüfen wollen?«

»Ha! Als ich meine kleine Anklage vorbereitete, habe ich dorthin geschrieben und sie aufmerksam gemacht, daß eine weitere Version des Bildes demnächst in Florenz veräußert wird, und habe ihnen das Foto von mir und dem dritten Exemplar beigelegt, das Sie in der Zeitung gesehen haben. Was, glauben Sie, hat man mir geantwortet?«

»Ich weiß es nicht. Hat man zusätzliche Beweise gefordert?«

»Zusätzliche Beweise! Das ist ja genau das, was sie nicht wollen, zusätzliche Beweise! Beweise für ihre Dummheit, ihre Ahnungslosigkeit, ihre zum Fenster hinausgeworfenen Dollars? Das Museum hat mir gar nicht geantwortet, Maresciallo. Bei diesem Thema werden sie nie jemandem antworten. Sie werden es tiefer hängen, stillschweigen, bis der Sturm sich gelegt hat, und ihr ›Antonio Franchi‹ wird bleiben, was er ist. Sie werden sehen: Jedes Bild, das ich je gemalt habe, wird bleiben, wo es ist, ganz gleich, ob in einem Museum oder einer Privatsammlung.«

»Wenn das so ist...« Er durfte nun keinen Fehler machen. »Wenn das so ist, warum haben Sie dann aufgehört? Sie haben das doch getan, weil Sie aufgeben, nicht wahr? Aber warum? Was wollen Sie tun?«

»Tun? Ich werde das tun, wonach mir zumute ist. Ich brauche das alles doch nicht!« Benozzetti fuchtelte aufgeregt mit der Hand herum. »Ich brauche nichts. Und niemanden.«

»Landini haben Sie aber doch gebraucht.« Das war es. Das war die Erklärung.

»Landini! Ein Kritiker! Auch nur so ein Dummkopf! Er hat mich für seine Karriere benutzt.«

»Ja, sicher.«

»Ich sage Ihnen was, dieser Mensch...«

»Er hat Sie verstanden, nicht?«

»Niemand kann mich oder mein Werk verstehen.«

»Gut. Aber soweit es möglich ist, hat er Sie verstanden. Er hat Ihnen gesagt, was Sie malen sollen, nicht wahr?«

»Niemand sagt mir, was ich malen soll.«

»Gut, hat er also Vorschläge gemacht.«

»Wenn Sie damit sagen wollen, daß er den Markt kannte, ja, in diesem Sinne hat er Vorschläge gemacht.«

Ja, dachte der Maresciallo, und ich darf nicht sagen, daß er die Kunden kannte und Sie nicht. Ich darf nicht sagen, Sie sind auf die Nase gefallen, weil er nicht da war, Sie aufzufangen.

»Und nun ist er tot. Sie haben gewiß Ihr ganzes Leben lang hart gearbeitet und können sich mit dem gleichen Recht zur Ruhe setzen wie jeder von uns.«

»Genau.«

Was würde er tun? Als Gescheiterter weiter in dieser Gruft wohnen? Der Maresciallo erschauderte. Er setzte die Mütze auf, um zu gehen, blieb aber noch einmal stehen. Ohne Benozzetti anzusehen, sagte er: »Das Bild, das Sie mir bei meinem letzten Besuch gezeigt haben, würden Sie mir erlauben, es mir noch einmal anzusehen?«

»Damit Sie behaupten können, es sei kein Tizian?«

»Nein, nein …«

»Damit Sie sagen können, es sei fehlerfrei? Das ist es nicht. Ich habe es zerstört.«

»Aha.« Als der Maresciallo ging, vermied er es, Benozzetti ins Gesicht zu schauen, wollte nicht sehen, was sich darin spiegelte. Er berührte ihn beim Hinausgehen nur flüchtig am Arm.

Es begann zu dämmern, und wenn es draußen kälter war als in dem Atelier, so lag das nur an dem eiskalten Wind. Benozzetti würde sich nicht umbringen, dessen war sich der Maresciallo sicher. Wenn er zu den Menschen gehörte, die die Schuld für ihr Scheitern bei sich selbst suchten, hätte er das schon als junger Mann getan, als der junge Mann, der als Maler gescheitert war. Was würde aus ihm werden? Vielleicht nur, um sich selbst aufzumuntern, murmelte der Maresciallo, als er die Autotür aufmachte und ihm ein willkommener Luftstrom von der Heizung entgegenschlug: »Vielleicht versucht er sich ja als Maler.«

»Was?« fragte Di Nuccio.

»Nichts, nichts.«

»Ich habe den Motor angelassen – es ist so kalt.«

»Das haben Sie richtig gemacht.« Jedenfalls hatte er alles herausgefunden, was er wissen mußte. Der Grund, weswegen er es wissen mußte, war ihm jedoch nicht bewußt, und der Maresciallo gehörte nicht zu denen, die sich selbst Fragen stellten.

# 18

»Ich frage mich nur, was ...« Es war immer schwierig, Ferrini etwas zu erklären. Erklären war sowieso nicht die Stärke des Maresciallo, und außerdem wußte man nie, in welcher Stimmung sich Ferrini gerade befand. »Ich will sagen, in der Pubertät hat man es schon schwer genug. Ich weiß nicht, ob Sie sich daran erinnern.«

»Na klar doch. Ich hab dauernd an Sex gedacht, Tag und Nacht.«

Der Maresciallo, bis zum Platzen voll von dem Abendessen auf dem Lande, wo sie nicht länger geblieben waren als bis elf, schien sich vielmehr daran zu erinnern, daß er dauernd ans Essen gedacht hatte. Die Hälfte seiner Jugendzeit hatte er auf der Suche nach etwas Eßbarem zugebracht und die andere Hälfte mit der bangen Frage, ob er zu dick sei. Doch das wollte er nicht verraten.

»Wie wäre Ihnen denn zumute gewesen, wenn Sie gewußt hätten – gewußt, nicht vermutet –, daß Ihr Vater homosexuell ist?«

»Ich wäre entsetzt gewesen.«

»Genau.« Sie schauten auf die drei Fotografien in der Akte, die aufgeschlagen auf dem Schreibtisch des Maresciallo zwischen ihnen lag.

»Sie haben Nicolino zu ihren Orgien in den Cascine-Park mitgenommen«, sagte der Maresciallo. »Als er älter war, hat er es dann erfahren, oder es ist ihm bewußt geworden. Und nach allen Aussagen, die wir haben, hat Amelio es im Haus miterlebt.«

»Und Salvatore Angius? Über ihn wissen wir weniger, aber wir wissen doch, daß Silvano ihn in der Gosse aufgelesen und wie einen Sohn behandelt hat. Da ist die Situation anders, und wer wollte behaupten, daß er wirklich homosexuell war? Kann gut sein, daß er so für Silvanos Hilfe zahlen mußte.«

»Das hat sich Di Maira auch gefragt. Das ist auch ein guter Grund, ihn zu hassen. Die Ausgangslage ist also bei den drei jungen Männern gleich, kommt noch dazu: Amelio und Salvatore sind vorbestraft, wegen Diebstahls, des Besitzes von Klappmessern, illegalen Waffenbesitzes... und deswegen!«

Ferrini zog die Fotokopie eines Zeitungsartikels hervor, in dem berichtet wurde, daß Salvatore Angius mit zwei anderen Männern wegen eines bewaffneten Raubüberfalls festgenommen worden war.

»Nein«, sagte er, als er den Maresciallo den einspaltigen Artikel einmal und dann ein zweites Mal überfliegen sah. »Welche Waffe dabei verwendet wurde, steht nicht drin, und ich dachte, wenn ich die Akte anfordere, strecke ich womöglich den Kopf zu weit vor.«

»Das war richtig.«

»Aber sehen Sie sich mal das Datum an.«

»Nur drei Monate nach dem Mord von 1968.«

»Glauben Sie immer noch, daß er am Tatort war?«

»Ich kann es nicht beweisen. Aber wenn er das Kind weggebracht hat, um Silvano zu schützen, kann er auch die Waffe mitgenommen haben.«

»Es wäre aber ziemlich dumm gewesen, die Waffe bei einem Raubüberfall zu benutzen, wenn sie für einen Mord verwendet wurde«, gab Ferrini zu bedenken.

»Vielleicht hat er ja keinen Schuß damit abgefeuert und hatte das auch nicht vor. Abgesehen davon, für meine Begriffe ist er nicht besonders klug oder helle. Er wurde gefaßt.«

»Ja. Und er wurde eingebuchtet. Und ganz zufällig landete er in der Zelle neben Sergio Muscas, der auf den Prozeß wegen des Mordes von 1968 wartete. Hören Sie sich mal das an: Sein Anwalt nahm Kontakt zu Muscas' Anwalt auf und teilte ihm mit, sein Klient habe eine Muscas betreffende Aussage gemacht. Er sagte: ›Der arme Trottel war es nicht. Ich weiß, wer es getan hat. Es war Flavio Vargius.‹ Und schon drehen wir uns wieder im Kreis.«

»Eigentlich nicht.« Der Maresciallo blieb gelassen. »Nicht jetzt, wo wir die Beziehungen zwischen diesen Männern verstehen. Das alles bedeutet nur, daß er immer noch von Silvano abhängig war und sich ins Zeug legte, um ihn zu schützen, als er sah, daß sich eine Gelegenheit dazu bot.«

»Aber trotzdem müssen Sie doch zugeben, daß auf Silvano eine ganze Menge der Merkmale zutrifft. Was Sie mir da erzählt haben, wie er seine erste Frau umbrachte, als sie ihn verlassen wollte, und dann diese Geschichte, von der Di Maira Ihnen erzählt hat. Seine zweite Frau, die 1974 wegwollte und 1980 dann wirklich ging...«

»Warum hat er die denn nicht umgebracht?«

»Was wollen Sie damit sagen?«

»Er fing doch wieder genauso an, ging zu den Carabinieri und erstattete Anzeige wegen böswilligen Verlassens. Seine erste Frau hat er umgebracht, als sie ihn betrog. Belinda Muscas hat er umgebracht, als sie ihn betrog. Warum hat er dann seine zweite Frau nicht umgebracht, wenn er so mordlustig war? Glauben Sie etwa ernsthaft, daß er in seinem Alter plötzlich den Charakter änderte und losging und einen Haufen fremder Leute umbrachte, anstatt gegen die Person vorzugehen, die ihn gekränkt hatte? Denn er hat sich ja nicht geändert. Es war doch immer dasselbe: Seine erste Frau und ihr Bruder, Belinda und ihr Mann; die zweite Frau und die Männer, die er mit nach Hause gebracht hat; zum Schluß, bevor er verhaftet wurde, wohnte er mit einer Frau zusammen und hatte gleichzeitig einen Mann als Dauerfreund, und dazu kommen noch, außer der Reihe sozusagen, die Orgien, die er veranstaltet, und die Leute, die er aufgesammelt hat. Er hatte sich nicht geändert. Außerdem war er zu schlau, um die Beretta 22 noch einmal zu benutzen und zu riskieren, sich im Zusammenhang mit dem Mord von 1968 zu belasten. Niemand würde so etwas tun, es sei denn, er will gefaßt werden.«

»Aber die schon.« Ferrini ließ nicht locker. »Das haben wir doch den Büchern, die Bacci uns gebracht hat, entnommen. Viele solche Leute wollen gefaßt werden.«

»Ein paar, ja. Silvano hat aber nicht gestanden, als Romola ihn beschuldigte, das Ungeheuer zu sein, und sein ganzes Haus auseinandernahm, weil er Beweise suchte. Ganz im Gegenteil, er hat das Land verlassen.«

»Schon gut, ich wollte Sie nur provozieren. Hier.« Ferrini lächelte breit und reichte dem Maresciallo über den Tisch, was noch in dem Umschlag steckte.

Der Maresciallo ließ den Inhalt herausgleiten und fragte sich, aus welchem Grund er die vergangenen zwei oder drei Tage in einer regelrechten Flaute zugebracht und Silvano verdächtigt hatte, nun aber, in dem Augenblick, in dem Ferrini diesen Verdacht in Worte faßte…

»Was ist das?« Er schaute auf die Ansammlung von Papieren und dann zu Ferrini hinüber.

»Ach, nur ein paar Notizen, die ich mir gemacht habe. Ich wollte Sie überraschen. Nun lesen Sie sie schon.«

»Aber…«

»Lesen Sie.«

Der Maresciallo las die ersten Zeilen, doch beim Blick auf die Überschrift hatte er eigentlich schon genug, obwohl er nicht hätte sagen können, wieso.

»Ferrini, wie in Gottes Namen haben Sie denn…?«

»Ach, wie gesagt, das sind nur ein paar Notizen. Übrigens war unser zwitschernder Freund Noferini ein bißchen bedrückt, als ich ihn das letzte Mal sah. Anscheinend hat er es in seinem Elan auf sich genommen, sich persönlich beim Amt für Straßenwesen nach Straßenbauarbeiten zu erkundigen, die einen unserer Kronzeugen eines Sonntagabends zu einem Umweg zwangen, auf dem er den Verdächtigen in der Nähe des Tatorts sah.«

»Ich nehme an, es gab keine Straßenbauarbeiten?«

»Wie haben Sie das erraten? Noferini hat einen Bericht für Simonetti gemacht und bekam als Dankeschön eine Zigarre verpaßt.«

»Das hab ich mir gedacht. Aber es ist lächerlich«, stellte der Maresciallo fest, »denn die Verteidigung prüft das sowieso nach.«

Ferrini zuckte mit den Schultern. »Genau das wollte Noferini ja auch sagen, und bekam nur zu hören: ›Das Amt hat sich zweifellos geirrt.‹ Wir sollten das aber nicht auf die leichte Schulter nehmen. Daß er ziemlich enttäuscht war, war für uns ganz bequem – er glaubt nämlich immer noch, daß der Beschuldigte auch der Schuldige ist, er meint nur nicht, der Zweck heilige die Mittel. Ich habe ihm versprochen, mir das und ein, zwei andere Sachen mal anzuschauen. Hab ihm zu einem besseren Gewissen verholfen. Das« – er wies mit einer Kopfbewegung auf die Notizen – »war die Gegenleistung. Er hat keine Ahnung, was er mir da gegeben hat. Der Text war auf englisch. Er hat ihn in den Computer eingegeben, aber kein Wort davon verstanden. Ich bin damit zu Bacci gegangen, der ihn mir vorgelesen und gleich übersetzt hat, und ich hab mitgeschrieben. Nun«, sagte Ferrini, lehnte sich zurück und zündete sich eine neue Zigarette an, »lesen Sie aber endlich.«

Der Maresciallo las.

FBI Abt. Verhaltensforschung
NCAVC, QUANTICO, Va.

Profil, basierend auf Informationen
zu 16 Morden, die zwischen 1968 und 1985
in Florenz, Italien, verübt wurden

Tatort

Für alle hier untersuchten Fälle ließe sich auf den ersten Blick sagen, daß der Schauplatz der Morde – eine einsame, zwischen Weinbergen und Olivenhainen gelegene Straße auf dem Lande – von den dort parkenden Opfern ausgewählt wurde. Dennoch läßt der Tatort wichtige Rückschlüsse auf den Täter zu. Er erlaubt die Annahme, daß dieser bereits im Vorfeld der Tat als Voyeur aktiv gewesen sein muß, und diese Annahme wird durch die Tatsache gestützt, daß die späteren Opfer den Geschlechtsverkehr meistens gerade beendet hatten, als sie tätlich angegriffen wurden. Liebespaare, die den Geschlechtsverkehr regelmäßig in geparkten Wagen ausüben, neigen dazu, regelmäßig den gleichen Ort aufzusuchen. Vermutlich beobachtete der Täter so lange samstagabends Paare, bis er eines entdeckte, das regelmäßig an einer für seine Zwecke geeigneten Stelle parkte – einer Stelle, in deren Nähe er sein eigenes Fahrzeug abstellen konnte, um gegebenenfalls schnell zu fliehen, die geschützt war, so daß er sich an dem Frauenkörper zu schaffen machen konnte, ohne hierbei von passierenden Fahrzeugen gesehen zu werden, und in deren Nähe sich Wasser befand, wo er sich waschen konnte.

Als Ausgangspunkt für seine Beobachtungsgänge kommen eine Disco oder ein anderer Treffpunkt für junge Leute in Frage. Um an einem solchen Ort nicht aufzufallen, muß der Täter notwendigerweise zur gleichen Altersgruppe gehören wie seine späteren Opfer. Die Phase der Sondierung, Auswahl und Beobachtung der Paare vor der eigentlichen Tat – die jeweils in der dunkelsten Nacht des Monats verübt wurde – ist wie das Töten selbst Teil eines Lustgewinns, welcher durch das

Vergnügen an den herausgeschnittenen Körperteilen der Opfer, durch die auf die Tat folgende Berichterstattung in den Medien und durch die polizeiliche Untersuchung zusätzlich verlängert wurde.

Tathergang

Der Täter bringt seine Waffen an den Tatort mit und beseitigt sie nach der Tat (siehe Anmerkung 1). Es ist anzunehmen, aber nicht beweisbar, daß er zuerst das männliche und danach das weibliche Opfer erschießt. Das weibliche Opfer wird ein kurzes Stück vom Wagen entfernt und verstümmelt. Das männliche Opfer wird ebenfalls mit dem Messer und der anderen Stichwaffe angegriffen.

Die Tatumstände des Mordes im Jahre 1968 weisen nicht die Merkmale der Mordserie auf, so daß sein Zusammenhang mit den später verübten Morden vielleicht in der Auslöse- oder Modellfunktion zu sehen ist, die er für jemanden besitzt, der damals zugegen war.

Die Tatumstände des Mordes von 1974 weisen auf einen Lustmörder im Jugendalter – oder zumindest nur kurzer einschlägiger Vergangenheit – hin. Der Tatort wurde ausgewählt, die Tatwaffe mitgeführt, doch der Täter gab keine tödlichen Schüsse ab. Vielleicht hatte er, einer lange gehegten Phantasie entsprechend, geplant, das weibliche Opfer vor oder nach der Beibringung der Stichwunden zu vergewaltigen, er mußte jedoch, da sich bei ihm plötzlich Impotenz einstellte, das weibliche Opfer mit dem Ast eines Weinstocks penetrieren. Mit hoher Wahrscheinlichkeit kann davon ausgegangen werden, daß sich der Täter durch Drogenkonsum in die Lage versetzte, seine Phantasien auszuleben. In normalem Geisteszustand würde ein Täter auch im Zustand hochgradiger Erregung seinem Opfer keine 96 Stichwunden beibringen. Das männliche Opfer wurde ebenfalls mit einem Messer und einer weiteren Stichwaffe angegriffen, was darauf schließen läßt, daß sich der Zorn des Täters in gleicher Weise gegen Männer richtet, die Beschränkung der Stichverletzungen auf Rumpf- und Halsbereich des männlichen Opfers ist jedoch ein Indiz für die Angst des Täters vor einer Berührung männlicher Geschlechtsteile (siehe Anmerkung 2).

Die von 1981 an verübten Morde lassen eine fortschreitende Habitualisierung der Tatausführung erkennen. Das Problem der Impotenz am Tatort wird dadurch gelöst, daß Körperteile der Opfer entfernt werden, um diese nach der Tat in Sicherheit und ohne Zeitdruck zu »genießen«. Für die Ruhe zwischen 1974 und 1981 kann Angst ursächlich sein, vor allem wenn der Täter sehr jung ist oder wegen irgend etwas von der Polizei gesucht wurde. In Betracht kommt jedoch auch, daß der Täter abwesend oder wegen anderer Delikte inhaftiert war oder die Gegend aus Angst vor einer Festnahme vorübergehend verlassen hatte.

Daß der Täter nach dem letzten Verbrechen ein Stück Fleisch aus dem Körper seines Opfers an eine Ermittlungsbeamtin sandte, könnte darauf zurückzuführen sein, daß es sich bei den Opfern um Ausländer im Urlaub handelte, die sich an einem abgelegenen Ort in ihrem Campingfahrzeug aufhielten und nicht vermißt wurden. Möglich wäre auch, daß der Täter die Leichen seiner Opfer versteckte, um Zeit zu gewinnen und auf aufsehenerregende Weise von seiner Tat Mitteilung zu machen. Angesichts des Zustands der weiblichen Leiche sollte auf jeden Fall die Todeszeit noch einmal überprüft werden. Dem Anschein nach wurden die deutschen Opfer des Mordes von 1983 exakt zur gleichen Jahreszeit an der gleichen Stelle ermordet und in dem Campingfahrzeug deponiert, ohne daß die Leichname ähnliche Verwesungsmerkmale aufwiesen.

Das Fehlen von Spuren am Tatort weist darauf hin, daß der Täter mit Sorgfalt und Bedacht vorging und seine Verhaftung nicht herbeiführen wollte. In zwei Fällen, 1982 und 1983, als der Plan fehlschlug, verließ der Täter den Tatort, ohne die Leichen zu verstümmeln. Die Situation vollkommen im Griff zu haben war für ihn von entscheidender Bedeutung – seine Opfer müssen wehrlos sein und sterben, ohne dem Angriff ausweichen zu können. Daher floh der Täter vom Tatort, als es zu einer Gegenwehr (1982) von seiten eines Opfers kam, ohne zu überprüfen, ob der Mann tot war. Wäre dieser Mann früher gefunden worden, hätte er seinen Angreifer sogar identifizieren können. Der Täter hatte inzwischen die in die Pistole geladenen Projektile verschossen, hätte seinem Opfer aber mit dem Messer den Todesstoß versetzen können. Der Kontrollverlust und die plötzlich provozierte menschliche Beziehung zum Opfer, vermutlich durch Blick- und Stimmkontakt, lösten jedoch beim Täter eine Panikreaktion aus, denn sie zerstörten seine Allmachtsphantasie.

Der Fluchtversuch seines letzten Opfers scheint eine solche Wirkung nicht ausgelöst zu haben. Vermutlich war bei dieser Tat kein Blick- und Stimmkontakt entstanden, und ein nackt und verwundet fliehendes Opfer zerstörte die Phantasie des Täters nicht, sondern ließ sich darin integrieren.

Obwohl auf das letzte Verbrechen eine Begegnung mit den Ermittlungsbeamten folgte (anderslautende erhaltene Mitteilungen erwiesen sich nicht als echt), weist die Zusendung des Päckchens an einen namentlich benannten Ermittlungsbeamten – an die einzige Frau, die an der Aufklärung des Falles mitarbeitete – darauf hin, daß der Täter sich für die kriminalistische Untersuchung interessierte und mit hoher Wahrscheinlichkeit persönlich Kontakt zur Polizei aufnahm und/oder gelegentlich zum Tatort zurückkehrte, um das polizeiliche Vorgehen zu beobachten. Ein solches Verhalten ist bei Serienmördern dieses Typs so häufig, daß eine strategische Plazierung von visuellen Aufzeichnungsgeräten am Tatort während der Ermittlungsarbeiten angezeigt ist.

Diagnose

Organisierter Lustmord eines Einzeltäters

Herkunft des Täters

Ökonomisch und kulturell depraviert, wahrscheinlich aus einer ländlichen Region; die Exzision der Körperteile läßt darauf schließen, daß das Fleisch vor dem Heraustrennen aus dem Körper wie beim Häuten von Tieren angehoben wurde. Häusliche Gewalt und häufige körperliche Züchtigung in Kleinkindzeit und Kindheit sind wahrscheinlich.

Wahrscheinliche, bereits in der Kindheit begangene Delikte: Diebstahl, unentschuldigtes Fehlen in der Schule, Tierquälerei, habitualisiertes Lügen.

Abwesenheit der Mutter oder einer mütterlichen Ersatzperson, wodurch sich keine liebevollen Verhaltensmuster bilden konnten. Negativer Rapport mit dem Vater oder der Vaterfigur.

Erwachsenenprofil

Äußerst geringe Selbstachtung; tief verwurzelte Ohnmachtsgefühle als Folge der Mißhandlungen in der Kindheit und Adoleszenz; unehrliches und nachgebendes Verhalten in der Beziehung zu stärkeren Charakteren oder Autoritäten als Folge von Aggressionsangst; aufgestauter Zorn und Haß, maskiert durch oberflächliche Freundlichkeit. Der Täter hat ein scharfes Gespür für Forderungen entwickelt, die von Stärkeren und/oder Autoritäten an ihn gerichtet werden, und erweckt den Anschein, diesen Forderungen nachzukommen, falls nötig, durch Lügen.

Der Täter gibt sich oft harmlos, nährt jedoch seine heimliche Allmachtsphantasie und lebt sie aus. Bei den Lustmorden geht es ihm nicht um Sexualität, sondern um das Machtgefühl. Das Geschlechtsleben des Täters muß nicht zwingend anormal sein, jedoch dürfte es ihm schwerfallen, dauerhafte, von Zuneigung geprägte Beziehungen zu unterhalten. Er dürfte Sex mit Prostituierten vorziehen, die er wegen ihrer gesellschaftlichen Randexistenz und der Tatsache, daß er sie bezahlt, als minderwertig betrachtet. Allem Anschein nach fürchtet und haßt er homosexuelle Tendenzen bei sich selbst, die eine reale Grundlage haben können, aber nicht müssen. Soziale Kontakte pflegt er zu Menschen, die noch schwächer und erfolgloser sind als er selbst, beispielsweise Drogenabhängigen, Prostituierten, Landstreichern, da er hier sein in der geringen Selbstachtung wurzelndes Leiden weniger stark empfindet. Der Täter ist von normaler Intelligenz, seine Leistungen bleiben jedoch hinter seinen Möglichkeiten zurück. Die wiederholte Verwendung einer Ahle oder eines Schraubenziehers weist auf einen ungelernten Arbeiter als Täter hin, der nur gelegentlich einer Beschäftigung nachgeht und häufig arbeitslos ist. Der Täter ist vermutlich vorbestraft und dürfte für kurze Perioden wegen Diebstahls, Brandstiftung, Drogenkonsums, unerlaubten Waffenbesitzes oder sogar bewaffneten Raubüberfalls inhaftiert gewesen sein. Der Täter ist an seinem äußeren Erscheinungsbild, an Kleidung und Autos, mit denen er sein Selbstbild zur Schau stellen kann, interessiert.

Ohne Zweifel hat der Täter die polizeiliche Untersuchung durch Zeitungs- und Fernsehberichte verfolgt und sich möglicherweise als Zeuge oder Informant in die Ermittlungen eingebracht. Die Beobachtungsphase im Vorfeld der Tat und die Beschäftigung mit der polizeilichen Ermittlungsarbeit verlängern den Lustgewinn des nach Macht und Rache strebenden Täters.

Es muß davon ausgegangen werden, daß das traumatische, den Täter schädigende Erlebnis in der frühen Kindheit liegt und so tief verborgen ist, daß er sich nicht daran erinnert, wahrscheinlich aber in der Adoleszenz wieder bewußt oder verstärkt wurde. Wahrscheinlich wurde der Täter in frühem Alter in negativer Weise in sexuelle Handlungen einbezogen, die Zorn und Haß in ihm erweckten.

Da Mörder und Opfer in diesen Fällen in keiner persönlichen Beziehung zueinander stehen, sind Beweise schwer zu finden und beschränken sich auf verwertbare Tatspuren. Wird ein Mörder dieses Typs jedoch ausfindig gemacht, bricht sein Verteidigungssystem unter dem Druck der in seine Phantasiewelt einbrechenden Wirklichkeit vermutlich zusammen, und in aller Regel legt er dann ein Geständnis ab. Festgehalten werden muß, daß trotz der seit den Taten verstrichenen Zeit weiterhin nach Spuren in Form von Körperteilen der Opfer gesucht werden sollte. Solche werden vom Täter gern aufbewahrt oder fotografiert, damit er seine Taten wiedererleben kann. Vgl. John Christie, in dessen Haus vier verschiedene Arten von Schamhaar, mit Pflegemitteln behandelt und in einer Tabakdose aufbewahrt, gefunden wurden. Keine davon stammte von einem seiner ermittelten Opfer. Solche Spuren sind leichter zu finden als die Tatwaffe, da ein Täter dieses Typs Körperteile seiner Opfer gern in seiner Nähe aufbewahrt. Lebt der Täter nicht allein, sucht er regelmäßig einen Ort auf, der nur ihm allein zur Verfügung steht und an dem er seine Trophäen aufbewahren und genießen kann. An einem solchen Ort könnte dann auch die Tatwaffe versteckt sein.

Die Verwendung einer Schußwaffe bei einem Mord dieses Typs ist sehr ungewöhnlich. Ed Kemper jedoch verwendete ebenfalls eine Schußwaffe, da er immer zwei junge Frauen gleichzeitig attackierte und nach der Tat ihre Körper beiseite schaffte und verstümmelte.

Die Auswahl von Paaren als Mordopfer ist beispiellos. Dies und die verwendeten Waffen deuten auf eine Neuinszenierung des Verbrechens aus dem Jahre 1968 hin. Ansonsten sollte der Verdächtige auf den Besitz von pornographischem Material überprüft werden, das für seine außergewöhnliche Wahl ausschlaggebend gewesen sein dürfte.

»Na, haben Sie alles verdaut?« ließ sich Ferrini vernehmen.

»Ja, aber das heißt ja, daß alle drei ...«

»Ich weiß. Alle drei haßten ihren Vater oder ihre Vaterfigur, alle drei hatten ihre Mutter verloren, alle drei haben mal etwas gestohlen oder waren nur gelegentlich beschäftigt. Aber noch wichtiger, alle drei haben irgendwann einmal mit den Ermittlungsbehörden zusammengearbeitet. Das einzige, was wir jetzt tun können, ist, Romolas Bericht noch einmal ganz von vorn durchackern und uns jeden einzelnen Hinweis auf jeden dieser drei noch einmal genau vornehmen, bis einer sich klar herausstellt und die anderen in den Hintergrund treten, weil irgendein Detail nicht paßt. Und zu dieser Beschreibung gehören ja noch ein paar Beweise, und es ist unsere Aufgabe, sie zu beschaffen. Wir müssen zeigen, daß er Silvanos Waffe in seinen Besitz bringen konnte, wir müssen erklären, wieso es zu den Lücken zwischen 1968 und 1974 und zwischen 1974 und 1981 kam, und, was noch schwieriger ist, herausfinden, warum er aufgehört hat. Ich erinnere mich an einen Fall, an dem ich mal gearbeitet habe...«

Der Maresciallo unternahm erst gar nicht den Versuch, Ferrini zu unterbrechen. Er regte sich nicht darüber auf, daß sein Büro voller Rauchschwaden hing. Nun, wo Ferrini wieder da war, arbeitete auch er wieder unbeeinträchtigt, war er ruhig und sicher. Während Ferrini noch schwadronierte, teilte der Maresciallo die Seiten aus Romolas Bericht zwischen ihnen auf und legte drei Blatt Papier zurecht, auf die er jeweils oben einen Namen schrieb. Bewußt dachte er gar nicht darüber nach, doch irgendwo in seinem Innern spürte er, daß sie die Antwort finden würden, ganz gleich, wie lange das dauern mochte.

Sie sprachen viel an jenem Abend und tauschten in der Hauptsache Fragen aus:

Warum hatte Silvano plötzlich den Verstand verloren und eine psychiatrische Klinik aufgesucht? Hatte der Mörder ihm erzählt, daß er die 68er Waffe für einen Mord benutzt hatte?

Könnte er einfach Angst davor gehabt haben, daß seine Homosexualität bekannt wurde, die er doch mit allen Mitteln geheimhalten wollte?

Hatte er den Mord an den Deutschen vielleicht nur deshalb inszeniert, weil er Flavio aus dem Gefängnis holen wollte?

Am Abend darauf tauschten sie Antworten aus:

»Hier, sehen Sie! 1974 hat er danebengezielt, aber dann hat er geübt – und er war klug genug, nicht mit der berühmten Beretta zu trainieren, denn sonst hätten wir ihn schon vor Jahren gekriegt.«

»Nein, hätten wir nicht, es wäre trotzdem alles so gelaufen, wie es gelaufen ist.«

»Da dürften Sie recht haben.«

»Es hat doch bestimmt noch mehr Fälle von Brandstiftung gegeben als bloß den einen, der angezeigt wurde.«

»Und hier haben Sie seine Zwangsvorstellung. Ich weiß auch nicht, wieso wir das beim ersten Durchlesen übersehen haben.«

»Ich aber. Ich habe keine glückliche Hand bei Kreuzworträtseln, und bei dem hier muß man ja zuerst mal herauskriegen, ob das Teilchen überhaupt reinpaßt, bevor man danach suchen kann, wo.«

»Das ist aber in jedem Fall so.«

»Da dürften Sie recht haben.«

»Und trotzdem gibt es noch Lücken«, warf Ferrini ein, »Dinge, die wir nicht wissen.«

»Aber von dem, was wir wissen, spricht nichts gegen ihn. Wir werden die Lücken füllen ... wenn man uns läßt.«

»Was mich am meisten überzeugt«, sagte der Maresciallo, »ist vielleicht das einzige, das wir nicht werden beweisen können. Nämlich daß es sein Auto war, welches in der Nacht am Tatort stand. Das wird niemand je beweisen können, aber ich weiß es. Das Auto seiner Träume. Am Tage war er ein arbeitsloser Fabrikarbeiter, der in einem kleinen Auto herumgekurvt ist wie wir alle. Abends jedoch ...«

»Clevere Typen, diese FBI-Leute. Trotzdem haben sie keine Erklärung für den berühmten Lappen mit den Blutflecken.«

»Ich glaube nicht«, erwiderte der Maresciallo, »daß irgendwer dem FBI überhaupt Mitteilung davon gemacht hat. Silvano war zu der Zeit ja schon von der Bildfläche verschwunden. Für etwas haben wir jedenfalls jetzt eine Erklärung: weshalb Silvano nicht mit der Wimper gezuckt hat, als unsere Leute ihn fanden, und weshalb er gesagt hat: ›Blutflecken, ja, schön, aber Pulverspuren können keine dran sein.‹ Wissen Sie noch, wie verblüfft Romola darüber war? Die Waffe war Jahre zuvor gestohlen worden, und die Tasche war vermutlich nicht der Ort, wo er sie aufbewahrte, als er sie noch hatte. Der Mörder muß sie nach der Tat von 1974 dort versteckt und später mitgenommen haben. 1985 konnte Silvano offenbar nichts mit der Tasche anfangen. Weiter als bis zu diesem Punkt werden wir damit nicht kommen.«

»Kommen wir denn mit irgend etwas weiter als bis zu diesem Punkt? Haben Sie sich schon mal überlegt, was in Gottes Namen wir als nächstes tun sollen?«

Die Aufgabe, die sie soeben beendet hatten, war der leichtere Teil. Was der nächste Schritt sein mußte, war schon schwieriger zu entscheiden.

»Am besten fahren wir, wenn wir auf Maestrangelo setzen«, sagte Ferrini.

Wie konnte ihm der Maresciallo nach diesen Worten erzählen, was er mit angehört hatte? Das war unmöglich. Und deshalb log er.

»Sie haben vielleicht recht. Es trifft sich, daß ich noch

diese Woche zu ihm rübergehen soll. Ich erledige das gleich morgen und lasse bei der Gelegenheit eine Bemerkung fallen, um zu sehen, wie er reagiert.«

Der Maresciallo hatte nicht die leiseste Absicht, irgendwelche Bemerkungen fallenzulassen, doch er spielte auf Zeit. Er wollte sich etwas anderes ausdenken.

Ferrini gähnte und schaute auf seine Uhr. »Zwanzig vor drei... In was für Sachen Sie mich verwickeln. Meine Frau wird sich von mir scheiden lassen.«

Als er gegangen war, legte der Maresciallo die auf dem Schreibtisch verstreuten Papiere zusammen und schloß sie in der Schublade ein. Danach saß er eine Weile reglos da, starrte auf den Stadtplan und wunderte sich über die Seltsamkeit der Welt.

Wie sie die Dokumente noch mal durchgegangen waren: gründlich, langsam und sehr genau. Von seinem Grundsatz »Wenn man eines überprüft, überprüft man alles« wich der Maresciallo niemals ab. Irgendwie aber hatte er diese winzigen Kleinigkeiten alle schon beim ersten Mal wahrgenommen, denn, so dunkel und gewunden der Weg auch war, er hatte gewußt, wohin er führte.

»Guarnaccia! Kommen Sie, kommen Sie, setzen Sie sich.«

Der Maresciallo, die Dienstmütze in der Hand, setzte sich. Es entsprach nicht seiner Art, sich seine Empfindungen vom Gesicht ablesen zu lassen, doch der Capitano sah ihn nur einmal genau an und fragte: »Geht es Ihnen gut?«

»Oh, ja, danke der Nachfrage. Vielleicht nur ein bißchen müde.«

»Man hat mir gesagt, daß Sie mich neulich aufsuchen wollten.«

»Ja, aber Sie hatten mit jemandem zu tun, und ich mußte wieder gehen ... Simonetti und so weiter ... Es tut mir leid. Sie wollten sicher noch ein paar Informationen zu diesem Brief über das Gemälde?«

»Nein.« Der Capitano schien eher verlegen als verärgert zu sein. »Darum ging es mir nicht. Ich habe mich nur gefragt ... wie ich hörte, haben Sie gestern ein Beweismittel gefunden ...?«

»Wie es aussieht, ja.«

Die Augen des Capitano wurden aufmerksamer als sonst. »Vermutlich wieder einen anonymen Brief.«

»Ja, noch einen.«

Es war nicht der Maresciallo, sondern der Capitano, der offenbar wissen wollte, woher der Wind wehte, aber worauf war er aus? Herausbekommen, wo der Maresciallo stand, was er glaubte? Käme der erwartete Verweis etwa von ihm und nicht von Di Maira?

»Ferrini und ich waren am Tatort in Galluzzo«, sagte der Maresciallo unter dem immer noch gespannten Blick des Capitano.

Fürchtete er, er werde auspacken? Wie war es möglich, daß der Mann, dem der Maresciallo so viele Jahre lang vertraut hatte, plötzlich so ... unehrenhaft war? Denn das war das richtige Wort dafür. Und hatte er nicht selbst tags zuvor gesagt, in einem solchen Maß änderten sich Menschen nicht, nicht in diesem Alter?

»Ich hätte Sie da gar nicht hineinziehen dürfen.« Der Capitano stand unvermittelt auf und ging zum Fenster hinüber. Dem Maresciallo den Rücken zukehrend, sagte er noch einmal: »Ich und Ferrini, wir... Hat er Ihnen nichts gesagt?«

Ferrini hatte vieles gesagt, noch an diesem Morgen, als plötzlich mitgeteilt wurde, daß sowohl die Seifenschale, deren Inhalt sich als wertlos erwiesen hatte, als auch der Kalender, dessen Eintragungen nichts erbracht hatten, in Wirklichkeit besonders wichtige Spuren seien. Einem soeben eingegangenen anonymen Hinweis zufolge waren diese beiden Gegenstände aus dem Campingbus der beiden deutschen Opfer in Galluzzo gestohlen worden.

»Er hat doch nie einen Fuß in diesen dämlichen Campingbus gesetzt!« hatte Ferrini gebrüllt. »Nie! Damit kommt Simonetti nicht durch – es gibt Fotos! Dieses Auto war nur ein improvisiertes Campingfahrzeug. Wenn das Bett runtergeklappt war, überdeckte es jeden anderen Fetzen, den sie in dem Auto drin hatten. Und wenn er irgendwas davon rausholen wollte, hätte er über die Leichen klettern müssen – sie sogar hochheben und das verdammte Bett hochklappen. Für eine Seifenschale! Als ob... Und wenn er ein verdammtes Andenken gewollt hätte, da drin war ein Koffer voll davon. Der Koffer nämlich, mit dem sie die Tür einen Spaltbreit aufhielten, wenn sie schliefen. Er fiel auf den Boden, als der Mörder die Tür aufmachte, um zu schießen. Ging nicht einmal auf – und noch etwas: Der Durchsuchungsbericht, ich habe ihn geschrieben. Die hatten nicht einmal einen Bleistift oder Radiergummi, keine Kreide, Tinte, Farben, Skizzen, nichts! Woher hätten die da einen Kalender haben sollen, Himmelherrgott! Der Mann hat Nerven!«

»Doch.« Der Maresciallo antwortete zurückhaltend auf die Frage des Capitano. »Er schien es für wenig wahrscheinlich zu halten.«

»Ich hatte gehofft... Ich hatte gehofft, Sie und er könnten... Hören Sie, Guarnaccia, ich sollte das zwar nicht sagen, tue es aber trotzdem...« Und der Mann, der sich bei allen Journalisten den Ruf erworben hatte, »verschwiegen wie ein Grab« zu sein, gab nun verblüffende Informationen preis. »Als wir uns entscheiden mußten, welche Männer wir für diesen Fall einsetzen, wollte der Colonnello unter den gegebenen Umständen, die Ihnen ja, glaube ich, inzwischen bekannt sein dürften, nicht seine besten Leute abstellen. Er hatte damit natürlich recht, und trotzdem gefiel mir die Vorstellung gar nicht. Und daran hat sich bis heute nichts geändert. Wenn die ganze Sache hochgeht, wissen Sie, dann fällt es auf uns alle zurück.«

»Ja.«

»Also machte ich einen Vorschlag, den Sie vielleicht für töricht halten werden. Der Colonnello ist noch nicht lange in Florenz, wie Sie wissen.«

»Ja.«

»Er kennt zwar alle unsere maßgeblichen Ermittlungsbeamten, aber es gibt vieles, das er nicht weiß, Leute, die er nicht kennt oder von deren Existenz er nicht einmal weiß. Leute, die über gewisse Erfahrungen verfügen, was man ihnen aber nicht unbedingt am Dienstgrad anmerkt. Sie und Ferrini schienen genau dem zu entsprechen, was der Colonnello sich vorstellte. Ferrini schob in seinem Büro Papiere hin und her. Sie waren drüben im Pitti. Ich hätte das natürlich nicht tun dürfen.«

»Vielleicht hätten Sie es uns sagen sollen.«

»Nein, das war völlig ausgeschlossen. Das hätte bedeutet, Sie in eine taktische Überlegung einzuweihen, die nicht ganz vorschriftsmäßig war. Ich dachte mir, daß Sie zu mir kommen würden, wenn Sie von selbst dahintergekommen wären, was ich damit bezweckte. Als ich neulich hörte, Sie seien hierher unterwegs, da hatte ich die Hoffnung... Schön, diese Hoffnung war unberechtigt. Ich war mir einfach sicher, Sie seien der einzige, der mutig genug wäre, der ganzen Sache auf den Grund zu gehen, die Hysterie und die übertriebenen Phantasien zu durchschauen, die diesen Fall überlagert hatten. Und mit Ferrini zur Seite und der Literatur, die ich Bacci geliehen habe...«

»Sie waren das?«

»Die Bücher sind alle auf englisch. Ich hatte Mühe, sie zu lesen, als ich selber 1983 an dem Fall mitgearbeitet habe, und Baccis Englisch ist hervorragend. Na schön, ich habe wohl zu viel verlangt.«

»Nein, durchaus nicht.« Der Maresciallo stand auf. »Nein, das ist nicht das Problem. Mit Verlaub, ich würde jetzt gern in mein Büro zurückgehen.«

»Natürlich.« Der Capitano sah den Maresciallo an und sagte mit kalter Stimme: »Sie haben sicher viel zu tun.«

»Falls Sie Zeit für mich haben, bin ich in ungefähr einer halben Stunde wieder hier. Wir haben herausgefunden, wer diese jungen Leute ermordet hat, aber jetzt wissen wir nicht, wie wir weiter vorgehen sollen, vielleicht wollen Sie es ja entscheiden... Mit Verlaub...«

Der Maresciallo ging leise hinaus, der Capitano stand da und sah ihm mit großen Augen nach.

Der Maresciallo hielt Wort, war eine halbe Stunde später zurück und legte seine Last aus Papieren und Sorgen erleichtert auf den Schreibtisch des Capitano. Dann saß er schweigend da, hatte die großen Hände fest auf die Knie gestützt, bis Maestrangelo zu Ende gelesen hatte.

»Sie haben das alles gemacht, Sie drei?«

»Nein, Signore. Richter Romola hatte die ganze Arbeit schon getan, aber er hatte nie die Gelegenheit oder die Ruhe, alle Implikationen des Falles zu begreifen.«

»Trotzdem verstehe ich nicht einmal ansatzweise, woher Sie die Zeit genommen haben.«

Der Maresciallo dachte darüber nach, und es fielen ihm nur die Abendessen mit Ferrini und dessen Anekdoten ein, das und die lange, ermüdende nächtliche Lektüre. »Wie schon gesagt, wissen wir nicht, was wir nun tun sollen.«

»Das werde ich Ihnen sagen. Was wir sofort tun werden, ist, einen Bericht an den Generalstaatsanwalt mit einer Kopie an Simonetti und den Ermittlungsrichter schicken. Ich hoffe, daß diese Herren ihn fürs erste nicht zur Kenntnis nehmen werden, da alle ja auch noch andere Informationen bekommen. Dafür sorgt schon der Zusammenhang mit der Familie Vargius. Dann werden wir so lange dranbleiben müssen, bis der Verdächtige vor Gericht kommt, und hoffen, daß es ihn nicht erwischt. Ein gewisses Risiko bleibt aber. Wollen Sie es so machen?«

»Ich mache, was Sie für richtig halten.«

»Wenn ich den Bericht unterschreibe, gehen Sie kein Risiko ein, andererseits aber, wenn wir es jemals vor Gericht bringen wollen …«

»An Ruhm ist mir nicht gelegen, Capitano.«

»Nein, das weiß ich. Aber wir müssen auch an Ferrini denken – und an Bacci. Ich finde, Sie sollten es besprechen und danach wieder zu mir kommen. Und, Guarnaccia, ganz gleich, wie Sie sich entscheiden, Glückwunsch. Es freut mich zu wissen, daß mein Vertrauen in Sie gerechtfertigt war.«

»Ja… das freut mich auch.« Der Maresciallo griff nach seiner Mütze und berichtigte sich: »Ich wollte sagen, vielen Dank, Signore.«

»Gut gemacht, Maresciallo! Sie hatten Erfolg, wo ich gescheitert bin. Ich bin nicht mal annähernd so weit gekommen.«

»Das wundert mich nicht«, sagte der Maresciallo und hielt Dr. Biondini die Hand hin, »aber ich hab mich gar nicht groß bemüht.« Er wies auf das Glas Rotwein, das er in der Hand hielt. »Irgendwer ist mit einem Tablett herumgegangen und hat es mir gegeben. In Menschenmengen bin ich ein wenig unbeholfen.«

»Heute abend sind aber auch wirklich viele Leute hier. Freut mich sehr, daß Sie diesmal kommen konnten. Haben Sie sich schon die Bilder angesehen?«

»Nein. Vielleicht kommen meine Frau und ich an einem anderen Tag noch einmal heraus. Ich hab mir nur gerade die Aussicht angesehen.«

»Der Blick von hier ist herrlich, nicht? Und so ein wunderschöner Abend.«

Es war September, und die Abendsonne verschwamm über der Stadt zu einem Meer aus Rosa und Grün und dunstigem Lila.

Die Steinbrüstung der sternförmigen Fortezza war noch warm, wenn man sie anfaßte, und die Menschen kamen aus der Ausstellung auf den Rasen geströmt, um sich dort hinzusetzen und über die magische Schönheit der Stadt zu staunen, über die sie sich tagsüber meist beklagten. Der Maresciallo, der Teresa in dem Gedränge verloren hatte, stand schon eine Weile da und hörte den Fetzen der Gespräche zu, die zu ihm drangen: der notorische Geiz eines gewissen Marchese, das skandalöse Betragen einer Contessa, das Versagen der städtischen Behörden, die Ungenauigkeit jenes Artikels in der Zeitung...

»Sie schreiben, die Tochter, das naive Ding, hätte bei den Carabinieri angerufen, weil sie dachte, ihre Mutter sei entführt worden, und da konnte er doch, als er hinkam, gar nichts anderes machen als seinen Part spielen. Stellen Sie sich mal vor, wie peinlich das für ihn gewesen sein muß, als sie dann in dem Abendkleid hereingeschwebt kam, ziemlich beschmiert, und ihre Leute alle um das Telefon saßen und auf die Lösegeldforderung warteten. Meine Liebe, stellen Sie sich das vor!«

»Sie will versuchen, das Haus noch zu verkaufen, bevor er Konkurs anmelden muß...«

»Nein, nein, die Ehe muß annulliert werden. Das ist zwar ein sehr langwieriges Verfahren, aber sein Onkel ist am Obersten Gericht der römisch-katholischen Kirche, und da wird es sicher nicht so lange dauern wie bei...«

Am Schluß jedoch verstummten alle angesichts des täglichen Wunders eines Sonnenuntergangs über roten Ziegeln und weißem Marmor.

»Wir sollten öfter hier heraufkommen«, sagte der Maresciallo. »Jedesmal, wenn wir da sind, frage ich mich, warum wir das nicht tun.«

»Die Antwort liegt auf der Hand, mein lieber Maresciallo«, erwiderte Biondini mit einem wehmütigen Lächeln. »Uns fehlt die Zeit. Aber Sie müssen an einem ruhigeren Tag wirklich noch einmal kommen und sich die Ausstellung ansehen. Ich lasse Ihnen Freikarten schicken.«

»Nein, das ist nicht nötig, wir kommen sowieso.«

»Ich bestehe darauf. Ein Bild eines Ihrer Freunde ist auch dabei, wissen Sie.«

»Eines Freundes?«

»Ein Antonio Franchi! Ein Porträt des Ferdinando de' Medici, aus den Uffizien. Ein echtes, glaube ich jedenfalls.«

»Aha, das sollte ich mir ansehen.« Dem Maresciallo fiel ein, daß Biondini zu den wenigen gehörte, die Benozzetti als echte, wißbegierige Kunstfreunde bezeichnet hatte. »Was halten Sie davon? Sie haben die beiden Fotos ja gesehen.«

»Ich konnte keinen Fehler daran erkennen. Das dritte Bild werden wir allerdings niemals zu sehen bekommen.«

Die Geschichte mit der dritten Version in einem amerikanischen Museum war, allerdings ohne Hinweis auf ihren Ursprung, in die Zeitungen gekommen. Das Museum verweigerte noch immer jegliche Stellungnahme, geschweige denn die Übersendung einer Fotografie zu Vergleichszwecken.

»Glauben Sie nicht«, sagte der Maresciallo, »daß das Museum versuchen wird, das Bild auf seine Echtheit hin zu prüfen, wenn sich der Rummel gelegt hat?« So gut er konnte, gab er Benozzettis Mutmaßungen über den weiteren Verlauf der Dinge wieder.

»Da hat er ganz recht«, erwiderte Biondini lachend. »Denken Sie doch nur mal an das Geld, das das Museum dafür ausgegeben hat. Und das bekommt es ja nicht zurück. Und wie würden denn dann die Amerikaner dastehen. Das Museum würde sein Ansehen verlieren. Nein, wenn ein Bild einmal so weit gekommen ist, dann muß es auch echt bleiben. Die Galerien dieser Welt sind voll von Corots und De Chiricos, und die Kirchen sind so voll von Teilen des echten Kreuzes, daß es einen regelrechten Wald ergibt. Ihr Freund Benozzetti war klüger als die meisten. Er hat sich viel schwierigere Künstler vorgenommen und mit weit größerem Erfolg.«

»Was ist mit Tizian?«

»Das wäre in der Tat noch viel schwieriger, zumindest sein Spätwerk. Fotografischer Stil läßt sich leichter fälschen, und der ganz moderne ebenfalls. Tizians Spätwerk läßt sich meiner Meinung nach nicht nachahmen.«

»Deshalb hat sich Benozzetti vermutlich zur Ruhe gesetzt«, erwiderte der Maresciallo. »Denn das wollte er schon, als ich ihn kennenlernte, aber es gelang ihm nicht. Landini war unverzichtbar für ihn. Ja, ich bin froh, daß ich mir keine Bilder kaufen kann. Wer so schlau ist wie Benozzetti, würde mich sicher auch zum Narren halten.«

»Nein, denn Sie würden sich ein Bild kaufen, bei dessen Betrachtung Sie sich freuen, und sich Ihre Freude auch nicht nehmen lassen, wenn plötzlich jemand käme und Ihnen sagte, nicht Künstler A, sondern Künstler B habe es gemalt. Gefährlich ist es nur für Leute, die Bilder als Geldanlage erwerben. Sie und ich brauchen uns keine Sorgen zu machen. Und Sie können sicher sein, es werden keine Zweifel mehr laut an den drei Franchis, den Porträts von Anna Caterina Luise dei Gherardini. Denken Sie an die Auktionshäuser, die Museumskäufer, an den, der für die Zuschreibung verantwortlich ist. Niemand wird sich mehr zu Wort melden, es steht einfach zuviel auf dem Spiel.«

Der Maresciallo trank einen Schluck von seinem Wein, runzelte die Stirn und sagte: »Für Marco ist es so sicher am besten, denn ohne sein Wissen hat man ihn zum Komplizen gemacht.«

»Sehen Sie? Niemand will die Wahrheit hören, deshalb hätte Benozzetti sie auch ruhig für sich behalten können. Für einen kurzen Moment hatte er zwar Ruhm und persönliche Befriedigung, Anerkennung wird er aber nicht finden. Der Antonio Franchi in meiner Ausstellung ist echt, das verspreche ich Ihnen, also kommen Sie ihn sich ansehen. Ich gehe doch davon aus, daß Ihr Leben jetzt wieder in etwas ruhigeren Bahnen verläuft, nachdem Sie das berühmte Monster gefaßt haben.«

»Ja, nur kann ich nicht ... Ach so, Sie meinen die Verhaftung des Verdächtigen ...«

»Hab ich nicht im Fernsehen was darüber gesehen?«

»Ja, natürlich ... entschuldigen Sie, ich war in Gedanken.«

»Nach der vielen Aufregung und der Publicity wollen Sie mir doch nicht etwa erzählen, daß er auch eine Fälschung ist?«

»Es gibt keine Fälschungen. Haben Sie mir das nicht gesagt? Damals habe ich das nicht verstanden. Benozzetti hat es genauso ausgedrückt.«

»Wie üblich halten Sie mir zuviel zugute, Maresciallo. ›Es gibt keine Fälschungen. Es gibt nur falsche Zuschreibungen.‹ Das hat ein bedeutender Kunsthistoriker gesagt – oder vielmehr geschrieben.«

»Aha. Eben, es war wie bei dem Gemälde. Die Sache war zu weit gediehen, als daß irgendwer noch einen Rückzieher hätte machen können, und da er ja sowieso ein so furchterregender Mensch ist…«

»Ich verstehe. Das bedrückt Sie. Sie haben so schwer gearbeitet, und dann dieser unbefriedigende Ausgang. Was für eine Welt! Aber jetzt sollte ich wohl besser wieder hineingehen. Ich schicke Ihnen die Karten.«

Das Farbengemisch des Himmels war nun zum größten Teil verschwunden, geblieben war nur ein silbrig-gelbes Licht und sein Widerschein auf dem glatten kühlen Wasser des Flusses. Die Hügel rings um die Stadt mit ihren Pinien und Zypressen waren zu einer schwarzen Silhouette verschmolzen.

*Er hatte seine persönliche Befriedigung, Anerkennung wird er aber nicht finden.*

Hatte das Ungeheuer ebenfalls aufgehört, weil sein Plan gescheitert war? Die Verhaftung Silvanos als Monster stand kurz bevor, da war er ihnen wie immer entwischt. Andererseits aber hatte er doch das Gefühl, etwas erreicht zu haben. Solange er die Pistole hatte, hatte er auch Macht. Er hatte sich Silvano vom Hals geschafft, und sollte dieser es wagen, je wieder den Fuß nach Italien zu setzen, würde er mit der Pistole jemanden erschießen. In der Zwischenzeit, solange Silvano fort war, würde er natürlich kein Liebespaar mehr anfallen. Wenn er aber, nachdem er nun Geschmack an Mord und Verstümmelung gefunden hatte, nicht wieder davon lassen konnte? Wenn es so war, wenn er wieder tötete, bestand die Möglichkeit, daß er geschnappt wurde und danach ein umfassendes Geständnis ablegte, wie sie es alle taten...

Was dachte er da? Er durfte doch einem anderen Unschuldigen nicht den Tod wünschen, nur um der Befriedigung willen, die...

Er mußte es genug sein lassen. Wie Romola. Er spürte ganz deutlich, daß er sich, auf lange Sicht, nur noch an die Eltern der toten jungen Frau erinnern würde, die in ihrer Einsamkeit nur noch darauf warteten, für immer von ihrem Schmerz befreit zu werden. Und an jene Frau, die ein freudloses Leben führte und in deren Einsamkeit nur verheerende Kopfschmerzen einbrachen. Und an Romola, der sich des Falles angenommen, gekämpft und verloren hatte. Und doch hatte Romola recht gehabt. Er hatte sich auf dem richtigen Weg befunden, und er hatte alles aufgedeckt. Aber um den Weg klar zu sehen, mußte man ihn in der Richtung beschreiten, die Nicolino gegangen war, um zum Schluß bei dem großen Licht anzukommen.

Silvano als Protagonist. Und Silvano als Opfer, gejagt, ohne daß er je richtig verstanden hätte, warum, und dazu noch von einem, der nicht nur unschuldig war, sondern ihm eigentlich hätte dankbar sein sollen. Es überstieg sein Vorstellungsvermögen, daß er das Leben eines anderen Menschen nicht nur einmal, sondern zweimal zerstört hatte. Silvano war des Mordes schuldig und konnte nicht mit dem Finger auf denjenigen zeigen, dessen schreckliche Strafe ihn getroffen hatte, ohne seine eigene Schuld einzugestehen. Die siebzehn unschuldigen Menschen, die durch ihre Hand gestorben waren, hatten beide vergessen, als belanglos, als Opfer des Gefechts abgetan. Und das Gefecht war vermutlich vorüber. Es sei denn, Silvano kehrte zurück.

Die große Herbstsonne versank hinter der dunklen Silhouette der Hügel, und überall in der Stadt funkelten kleine Lichter.

»Es ist wunderschön«, sagte Teresa, hakte sich unter und schaute mit ihm auf die angestrahlten Marmortürme und den funkelnden Widerschein der Lichter auf dem Fluß hinab. »Wir sollten öfter hier heraufkommen.«

»Ja. Das hab ich vorhin auch gesagt. Aber es wird dunkel...« Aus irgendeinem Grund löste die einsetzende Dunkelheit einen traurigen, besorgten Schmerz in ihm aus. Ihm wurde klar, warum, als Teresa ihm antwortete.

»Wir sollten uns langsam auf den Heimweg machen. Die Jungs werden schon warten.«

Wir sind so glücklich, dachte der Maresciallo. Bitte, Gott, laß es so bleiben. Laut sagte er aber nur: »Sie werden Hunger haben. Also, komm, gehen wir«, und hielt ihren Arm fest an seinen Körper gedrückt, als sie sich den Weg durch die Menge bahnten.

## *Magdalen Nabb im Diogenes Verlag*

»Magdalen Nabb ist die geborene Erzählerin, ihre Geschichten sind von überwältigender Echtheit.«
*Sunday Times, London*

»Die gebürtige Engländerin und Wahlflorentinerin Magdalen Nabb muß als die ganz große Entdeckung im Genre des anspruchsvollen Kriminalromans bezeichnet werden. Eine Autorin von herausragender internationaler Klasse.«
*Herbert M. Debes / mid Nachrichten, Frankfurt*

»Nie eine falsche Note. Bravissimo!«
*Georges Simenon*

*Tod im Frühling*
Roman. Aus dem Englischen von Matthias Müller. Mit einem Vorwort von Georges Simenon

*Tod im Herbst*
Roman. Deutsch von Matthias Fienbork

*Tod eines Engländers*
Roman. Deutsch von Matthias Fienbork

*Tod eines Holländers*
Roman. Deutsch von Matthias Fienbork

*Tod in Florenz*
Roman. Deutsch von Monika Elwenspoek

*Tod einer Queen*
Roman. Deutsch von Matthias Fienbork

*Tod im Palazzo*
Roman. Deutsch von Matthias Fienbork

*Tod einer Verrückten*
Roman. Deutsch von Irene Rumler

*Das Ungeheuer von Florenz*
Roman. Deutsch von Silvia Morawetz

Magdalen Nabb & Paolo Vagheggi:
*Terror*
Roman. Deutsch von Bernd Samland